苏旷传奇

第二卷 怒海云归 上

飘灯 ◎ 著

人民文学出版社

图书在版编目（CIP）数据

苏旷传奇.第二卷，怒海云归/飘灯著.—北京：人民文学出版社，2023
ISBN 978-7-02-018062-2

Ⅰ.①苏… Ⅱ.①飘… Ⅲ.①长篇小说—中国—当代 Ⅳ.①I247.5

中国国家版本馆CIP数据核字（2023）第111345号

责任编辑	李　宇　向心愿
装帧设计	刘　远
责任校对	杨益民
责任印制	苏文强

出版发行　人民文学出版社
社　　址　北京市朝内大街166号
邮政编码　100705

印　　刷　涿州市京南印刷有限公司
经　　销　全国新华书店等

字　　数　1411千字
开　　本　890毫米×1290毫米　1/32
印　　张　42.25　插页9
版　　次　2023年7月北京第1版
印　　次　2023年7月第1次印刷

书　　号　978-7-02-018062-2
定　　价　149.00元（全三册）

如有印装质量问题，请与本社图书销售中心调换。电话：010-65233595

第一章 · 节外生枝 · · · · · · · · · · · · 002

第二章 · 知汝远来 · · · · · · · · · · · · 011

第三章 · 走投无路 · · · · · · · · · · · · 025

第四章 · 十九棵松 · · · · · · · · · · · · 039

第五章 · 大争之世 · · · · · · · · · · · · 051

第六章 · 大别之山 · · · · · · · · · · · · 062

第七章 · 名扬四海 · · · · · · · · · · · · 080

第八章 · 夜半前席 · · · · · · · · · · · · 097

第九章 · 送君千里 · · · · · · · · · · · · 108

第十章 · 山海会盟 · · · · · · · · · · · · 121

第十一章 · 东临碣石 · · · · · · · · · · · 134

第十二章 · 曾经沧海 · · · · · · · · · · · 145

第十三章 · 四海无人 · · · · · · · · · · · 162

第十四章 · 恍如隔世 · · · · · · · · · · · 176

第十五章 · 遥知天命 · · · · · · · · · · · 187

第十六章 · 风尘仆仆 · · · · · · · · · · · 199

第十七章 · 纸上苍生 · · · · · · · · · · · 213

第十八章 · 以下犯上 · · · · · · · · · · · 228

第十九章·尽日灵风 ················ 242

第二十章·东风海猴儿 ············· 258

第二十一章·孤掷温柔 ············· 276

第二十二章·田园将芜 ············· 290

第二十三章·藏山一玉 ············· 300

第二十四章·太平客栈 ············· 314

第二十五章·华灯一世 ············· 327

第二十六章·信人不疑 ············· 340

第二十七章·百尺竿头 ············· 357

第二十八章·银河九天 ············· 380

第二十九章·英雄本色 ············· 405

第三十章·授人以柄 ··············· 426

第三十一章·将军百战（上）········ 440

第三十二章·将军百战（下）········ 452

第一章 节外生枝

北方的原野。清晨的雾气快要散去了，远方寒林漠漠，林间一轮白日蒙蒙，发出隐约的即将炽烈的光。

路边的麦田刚刚收割过，土地光秃秃的，干而硬，一眼望过去，到处都是三四寸长的还带着锋利茬口的断秆，几枝结满了草籽的长稗子在风中摇摆。田边的沟渠里，一只断了底的麻鞋吸饱了水，一只土黄色的蛤蟆站在鞋上，鼓着肚皮朝天叫着。此时还早得很，四野无人。

乡间土路上，一辆宽而大的马车辚辚经过。驾车的两匹白马原本神骏，但也已经沾满了尘土，看上去经过长途跋涉，已经是强弩之末。驭手戴着低低的斗笠，压住眉眼，裹着灰色的大氅，掩住身形，一边打着哈欠，一边有一搭没一搭地点着长鞭。车门紧闭着，车厢里没有任何声音。

驭手的目光四下逡巡一圈，落定在一片荒地上，勒停了马，跳下车，走到一座小土丘边。那看起来是个无主荒坟，坟丘已经湮没大半，青草离离，半截石碑埋在土里，碑面已经剥蚀不堪，字迹斑驳，上面全是灰。驭手伸脚，踏了踏碑上灰土，看见三个小篆：快马七。

她长长舒了口气，把头上斗笠一把掀了下来，叉腰站着，露出一张圆圆的脸和两段胖乎乎白嫩嫩、六月谢花藕节一样的手臂。她看起来很年轻，但也说不准。眼珠子尤其灵活，黑丸似的滴溜溜乱转，不笑的时候也有三分笑，一笑起来喜气洋洋的，好像是个从来没经历过世界磨砺的稚气少女，又好像什么都见识过了。她等的人很快就到了。

一列黑衣人纵马而来，全都是头戴斗笠，黑色斗篷，灰巾蒙面。八个人、十匹马，一路狂奔，尘土飞扬。八个人看起来平平无奇，十匹马倒全都是百里挑一的好马，膘肥体壮，油光水滑，其中两匹空着鞍子的黄骠马更是难得一见的神骏。领头那个人先跳下马来，他手里提着个大木箱子，箱子用黄铜包着四角，贴着封条，看起来沉甸甸的，走起路来里面似乎有琳琅作响声。他挥了挥手，随从们便向着马车而去。

"沈姑娘久等了！"他边走边向沈南枝打招呼，恭恭敬敬里还有一丝紧张。

"没有久等，我也才到。"沈南枝伸手把斗笠扔了过去，"你们家这个，有没有大一号的？我一路勒得头都晕了。"

"啊……不然沈姑娘试试我这个。"这显然是个不常见的要求，领头的人犹豫了一下，把自己的斗笠摘下来了，用袖口仔细擦了擦，换过去。他有一双年轻的眉毛和眼睛，鼻梁挺直如玉，脸上还有那么一点没褪干净的青涩。

"唔，这个不错。"沈南枝笑眯眯地点点头，"路上辛苦了，少当家。"

"我不辛苦，沈姑娘才辛苦！"那人在沈南枝面前放下箱子，俯身打开箱盖，又从袖口里抽出个窄窄的帖子，拿了支炭笔勾一笔，"我先给沈姑娘对一对单子。这里是，一份胭脂鸭脯、两只胡椒蜜汁烤鸡、一份清炖羊肉，按照姑娘吩咐，粉条是单放在一边的。一份醋熘白虾、一罐子三丝菌子汤、五斤芝麻蟹黄小烧饼、时蔬杂拼一大盒、点心四样，姑娘说随意配，我就做主，配了蟹黄豌豆、梅汁豆干、芙蓉红豆酥、酥炸奶酪，还有两斤十年的莲花白。旁的都好办，只是胡椒实在贵得很，而且近来海商断货，方圆百里有价无市，我是回去把自家的拿了一些出来，所以耽误了点时辰。哦，还有莲花白，本来是装在瓷瓶里面的，我怕路上磕碰，又自作主张，换了锡壶。"

"不用对了，你们快马堂办事，我一向放心。"

"蒙沈姑娘夸奖！"

在这个领头的报菜单的同时，七个随从已经忙开了。他们有条不紊，两个人把白马从车辕上解下来，检查牙口、关节和蹄铁；两个人把黄骠马套上去，换了新的辔头、皮带和黄铜勾连；两个人在地上铺了油毡布，打开随身带的漆盒，开始重新刷那辆马车的车厢外壁，又稍稍用砂石打磨，做成半新不旧的样子。还有个人俯身，要钻到车底检查轮轴，领头那人眼快，一口喝住："哎！沽义山庄的车，你不要命了！"那人也不出声，用力鞠了一躬，退开了。他们做这些事情，相当训练有素，不多一会儿工夫，马车焕然一新，地面上干干净净，漆也不落一滴。

"沈姑娘过目。"领头那人伸手一引，依旧恭恭敬敬。

003

"各位都辛苦。"沈南枝点了点头，亲自去查验马车。

一切都很完美，她很满意，即使是她自己来做，也不过如此了。"快马堂办事，真是从来都没有闪失的。"她一边走，一边真心实意地啧啧称赞着。

长途赶路，不同的人有不同走法。普通百姓是能不走动就不走动，上个城、赶个集就算挺大事了，奔波个数百里，简直伤筋动骨。官吏文人赶考、赴任，靠的是下人服侍。生意人最苦，舟车劳顿，又怕冷又怕热，又怕风雨，又怕瘟疫，又怕偷儿翻窗，又怕盗贼剪径，多半是求稳为上，一路只走官道，打尖住店，三更天起身，天不亮动身，过午即歇——歇下来也不真闲着，车马都要照料，一旦坏在荒郊野地，那真是叫天天不应，叫地地不灵。

可江湖客就不怎么在乎赶夜路或者走小路了，他们本来就比剪径的毛贼危险得多。他们要的是快，越快越好。有很多时候，江湖生意不仅是钱，还是命。至于能有多快，就看个人的本事了。有那么少数几个绝顶高手，是能仗着一身修为千里独行，换马不换人的。但这种人毕竟少，掰着手指头就能数出来。大多数人，拼的还是财力。一分银子，一分速度。只要给出惊世骇俗的价钱，就有不可一世的速度。快马堂就是干这个的。

快马堂的势力范围在长江以北，专做江湖豪客生意，只此一家，别无分号。他们有自己的马场，只养快马，全都是百里挑一、训练有素。客人给定了目的地，他们就能代为规划路线，一路飞鸽传书，提前做好布置，在沿途为之更换马匹，替换或者修补车辆，备妥舟船甚至提供饮食。如果需要，还会提供赶车的驭手，赶夜路的火把和风灯，总之是能做到全程不停歇。

江湖生意，银子来得轻松，但少不了刀头舔血、仇家追问。所以，快马堂的规矩也严格：他们只做知根知底的老客和熟客，新客人登门，是需要老客人的担保和介绍的；他们只和一位明面上的客人立约，至于暗客，也就是车厢里的客人，他们不问、不听，也不谈论，尽可能避免多余的照面和交道。自己黑衣蒙面，也要求客人少言少语，不事张扬。总之，彼此之间只是车马交易，其他的，知道得越少就越安全。

不过，沽义山庄稍稍例外一些。快马堂和沽义山庄已经打了很多年的交道了，他们互为大主顾。快马堂每年都要向沽义山庄订购大量的马车配件——他们的客人，天南海北，跋山涉水，哪儿偏僻往哪儿钻，有时候还会有逃命的需要，对车和马的要求都非常高，他们需要那种精钢细作、千锤百炼的轴承和轮辐，要禁得起风吹日晒，扛得住跋山涉水，耐得了旷野狂奔。而沽义山庄也一直很尽心尽力，每年不仅按时送货，还会特地派人讲授那些小物件的修缮和养护。而山庄里有许多入门的新人，机关术首先的要求就是精，门槛非常之高，需要学习术数、天文、地理、冶炼、锻造、木工……大量的练习之后，才能接触真正的机关和工艺，他们需要这笔生意，既能来钱能练手，又能保证江湖通道。

  出于对彼此的尊敬，沈南枝每年会亲自画一套新马车的图样，作为贺年的礼物。而沽义山庄的人出行或者远途送货，一定只用这家的马车。沈南枝是贵客中的贵客，一旦本人要用到车马，一定会有那么一程是快马堂的当家亲自接洽陪送。至于沈东篱，他从不用别人用过的车子，不管快不快。沈南枝对快马堂了如指掌，多年以来确实一直很放心，除了这位新上任的"少当家"。她在转着圈地检查马车，这位"少当家"在身后亦步亦趋。

  "沈姑娘，过了快马七，下一段就要过河了，我已经吩咐下去，备妥舟船，迎送都不用尊客露面。哦，饮食单子也按姑娘吩咐的交代下去了。"

  "很好。"

  "沈姑娘。这对信鸽调教过了，和往常一样，有任何变故，立即带消息放飞，没有变故，离快马八段碑五十里处放飞。"

  "我知道。"

  "沈姑娘，家父身体抱恙，今天不能亲自陪送姑娘，实在是遗憾之至，叫我给姑娘带个好。"

  "少当家客气，也代问老爷子好。"

  "沈姑娘，家姊也一直惦记沈姑娘，说是久未会晤，想念得很，上次托人送的小玩意儿，不知姑娘还喜欢不喜欢。"

  "哦，我也挂念令姊，那对鹦鹉我很喜欢。"

  "那就好，区区小玩意儿能入姑娘的眼，家姊一定很开心。"

  "沈姑娘，我替您把箱子拿到车上去。"

  "不重。"

  "沈姑娘，我有一句话不知当问不当问……"

  "不当问。"

  "沈姑娘，车里的人是不是……您不说，我也能猜得出来……"

"少当家，你过分了。"

沈南枝脸色越来越难看，眉毛皱得快要拧出水了。她决定不再搭理他，直接上车走人。可那位少当家伸开双臂，干脆拦在她面前："沈姑娘，明人不说暗话，我想见他！"

沈南枝揉了揉眉心，心里暗暗叫一声"要命"。

这位少当家叫吕颂，今年过年的时候刚满二十岁，是快马堂老当家吕崇山的膝下独子，三月份才刚刚出道，当时摆香案、杀公鸡、祭山川、拜八方、喝同尘酒，搞得不亦乐乎，在一众瞩目之下晋升成少当家。

快马堂生意做得大，但吕家的香火一直不旺，三代单传，到了这一代，吕氏夫妇前前后后连生了五个女儿，求菩萨拜佛祖，才等到了这么根独苗。在这之前的十三年里，快马堂都是吕崇山和长女吕舟华一外一内掌管道上生意。

吕崇山求子固然是千难万险，可五个女儿全都出落得清秀大方，聪明能干，一家养女百家求，各自觅得如意郎君，说来五个女婿，都是江湖赫赫有名的人物。尤其是大女儿吕舟华，自幼聪明过人，知书达理，管起账目来井井有条，未出阁的时候就是父亲的左右手，在家里养到了二十岁，才许配给了庐山九天堡的少堡主，银河剑顾青翼。这在当时是一桩小小轰动江湖的婚姻——顾青翼绝非凡夫俗子，是世家名侠一流人物，儒雅风流，文武双全，九天堡世代镇守庐山，在武林之中地位尊崇，可当家主母的位置，在此之前可从没有低就过"生意人"。更让人没想到的是，吕舟华虽然成了亲，也很快就添了一双儿女，却迟迟没有离家，婚后一晃十三年，除了逢年过节，就根本没回过几次庐山。

顾青翼也是苦不堪言，好好的当家娘子接不走，自己都快熬成上门女婿了。吕舟华也是长吁短叹，吕家是真缺人，生意上的事情烦琐周密，环环相扣，非得自己人商量不可，父亲独木难支，母亲是个不识数的，小弟又还年幼。顾青翼也确实是君子，虽然不悦，但也一直隐忍。只说既然如此，诸事从权，一家人不说两家话，九天堡有父兄主持，自己就索性帮衬岳丈家，等到吕颂成年。这样的仁义，被道上朋友称颂了许多年。

但最近几年，顾青翼有点忍无可忍了，多少溢于言表。以前幼弟年纪还小也就罢了，如今少当家渐渐长成了，居然还是近乎嚣张的不懂事。

吕颂一直到行冠礼之前，他的兴趣是练刀，目标高得令人发指，立志要成为一代宗师。这事真是没来由的怪，老吕家虽然一直做道上生意，可祖祖辈辈上上下下，既没有一个人练刀，也没有一个人热衷于练武。做他们家这行生意，要的是脑子、势力、地盘、人头熟、手腕活络，不需要很高的功夫，他们就是换马而已，又不是开镖局的，真要是一个个弄得比客人功夫还好，客人还担心呢。而且说实在的，学武这种事，真想有个说得过去的成就，那是难如登天，一来这玩意儿太吃天赋，二来也太花钱了。

可没办法，吕颂是真喜欢，抓周的时就抓了把刀，而且五岁摸上刀就放不下了。吕崇山拗不过宝贝儿子，反正家大业大就那么一根独苗，索性就下了血本，为吕颂延请无数知名武师、刀法名家，在家开席讲授，正门正道地开始练武。结果，一晃十年过去了，流水一样的银子也不知花了多少，名家们来一个走一个，走的时候都摇头。这个事情立即就变得很可笑了，他跟儿子发了话，刀不许再练了，赶紧跟着姐夫天南海北跑一跑，在生意上帮帮手。于是吕颂乖乖听话，跟着姐夫四处跑。

不跑还好，一跑心野了。吕颂渐渐染上了一个爱好，爱蹲各种茶楼酒肆听说书的讲江湖故事。这爱好本来也不算什么，可他听完了不算，还要五湖四海去追着看人家比武约战。高手都比较能跑，又不会在一个地方排队打架，有时候他到了，人都走半个月了。他不管，有一分希望就要做百分努力，但凡听说，不管多远、来不来得及，非去不可。快马堂的快马，得来都不容易，从小养到大，伺候起来跟祖宗似的，结果被自家少当家骑废了几十匹。

顾青翼终于忍不住动了手。吕颂那天也气坏了，没本事还手就还了口，说快马堂是我家的，我乐意，你是谁啊。顾青翼忍无可忍，拂袖而去，带走了一双儿女。

吕崇山当时在外头跑生意，本来年纪就大了，有些风湿痼疾，一怒之下，急火攻心，半路上中了风，差点一命呜呼，还好觅得名医诊治，在床上躺了半年，侥幸又站了起来。家道一夜中落。吕舟华第一次在弟弟面前痛哭失声，跟着大病一场。

那一回，吕颂真吓坏了，短短数月，长大成人，乖乖护送姐姐回庐山，登门给姐夫磕头认错，又向父亲折刀发誓，保证从此以后专心家族事务。他好像真的完全彻底变了个人，说话做事，尽量得体，查账送客，细心妥帖。他开始全力以赴地料理快马堂的生意，没有很好，也没有很不好。底下人有时候会说漏嘴，说多少比不上之前了，大小姐和姑爷在的时候，那是不一样的。但不管怎么说，浪子回头金不换,家里人都很高兴。

吕家开始托人说媒了,他要娶的是轻舟府的三姑娘,那也是家大业大,做水上生意。两家一拍即合,正好互通往来,水陆联姻,算是门当户对。毕竟成家立业嘛,总要先成家,再继承家业的。

他按规矩登了门,三媒六聘,行礼如仪。闲聊的时候,未来的老丈人问他练什么兵刃,他说没有怎么练过,强身健体而已。老丈人点头说,好哇,好哇。他回到家就把此前一仓库所谓的"宝刀"都送人了。他的荒唐少年结束了。

可就在这个时候,快马堂接到了沽义山庄的单子。他要送的那个人,叫作沈南枝,贵客中的贵客。在此之前沈南枝其实很少用快马堂的马,她出去玩都是游山玩水,用不着那么快,也从不担心有人敢怎么她。这一回,沈南枝是明客,她有护送的极重要的客人。用最昂贵的护送、最隐秘的接洽,快马十八段,全程无停歇,十万火急。只要是沈南枝到了,快马堂当家的一定亲自接送,吕颂是替他爹去的,负责快马七。拿到单子的一刹那,吕颂的心又怦怦狂跳起来。

沈南枝算是一个"很有办法"的人了,但也没怎么见过这种局面。她又忍不住揉了揉额头。

吕颂用力张开手臂,呼吸和眼神都变得炽热——他的牙关在脸颊里咯吱咯吱响,脸颊在黑巾里扭曲,好像所有的年少轻狂和热血荒唐在一个刹那间全翻上来了。他说:"沈姑娘,我想见见他……就一面,只要一面。"

沈南枝和吕颂完全没有打过交道,在此之前,她和吕舟华交往得更多一些。甚至快马堂能和沽义山庄的生意做到这么好,就是因为吕舟华跑武夷山跑得太勤了。吕舟华每年都会到山上拜访她,只要路过,就上来坐坐,平时过各种节,人不到礼物也会到的。吕舟华是为数不多的可以在山庄过夜的客人。必须承认,在快马堂和沽义山庄的生意里,沽义山庄挣得非常多。

吕舟华在外面是滴酒不沾的。但和沈南枝在一起,她们偶尔也会一起喝两杯。喝多了,总是容易说错话。沈南枝有个优点,她是个非常爱说笑的人,可她也是个守得住话的人,如果有那么一句话,既不该听也不该说,她就一辈子当没听过。这也是吕舟华喜欢找她的原因。喝得稍微多一点的时候,吕舟华就会幽幽一叹:"唉,吕颂一直长不大就好了。"

她说完就后悔了。后悔了就接着喝。喝多了就接着说:"南枝啊,你知道世上什么景色最好看吗？是大河边上的马场，每次太阳刚刚升起来的时候，草上挂着露珠，赶马人打开栏杆，万马奔腾，我就恨不得喊：'那些全是我的！全是我的！'你知道世上什么景色最难看吗？庐山。"

"那么不喜欢，你就不要回去好了。"

"我做不到。"

"那你到底准备怎么办呢？"

"唉，不知道，吕颂一直长不大就好了。"

车轱辘话说了一夜又一夜，说了一年又一年。沈南枝一直没有打断过她，也没有陪她醉过，更从来不发表什么意见——吕舟华并不是来要意见的，她主意早就定了，她要的只是耳朵。又有那么一次，吕舟华喝得比以往任何一次都多，她忽然警醒地问："南枝啊，你究竟当我是朋友吗？我的事全都跟你说了，你的事一点都不跟我说。"

沈南枝想了想，坚持着什么都没说。

吕颂行完冠礼之后，吕舟华再也没上过武夷山。吕家大小姐消失了，顾夫人终于回归了九天堡，武林从此多了一对神仙眷侣。到了下一次要用车的时候，接待她的已经是吕颂了。

直到吕颂向她扑过来的时候，她才想起来吕舟华当笑话说的那些弟弟的荒唐事。也直到这时候，她才意识到，吕颂离苏旷只有六尺的距离了。吕颂做了一件没有任何人甚至可能连他自己此前都没有预料到的事情——他用尽全力猛推了沈南枝一把，忽然就冲着车窗扑了过去。

沈南枝跟跄一步，大吃一惊。这是世上第一次有人敢直接肉身冲撞沽义山庄的机关。这已经不是她能控制的了。机关全都装在车里，即使是她坐在车窗边，也不一定能反应过来。

吕颂手碰上车窗的刹那，车窗啵的一声爆出一阵粉红烟雾。还好，仅仅是粉红烟雾而已。另一只修长灵活到不可方物的手伸了出来，在机关完全弹出来之前，双指夹住了机关，旋转着按了回去。完美之极的时机。

沈南枝的眼睛一下子就亮了起来——这个机关并不复杂，可它是装在车壁里的，只露出很少一点点，根本看不清全貌。一个外人要破解它，不仅需要大量的经验、炉火纯青的技巧，还需要一点宝贵的想象力。她终于遇到对手了。

吕颂的眼睛一下子就肿了起来，他捂着眼睛，疼得跪在地上，车里车外有好几个声音一起喊"不要揉",他还是揉了,紧接着就变成满地打滚,开始惨叫。沈南枝气得跺了跺脚。而少当家的所作所为让那些随从们在惊慌失措的同时,更多的是让他们无地自容。他们特地找了一个荒野孤坟接头,无非就是为了避人耳目,可吕颂那叫一个惨烈,四周的野狗跟着一起汪汪狂吠,满树林的乌鸦都吓得哇哇乱飞。

一竹筒泉水和一包药粉扔了出来,接着是一个怒不可遏的声音:"他妈的这都什么事啊!洗洗眼睛,不要揉了,擦上药,过两三天就能看见!南枝上车!快走!"

沈南枝抓起箱子,飞速跳上车,扬鞭,马车又一次隆隆奔行起来。

第二章　知汝远来

　　沈南枝办事神速，接到苏旷的当天，就在兵荒马乱里当机立断，联络了快马堂，定了车马，谈妥了价钱，划分了车程，交接了第一批快马，之后立刻启程。

　　上路之初，沈南枝曾经简单安排过轮流赶车的计划——车上一共四个人，苏旷要养伤，不算在内。其他三个人，一人四个时辰，除了每天必要的洗漱、方便、换马、交接食物，星夜赶路，水陆不休。

　　风雪原当时就举着手嚷嚷："我年轻，应该多干活，每天可以赶六个时辰的车，南枝姐和夜哭大哥多休息好了！"

　　沈南枝唔了一声，点了点头。

　　风雪原接下任务，才又想起来，问："南枝姐我们去哪儿啊？"

　　沈南枝回："信阳。"

　　风雪原没听懂："信阳在哪儿？我们去信阳干什么？"

　　沈南枝努努嘴说："问你师兄。"

　　当时，苏旷的脸色非常不好看，他一直坐在车厢角落里，眼睛直勾勾往远方看，眉头皱成一团，形容枯槁，元气大伤，倒真算得上心如已灰之木，身如不系之舟。风雪原见势不敢多问，反正问也没什么用，听话就是了。

　　赶车的六个时辰之外，风雪原每天还有两个时辰的早晚二课，这也是从第一天晚上起就安排定了的。于是，风雪原的日程就变成了这样：他值白班，夜哭郎君和沈南枝轮值夜班。他天不亮就起来，这时候师兄已经醒了，随手洗漱，他跟在师兄边上，听讲一个时辰的早课；之后南枝姐跟快马堂做交接，再之后吃早饭，这时候天大亮了，吃饱了饭，他去换沈南枝的班；再往后整整一个白天坐在驭手座上；到天黑了，车里三个人先吃晚饭，吃完了晚饭，夜哭郎君再跟他换班，他边吃晚饭,边跟师兄温习一遍晚课;之后收拾收拾,也就该睡了。

这是不掺一点水的"星夜赶路",确实十分辛苦,不过好在马快,车厢也很舒服。车厢是沈南枝从沽义山庄带出来的,坚固、宽敞,特地做了绷簧夹板,一般的道路上都不怎么颠簸。车厢地板上铺着厚厚的羊毛毯,正中间有一张可以升起来的小茶桌,桌下是固定好的小火炉,四周的壁板里全是暗格——一半是随行用具,一半全是小点心,统一装在比拳头略大的圆白瓷瓶里。靠近车顶的支板可以翻下来两块,支一支弄出来一个床铺,那个铺舒舒服服香喷喷的,枕头很大,被子很软,不过只供沈南枝自己专用,其他三个人,只能在车厢地板上轮着躺一躺。

头两天还好,到第四天清早,风雪原就有点顶不住了。说实在的,大冷天的,赶马车还是十分辛苦的,辛苦倒是可以硬挺,可还被强行叫起来听早课,就难免睡眼惺忪听不进去。而且,师兄的早课也变了,跟在楚大哥家里的时候没法比,量一下多了三倍,讲课的耐心也不足,动不动就沉着脸训斥:"别问了,你听不懂就先背下来。"

这就让风雪原更尴尬了,听不懂怎么可能背下来呢?更何况他背书的功夫奇差无比,连在县城私塾都被先生骂,就算真听懂了也背不下来。

他一挠头,苏旷的脸色就更难看了。说实在的,风雪原认识苏旷,不多不少也快两年了,大风大浪也算经历过一点,但从没见他这个样子过——苏旷脸色铁青,基本上吃了睡睡了吃,醒着的时候,就怔怔地望着远方,跟谁都不说话,有时候想到深处,眸子就像是被针扎了一下,狠狠地闭一闭眼睛,摇一摇头。

他们的路线也很奇怪,有时候明明有官道,偏偏不走,非要绕路不可,绕到一些乡间小路上,道路断绝,又走不了马车。师兄在躲朝廷的人,这三个人都知道,可都不明白发生了什么事情。沈南枝特地找风雪原盘问过,风雪原也就老老实实地把知道的都说了——大多数时候,他都是在师兄身边的,只有一次例外,就是那次师兄跟着王素进了宫。

进宫之后发生了什么?师兄打死都不说。他隐藏了一个很大的秘密。他的阴霾藏都藏不住,好像冰面下浮动着交缠的水草,而水草的阴影里,一只庞然巨兽在缓慢游弋,似乎试探着破冰而出。

更令他们几个担心的,是师兄的腰。师兄的腰恢复得并不好,他站起来得太早了,站起来之后又玩命一样折腾自己,最后那一下从半空落进湖水,八成是留下了永远的病根。他站着没什么问题,扶着拐杖也可以走,可再要较劲发力就几乎不可能了。

沈南枝小心翼翼地跟苏旷通报了这个情况，苏旷倒是完全不以为意，就"哦"了一声。他心里的事太多了，根本还轮不着自己的腰。他跟风雪原讲课的时候，已经开始用"你们练剑的"和"他们练刀的"。沈南枝就更着急了，特地弄了许多好吃的东西来。

起初，大家察言观色，但经过一番观察，他显然言不由衷，他吃得并不算少，睡得也蛮香，睡熟了甚至直打呼噜，改善几天伙食，气色立刻好了不少，大家也就跟着放下心来。

一路风雨兼程，穿村越野，翻山过河。到第六天饭点，师兄还是不肯说话，照例坐到小桌子边上，吃了一碗，又添了一碗，之后默默地喝了汤，又吃了点心。吃饱了去找水果，没找到，深深叹了口气，准备去午睡。沈南枝强忍了半路，火气上来了，随手摔上了门、关上了车窗。

车厢是密闭的，车门一关上，里面说什么都听不清。三个人在里面聊了很久。后来可能是吵起来了，有人拍了桌子，摔了杯子。吵到很凶的时候，师兄拉开门，喊了声"停车"就要走，沈南枝在车里直接喊"别拦他，让他滚"，夜哭郎君从后面一把把他拽回去，吩咐了一句"别管他，走你的"，又摔上门，接着吵。

夜哭郎君平时是个缄默不语之人，那天的嗓门特别大。风雪原好奇极了，耳朵贴到壁板去听，他听到夜哭郎君特别生气特别清楚说，早干吗呢！你已经连累我们了！是谁逼着我跟他走的？跟我说什么我他妈老了你狗日的永远年轻，让我去沽义山庄报信的？我该得罪的全得罪完了！你现在一脸活不起的样子让我怎么办，回银沙教受死不成？

他们在里面可能聊了将近四个时辰，再开门的时候那只怪兽已经破冰而出了，秘密变成了三个人的。那个秘密看起来确实是个天崩地裂的大事，沈南枝的脸色也变得很差，手有点哆里哆嗦地拽着大氅边，一个劲地拔上面的毛；夜哭郎君的"脸色"倒是没有变化，那是因为他的脸色从来都不会变的。

那天，他们破天荒地在路边停了两个时辰。师兄什么都没说，只让他在这儿等会，之后三个人就带着风灯一起离开了。风雪原就原地等着，又冷又困。等他们回来的时候，已经到了后半夜，三个人都喝了一点酒，好像都变得轻松不少。苏旷手里多了一个蓝布包裹。沈南枝喝得有一点多，走路歪歪斜斜，手里提着风灯乱挥乱舞，嘻嘻嘻嘻一直笑，不停地拍苏旷肩膀说："行啊，行啊，真有你的！

你是嫌银沙教不够分量，对不对？你是觉得就凭教母干不掉沽义山庄，对不对？特地得罪个够厉害的给我看看……走啦！得罪了就得罪了……多大点事啊？对吧，夜哭郎君？"

"沈姑娘说得对，得罪了就得罪了。"夜哭郎君亦步亦趋地跟着沈南枝，生怕她不小心摔倒。经过风雪原的时候，递给他一个油纸包说："沈姑娘给你带的。"

风雪原打开看，是附近很有名的栗子红豆糕和羊肉烧饼。栗子红豆糕入口香滑软糯，好吃得要命。他以前听师兄说过，沈姑娘胖乎乎的是因为幼年时候闯古墓，中了奇毒，用药调理之后就慢慢胖了起来。他现在觉得，那可能是瞎编的。

到了第七天，出了一点小情况，那个叫吕颂的愣头青，飞蛾扑火一样地冲了上来。这件事本来根本不算是个事，他们很快就把那个小小意外抛诸脑后。可风雪原发现，从那之后，南枝姐和夜哭大哥，渐渐投契起来。

他们本来是完全不同的两种人——沈南枝爱说爱笑，也爱热闹，她好像总能把自己和身边人弄得舒舒服服，只要她醒着，马车里就总是开着窗户，小茶炉咕噜咕噜煮着泉水，小茶桌上永远不缺点心，她喜欢赤着脚挽着袖子，扬着头大声笑，笑声清澈又欢快，像山泉水一样噗的一下从地底下冲出来。而夜哭郎君是个把自己遮蔽得严严实实的人，他的"脸"是惨白而僵硬的，嘴角往上吊，有一种让人寒毛直竖的鬼气。他没有表情，不会笑，也不会生气，甚至吃东西的时候，也只能一小口一小口慢慢撕碎了，递进嘴里去。他穿领子很高的衣服，睡觉也不脱掉，只有那么一回，风雪原回头去看，大吃一惊。当时沈南枝在上面"小憩"，夜哭郎君和苏旷在头碰头地低声聊什么。炉火很旺，可能确实有点热了，他不那么注意，一只手比画着，另一只手扯开领子挠了几下。风雪原清楚看到他的脖子中间有一条很清楚的红线，红线以上皮肤是惨白僵硬的，红线以下皮肤是褐色的筋肉结实的，好像一只恶鬼，砍了别人的脑袋，装在自己身上。风雪原当时一个"师"字差点出口，又夹着冷气咽了回去。他没有发出任何声音，可夜哭郎君还是脊背僵直，回手拉上了领子。

沈南枝和夜哭郎君依然不多话，可笔谈却多了起来，他们总是在纸上推算什么奇怪的东西。有时候会画一些图案，有时候是一些奇异的符号，有时候是一些算式，通常情况下，夜哭郎君是执笔者。有一次，风雪原目不转睛盯着他的笔尖看，无数的符号像一群蚂蚁一样，一行一行一片一片地涌出来，密密麻麻，源源不绝，看得头晕目眩。可沈南枝却不一样，她会在算式上画一个小小的圈，之后她的笔尖也开始动，蜻蜓点水一样，有时候也开始飞速地算起来，她的算式精准而工整，通常写在夜哭郎君算式大军的右下角，像一支偷袭敌后的急行军。

两个人切磋多了，算式越来越复杂。有那么一回，夜哭郎君激动起来去抢那支笔，沈南枝根本就不让，一手推开他，一手飞一样地写着。那些数字开始狂飙突进，很大的一张纸上全写满了，根本来不及换，就覆盖在原先的算式上面写，两堆算式慢慢交叉在一起，越来越疯乱、潦草，急雨一样，鼓点一样，无数的墨线在白纸上爆炸开，变成了一片黑色森林。夜哭郎君本来是盘腿坐着，慢慢变成单腿跪着，眼睛追着沈南枝的笔尖，微微张着嘴，头越摇越快，最后，他的手颤巍巍地抖起来，向着浓墨重彩的中心一指点过去。沈南枝的笔尖也正好重重地画在那里。那一个刹那，两个人好像闪烁出了一模一样的无法言喻的神采。

短暂的安静之后，沈南枝扬起头，大声笑起来，胜利而放肆，脖颈一片玉雪莹白。夜哭郎君就怔怔地盯着她的脖颈看，又飞快地闪开眼。之后，他也发出了一阵奇怪的僵硬的大笑声。

他们笑声很响，苏旷被吵醒了，迷迷糊糊爬起来，一抬头看见风雪原扭着头入了神，拉车的骏马已经快要冲到别人家的菜地里去了，就连忙喊停，这才勒住了马。风雪原回头看苏旷，他爬起来的动作缓慢而笨重，先撑着地板，再拽起半个身子。后来，风雪原神神秘秘问苏旷："师兄，你觉得……夜哭大哥对南枝姐，是不是有点……嘿嘿，那种意思？"

苏旷疾言厉色地训斥他："胡说八道！赶你的车！"

风雪原讪讪地不说话了。他知道，师兄和沈东篱是很铁的老朋友，甚至远在和沈南枝交好之前。

到了第十二天清晨，他们如期赶到了信阳城。那是最后一次交接，那些戴着斗笠的黑衣人又出现了，这一回他们带走了马和车，留下了准备好的两副担子，里面有进山宿营的一应器用。沈南枝也从车厢里挑拣了几样行李。

苏旷依旧只要照顾自己就行了，他随身带着那个半路冒出来的蓝布包裹，折一根青竹做手杖。接下来是要步行的路了。苏旷的脸色更加急切了，他有些难以按捺的心绪起伏。

风雪原还是不清楚来干什么。他一脸懵懂，苏旷也就随手指给他看："喏，这里就是桐柏山了，那里就是义阳三关。"

风雪原最受不了师兄这样的语气，好像这两个地方十分有名，他理所当然应该知道一样。他忍不住直接问："师兄，我们来这个什么三关是要干什么？"

苏旷用极其诧异的眼光看他。风雪原讪讪一笑。

苏旷叹了口气："福宝，在楚随波家，我叫你看《地理志》和《水经注》，你都没看，是不是？喏，过了桐柏山，就算是进大别山了。"

"嘿嘿，那又怎么样……什么？"风雪原摸摸头又猛然一惊。他别的不知道，大别山还是知道的。楚随波特地说过，他在大别山里找了一个秘密地方，安置王嘴村的那些村民，还有师父、师娘，还有……风筝、二毛、他的父亲和母亲。风雪原舌头和牙直打架："哪一座是大别山？"

"这纵深数百里，方圆一千多里地都是大别山，我们且要走几天哪！"

"可楚大哥不是说……"

"是，楚随波说的那边靠近大别山南麓，南边有巡检司，万一撞上不方便，不如我们多走几天山路，图个安心。"

风雪原开始吃不下睡不着，他年轻性子野，在外面的时候，并不太想家，可快要见到父母妹子了，涓涓乡愁汇集成大江大海。

大别山巍巍苍苍，可以藏千军万马。沧浪之水至此，北入为淮，南入为江。晚秋的时候，正是一年四季里景色最为殊绝的时令，北望则肃杀枯瑟，怪石孤峰，尽显嶙峋之相；南望则草木莽莽，枞黄枫红，还是秋意醉浓的时节。一座山两个时令，所以称之为"大别"。

越往腹地走，越是崎岖难行。三个人带了行李担子，还是要走一段，停一停，等着苏旷慢慢爬上来。苏旷手里多了一张地图，地图是他自己画的，可并不太清楚，他不时地皱着眉头，四下寻找标记。不过，每走一段路，沈南枝和夜哭郎君就拿出几个木头做的小架子，摆好罗盘，按照阳光的角度计算一番。之后，就稍微修正一点那张地图上的路线。路线变得越来越清楚，最终指向的是一座山谷。

他们在山里走了五天——中间多绕了两天的路。到第五天正午，他们看到了一条山涧。

"唔，应该是这里没错了。"苏旷拄着手杖，溯流而上。

山涧宽阔，当中的水很深，边上只没过膝盖。涧水是从一个低矮山洞里流出来的，山洞里石壁滑腻，满是苔藓。打了火把往其中几块上烧过去，慢慢地就烤出了一个标记,是个暗红色的方形,里面有三个圆圈,还有一把刀在边上。那是神捕营的名捕标。手从标记的石缝里伸进去,轻轻握住铜环旋转推送——神捕营有规矩的机关设计,严禁伤及路人,而且在没有特别改动的情况下,机栝转数都是左三右七,上九下一。吱吱一阵响,一根铜线从水里弹了出来。溯流标,这下子路就很清楚了。沿着铜线向前走,水越来越深,慢慢没过腰,到了山洞尽头,水面离山洞的穹顶只有一尺高。铜线还在指向前,这是要泅渡过去的意思。

"我去看看。"夜哭郎君这样说,当先潜了进去,之后没有多久,就敲敲铜线,示意安全。

山洞的另一边,横架着一个小羊皮筏子。这里是个常见的"春秋水口",这种水口按照季节时令作自然而然的水位安排,像这一带山里,冬春两季水浅,可以直接从筏子拉纤进去,夏秋两季水高,形成了天然的屏障,就只能泅渡而已。这样的入口,并不适合几十上百的普通村民走,那么,应该还有别的路才对。

标记越来越多,后面的路越来越好走。他们翻过两座并不算高的小山坡,爬上了第三座。这个时候,日头已经偏西,山里起了山岚,眼前白雾茫茫,袅袅氤氲,如仙似幻。风雪原第一个爬上去,又回头拉师兄:"师兄小心,前面雾浓,不一定有路了,咱们要不……"

他话音未落,一阵山风吹起,眼前白雾鼓荡向两翼,露出一片青山绿水的世外桃源来。两边青山绿草,茵茵缓坡,一侧山坡上全是一片片梯田,另一侧山坡上是一带村舍,全是白墙青瓦、绿树篱笆。这时候快到晚饭时分,有几家渐渐起了炊烟,又有几家,鸡犬追逐,儿童嬉戏。两边山坡,夹着一条小白龙样的溪流。溪流两侧,平缓的河谷地上有两带稻田;溪流正中,有一道乌木浮桥,桥下几十只白鹅游弋。此时夕阳明晃晃照在溪水上,金灿灿红澄澄一片,白鹅在其中带起波光水影,明玉碎金,十分璀璨;浮桥上,有个渔夫牵着一头水牛正过河。山谷里的气候比外面温暖不少,他裤管卷到膝盖上,踩着一双麻鞋,斗笠背在身后,一手拎着鱼竿和鱼篓,看起来鱼篓沉甸甸的,收获应该不少。水牛走得很慢,背上有个小姑娘,赤着双白嫩嫩的脚摆啊摆,头上戴着柳条编的花环。这阵风起得迅猛,渔夫也往苏旷他们这边看。

风雪原望着那个人,木雕石塑一样站住了,之后就扔了担子,飞一样地跑过去。他跑得极快,快冲下山了才终于胸膛里冲出一声叫:"爹……"

小姑娘也爬下牛背向苏旷跑,脆生生的声音叫着:"大师兄……"这座山不算很高,山坡缓而长,小姑娘一口气跑不过来,歇了三四次,歇一次叉一叉腰,最后一次她都有点生气了,跺了跺脚:"大师兄!你都不肯跑两步迎我!"

苏旷本来扶着手杖慢慢走,此刻蹲下来,张开手臂。那个小小的跑得汗津津的身体砰的一下冲进怀里,紧紧勾着他脖子,不停跺脚。她眼睛笑得弯弯的,鼻子笑得皱皱的,可爱得像个山里的小精灵,显然是很期待被抱起来举一举的。几乎没有人忍心让这样的孩子失望。小姑娘应该是很轻的,说不定没有问题——苏旷这样想着,准备勉强试一试。

"你不总找死,现在不至于落成这样。"一只手臂从他怀里抱过小姑娘,举起来。沈南枝嘻嘻笑着,刮了刮小姑娘的鼻子,"风筝啊,你怎么不穿鞋啊,脚疼不疼?那个小姑娘呢,叫……对,二毛呢?"

风筝手拱成喇叭,使劲嚷:"二毛……"

二毛和阿秀婶已经从一个小院子里跑出来了,娘俩都围着风雪原,一家四口抱在一起,叽叽咕咕说个不停。被风筝这样一叫,二毛抬起头,向苏旷看过去。这才一年多不见,小姑娘已经长成一个少女了,个头柳条一样抽长了一节,站着袅袅娜娜。

他们一个个嗓门都大得要命,整个村子已经全被惊动。陆陆续续,所有人都走了出来。山风呼啸,冥冥之中似有神灵,乳白色的雾在脚下飘浮着,如丝路,如白云,如浮生一场大梦,又好像记忆里也有一根钢丝,铮一声,弹出水面,叫人拽着它一步一步向回走。

苏旷扶着手杖,慢慢向那片村落走了过去。

记忆在往前倒。

——我是什么时候决定来这里的?

——那个雨夜,在神捕营的卷宗阁。

——我来干什么?

——我要见我师父,活着见人,死了见尸首。

——非见不可。

他在往前走,人群也在望着他。有人认出他了,啧啧叹息,低声议论;有人回忆起了蝴蝶往事,瑟瑟回退,惊恐不已;有人想起了死去的亲人,冷眼相对,低声啜泣。

曾经有那么一次，楚随波说这个地方，不准备让他来。真是笑话，如果没有意外，他根本一辈子都不会来。"这个村子"就是"那个村子"。他曾经在"那个村子"里住了三个月，邻里乡亲都熟悉，其乐融融。他也曾给"那个村子"带去过灭顶之灾，那一夜，蝴蝶侵袭之后，地上躺了一百四十八具尸体，神捕营的卷宗上有一百四十八条无辜人命。他还曾经被当作杀人凶手，绑在树上，要当众剖腹剜心。他永生忘不了那种感觉——他被人抓着往树上拖，四周全是那种冷冰冰的，抵死仇恨的目光。那是质朴的、纯粹的仇恨。他们是芸芸众生里一员而已，忽然有一天，无端端地来了一群恶人，不知为什么就有了血光之灾，死了多少亲人和家人，那么天理在上，王法在上，总要有个交代，要个凶手的，对吧？可天理和王法也都知道，凶手本来不是我啊。

　　他没话说的。师父一开口，就把他交出去了。楚随波站在师父身边，温文尔雅。交出去是有道理的，那个时候，众怒难犯，他不吐口，阿秀婶和二毛就要受人欺辱。他是唯一的人选，他千里迢迢去那个村子，本来就是准备一命换一命的。他平生自命英雄，理所当然，要换妇孺的命。

　　他能理解，但不能接受。他可以自己开这个口，但不能是师父来安排。他记得那个瞬间，他放弃了所有抵抗。甚至衣襟被撕开、冷水泼上心窝的时候，他不看刀尖，只盯着铁敖的脸看。他想看看，如果他被剖腹剜心，这个给予过他生命的人会是什么神情，是否还能不动如山。

　　他们离得太远了，他看不清楚。

　　——再往前呢？再往前，是他跪在师父面前，求师父金盆洗手，离开借刀堂。

　　——是恳求，也是要挟。

　　——这是他的诸罪之源，他做了道义上该做的事情，却也险些变成了借刀弑父的结局。

　　——可再往前呢？再往前，师父是二十年的铁总捕头。

　　——铁总捕头素来是不怒自威，戒律严明，一直在言传身教，下有厚土载物，上有天道昭昭。国法重于私情，道义重于生死，丈夫在世，有所为有所不为。

　　——可那再往前呢？再往前，你我师徒父子，多年难得一见。

　　——十八岁那年，你背转过身，亲口告诉我，从此之后，我轻易不许再进你的家门，要全力以赴，建功立业，才有再度站在你面前的一天。

——可再往前呢?再往前,是你铁石心肠。

——十二岁那年,你把我交给步踵武,要顽石点头,百炼成钢。你告诉师傅们,你是我的师父,要做个标杆,只要是我走邪路,就直接下手废了。

——可我是你什么人哪,师父?

——你教我光明磊落,教我胸怀宽广,叫我站得顶天立地,可是,我也是人哪,胸膛里跳的也只是一颗肉长的人心,不是一把钢刀啊。

——再往……前呢?

——好像是夜半三更,他跳墙而入,那天在外头吃亏了,有生以来第一次被打得鼻青脸肿,浑身是血。他在那个院子外面绕了许多圈,他不敢就这么回家,也不敢就这么彻夜不回家,实在太累,就在外面枯坐着,只盼着屋里的灯火熄灭。

——可不管等多久,屋里还是亮着一盏灯,那是等候,也是责罚。

苏旷扶着手杖慢慢走着,山风里似乎有谆谆叮咛,引我归途,招我魂魄。鬼使神差地,他站在一座青木宅院前,大门两侧是一副熟悉的对联:随处得风常潇洒,忽然见雪便精神。

山风带着落叶飞舞,他的衣袂也在翻飞,衣服湿透了,噗噗的,又重又冷。他仰头看,那是师父的笔迹。这笔迹他再熟悉不过了,某种程度上说,也是他自己的笔迹。他们爷俩总有像的地方。

这副对子,神捕营里人人认得,只要师父有个自己的住处,就会挂出去。可神捕营里没人知道的是,那是师父二十岁前在竹关书院求学的时候,寒窗边的对联。那个时候,师父和郑雪程还是同窗,是清白耿介的浮生,还不曾沾染过鲜血。

大门上落着锁,锁上生了锈。

"哪位管钥匙,我能进去看看吗?"他转头求恳,不知问谁,眼光在人群里寻找。

琳琅一阵响,一只手递过一串钥匙,捏着其中一枚。那是个五旬长者,豹头环眼,虬髯如霜,是风筝的生父,昔年长白七雄的老大,燕怒石。

"多谢。"

门开了,没人拦他,也没人殷勤指引。他低低头,走了进去。

一片小小庭院,落叶长草,看起来已经许久没有人烟。一明两暗三间屋子,陈设简洁雅致,处处都可见师父昔日住处的痕迹。左边有间大卧房,带了个绿纱笼的小隔间,里面设了梳妆台,樟木衣箱,松木屏风,所有家具都是亲手打造,墙上挂了许多字画，每一幅画里都是此间山水，无论正相侧影，山水里都勾着女主人的样子——年轻时候的样子、嫁为人妇的样子、老去的样子。铁敫素擅丹青，他想画这个人，想了快四十年。屋子因为尘封太久，家具上全是灰。抽屉箱笼里，都空空如也。那些日常器用，备换衣裙，该是都被人处理了。

右边屋子是个空空的书房。没有书了，可还有一排排的书架子。地上有几样碎了的茶具和一个扔在角落里的旧木杯。后院有一片小花圃，里面已经全是枯树狰狞，长草萋萋。有口小池塘，也早干涸了，中心一点点湿泥，蟋蟀在杂草之间唱着秋歌。池塘边有个小木桌，设在青藤树下无风无雨处，桌上还有半局残棋，棋盘上全是落叶。苏旷捡起落叶，看那棋局，少了些棋子，但还看得出来，两边的棋力都差得很，一边很是顽皮，已经没有了章法，四面八方，胡乱落子，另一边也就任由着长驱直入。那一局棋并未终了，一小角乱了，好像被人随便拂过。

再找不到其他什么了。苏旷后退出去，合上门。他依旧低着头，恭恭敬敬："敢问诸位父老，我师父……他老人家离开此地的时候，哪位就在左近？"

二毛怯生生地拉了拉他空空的左袖子："大师兄，那天我和风筝本来都在的，可是蝶姑那天忽然病得厉害，我还说要不要再煎一服药……师父摇摇头，忽然脾气很坏……叫我们出去，还闩了门，叫我们不许进来。"

苏旷皱眉："师父？"

二毛脸上害羞，可还是坚决点了点头："是的呢！有一天我们来师父家里赏月玩儿……是风筝央他说她和福宝都喊师父都喊你大师兄，就我一个人不是，我心里多难过呀。我赶紧说我笨，什么都不会……师父就哈哈大笑，叫我拜师，说将来见了你……大师兄，你是不肯认我这个师妹吗？"

苏旷听二毛说这段往事，心里想若是往常，添了新师妹，那可是大喜一件，可这个当口，泥菩萨过江自身难保，她认我做师兄，恐怕后患无穷，但开口拒绝，似乎也不合适。他想到这里，不知不觉皱了皱眉。小丫头心细，惯会看人脸色，一下子瞧进眼里，脸上一阵苍白。苏旷硬了硬心肠，摇摇手："二毛，这事先不急。你告诉我，我师娘病了多久，到底怎么回事？"

二毛脸上更难堪，红红白白的。阿秀婶就上来牵了女儿手："妮子不懂事，你大师兄这时候心里着急呢！小苏，你听婶子说，你师娘自打上山，身子就不清爽，三天一躺，五日一病。依我看，你师父心里头，那是早有定数了。"

苏旷脑子里嗡嗡直叫，像有个铁锤在脑子里敲敲打打。心想，莫非真是早在

021

王嘴村，师父就知道师娘时日无多，那时候就有陪她一年半载、了却夫妻之约，然后就随她而去的念头了？此时，福宝爹也跟着点头："小苏，你师父在咱们山里，一是教孩子们念书，二是教我们瞧病，再有就是整日陪你师母。有一回，你师母好像真快不行了，半个月没怎么下床……那是，快冬至了好像，对，是，我还悄悄问你师父，要是当家娘子有个好歹，可不得提前预备？"

"预备……什么？"

"寿衣和寿材啊！"

"王家叔父，你是说……难道我师母去了，连寿衣和寿材都没有？"

"可不就是没有啊！我们两口子跟施先生提了好几回呢，他都当没听见，还几次三番特地跟我们说，说他要是不在了，那屋里的东西，大家要什么，就搬家里去什么，只要看得上，他心里就高兴。"福宝爹想着想着，拍拍腿，"你师母走那天，新下了雪，山里特别冷，我叫俩妮子给他送木炭来，之后俩妮子黏着都在他家里玩。听她们说，你师母那天精神特别好，一早下了地，之后又要穿新衣裳又要梳头，还问我家讨了鸡汤喝，可又闹着要去花园里，又要下棋……你说，那冰天雪地的，多壮的汉子都不愿意出屋，何况她一个久病的人呢？"

"那……后来呢？"

"后来？你师父居然就随她了。再后来，她就不行了，直接往后摔，俩妮子跑回家跟我一说，我就想，坏了。旁人我不管哪，施先生可是我的救命恩人，又是我儿子的老师，我是指天发过誓要替他老人家送终的呀？就赶紧想着，这是先生家的大事，要张罗寿衣、寿材。寿衣福宝娘早做了一大半，还剩只袖子，倒是寿材，一定得让他老人家自己过目。后来我就斗胆敲门，嘿，没人应答。我就想，万一先生伤心过度，也晕过去了那可不得了，必须砸门！但我砸门后进去一看，里面没人了，就只有东厢房那扇窗户是开着的。"

苏旷听了这话，脑子里又是一片山崩海啸，转身跌跌撞撞冲进东厢房，推开那扇窗——窗户外面，群山皑皑，尽是绝岭，此时夕阳已经落山，只有天边黑幕下有一线血红。天寒地冻，苍山大野，一个武功尽失的老头子，抱着个去世的老妇人，在这荒山里头，还能有什么别的归宿？他的心一片冰雪，但手还抓着窗棂，灵台空明，残存一线希望，想或许还有转机……或许师父都安排过了，这一切，只是为了说给我听，说给神捕营中人听，就只为了另寻好去处，从此神仙眷侣，颐养天年……他胸口烦恶惊惧，脑海里洪水滔天，一阵乱过一阵，胡乱转身，

022

快要迈不开步子，眼看天慢慢黑了，背后山风大起来，那扇窗被风吹得哐哐乱响，拍打着窗棂。

"小苏呀，"福宝爹一边帮忙关上窗户，一边劝他，"我说你呀，先别想这么多了，你看看你们几个人一身衣裳还是湿的，别没找到人先病了！这里住不了人，你听叔话，来我家。你们先弄口热乎吃的，换身干净衣服，再说别的，好不好？"

苏旷点点头，心想倒也是，他们四个人从溪流里汩渡上山，一身衣服全是透湿的，这天冷得很，他自己不去换，风雪原、南枝、夜哭郎君都不会离开。如今，师父不知去哪里了，先别着急，吃点东西，说不定还有别的办法。

他向外走，村民们就给他让路。和想象中不同，那些人似乎对他并不十分敌视。他就又问："王家叔父……有些过去的事，想必您也知道，我……在这村子行动，方便吗？"

福宝爹又一拍腿："这有什么不方便？小苏，我告诉你，你只管放心，那些都是误会，误会说开就没事了！"

看着苏旷惊疑的眼神，福宝爹笑着说："楚大人来了几回呀！专为这个事。他一个大京官，给我们忙东忙西，安排这个那个的。施先生特地告诉我们，说楚大人是京城里头神捕营的人，神捕营是朝廷的人，是王法，咱们老百姓就算信不过他，信不过楚大人，还能信不过王法？神捕营法度最严明，不会有一个真凶逍遥法外，咱们村的案子，他们已经在查了。等找出真凶一定明正典刑！你哪，全是冤枉的！"

"明正典刑"四个字，乱锥子一样从耳朵里直扎进心窝，苏旷眼前一阵黑，嗓子眼直发甜。他有点不对劲，风雪原冲过来，一把扶住他："师兄？师兄！好好的你怎么了？是你的腰又痛了？"

苏旷摆摆手，就地坐下，靠墙闭着眼："福宝，我不太舒服，你请大家先散一散，成不成？"

风雪原立刻明白："成！爹，你让大家先散，你们也先回去。我们哥儿俩说两句话。"

大家就都离开了。风雪原回头把大门关上。苏旷一动不动坐着，手撑着头。沈南枝和夜哭郎君互相看一眼心里都有了点数。

风雪原在他身边蹲下，看他的脸："师兄……到底怎么了？"

苏旷眼圈有点红，鼻子尖也有点红，他抓起那个蓝布包裹和手杖，站起来，深深吸口气，走回到窗户前，按了按窗棂："福宝，托我一把。"

风雪原扶他一把,他翻了出去。他又伸手:"灯。"

沈南枝从行李里取出风灯,递给他。

风雪原跟着要翻出去,他摆摆手:"南枝、夜哭兄、福宝,你们三个,千万帮我个忙,趁着天还没黑透,我得上山一趟。就我一个人,你们无论如何帮我守着路,别让人来找我,行不行?"

此时,沈南枝已经明白了:"苏旷,你是知道他在哪儿了?"

苏旷闭上眼睛,点了点头。沈南枝眼圈也有些发红:"你去吧……你自己保重,我给你三个时辰,你不下来,我上去接你。"

苏旷又点点头,挥手带上窗户。

东厢房的窗外,是一片乱石山路,通向乌泱泱的山巅。走了数百步,身后已经是茫茫一片,旷野无人。

苏旷咬咬牙,解开蓝布包裹——这里面,是道边小镇棺材铺买的一领白麻孝衣。他抓了那领孝衣三四遍,终于一跺脚披在身上。

他不再停留,牙关咬得很紧,大步往山上走。我知道你在哪儿了……我来了,等着我。

第三章　走投无路

楚随波盘膝坐在一张旧木床上，闭目养神，复盘惨败全局。比起上官乾那里的肮脏黑牢，他现在住的是一间满可以称得上"舒服"的囚室，干净清洁，相对而言也算得上宽敞，通过背后小小的高窗看得见蓝天白云，每天清晨还会洒下一扇阳光。他的饮食供给也很好，是按照刑部天牢最高的标准给的，有的小菜甚至算得上可口。

唯一不怎么好的，是他的休息。他本来就是一个睡眠不好的人，这半个月来他更是没有睡过一个囫囵觉，稍有风吹草动，立即就会惊醒。在自己家的那几天，靠着酩酊大醉才昏昏沉沉睡过去。在上官乾手下，通宵达旦地头痛欲裂。到了这里，住处固然舒服，可上面开始日夜不停地审讯他。他并没有被用过刑，至少没有严格意义上的刑讯。可短短的十天里，他被大大小小提审了十九次，有时候送回来已经精疲力竭，头刚一挨枕头，就又被人架了出去。

他被问得最长的一次，是三司会审，那是整整十六个时辰的问话。大理寺和御史台已经指派出了最高级别的人选，宫里也有人走马灯一样地旁听，堂官轮着休息，他也几次三番筋疲力尽。那一次口供要得太急，好像迫不及待要定性什么案子。他的口供被反反复复地推敲和质疑，疾言厉色地呵斥，劈头盖脸地指责，最终是一句一画押，一页一指印。最短的那一次，是昨晚上后半夜，他忽然被人从床上架出去，鞋都没穿。有人飞马而来，打着明晃晃的火把照他的脸，让他再说一遍和王素最后一次会面的情况和内容。审讯嘛，本来就是这样，正着问反着问，打乱了问，突如其来地问……人是很难对每一个细节都撒谎的，一旦被撬开口，通常就会把一大串都问出来。再说，他并没有打算隐瞒什么，从被送进刑部的那一刻起，就已经打定主意如实招供，除了铁敖。

幸运的是，他根本没有被问到铁敖。铁敖的案子是另一个案子，那个案子可能根本就没有被送上来过。他们反反复复问的，是王素、商年玉、医佛。和王素是什么时候认识的？何时有了私交？何时有了银两上的往来？对他的家世知道多少？对他的交游又知道多少？郊外的聚会都有谁？聚会的时候都在干什么？王素对神捕营有什么图谋？王素做过哪些大生意？背后都有什么金主？你问王素借过银子，借了多少？有没有借据？用到哪里去了？你查地下银庄案的时候，和王素有没有通过声气？为什么几次三番查不出来？你对国色天香楼知道多少？商年玉的诗集，是怎么回事？你和商年玉同朝为官，何时有了宿怨？你可知道这是文字冤案构陷？你说王素出的主意，有什么证据？和医佛又是什么时候认识的？何时有了私交？何时礼通往来？对他又知道多少？医佛常年侍奉圣驾左右，有什么图谋？你们第一次见面是什么时候，什么地方，什么事情？说了些什么？第二次呢？第三次呢？最后一次呢？……

这些问话让他能够清楚觉察到，离柳暗花明的时刻不远了。王素是重中之重，让他很意外的是，所有人提起王素都十分紧张。很显然，王素身上背的案子，远远不止他知道的这一两件，而且似乎有一个比他知道的一切加起来都可怕的大案子。目前看起来比较清楚的也是被所有人当作突破口的，就是那一起地下银庄案，也是他亲手去抓的"狼窝"案。那个案子，在他手里并没有什么头绪，但他的方向应该是对的——现在估算起来，狼窝涉及的银两数目，比他想的还要多。

王素是地下银庄的主人，这他已经推断出来了——他们第一次问他的时候，他就豁然开朗了。这是个很邪门的事，他和王素认识这么多年，打了这么多交道，他就在王素身边喝着酒，商量着无数秘密，可根本就没有把王素和狼窝连在一起想过，一次又一次和真相失之交臂。他是失职的，他必须承认这个。因为如果不是他和王素的私交过密，不是他们那帮人的"一荣俱荣，一损俱损"，他早就怀疑到王素头上了。

至少，在赴会前的那个夜晚，苏旷跟他说起金左手和黑赌坊的往事的时候，他是应该反应过来的——苗棣看起来深不可测，根本就没人会想到他只是一个傀儡。可一个流徙十年的滥赌鬼，有什么本事、财力可以创下国色天香楼那么大的家当？这很显然，他背后有人，他就是一个空壳子而已。可那天晚上，他被苗棣蒙住了，苗棣用一张六万两银票就把他吓得六神无主，王素用一顿和合酒就把他笼络住，他还是太谨慎了，他过于忌惮那张银票会落入到商年玉手里，过于害怕鱼死网破的结局。

而且,那个时候他真的很需要那些老朋友。他一度以为,自己是需要那些人情往来,后来发现不是;后来又以为,他需要那些人背后的世故关系,再后来发现也不是;最后他才明白,他需要的只是"老朋友"本身,那让他心里暖和。毕竟,他已经在京城厮混了十二年,已经做到了神捕营的代总捕头,他不能还是孤立无援,不能还是一个朋友都没有。不管那些朋友真实的情分是什么样的,他都选择了接受。

说实在的,即便一切都回头,他也未必能在那个时候再做一次正确的选择。王素是唯一一个始终热情而坚定地站在他身边的人,也是唯一一个会在他危难关头伸出手的人。苏旷不是,苏旷当时腰都断了,可就算爬也要离开他。他真正做错的,是在最重要的关头,孤独战胜了理智。

除去王素,商年玉的问题是排在第二位的。

商年玉是道坎,大坎。这一回,他真正迈不过的就是商年玉——如果商年玉死了,就意味着他们俩和"弑君"这种大逆不道之举有了关联。商家固然要灭门,他也没有逃生的余地;如果商年玉活下来,就意味着商年玉已经从皇帝驾崩这个事情里洗脱出来。那么,剩下的那个万劫不复的人,就是他自己。

神捕营不会容忍文狱构陷这种事,也不会允许勾结外人伤害自己人这种事,这些是铁的底线。只要这些事情被大白于天下,他会淹死在吐沫星子里。即使到现在,他依旧瞧不上三吱儿。老商算什么呢?他一辈子没有任何作为,什么都没做错过,可也什么都没做对过,他把所有的硬关卡都绕过去了,所有的硬案子也都避过去了。他贪财,又号称与世无争,他醉心奔走,又号称厌倦红尘,他对民间疾苦无动于衷,可又特别擅长在人前假慈悲,他明明是来监督铁敖的,又言必称是铁敖的真兄弟。而且,就像他看不上三吱儿一样,三吱儿也深深地看不上他。

他永生难忘第一次遇见商年玉时候的情景——那时候他才十八岁,经历过地狱,走过两千多里的路程,穿过带着瘟疫的死人堆,失去了一切,九死一生地站在神捕营大门前,他要找铁世叔,可找到的是商年玉。商年玉用一副"我见惯了你们这种奔走干谒的小人"的眼神,和高高在上的口吻回答他:"铁总捕头不在,以后也不在。你不用来了。"

后来,他跟着铁总捕头进门的时候,特地走到商年玉面前,露出一个胜利的笑容。可他没想到,商年玉的脸皮比谁都厚,以后见谁都说,他是被他引进门的。

027

他们积怨十二年,桩桩件件,事事互相看不过眼。

这一次,如果他不下手,会怎么样呢?神捕营里确实有很多人不服他楚随波,但更多的人瞧不上三吱儿。如果他愿意等一等,忍一忍,即使商年玉能够按资排辈再高升一步,也撑不了几年,无非就是受一些羞辱罢了。

这是他做的第二件错的决定——在另一个关键的时刻,自尊心战胜了理智。

第三个频频被问及的是医佛。

他能够感觉到医佛已经死了,或者很快就要死了,而且必定死得很惨。因为那些人提到医佛的时候,有时候眼角和小手指都会动一动。而且不仅仅是医佛,宫里凡是那一天当值的人,恐怕都难于幸免。但这一切都不会昭之于众,处决会是秘密而残酷的。

他被洗脱出来了,这是极大的幸运。刑部的上上下下是会竭尽全力做这件事的,最好整个刑部没有任何人和这种事有一点点的关系。

他有些后怕。他确实刻意结交了医佛,如果没有这些意外,他也会如期和医佛的孙女成亲。他得感谢自己的诸事拖延,如果速战速决,他现在已经是医佛的孙女婿了。他太想要投奔另一个家族了,他自己的家族简直是个诅咒。在关键的时候,重新开始的渴望战胜了冷静。

可除了这三个错误的选择之外,他意外地发觉这十二年来他做得还不错——在他这样的年龄和资历上,已经是完美的发挥。

有时候,人还是需要落到谷底的,落到谷底又没有死,好像就知道什么是自己真正拥有的。他有些忧伤地想,如果再给我一次机会就好了,我会做得很好的。

这时候天还早,东方蒙蒙亮,小窗外还没有天光,囚室外火把熊熊。他听见了脚步声,接着是很轻的对话声,他知道,有人来带他出去了。这一次,交接略有些冗长,这通常意味着审讯也很麻烦。他还没吃早饭,不知道能不能吃上晚饭。

"楚随波。"有人喊,语气冰冷。

他稍微拢了拢头发。去哪里呢?他边走边想。

他被带上了一辆马车,四周都是黑布,密不透风。马车辚辚向前,沉稳而缓慢,车轴恐怕是有些锈了,一到转弯的时候,就发出刺耳的咯吱咯吱声。楚随波默默地端正地坐着,他被带出来的时候,有几根碎头发绞进后颈的铁链里,他无意中扭了扭脖子。这是微不足道的动作,但左右两个解差立即紧紧抓住他的手肘。

"别动!"一个人呵斥着。这样糟糕的态度,他的事情在起变化。

他下了车,被人带着往里走。他此前来过,知道这是刑部尚书的后院书房,独门独户,要穿过一片小小的园林。院子很小,见缝插针地设了一处曲水鱼池,一丛松竹梅,一方抱厦回廊,回廊通向书斋正门。

书房很大。他进了门,左右扫一眼,陈设比上次更加简洁,没用的全都搬走了,四壁空空,堂中只有一张红木文玩架,文玩架上空空的,就搁了几盆普通兰草,墙角斜靠一架折起来的紫檀白石屏风,正中一副太师椅,两边各两副高座,青砖地面刚刚擦过,湿漉漉的。

正堂后,有个人在仰着脖子咕噜咕噜地漱口,一遍遍地吐进痰盂里去。接着一个颇有些苍老的声音问:"人到了?"

"启禀国公爷,楚随波到了。"解差回答。

"你们都出去候着吧。"

"是。"解差和家丁们倒退着出了门,抬手掩上了大门。屋里只有两盏灯笼,显得有些昏暗。

之后,趿拉趿拉的脚步声动,后面珠帘一响,一个老者走了出来,一手拄着拐杖,一手捧着个茶盅。

楚随波抬头看——老者八旬开外,须发如雪,面如重枣,额头微微隆起,宽鼻阔口,头顶秃了大半,只余小小一个发髻,系了根青布条,斜插了根普普通通桃木簪。朴朴素素一件白布中衣,腰上宽宽松松系了根绦子,外头披了件黑纹镶银的蟒纹缎袍,拄一拐鹤头梨木杖。落座的时候,眯眼扫了眼楚随波,老眼迷离,似乎已经昏花多年了。楚随波心中微微一凛,知道来者何人,嘴里喊一声:"楚随波戴罪之身,问关老国公爷安好!"拂衣低头就跪了下去。

他年纪轻辈分低,和关从周没打过什么交道。早年间,逢年过节,神捕营里一干头领去关府问礼贺寿,他倒也能随同,可连个坐的地方都没有。他只听人传过此人的厉害之处——关从周三代老刑部,处事公允,手腕极稳妥,称得上家事国事两安定,无灾无难至公卿。关从周在神捕营之时,声威和能耐虽然不如铁敖,但也提携后进无数,可谓桃李满天下;离开神捕营之后,更是仕途直起青云,历经三朝三部,同僚都对他推崇备至,直至封了国公爷,挂冠退隐,都没有什么政敌。他资历之高,声望之隆,功勋之卓著,实在一朝无两,即便是铁敖在他面前,也只能毕恭毕敬,请安问好。看来如今神捕营危急之秋,只能请这位老爷子出山,镇上一镇局面了。

楚随波眼不老实,溜溜乱看。老头子嗤笑一声,吸吸溜溜喝手里那盏茶。那盏茶恐怕是真烫,老头儿吸溜一口,轻轻呸口茶叶,再吸溜一口,喝得慢而专注,物我两忘。

地是擦洗过的,裤管和鞋子慢慢都沤湿了。过了片刻,就听门外有脚步响动。有个洪亮的声音由远而近,边走边问:"关老爷起身了没有?用过早膳没有?"外头人还没来得及回话,那声音已经到了门口,一顿,"哦,老爷子有事在办,那你们回一声,说我来过了,回头再过来。"

关从周屋里招呼:"蜀戎,你进来,不碍事的。"

"是。"门又一响动,万蜀戎从外头大步走进来,带起一阵风,他黑色大氅披在手臂上,身后跟着瘦瘦小小的文陵江,两人看见地上跪着的楚随波,都有些吃惊。

"坐。"关从周指了指边上座椅,"陵江,把门关上,你也坐。"

"老爷子,他这是……?"万蜀戎眉头拧了拧,看向楚随波,有些疑虑。

关从周竖起手掌摆一摆。万蜀戎点了点头,把怀里另一个公文袋子双手呈上去。拂衣坐了,指指文陵江,文陵江也贴椅子边坐着。

"蜀戎,你们一大清早过来,吃过早饭没有啊?我叫厨房里炖了点燕窝,你们就跟着我这老头子,随意吃一点。"

万蜀戎眉头皱得更紧,看看楚随波:"老爷子,我穷人穷命,吃不惯那个东西,不用了。"

关从周还是摆手:"吃不惯也要吃,你在我这儿吃不惯,到了别家去,吃得惯吃不惯哪?蜀戎啊,你们老哥儿三个,如今就是执掌神捕营的人了,跟外头说起话来,要注意个身份、分寸,什么穷人穷命的,你不嫌害臊,我还嫌丢人呢!哑铃儿,拿燕窝来——"

老头儿提嗓门这么一嚷嚷,后面来了个丫鬟,捧着托盘,依次上了三碗燕窝。

"尝尝、尝尝……陵江也不要客气,踏实坐好了!到我这里来呢,就跟到自家长辈房里一样的,懂礼是要懂礼,可也不要太拘谨。"

老头儿就这么吃完了燕窝,又索茶水漱一回口,接着又要了新茶,捧在手里吸吸溜溜地喝。普通官宦人家,老爷子倒也就是这么麻烦,可他如今是神捕营的掌门人,就这么拖拖拉拉,实在是有些反常。

边上那两位无所谓，反正不过是坐着吃燕窝罢了。但楚随波跪得实在是不舒服。膝盖又冷又麻倒也罢了，那一副手枷拧得又紧又沉，一条短锁链挂在脖子上，提起来嫌重，放到地上又会把脖子带着勒下去，他微微调了下双手位置。老头子轻轻摇了摇头，手指节在扶手上敲两下，忽然想起来似的喊一嗓子："楚随波啊。"

"罪官在。"

"胡嚼些什么呢，你如今还是什么罪官！喊你一声你答应一声就完了。"

"是。"

"楚随波，铁敖写信举荐你的时候，老夫并未多想啊，直接就联名把举荐信送进刑部。你说说看，以你这样的岁数、这样的资历，刑部是一再破格，把你提拔到代总捕头的位置，这是神捕营开辟以来的第一遭啊，你心里有数没有？"

"国公爷恩典！没齿难忘。"

"按道理讲，你应该感激涕零，公忠体国，兢兢业业才好。可你都做了些什么事情呢？你和地下银庄、江湖败类沆瀣一气，互相引为好友，那个王素就在你的眼皮子底下！套空国家公帑不计其数，我国库为之一空！"

"是。"楚随波低头不语，"不计其数"是不可能的，只是现如今，具体的数字已经不会再告诉他了。

"蜀戎！"

"在。"万蜀戎忙站起来。老头儿手往下按，示意他继续坐着。

"蜀戎，地下银庄的案子是你在跟着？"

万蜀戎余光瞥一眼楚随波："是。"

"你跟着好哇，苏旷是拿你的牌子抄的老窝，那小子不在这儿了，神捕营认令不认人，按什么道理讲都该是你接手。"

楚随波心里头慢悠悠一阵冷，不由自主地就有了些自外于人的意思，俯身低头，再也不愿意争辩一个字。

关从周看他一眼，又极轻极轻地摇了摇头，拿了公文，在手里哗啦啦地翻。他翻得一会儿快，一会儿慢，似乎很不经心。

"楚随波，你这个口供啊，已经是够不要脸的了，居然还句句犟嘴，说什么都不是你的主意，都是王素撺掇的……那些个不省事的东西，居然没有对你用过刑啊，这是徇私啊。"关从周将公文越翻越快极不耐烦，翻到某一页，他看不清楚，就喊，"陵江啊，过来帮我念念。"

文陵江应一声走过去，那可是加盖了刑部大印的公文，就这么念给人犯听，似乎不太合适。不过既然关从周吩咐了，她也只能从命，朗声念道："第一百七十九问：楚随波，你之前读过商年玉的这本诗集没有？答：没有。第一百八十问：楚随波，那你如何得知，商年玉的诗集有不忠、不臣的念头？答：我并不知道，是王素告诉我，说这些诗里首首都有归隐的志向，叹息世道炎凉、污浊，可如今清平盛世，正是百官出力之际，文武用命之时，为人臣者，这样说话，自然就有不忠、不臣的念头。第一百八十一问：楚随波，你可知道，这诗集经由什么路径递到圣驾面前？答：我听王素说，他后宫认得有人，至于是谁，他并不肯告诉我。第一百八十二问：楚随波，你可知道这诗集递上去有什么后果？答：我本无意伤及商年玉，只因——此处被喝断，堂官勒令如实回答即可，不许多言——我不知道有什么后果，是王素告诉我，得罪人没有一段儿一段儿得罪的，顶多也就是一撸到底的罪过，我想商大人年事已高，也到了告老还乡的时候——此处又被喝断，堂官警示，再敢多言，当堂掌嘴。第一百八十三问：楚随波，你递诗集上去之后依旧与商年玉同僚办事，此期间可有悔意？答：并没有悔意，只因商年玉依旧跋扈——此处第三次被喝断，依律当堂掌嘴。"

关从周摆摆手，意思是行了。万蜀戎和文陵江都看楚随波——楚随波白白净净一张脸，从下紫涨到上。

关从周伸手，要了口供，扔回到桌子上："楚随波，文字冤案，构陷忠良，你可是我神捕营第一人哪！老商和你往日无怨近日无仇，你怎么敢用这样下作的手段！他一大家老老小小上上下下一百一十七口，险些满门抄斩！他上有八十四岁的老母亲，堂堂诰命夫人！你平日里逢年过节，也知道上门磕个头问个好，如今呢？人家老安人一口气没顺过来啊，就在大狱里头归了西！咱们今天关起门来说话，你知道老商在大狱里头，上背着弑君的罪过，下背着害死母亲的罪名，你叫他何以为人臣？何以为人子？事到如今，你居然良心安稳，还没有一点儿悔意！"

楚随波低头，继续一头到地。

"再有，步踵武怎么死的，你心里没有数吗？你可知道神捕营里头，现在人人拿什么眼光看你？"

楚随波二度顿首。

"你今天能有一条命，活着出来，这是他们老哥仨的功劳。"关从周向万蜀戎指一指，万蜀戎躬身念一声"不敢"，"这桩案子，是御案，也是天案，还是我们神捕营自个儿的未雪冤案。刘伯庵挑的头，兰雪拥当的家，十大名捕全数回营，指天发誓自家兄弟不带无辜枉死的。大家伙儿一起把脑袋往裤腰带上挂，沿着黄泉边走了半年哪，这才把老商给洗白出来，把老步也洗白出来，顺便把你这种小人也洗白出来了。楚随波啊，你有什么话可说？你堂堂代总捕头你都做什么了？"

楚随波无话可说。关从周指责得没错，步踵武惨死之后的小半年里，他确实是无所作为，而且到了濒临绝望的地步。他并不是不想作为，只是在他的认知里涉及了皇上驾崩，这已经远远超过了神捕营甚至刑部的权力范围。刘伯庵、兰雪拥、万蜀戎和这些名捕们的智慧与勇气远远超过了他的想象，他们之间互相的信任和默契也是他从来不敢奢望的，或者更准确地说，可能那才是一些真正的捕快，他们对自己的领域有绝对的自信，对于他们来说，即使苦主是皇帝，案子也一样是案子，线索也一样是线索，该干什么还是会去干什么。他很想听听他们究竟是怎么翻案的，是如何绕过上官乾的，在他进去的这短短十几天里，究竟能发生什么翻天覆地的变化。可他们又何必跟他说呢？没有他，他们做得一样好。楚随波心灰意冷。

关从周望着他，又深深地叹了口气："楚随波，老夫保举过你，可保举得了你一时，保举不了你一辈子，天作孽，犹可饶，自作孽，不可活。你做的错事，实在是太多了。我现在问你这封铁敖保举你的绝命书，你是从哪里拿来的？"

楚随波低头不语。

"抬起头。"

楚随波抬头，他眼里有犹豫和挣扎。他听得懂关从周的威胁，他们已经在质疑了。

"说！铁敖人在哪里？"

楚随波紧紧闭着嘴。

关从周从万蜀戎带来的公文袋里抽出一沓纸，掷下："兰雪拥给你留了余地，你不要自己把路走绝。我问你，王嘴村蝴蝶血案，一夜之间死了一百四十八口，之后元凶不曾归案，你自作主张，每条人命赔了一千两银子，这是你的主意，还是铁敖的主意？"

"我的主意。"

"铁敖同意了？"

"同意了。"

关从周啪地一拍椅子扶手，抄起手里一盏茶，越过楚随波的脑袋砸到门上："你再说一遍！"

"是！回国公爷的话，所有的决定，铁总捕头都知情，都同意了。"

"那他人在哪里？是死是活？"

楚随波沉默。

"楚随波，我在跟你讲道理，你小子给我听进去！铁敖藏在哪里，是死是活，你没资格瞒着我，他自己也没有！如今神捕营这个局面，群龙无首，人心惶惶，连累我这把老骨头也要出山，追根究源，至少有一半的原因都在姓铁的身上。他做了些什么见不得人的事情！他推举了个什么见不得光的东西！你不要逼着我拿你开刀，我就问你铁敖到底身在何处？这封信是真是假？到底有没有指认你这个继承人做总捕头？你凭什么？他离开神捕营到底都做了什么无法无天的事情？他要是还在人世，他得站出来，给大家伙一个交代！他要是不在人世了，他的尸首必须回来。我手底下有的是仵作，骨头渣子也能给他吧嗒清楚了！验明正身之后，老老实实发丧，入土为安。姓铁的一世清白，名声是挂在外头大旗上的，如今这么鬼鬼祟祟的，我替他臊得慌！"

楚随波依旧沉默。

"楚随波，我给你最后一次机会——哑铃儿，拿茶来——老夫告诉你，这碗茶我喝完了，你愿意说，我放你一条活路，这件事情，还天知地知，你知我知，他们老哥儿仨加上陵江知道。你要是死不开口，那也简单，我立马押你回天牢，该问什么问什么，该由谁问由谁问，到时候动不动刑，闹到什么结果，就只有天知道了！"

老头儿开始喝他的第三杯茶。这回茶不烫，老头儿喝得快多了。

楚随波咬了会儿牙，抬起头："关老爷，我有句话想问！"

"在我这里，没你问话的余地。要么就回话，要么就滚回去！"

楚随波心里格楞楞直颤。这是一个速战速决、需要选择的关头——关从周说得有道理，如今这个局面，不管是死是活，铁敖必须给个交代。而且，只有铁敖身后事公诸天下，才有顺顺利利的下一任总捕头。现如今，他心知肚明，铁敖已经不在了，他母亲也不在了，那个地方，对他而言已经没有那么大的意义。至于那些村民——大别山那个地方是有地契的，万蜀戎他们去了，也不至于和村民为难。他们追到现在，一副惩恶扬善的样子，为的不就是"无辜村民"吗？唯一为难的就是苏旷，苏旷还在京城吗？不像。苏旷去那儿了吗？这些日子都干什么了？不知道。反正人家破了个大案子，真是不服不行。得了，总惦记苏旷干什么呢？那是他们的小苏，他们真遇上了，也无非就是遇见了而已。

关从周那杯茶快要喝完了。老头子的眼睛从茶碗上面抬起来，看楚随波的脸。楚随波的嘴唇挣扎了一下："关老爷，万老大，我就问一句……"

"来人！"

"呵……好，给我纸和笔。"

关从周第四次极轻极轻地摇头。

那个地方很快就画完了，都是神捕营的标记，很容易看清楚。文陵江躬身，呈上去。老爷子看完，又给万蜀戎看。楚随波俯身，叩头，不知为什么，心中有些惭愧。

关从周看起来又像是那个老眼昏花的老头子了，他摸摸搜搜地从文件袋里掏出一张很皱的纸，扔出去，没什么力道，飘飘荡荡，落在离楚随波老远的地方。楚随波拿起来看，是他小院的地契。

"你走吧。你的案子结了。王素捉拿归案之前，你不许离开京城，随传随到。"

"可……"楚随波抬头，不解。

"没有什么可不可的，你什么交接都不用办了。去吧，我是为你好，你这会儿回去，那些人能把你啐死。你的卷宗，我知会伯庵，直接封存了事。从此以后，神捕营与你再无瓜葛，你也不许再进神捕营的门，听懂了吗？"

"关老爷！"楚随波激动起来，这他忍不了！他在神捕营十二年，结局不能是这个！自从他被押入刑部天牢，就根本没有任何说话的机会，只要多问一句就被打回去。他们要到了他们要的口供，他也认了他能认的所有罪过。但就算是死，也应该给他一个辩白的理由。

关从周站起来，负手，背过身子。这意思很清楚了。万蜀戎也站起来，拦住他，走到门口吩咐道："你们几个，解开他，让他走。"

手枷打开了。楚随波还想往里冲。万蜀戎叹口气，在他耳边说："楚随波啊，你想什么呢，老商已经放出来了。"

楚随波怔了怔，不懂。万蜀戎又叹口气，又说："老商的案子，是当今圣上亲自批的。圣上看了那本诗集，喜欢得很哪，说他受了大委屈，加了诸多赏赐。如今老商告老还乡，咱们刑部，正风风光光地送哪。"

"可圣上不是……"

"楚随波,你在里头不知道外面的事,你说的先帝爷,十天前也归了天。"

"什……什么?"

"当今天子,英明神武,春秋正盛,这是咱们的福分哪!"

一大桶冷水从头往下泼。一朝天子一朝臣,如今,商年玉成了圣驾前的红人,那神捕营当然容不得他了。可商年玉会放过他吗?用后脑勺想想都知道。他该去哪里,他能去哪里?他是被吩咐过的——王素捉拿归案之前,不许离开京城,随传随到。

那张地契被塞进手里,楚随波被推出了大门。他恍恍惚惚。外头很大一片阳光,白晃晃的。他攥着那张纸,穿着囚衣,披头散发,孤魂野鬼一样,摇摇晃晃向前走。他赌输了,一撸到底的是他,身败名裂的也是他。他既不知道何去,也不知道何从,天下之大,似乎再没有他的容身之地。

万蜀戎遥望楚随波,直到他身影消失在转角,才回过头。回到书房,关从周正望着手里茶杯,若有所思。

"软哪,是软哪!不中用!"

"关老爷哪儿找第二个铁总捕头去!"

"蜀戎啊,你也别在这儿跟我磨叽了,拿上地图回去,你们老哥仨商量商量交接下手里的事,这就动身吧。你寻思,老铁在不在了?你直说吧。"

"不在。"

"怎么讲?"

"他要是在,除非是被楚随波拘禁了,不过我谅楚随波没这个胆子。无论如何,他不至于躲到今天!"

"说得好!那你直接带一面灵幡去,接咱们铁总捕头英雄归故里。"

"是!"

太阳升起来又落下了。城门大开,贩夫走卒,去往奔来。

一队快马,十万火急,从西城门打马而出,并没有特地下马交验令牌。有人在城楼上看,然后匆匆闪身离开。另一处,御林军校场边的马厩里,一匹高头大马,浑身黑漆漆的,肌肉矫健如龙,正在嚼一只兔子。它嘴里血森森的,兔子还是活的,两只长耳朵一抖,慢慢地消失在大嘴里。恶马王上官乾,赖以成名的就是这匹马。

上官乾背对着马厩门,一对巨猿似的手臂全是花绣,他手里拿着个青铜的辔头,伸了伸手,边上有个亲随递上一壶酒,他往嘴里倒了一口,剩下的倒进那匹马的水槽里。那匹马低头,吸溜吸溜喝那掺了烈酒的水。

"混账东西!要你跟我出去办点事,就非得夹生吃这口东西!"上官乾骂一声,手上较劲,把马脖子从水槽里硬掰起来,上了辔头,又从一边拿过马鞍,甩上马背,将肚带、马镫系紧。

"统领!"有人进来了,"万蜀戎已经去了!我在城门楼子瞧见了,一共三十三人,快马加鞭。"

"能跟吗?"

"跟不了!万蜀戎的人,恐怕咱们京城里没人能跟。"

"不仅是京城里啊,万蜀戎的人,本来就没人跟,难怪他托大。好,不跟就不跟,咱们自己去!"上官乾已经把马收拾妥当了,"东西全都备齐了?"

"早就备齐了,时刻待命。"

"好极了,择日不如撞日,咱们这就走!吹号!"

"统领!统领!"那名亲随从草垛上拿了头盔、外衣、大氅,伺候上官乾穿上,又飞也似的奔去马厩另一头,拿自己的斗篷、佩刀,摘下旗杆下号角,边往身上挂刀,边跟着上官乾一溜小跑,"您这是说咱们兵令请下来了?"

上官乾牵马走了几步,翻身上马,伸了伸懒腰:"想得美!"

"可是……"

"去了再说,再晚些,人都跑了!吹号!"

上官乾双腿打马,那匹黑马像噩梦中怪兽的影子,一溜烟地穿过马厩,向另一侧的校场小跑过去。

他的那个亲随早已习惯了他,一边跟着跑,一边扣紧了佩刀,鼓起腮帮子吹起那支牛角号。呜,一声贴地金铁之鸣,亘古绵长,似乎召唤着远古巨兽一起苏醒。

校场里,一支千人队列成方阵,五百骑兵,五百步兵。上官乾纵马而过,从校场前一面大旗杆下,摘下他的兵刃——那是一杆古铜色的方天画戟,刀刃加宽了许多,也加重了许多,看起来更像是一柄长杆战斧。他一路纵马,遥遥点兵,从千人之中,选出三百,向上一指方天画戟,那三百人一起打马出列,齐齐应喝了一声。他又指了指,点出另三百,向下一指方天画戟,那三百人翻身下马,从一边的箱笼堆里取出亮银的盔甲盒和粮草箱笼，架上马背，拴牢。还有一箱纯金色的盔甲，是为上官乾准备的。

"准备飞鸽传书！传令！"他吩咐道，"传令大别山南麓，登云巡检司，准备步兵五百，另备千人的粮草，围山小炮十二口，即日起时刻待命。"

秋风猎猎，旷野茫茫，校场上千人寂静如铁。亲随匆匆把布条塞进鸽子腿的小竹筒里，脸上有些白。

"放啊！"

"统领……"那亲随竭尽全力压低了声音，"我们没有兵令……这可是……"

上官乾瞪了一眼亲随，俯身下来，屈起手指在他的手上一弹。亲随手痛一松，那只鸽子扑棱扑棱地飞了，直上青云。

"早该会上一会了！"上官乾的目光追随着那只鸽子，眼睛眯成一条缝。他舔了舔嘴唇，秋天实在是太干燥了，他也想要一点沾着血腥的猎物。他一路目送，直到那只鸽子消失在天际，才猛打马。恶马绝尘，向着校场大门而去。他点出来的那三百骑兵，一人带一匹空鞍马，齐齐应和，跟随而去。这支队伍是精锐之中选出来的精锐，刀锋之上淬炼出来的刀锋，迅捷、安静、行动如风，水银泻地一样向前进。此时，夕阳西下。

从城头看到万蜀戎到他们快马出城，仅仅相隔了一刻钟……

第四章 十九棵松

苏旷推开师父家窗户的时候,看见了山巅上的松树。以距离和目力来计算,那些松树大约可以算得上参天巨松,这让他想起了神捕营的十九棵松树。

十九棵松树,在神捕营是一个人人皆知的掌故。甚至楚随波在被抓走的那天,还特地正本清源提了一句,问他知道不知道神捕营是怎么起家的。说实在的,这话问得真是可笑极了,他把那十九棵松树挨个爬了一遍的时候,楚随波还不知道世上有神捕营呢。

这段故事,每个少年都会听自己的管带师傅讲一遍,讲得多半很是泛泛,又一定要讲"昔年天下各州各府名捕云集京师,追一桩轰轰烈烈的通天大案子,最终死伤无数,只剩十九个人,案子还是破不了,一人从奸臣,诛十八兄弟,得以反间。热血尽,天案昭雪,此人继承遗愿,神捕营从此立于京师"。讲得泛泛,是因为少年们听了也不会真的懂;一定要讲,是因为其中一些人,会用一生去听懂这个故事。

那桩"轰轰烈烈的通天大案子"是本朝第一名案,时间跨度之长,涉及人数之多,背景之深厚,过程之曲折,影响之深远,一直到如今都没有再被超越过。

案子最早是被一群年轻的捕快发现端倪的。他们在许多寻常的血案里,找出了隐藏的线索,顺藤摸瓜发现了一个神秘的组织,那个组织网罗了许多有头有脸的人作为幌子,几乎遍布全国各地,作恶极深。那群捕快一度轻举妄动,之后,他们发现了那张网的可怕之处——在他们之中,一部分的同伴被直接干掉了,另外一部分同伴被上司调离了,还有一部分同伴家人受到威胁,从此退出。

但年轻的捕快们没有退缩,他们逐层向上寻找支持,最终,案子被送到了刑部,卷宗也雪片一样向刑部汇聚。这张网的势力之大闻所未闻,见所未见,平时深埋在地下，只要拉起来，就会掀翻上面的整个花花世界，只要有人稍微试着动一动这张网，立刻就会付出极其惨重的代价。但是刑部的那群中坚也没有退缩。他们发现，只要退缩，连他们的阵地也会被这张网吃掉。

他们经过了无数次的彻夜长谈，最终，决定由刑部发英雄令，调集天下各州各府的精英，齐集京师。那是一场盛会，也是一场决战——正当壮年的人安置了家小，年轻人带来了热血和青春。到天下名捕最终得以汇聚京师的时候，离最开始发现端倪，已经过去了十年。

之后是一场漫长的大迂回。一些人战死了，一些人离开了，又有一些人加入进来。刑部的伤亡花名册不断增厚，朝廷拨出的银两已经多到被群臣不断廷议参奏，说是刑部一些人借案子要银子，沽名钓誉，卖直邀宠，在朝野巨大的压力之下，连尚书也换了一位。

整整十八年过去了，那张网被一个一个节点地击破了，终于到了集中力量，清剿老巢的一天。那一战，精英尽出，大获全胜。那是一场比刑部预想之中还要盛大的胜利——首恶尽数被擒拿，押解进京，枭首示众。抄出金银无数，国库为之盈余。朝廷大加封赏，其中的一些曾经饱受议论的捕快终于得到了该有的荣誉，京城之中人人向他们欢呼，称之为英雄。当然也有一些人就此高升，成为国家栋梁。

除了，最后的一小撮人。那一小撮人，也是最早的一批人，他们坚持认为，这个案子根本就没有破，老巢和首恶都是假象，幕后还有真凶。

可到这个时候，已经没有多少人想要听他们的言论了。前前后后，已经二十八年了，一切都有了皆大欢喜的交代，就算幕后还有真凶，这个案子也到了该翻过去的时候了。就算还有几个愿意姑且一听他们言论的人，也被他们的推断吓着了——他们推断的"真凶"，是当朝的王爷。这位王爷，德高望重，声誉极隆，早在昔年立太子的时候，王爷就极力陈情于先皇面前，为天下万民计，立贤不立长，把垂手可及的皇位让给了亲弟弟。此后的若干年里，他也尽了一个人臣的本分，清正仁义，光明磊落。甚至在最开始追查这个案子的时候，王爷力排众议，给了刑部许多支持。这个王爷没有任何动机去做这件事情，毕竟，即便他当年想要皇位，也可以用最光明磊落的办法拿到手，其他这些算什么呢？

刑部不再听他们申诉了，案子结了。这意味着不管他们再做什么，都已经是违背律法、私自行动了。

于是，最后剩下的，只有十九个人。

这十九个人里,其中十八个人都是从最初就跟这桩案子的,付出的代价最惨重,他们追得太深太久,众叛亲离,把自己也变成了这桩案子的一部分。这十九个人里只有一个例外,那个人还年轻,进来得也晚,似乎还有前程,大可以从头再来。

有一天晚上,那十九个人在京城之北荒郊野岭的一片松树林里商量生死大事。他们围坐了一宿,袒露肺腑,最后决定由最年轻的也是最后加入队伍的那个人担负起最艰难的担子——由他去王爷那里告密,说是这十八个同伴已经失去心智,决定誓死一搏,当晚前来刺杀,用自己的手段求最不堪的公道。那是一个看起来有些软弱、糊涂的人,由他担任叛徒的角色再合适不过。

那场刺杀极其逼真,也可能根本就是真的。这十八个人确实是带着深仇大恨来的,他们要为亲人和自己复仇,也要为许多枉死之人雪恨,还想要做个了断。当然,他们全都落网了。那个最年轻的捕快也很快进入了自己的角色,他在那十八个人落网之后站出来,承认自己是告密者,顶着那些人的破口大骂告诉他们,他捍卫的是国家律法,这是他们当初教给他的。

一年后,这十八个人被公开处决了。王爷似乎是为了考验这个年轻人,亲自安排他做了监斩官。那个年轻人带着自如的微笑,用十八颗已经有些花白的人头,换取了王爷的信任。从此之后,案子就是他一个人的了,秘密也是他一个人的。他得到了刑部的高位,这让他免遭灭口,可没有人真的看得起他。他不在乎。

他在十年后找到了证据。又在三年后才完成了最完美的一击。当这桩案子最终大白于天下的时候,整个刑部、各州各府、朝野内外……所有人都震惊了。老王爷也已经白发苍苍,他被赐服毒自尽。慢慢地,有人理解了王爷的所作所为,他前半生太光明仁义了,所以后半生后悔了。一个尝过权力巅峰滋味的人,不可能再好好地尽一个臣子的本分。

那个年轻人,现在也不年轻了,最终获得了所有的荣光。他有资格要求一切封赏,但他不要封赏,他要神捕营,这是他们在松树林里约好了的。那十八个人最后嘻嘻哈哈地说,如果有一天冤案大白了,那就建立一个神捕营吧,就像最开始一样——那些热血沸腾的年轻人说,为了正义和公道,我们去干掉他们。

他是有证据的,那十九棵松树上,刻下过他们的名字。如今,他们的名字已经随着岁月长到很高的地方了。那是一个必须履行的承诺,于是,从此就有了神捕营。

那个年轻人理所当然地成了神捕营的首任总捕头。又过了十年,他做了该做的一切，再之后安然离开了人世。有人说他是自杀的，有人说寿终正寝，但其实并没有什么区别，总之他在他认为应该的时候离世了。他留下遗言说，他早就没有家了，把他烧成灰吧，就和着酒，浇在有他名字的那棵松树下，如果人死之后还有魂魄，他就不走了，生生世世守在这里，如果没有，那就算了。在此之后，这就慢慢地变成了一个不成文的规矩——更多的少年，把自己的一生变成了一杯和着骨灰的烈酒，浇在了有自己名字的松树下。

到铁敖执掌神捕营的时候，神捕营进入了最巅峰的时期，无论人力还是财力。他干脆就买下了那片荒郊野地，直接把神捕营的东大门扩到了那里。如今，那片树林就在东门和卷宗阁之间，十九棵巨松参天，草深且长，平时少有人迹。

苏旷第一次踏足那片林地的时候，还是在不太记事的年龄。人在启蒙之前，是有那么一段蒙昧期的，那个时候发生的事情，长大之后往往记不清楚，但却会成为一生的底色，一直挥之不去。直到某一个刹那，命运的闪电照彻了那片深渊，会明白许多此后一直百思不得其解的事情。

人之初的那几年，苏旷是跟着万蜀戎的。那时候万蜀戎也很年轻，又因为整天带小孩子，吃得多动得少，脸上有点浮肿，见人笑嘻嘻的，唯唯诺诺。

那一天，苏旷和万蜀戎正在一起拉屎，都在无聊地捏着鼻子说对方好臭好臭。忽然，万蜀戎慌里慌张地说，你师父就来了，快快快，然后拎着裤子一溜烟地跑了。苏旷从没见过万蜀戎那么惊慌，好像师父是个很可怕的怪物。但他没有那么快，当他解决完后果然看见了师父——他瘦得可怕，一层古铜色的皮包着一副铁打的骷髅，穿着黑袍子，袍子空空荡荡。师父扶着根手杖笔直地站在门口，万老大在他面前弓着腰伸着头，唯唯诺诺地说些什么。苏旷很激动地跑过去想抱一下师父，之后就听见了记忆里师父对他的第一句话："洗手。"

这让他小小地伤心了一下，但立马又高兴了起来。因为万蜀戎对他说，我们出去走走，好不好。他赶紧去拿自己的小篮子、小布兜和一大堆叮叮当当的家伙。

"为什么要带篮子？"师父很奇怪地问万蜀戎。

"带他出去玩儿，人家老给他塞好吃，每次都装不下，自己就学会拿篮子了。"万蜀戎回答说。

"放下。"

他一切都准备好了，却听见了师父对他的第二句话。他有点不喜欢师父了，神捕营里，人人都宠他对他好，只有师父例外。

师父走得很慢，万老大一直在身边，毕恭毕敬。苏旷就自得其乐，突突突绕着他们跑。在那之后，师父再没有走过这么慢了。后面又过了很多年，苏旷才知道，师父那次回来是养病的。当时，他的身体非常糟糕。可能他确实太吵了，两个大人的话题稍稍转移到他身上一会儿。

"一直都这么闹吗？"

"闹，特别闹。"万老大趁机诉苦，"从早到晚，没完没了，要多吵有多吵。"

"干这个委屈你了。"

"不委屈，我自己选的。"

"那准备干到什么时候？未来什么打算？"

"没有……"

万老大忽然耷拉了脑袋，手在裤子上胡乱搓着，声音闷闷的。万老大是个逃兵，大家都这么说。具体是怎么逃的，大家都不太清楚，确切知道的，就是他所有的训练都极优秀，但迟迟不肯正式入职神捕营。

他们慢慢地走到了那片树林里。师父找了根倒在地上的树干坐下，多少有些吃力，拍拍身边，万蜀戎就也坐下，之后两个人沉默不语。

没人管，苏旷就自己玩。草丛里有一对兔子，苏旷就开始拔腿追兔子，一会儿追一只，一会儿又追另一只。他在一个完全是幼儿的年龄，却展示出了一种属于顶级攻击手的天赋——他追两只兔子，扑到了就放开，不断地变化着路线和方向，计算出和兔子之间最短的距离，那两只兔子始终没能从这片林子里跑出去。

"你教他的？"

"没有，你没吩咐，谁敢？"

"那跟谁学的？"

"不知道。"

他在那儿追兔子，两个大人就在那里轻声聊天，聊的许多东西他都听不懂，但奇怪的是，到如今这个岁数、如今这个情况，忽然又记起来了。

"蜀戎，我问你个事儿行吗？"

"铁老大，你问我……哪还有什么行不行的……"

"你还记恨老钱吗？"

"怎么就忽然提起他来……"

"记恨不记恨？"

"嗨！这一页翻过去了。"

"哦？真翻过去就好哇。我把他带来了。"

"什么？"

苏旷当时抓住一只兔子，正在循循善诱劝降另一只兔子，背后的说话声里忽然多了一句很惨很大的声音。他很奇怪转头看去，师父从怀里拿出了一个很小的铜罐子，万蜀戎的脸色变成了死灰色。而师父往前一递，万蜀戎突然惊慌失措起来，好像那是一大团火，他急急忙忙地避开，一屁股坐到地上，还在手撑着往后蹭。他喉咙里发出一种古怪的像是用一把钢刀在一根铜锯上反复拉的声音，他的手胡乱比画，把头夹在膝盖里，想哭又哭不出来。师父向苏旷这边看了一眼，苏旷被吓着了，强装镇定继续蹂躏兔子，实际上他开始留意他们的对话。

万老大这种状态保持了许久。很久之后，他从膝盖上抬起头来，声音低沉地问："怎么回事？他怎么死的！"

"他被慕容罗锅抓了，慕容罗锅那个案子你应该知道。老钱那几天心情不太好，总是要一个人静静，我警告过他，已经到慕容罗锅的地盘了，就不许再落单。他不听我的。这次行动前，我也劝过总捕头，直接让老钱歇了吧，换个年轻的跟我搭班。他老了，反应也慢了，出外差不合适，待家里算了。可总捕头这人有点太稳了，跟老钱聊两回，他不听，而且他也没明显的过错，不好硬让他下来。"

"那……之后呢？"万老大凶起来了，不再唯唯诺诺。

"之后，他每天被送到我手上一点儿。"

"什么意思……"

"就是字面上的意思，每天送来一点，有时候是一根手指头，有时候是一只手，有时候是一片耳朵，有时候就是一片肉，防不胜防……而且都是新鲜的。"

铁敖这种若无其事的语气曾经得罪过很多人，但他确实就是一贯如此，讲述什么场面，语气都是一样的。万蜀戎的那种拉锯一样的哭声都没了，眼白是血红的，小血管全爆了的鲜红。

"再后来我们到寨子下面，当时在埋锅做饭，忽然就有人喊……说大锅饭里面，被扔了一副活人的卵子……我把那玩意儿扔了，叫大家伙接着吃饭，我领头吃的，带血的那碗。"

"你为什么……？"

"没办法，我们没米了，马上就要总攻。"

"做得对。再后来呢?"

"再后来我在寨子门口看见他了,还是活的……还在动……不过喊他已经听不见了,我就亲手把他射死了。"

"好!再后来呢?"

"没有再后来了。蜀戎,他被抓走前那个晚上,喝了一点点酒,跑过来找我,跟我说,估计你还是不愿意见他,叫我转告你说他想通了,你真不想干也挺好,直接走吧,别磨磨唧唧的,也别耽误自己,年纪轻轻的,一身本事,哪儿不是去处!行了,我把话带到了。你呢,愿意送他最后一程,就送送他。不愿意呢,就走吧,干脆点。"

师父把铜罐子放在万蜀戎面前,又递上了一牛皮袋酒。万蜀戎终于把那个小铜罐子握在手心轻轻摩挲着,另一只手打开酒袋子。过了很久问:"慕容罗锅呢?"

"我带回来了。"

"我能见他吗?"

"不能,国有国法。"

"什么时候办他?"

"三天后。"

"怎么个死法?"

"凌迟。"

"我能动手吗?"

"不能,国有国法。"

"铁老大!帮我一次!"

万蜀戎转身就跪下了,鲜红的眼睛对着铁敖。

此时的苏旷看得浑身发紧——那是之后,一代名捕万蜀戎让无数人闻风丧胆的眼神。

"蜀戎啊,我答应他的是让你走。我现在什么都不能答应你,我自己也不知道能撑到什么时候。"铁敖很吃力地站起来,向苏旷招手,"旷儿,过来。"

整个神捕营,人人都叫他小苏,只有这个人喊他"旷儿"。苏旷在震惊中走了过去,父伸手摸了摸他的脖颈,有些许惊讶和赞许。苏旷也打了个哆嗦,那是一只非常冷也非常硬的手,像一只骷髅的爪子从坟里伸出来,刮在他的皮肤上,刺啦刺啦。苏旷后来才知道那个时候,师父的身体和他的性格一样固执,三个月来不管怎样调养，都是吃什么吐什么，他的身体在造反。

"旷儿，"师父轻轻摸他的头，蹲下来问他，"你和万大哥玩得好吗？喜欢他吗？"

苏旷点点头说："喜欢！"

"那过几天跟他出去玩，好不好？外头很大，想去哪儿都行。"

苏旷眨巴眨巴眼。

万蜀戎跪在地上叫："铁老大！"

铁敖不回头："他就这么一次机会，你也就这么一次机会。他现在年纪小，出去没人知道他是谁，等到天底下都知道他是我徒弟，他就没得选了。你现在还年轻，真干出这么没人性的事，以后也翻不了身了。"

万蜀戎继续跪在地上叫："铁老大！"

"旷儿啊，"铁敖还是很温柔，"再想想，出去玩好不好？"

"师父，你为什么不带我玩？"

铁敖抬头，示意苏旷看那棵松树，所答非所问："我的名字在那儿呢。"

苏旷也去看那棵树，树太高了。长眠于此地者，声名在风中飘。

"旷儿，"铁敖还是很温柔地问他，"最后一次问你，想清楚了。"

于是苏旷就用很清楚的声音回答："我不出去玩，我留下来帮师父抓坏人。"

铁敖笑了笑，很大声。他很少大笑，声音奇异，嘹亮而干硬，有种白猿啸叫的感觉。他站起来，并自那之后他再没有蹲着对苏旷说过话。他走到万蜀戎身边，拿起那个牛角酒袋，倒了一半出来到那个骨灰罐子里。忽然就恶狠狠闭了闭眼，往嘴里送了一口，把那口酒咬在嘴里——他当时脸颊瘪极了，松松垮垮，像是鸽子的嗉子，酒水鼓起个奇怪的包，拳头抵着胃，胃在抽搐。他在非常强硬地把那口东西送下去，喉咙在抵抗——那不像是一口酒水，更像是一块骨头、一块铁疙瘩，一块在此之前他无论如何也嚼不碎、咽不下去的东西。他脸上开始出现一种狰狞到可怕的面容，牙齿发出快要断掉的摩擦声，好像一只魔鬼在他身体里苏醒了，正在撕咬掉另一个他。

"你送他一程，然后跟我去见关总捕头。"铁敖把罐子递给万蜀戎。他喝下那口酒了，没有吐，然后按了按万蜀戎的肩膀，"三天后你主刀。不许后悔，你自己选的。"

他匆匆离开了，临走的时候，又摸了摸苏旷的脖子："你也一样！"

万蜀戎把那一罐子酒倒在了松树下。

在那以后，铁敖的身体奇迹般地复原了，他的胃变得驯服，身体变得更强壮。而他的人，也变得更残暴。他好像完全吃掉了另一个人——一个会用可怕手段折磨敌人的家伙。

他选择了活下来，并且向那十九棵松树献祭出最后一样宝贵的东西。

但从此之后，铁敖几乎是战无不胜的。

那是神捕营历史上的黄金二十年，也是血色之路和白骨森林的二十年。在那之前，朝廷的律令并不能到达一些荒山野岭，啸聚为众的群匪也并不会从内心深处恐惧什么。朝廷捕快，大不了就是避避风头。但在铁敖之后，一切变得不同了，除非案子没有被递到神捕营，不然的话，无论天涯海角，只要翻开地图，在朝廷疆域之内，为恶必诛。

没有人不畏惧他，好人畏惧他，坏人更畏惧他。他是一尊没有怜悯之情的石像，一只会碾平一切的铁犁。他不在乎自己的生命，也不在乎自己弟兄的生命。他杀掉恶人，有时候也会杀死恶人的亲人和孩子，他办了无数硬案，也办了不少冤案。他没有七情六欲，也没有弱点。

铁敖五十岁的时候，第一次为自己办了寿宴。他说五十而知天命，活到这个岁数不容易了。万蜀戎送的礼物与众不同，是一本游记，来自慕容罗锅曾经盘踞的那座大山里。

苏旷深一脚浅一脚地往山上走。天已经黑了，脚下荒草过膝，松涛和草浪浩浩荡荡，湿而硬的土壤里有一种含着霜雪的冷气，裸露着的大块山石发出一种孤独的微光，黑夜好像是一种流动的液体，正在从地下一点一点地溢出来。

他快要找到他要找的地方了。在他很小的时候，他曾经跟着师父的目光一起抬过头的。现在他想，师父窗前抬眼可见的一片松林绝对不是某种巧合，而一定有着某种暗示——师父一定会回到属于他的松树下。

他走到松树下了，仰头望，鳞鳞如巨蟒，低头看，裂裂如巨龟。他在其中一棵松树的背后发现了一片潮湿松软的土地。松树上还有一段很细的鱼线，鱼线上有一个很小的轮轴，轮轴的另一头是一段倒下的树干。

这应该是一个精心设计的墓穴——人进去之后，拉动机关，那棵树会倒下，带着大堆泥土压下来，封死底下的石板。

他点了点头，算了算角度，找了片石头，开始顺着石脉的方向挖下去。大概在挖开了半尺的浅坑之后,他的石头片碰到了第一样硬物——一柄很小的花锄。花锄生满了铁锈,但刃口是打磨过的,没有起卷。看来这个墓穴从设计、建工到完成,都从容不迫。师父应该是花了很多工夫,半夜偷偷溜出来,打造自己的埋骨之地。

握住这柄花锄的时候,苏旷心跳开始加速了。他挖得很快,不知哪儿来的体力。那棵巨松是和一块山岩连在一起的,有一个很深的犄角,泥土都松软得很,落下来的时候也会正好盖住地面。他已经挖了一个足够深的土坑,大概没过自己的腰。

当!锄头碰见了一片斜着的石板。石板挡在岩石的一面上,两边有浅浅的石槽,便于滑落。他开始听见自己的喘息声,一种夹杂着恐惧的喘息声。巨大的致命的悲伤,像是一只盘旋在头上的鹰,快要俯冲下来,攫住他了。他重重地咳了一声,把这种让人软弱的恐惧,从呼吸里挤出去。

石板被清理出来了,上面是有字的。他这辈子就没有这么慌张过,跌跌撞撞地把灯拿来,轻轻抹去字迹上的泥土。是的,是师父的笔迹,端正、潇洒,是用工笔慢慢镌刻上去的。他的手指跟着那些笔迹往下滑,轻轻念出了那六个字:

  铁敖诛凶于此

他们爷俩倒真是像,喜欢留这样的字。他忍不住轻声笑了笑。

他慢慢闭上眼睛,腰抵着土壁,伸出手扳住了石板,把它放下来。没有想象中的恶臭——石板的背后是一块狭小的天然石穴,里面有风,不知通向哪里。

他想睁开眼睛,但没有睁开。这真是奇怪的固执,他的眼睛忽然负隅顽抗起来,像个撒娇的小孩子滚在床上,只要不睁开眼睛,就还在美梦之中。没什么接不住的,睁眼!他对自己命令着。可他还闭着眼睛,今天他的身体在违背他的意志。

没关系,他的意志依旧清醒,把手伸了进去。他摸到了石壁,粗糙、突兀,犄角处有石苔。他顺着石壁往下摸,一片平地,干、硬。再往里一点,他摸到了一只手……这会儿,他头已经将要炸裂,牙齿咬得很紧,几乎用尽了浑身的劲儿,快要把槽牙咬碎了,然后借着那么点劲儿猛地睁开了眼睛。

那座小小的石龛里有一具尸首,披着件长袍,斜着倚坐在石壁角落,一只手垂在身边,一只手搭在胸口上。他深深吸了口气,咬着灯,探身进去,刚刚抱住那具尸体,往外退了一点儿,就听哐啷一声响。尸体的右手边居然还有一个黑咕

048

隆咚的地洞，不知通向哪里，一具重物落了下去，似乎很深很深。

他慢慢退出来了，坐在自己挖的土坑里，低头看自己抱出来的这个"人"。那是一具干尸，石穴里干燥而通风，保存得算是相当完好。他看了看那张脸，很像是小时候看见师父的那张脸，像是一层古铜色的皮包着铁的骷髅。那颗头颅上须发皆白，发髻已经软软垂下来了，上面挂着一根简简单单的青布带。

没有什么可验明正身的，他摸到那只手的时候已经确定了。他轻轻握住了那只胸膛上的右手。那只手还能挂在胸膛上是有道理的，手已经是白骨了，掉了两个指节，另外的骨头挂在一根细细的发簪上，发簪正插进心脏的位置。

他不该干下面的事情，师父的意思很清楚，尸体要交给神捕营，死因要交给仵作。可想什么呢！他撩开尸体的衣襟，慢慢拿下来那只手，握住了发簪，毫不费力地把发簪抽了出来。那根发簪本来就细，又磨尖了一些，看起来跟竹签差不多，拈一拈，居然是完完整整的，毫无弯折。如果是一个练武的人，当然毫不费力地可以完成这个，但对一个失去了武功的老人来说，需要角度很准，手也很稳，一点偏差都没有。往自己心脏上插，能做到的人不多。

尸体被轻轻一晃，又一根脚趾骨节掉下来了。看过去，一件长袍、一条裤子，连鞋子都没有。这个人来去无牵挂，浑身上下，再无遗物。而露出的胸膛下半截，已经烂出了肋骨，几乎每一根都有昔年折断过的痕迹。

苏旷咬着牙，拿着灯，第二次探身进去。里面什么都没有了，再往里，一个地洞黑黢黢的，看起来像是直接通向山腹。师父的意思很清楚，他知道他需要给神捕营一个交代，他的夫人则不用。他应该做过些什么，如果没有意外的话，可能没有人能找出另一具尸体了。墓穴干净而空空荡荡，没有留下任何字句。离开这个世界的方式正是师父的风格，一如既往地傲慢而利落，他给神捕营留了遗书，那是公务，事无巨细；至于他本人，没有一个字需要言说。

"行！随你！"苏旷点点头，没话说就没话说吧。他再度咬住那盏灯，试着把尸体带出这个他自己刚刚挖出来的土坑。但没想到居然很难，这个坑并不高，只是他抱着一具尸体，腰力不够，只用腿，有些困难。他小心翼翼地护着，受不了尸体上再落下点什么来，也明白按照师父的意思，是要全部带给神捕营的。

他试了两次放弃了，还是决定先用肩膀把尸体托出去。可用肩膀往上顶的时候，那颗头颅还是歪了歪，颈骨有咔嚓声，好像马上就要掉下来。他几乎是毫不犹豫地把自己的头凑了过去，可贴到脸的一刹那，忽然忍无可忍，死死地把那具尸体抱在怀里，一屁股跌坐在地。

他想，我在干什么，还在想着按他的意思办？把他的尸体交给神捕营？交给仵作？把王嘴村的案子结了？弄碗酒倒树底下去？我是疯了吗？神捕营的案子结不结，还跟我有什么关系？我他妈已经把皇上杀了！再多死几个人有什么关系！我他妈都在为谁活啊！我挨个为人想，谁为我想啊！我没师父了！铁敖你他妈对不起我啊！我能给你的全给你了，我也就一条命啊，一次两次三次四次，只要你要，我都亲手递给你了！可你这辈子想干吗就干吗，神捕营待够了，搞借刀堂。借刀堂待完了，不知道哪儿冒出来个师娘。师娘留不住了，你他妈拔腿就走，你想走我不强留你，可你连句话都不留给我。你当我是你什么人哪！

他有一股无名的怒火往头上冲。他受不了头顶的那只鹰，它太大了，落下来的时候，有可能会直接杀了他。他坐在那儿，冷笑着，生着闷气，嘴里叼着那盏灯，灯油倾斜得厉害，再晃一晃就熄灭了。他抱着那具尸体，身体枕在他膝盖上，头枕在他肩膀上，不肯松开。他拳头握得死死的，手心里攥着那两颗牙和两个小手指节。

这事儿难倒他了，他不知道该怎么出去，这个坑太难翻了。或者算了，不出去就不出去。

他不愿意哭，什么都行，但就是不愿意哭。他受够了，上次在土里哭的时候，还是三十年前，怀里的这个人把他挖出来了，这一回再哭也没人挖他了。我累了，他想。我赶了十几天的路，爬了五天山，浑身都是湿的，挖了半夜土，现在一点劲都没有了。他松开嘴，灯滚落下来，灯灭了。

此时，他才看见一条黑影一直站在土坑外面，夜枭似的。瓮中捉鳖大概就是这样了。

那条黑影蹲下来了，向他伸了伸手："苏旷。"

苏旷头也不抬，冷笑道："小老婆养的就是小老婆养的，这他妈前脚出来后脚告密！万老大，你跟得可真够快啊！"

万蜀戎叹口气，摇摇头："来，先上来，上来再说。"

苏旷嘿嘿笑道："上去说什么啊？万老大，我跟你打听点内幕啊，你们哥儿仨是怎么商量的啊，带人回去还是带头回去？"

万蜀戎那只手还是伸着："带人回去。"

苏旷抬起头，迎着万蜀戎的眼睛："我要是不跟你走呢？"

万蜀戎摇摇头："你都懂的，敢拒捕，格杀勿论。"

第五章　大争之世

　　大山的夜里有一种深深的即将图穷匕见的寂静。苏旷和万蜀戎只有咫尺之遥，却又似乎是在天上地下。

　　这已经是近一步就可以互相触碰的距离了——万蜀戎脸色平静，声音平和，蜷着腿，随时随地都能够站起来，一只手向前伸着，另一只手稍微探向后腰。这是个一旦动手立即就能发难的动作。苏旷的金壳线虫游弋在指尖。他们互相提防着，但又有一种彼此才可以理解的亲近。可能是因为那个永远都不会再睁开眼睛的人。

　　就这么坐在坑里不是长久之计，苏旷没有轻举妄动，可也不肯束手就擒。他想了想，箭在弩上，一触即发。他们俩必定是要放倒一个的，那么不妨在这之前，把该说的都说清楚。他有些突兀地开了口："万老大，那天李乘舟出事之后……我去见王素了。"

　　万蜀戎略一诧异，但也很快就明白了苏旷的用意。他一个人上山来，无非也就是要听一听这段天大的秘密而已。

　　他点点头，苏旷开始说了。那是一段本来不该属于他的记忆，但从此之后会是他记忆之中最重要的部分之一。他声音很轻，几似耳语，叙述简略，但也没有疏漏。他说了王素和银沙教、那天的会面和约定、十二月银庄、后宫里的灵妃、他目睹的那场谋杀和大火，以及他的所作所为。所有人里，他只按下了和楚随波的会面不提。

　　万蜀戎一边听，一边点头，有不清楚的细节，就让苏旷再说一遍。他对王素打探许多，对皇宫里的一幕也很感兴趣，对具体的时刻节点反复记忆。但始终没有问过"为什么要去宫里"和"为什么要这么做"之类的话。人和人之间，只有很亲密的关系才能互相问为什么，问了为什么，就要有分担怎么办的担当。苏旷

051

的问题里没有怎么办。这是一桩无法讨论的罪行。只有承认和矢口否认，自行了断和明正典刑两种结局而已。

苏旷也没有问任何不该问的问题，比如"你们是怎么发现是我"诸如此类，他说到出城，之后戛然而止，并没有再提及千里迢迢，他是怎么来这里的。他有江湖朋友，这事所有人都知道。至少，在明面上，他还是一个无罪的清白之躯，还是神捕营很多人嘴里的"小苏"，可以去他想去的任何地方。直到目前为止，他们都很有默契，不牵连任何外人。

说完这些，是很短的安静。然后，万蜀戎问了一个问题："这件事有多少人知道？"

苏旷略犹豫："没有别人了。"

"做得很好。"万蜀戎由衷赞许，"我向你保证，这件事解决以后也不会有别人知道。"

苏旷小心地求证："万老大，什么叫解决以后？"

万蜀戎不说话。他们眼前就有现成的例子，兹事体大，不得不问清楚。苏旷还是很谨慎地问："你们的意见，是不是就是说，我最好学我师父，自行了断，免得让你们为难。就今天晚上，万老大你带两具尸首回去，再随便找个借口，把我们爷儿俩风风光光葬了，从此之后，神不知鬼不觉，这事就算银沙教和王素的？"

万蜀戎没有说话。苏旷咬了咬牙，双臂较劲，抱着师父站了起来："万老大，我要是不愿意这么做呢？"

万蜀戎摇摇头，手伸向后腰："我劝你别这么干！"

苏旷抬头，声音里有一点哀求："这事儿只要你们不说！没人知道！"

万蜀戎继续摇头："我劝你也别这么说！"

苏旷就有点着急了："万老大，这种事灭九族不带留活口的，真昭告天下，你们也未必活得成，何必非得鱼死网破……"

万蜀戎直接打断他："我劝你干脆别这么想。"

苏旷点了点头："行，我懂了。"

万蜀戎一声叹息，指了指他怀里的尸体："苏旷，你得明白，我和铁总捕头，都是神捕营的人。"

苏旷闭嘴了。万蜀戎给的是一个标准的如铁尺一样的回答。铁尺上有清清楚楚的国家法度，每一道刻度，都是无数条人命换来的。他本来就不该自取其辱，求这几个老家伙法外留情，他和神捕营之间有情分，但情分也就仅限于今夜再多问一遍而已。

"好！万大人，你当心了。"苏旷伸了伸胳膊，把怀里的遗体递了过去。

万蜀戎怔了怔，伸手去托。遗骸多少有些朽坏了，非得小心翼翼不可。尸体的胸口上，一只小金虫摇头摆尾，作势欲冲。就趁着这么一耽误的工夫，苏旷撒手，翻过土堆，撒腿就跑。万蜀戎摇摇头，这是个毫无用处的举动，他能跑多快呢？一瘸一拐，歪歪扭扭，费了半天劲，离开几十丈而已。而且金壳线虫作势而已，并没有真的冲。

万蜀戎很放心，铁敖的尸骨就在这里，苏旷无论如何也不可能真的对他下手。他轻声叹息，压根没理会那只小金虫，放下尸首，大步追了过去。他是奉命而来的，而且说得清清楚楚，敢拒捕格杀勿论，苏旷这么跑，已经可以直接去摘人头。

苏旷并没有跑出多远，万蜀戎几个起落就到了身后。苏旷没有回头，听见脚步，手指放在嘴里，打了个长长的呼哨。

万蜀戎皱了皱眉头，这是有同党！有同党就另当别论了！他从怀里拿出个小小令箭，拧一把，向天上掷去。令箭带着金属哨子的呼啸，直奔云霄，一头一尾，带出两道红蓝双色的浓烟。这是一种能工巧匠特制的燧火，能凝滞许久不动——大山里雾多，如今天又黑得早，普通令箭根本没法看清楚。

尖啸声入耳催魂，苏旷跑得更快了。"站住！"万蜀戎喝叫一声，伸手去抓苏旷肩膀。苏旷头也不回，反手，指尖弹出一道气劲。

万蜀戎"咦"了一声，这道气劲冰冷阴毒，诡异得很，完全不像苏旷的所学，而且准头太差，出手也太慢，连伤人的可能都没有。这回他退都没退，侧身偏头就闪了过去。

片刻之间，苏旷又向前蹿了几丈。强弩之末，还能再撑一格。万蜀戎皱眉，决意速战速决，他凌空一步腾跃过去，从半空落下，单手扣住了苏旷的肩膀。他是追踪和擒拿的老手，出手就是分筋错骨的重手法，但手一落到苏旷肩膀关节上，没来由地就软了三分——铁敖的尸骨冲天摆在那里，说实在的，不到万一，他不想带回两具尸首。苏旷在逃跑上是有天分的，居然一溜肩，卸劲接着向前跑。

"真活腻了？"万蜀戎低声骂。他又追过去，这一回，手做虎爪，已经带了五分力道。

"小苏！"身边树丛里，一个黑影蹿出来，没头没脑，迎面猛劈出一刀。

这人身法诡异，弯刀如残月，刀路全是反旋，万蜀戎赤手空拳，仓促间吃不准对手来路，只能向后退一步。

"放倒他！"苏旷也喝一声，回头，挥手，指尖向万蜀戎面门弹去。

万蜀戎侧脸闪。这一记是虚招，声势而已。他又一转身，小金瞎凑热闹，蹿向他左耳，那个半路跳出来的人唰唰唰左三刀右三刀，苏旷跟着胡乱挥手，凌空乱弹一气，没一下是实在的，但每一下看起来都有模有样。夹逼之间，万蜀戎后退一步，又退一步，左腿踏进草丛里。嘣，一声绷簧响，一根细细的银针射进他左膝盖弯。

弯刀主人如影随形，跟上一步，刀已经架到了脖颈。草丛里埋伏的人，也站起身，还拍了拍衣服上的泥土。

这一串动作极快，三个人配合又默契，万蜀戎的刀根本没来得及挥出来。万蜀戎束手就擒，心里很深很深的地方稍微松了口气。

"万大人，得罪了。"苏旷绕到万蜀戎背后，一指点在他腰间京门穴上。万蜀戎默默叹口气，小苏是真不行了，这一指封穴，本来何等炉火纯青，如今居然还要运气许久，力道才能透出来。

"万大人，六个时辰穴道自解，胡乱运气自解，对你有害无益。你最好是什么都不要做，闭眼睡一觉，醒过来就没事了。"苏旷扶着他，夜哭郎君搭了把手，把他放在铁敖身边一片稍软的草地上。然后苏旷想了想，又脱下身上白麻孝衣，搭在他身上。

苏旷抬头看天，红蓝双烟清清楚楚，此处已经不是久留之地了。他又望了师父一眼，深吸口气，伸手，把师父头上那根青布发带解了下来，揣进怀里，后退一步跪倒，恭恭敬敬拜了二拜，然后站起身，咬牙跺脚就走。

再走来时路已经不合适了，他们转到一片峭壁边。夜哭郎君先一步下去，布置缒他向下的绳索。沈南枝问："苏旷，你师弟怎么办？"

苏旷犹豫了一会儿："留给万老大吧，我们走我们的！"

这是一个他如今能做的最合适的决定了。风雪原有父母，也有妹妹，他要为父母养老，要送妹子出嫁，不能这么跟他亡命天涯。而且他参与的这事儿永远不挑明最好——他有点把握，神捕营的老哥仨不会挑明这种事，因为株连实在太广了，他和神捕营关系又太深，真昭告天下了，整个神捕营可能都脱不了关系；可万一不幸挑明，跟在他身边的人就是附逆，附逆没有不株连的。万蜀戎醒过来之后，一定会带风雪原回神捕营的，软的也好，硬的也好，说实话也好，说谎话也好，总之，是会强留风雪原一段时候。可能三五个月，也可能三五年，那时候，"苏旷"这个名字一定已经在江湖之中彻底消失了，他或许会死在和银沙教的血海深仇里。也或许仅仅是"消失"，毕竟，在江湖之中"消失"有很多种手段，他恰巧也都会一些。再之后呢？就看风雪原自己的意思。即使再过三五年，风雪原依然是二十上下的年轻人，未来依然有无限可能，如果他还把神捕营当江东，那么，他会成为铁敖唯一的光明正大的传人，他会得到叔伯们该有的照料，也会有一段新的人生。小家伙刚开始的时候当然想不通，但没关系，长大了就想通了。风雪原迟早会恍然大悟，他这个做师兄的早已经没路走了，仅仅就在两年前，他还是一个名满天下的游侠，过着神仙不换的逍遥日子，开心到要五湖四海没事找事，雄心壮志起来了，也想问一问天下第一是何许人也。那时候，他没想过老天要这么欺负他。

"苏旷，走啦走啦！"沈南枝用力拍着他的肩膀，鼓励他，"别想太多了，我跟你说，大难不死，必有后福的。咱们离开这个鬼地方，离开那群鬼人，回去踏踏实实养一年伤，吃得白白胖胖的，包你什么烦恼都没有了！"

"南枝，你知道吗？我觉得我已经被他整怕了。"苏旷坐在悬崖边上，抱着胳膊，摇头哼笑，"如今我还真就觉得，大难之后，还有更大的难，更大的难之后，还有特大的难。我玩不过他了，真的。"

"谁？"

"他。"苏旷抬头，向天边望了望——即使是黑夜，细细地看，也能看见浓云一层又一层。黑压压的天穹之外，似乎有一双翻云覆雨的手，一双满是嘲讽的眼睛，在一再颠倒他的人生，戏谑他的苦难。冥冥之中，真的有不可企及的造物之主吗？如果真是如此，他在等什么？等我的祈求、服从和恐惧？他盯着那步履不可企及的远方，目光不可穿透的远方，命运不可抵达的远方。那一个刹那，他有种恍惚的错觉，他打了个寒战。他想，他看见那双眼睛了，那双眼睛也看见他了。

"我不求你。"他轻声地在心里默默地说。从此之后，他不会再向天祈求力量了，而与此同时，造物主也关上了那扇用于祷告的门。

"跟谁斗气呢！"沈南枝又拍了他一巴掌。夜哭郎君的绳索准备好了："走啦走啦。"

另一侧，大松树那边的悬崖下有窸窸窣窣的声响，一群黑衣人无声无息地攀了上来。万蜀戎闭着眼睛，不敢置信地动了动耳朵。这不是他的人，他的人没有那么快，他特地把他们安排在更远一点的地方。他来这里，确实有那么一点连自己都无法面对的私心。

那些人身手很好，也都穿着黑色的斗篷，遮住了脸和身体。他们已经走到万蜀戎面前了，而且没有任何人说话。领头的那个人，伸出手搭了搭万蜀戎的脉搏，喉咙里唔一声，向后勾了勾手指，两个手下人把万蜀戎架起来。那人一指点过，又一道真力，叠加在万蜀戎腰间京门穴。这人力道太过霸道，万蜀戎彻底昏死过去。接着，那人走到铁敖面前，有人递过灯来。他提灯，仔细地照看了很久，发出一声长嚎，阴恻恻的，四周枭鸟翻飞。他抬起脚就要踩烂那头颅，只是片刻之后，又放下。然后带人向那片沉睡之中的村落走。

快要走出树林时，他顿了顿，带人往黑影里一站。不远处，有个身影在飞奔。那人很年轻，根本没有估计到可能还有别人，一边跑还一边轻声叫："师兄？师兄？"就当着这些人的面跑过去了。他跑到悬崖边，看见了万蜀戎，气冲冲地又向另一侧跑。

有人向那个领头的人，做了个斩落的手势，那人摇了摇头，他们接着向村子里走。这时候已经过了三更了，天还是黑得伸手不见五指，已经有鸡叫了头一过。

村子黑压压的，万籁寂静。这是一天之中，人睡得最香的时候。远远地看起来，满村的屋子都差不多，很难一下子就找到他们想找的人。领头的那个人选择了最简单也最粗暴的一种方式——他走到离他最近的一扇门前，抬腿，就把门踹开了，他力道极大，那扇简单的木门直接被哐啷放倒。忽然，八九个黑影站在床前，里面的房主人骇叫一声。领头的人直接问："风雪原的家在哪里？"

那人不知道怎么回事，在被窝里哆嗦："谁……谁？"

领头的人转头，亲随随即上前说道："那个叫福宝的。"

那人哆哆嗦嗦，指了左手第三家。领头的人转身就走了。那人像在噩梦里，冷风从空空的大门里往里灌。

领头的人用同样的方式踹开了门。这间屋子大一些，也体面一些。男主人和女主人在东厢房，男主人哆哆嗦嗦披衣服起来看，女主人还在摸索着点灯，问："谁啊？"

亲随上前说道："福宝的爹妈，是你们吗？"

男主人瑟瑟发抖，既害怕也冷，胡乱点头，哀求着问："怎么了这是？我福宝怎么了……"

"附逆。"领头的人说了两个他们听不懂的字，挥手，"一起带走。"

这个家里，除了一对男女主人，还有两个小姑娘。两个小姑娘今天太高兴了，根本没睡着，躲在一个被窝里讲了一晚上的悄悄话。她们叽叽喳喳地聊着，很小声很小声，然后，门也被踹开了。

两个小姑娘从被窝里被拉起来，火把照在脸上。一个小姑娘赤着脚，脸蛋圆圆的，小辫儿松开，扎辫子的绣小鸭子的手帕半耷拉着；一个小姑娘穿着绣花裤子，个子高一点，脸已经瘦瘦的了，胸口还没有挺起来，可腰肢已经柳条样的抽出来一截。她们还没有弄明白出了什么事情，互相看着拉着手，试图保护一下对方。

有人问她们："苏旷是你们什么人？"

两个人争先恐后，一起回答："大师兄！"

领头的人嘿嘿地笑，笑得骨头里发冷："带走。"转眼两个小姑娘就被装在了麻袋里。

此时，女主人捂着嘴在哀哭，男主人的双手已经被反绑起来。这声势很大，门外已经挤满了村民。他们不知道发生了什么，可又不敢太靠近。他们是惊弓之鸟，家园已经被无端地摧毁过一次，然后噩梦又来了。这回，他们不得不"恨"那几个人了，尤其是那师徒俩——他们只要出现，噩梦就跟着出现。有胆子大的老人还试图阻止他们，但黑衣人推得老人一个趔趄："走！这家人附逆。再有轻举妄动者，格杀勿论！""附逆"是什么意思，他们有的懂有的不懂，但"格杀勿论"是什么意思，人人都清楚。顿时，所有人噤若寒蝉。

噤若寒蝉的人群里，还是有个人冲了出来。他五十多岁，身材精壮，脸颊上还有虬结的肌肉，赤着脚，须发怒张。他看起来也是从床上刚爬起来的，随手抄了一把砍柴的斧子，凶神恶煞一样，身手居然还不错，冲过来随手就撂倒了一个人，也不管别人，就去解那个麻袋，边解边急急忙忙地安慰："风筝，别怕呀！"

领头那人嘻嘻笑起来，慢悠悠向前走："刚才说过，有轻举妄动的格杀勿论。你是没听到，还是没听懂？"

冲出来的那人多少上了点岁数了，但提起斧子站起来，龇牙咧嘴，架势是个练过的。螳臂当车！领头的那人眼睛里有一种残酷的骇人的黑色，他嬉笑着，像一片沼泽一样，淹没一切挣扎和恐惧，慢慢伸出手，去拿那个人手里的斧子。

村民们全在叫，连被抓住的男女主人也都在叫："老疯子先走呀！"麻袋还没有解开，小姑娘们什么都看不见，但听得见，也在拼命尖叫，拼命踢那个麻袋。可老疯子不躲开。他的女儿在麻袋里呢。他像只已经衰老的花豹，对着年轻的嗜血的狮子。

领头那人摇着头，啧啧叹息，随手就从老疯子手里"摘"走了那柄斧子，轻飘飘地，像是摘走一朵花一样，然后反手挥了出去——

人群像炸了一样地尖叫。一颗花白人头，带着一溜血滚落在地。

"头我还有用，带着走了。"领头那人径直离去。

直到这群人的身影消失在黑夜里，山谷里才变成了哭喊的世界——他们哭他们的邻居，也哭他们的命运。也直到这时候，才有另一群穿着黑色斗篷的人攀上山，有人发现被闭住穴道的万蜀戎，也有人发现地上的无头尸体，他们没法理解这片刻工夫发生了什么事情，互相面面相觑。

有人试图问村民，但哭泣声里夹杂了诉说和怒骂。他们不知所措，也没有人发号施令，互相商量了一会儿，做了忠于职守的决定："不知道是谁干的，先守住这片村子，至少不让他们再出什么事情。至于别的，等万老大醒了再说！"

风雪原追上苏旷的时候，苏旷刚刚被从峭壁上放进一道山沟里。风雪原追得十分着急，也十分生气，他吃得太饱了，跑得直打嗝——沈南枝和夜哭郎君去接应苏旷，吩咐他留在家里陪爹娘，留在家里嘛，难免就会被娘喂各种吃的，好像在过去一年里，他们把所有好吃的都藏起来留给他了。大半夜的，他撑得难受，又喝了许多水，弄得坐卧都揉肚子，怎么也睡不着，就在这时候，听到了师兄的口哨声。他听得懂那声口哨，那是求救。然后他就冲出去了，看见了那道红蓝令箭。再然后，他终于看见了南枝姐的一点影子——他们三个，居然选择从悬崖下山。真是开玩笑！师兄如今这个身手和速度，想跑？而且他气坏了，师兄不跟他打招呼，直接就半夜走人。明明师兄是有什么秘密的，可完全不打算跟他说，南枝姐和夜哭大哥都知道，就他不知道。他们明目张胆地当他是个小孩。他决定问个究竟，这一路算什么！

他一路狂追，总算是一把抓到苏旷，气喘吁吁地嚷嚷："你跑什么！"

小家伙耳朵也太尖了，跑得也太快了。而且，不管当他是少年还是成年，他都已经长成了真正的高手。高手最忌讳的就是人家代替他做决定。

苏旷烦得糟心，又很难解释。但是，还没轮到他解释，山里忽然响起一阵号角声。

苏旷差点以为自己听错了,可是没错,就是那种牛角长号,是行军打仗才会用到的那种号角,悠长、沉沌、震地而起,然后掀翻整个黑夜。在那之后,又是惊天动地的一声巨响。轰!震得土石都在哗啦啦往下掉,所有的动物都在胡乱飞拼命跑。是炮!

苏旷惊奇地望了望沈南枝,沈南枝也在惊奇地看着他——不会有错的,也是那种行军打仗才会用的炮。大别山不算那种特别崎岖的深山,凑合可以住人,但运炮也太过分了。除非山里有反叛,或者是那种剿了多年都没有剿灭掉的悍匪。如果都没有,这是为什么?总不至于是为了我吧?我何德何能!再说,谁有这种手段做这种事情?苏旷脑子里直接就跳出一个让人骨头发麻的名字。

风雪原脸色一凛,回头又要冲回去。这显然是山上出事了,他爹、妈、妹子还在家里睡觉呢。

"你等等,我去看。"夜哭郎君劝他说。

沈南枝也同意。这种时候,年轻人太容易冲动了。夜哭郎君费劲巴拉地又爬了回去,很久之后带回来了不好的消息。三个人脸色都变了。风雪原觉得自己快要疯了,就这么片刻工夫,他被连窝端了,他爹、他娘、他妹子,都被人抓走了,还有风筝,而地上只有燕怒石的无头尸。没有任何人,给他任何解释。

他失去了对他师兄的最后一点耐心,抓着苏旷的胸口,劈头盖脸地问:"你到底干什么了?你那天到底干什么了?你为什么见神捕营就跑?你说!"

苏旷压根没法还口,这事风雪原是苦主,他只能先安慰:"你先别着急……"

"我凭什么不着急?那是我爹我娘我妹子!"风雪原一把把他推搡到山壁上。

夜哭郎君一晚上爬上爬下累得要命,这会儿又只能去拖开风雪原,但风雪原嚷嚷道:"你明知道屁股后面就是追兵,你还把他们往山里头带?就为了看你师父是吗?一座山里面全是老的小的,手无寸铁啊!你是人吗?你今天最好告诉我,这他妈是怎么一回事,不然我真不客气了!"

苏旷被堵得一个字也说不出来。风雪原说的,全是对的,如果知道有追兵还这么干,简直是丧尽天良。可他不知道啊!这个地方,楚随波拍过胸口,天知地知你知我知,可他妈片刻之间,所有人都知道了。他勉强可以理解万蜀戎是怎么来的,楚随波把铁敖的埋骨之地指给神捕营也是理所当然。但是,上官乾是怎么来的?上官乾不可能是凭本事跟万蜀戎来的。上官乾能够到这里,必然是已经知道有这么个地方,至少在京城就该知道是在大别山一带。那是谁呢?神捕营老哥

059

仁吗？不可能。楚随波吗？也不可能。楚随波知道轻重，知道什么能说什么不能说，把这个地方交代给上官乾，几乎就等于直接把他给绑出去了。而且上官乾凭什么来啊？神捕营为什么追他，他们心知肚明。上官乾是为什么啊？带着人马！带着炮！没有兵部的大令是根本不可能的。他到底是谁，从哪儿来的生杀大权啊！等一等，会不会是王素？王素这孙子去哪里了？他会不会知道这个地方？楚随波当他是朋友的。可楚随波如果告诉过王素，这事就算不上什么天知地知你知我知了。再说，弑君这事，王素也有份，还是大头。上官乾一个御林军的统领，但凡跟王素有一丁点勾结，该死的应该是他吧？

苏旷越想越乱，他谁都不想怀疑，可这事一定是有人吐口了的。他必须想出解决问题的办法，但他没有。

"你说话呀！"风雪原眼是红的，又冲上来抓他胸襟，"我问你话呢！你怎么不回答我！怎么回事！怎么回事！"

"我让你先别着急，这不是想办法呢！"苏旷烦了，随手推开他。可这小家伙蛮力不小，如今根本推不开。

"是！你当然可以不着急！你没爹没娘的，你根本就不懂！"

夜哭郎君看了苏旷一眼。苏旷这会儿懒得跟他多说了："放倒他。"

小朋友被放倒了下去，恶狠狠地瞪着眼睛。苏旷坐在地上，心乱如麻，抬头看天。沈南枝坐在他身边。夜哭郎君低头看地，拔地上的草根。他们能帮他的全都做了。而上官乾这样的人，强悍到没有软肋，做事又不择手段，除非冲过去直接手起刀落把他毙了，其他一概没有效果。他们两个是机关师，机关师在山里本来就没有多少用武之地。更何况，那边有炮，一力降十巧，那玩意是小机关术的天敌。上官乾的所有行动都是有备而来，而他们对上官乾一无所知。他们被完全吃死了，事情已经到了越来越不可收拾的地步。

"怎么办啊？"沈南枝问苏旷。

"先吃饭吧，休息休息，弄点热水喝，也弄点东西吃。"无论什么决定，总得做一个。

"好。"大家都同意，"这个简单，然后呢？"

"然后等天亮吧……天亮了，上官乾会告诉我去哪儿找他的。"

他们很快就生了一堆火，也弄了点热腾腾的东西吃。天快亮了，山里又变得很安静。没人搜山，也没人再放炮了，上官乾需要他们知道的都告诉他们了。

三个人都没说话，并肩等着天亮。他很感激他们——他们没有人说过，要不我们就这么走吧。他们只是等他做决定，只要他做了决定，就是他们三个的。

夜很短，也很长。天终于亮了。东方白茫茫的一片，云海里，红日沉浮。

上官乾果然很快就给了他们方向。山谷里有条河，河绕弯的地方有片河滩，那里空旷、广袤，便于驻扎，也便于围剿。河滩上空放了个巨大的风筝，风筝下面挂着一颗花白的人头。明目张胆，极尽嚣张。这是一个陷阱，上官乾在等他过去。

苏旷深深地把头埋到膝盖里，拳头的骨节攥到发白。这事真耻辱，这是第二颗人头了，而他依然不能拿那个人怎么样，他唯一能做的就是听命而已。

"南枝，"他决定了，"我要你答应我一件事。"

沈南枝看着他发红的如抵死困兽般的一双眼睛，笑应道："好啊，我答应你。"

苏旷眼里有光在闪："你知道……我在说什么？"

沈南枝点点头："你放心，我不跟你去那边。我去山边上看他的出手。我答应你，无论他做什么，我都不会出来的。今天，只要我能活着出去，迟早有一天，我带他的人头去见你。"

苏旷眼里有点热。这姑娘好像一直笑嘻嘻的，可也没有她担不住的事。他轻轻抱了抱沈南枝，就此诀别："南枝，替我给东篱兄带个好。咱们这辈子，算是幸会了。"

夜哭郎君也准备抱一下："那咱们这辈子呢？"

苏旷看着他，有点不好意思地笑："夜哭兄，我特别对不起你……真的，我当时要是知道今儿是这个下场，绝不死乞白赖拉你下水。"

夜哭郎君用力抱了抱他："你胡说。"

苏旷站起来，向那片河滩走过去。连看都没有看地上的风雪原一眼。

第六章　大别之山

极早的清晨，白雾成岚，袅袅如烟。青山白水，河滩空旷，像一片大大的月牙。放眼四顾，无遮无挡，地上是粗粝的沙石，河水清而浅，河中央有大而洁白的卵石，河那边有几棵野桑树。秋末凉风，吹着白雾飘向远方，河面上起了巨大的一波一波的涟漪。

旌旗之下，三百着甲之士，围成阵列，手里各自握着长矛、短刀和臂盾，另外还有一圈无甲的士兵，押着十二尊山炮。上官乾穿了一身金灿灿的铠甲居中，就着盔甲箱吃早饭，他握着一只巨大的金杯，嘴边啜着。有个亲随，捧着酒壶，随时准备给他斟酒。

他那匹漆黑的高头大马在河中央饮水，那是匹好马，远远看过去，皮毛光泽，长鬃飞扬，像是地狱里冒出来的火。

他的左右，有甲士押着两排俘虏。左边一排俘虏就是福宝一家，各自有人看押着，互相依偎着，既冷且怕，瑟瑟发抖。右边一排俘虏有点奇怪，那是八个人，也穿着黑色斗篷，全都低着头，斗篷盖住大半张脸，都跪在地上，手被反绑在身后，几乎每个人都在哼哼唧唧。

上官乾喝口酒，嘴里哑着："停杯投箸不能食，拔剑四顾心茫然。"

亲随就赶紧恭维："统领好文才！"

上官乾满面忧伤，站起来："这是李白的诗！你们这些没用的东西！"

亲随赶紧说："统领好见识！"

上官乾冷得直耸肩膀："大清早的，河边上真冷！这该来的怎么还不来呢！"

亲随回应说："统领大人放宽心，一定马上就来了。"

上官乾咕哝一句："什么都要我亲自动手！"

上官乾站起来，他的铠甲非常重，从头到脚严丝合缝。他向河边走，走到近处打了个响指，他的黑马就踢踢踏踏地走到身边，伸颈子蹭他。他慢慢抚摸着马鬃毛，亲近了一会儿，从一边拎起马鞍，搭在马背上，扎紧了马肚的皮绳和马镫，又套上辔头。侍弄马的事，一向是他亲手来。马准备停当了，他翻身上马，回头说："拿根绳来。"那个亲随忙小跑着去拿绳子。上官乾摇头："长的。"亲随又忙去拿了根很长的绳子。上官乾翻身，上马。大家都不清楚他想干什么，也没人敢问。

"我记得，这个招数还是铁总捕头先用的。不过还真是管用，每次都能把想招的人招出来，我今天想试试。"上官乾手指慢慢在俘虏群里移动着，最后停在二毛鼻子上，"就她吧，带过来。"

一阵尖叫，可也无能为力。她被带到上官乾身边。小姑娘的双手被上官乾抓着举了起来。小姑娘长大了，近些日子生活太平，农活干得少，她有了一对纤细的白盈盈的手腕，捏在黑黝黝的大手里，看起来清秀得像是花枝。上官乾拎起绳头，挽了一圈，打了个漂亮的绳结。小姑娘尽力咬着嘴唇，让自己不哭，但还是忍不住啜泣。她猜到会发生什么了，她害怕。

"可能会有点疼啊。如果疼，你要学会大声喊，只要该来的人来了，你就没事了。"上官乾"好心好意"地劝告着。

这时候，风筝站起来，用最大的力气向远处喊："大师兄——"她的声音带着哭腔，可还是又脆又甜。

人群都向那边看。上官乾把手探进头盔里，拉下眼罩、面罩，又扣紧了领口和手腕的系带。

天确实挺冷的，苏旷穿一件脏得看不出颜色的破袍子，踩着一双全是泥的破靴子，缩着脖子，揣着胳膊，顺着河边，踢里踏拉地往这边走。两个小丫头此起彼伏地喊，他听见了。

上官乾在观察他，他在盯着上官乾。上官乾身上那件金丝盔甲，似曾相识。那是某一天，在另一个河滩上，苗棣穿过的那具盔甲。这盔甲他见识过，根本不是行军打仗用得着的，太笨重了，眼罩遮蔽视野，关节也远远不够灵活。据他猜测，可能是银沙教专为了收服小金打造的。上官乾和他有若干次擦身而过的机会，但一向没有万全的把握，绝不出手。这一次，恐怕是势在必得。

上官乾端坐在马背上，伸了伸手，两个属下抬来了一杆方天画戟。说实在的，那东西是挺沉，看起来也比普通的方天画戟重，但也不可能有两个人抬着那么过分，有些人真是喜欢把声势搞足。让人意外的，还有那匹马。上官乾全盔全甲，拿着方天画戟，那匹马居然还灵活且矫健得很。上官乾号称"恶马王"，这世上的名号都不是白来的。

上官乾很有耐性，等着苏旷走近，也等着阵列合围，火炮对准入口的方向。之后才俯身高声问好："苏旷，早。"

苏旷在他面前三丈处站定："你怎么说？"

"哎！"上官乾摇摇手，盔甲果然是严丝合缝的，金铜护腕连着金丝手套，"苏旷你问我怎么说？该是我问你，你来，怎么个说辞？"

苏旷摇摇头："你划道，我走就是了。"

"痛快！"上官乾把那卷绳子扔开，挥挥手，示意手下人把小姑娘带到一边去，又俯身探向前，"题外话，你说，我要就这么带你回去，你有什么想法？"

"这里你说了算。"

"不不不，我就这么带你回去，谅你也不服。苏旷，我早就听人说过，你是当世高手，身怀绝学，这多少年了，我一直想着会你一会。这样吧，我不以多为胜，占你便宜，你接我一招，我就放一个人。"

苏旷挺惊讶的，这人说话做事怎么这样不要脸？今时此地，你还想我服你？不过，他话已经落地了，人家划了道，那就都接着。他揣量着在上官乾面前恐怕一招都接不下，就问清楚："怎么算接住了？"

"你能站着，我算你接住了。"

"我接不住怎么办？"

"到时候再说。"

"可他们跟这事没关系，既然我已经来了……"

"这儿你说话不算，我费了半夜的劲抓的，这会儿还困着呢，放不放要看我的心情。"

"行，怎么打？"

"远来是客，你先挑吧。拳脚、内力、兵刃，都行。"

苏旷想了想："兵刃。"

上官乾本来一直在皮笑肉不笑，听到这两个字，"呦"了一声，坐直了身子："有点门道。"

苏旷一路走过来，一直在盯着那匹马看。上官乾的盔甲非常重，平时也用不到，但忽然改变了盔甲的重量，马的腾跃奔走多少会受影响。只要受影响，总会有一些不够流畅的地方。那他或许会有一点机会。

他没想过赢的机会，也没有想过能有杀了上官乾的机会——在这种绝顶高手面前，他基本就是刀俎上的鱼肉了，无非就是早死晚死、全尸残尸的区别。但他想试着找一找上官乾的弱点，为下一个人积累一点翻盘的可能。

他伸了伸手，射人先射马，小金直奔那匹黑马而去。那匹黑马有些惊慌，可并没有仓皇乱跳。小金到了，上官乾的方天画戟也已经挥到了，呜的一声破空风响，挡开了小金。

上官乾的方天画戟一舞动，苏旷真是扎扎实实吃了一惊。他知道上官乾武功好，可没有想过，能好到这个地步。上护其身，下护其马，米撒不入，水泼不进。神捕营、军中、大内都有许多高手，不过大多数时候，他们是很难和真正的江湖绝顶高手一对一的。也没有别的原因，主要是江湖高手太他妈闲了，从早打到晚，从小打到老，天天琢磨那点打架斗殴的事，军中和大内都是正经地方，正经人有正经事，他们通常没有这么大量的练习时间。

但上官乾绝对是那种在打架斗殴里泡大的人。他一起手，招式之纯熟就弥补了盔甲的不足——小金来得快，可毕竟不会飞，这附近全是空旷河滩，除了沙子就是石头，附近没有了山壁和树，小金也就没有借力腾跃、一再加速的点，此消彼长，两边几乎算得上旗鼓相当。河滩除了平地就是水，是那种很能克制小金的地方，他应该提前做过功课了。

不过，小金这么跳来跳去的，跳个三天都没问题，他就不行了，这样挥舞着重兵器，极度耗费体力，不多时就要变招。不等力竭，上官乾双腿一夹马腹，恶马带疾风，铁蹄直冲苏旷而来。

苏旷也已经准备了很久，他唯一能拿出手的，或者说唯一可以算得上"一击"的，只有云缠手。从一开始，他就强行逆转经脉，将那一股阴寒蚀骨的真气凝聚在指端。

他看不出上官乾的破绽——这个人彪悍而灵活，看起来没有破绽。可破绽都是试出来的。黑马冲到身边的刹那，他抬手，一股寒冰真气带着呼啸，直奔上官乾的双眼。上官乾双臂十字交叉，挡在眼前。那股气劲撞在护腕上，带起一溜淡蓝色的鬼火。小金也冲回苏旷身边，那匹黑马唏律律咆哮一声，硬转了个方向。

上官乾一骗腿，从马背上跳了下来。这人喜怒形于色，嘴角有明显的不屑。

他是个很聪明的人，知道一旦靠近进入云缠手的攻击范围，就不能上护其身、下护其马了。可一旦靠近，苏旷也就什么都接不住。苏旷心里苦得很，云缠手是不能在很短的时间里连续施展两次的。

阴墟被霍瀛洲的盛名带得神乎其神，想当年也确实是打遍天下无敌手，但他并没有真的修习过。他本身的功夫和这一套完全是反其道而行之，之所以不得不用这个，是因为其他都没法用。他如今是正道而行已经废阻，反道而行又没找到法门，每次只能强行逆转那么一下，回头再逆转回去，逆转来逆转去，夹在死胡同里，两边没有出路。可今天无论如何，非打不可。

他现学、现用、现卖，第一次试着把霍瀛洲的十三式和阴墟法门合二为一。他体内守护丹田和心脉的真气开始自行流转，涓涓细流，万山一溪。左腿向右迈了一步，右手斜挥着打了出去，那股阴寒之极的气劲随心而动，而且，他做了一次尝试，气劲里挟裹着小金。

这是银沙教绝学之中很有名的一招，施展出来的时候，人如鬼魅，身如飘萍，手如归鸿，招如光影，看似左实右，看似虚却实，看似东是西，看似地法天。昔年，不知多少高手死在这一招之下，那是霍瀛洲十三式中的"东打西指"。

嚓！小金掠过上官乾的左手护腕，借力一点，直奔双眼而去，趁着上官乾瞬目的刹那，而那股气劲正撞在上官乾的右手手腕寸口脉。

上官乾是没有破绽，可这副盔甲多少有一点。盔甲开始是苗棣穿的，苗棣当时按着苏旷的脖子往水里淹，苏旷看得清清楚楚，手套和盔甲的尺寸，正好合苗棣的身。合苗棣的身，那么就必然不合上官乾的身。上官乾一双猿臂，胳膊比普通人长许多。盔甲虽然看起来没有问题，但护腕袖口这一段一定是改过的，用的材料和之前精心设计的必然不同。

夺！那股气劲弹在手腕上。上官乾甩手，方天画戟哐啷一声响，落在地上。他左手掐着右手，大叫一声。张嘴的刹那，面具上的口罩好像忽然松动弹开了，小金似乎觉察出有机可乘，直奔他口中而去。

苏旷暗叫一声"不好"，可来不及了，上官乾已经闭上了嘴，一声闷哼，嘴角沁出一道鲜血。过了一会儿，他张开嘴，吐出一颗金色的圆溜溜的小球，又舔了舔槽牙，呸地吐了口带血的吐沫。

小球在他手心里滴溜溜地乱动，不老金丹似的。刚才他那一下受伤，只不过是小金余力未消，带着金丸，伤了牙和口而已。

陷阱里还有陷阱。盔甲能修改的，不仅仅是尺寸而已。

"我算你接了我一招。"上官乾这样愉快地说。

苏旷默然，只能点点头。

上官乾变得轻松多了，他摘掉头盔，脱掉铠甲，解下手套，随手扔得满地都是。小金不在了，苏旷不足为惧。他左手立手刀，斜挥一记，手刀带起风雷之响，他说："这回，我们比招数。"

今天苏旷一再大开眼界。上官乾那一记空手刀，所用的气劲，居然是极其阳刚纯正的"小雷音破"。

小雷音破传自少林七十二绝技，不算是什么复杂高深的武学，某种意义上，是某一层境界的代名，唯一需要的就是内力阳刚、雄浑、精纯。这是很艰难的，内力往往也是人的精神所化——内力能够呈现出阳刚，通常是习武之人正当青年，大开大合，狂飙突进；内力呈现出雄浑，又是习武之人已在壮年，千锤百炼，波澜壮阔；而内力呈现出精纯，那是自少年的童子功至暮年的返璞归真，一再纯粹，抱元守一。三路气劲合一，冲破年轮界限，才有小雷音破的出现，这是武学天赋极高之人才能达到的高度。只是，一般说起来有这种境界和修为的人，不会这么不要脸。上官乾看起来，年纪并不算很大。苏旷想了想，我还是托大了，就算是在当年，也未必就一定能杀得了他。

"我说过,不占你便宜。"上官乾这么说着,他手刀上施展了一次内力,仅作示威,就不再施展了,错步向前,第二记手刀不带一点气劲。

苏旷盯着他的手看。这人武功是真高明，京城第一高手是没跑了。他没有用任何花里胡哨的招式，只是普普通通、平平凡凡的手刀，硬扎硬打，硬桥硬马，咄咄逼人，流畅圆融，整个手眼身法步全是进攻的路数，大争、大掠、大开、大夺。说来也是奇妙，这个人和苏旷昔年的武学路数，有许多异曲同工、不谋而合的地方。

虚招是文斗，比的是武学上的见识，就如同高手看棋谱，一劫断生死。苏旷原地站着，看得背后直冒冷汗。他抬不了手，动不了脚，只要动，就是破绽，上官乾这种看似普通之极的招数，已经封死了他所有的可以防御的角度。

上官乾又向前迈了一步，施展第三记手刀，这三刀一刀连一刀，首尾呼应，隐然一体贯通。苏旷被逼得摇摇晃晃，所有的路都是死路，天绝地灭，无处奔逃，看得他心头一阵阵烦恶，只想摔倒。上官乾说过，要让他心服口服。这人说到做到。

上官乾第四记手刀，反挥，从背后挑起一支埋伏，已成四象绝杀。

苏旷站着，对方已经连落四子，他还一子未落，灵台深处举棋不定。他在和上官乾交战，也在和自己一生的所学、阅历、知识交战，他有迷思，有故障，有天堑未渡，灵渊深处有对照彼我，他需要和这个对手，真真正正地打一次照面。

上官乾第五记手刀，他已经越来越近了。如果四周真有刀锋，苏旷浑身的要害全在刃口之下——这些刀锋把他架在乱刀笼子里，拆骨分肉。上官乾是诚于刀之人，刀法之中，自露本相。此人本相真是残虐，似乎是在万千利刃里挣扎过，像一只从修罗场里逃出来的厉鬼之王。

上官乾第六刀。此人已登凌绝顶，雷霆呼啸，乌云密布，血咒祭天，召唤亡魂。上官乾开始兴奋了，他眼睛里有狂热的光，脸颊肌肉在抖，他在不能自禁地用力咀嚼着，嚼得牙齿嘎啦嘎啦响。可嘴里明明什么都没有，可能只是咀嚼刚才那一口血腥味罢了。

嗜血的魔鬼从沼泽中缓缓爬出来。如果苏旷第七刀还是无法还手，那么，他会被处决。

苏旷开始有一个大胆的想法，这想法由来已久，他早就想找个机会试一试。

"哈呀！"上官乾低低吼了一声，劈出了第七记手刀。

祭天的血咒被纳取了，地狱之门开启了，地火从火山之中爆发，逆转乾坤，百鬼夜行。那一刀穿心而来，天地为炉，万物为铜，众生皆恶，我为之杀！

苏旷闭上了眼睛，定了定心神，试着施展出了剑冢中的招式。他还记得，穹顶壁画之中的那个"他"。"他"形容枯槁，燃烧殆尽。"他"不是剑菩提，不是神，也不是任何一个活生生的人，他是武道意义上的创格完人，是所有习武之人毕生追逐的完美刹那。

苏旷记得那个动作。"他"的手向上，十指参天，似乎可以一路伸进天穹；脚向下，似乎可以一路踏入虚空，看起来就像是一招没有完全施展开的"白鹤亮翅"，但就是这么一个简简单单的动作，包含着广袤的平衡。

那种力量是流动的，也是静止的；是无穷的，也是永恒的。似乎在飞翔，又坚实地行走在地上；似乎什么都不是，又似乎无所不在。

那是刚刚睡醒，又像是从死地里复活。

那像是盘古从混沌之中的初生，佛祖在涅槃之后的初创。

那是十全十美之境，是寂灭之中的大光明之境。

那是北极星之下回向众生。

那是万物的归途、众生的初发，那是随心所欲的、极致的自由。

这一招，是剑菩提闭关一生的参悟，也是霍瀛洲十三式武学的起手式：无中生有。苏旷曾经试着模仿很多次，每次都像个拙劣的笑话。

武学修为越高，对至境的敬畏心越重。越重，就越不自由。这也就是佛家说的"识见障"，所有的阅历和见识，在成就的同时，也束缚着自己。但这一回不同。

苏旷想，我死到临头，试试怎么了？于是他就试了试。他也不知道结果怎么样。

他闭着眼睛。等睁开眼睛的时候，上官乾的第七刀"消失"了。上官乾就在他面前，垂着手，一动不动。可能是那一刀被消解了，也可能是他手下留情，半路放下了刀。

两个人已经很近了，近到可以看清楚对方瞳孔之中的自己。上官乾那种兴奋到狰狞的表情居然还停在脸上——熔岩凝固之后，依然有地狱的痕迹。

围观一众无言，多数人看不懂，少数人看得目瞪口呆，没有人知道胜负如何。片刻寂静，只有衣袂猎猎，旌旗招展，高风萧瑟，秋水横波。

"失敬。"上官乾若无其事，点了点头，"我算你接下第二招。"

苏旷说："好。"

上官乾没有认输。他也没有话说。

上官乾不给苏旷开口辩论的机会，伸出手："请。"

这是拼内力。苏旷把右手递了过去。他没什么可拼的了，他只想试试看，自己能不能撑着站住。站住就算接下一招，一招就是一个人。

他已经想好了，接两招了，他要先换两个小姑娘。万一能接下第三招，他就选阿秀婶子。

不过，他想多了。上官乾的内力，是达到小雷音破之境的内力。比起他当年不遑多让，而且，苏旷远远没有上官乾的霸道。

上官乾一搭手，毫不留情，内劲顺着手臂经脉，一路摧枯拉朽，攻城拔寨，直奔丹田，一脚就踹开了他的门户，破开了他的丹田气海。苏旷闷哼一声，弯下腰去，摇摇欲坠，几乎跪倒在地。

他刚才只是能从上官乾的刀法里领悟到地狱，这一次，他本人直接落入地狱里。

他伤了很久，经脉也都伤损，像是久旱的河道，不仅干涸，而且狭窄，哪里经得住这样的钱塘怒潮、汪洋恣肆?

丹田是气海,是家园,他自幼年学武之日起,家园就未曾被这样烧杀抢掠过。但上官乾肆意纵火,余兴不消,一波横冲直撞之后,那股带着火和刀的气劲再度撞破膻中血海,直攻心脉。

似乎是一场烧毁天庭的烈火,似乎是一次涸泽地裂的大旱,似乎是沸腾的铜汁往血脉里灌,似乎是一匹带刀的烈马在五脏六腑之间横冲直撞。一口血,顺着喉咙往上狂涌,苏旷死死咬着牙,闭着嘴,鲜血从鼻子里汩汩冒出来。那股气劲冲过心脉,奔袭脑海,恶气直冲七窍。

上官乾忽然开口,问:"对了,你接我两招,放哪两个人走?"

苏旷咬着牙,开不了口,他目光示意,看了两个丫头一眼。

上官乾摇头:"哎,你不说话,我就当你没点人,都带回去了?"这是逼他开口。

苏旷张嘴,一个"两"字没说出来,后脑砰的一声响,好像有血管炸了一样,那股内劲席卷全身,在他体内居然运转了一周天。上官乾一抖手,他眼前一片黑,再也支撑不住,双膝发软,跪了下去。

上官乾松开了手,放他一条生路。他像张人皮,瘫倒在地,蜷缩着,四肢微微痉挛,七窍全在流血,嘴里开始冒带血的泡泡。

战斗结束了。风也停了。天上的大风筝啪啦一下掉下来,带着那颗人头,咕噜噜滚。风筝小步跑过去,紧紧地把人头抱在怀里,像是个噩梦里的小女孩抱着她的玩偶娃娃。

上官乾是个干净、利落、考究的人。他嫌河水不干净,早早叫属下准备了山泉水,烧得烫烫的,这会儿用铜盆呈上来,解开领口和袖口的系带,拿一条洁白的手巾擦洗额头和脖子上的微汗。这场战斗对他来说毫不费力,似乎只是每天清晨的早锻炼而已。

他的亲随也很勤快,收拾了满地的盔甲,好好码放到盔甲箱子里,又为他找了一双柔软舒服的新布鞋,温了一杯热热的姜汁女儿红,让他"去去寒气"。然后他坐在他的盔甲箱子上,闭目养神了一小会儿。

一个角落里几个手下在拿着锯子,咯吱咯吱地锯一块木板——他们在做一辆新的囚车,好把地上那个人带回京城去。他们很少做这种事,经验稍显不足,以前抓个人,随便塞在哪里,带回去就好了。但这一次,上官乾特地吩咐,囚车就是囚车,他要显眼的,要神捕营那些人一眼就能看清楚的。

上官乾伸了个懒腰,睁开眼睛。今天是个大晴天,碧空如洗,山里秋色正好。他远远地看自己的战利品——苏旷像条没死透的鱼,趴在河滩上,时不时地抽动一下手臂和肩膀。

时候差不多了,上官乾招招手:"泼醒他,带他过来。"

一桶河水浇在头上,秋末的河水冷极了,彻骨奇寒,带着一股腥气。苏旷打了个激灵,一阵寒战,睁开眼睛。他左右看了看,大约明白自己的处境。他眼光从人群里扫过,看见那两个小姑娘,忽然之间,怒不可遏。上官乾并没有准备放人,只是想看他的武功而已!

两个人把他架起来,往上官乾那里拖。他的身体很软,头也很软,整个身子挂在别人手上,腿拖在沙石地里。他被带到上官乾面前了,被拎起来,拽着脑袋,踹跪着。

上官乾坐着,亲随给他做了第二杯姜汁女儿红。他手里转着金杯,微醺,开心得不得了,眼光上上下下打量着苏旷:"我对你有点失望。人言不可尽信哪,你也不过如此。"

苏旷紧紧闭着嘴。

"我问话要回话!这是规矩,懂不懂?"

那个亲随抽了苏旷一记耳光。

"我还听人说,就凭你,想要我的人头?"

苏旷心里一惊,这话他只跟步踵武的夫人说过。他依旧闭着嘴,他不愿意再跟这种人打交道了。但那个亲随又抽了他一耳光。

上官乾脸颊消瘦,眼睛深而锐利,苏旷的反应在他意料之内,他不在乎,微微一笑:"我给你准备了一样礼物,是我千里迢迢特地从京城带来的。你看看,认不认识,喜不喜欢?"

不用他吩咐,亲随一溜小跑,去盔甲箱子那边,拿了个东西来,双手举着跑过来。苏旷转头看去,那是一只紫金蝎子,打造得很精巧,栩栩如生。全部展开,从双螯到尾部倒钩将近五尺,背部是金色的古铜,双螯、倒钩和四只步足全是紫红色的残月月牙一样的钩子,好像在药里熬炼过。苏旷倒抽一口冷气,他不认识这个东西,但听说过,在神捕营少年们的传说里,那个挂在风雨校场大旗杆上变成白骨的叛徒,就是被这样的刑具,一路押解回京城的。那些钩子是骨中钩,按照人

071

体骨骼的结构打造的,特别那个尾钩,是用来刺穿下腭的,如果需要,也可以顺便刺穿舌头,像钓起来的鲤鱼,鱼钩从下巴穿进去,从嘴里反出来。他又转眼向上官乾,上官乾的笑容里有森森玩味。

"收拾他,然后带走。"上官乾啜了口热酒。

硕大的蝎子像活的一样,大螯、口须、步足和尾钩都会动,似乎正要择人而噬。苏旷不自觉地往后缩。身后两个人立即反拧住他的胳膊,踩住他的小腿,有个人过来帮忙,把他的上衣剥了下来。一个人拎着他站起来,提膝盖撞在他小腹上。他往前蜷缩,背脊很自然地弓起来。他的脊背早就没法看了,像是已经被剥过一次皮,刚才被上官乾的内力熬炼过,所有的伤痕都充着血,像是无数道小蛇在皮肤下面游弋着。腰间是致命的伤,腰右侧凹下去一大块肌肉,甚至隔着薄薄一层肉,看得出皮下滚动的腰椎骨节。

一只手很快地在他脊椎上按了几下,找好骨节之间的缝隙。那只紫金蝎子是头冲下的,四对步足长长的,精铜打造,一只一只刺入脊椎一节一节的骨缝里,尺寸分毫不错,之后机关闭合,咔嗒一声锁死了。然后他被拽起来,勒着脖子往后。另一只手在胸膛上按了按,找准了最下端的那根肋骨,一对大螯从胸腹之间剐进去,穿透过去,环住肋骨,也锁死了。那东西是泡过药的,并没有流多少血。他们要把他放到那个囚车里,这是押解犯人的刑具,犯人在囚车里,没法躺着,没法靠着,没法蜷着,就只能那么直挺挺地跪着。

他们还有一千多里的归途,步步跋涉,翻山过河。直到他和铁敖的尸体一起被送回神捕营。或者说,直到他被挂在风雨校场的大旗杆上。

上官乾左手捏着下巴,饶有兴趣地等着看他的反应。苏旷没有什么反应,只是刺进骨头的时候,实在忍不住,眯了眯眼睛。

他的目光落在上官乾的小臂上。上官乾的袖口卷起来了,露出小臂很大一片刺青文身,红红黑黑的,精致而吊诡,看得出来,那是一条蟒蛇,或者随便什么别的长蛇,有好几个头,每个头都不一样,有张着血盆大口的,有吐着芯子的,有变成蛇骷髅的,有嘴里叼着人的,苏旷没数清楚,凭感觉是七个头到九个头。他隐隐记得,"九头蛟"这个文身,在某个卷宗上出现过。他流露出依然是犀利甚至还在进攻的目光。

这目光让上官乾隐隐作怒。那个亲随看着主人眼色,伸手猛拽了一把蝎子的大螯。苏旷痛得猛弯腰,然后背后那些钩子差点拆开了他的脊柱。他一口气抽不上来，胳膊被反拧在背后，浑身都在抽搐。但还是闭着嘴，低着头，一声都没吭。

上官乾笑笑，招招手，指了指风筝："带她过来。"

苏旷猛抬头，眼珠子里有熊熊怒火。

风筝还是刚从床上爬起来的装束，短衣短裤，赤着脚，松着一边的小辫子，脸上脏乎乎的，也很像刚在河边玩回来的小孩子。她还是抱着那颗人头，一看见苏旷，眼泪一下子就出来了。

上官乾弯腰，摸了摸小姑娘的脑袋说道："你叫风筝？这个人是你爹爹？"

风筝点点头。

"这个人，是你大师兄？"上官乾指了指苏旷。

风筝又点点头。

"那铁敖就是你师父了？"

风筝依旧点点头。

"风筝啊，你知不知道，你师父是做什么的？"

风筝轻声说："抓坏人的。"

上官乾指指苏旷："那他是坏人吗？"

风筝摇摇头转过脸，她有双黑水银一样灵动的眼睛，声音小小的，可并不害怕："不是，你是。"

上官乾摸摸她的小辫儿："风筝，我很喜欢你。我陪你玩好不好？"

风筝紧紧搂着人头，慢慢点头。

上官乾伸手把她抱起来了："那我们走喽，我有很多很多好吃的、好玩的……"

苏旷浑身肌肉都在绷紧。风筝从他背后看着苏旷，轻轻喊："大师兄……"

"上官乾！"苏旷快疯了，他忍无可忍，不知哪儿来的一股邪劲，挣扎着就往起站，甩着胳膊，想甩掉一直按着他的人，追过去。有人死死摁着他，有人拧他的手臂，有人踹他的小腿，有人用刀背胡乱抽他的头，纷乱之中，那个亲随伸手又狠狠拽了一下蝎子尾巴。苏旷痉挛成一团，在地上蹭着石头滚，张着嘴，喘着粗气，消停了。

上官乾回头，微微一笑："你喊我有事？"

苏旷抬不起头，脸贴在砂砾地上，一个字一个字地说："你给我站住！你有种就现在弄死我，不然的话，只要回京城，不一定咱俩谁先成骨头渣子。"

上官乾哈哈大笑，他没见过这份上还敢放狠话的人："你凭什么？"

苏旷躺在地上，闭了闭眼睛，一句一抽冷气，但也很平静："你带着三百御林军呢，你当他们都是瞎子吗？你干这么不要脸的事，你猜他们怎么想你？上官乾，我问你，什么叫御林军？你不懂，我教你，御林军是保卫京畿的带甲之士，是天子身边的铜墙铁壁，是国之栋梁，不是你的家奴。你炮是哪儿来的？巡检司的，对不对？巡检司是干什么的？你不懂我教你，是保护一方百姓平安，缉盗拿匪的。这些人，都是吃朝廷俸禄的，你带着他们搜山放炮，绑男人，抓女人，抢孩子，砍老人脑袋往天上挂，这叫什么？叫陷君于不义，陷将士于不忠，陷地方于不仁，于自己而无信。这是什么罪名你懂不懂？你没学过律令，我教你，这叫十恶不赦，如同谋反。"

上官乾脸色一变。这厮真是坏！死到临头，当众就挑拨起来。他听见最后四个字，脸颊的肌肉抽动起来，放下风筝，大步走到苏旷面前，踢了一脚苏旷的嘴："你废话太多了！"

苏旷只能看见他的新鞋，青缎鞋面，软底，雪白的鞋帮。苏旷压根不管他："上官乾，是你胆子太大了吧，你就这么押我回去？哈哈！你以为满朝文武都死绝了吗？你以为当今天子容得下你吗？你以为这个天下跟你姓上官了吗？"

上官乾脸色又变，上前一步，脚尖踩在他喉咙上，足尖蹑着他的喉结。欲待发力，又停止。

"这就对了，现在弄死我，免得后患无穷。"苏旷转过脸，看着他，眼睛里满是嘲笑，"被我猜准了，是不是？你他妈根本没带兵令，根本不知道我犯了什么事！你从头到尾都在唬我！"

上官乾的眼睛里有凶狠处决的光。他站了一会儿，转身示意亲随："让他闭嘴。"

亲随明白，带人一拥而上，把苏旷拎起来架住，膝盖顶着他背后的蝎子，拽住脑袋，用力往下猛地一拗，这力度太大，苏旷的脖子向后反折过去，下巴对着天，露出了整个咽喉和下腭。他的下颌骨被捏住了，掰开。亲随伸手去拿蝎子的尾钩。他话太多了。以后不用再开口了。

不甘心，实在不甘心，苏旷胸腔里满是怒火。这些日子以来，这些年以来，这一段幽暗长路，真是压抑连着压抑，愤懑跟着愤懑，忍不得，吐不得，伸展不得，发作不得，左冲右突，居然就是挣扎不出这道天罗地网，无物之阵。想平生英雄，今日末路，人刀双残，存殁两欺！

他下颌被捏着，说不了话，喉咙里爆出撕心裂肺的一声悲怒长吼，叫得真是死不瞑目，魂魄里都是不服。他在这里垂死挣扎。

半空之中，也有个人在应和："谁敢！"

那人离得还很远，至少在百丈开外，但声音极其清冽沉着，清清楚楚地传到所有人耳朵里。众人一起抬头——那人是从左手边河对岸的山崖上"飘"过来的，他双手抓着一个奇形怪状的巨大"风筝"。那东西做得太仓促，压根不算个物件，本来也不能飞，勉强用它降一降坠速，那人在天上摇摇摆摆，全靠本身的力量维持平衡。那人到了半山，嫌"飘"得太慢，双手一分，那东西裂成两半，他各执一半，身形急速坠落，脚尖在一棵桑树柔枝上一点，在这样的急坠变速之中找准落点。树枝上下摆动，卸去五分坠力。

他一落地，身形改为横掠，像只大水鸟，点着几块露出水面的大卵石，就凌空飞跃过河而来，右手的半方物件卷一卷，是根带着大旗和破布的竹骨，发出一声破空龙吟，直掷向那个手拿尾钩的亲随。

太远了，实在太远了，他隔着一条河，人又在半空，竹骨射到了亲随手边，劲力已是强弩之末，但还是有股极凌厉的气势，逼着他后退一步。

这一串动作，快得如同鬼魅，一气呵成。那人的身法之精妙，内力之深厚，动作之精准，招式之随心所欲，都已经到了炉火纯青的境界。一落到人群里，炮就没法用了。

离得近了，众人看见这人衣着样貌——他穿着身朴素黑衣，随便搭了个灰布坎肩，撕烂了很大一条口子，两块破布蝴蝶翅膀一样在风里招展，裤脚全都被钩烂了，赤足穿一双方口布鞋，显然是赶了急路的样子。他脸上有些胖，身上也有些发福，满面风尘之色，但还是看得出一双剑眉，颧骨清奇，嘴角如铁，眼里有群山之巅的影子。

他几个起落，到了河这岸，脚一落定，左手的竹骨也掷了出去，直奔上官乾面门。这一掷，竹骨带着破布，猎猎作响，有九天风雷之声、江海震怒之势。上官乾急忙侧身，一手拍开。仓促之间，他用的是右手，右腕带伤，力道不足，差点被那股劲道带倒，噔噔噔连退三步。

上官乾后退之时，脚步不乱，滴溜溜转身，从身边士卒手里抢了一面盾牌。那人也随手抢了一根长矛。这一回，长矛在他手里掂一掂，运足力道，长矛化龙，天开云破，第三次掷了出去。只听铮的一声响，半个天空都是嗡嗡声，似乎冥冥之中，有山神河灵，拨动了横绝天地间的一根徵羽琴弦。

夺！长矛夹风，钉进盾牌，撕裂了一层牛皮，击碎了一层硬木，破盾而入，竟然还有余威，向前急突半尺，刺进上官乾的左肩。

上官乾大叫一声，拔掉矛尖，他左肩右腕都有伤，知道今日绝非此人对手，毫不犹豫，拔腿就跑。

那人也不管上官乾，转身向苏旷走。他没有出手，可扣着苏旷的两个人悄悄松了手，退后。亲随也躲进人群之中。

苏旷滚在地上，浑身都在抽搐扭动。那人半扶半抱，扶苏旷起来盘腿坐在地上，皱眉，伸手，一只手抵在他后心，递了一股内力过去，另一只手小心地探了探，很轻很轻，想解开那具蝎子。

苏旷摇头，咬牙推开他手："别管我了……小金在他手里……抢回来……"

"也好。"那人站起来，"要不要我替你杀了他？"

苏旷睁眼，望了那人一眼，点了点头。

上官乾已经跑得很远了，他翻身上马，烈马顺着河滩，向下游狂奔。

那人双臂一展，凌空追了上去。他像一只大鹏鸟，起落极快，要以一身惊世骇俗的轻功，追一匹万里挑一的宝马。

他越追越近。上官乾回头，把带着小金的金丹直扔向那人面门。那人抄在手里，身法毫无凝滞。

上官乾扔了身上所有能扔的东西。那人一一抄在手里，随手塞进怀中。上官乾无奈，回头一记手刀。轰然一响，正是小雷音破。

那人冷笑一声，他人在半空之中，也不做借力，拧身，抬手也是一记手刀，掌风之中，隐隐有佛家狮吼之音。

这回连苏旷都看傻了——这是已入化境的小雷音破，距离罗汉金身的大雷音破只有一步之遥。此人的身手，委实是不折不扣的当世第一。

两股气劲在空中一撞，上官乾的身体跌飞出去。但他摔得也很有预备，就地一滚，还是拔腿就跑。

一声嘶溜咆哮。那匹黑马冲过来，四蹄腾跃，撕咬向那个人。这真是一匹快马，那是黑色的旋风，地狱的怒火，也是巨大的横冲直撞的力道。

那人冷冷喝一声"来得好"，双手一错，轻飘飘一掌拍了出去，也不找什么马颈之类的软肋，就直接拍在马头迎面骨上——那也是骨头最硬的地方。又一声唏律律的咆哮,那匹黑马翻在水里,掀起很大的浪花。

这马真是神品,骨头硬得很,竟然接了这一掌,扬着蹄子又翻身起来。它已经伤了,但还是一口叼住了那个人的袖子,竟然是拼死也要护着主人。此时,上官乾已经跑过河滩转弯处。那人一阵犹豫,再追,苏旷这边没人照看了。他略踟蹰,摇摇头,一手拽着马缰绳,一手按在马腰上,向下用力一按,那马扬着脖子,唏律律咆哮,蹬踏挣搓。

"好畜生!"那人又喝一声,手上加了三分力气。那马呜呜一声,吃痛服软,被他强行牵了过来。

现在,河滩边和山谷里是一样的场面了——群龙无首,众人不知所措。沈南枝和夜哭郎君从山崖另一边绕过来,从上游顺着河滩往这边跑。那人逆流而上,牵着黑马回来了。

人群乱纷纷的,都有败北之心。首领跑了,马也落在敌人手里。那人冷喝一声:"还不走!"

他也是个惯于发号施令的人,声音里有一种九天之上的倨傲和威严。人群如梦初醒,纷纷撤退。河滩上乱成一片,来不及带走的炮、旌旗、盔甲、盔甲箱子、落地的风筝,一地狼藉。而村民里大人安慰着孩子,可大人们也在瑟瑟发抖。

夜哭郎君在对付那只蝎子,沈南枝去解开俘虏们。其中那八个穿着黑色斗篷的人一直很老实,挤在一起跪着,大气不敢出一声。他们在沙石地上跪久了,膝盖麻,手也麻,一时还走动不了。只有一个人坚持着,一瘸一拐地走到苏旷面前。他犹豫了一下,这个自我介绍的时机不太好,但没有更好的时机了,他还是鼓起勇气打了招呼:"苏旷,你好……我叫吕颂……是快马堂的少当家,今年二十岁了……"

夜哭郎君刚刚找到机关的暗卡,钩子卡在骨头缝里,一个人不好办,他招呼沈南枝:"沈姑娘来搭把手。小苏,你忍一忍。"

吕颂一边干看着,自己也觉得特别不合适,可还是坚持继续说:"我……仰慕你很多年……真的!我跟过你好多场比武,不过从来没跟上!我一直在找你,一直想见你一面,花了好多银子,但从没见到你真人……"

苏旷疼得一佛出世二佛升天,回答不了他,心说全是屁话,你要干吗?

吕颂说着说着,自己泪流满面:"苏旷,我对不起你!我是被上官统领抓住了,我是不得已的！他绑着我们，挨个打，还说，再附逆，就连快马堂一起剿灭了！要是我自己，我死都不这么干！可我是快马堂的少当家，他们是被我逼着进山的！我带他们出来，就一定要带他们回去！所以……你放心，我回去之后，会给你个交代。"

钩子从骨头缝里抽出来了，他们准备对付大鳌。苏旷摆摆手，让他们先停，看向吕颂："你们先等一等，我没听清楚，你刚才说的什么意思？"

吕颂单膝跪下，很诚实："是我带上官乾来找你的。"

苏旷不太信："你？你知道我在哪儿？"

吕颂点头："知道，但具体位置不太清楚，可我知道肯定是这附近没错。沈姑娘让我在信阳换车，又让我在那边河滩外面等你们，我就查地图，觉得你们是在这一片了，我又检查了沈姑娘的单子，她要我准备糖炒栗子的……我就跟进山了，然后到处找栗子林，那两天，我不吃不睡，到处找……终于皇天不负有心人，让我找到不少栗子皮。再然后我就碰到上官乾了，他们也在山里转悠，也在找你们……然后，我就没挺住招供了，我们就一起找栗子皮……一路到山脚下，然后上官乾就看见了那个红蓝令箭……"

沈南枝也很吃惊，百密一疏。可她真是做梦也想不到快马堂会有人这么行事。

苏旷摇摇头，不敢置信，自己居然会因为这个愣头青落进上官乾手里："这是他妈多无聊才能干出来的事！你叫什么来着？吕颂？我招你惹你了？你图什么？"

"我想找你学刀！"

"去你大爷的！"

"真的！他们几个都跟我说……说你是当世刀法第一名家！要是连你都教不了我，这世上就再也没人能教我了！"吕颂激动起来，"我练刀十年！没有长进！苏旷……我做梦都在找你！我对不起你！可我真想跟你学刀！我看见你……我难过得不行……你放心，我会给你个交代！一定会给你个交代！"

听到"刀法名家"，苏旷眼光黯淡了，他沉默了一会儿，低下头，看看自己的手，苦笑一声："行了，你走吧，不用给我什么交代，没你事了。"

吕颂站起来往后退，可还磨磨蹭蹭的。他几个手下都来拉他："少当家的，快走吧……走吧走吧，咱还等什么呀……"

沈南枝慢慢把一只大鳌抽出来，肌肉留下一个深深的血洞。她手边没药，想扯块衣襟。吕颂还站着，摸了个手帕，试着递过来。

苏旷忍不住说道："你还站着干什么！"

吕颂吞吞吐吐："我想……跟你学刀……"

苏旷快跳起来了："你他妈没完了是吗？滚！现在就滚，我不想再看见你。还有，我也不是什么刀法第一名家，他们哄你玩呢，你找错人了！"

后来的那人抱着苏旷的肩膀，按着他重新坐好，悠悠开口："苏旷，你未免也太谦虚了，当世刀法第一名家，你有什么当不起的？我又不练刀。"

吕颂本来都被拽着后退了，眼睛一下就亮了。

另一只大螯也取出来了。夜哭郎君脱下外衣，给他披上。

"沈姑娘，你们原先准备去哪里？我护送你们一程。"那人问了声沈南枝，又扶着苏旷站起来，柔声劝慰，"苏旷，你忧思太重，这段日子波折也太多，当务之急，是找个地方好好调养身体。至于武学，不必操之过急，也不必灰心丧气，天无绝人之路，这是你跟我说过的话。再说，真有什么不懂的地方，我还可以教你。"

"你教我？"苏旷哈的一声笑出声来，"丁桀，你好狂的口气！"

第七章　名扬四海

太阳渐渐地升起来了，白晃晃的一片。河水涨起来一些，冬天的流水似有筋骨，一跳一跳的。

战场寥落，其他人都已经离开了，沈南枝和夜哭郎君护送着一家四口，回山谷里去。只剩丁桀和苏旷两个人，一个站着、一个坐着。他们看起来很亲昵，彼此之间都有些久别重逢的欣喜，丁桀微微弯着腰，手一直搭在苏旷肩膀上。苏旷气色上缓过来些，他的手一直按在肋骨上，免得说笑起来牵动伤口，两个人不知道在聊什么，聊着聊着，就一起放声大笑起来。

吕颂远远地站在拐角处一块大岩石后面，手心满是冷汗，在裤管上蹭了蹭。他的属下全在后面，纷纷小声催着他回家。但吕颂充耳未闻，他在深深地呼吸着，他在做一个事关命运的抉择——

我该离开了，我还有许许多多重要的事情要做，这单生意被我搞砸了，我还不知道该怎么善后；过九天我得去趟河套，听说今年马场的干草料不太好，马都病恹恹的，管马场的换了新管事的，做事偷奸耍滑，用干稻草和麦秸替换了苜蓿，这得给他点颜色看看；今年的收支不行，账上全是亏空，自从爹病一场后，那帮子人见人下菜碟，往上交份例银子都延宕，得挨个催；年前我还得再去江南一趟，见见未来的老丈人和大舅哥，拜会轻舟坊几位当家的，将来就是一家人了，礼数得尽到。我是该离开了，人家也不欢迎你过去。不跟你计较，已经够宽宏大量的了。也别出声，别做个胡乱嚷嚷的蠢货，沉稳一点，别弄得人家看不起你，自己也看不起自己……

他这样想到浑然忘我，却又猛地大踏步走了过去，用一种因为过度紧张而显得特别古怪的声音说道："丁桀？"

他不是故意这样无礼地直呼其名，他只是觉得，喊"丁帮主"已经不合适，"丁大哥"又显得乱套近乎，一时语塞，不知该喊什么。丁桀微微惊讶，眼睛转了过来。吕颂直勾勾地盯着丁桀的眼睛看，他想知道丁桀的眼睛是什么样子，已经想了很久很久。

吕颂比丁桀小十一岁，吕颂童年的时候正是丁桀的少年时代，也是丁桀从"未来武林第一人"到真正的"武林第一人"的那几年。

那几年，整座武林都在盼着一个天才少年长大成人，横空出世。那几年，天南海北的优秀少年都去洛阳排着队等着和丁桀交手——和丁桀交手是无上的殊荣，也是放诸四海皆准的武学标杆。吕颂当然也不例外，他也用歪歪扭扭的字迹写下：努力！去洛阳！会丁桀！

吕颂迫不及待，五岁开的蒙，开蒙就练刀了。他没有行过拜师礼，当时，他的开蒙师傅是一位赫赫有名的前刀法名家，定的是三年的约。前刀法名家年龄不小，名气不小，束脩的数目也不小。他在吕家上下逢源，跟账房、管家关系都处得很好，跟夫人、小姐们也能说几句体己话，能文能武，兼任半个东席。进门第一天，他就写了"天道酬勤"的横幅送给吕颂，殷殷鼓舞，还特地教他那是什么意思。他教了一年多，吕颂显然没什么让人眼前一亮的进步。

吕颂的父亲犹豫着问，是不是这孩子不行，不行你直说，这钱真不少，不行就不打水漂了。前刀法名家就劝，说吕颂还小，不可揠苗助长，很多小孩子都是忽然一下子开的窍，不要着急，慢慢练。吕颂天赋非凡，必成大器，一路刀法总要练个三五年的，功到自然成。

吕颂的父亲半信半疑。吕颂的母亲觉得这样挺好，至少吕颂早睡早起，叫吃什么就吃什么，身体又结实，冬天光着脚满地跑也不会着凉。只有吕颂对这一点深信不疑，他喜欢开蒙师傅的解释——自己是个没被开启的璞玉浑金，武学道路终将大放光明，如今只是遇到小小阻碍而已。

再后来，大姐成亲了，家里多了个大姐夫。再后来，开蒙师傅被大姐夫赶走了。那天父亲很生气，骂开蒙师傅是江湖骗子老油条，误人子弟，把他的行李包裹通通丢出门去。开蒙师傅也很生气，说我尽心尽力地教了，没有功劳也有苦劳，你怎么这样无礼？你儿子是个榆木疙瘩，我有什么办法？还什么一代宗师！也不撒泡尿，看看你们家祖坟经不经得起这四个字！挣几个赶车换马的苦力钱，你以为自己是谁呢!

　　双方撕破了脸,骂不绝口。吕家全家都很难过。吕颂的爹本来想就此作罢,耐不住吕颂一直哭,也想着不蒸馒头争口气,都吹出牛去了,怎么也得再试试。

　　这一回,他找女婿推荐。大姐夫对刀法并不精通,出于谨慎,推荐了第二位"前刀法名家",也是顾青翼自己小时候跟过的师傅。

　　这位刀法名家朴实多了,一进门,也给吕颂送座右铭:勤能补拙是良训,一分辛苦一分才。这让吕颂产生非常大的抵触。他才不拙呢,就在不久前,他还是要跟丁桀并肩齐名的人。他不太喜欢也不太佩服第二位师傅,他仍固执地相信自己的身体里有个很隐秘的机关,总有那么一天,啪嗒一下,立刻就变得很厉害了。

　　他的练习慢下来了,他总在练武的时候怄气,跑出去。他在等真正的师傅,等那个能够让自己拨云见日、茅塞顿开的人。

　　那些年快马堂的生意很忙。父亲、大姐夫都整年在外面跑,逢年过节才回来一下,大姐在家里也是通宵达旦,常常趴在账本和算盘上睡过去。照管他的只有母亲,母亲什么都依着他,只要他身体健康就好。

　　到了九岁那一年,吕颂的世界里真的有个机关,被人啪嗒扳了一下。

　　快马堂在一条斜街上,不远处就是个丁字路口,不知哪一天,路口的斜对面,来了个算命的,看相、摸骨、测字、周易、风水、批八字……样样都能来。算命的姓花,自称花半仙。

　　花半仙须发皆白,号称自己六十有三。他有一双鬼灵精怪的眼睛,一对毛笔中锋一样的小胡子。花半仙的生意很惨淡,因为人们都说他是个骗子。说他本来活跃在南城那边,老翻着白眼装瞎子,生意还不错,但自己嫌翻眼难受,装不下去了,就又跑来北城这边。有一天,忽然下了阵急雨,花半仙一时没防备,被淋成落汤鸡,花白胡子冲得一地白,头发胡子立刻就变得乌油油的黑。他脸皮也是真厚,黑就黑吧,第二天接着来摆摊。

　　有一次,吕颂照例和师傅怄气,闲着没事就跑去花半仙那儿聊天,问他从哪儿来?花半仙眼珠子一转,神神秘秘地告诉他,这是个秘密,自己曾经是丐帮的接引长老,就是专门在落花堂外,管着花名册,安排少年们和丁桀对战的那个人。

　　吕颂一听,热血沸腾,他还想多听一点,可花半仙不肯说了。花半仙磨磨蹭蹭地暗示,要听故事,要有酒的,而且最好是好点儿的酒。于是,吕颂就偷偷拿了父亲的好酒来,用雕花的银酒壶装着。酒来了,花半仙就慢悠悠地喝酒,也不用下酒菜，眼珠子慢悠悠地转，吊足小孩子的胃口，直到微醺才缓缓道来。他说，落花堂有间陈旧的木厅，如果穿着木屐踩上去，会发出清脆悠远的响声。他说墙上油漆斑驳，木厅里有一扇很高却残缺了个拐角、雕着虬枝梅花的木窗，那扇窗雨天会飘雨，雪天会飘雪，晴天的下午，阳光会长长地拖在地上拉出几枝梅花的影子。他讲，丁桀每天就握着木剑，站在那几道梅花的影子里，对着一个又一个前来比武的少年说一声"久仰"，然后挥出寂寞的一剑。他说，丁桀永远只说三句话，"久仰""承让"和"后会有期"。可丁桀既没有真的久仰过什么人，也没有真的被什么人承让过，更没有和什么人真的后会有期。果然高手在民间！吕颂激动万分地想。

花半仙讲到高兴的地方，就挥挥手说"醉欲眠，明天请早"，顺便把银酒壶揣在怀里。后面吕颂又抽空跑出来几次，带着酒，有时候还带点下酒菜。可是花半仙精明着呢，没有银酒壶不肯讲故事。再后来，吕颂又弄来了新的银酒壶、银酒杯和银烛台，花半仙的故事就一个一个地讲了下去。他讲那些少年、讲丁桀，奇怪的是，他每次都要提那个缺了个角的雕着虬枝梅花的木窗。他讲到那个木窗和丁桀的时候，有时候会深深叹一口气，真诚又温柔。

他有时候喝得再多一点，多到身体开始摇晃，就也讲自己，他拨开头发，让吕颂看头皮上那道长长亮亮的刀疤。说那可是一场血战啊，敌人的刀嵌进头骨里，怎么都拔不出来，他就带着头上的刀，干掉对方七八个人，之后才倒在地上。他说得像真的一样，吕颂就全信了。

又有一次，吕颂问他，那你为什么离开丐帮，来到这里呢？花半仙就说，这是我的伤心事，我们钩钩手，我告诉你，你可不许告诉别人。当时等着和丁桀对战的名单是很长很长的，有些人要排到一年后去，有些人根本排不上去，有些人是名门正派的，就排在前面，有些人没什么身份，就只能等，好多人想要贿赂我，我不屑一顾。可有那么一回，有几个打着赤脚的练刀的小家伙，他们走了几千里的路，走得浑身破破烂烂，就想和丁桀交手，按照规矩，他们也要在洛阳住好久，还不一定能轮到他们。可他们没地方住，也没饭吃，他们找了我，我就心软了，就把他们排到前面去，后来这事儿败露了，我就被废了武功，赶了出来。说到这里，花半仙就悔之莫及，掩面干号几声，顺便把新的银酒壶也揣在怀里。

吕颂觉得故事里好像有一点点漏洞，他听大姐夫说过，丐帮仁义为先，不像是会这么干的。不过花半仙的故事一直都有漏洞的，每次都是他一边问，花半仙一边拍着脑袋改，编着编着就圆了，再问，就喝醉了。吕颂像大人一样，长长地叹好几口气。他迷恋着花半仙的故事，故事里的丁桀比他听来的要孤独而耀眼。他很想知道丁桀长什么样子。

花半仙说这讲不清楚，我又不会画画。他就很失望。

花半仙就问他，你见过那种落满了大雪的高山吗？这真是废话，吕颂当然没见过了，他从小到大，根本就没离开过那座城。

花半仙放心了说，丁桀的眼睛看起来就像是落满了大雪的高山，又空又远，寂寞又冷。

这一年，江湖上发生了一件惊天动地的大事——丁桀真正地出道了，他接任丐帮帮主一位，就此踏足江湖。他选择的横空出世的第一场大战，就是远赴海南崖州，直接挑了银沙教老巢，生擒一众魔教高手押回中原。丁桀是完全靠神级的武功完成这一切的，他出现在敌人面前，势如破竹地击倒了银沙教当时的所有高手，让敌人们的精神防线完全崩溃了。那都是真正的高手，全是从累累血战里杀出来的江湖地位，没有一个浪得虚名。自此名声传海内，一剑光寒十九洲。

那一年丁桀二十岁，他用自身的存在注解了"天赋"这个词——平生事，天赋与，一出世就举世无双，一落地就风华正茂。

也是从那时候起，吕颂开始有点儿不那么喜欢听丁桀的故事了。他还是很仰慕丁桀的，可他觉得那个人太高了，自己"够不着"。恰逢其时，吕颂很快就听到了苏旷的故事。

这个时候，吕颂和花半仙已经很熟了。花半仙请他去"家"里做了几次客，那是城郊的一座破山神庙，很久前地震的时候塌了一个角，之后废弃了许多年。花半仙在里面搭了锅台，铺了床，四周墙上贴满了破字画和破床单，还买了些旧的家具柜子，捡了些花花草草、瓶瓶罐罐，竟然也弄得很有几分烟火气。一进门，就有个一丈二高的贴着山壁凿的巨灵山神，山神一手举着斧子，一手举着金刚杵，也搞不清楚是佛教的，还是道教的。花半仙总是在金刚杵上挂一幅字，字是捡来的，经常换，通常都很风雅。他最喜欢挂一副对联："一箪食，一瓢饮，贤哉回也；三杯倒，五岳轻，不亦乐乎。"

有一次，吕颂觉得两张对联挨得太近了，想帮忙挪一挪，结果一掀开，发现后面是花花绿绿一大堆衣服，随手一拉，滚落一地，他窘得脸皮都紫了——那全是女人的肚兜亵裤,十几条呢。花半仙看到吓坏了,强行跟他钩手指,叫他无论如何都不要往外讲。吕颂是个够义气的小孩,回了家,翻来覆去睡不着,也谁都没说。他想继续听花半仙的故事,而且他固执地相信花半仙是个好人,不会做坏事的。

花半仙讲到苏旷的时候,正是盛夏天。山神庙外树木疯长,草木深,虫子也多,数不清的蝉拖长了腔子鸣叫。花半仙当时打着赤膊,在庙门口灶台上炒菜,他做的是猪油渣炒韭菜拌凉面,凉面煮熟了,浉在冰凉的井水里,韭菜是自家种的,就在庙后面。

花半仙做菜有个缺点,就是不管做什么,都要一下子丢一大坨猪油,腻得要命,每次吃完了回家都会拉肚子。当时油锅嗞啦嗞啦响,锅上全是油烟,花半仙浑身都是汗,边弄猪油渣子边说:"吕颂啊,你知道,那是压轴的好戏!我做了这么多年的接引长老,没见过那么了不起的年轻人。他跟丁桀足足过了十五招啊,十五招!以前从来都没有过!精彩极了!我头一回看见丁桀拍着别人的肩膀送他出门,还跟那人说了许多话。吕颂,你要记住,那个人叫苏旷,他将来一定会名扬四海的。"

他每说一句话,锅铲子就嚓地翻炒一下子油渣子,说到"名扬四海"四个字,花半仙很生气地把案板上洗干净的韭菜全丢进锅里,油烟大作,嗞嗞啦啦,他挥舞着大锅铲子,狠狠在半空用力写了"苏旷"两个字,然后手举向天一动不动,像个只剩一只大螯的螃蟹。

于是,吕颂郑重地点了点头,记住了这个名字。

之后,两个人吃了许多,菜吃完了,面也吃完了。天快黑了,吕颂要回家的时候,花半仙拎着小酒壶,醉醺醺地对吕颂说:"吕颂,咱们俩交一场朋友,你呢请我喝了许多次酒,我呢也不能白喝你的酒。这样吧,我教你一套压箱底的刀法,这是不传之秘,你要好好学,学成了,将来你也会名扬四海的。"

吕颂心想,该来的终于来了!他握着拳头,热血沸腾。那套刀法,吕颂学了一个月,就像花半仙的故事一样,是两个人一起完成的。无论如何,吕颂也是有正经师傅教的,常常会问一些常识性问题,比如,这一刀这么砍出去,脚就不可能同时往后跳嘛,如果非要这么跳,就会自己把自己绊着……花半仙就挠着脑袋醉醺醺地说,对对对,也可能是往前,主要是太高深了,我给忘了。

吕颂不知摔了多少跟头,终于把那套狗日的刀法练熟了。出师的时候,他问花半仙,那套刀法叫什么名字,花半仙挠了很久的脑袋,说:"啊,我师父不让我告诉外人,不过还是告诉你吧,叫'无名花花刀'……吕颂,我是个世外高人,最讨厌名利了,你将来名扬四海的时候,可千万不要提我的名字,到时候你就找个弟子,把这套刀法传授给他好了。"

吕颂半信半疑,但他还是点了点头。他想可能我长大就好了吧,这套刀法里说不定也有一个机关,掰一下,就会豁然开朗呢。

再之后没多久,花半仙就出事了。快马堂知道这事,是官府的衙役来通知,叫去个人认领赃物。快马堂的管家去了,吕颂也偷偷溜过去了。

那天,山神庙围了许多人。花半仙垂头丧气,跪在一边,头颈和双手枷在很大的包着铁叶子的长木枷里。他很瘦,肋骨嶙峋,小胡子软下去了,头发也真的变得花白。

捉贼捉赃,捉奸拿双。在他的山神窝里,搜出了一大筐压扁的酒壶、烛台、香炉……各式各样的器皿,他快把一条街的大户全都偷了。

人们嗡嗡地议论,说花半仙是个淫贼,采花大盗,用迷药迷奸了许多女人。也有人说,好像不是迷奸,他就是个骗子,开始的时候,睡人家妓女不给钱,骗人家说自己是落难的王孙公子,那个女人什么风浪都见过,居然真给他蒙住了,白给睡不算,还倒贴给他银子……后来就四处下手,到处找没主儿的女人睡,花言巧语哄人家上床,最后睡了个年轻的寡妇。到了这最后一次被抓,是因为他把人家寡妇的肚子睡大了,两个人约了私奔。寡妇家里人起了疑心,早早布置了埋伏,他翻墙的时候,连人带偷出来的金银细软给摁了个正着。

那一大堆肚兜和亵裤被翻出来的时候,人群一齐伸长了颈子向前看,发出了潮水一般的啧啧啧啧声。人群里,不断地有人破口大骂,花半仙的头拼命往下低。有人直接走过去,揪着他的发髻,掀起他的脸,啐在他脸上。其中骂得最凶的是个老头儿,非要官老爷把他千刀万剐。吕颂知道那个老头儿,老头儿有个独生儿子,送去边关,很多年前就死了,死得丢脸,是中途逃跑了被军法处置的。老头儿一直不信,不肯见人,有人提这事,他就拿拐杖敲别人的头,弄得人人都躲着他走。结果,花半仙跑过去,神神秘秘跟老头儿讲,说他儿子没死,他们是很好的朋友,他知道他儿子成亲还添了孙子,就是背着罪名不敢回来,等他抽空去他儿子那跑一趟,叫他偷偷回来看你。老头儿可高兴了,天天给他打酒买肉,问他儿子的事,还塞给他两个纯金的小香炉,说是自己活不了几年,可能等不到他儿子回来了,叫他得空了把东西给他儿子送过去,这是祖传的,要给孙子。金香炉被发现的时候,已经脱了手,卖给一个专门倒卖贼赃的骡马贩子——这连证据都不用找,花半仙枕头下面有一小包银子,上面歪歪扭扭写着"香炉银子"。

吕颂走到花半仙面前,花半仙头上挂着浓痰,不敢抬头看他。吕颂喃喃地问:"你不是丐帮的长老吗……"

人群爆发出潮水一样的大笑声。

花半仙声音很轻很轻:"我是……"

快马堂的管家指认了自己家的银酒器和烛台。衙役一概记成偷的。

吕颂用很小很固执的声音强调:"不是偷的……是我送的……"

不过没有人理他。

再后来寡妇上吊死的。寡妇临死前改了招供,跟大家一样,也说是花半仙迷奸她的,她不得已玷污了清白。花半仙没辩驳,点了头,画了押。他的案子本来就够砍头了,江洋大盗加上采花淫贼,逼奸人命致死,苦主们催逼得又厉害。很快,不等秋后问斩,判了斩立决,正好地方上还有几个积年累月破不了的无头案,也顺水推舟,结了。花半仙被判了砍头。

砍头的那天先游街,不少媳妇都抱了孩子出来看,那一带民风淳朴,很少会有这样的大贼,这样的大事情。吕颂那天到厨房里,做了一大碗猪油炒韭菜拌凉面。

快马堂的下人们盯着他,不让他去。他费了九牛二虎之力,洒了半碗面,终于翻墙出去了。他躲在人群里等啊等,终于见到了花半仙。花半仙在囚车里,五花大绑,头发梳成缕儿,扎着红布条,脸上擦着烟灰,脚踝上有两道很深的伤疤,两只眼空洞洞的,有点像落满了积雪的高山。花半仙看见他,眼珠子一转,咧着嘴笑,嘴角有涎水挂着,他高兴起来说:"吕颂啊,滚蛋的饺子回家的面,你该给我煮饺子。"

吕颂费力地跟着车跑,说我不会包饺子,你凑合吃吧!把面条往他嘴里送,花半仙费力地伸头嘬嘴够,呼噜呼噜地吸溜,又说这算什么面啊,没熟。

这时候快马堂的下人们追出来了。花半仙摇摇头不吃了,他还是老样子,神神秘秘地说:"吕颂,你别忙了,我跟你说个秘密,我会移魂转魄大法,他们砍头是杀不了我的,我的三魂七魄早就转到……喏,那只野猫身上……"

到这儿,吕颂就被下人们逮回去了。他被抱回家,伤心极了,三天三夜不肯吃饭。后来实在饿得不行,只好呜呜咽咽地又边哭边吃边问下人,你们谁知道,什么叫移魂转魄大法。下人们跟他说实话说,少爷!什么移魂转魄大法呀,你还真信!

那个花半仙，就是个大恶人！嘴里什么时候有过一句实话？你怎么跟他混一块！他保不准要对你做什么呢！他呀，胆小如鼠，头一按亡命招子一拔，屎就出来了，那个脸白的啊，没等砍头呢，把自己先吓死了。

吕颂将信将疑。慢慢地，这一段也就淡忘了。他一直在练刀，一直没什么出息。就这样，一直到了十五岁，这时候吕颂已经是少年了，他不再留在那条街上了，开始四处流水般地花钱，看人比武，听人讲江湖故事。他还在找身体里的那个"机关"。他大姐夫看不下去，出头出力，请了些真正的刀法名家来家里吃饭。这几个人和家里的武师们不太一样，他们只顾着和"顾少堡主"攀谈，没什么人真的愿意搭理他。姐夫叫他走几招，指点指点。大家伙没人指点，嘴角都有那种不轻易得罪人的皮笑肉不笑，沉默到尴尬的地步。之后提到别的江湖事，又哄地一下子议论起来。吕颂收刀在手，身上一身汗，心里一盆雪。他难过得不行，想起来个事，问大家："当今天下，谁的刀法最好？"那几个人结论倒是很一致："文无第一，武无第二。仅以刀法论，苏旷算当世第一名家。"

后面的酒桌话题就转到苏旷身上去了。酒桌里有那次昆仑倾天峰的亲历者，趁机讲一遍经历，一下就变成了人群的核心。他说了丁桀和苏旷并肩上昆仑的故事，也说了他们是很好的朋友。吕颂忽然有了热泪盈眶的感觉。那之后，苏旷的位置在他心里慢慢超过了丁桀，因为苏旷做了他"想做而做不到"的事情。这个排名的小小变化，还让他一度觉得蛮对不起丁桀的。他想，万一真有一天，我们鼎足而三了，我老老实实当老三，绝对不和你们争位子。

再后来，家里突生变故，吕颂也正经地当起了他的少当家，这些想法也渐渐被压在了心底……

丁桀的眼睛转过来了。吕颂终于看见了丁桀的眼睛。花半仙说的是对的，那是一双淡褐色的眸子，深邃而空远，让人后脊梁发冷，让人想起长空之上的孤鹰和落满了大雪的高山。

丁桀的眼睛转了回去。但吕颂不太敢继续叫了，那一眼太冷了。之前家里的武师都劝过他，说你要非找绝顶高手不可，那还是找苏旷吧，苏旷毕竟仁厚一点，顶多就是不教你，不至于把你怎么样，找别人就不知道什么下场了，千万别乱试，尤其是丁桀，勿谓言之不预也。可叫苏旷，他有点不好意思，更何况人家都叫他滚了，他又默默地退回了石头边。

沈南枝和夜哭郎君回来了。夜哭郎君说:"都按你说的交代妥了,那事不宜迟,咱们赶紧走吧,保不住万蜀戎要带人在这附近搜,真遇上了,动手也不好,不动手也不好。"

四个人就准备动身了。丁桀和夜哭郎君一左一右扶着苏旷。吕颂觉得等不了了,他鼓起勇气,一边追一边大声喊:"苏旷……苏旷!"

苏旷真挺烦的。得寸进尺!他不愿意跟吕颂计较,不代表一点感觉都没有。

"你走你的。"沈南枝拍了他一下,"我去解决他。"

沈南枝径直向吕颂走了过去。沈南枝脸色很不好看,跟以往那种可亲可近的沈二姑娘判若两人。她走到吕颂面前,上下打量着说:"这一趟,快马堂你当家?"

明知故问,必有后手。吕颂有点不知所措,点了下头。

"好。"沈南枝也点点头,"生意做成这样,你准备怎么赔我?"

吕颂结结巴巴:"我……这个我也没想好……我想,南枝姐的银子,我们赔两倍!不,赔十倍!哦,对……南枝姐要是还用我们的车马,不管去哪儿,我们不收银子……"

沈南枝笑眯眯地等着他往下说。吕颂以为"赔十倍"怎么都可了,但沈南枝的笑容有点森然。他回头看看几个手下,招招手,其中两个年长些的走了过来。

沈南枝伸手点了点其中一个:"你!告诉你们少当家!"

那人带着哭腔说:"少当家!咱们快马堂,做江湖道上生意,都是两肋插刀的朋友们帮衬。沈姑娘的这一票,是最贵的那一档,换马不换车,密客不朝天,两头无日月,千里不留行……要是咱们不慎走漏了风声,泄露了密客行程,那是要赔十倍银子。咱们要是故意走漏了风声,坏自己规矩,像今天这样……那可就……沈姑娘要是不抬手,咱们的招牌就算是完了,以后道上生意不用做了,改普通骡马行完事!"

"可是……这不至于!"

"少当家!您真是不知轻重,今儿咱们命好,贵客这是捡回条命来,真要有个三长两短,按照江湖规矩,老爷子得自行了断,以谢天下。"

吕颂的脸也变得惊骇灰败,他轮流去看手下们的眼睛,每个人都默默垂下了头。他结巴起来,转眼看着沈南枝。沈南枝嘻嘻笑着,可一点手下留情的样子都没有。他急着说道:"南枝姐……你就是要给我个教训,对不对?我已经受到教训了,绝不会有下次!南枝姐,你跟我爹、我姐都有交情,多少年的交情!"

"吕颂，"沈南枝摇了摇头，"你们快马堂开门做生意，沽义山庄也一样开门做生意，大家都算了，以后谁还守规矩？你回去跟你们家老爷子商量商量吧，要不然，趁早改行也是个办法，人在马也在，怎么样都还有口饭吃。"

吕颂急起来厉声高叫："南枝姐！你不能这样逼我爹！我们快马堂，三代的基业！他们老老小小，风里来雨里去，加起来一千多口人等着吃饭呢！我爹身子不好！我要是回去跟他这么说，他就没活路了！"

沈南枝摇头笑笑："快马堂三代的基业，一千多口人等着吃饭？真新鲜，我还以为，你早知道呢。吕颂，不是我在逼你爹，是你在逼你爹。你不拿快马堂当回事，我不管。可你当我沽义山庄是个什么地方？以为撒泼打滚儿就能把事平了？"

"你要交代对不对？我给你个交代！"吕颂眼睛一瞪，锵的一下拔出腰刀。

"来啊。"沈南枝拭目以待，"你本来就该给我个交代。"

吕颂面如死灰，他不知道这时候应该给什么样的"交代"。抹脖子？他做不到。砍一只手？他脸色越来越白，额头也有汗，伸出左手，猛地举起刀，可又落不下去。要不然退而求其次，砍个手指头？不一定够，可多少是个态度。他轮流动了动五个手指头，都很灵活，依依相伴二十载，怎么才能忍心？想想么就砍个小的，将来不碍事，可伸小指屈了几下，眼睛闭了几回，还是不舍得。

沈南枝噗的一声笑出来："你剪指甲给我算了。"

吕颂满脸汗："南枝姐……沈姑娘，不是我胆子小，是这样的江湖规矩根本不讲道理！我反对肉刑！残忍！野蛮！我做错了事，我认罚啊，十倍你觉得不够？一百倍够不够？真要非做点什么，做点好事不行吗？我去修一百座桥！一百条路！造福四方，这不好吗？我砍一只手给你，我变成残废，对你也没有好处，何苦呢？对不对。"

沈南枝忍不住为他鼓鼓掌："好啊，我是挺好说话的，就按你说的办。从今以后，你修一百座桥一百条路，银子你赔我一百倍，这趟生意一笔勾销。喏，咱们这一程，十万火急，一共是三千两车马银子，一千两舟楫银子，我还加了五百里路上的吃喝花销银子。吃喝花销，这我不要了，剩下四千两，一百倍，也就是四十万两银子，一年内，你给我送到沽义山庄。听好了，我只要现银，不要银票。一年为限，过一年，给我一分利息。这算你的交代，行不行？"

吕颂不知天高地厚，气壮山河一跺脚："行！"

沈南枝非常意外："字据？"

吕颂就找了破布，要了炭笔写了字据。他的属下们，连面如死灰都不是了，有几个身体脱力，干脆一屁股坐地上，撩起斗篷挡着头。快马堂完了！

吕颂咬着牙瞪着眼，把字据递给沈南枝，他是个赌徒，他已经把所有的一切都输出去了。可他居然还想给自己要个交代："南枝姐，我知道我不是个东西，你怎么说我怎么想我怎么办我，我都认了。这笔银子，我一年内一定筹给你。可是，今天我已经走到这了，全凭一口气撑着，没别的，我就想让苏旷苏大侠看看我的刀法。"

"苏旷苏大侠"也大开眼界，他想着这真是无话可说，这败家玩意儿把家败完了，眉头都不带皱一下的，你那刀法到底有什么可看的啊？这都哪儿来的执着啊？真是天日可鉴、金石可镂，搞得好奇心都起来了。他点点头："行，你走三招给我看看。"

"多谢！"吕颂继续咬着牙，脚不丁不八站着，握刀在手，居然神完气足，握刀的架势不下任何一位绝顶高手，"苏……苏大……嗨，您有所不知，我今年二十岁了。"

"你老提二十岁干吗啊，咱俩又不是亲家！"

"不是……是我师傅跟我说，练武要趁年轻，最晚不能过二十岁，一过二十岁，就真练不成了！"

"这……算了你师傅爱说什么说什么吧……第一招，给我看你的开蒙刀法。"

"好！"吕颂灌注精神，抓起刀虎虎生风地舞了一下，嘴里还解释，"这就是我的开蒙刀法，是雁渡寒潭刀传人陈弱君的传授……"

满场都沉默了。这里的四个人，都是武学高手，有两个算是江湖登峰造极的人物，事先也都预料到吕颂可能很平庸，但谁也没想过他有这么糟糕——雁渡寒潭刀本身并非俗流，真练出来了，羚羊挂角，无迹可寻，可到了吕颂手里，真不亚于羚羊撞树，不忍卒睹。这路刀法所有的缺点他全都暴露出来了，没有的缺点他也硬生生创造出来两个。这不是"天赋差"能解释的，这是非常笨才能达到的境界。

吕颂收刀在手，很紧张地看着他们四个人的脸。四个人脸上都没有表情，这是一种礼貌，任何表情都意味着彻底的嘲讽。

"我可能是在你们面前有点紧张……"吕颂脸通红，挥出第二招，"这是我的第二位老师的传授，是二郎开山刀。"

这一刀还好,平庸归平庸,没有那么差得离谱了。可吕颂这人也真有意思,二郎开山刀是最四平八稳的刀,一般最没天赋的小孩才练这个,求一个不过不失。可就连这个刀,他也练得既不平也不稳,每一刀刀路的收尾,都很奇怪地拐一下。

"我的第三招……"

"等一等。"苏旷盯着他的手看,有些入神,"你的第一招,再练一遍给我看看。放松。"

吕颂抖抖手抖抖脚,原地蹦蹦跳跳,非常认真地又走了一遍第一招。还没有"有点紧张"的那一次好。

"行了,你不用再给我看第三招了。"苏旷摆摆手,"吕颂,你的开蒙刀法选错了。雁渡寒潭刀,是正中变奇的刀法,本身并非俗流,真练出来了,羚羊挂角,无迹可寻,只是根本不适合没学过武功的小孩子练。你练了多久?"

"两年半。"

"之前练的是什么?"

"没有。"

"行吧,开蒙那年你几岁?"

"五岁。"

"五岁直接练刀,还是雁渡寒潭刀?谁教的你?"

"陈弼君。"

"为什么挑他?"

"当时他路过我们那儿,毛遂自荐……还有他是刀法名家。"

"陈某人这是要钱不要脸了。你们家没一个学武的人吗?"

"有!我姐夫是顾青翼,可那时候,我姐夫还没来家呢。"

"那你姐夫的建议呢?"

"我姐夫来了,说雁渡寒潭刀不能开蒙……可那会儿也找不到师傅,就请了他的开蒙先生,教我二郎开山刀。"

"二郎开山刀又练了多久?"

"一年多吧,断断续续的。"

"说清楚,一年多是多久,还有什么叫断断续续的?"

"一年零八个月,那段时间,我跟师傅闹脾气……老跑出去,时练时不练的。"

"该闹不闹,不该闹瞎闹,那又是为什么啊?"

"他说我……也没说什么,就说,勤能补拙是良训,一分辛苦一分才。"

"这有何不妥!"

吕颂脸皮再厚也说不下去了。丁桀站在面前呢,他实在不好意思说,那段时间,我觉得我能练到丁桀的水平。

"吕颂,我跟你直说了吧。你这个练法,一错再错。雁渡寒潭刀是奇门刀,练这路刀之前,非有三五年稳扎稳打的正路心法作为根基不可。奇刀开蒙是大忌,你们家没人习武,陈某人自己应该心里有数,这是他的错,责无旁贷。可是,你当时已经练了两年半,说实在的,根基一旦奠定,改是改不回来了,唯一可取的路子,就是索性放胆子接着练——因为雁渡寒潭刀是正中奇,正中奇是水中天光影,墙头虬斜枝,影虽乱,枝虽斜,根子还是在天在地的,真就这么练个三五年,再投良师,变奇为正也是个补救的办法。当然了,长大成人之后,根基难免不稳,刀路纰漏也比较多,难登一流之境,但不管怎么说,总也有旁逸斜出的一段造化。可你蒙头练了两年半,忽然改了二郎开山刀,居然还没有人在边上扶持。二郎开山刀是方方正正、青石落地之刀,用来开蒙是最好不过,但用在雁渡寒潭刀之后,不亚于在一根长歪了的幼苗之上放一块青石板,虬枝固然扭曲寸断,青石板也再难方正平稳。你两路刀法,一下子耗掉四年工夫,以后不管再练什么,根基已经毁了,往上抬梁,抬一层塌一层。"

苏旷一口气说了许多话,这让他原本恢复了一些的脸色又变得苍白。丁桀手搭上他肩膀,半是扶持,缓缓又递过一股内力去。苏旷尽可能地直言不讳,但也隐藏了最关键的一条没有说——吕颂的天赋,是真的不好,就算开蒙和奠基都没问题,极限也不过就是一个平庸的二流武者而已。他确实是一个很"拙"的人,但这也保护了他,习武这十年都没有受到什么伤害,如果他的资质和灵性能够达到风雪原的一半,在练二郎开山刀的时候,已经会把命都弄没了。

吕颂听得脑子里一片嗡嗡声。他有些惶恐,不知所措:"那……还有什么补救的办法?"

苏旷摇摇头,当断则断:"吕颂,你信我一句,别练了。"

吕颂怔怔地站着,好像一脚踩进了无底的冰窟窿,手还举着刀,像个只有一只大螯的螃蟹。他眼泪直接就流下来了,接着说:"我的第三招是——"

苏旷实在不忍心:"吕颂!你才二十岁,你这个劲头拿到别处去,不管做什么,都能成就一番事业。你既然信得过我,就听我一句,人不一定非练刀不可!我知

093

道你难受，我也练不了刀了，我也难受，可我也得活着，我也得去干别的。"

"我还有第三刀！"吕颂不听这些，继续抖抖手抖抖脚，跟自己较劲，"你答应我了！你要看完。"

"好吧……你的第三招是……？"

吕颂满脸都是眼泪，一边哭一边施展出刀法，他眼睛鼻子都红了，胡乱地使出一种极难看又别扭的刀法。他不肯停，一刀接一刀，好几次踉跄着。刀一路砍在地上，他好像知道，这一路刀练完了，这辈子就不会再碰刀了。他的几个手下奋不顾身，也是真不想再丢脸了，从刀路之中抓住他，想把他拉出去。吕颂没劲了，刀脱手，哐啷落在地上，弯着腰大喘气。

苏旷有些意外，看了看丁桀，丁桀也在看苏旷。两个人脸上都有惊讶的表情。活了这么久，活成了个笑话。

吕颂筋疲力尽，想要离开。苏旷叫住他："你知道你练的是什么吗？"

"我知道，叫无名花花刀！"

苏旷揉了揉眉心："谁教你的？"

"我不知道他的名字，他是丐帮的接引长老！"

丁桀摇头："丐帮没有接引长老。"

吕颂叫："不可能！"

"我说没有，就是真没有。"

吕颂有些迷惘，那到底还有什么是真的，难道"花半仙"这个人，只是自己童年的一场幻梦？"那你们俩……你们俩第一次比武，谁接你进去的？"

"我自己进去的，我不至于连他的门都进不去吧。"

"那有没有人在边上看？"

"没有。"

"这不可能……"

"确实没有，我进去之后，就反手把门闩上了。"

"可……"吕颂就竹筒倒豆子，讲了花半仙的故事。那个他埋藏在心里十年的故事。

苏旷和丁桀你看我我看你，这是一个匪夷所思的故事——苏旷和丁桀的那场比武，没有任何人旁观，可那个人确实准确地说出了"十五招"这样的数字。而且确实是有那么一个木厅，一扇高高的带着梅花木格的窗户，而且残缺了一个角。

那扇木窗,确实是雪天飘着雪,雨天飘着雨,晴天拖着长长的阳光,洒下梅花的影子。

苏旷犹豫:"有可能有人偷看吗?"

丁桀也不确定:"很难做到。那扇窗户外面,只有猫能停在那里。而且即使是一只猫,我也不可能觉察不到。"

苏旷又想:"再远一点?"

"再远一点……倒是有这个可能,边上有个废米仓,米仓之前是一座旧庙,飞檐很高,而且飞檐挂着铃铛,风一吹,叮叮当当的,我有可能听不到他的声响。如果他在那里,倒是看得到厅里的情形,不过,那需要眼力非常的好。"

"没道理啊,他看得到你,你就应该看得到他。"

"你忘了,我看不到。"丁桀提醒苏旷,他想了会儿,转向吕颂,"我想,我可能知道你说的那个人是谁了。很多年前,那个仓库的飞檐上,掉下来过一个人,他是个普普通通的乞丐,很多年前曾经投奔过丐帮,打着赤脚,走了几千里路,长跪在门口,非要拜师学武,可最终没有人收他做徒弟。丐帮倒是愿意收留他,给他一口饭吃,可他不肯,非学武不可。学不成就什么都不做,躺在街边,抱着猫晒太阳,别人施舍给他什么就吃什么。我之所以知道他,是因为有一天,他在那座飞檐上喊我。或许是飞檐太滑,他抓不住了,我一回头他就掉了下去。后来我听说他伤得不重,擦破了点皮而已,也没有人为难他。他就那么离开了,再也没有过消息。"

吕颂听得眼含热泪,问道:"他从来都不会武功吗?他和人打架,刀砍在头上,还干掉敌人七八个。"

"并没有这回事。那是个笑话,他在洛阳的时候,也那么吹嘘过,可一个最早接待他的人戳穿,说他自己曾经讲过,那是小时候起的大疖子,里面全是脓,脓还是他祖母用嘴吸出来的。"

"可你们为什么不收他?"

"他来洛阳的时候,年纪已经太大了,二十好几岁的人,学什么都晚了。"

"他叫什么名字?"

"没有名字。"

吕颂低下头,眼泪扑簌扑簌落在地上。他得到他要的答案了,可代价未免太大了。但没有人嘲笑他,苏旷和丁桀都在等着他问完所有的问题。无论如何,这是很艰难的一程,需要给他武者应有的尊敬。

吕颂收了眼泪，擦了擦鼻涕，抱了抱拳："好！我要的交代已经到手了。无论如何，多谢二位。苏大侠名不虚传，居然愿意指点我的……呵呵，刀法。今天见到你们，我心愿已了，这一路实在愧不敢当，本来想着今后山高水长，或许还有补报的机会，但如今想来，恐怕也很难了。唉，得了吧……我有什么可补报你们的！那我就不再觍着脸打扰二位了，就此告辞，祝二位山高水长，一路平安。我们走！"

"等一等。"苏旷搓着眉心，想了想，看了沈南枝一眼，又作罢，叫了吕颂一声，"吕颂，你的刀法我帮不了你，别的事我帮你想想办法。不过，我实在是太累了，这会儿真是需要找个地方先睡一觉，而且我还有其他事，也不方便带着你……这样吧，你注意行藏，不要被人发现，七天之后，你在以前约好的河滩那边等我，到时候我有话跟你说。"

吕颂很惊喜，一口答应："好！"

"还有……你练也练了，应该让你知道，你的那个刀法，不叫无名花花刀。"

"我知道。"

"那个刀法，里面有七成是不知所谓，但还有三成——看一遍就能记住这么多，你的朋友禀赋确实很好——"苏旷点了点自己，又指了指丁桀，"那是我去找他的时候，用的压箱底的功夫也是我的开蒙刀法——九耀刀。"

第八章　夜半前席

孤星，寒月，夜半时分，一野白霜。火堆熊熊，大块的松木在哔哔剥剥烧着，偶尔一小块松脂嘭地燃起来，蓝色的小火苗蹿得老高。这是劳苦功高的一堆火，已经这么熊熊燃烧了六天了，炖了二十只山鸡，烤了十条鱼，烘了四十个麦饼，一大筐野山菌，一小筐野栗子，和无数壶的热水。酒足饭饱，现在是喝茶的时候。一个小小的铜壶里，山泉水咕嘟咕嘟地沸腾了，壶盖当当响。沈南枝取出一小包茶叶——那是最后剩的一点了，大部分都是渣和碎末——搁在山竹筒里，苏旷取水沏了，分茶，第三杯递给丁桀，最后一杯给自己。

丁桀来了，这件事让苏旷整个人变得轻松不少。这几天来，他已经陆陆续续地把下昆仑山之后的事情原原本本都讲了一遍，很狼狈的地方没有遮掩，很耻辱的时刻也没有隐藏，有疑虑的猜想也夹带着说了出来。他跟丁桀说这些，并不仅仅是实力或者交情的问题，他经历的许多事，事关朝廷和江湖的许多大变革，而丁桀，除了"品行"有待商榷，论武功、论格局、论资历，都是最有可能重新执掌整个武林的那个人。连带着，沈南枝和夜哭郎君也多听了不少。

"我这两年，大概就是这样了。说起来也晦气，就是一半日子在床上躺着，一半日子在地上滚着。不过总算还幸运，算是站起来了，也没真落到什么不该落到的人手里去。"苏旷想了想，诸多事都可以直陈心言，唯有"痛苦"这种东西，很难宣之于口，那些牙关咬碎的漫漫长夜，似乎也只能这么沉默地成为过去了，"你呢？你这两年过得好吗？"

"托福！吃得好，睡得好，玩得也不错。"丁桀脸颊上多了两块胖嘟嘟的肉，下巴也圆了一圈，这让他眉宇间的冷郁和高傲消弭了不少，如非对视，真是与当初判若两人。他捧着竹杯，茶水有些发烫，白色的水雾氤氲着，略一沉吟，向着沈南枝指了指苏旷："我来想一想从哪里讲起，不然，也从昆仑山说起吧。我下昆仑之后，便重践少诺，与少年时候喜欢的左姑娘做了夫妻，隐居在北邙山之中，这件事，只有他知道。"

沈南枝轻轻"哦"了一声，她和苏旷，都不算很喜欢左风眠，但也没有立场多说一句什么。

"我性情有些孤冷，不爱与人亲近，在常人眼里看来，就容易显得高傲。我自知此节，所以即便隐居，也不肯和山里村民混在一处。那些日子到处寻找，在北邙山之东找了一片梅岭，那里山路崎岖，人迹罕至，有十里梅花，一溪兰草，瀑布清泉，我夫妻二人都喜欢彼处，当即结庐归隐，远避尘寰。"丁桀啜了口茶水，"风眠她与我一样，也有些不容于当世之处，乐得避世，只我二人，过一段悠闲日子。"

苏旷点了点头，想丁桀倒是真爱梅林。

"我自幼及长，从来没有过一天人间烟火日子，风眠也没有。刚开始，风眠还有些男耕女织、自给自足的想法。只是，我自是不肯种地！她其实也并不耐烦女红，摆弄了半个月针线，弄了件坎肩命我穿着，其余从此作罢。一应物事日用，还是要从山下买回来。那些日子，确实乐哉悠哉，我二人高床大被，相拥而眠，睁开眼睡到日上三竿，只知寒暑，不知年节，想山外诸事与我无涉，世间极乐，莫过于此。你是知道的，我一直有内伤在身，年年发作，苦不堪言，到了山居岁月，索性一了百了，将前尘往事，连同功夫、早晚功课一起放下，心宽体胖，形容大变，自忖身手上必然是大大退步，可多少还有几分底子，对付些寻常野兽、普通防身总不在话下罢。山中岁月容易过，一晃，也是四季轮回。我和风眠住在一起，衣食住行上总是她照拂我多些，我虽也有心照拂她，但一来自幼诸般琐事有人随侍，二来有内功护体，其实并不真的知晓寒暑，许多日常琐事我总想不到。那年冬天，山中大寒，下了一场大雪，我只顾念那雪还不够大，喊她出来到山谷里玩耍，忘记了她身体单薄怯弱，一不留神，她染了风寒。我就自责得很，问她，山里头毕竟诸多不便，不然的话，我们还是搬回洛阳城里住？她就问我，可是悔了？那夜灯烛之下，她眼波盈盈，我自忖平生，负人无数，不可再负于她，就开口允诺，说我既然应了她此生此世，绝不食言，她要是不愿意在洛阳附近，等她身子大好了，我们换个暖和点的地方就是了。那时候……风眠高兴得很，没想到我肯主动开口离开洛阳，她掰着指头，数了又数，想了好些个去处，一心想要找出一个没什么人知道我来龙去脉的南疆小城。"

讲到这里，丁桀轻轻一叹，顿了顿杯子："此事就此议定。到了第二年开春，风眠的身子渐渐好了，我却有些心事渐浓。想这洛阳城，是我根脉所系，前三十年里，不知在此地结下多少生死恩仇，就这样离开，多少有些难以割舍。那段日子，虽然开了春，但山里依旧大寒，连下了好几场大雪。一天夜半，我听到风里似乎有猛虎呼啸的声音，想这青黄不接的时节，饿虎出山必定伤人，就叮嘱风眠关紧门窗，我出去看看，要是不碍手，就索性除了它。没承想，一出门，就见天地无边，好一片大雪被月亮照着，冰风一吹，如雾如银。那风里虎啸越来越远，我平时夜半也不出门，当晚动了兴致，就跟着风虎之吼，向深山里走，走着走着，按捺不住胸口激动，也不禁仰天长啸。在此之前，我有足足一年内息未曾运行过周天，如今内息这一流转，心里暗暗惊喜，身手虽然搁下了，内息却越来越是酣畅，似乎是充沛淋漓，取之不尽用之不竭。我忍不住满山奔走，从山巅冲下山谷，山谷又上山巅，只觉得天地与我合一，世间无事不可为，天下无处不可去，到了极畅快淋漓的时候，就在月下，对影练起剑来。那一夜真是痛快，我将平生所学，尽数施展，往日习武的所苦所恶，重又令我喜不自胜，招招剑剑，似曾相识，又别有洞天，似是明月清风下，江上故人来。我奔逐半夜，固然是没有找到猛虎，也没有丝毫倦态，到了天色微明，我返回那片梅林，灵台清明，神清气爽，就看见林间一片卧石如虎，落满了梅花。我心念一动，想在这里住了一年，怎么今日才见此虎？又一身冷汗簌簌，如梦初醒，想天底下放不下丁桀二字的，居然只是我一个人而已。到此，胸怀里一片我执勘破，似是破关精进之时，我就又折一枝梅花，不拘招式，随意施为。果然，内劲之中，风雷渐敛，梵音顿起，多年内伤，就此无影无踪。"

苏旷正听得悠然神往，恨不得身在当地，看丁桀练剑。听到最后一句，耳朵一跳，叫起来："什么叫……多年内伤，就此无影无踪？"丁桀的"内伤"，可不是什么普普通通的内伤，他那一身震古烁今的内力，是丐帮四代绝顶高手玄功的累积。到了他，已经到了血肉之躯承载不动、克化不能的地步，这也是他苦不堪言，一心归隐的原因。苏旷不敢置信："你的意思是说……"

丁桀看着他微微一笑："是。已经内外圆融、合而为一了。"

"你前面一年，什么都没干？就是睡到日上三竿？"

"是，睡得好，吃得也不错。"

"真他妈瞎人有瞎福。"苏旷举了举杯子，以茶代酒，一饮而尽，"恭喜恭喜，与有荣焉。"

"我当时就想满天下找你,我在想,既明白这件事又能为我高兴的,普天之下,恐怕只有你了。"丁桀轻轻抱住他肩膀,拍了拍,"我那时,还不知道你出事了。"

苏旷低了低头,杯中水影,亦是恍如隔世。如果这件事,是他没事的时候知道的,会高兴成什么样子?丁桀能再往上走一步,这不仅仅是他个人的突破,简直是整个武林的盛事,他往上走到哪儿,当世武学的标杆就跟着上升到哪儿。以他对上官乾一战表现出的实力来看,丁桀已经是当之无愧的海内第一人了,而且只要他自己不出状况,这个座次,十年之内恐怕没有人能够撼动。从此,他的对手,只剩下那些传说中的前辈宗师了。以他的年龄,他还能在永无止境的"武道"上走很远,他终将改变武林的历史,而且自己对此心知肚明,毕竟,他可是一个几年前就曾经在剑冢之外,向剑菩提问道论剑的人。苏旷很高兴,他是第一个说恭喜的人。但他也在忍着,忍着恭喜里的那一丝酸楚。他们是很好的朋友,或者说是兄弟,这种时候,他只应该高兴,不该难过,更不该嫉妒。可他难过得想要大哭一场。是啊,这世上没有什么"如果"和"本来"。可是,"如果"没有那一棍子,他"本来"也正在要往上走一步的关口,以他当时的年龄、状态和身体,也是走一步升一段的关键时刻。最狂妄的梦里,他是想过反超的,而且未必一点机会都没有。如果他有这个机会,能够和丁桀并肩走进那个境界去,或者说,全力以赴之后,亲手送丁桀去那个境界,他都会高高兴兴,坦坦荡荡。可如今真是死都闭不上眼睛!

他酸得腮帮子都疼,终于忍不住,扒拉肩膀上那只手:"放开放开,你这是考验我!我跟你说完恭喜,你就换个话题行不行?"

丁桀不放,柔声鼓励他:"我不想听你说恭喜,也不想看你死心,我想你把刀捡起来,你至少应该试一试。"

苏旷低着头,狠狠搓手里那个杯子,他不停地跟自己念叨,别往心里去,丁桀就不会安慰人。但这种鼓励,简直让人想翻脸!我怎么试一试?我他妈能不能试,我不知道吗?我能把刀捡起来,我在这垂头丧气的干吗呢?我都想举个旗子,上面写五个大字"我已经废了",逢人就摇一摇。他很想把杯子扔得远远的以示愤怒,可丢出去太自取其辱了,又扔不远。"我尽量。"苏旷若无其事地点点头,"你是什么时候知道的?"

"就在那之后不久,我想可能是你出事之后的……半个月?或者一个月?"

"谁告诉你的?"

"孙云平。"

"你进洛阳城了？"

"是。我是为了打听你。"

"你是找不到别人练了是吗？"

"一开始是这样的。"丁桀说，"我当时往前走了一步，不过，我自己不知道是一大步，还是一小步，功夫上的事情，没有关着门自己琢磨的道理，总得较量较量心里才有数。那时候我特别想你。你之前说过会来找我，可一年也没见你。你也知道，风眠……你们俩互相有点看不惯，我也不爱在她面前提你。我当时就动了脑筋，就跟风眠说，开春了，家里也没什么银子了，山里的梅花比城里的好，我折两担子，挑下山卖，给她买点胭脂什么的，也打听打听往南去的车马。她当时有些意外，没想过我会愿意做这种事，不过还是同意了，毕竟当时坐吃山空，家里什么都没有了。我就挑了两担梅花，进了洛阳城。洛阳城里有一家百花医馆，馆主少言寡语的，很喜欢收些别致的花，价钱也不错，可以打交道。卖了梅花之后，别人我也不想惊动，就直接找了孙云平。他看见我，大吃一惊，抓着我急急忙忙说了你的事情。我这才知道，那时候江湖之中到处都在传你，几乎是人人都在说，你的腰给人打断了，但具体的下落谁也不清楚。有人说你被抓走了，有人说你被朋友救了，有人说你死了。孙云平那个人你也清楚，他脑筋直，消息一多，急得不行，又不知道信谁好，热锅上的蚂蚁似的。我当时也很吃惊，我想以你的身手，什么人能这么生做了你？有人说是银沙教，我多少有些不信，银沙教有什么高手我心里有数，没人能伤得了你，真把你收拾到那个田地，应该有些不世出的法宝。当时我就推测你要是真是被人杀了，他们干了这么大一票，不至于一点风声不漏。你应该还活着，我得先找找你再说。怎么找呢？你要是被朋友救了，不管是为自己，还是为朋友，一定会向外求援，求援会去哪儿呢？你应该会知会沈姑娘。我就叫孙云平派人，兵分两路，一路北上，去京城神捕营打听，一路南下，去武夷山沽义山庄打听，如果这两个地方都没有你的消息，我就准备去银沙教的总舵找了。只是，银沙教被剿灭过一次之后，总舵南移三千里，那可是在汪洋大海之中啊，都不知道在不在我朝的海图上，真要去那儿找你，我单枪匹马又做不到，恐怕非得重出江湖、召集旧部不可。真到那一步，也是个惊天动地的大动作。我和孙云平约定，一个月为限，他一旦有消息，随时来山里找我，没有消息，下个月，我还是进城来找他，到那个时候，我看看状况，再看下一步怎么走。回山之后，我一时也不知道怎么跟风眠解释，就说路上还太冷，车子不好动，再过一过，阳春三月再说。我心里有了牵挂，功夫也就不敢太搁下，偷偷捡了起来。就这样拖到四月，我们约定的日子，我看孙云平没有进山，就又挖了几株兰草，挑进洛阳城去卖。进城一问才知道，孙云平到底不是个能办事的，他被丐帮几个长老扣着了，问他这么找你是为什么，是不是有人在背后指使。那时候，丐帮开始张罗着选出新一任帮主，各地分舵，都在推举人进洛阳城，到处乱糟糟的，不少人也在找我，也是活要见人死要见尸的。丐帮的事，我早就横下心不过问了，一时不知如何是好，索性找了匹马，亲自进了一趟京城。"

苏旷先是听他说的脸上有点发烫，到这里也不由得大吃一惊："你进神捕营了？"

"当然。"

"你……怎么进的？"

"从东门进去的，我转了一圈，看那边松树高，守卫也稀松些。我倒也不是忌惮他们，毕竟碍着你呢，不想泄露行踪。我在里面转了大半夜，我也没打听出什么来。我就又在附近转，转到了一个停灵的妇人家里，听见那边守门的两个小伙子聊天说你要是在，一定会来的，还说楚随波把你给卖了。只是他们话也不多，我还是不大明白。我就进屋转了一圈，后来见另有个人，从墙洞下进来找那个妇人，我怕瞧见什么不该瞧见的，就走了。再后来，我见边上还有个营地，是小孩子们练武的地方，就也进去转了一转，小孩子话就比较多，陆陆续续，我就听了个十之七八，总之，是知道了你曾经在楚随波家里住过一段日子，又被他带出去，弄丢了。当时，我也弄不明白谁是你的朋友，又不想和朝廷的人打交道，就找个地方稍作休息。第二天，顺藤摸瓜，去了楚随波家。"

苏旷边听边想当时状况，听到步踵武夫人家里还有人能出入，很是吃惊。听到他去楚随波家，又连连摇头，想神捕营号称守卫森严，纪律严明，被此人这么高来高去，如入无人之地，真是欺人。

"我在楚随波那里，也晃了大半宿，楚随波这个人也不清不楚的，好像他也不知道你在哪里，只听他跟一个小孩子讲，说你师弟应该在你身边。我当时听来奇怪，你哪儿来的师弟？后面才明白，还真有那么一号人物。"

"讲起我师弟，可惜他不在这儿。"苏旷提起风雪原，见缝插针，多了一句话，"你不知道，我补了他小一年的基本功，可我压箱底的这点玩意，一直没教他，就盼着他能见你一面，你能看得上他。小家伙天赋极好，而且也是练剑的，要是能跟着你学，比跟我强。"

丁桀哈哈一笑，伸手从苏旷鬓角边拔了一根白头发下来，在他面前晃一晃："瞧见了吗？多管闲事的人才爱长这玩意，我就没有。"

苏旷一窘："唉！那毕竟是我师弟，不算闲事。"

丁桀吹掉那根头发："我问你，你跟多少人交过手？"

苏旷有点愣，不知道为何有此一问。

"你知道我跟多少人交过手？"

这是挺难比的，论生死肉搏，他是死人堆里、刀头舔血出来的经验，走到谁面前也不腿软；论武技过招，十个他也赶不上丁桀。丁桀的经验是人数砸出来的，少年时候，每天跟人轮着动手，那是任务。

"你知道我见过多少天赋异禀的小孩子？你知道他们之中有多少人能练出来？比如说，练到你的水平？你知道我见到你之前，见过多少天赋比你强的人？"丁桀说道。

苏旷默默不语。

"你知道我为什么看重你？因为你当时宁可死在我手里，也要多走一招。甚至你走了之后，你还陪我过了三年的招。我总在想，如果我不拼命，这个人一定会回来赢我。我不想输，我长这么大没输过。你知道我是怎么练武的吗？我没有童年，也没有少年，我没有吃过一口不该吃的东西，更没有碰过酒，我没有多睡一刻钟，也没有少睡一刻钟。我没有玩过，没有朋友，也没有和喜欢的人在一起过。我想和人过招的时候要过招，不想的时候也要。天天如此，月月如此，年年如此。我二十岁之前，除了练武，什么都没有。直到忽然有一天，觉得这么活着对不起我自己。你输给我你有什么不甘心的？我问你，你师弟做得到吗？"

苏旷发现丁桀的眼神里有了许多严肃的东西。是的，福宝做不到。

"那你知道，我为什么做得到吗？因为天赋好没有用，天赋和我一样好的人，至少有十个，他们这么干三年就疯了。我整整二十年，除了练武之外什么都没有，那是因为我允许我自己什么都没有。苏旷，你是我见过最惜才的人，真的，可我也希望你知道一件事——一个人，不是因为天赋能决定走多远的。他得到一样很好的东西，是因为他配得上；他能得到一个很好的人，也是因为他配得上。所以，我希望你至少要把刀拿起来。拿起来这个事很重要，有路才去走，那是别人的路；自己的路，是先提脚，后有路。"

我知道，我懂，可太难了。苏旷眼神里一丝黯淡的神色划过。

"如果你师弟不是一个热爱武学的人，他根本不配见到我；如果他是，那么这个世界上没有任何一件别的事情，比你重新拿起刀来对他有效。你把他推给我，意味着你放弃自己了，要他替你赢，这事我办不到。"

看着苏旷一直在沉默，丁桀顿了顿说道："倒水。我两年没有说过这么多话了。"

"教训完了吗？后来呢？"苏旷给他添了点水，问道。

"后来，我找不到你，就又回去了。不过，这回我一走好些天，无论如何都瞒不过风眠，我也只好跟她直说了。我在这人世间，只有你一个好朋友，你没出事，我也懒得管你，你出事了，无论如何，我活要见人，死要见尸。风眠也没什么办法，她懂我的，只好再依着我一次。我那段日子，入世的念头越来越强，也就不太住在山里了。好在那段日子，洛阳城里，江湖人越来越多，消息也越来越多。茶馆酒肆里头，讨论最多的就是你我的下落，还有不少人在议论银沙教。这个你得知道，在此之前，银沙教之所以是魔教，是因为他们诛杀白道高手无数，可这一回，银沙教可谓无声无息，全是暗地功夫，明面上就干掉你一个，很多人觉得和他们没关系。那些日子，我也在每天想，等你真有消息传出来，我该如何是好？回丐帮？我回不去了。可我真不回去，丁桀这两个字，在江湖上更是寸步难行。"

丁桀离开丐帮，犯下的是一浪接一浪的滔天大错——他在洛阳总舵有失察之过，手下一场大火伤及无辜，间接害死最好的兄弟，之后撂挑子走人，在昆仑倾天峰掀起腥风血雨，死伤无数。而且，最要命的是，他娶了左风眠，在此之前，左风眠是副帮主戴行云的夫人。这在江湖是铁忌。他要敢带着左风眠明目张胆回去，别说丐帮了，整个江湖会炸的。

"我本来有意放浪形骸，比如今是胖得多了，在洛阳城里走来走去，自忖也没什么人认得出我。不过，数月来一阵奔波，没防备人又瘦了，弄得几个老相识远远疑虑打量。只是我总戴着斗笠，又挑着卖花担子，他们无论如何也想不到是我就是了。再后来，京城城禁解除了，城门开了。没过多久，我就知道了你的消息——百花医馆里，忽然多了许多带伤的江湖客，问起来，一共两拨，一拨是驿道边酒肆茶棚里头，有人提了你一嘴，立即被上官乾的人马抓去拷问的。另一拨是信阳城里，提都没提过你，只要腰间带刀，不像寻常百姓，也被上官乾捉去拷问。那医馆里头，人人都说上官乾真是霸道，有人问我何罪之有，他就说腰悬利刃，本来就不是良民，哪个再敢多嘴，当大盗穿了琵琶骨挂树上去。我听到这里，就有些动怒的意思，想他区区无名之辈，究竟有何等手段，欺我江湖无人？"

"那你就……"

"我听到他从京城沿着驿道南下，又在信阳四处拷问人，就推想你是过了三关，进了大别山。我也只是推想，并没有多少把握，但当时十万火急，非得试试不可。我又想，我出来救你，总不能靠说服他，那是非出手不可，也必然就是开罪了一帮人，既然如此，凡事预则立，不要被人抄了后院才好。我就叫孙云平带人进山，护着风眠，我借一匹快马，星夜赶来，碰碰运气。我在山里转了几天，见到不少人踪马迹，可这样的大山，找几个人是海里捞针！直到那天晚上，我也远远看见了红蓝双烟，才向这边赶过来，只是我眼睛一直不好，看见了，也确定不了位置，多绕许多冤枉路，后来直到听到炮响，才知道了大致方位，等我赶到，看见人头，心说大事不好。再匆匆到了河边，见有十二口炮封门，不敢硬闯。我想，你单枪匹马来不了此地，必定还有朋友就在附近，如果在附近，那只有这一片山崖看得到你，不如上来再碰碰运气。当时，我想的是沈家兄妹，倒没有想过还有这位夜哭先生。他们见到我，也是又惊又喜，不及叙话，连忙赶制那个风筝翅膀，我就远远地看你和上官乾过招。说起来你那一招，奇怪得很，看起来门户大开，上官乾的手刀到你面前，却又消弭于无形了。可实在隔得太远了，我也瞧不清楚，你找个机会，练给我看看。"

他这一路说下来，听得苏旷倒抽一口冷气。丁桀找他，居然费了这么多周折，一点花招没有，就是靠着只言片语的推断和当机立断的穷追不舍，几乎是按照他的路线重新又走了一遍。至于"孙云平进山护着左风眠"这种事，说起来寥寥几个字，一语带过。想孙云平呆头呆脑，派人找他，已经被丐帮长老扣了一次，这洛阳城外，去找左风眠，岂有不被人发现的道理？想到这里，他忧心忡忡："你回去怎么办？"

"我自有我的办法。倒水。"丁桀续了第三次水，此时茶水已经寡淡了，"苏旷，两头话差不多是说清楚了，现在我问你，你出山之后有什么打算？"

"你问哪一种打算？"

"隐姓埋名，改头换面，是一种打算；远走他乡，投奔异国，也是一种打算；你想翻盘，是第三种打算。"丁桀指了指他的鼻子，"我跟你说实话，我来找你，就没准备听前两种打算。但你就算是最后一种打算，我也不一定就真帮你。"

苏旷揉着脑袋。他想翻盘，当然。匹夫无不报之仇。折辱催逼至此，就算血管里流的是鼻涕，鼻涕也该发烫了。可是，他甚至还没有保护自己的能力，就要把更多的人卷进来了吗？上官乾的来龙去脉，他根本还没有摸到，这个人如今回到了天子羽翼之下，在九天之上盘旋。银沙教的老巢在海南之南三千里，一个甚至不在海图上的岛屿，一个富可敌国、人力和财力都超过想象的组织。听丁桀的话锋，那是已经有了复出的准备，甚至有了计划了。他甚至都能闻到那个计划里的血腥味。如果他和丁桀再联手，那会是一场前所未有的染红大海和天空的血战。古来征战几人回，到时候有几个人能全身而退呢？主动进攻会血流成河，束手待毙一样血流成河，除非毁掉脸和名字，远走他乡，这里的滔天巨浪与我无关。这个决定，对他和对丁桀都同样重大。

"我明天出山之前回答你。"他说，"我想想清楚。"

丁桀说："好。"

明天，是他们在大别山里的最后一天。

夜沉如水，火堆被压得小小的，蓝色的火苗曳着妖艳的舞，大山的风里讲着亘古不变的故事，似乎大家都心事重重，又睡得香甜。那一夜，夜风里有叮叮当当的斧凿声，如果仔细听，还有长歌当哭。

第二天清晨，天没亮，大风寒，林间落满了树叶，全都结着寒霜。苏旷早早起了，披衣走到山顶，在一棵大槐树边上坐下，慢慢地等。等到晨雾消散的时候，出山的队伍慢慢走过来了——清晨晦暗，地面又潮湿，山路崎岖，满是落叶和石子。队伍被拉得很长，稀稀落落的，两个神捕营的青年打着火把，走在前面引路，又两个神捕营的扶着福宝的爹娘，拿着行李。再之后，一个人打着火把，拉着二毛的手，慢慢走。二毛换了身素衣，低着头，无声无息地啜泣。再后面，就是铁敖的灵柩了。那是个简单的白松木的灵柩，四个神捕营的青年抬棺，打着招魂的灵幡。风雪原执弟子礼，全身披麻戴孝，扶着棺头。万蜀戎依旧一袭黑衣，扶着棺尾。灵柩后面，两列神捕营的青年默默地抛洒着漫天纸钱。风很大，白蝴蝶一样满山飞。他们好像是这深山密林里的鬼魂，安静前行，无声无息。

苏旷远远地望着，痴痴地看着那具棺材。

铁敖是自戕的，这足够给神捕营交代了，按照规矩，他得回去，经过仵作查验，得到一个盖棺论定的死因。铁总捕头会得到一个应有的风风光光的葬礼，神捕营正在风雨飘摇之际，为了稳定人心，这葬礼很有可能会破格，关从周应该会为他请一个很高的谥封。按照死后哀荣的惯例，刑部上下都会举哀，会有三公送葬，有大国手为之撰写碑文,青史上会有丹丹血忱书的一页,而他的骨灰,也会和着烈酒,洒在那十九棵松树之下。这是铁敖应得的,也是他选择的。铁敖没有"家人",一生不曾娶妻。所以他心上的那个人,会永远留在这座大别之山了,他们发誓生不同床死同穴,他们做到了,他在她死后,毫不犹豫地随她而去,可又在更远的后来离开,就好像在她生病的时候,他会轻轻抱抱她,然后去山上那个埋骨之地转一转。

铁敖没有子嗣,扶灵的重任,只能由弟子承担。在此之前,苏旷从来没有想到过,为铁敖养老送终的人居然不是他,扶灵送葬的人居然也不是他。他知道京城在哪儿,神捕营在哪儿,那十九棵松树在哪儿,可是从此之后,再回去,属于他的只有那根旗杆了。他们爷儿俩,这辈子一个无情无义,一个不忠不孝。

一行人走得很慢很慢,又很快很快。目光的尽头,是山和路的分野,即将分道扬镳。苏旷懵懵懂懂跟着向前走,脚下一滑,没路了。他脚下已经是峭壁了,几颗土坷垃滚落下山崖。他慢慢地跪了下来,目送师父离开。那是很细微的声音,离得又很远,本来绝不可能有人听见,可风雪原还是猛抬头,四下望,目光沿着山搜索。小家伙快要喊出声了,万蜀戎沉声,拉长了调子,悠悠喊:"铁总捕头回家了——"那些神捕营的年轻人们,就拍着刀鞘,一起高声喊:"铁总捕头回家了——"

风雪原一步三回头,他终于没有忍住,伸手搁在嘴里,用力地打了一个长长的呼哨。无人应答。

他们越走越远,那副棺材越来越小,苏旷眼里有泪,终于慢慢叩头下去。

额头下是潮湿冰冷的泥土,风在头上吹着,带着很细很细的草茎在耳边刮,小小的碎石和沙子在头上跳。

别抬头啊,一抬头,今生已成往世,再相见只有来生了。

他抬起头,天地间空空荡荡,没有师父了。

夫大争之世,有大别之山。

天亮了,晨雾消散,白日朗朗。

苏旷回去的时候,三个人都在等他,露营的窝棚已经拆了,行李也已经收拾好了,其余的,该扔的扔,该埋的埋。小小的火堆上,最后一点食物煮在热水里。夜哭郎君递给他。

"我们走。"苏旷说,仰头把那些热乎乎的不知是什么东西倒进胃里,和着没有流出来的泪水。然后一脚踩灭了火堆。

第九章　送君千里

出山之日，天高云淡，清风徐来，林间野鸟婉转，道在有无之间。

苏旷自从下山，拽着一根竹杖，低头只顾走路，也不跟人言语，闷闷怔怔，浑浑噩噩，走了一个多时辰。直到迎面一阵寒风吹在脖颈上，他如梦初醒，激灵一抬头："嗯，风筝呢？"风筝不在清晨送葬的队列里。

他要回头，夜哭郎君拦住了他："你走得慢，一来一回，不知还要耽搁多久。这样，你和丁帮主只管向前走，我和沈姑娘回去看看。小姑娘要是真还在山里，不消多说，带着一起走就是了。"夜哭郎君想了想又补一句，"风筝认得沈姑娘，不一定认得我，我自己去，怕这张脸吓着她，她不肯来。"

这倒也是个办法，苏旷想了想，也就点头答应了。而且他还有些心事，想和丁桀聊一聊。

沈南枝和吕颂入山前就约定的地方，在那条河的尽头。那里地势平缓，可以行车马，又避着巡检司的官兵，是出山的好去处。苏旷和丁桀就肩并肩，牵着那匹黑马，沿着河慢慢地走，说些没边的江湖闲话。两人都有些想挑起话头，但又都忍了下去。耳边山风阵阵，面前河水汤汤，想逝者如斯，万古皆然，五百年去来之间，也就是几场相逢而已。

"丁桀，"苏旷站住了，眼光落在很远的地方，那是河流的中心，有一个小小的沉默的漩涡，一根枯枝在里面搅着，"直说吧，你要怎么样，才肯入局？"

丁桀站在他身边，也看那个小漩涡："你这是定夺了吗？"

"还没有，你有你的条件，我也有我的条件。咱俩漫天要价，就地还钱，你开什么条件，多少也容我先听一耳朵。"

丁桀点头："好，我有三个条件，你都答应我，我就入局，你一条做不到，我送你到九江，咱们各奔东西。"

"你说。"

"第一，杀人杀到底，送佛送到西。我要入局，就没有半途而废的道理，非到赶尽杀绝、挑了银沙教的老巢为止。苏旷，你一样，你的朋友也一样。大家心里都得有点数，咱们要么就老老实实一辈子躲着，别露脸，也别露名字。一旦见了血，露了名号，所谓胜负无非就是靠人命填着。你手软，人家不手软，你犹豫，人家不犹豫，你中途逃跑，人家未必半路不抄你后路，你中途撂挑子，无非就是坑杀自己人。"

"我早就没有后路了，夜哭郎君也没有，可南枝她……"

"沈姑娘也没有。她出来帮你，沽义山庄就已经不是一个绝对安全的地方了。"

"她说她想清楚了，可是我觉得未必。南枝在江湖上肆无忌惮，是因为沽义山庄在机关上一家独大，旁人有求于她。可真放开手厮杀，南枝未必便宜。"

"怎么你到现在还没有想清楚？你还想把朋友择出去？你做不到的，天下之大，你去得的地方，别人都去得。哪里有一寸土地真是世外桃源？就算是你前些天死在这座大别山里面，人家也未必就放得过沈家兄妹周全。你真想保护什么人，就千万别躲，别把力量散开，无论是上官乾还是银沙教，最不怕的就是你们落单，躲起来、落单了，他们才好设计埋伏，各个击破。论战，从来就没有只靠守能守住的道理，该攻一定要攻，最有用的法子，就是咱们聚在一起，先下手为强。"

"接着说。"

"第二，你我兄弟一场，万事好商量，不过，遇上了商量不到位的地方，总还是要分个谁兄谁弟的。到时候，我说了算。"

"坐地起价，你凭什么？"

"凭战绩。就凭我打银沙教，一招一个准，你打银沙教，至少账面上输得一塌糊涂。那天我仔细听了你这几年的际遇，一言以蔽之，疲于奔命，四处被人牵着鼻子走，动不动一命换一命，这还了得？你总说什么问心无愧，光问心无愧有什么用？该输还是输。苏旷，恕我直言，慈不掌兵，我做主，咱们有赢的机会，你做主，迟早把我们都搭进去。"

"接着说。"

"第三，不许脚踩两条船。我知道你是谁的徒弟，知道你从哪儿来，可你也要弄清楚。你如今，不是离开神捕营，是反出神捕营了，你干了些什么心里得有数，那里头，再没有你的故旧了。他们要你的命，你不能眼睛一闭送人头。他们不跟我们作对，我当然也不会给自己找麻烦，他们要是真找到你头上了，你退避三舍，我睁一只眼，闭一只眼，可他们要是逼急了，我也不介意弄出几条人命来。"

"丁桀，我只有一条命，当然没有东送西送的道理，可你也得明白，神捕营有些人，你不能碰。"苏旷紧张了。

"那就免谈。"

"丁桀，别把洛阳当梁山，你玩不起。"

"苏旷，也别把京城当乌江，你回不去。"

"你说的都是屁话！我从砍断左手的那天起，就没想过回去，可你得弄明白，朝中力量，一样分清浊，一样有制衡斡旋，别的地方我不敢打包票，就神捕营里，有多少人拿毕生心血守着公道良心，我跟神捕营要真是弄出血海深仇，坐收渔翁之利的是上官乾。丁桀，别的事我都依你，神捕营这边，你交给我来处理，我跟你保证，我的人头，绝不自己送出去，但那边有几个人，我说了你不能碰，就是不能碰，就算我死在他们手里，你一样不能碰。如果真不行，那就各奔东西。"

"那倒也好。"丁桀也不以为意，"谈不拢的事，我不强谈，还没动手呢，你就给我划了一个不能碰的地方，那我们迟早会被那些人玩死。既然如此，你按照你的方法办，我按照我的路子活，咱们还是朋友。"

"行啊。"

"苏……你也说说你的条件？"

"谈不拢，就没有必要再说了。"

"条件就是底线，我对你剖腹相见，你也让我听一耳朵。"

"好，你有三个条件，我只有一个条件。这几天，我一直在想，我非要报这个仇吗？要！匹夫无不报之仇，这是我的尊严。这几天，我还一直在想，只为了我的私仇，值不值得把这么些人拉下水？扪心自问，不值得，我是一个不重要的人，单打独斗惯了，我的决定一向只关乎自己，做事情只能问心无愧而已。"

丁桀听完一笑。

"你先别笑。我在问自己为什么非杀上官乾不可，因为这个人，凭着一面如朕亲临的令牌，当街踩碎了我的管带师傅步踵武的头颅。就是你手里这匹马！那可是当街啊，四周就是百姓，敢怒不敢言。此事过去半年，三司缄默，六部无言，公卿佯作无事，御史不敢置一词，为什么？因为如朕亲临那四个字。上官乾到大别山来，要兵点兵，要炮拿炮，违令者拿，抗命者斩，他凭什么呢？还是因为如朕亲临那四个字。如果那四个字，肆无忌惮到了这样的地步，那么，也就到了该听见拔刀声的时候了。我还在想，为什么非杀教母不可。因为她们几个人，什么事都敢干，比上官乾还没有底线。论输赢，她们当然能赢啊，连千尸伏魔阵都敢用，谁赢不了？银沙教行事，随便哪个村子，说蹚进去就蹚进去，顺我者昌逆我者亡。你要是觉得什么东西是最宝贵的，比命还重要的，她就一定毁给你看。你知道夜哭郎君的脸皮是怎么剥下来的吗？你知道那个人在砸我腰的时候是多么的平静吗？上官乾对付我的时候，至少还兴奋啊，可她就像是看见一根树枝被雪压断了……我得罪过她吗？没有。我师父至少得罪过上官乾，可我无非就是挡她路了，碍她事了，拥有了那么一两样她觉得不该属于我的东西。这样的人，无孔不入，上在皇宫，下在市井，十二个银庄，日夜不停地从整个江湖里抽银子。如果我也躲，隐姓埋名，藏头换脸，那下一个被砸碎的又是谁？我这些天，想这些事情，想了很多遍。是，我不想连累南枝，可也不想连累你，你也不过是一个凡人，血肉之躯，没有三头六臂！你也不过是和我一样的人，顶多再活几十年而已。你和嫂夫人归隐林泉，那也是一条路，没什么不好的。"

丁桀越听，神色也越来越严肃。

"丁桀，我知道，你早就准备好出山了，你开那些狗屁条件，无非就是想要我好好活着。你想让我练刀，想让我跟上你。我不懂吗？我做不到啊！我拿什么跟上你？可你要明白，我没法练刀了，因为练刀，我要从头开始，要再来很多年，还未必有效果。我赌不起，我们不可能很多年之后再开战。我可能等不到最后，等不到你们抄银沙教老巢的那一天。我只能认栽，只能练阴墟，因为那个是现成的，那个快。因为你不会永远在我身边，因为我他妈不能像一堆烂肉一样，被人摁在地上往脸上抽！更因为不能因为我，影响我身边的这些人。我不能！丁桀，你和我不一样，你是一个重要的人，你的决定会关系到很多人的命运，这是你的宿命，也是你的责任。你不仅仅是天下第一的高手，你还曾经是这个武林的领袖，只要你出山，你还会再次变成这个武林的领袖，因为归根结底，大家需要你。我第一次追随你的时候，就把命交到你手上了。那不仅仅因为你是我兄弟，那是因为你是一个领袖，你可以把我的这条命，用到对的地方去。所以，我只有一个条件，就是希望丁帮主你能够想清楚——如果你真的要重出江湖，那应该是为了做对的事情，为了把你以前没干完的事情干完。至于我，我当然知道在决断上不如你，

111

从来就没有想过能够对你指手画脚，可事关自己的生死，你也得允许我，在合适的时候做该做的事情。"

丁桀看着他，微微摇头："所以，你的意思是……？"

"扔掉你那些狗屁条件，我们去干掉他们。"

丁桀牵着那匹马，神色淡淡的，良久沉默，终于叹口气说道："走吧。"

就那么走走歇歇，沿河直下，到了日头中天的时候，看见吕颂正在前方。几个属下围着吕颂，看见他们过来了，连忙都站起来。丁桀远远地牵马停住，半个身子藏在树荫里，不肯和吕颂打什么交道。苏旷朝前走去。

"苏大侠好。"吕颂用力点了点头，抱了抱拳，他看起来气色好多了，但眼里的惶恐压都压不住，还有一丝隐隐的讨好和渴望。他有些手忙脚乱地从身后提出两个篓子，"我准备了些酒菜，聊表寸心。还有我胡乱备了些小东西，这儿是几套干净衣裳、鞋子，都让人浆洗过，这儿是一包野山茶、几样山货，味道倒是还好，也不知道合适不合适……还有……"

苏旷打断了他："别白费劲了，沈南枝什么脾气，你又不是不知道。随你给准备什么，她顶多也就是在账单上给你把这点钱划了。"

吕颂所有的劲都泄了，本来手还在篓子里翻着，此时却抓着篓子边，一动不动。苏旷手在他肩膀上按一按，慢悠悠走到一块山石边上，这一段长程赶路，对他来说太吃力了，他扶着石头慢慢坐下，拍拍身边："来，坐。"苏旷指指身边半块石头，"吕颂，我这会儿再跟你讲刀法，你还想不想听？"

"听！"吕颂反应得很快，"我有纸笔……我有纸笔……"

"行了行了，你什么都别准备，坐下听就完事了，赶紧听，赶紧走，我急着上路。"苏旷想了想，"我丑话说在头里，我今天只能帮你理一理刀路，有没有用处、有多大用处，我不敢打包票。顶多，也就是让你从今往后少做一点徒劳的事情。"

"好，好。"吕颂半边屁股坐在石头上，挨着他，虽然没有拿纸笔，但恨不得把耳朵竖起来。他看了看身边几个属下，也有点伸头伸脑想偷听的架势，就忙起来赶，"起开，起开，都一边去！心法不外传的懂不懂！"

苏旷摇摇头："谈不上什么心法不心法的。来，你先跟我说说，除了那两路，这些年你还练过些什么？"

吕颂受宠若惊，滔滔不绝地就讲了起来。苏旷一边听一边摇头，吕颂学过的东西，还真是相当不少，而且居然也是个博闻强识，兼容并蓄的人——什么都记，什么都学，似乎在他那里，没有什么优劣芜菁的区别，而且该记得的记得，不该记得的也记得，他背诵了大量的心法要诀，试练过各种买来的奇怪刀路，对不少刀法的传承和流派了如指掌，对他喜欢的"刀法名家"的鸡零狗碎也倒背如流。他是真的很喜欢刀，他围着那座心爱的殿堂，跑了一圈又一圈，却总是不得门而入。

苏旷揉着额头听得脑子嗡嗡嗡直响，他算了算，吕颂练过的刀法，居然比他还要多。他高估自己了，他根本就没有能力替吕颂理清楚这个"刀路"，严格说起来，吕颂根本就没有"刀路"，最合适的办法，是干脆不练就完事了。可一个年轻人练习了这么久，习惯已成自然，不练也很难。而且，身边这个年轻的家伙，眼睛里有灼热的渴望的光。他语速飞快，唯唯诺诺又滔滔不绝，讲得一口气都不歇，嘴角都泛起白沫。好像是生怕只要他停下来，苏旷就会说出"没用的，你别练了"。

吕颂要的，不仅仅是武功上的指点，还有人生的救命稻草。他闯了大祸，犯下了不可弥补的错误——他是没有能力筹集到四十万两银子的，别说一年了，十年也不可能，真要筹集，只能去告诉父亲，变卖快马堂的所有家产，让渡所有生意。他要如何开这个口呢？父亲刚刚身体好转，这有可能要父亲的命。只要他离开这座山，他就无法面对自己的父亲和家人们，无法面对自己的属下和余下的人生，他需要抓住点什么，来让自己熬过接下去的一年。

苏旷想了很久，做了决定，打断了他："你说的那些，以后都别练了。"

吕颂张着嘴，怔怔的。他的人生被定住了，不知如何是好。

"练也没有用，全是徒劳。"苏旷点点头，"我教你一套刀法，学刀不要贪多，你以后只许练这一套。我做不了示范，你尽力听，尽力学，学会多少是多少。这套刀法……无论如何吧，你小时候总算练过一点点，不至于一点基础都没有。"

吕颂蒙蒙的，他知道是哪一套刀法，那套刀法如雷贯耳，他只是没想过，他有这样的机会。那天他听到"九耀刀"三个字的时候，人都快激动到晕过去了，甚至立刻冒出来一个奇怪的自己都觉得荒谬的想法，苏旷会干脆杀了我灭口吗？应该不会吧，我学会的那一点，也就是个花样子而已。那是苏旷"压箱底"的功夫，是他人生和武道的开始。

苏旷不耐烦："九耀刀法一共十八招，九招正手刀，九招反手刀，第一招一共十四个大变化十六个小变化……我说，你到底学不学？"

吕颂刚才不知道吓得流到哪儿去的血，回到了脑子里。学！学完就死也要学！

他开始很认真地听。苏旷只说一遍，但说得很慢，也很仔细，这已经足够让一个天赋和领悟力都很好的人，学会五六成了。可吕颂的天赋和领悟力都很不好。

丁桀走了过来。即使对丁桀来说，这一样是不可多得的机会。讲一套刀法，是个很耗心神的过程，尤其是对吕颂这样的学生来说，既需要重新启蒙，又需要全盘矫正。吕颂是所有先生最害怕的那种学生，他们学了很多年，似是而非，囫囵吞枣，从最底层到最高层，每一层都是歪的，他们知道所有的词，会背诵无数心法，可甚至从来没有准确地理解其中任何一个的意思。他们甚至没有在心里真正握过一次刀，没有能够享受一次挥出刀锋去的快乐。苏旷唯一能做的，就是规避掉所有的刀谱、口诀、心法，只讲人，讲人的肌肉、骨头、血脉，讲那些最本能的埋藏在关节里的变化，埋藏在筋肉里的爆发，埋藏在千万年前远古回忆里的动作。他实在无法讲清楚的时候，丁桀就伸手，折一根树枝示范一下。完美的示范，一丁点多余都没有。

苏旷慢慢悠悠地讲了快三个时辰，说完的时候，天已经快黑了。吕颂听得浑身血液里都在冒泡，冒滚烫的泡。他被某种感觉"震惊"到了，不是因为复杂，而是因为简单。他想，天啊，原来所谓的"变化"是这样的，原来那些本以为玄之又玄的东西，是可以轻而易举地实现的。他被一种前所未有的兴奋点燃了，这是他人生第一次完完全全听"懂"了一套刀法。当弄明白一种刀路始末的时候，他好像就自然而然地知道了哪些是对的，哪些是错的。这启蒙太迟了，但迟到比不来好。启蒙是黑暗里裂出光，本身就足以令人喜悦而且有尊严。

苏旷按着眉心，筋疲力尽地说："吕颂，我要你答应我一件事。"

吕颂立马明白是什么事："苏大侠放心！这套刀法我绝不外传，不然叫我死在乱刀之下，生儿子没屁眼……"

苏旷按眉心的手改成揪着眉心了，懒得看他："都什么玩意呀！你想得倒美！什么都不会，你还想外传？我是要你答应我一件事，不管这套刀法对你有用还是没用，剩下的这一年，你要好好练，一年之后，来沽义山庄，练给我看一次。"

吕颂又一次怔怔地张着嘴，好像有点明白他的意思了。苏旷看着他："有些事情，我没办法替你伸手。你是一个少当家，亲手签下来的字据，得学会把自己做过的事情扛起来。接下来这一年，不管你怎么过，一定要全力以赴地过。记住，不许去那些地下的赌坊和黑银庄，不许用错误去改正错误。到时候，不管你做到多少，记着来沽义山庄，站着把你做过的事说给别人听。这很重要，你明白吗？"

吕颂用力点了点头。

"现在你可以离开了。"

吕颂搓着手，想表示一下感谢，不知道应该怎么做。正在这时他看见苏旷向篓子里探探手，并问道："等等，你是带酒来了吗？给我倒杯酒。"

吕颂有点慌张，他带来的是两瓦罐山里的烧酒。这是他在附近能买到的最贵的了。他倒了一杯，哆里哆嗦地递给了苏旷，丁桀轻轻皱了皱眉头。苏旷哈哈大笑，向丁桀扬了扬杯子："要不要来一杯？"

"这对你的伤很不好，喝一杯就可以了，下不为例。"丁桀这样说，向吕颂伸手，"我酒量也不好，也只陪你喝一杯。"

吕颂就非常激动地倒了第二杯酒。其实篓子里还有好几个杯子，但他没那么狂妄，觉得自己也可以喝一杯。

沈南枝和夜哭郎君走过来，夜哭郎君胳膊里抱着风筝，风筝抱着她的小包裹，头上全是泥土，披着夜哭郎君的外衣，伏在他肩膀上睡。沈南枝一点就透："丁帮主这是重出江湖了吗？普天同庆，我也来一杯。"她也伸了伸手。

吕颂就倒了第三杯和第四杯酒。其实还有一个杯子的。

"一起喝一杯。"苏旷看着他，也举了举杯子。

吕颂的鼻子忽然有点发酸，他想说点什么，江湖上打招呼都是说"久仰"和"幸会"的，他想跟面前这两个人说"久仰"已经很多年了，但没想到是在这样的场合下，他手忙脚乱地把那杯酒喝了，说了声"幸会"，然后一跺脚，转身就跑。他跑出去好几步，才想起来还可以说声"谢谢"。

"我们走吧。"苏旷慢慢地咂了那口酒，土酒，很糙，很烈，他扶着腰，站起来。今天实在走得太多了，他迫不及待地想要躺到沈南枝那个舒舒服服、宽宽绰绰的车厢里去，"风筝是怎么找到的？"

"她躲在你师父的那个土坑里。昨晚上守着她爹和你师父的灵柩，守了一夜，累了。"沈南枝想了想用词，"早上万蜀戎漫山遍野地找她，没有找到，就先走了。"

笑话，万蜀戎是天底下最会找人的人，甚至没有之一。

"我替你打听了，这几天，万蜀戎把那个山谷的地契办了，此地从此归登云巡检司管辖。他带了不少银子，找了巡检司的人来，该补的公文都补了一遍——开荒屯田，救济有功，按照本朝律令，五十年不加赋税。"

万老大办事确实让人放心。

115

苏旷上车,然后从夜哭郎君怀里接过风筝,小姑娘半梦半醒,搂着他脖子,哼哼唧唧:"大师兄……带我走吧,我不怕的。我没有娘了,没有师父了,也没有爹了……你也没有了,我们都是一样的。"

苏旷裹紧她身上的外衣,摸了摸她的头,然后给自己倒了第二杯酒:"好。"

风筝是铁敖的弟子,是他的小师妹,从此,也是一个江湖人。

夜哭郎君赶着马车。小金跳到那匹黑马头上,催它跟上。丁桀有点喝多了,上车就晕乎乎的。沈南枝关上了车窗。

车轮隆隆,大别山就这样留在身后了。

一行人就那么向东南而去,他们这一次走得不疾不缓,半是赶路,半是休憩,游山玩水。山水悠游,晓行夜宿,朋友与共,倒也丝毫不觉得乏味。出大别山时已是秋末,走了半个月进了浙江地界,渐渐地已经入冬,车厢里开始烧起小炭炉。

有一天,夜哭郎君换班的时候向苏旷说:"今天我已经看到第三盏那样的车灯了,颇有些与众不同。你们留点神,别是什么对头的独门标记。"

一车人留意起来,等了好久,才又见那灯——有一盏小小的莲花海船一样的花灯,挂在马车的拐角上。那盏灯很漂亮,颠簸起来的时候,带一泓蓝莹莹的光。

"哦,这是海灯法会发出的邀请。"苏旷松了口气,告诉他,"他们这是往天台山国清寺走,可能是到了阿弥陀佛圣诞了。"

风筝是个好奇心重的小孩,就忙问:"大师兄什么是海灯法会?好玩吗?"

苏旷解释说:"海灯法会,本来是天台山国清寺每年的惯例法会,大和尚开会,谈不上好玩。不过,这些年来,国清寺住持每年都会在海灯法会上,拿出一两样宝物,作为彩头,吸引财主募捐,也吸引不少吴越之地的英雄人物去试试身手。久而久之,变成了吴越武林的一桩碰头会,似乎也蛮好玩的。今年的彩头可能挺大,去的人真是不少,在驿道上,一天能过三四次带灯的车。"

到了第二天,沈南枝换班的时候,打听了些消息,很开心地钻回车厢问:"你们谁知道阿伽红莲尊者?"

丁桀懒洋洋地举了一下手。

沈南枝说:"他们说,阿伽红莲尊者,拿出来一艘沉船做彩头。据说是东海里沉没的宝船。"

风筝赶紧问:"有什么宝贝?"

苏旷沉吟说："这东海里的沉船应该归台州知府管，怎么归了那个什么尊者？那个阿伽红莲尊者到底是谁，按理说，拿彩头出来的一般是方丈吧？我才在床上躺一年而已！怎么两眼一抹黑，谁我都没听过了？"

沈南枝一边脱掉外衣，在小火炉上烹茶，一边嘲笑说："这真是捕快才爱问的问题。"

看着丁桀微微笑而不语，苏旷向丁桀问道："你知道那是谁？"

丁桀懒洋洋地点了一下头。茶烹好了，沈南枝准备了小茶点，夜哭郎君也钻回车厢，几个人一边烤着火吃着东西，一边听丁桀讲阿伽红莲的故事。

"我小时候，武林中曾经有一桩盛事。真正的盛事。

"我十岁那一年，打南天竺来了九位高僧，一路前往少室山，拜访少林寺，要切磋佛法武技。说起来，自古至今，前往少林寺，切磋佛法武技的何其多？可这九位与众不同。他们并非空手而来，还万里迢迢，带来了诸般佛经、武技典籍的梵文原本，要和汉家译本做一个比照，互通有无，广开源流。这可是一件大事。须知，达摩祖师一苇渡江之后，迄今已经数百年了，天下武功出少林，而诸多源自梵本的武学秘籍，早就开花散叶，立地生根，不知传出几代生灭、多少流派去了。

"当时，少林的方丈也是一代大德，见有这种千载难逢的机会，就索性传灯天下，广邀中国佛家八宗一教，诸寺庙、十方丛林，齐集中原，开一场武原大会。

"这个消息一出，真是万方震动，自佛法西来，隋唐朝就已经开宗别派，各踞寺院，八大宗皆依本宗教法经典，从来没有说一起开个会的道理。但是佛法分流，武技同源，这种千载难逢的大好机会，谁都不肯错过。于是，各大寺庙的方丈们群起响应，有些大德自己就来了，来不了的也都派出最精英的通晓梵文的弟子，带着本门经典，云集少林，要和天竺高僧做个切磋。一传十，十传百，渐渐地扶桑的僧人们也渡海而至，有些压根不会武功的寺庙，也各自组成了僧侣团，译经的、辩经的，慢慢地变成了一场佛家十年盛典。

"事情越来越大，中原武林也就跟着有些眼红。他们高僧大德开会，讲经说法，当然和我们没关系，请我们都不想去。但这一次讨论的，有少林寺七十二绝技的原本，以及各种译本，这谁不想看？各家的武学典籍，都是镇寺之宝，平时绝不会允许外人多看一眼，这一次，为了切磋，互相抄录副本，一下子全搬出来了。

"当时最先有意插一脚的，就是昆仑。昆仑掌门当机立断，决定派出最优秀的少年弟子，也带着几部武学秘籍作为拜山礼物，前来观礼旁听。

"这一下，整个武林纷纷议论，说都是和尚开会也就罢了，没话可说，既然对俗家人开放，偏偏只和少林关系好的，那可不行。于是乎，谁能去，谁不能去，各家去几个人，吵了好久。少林也很为难，他们商量了好几回，终于定了一条规矩：头一年，有大量的佛经上的交流，没法开山门；明年九月起，外面每家门派都可以派一名少年弟子，年龄不许超过十四岁，在少林寺挂名俗家弟子三年，得到一个观礼的机会。而且，这是有条件的，第一，需要是名门正派，邪魔外道不可入此门，既然来，就要带着武学典籍来。第二，少年弟子根骨功底要好，因为每天都会有切磋。第三，这毕竟还是译经大会，来的少年，需要粗通梵文。这三个条件，都不算过分，各大门派很快也就应允了，每家派出去的少年天才，虽然不明说，但多半也就是未来掌门人的人选。只是到了丐帮，就出了一点小状况。"

丁桀讲到这里停下问苏旷："你见过梵文没有？"

苏旷点点头："多少总是见过的。"

丁桀苦笑起来，继续说道："我当时一看，梵文居然长那个样子！头晕脑涨。可是，少林丐帮历代交好，谁家不去，都没有丐帮不去的道理。丐帮几位长老急得很，还特地从洛阳白马寺请了一位大德来，教我梵文。可我真是头痛得很，实在不是这块料。我不去，就要另挑一个人去。丐帮里的人心知肚明，去的那一个，回来必定是副帮主。挑谁呢？我当时举荐的，是周野或者段卓然，我心里是更偏卓然一些的。但是我一出口，其他人就不乐意了。说，你不去就不去，至于别的人谁去，要公允比拼。这也有道理啊，长老们就同意了。于是那一年，真是洛阳纸贵。有个江湖贩子，弄了一本梵语入门过来，做了雕版，印成书卖，丐帮的少年，人手一本。洛阳白马寺有几位大德，精通梵语，有时候也来串个门，开讲的时候，底下乌泱乌泱全是人。

"当时，周野和段卓然争得很厉害，毕竟，这个机会真是难得。他们明争暗斗，旗鼓相当。但最后胜出来的那个人，是一个在此之前大家都没有想到的人。那个人叫李牧，和我同岁，在此之前，平平无奇。他武功底子很好，天赋也不错，人也聪明。但那些年，丐帮的少年英才实在是太多了，各逞其能，显不出他来。

"李牧跟我有一点不对付。他特别喜欢辩论，爱给人提意见，可我特别不爱说话。他就给我提意见。我不爱说话，他就写信，写了还问我看信了没有，有什么想法？我记得他最常给我提的意见，就是身为未来的帮主、武林的领袖，不可用人唯亲，不能因为周野和段卓然是我的朋友，就到处举荐他们。

"那一次的选拔,他让人刮目相看。到我宣布不去的时候,时间已经只有九个月了,别人学九个月梵文,真也就是粗通而已。他学九个月,居然就能翻译简单的佛经。他对佛经颇有见地,见少林大德的时候,侃侃而谈。选拔的那几位,不约而同,一眼就看中了他。李牧去了少林,那真是脱颖而出。他在这一块是有天赋的,不仅很快学通了梵文,还学通了吐火罗文,他跟着天竺人在一起,就学会了天竺话,跟着扶桑人在一起,就又学会扶桑话。五年里面,精通六种语言。很快,他就进入了最核心的译经团。

"不过那段时间,我们的关系也更不好了。他每年都会回洛阳,跟我们讲,他都学到什么。每年他也都要给我写一封长信,主要就是批评我,我十六岁任少帮主,他写了一封万言书出来。"

苏旷此时打断问道:"你看完了吗?他都批评你什么啊?"

丁桀摇头:"实在太长,我愿意看武学典籍,已经勉为其难了。信中主要还是说我性情高傲,偏听则暗,独断专行……"

苏旷说:"那也没什么错啊,你是未来的帮主。"

丁桀摇头:"他除了给我写信,还给所有的长老都写了信,还给我师父写了血书,誓血陈书,直说我不是帮主的好人选,他是。"

苏旷拍案大笑:"光明磊落。"

"可他明明也不会别的啊。我们是丐帮,他的才华用不上。"丁桀摇头,接着说下去,"李牧在少林寺挂名了五年,名声鹊起,他在佛法上的见地,译经上的大能,尤其是在不同文化源流上的随意纵横通融,让很多老禅师都甘拜下风。少林方丈很快就不肯放他走了。年轻的武僧很多,年轻的译经人才,极其稀少,他是一块珍宝。李牧有佛心,又精通佛法,有一回主动提出来,希望找个机会,剃度出家。少林就跟我们商量,点名要这个人,拿典籍换也成,拿人换也成,反正是要定了。当时丐帮几位长老一商量,也同意了,他在少林是人才,在我们这里不是,反而耽误了人家,而且,毕竟丐帮少林世代交好。但我们也趁机提了个条件,就是放我进藏经阁,只拣有译本的,随意看三个月。他们实在是想要李牧,又觉得三个月学不了什么,就也同意了。

"呵呵,我在武学上,多少是有些天赋的。说实在的,我出来的时候,他们不怎么高兴。但让他们更不高兴的,是李牧固然有佛心,也精通佛法,也想剃度出家,可他根本就不信禅宗心印那一套,最终皈依的,是天台宗,也就是法华宗。国清寺住持离开的时候，他居然也开口，要跟着一起离开。少林寺是禅宗祖庭，国清寺是天台宗祖庭，两边在佛法上分歧太大了。这让少林真正吃了个大亏，他们又不好意思说，佛法不佛法不重要，留你是为了佛武双修。

"之后，李牧就去了国清寺，剃度出家，法号是智越。国清寺也是如获至宝，国清寺武道衰微不知多少年，武学上，被一众禅宗寺庙死死压制着，好容易有了一个人才。可李牧二十岁那年，又离开了国清寺。按道理说，他已经剃度皈依，不能说走就走，可他的理由也无可辩驳，当时扶桑国身延山久远寺先是组了个僧侣团到少林，又跟着国清寺住持回天台山讲经。久远寺僧侣团离开的时候，邀请李牧去弘扬佛法。国清寺是法华宗祖庭，跟日莲宗一脉相承，弟子要去弘法，那是大事情，大功德，拦不得。这下，国清寺也没办法了，也不好说，佛法不佛法不重要，留你是用来习武的。李牧呢，就随船去扶桑了。

"再后来，我听人说，他在扶桑正赶上久远寺借幕府势力，推日莲宗，灭净土宗，他仗着一身武功，又精通佛法，横行四国。不到三十岁，就被人尊为阿伽红莲尊者，手持一柄大精进龙禅杖，披一领欢喜袈裟。

"本来我和他打交道也不算多，少时交情，这些年慢慢也就淡了。但两年前，江湖上风传我死了，他就又回来了。听孙云平说，好像又给丐帮写了一封长信。我也不知道他回来是要干什么，反正如今是依然挂单在国清寺。"

丁槊的故事说完了。此时又一辆马车从他们身边火急火燎地赶过去了，那盏蓝色的海舟莲华灯，在薄暮里摇曳生辉。

第十章　山海会盟

　　小火炉里的炭火，烧得已经很旺了，车厢暖烘烘的。一小碗蜜蜡一样的药膏，在火炉边融化开，油汪汪的，亮晶晶的，发出一种奇异药材的香气。

　　苏旷趁热蘸着那药膏轻轻揉他的腰。他的腰椎右边，永久地留下一道巴掌长的狭长伤口，凹下一块肉去。有一次他说，瞧这个形状，干脆文一只小鲨鱼算了，说不定还能骗个媳妇回来。说完自己很尴尬地嘿嘿笑。那是他唯一一次提到云小鲨，从此之后，就此绝口。

　　茶喝完了，换了一壶烫烫的黄酒，沈南枝怕酸，加了许多蜜渍的梅子。夜哭郎君捧着酒杯手心里转着，啧了一声，忽然开口："我去年，大概也是这个时候去了一趟台州，远远地看了一眼那个什么海灯法会。既不猜灯谜，也不演杂耍，就是人多，没什么看头。"

　　苏旷有些好奇："那大家都去做什么？"

　　"赈济嘛！海灯法会做得大，地方上也有面子。国清寺从半个月之前，就广邀江南富户捐银子、捐功德，点灯，点香烛……总之是诸如此类。然后呢，他们出头，地方也出面，采买些米面香油，念经七日，算是祈过福了。到了那个正经生辰日子，就按照贫苦人家，一家一斤米、一斤面、半斤香油的发。那自然是人山人海了，这个米面香油，毕竟也是高僧念了七天经的，不少人家呢图个稀奇，就攒到过年时候吃。到这一拨发完了，寺里头还有功德香火钱，就超度亡灵，安葬道边倒毙的贫弱孤老、行脚贩夫之类……总之是大功德。反正我一个杀手，也没有兴趣弄得多明白，弄明白了又如何呢？我佛再慈悲，还能超度了我不成？"

　　这话说得几个人都嘿嘿笑——江湖上手上沾过人命的，一般说起来，都有点自知之明，这种地方能不去就干脆不去了。

苏旷算了算:"海灯法会是十一月十七,你正月十五就到守默谷埋伏我,这样说起来,你是到台州拜完菩萨,就奔我来了?图什么呀?"

"你值钱嘛!你那一颗人头,够我吃香喝辣一整年的了。"

"要是摘不下我的脑袋,被我拿下了呢?"

"那也没什么不好。"夜哭郎君这样说着,给苏旷倒了一杯酒,"我是去年十月底到了杭州,杭州有个钱塘银庄,也就是银沙教的八月银庄。我是在那里,接了要你人头的那一单。银沙教办事痛快啊,先把钱给付了。我当时还挺开心的,就想着六万两一颗人头,就算找几个帮手,最后分到我手上的,至少也有四万,干完这一票,剩下一年都舒舒服服,什么都不用费心了。谁承想,你这个人,穷人穷命,自己穷也就算了,谁沾你,谁挣不着银子。我那一趟跑的,鞋也丢了,银票也没了,有今朝没明日,命都不知剩几天,真是悔得肠子都青了。"

苏旷讪讪地笑,如果他有一个"我真是对不起你"排行榜,夜哭郎君肯定高居第一位。接着听夜哭郎君继续说道:"不过,那一笔给的是银票,我当时手里急着用一笔钱,现银。我要的那笔银子数目大,也要得急,跑了几个银庄,都没兑出来。没办法,去了一趟台州。"

"台州也有地下银庄?是几月的?"

"九月银庄。九月银庄小,江湖上知道的人不多,能过去的,都是银沙教自己人。"夜哭郎君掰着手指头,数给苏旷听,"江浙一带富甲天下,是朝廷的膏腴之地,十二月银庄,在这一片设了五个:五月银庄在苏州,六月银庄在金陵,七月银庄在扬州,八月银庄在杭州,九月银庄在台州。前四个银庄,尤其是杭州的钱塘银庄,脚踏黑白两道,人手多,眼皮子杂,跟官府有来往,跟江湖同道更有来往,就是提兑银子太慢,大笔数目,要提前一个月打招呼。只有这个九月银庄,小归小,白银倒一直是足的,从来没有提不出来过。"

苏旷皱了皱眉头,若有所思,看了丁桀一眼,丁桀也点点头。夜哭郎君显然是在告诉他们一件很重要的事情。他背叛的程度,已经足够到万劫不复的境地。

说起来,这五个银庄,前面四个都是天下名城,既是通衢之地,也是朝廷重镇,更是自古繁华。银庄,不管地上地下,总是用于贸易的,设在那里没有什么不妥。可台州和其他地方不一样,台州依山傍海,一直是一座小城,岛多,海岸长,海贸发达,海盗也猖獗。大量的白银聚集到这里,无非陆路上盘查得紧,想要觑机出海而已。

王素是提过这件事的。十二月银庄一度风生水起,可是,银沙教要收网了,要把大量的白银运回总舵去。白银出海是个大事,说关系到天下兴亡也不为过。没人知道,银沙教的十二个银庄到底有多少银子,发出去过多少银票。如今,元月银庄刚刚出了事——王素胆大包天,元月银庄席卷而去的,不仅仅是京城里那些公卿巨贾的银两,还有户部的青苗银子。再说,十二月银庄的本钱本来就富可敌国——那是剑菩提那个小国积累上千年的金银财宝。而且,还有江浙一带的五个银庄。这些数字加在一起,可能会是一本石破天惊的大账。如果白银出了海,这些银票无非就是废纸而已,十二月银庄当然就此枯竭,整个国家也势必动荡。王素因为这个差点和教母翻了脸。教母这么做,是个很没道理的事情,银子流转起来才是财富,一动不动只是石头而已,真运到那些破海岛上,一点用处都没有。而且,总舵可他妈远了!地图但凡小一点儿都展不到那一片,且不好运着呢。银沙教是那种暗中运作、滴水不漏的组织,动不动就杀人灭口,出了名的行踪莫测,又有血精卫作为飞行之用,追踪他们的杀手线索常常中断。但在神捕营,这类案子,本来就是查账不查人,银庄在那里,人就跑不了。

　　苏旷的手指在酒杯上轻轻敲着,他想,这是很清楚的线索,也是很好的时机,如果是在此之前,他会毫不犹豫地拨转马头去台州看看。可如今,他不敢。涉及地下银庄,是重案中的重案,那势必要经官动府。他们的人手太少了,一旦真有什么风吹草动,即使有丁桀在,也未必就能顺利脱身。他叹了口气,真是万事不复当年勇,此一时彼一时。

　　丁桀好像看穿到他心底去:"想不想去?"

　　看苏旷摇头,丁桀继续说道:"问你想不想去,你要是想去,我有想去的办法。"

　　"说来听听?"

　　"苏旷,我听你说,上官乾仗着一块牌子,横行霸道,为所欲为,对不对?"

　　"是啊。"

　　"你上回说牌子上写的是什么?"

　　"如朕亲临。"

　　"那四个字……是这样写的吗?"丁桀从袖子里,摸出一块小小的黑色令牌,推到他面前。

　　苏旷大吃一惊,抄在手里细看——那是块檀木牌子,四角包着玄铁,有根明黄丝绦挂着,上面四个金丝小篆,清清楚楚地写着"如朕亲临"四个字。看起来确实是上官乾的牌子。

"你从哪里弄来的?"

"你记不记得,那天我追上官乾,他胡乱从怀里掏了许多东西,回头掷向我?这块牌子也在里面。"

"你为什么不早跟我说?"

"我昨天才发现。"

"丁梥……"

"我不是哄你啊,真的。我之前,倒是看过这个牌子了,可是,我没想到这个字是朕。"

苏旷有点不敢置信,瞪着眼睛问:"丁梥,你不认识小篆?"

丁梥点了点头,丝毫不以为耻。连夜哭郎君都很惊讶:"我一个西域胡人,我都认识小篆。"

丁梥神色不动,一派傲然:"我是丐帮的,当帮主又不用笔试,好端端的干什么又要认识梵文又要认识小篆?且不管怎么说,你一个朝廷的前鹰犬,老老实实告诉我,我拿着这块牌子,能不能动九月银庄,怎么动,这事就完了。"

苏旷拿着那块牌子,手里翻来覆去看了几遍:"你手里有这个,别说区区一个地下银庄,想动什么都动得了。不过,这个牌子,咱们只能用一遍,用在这里,会不会太大材小用了一点?"

"不会。"丁梥做了决定,"这个时候,我们的当务之急,就是给上官乾和银沙教同时添麻烦。"

苏旷想了一会儿:"走,快马加鞭,我们去台州。"

台州是一座依山傍海的小城,天台山和东海在此地会盟,沿海有大小数百座岛屿,民风刚健朴实,风景清幽雄浑。

今天是十一月十七,阿弥陀佛的生辰,也就是海灯法会的正日子。半座城的人,都携家带口地赶往天台山国清寺上香礼佛。据说,今年的赈济分外丰厚,贫苦人家,按户有米一斤,面一斤,香油一斤;倒闭路途的贩夫走卒、无名商旅,国清寺代为收殓安葬,送寿材一具;无儿无女的孤老,还奉送寿衣一身。除此之外,国清寺的大和尚还出钱出力,请了许多大夫,坐堂义诊。出了银子的大户、中等人家,都有高僧代为祈福、诵经。而且,法会之后,会做一盏大大的海舟莲华灯,放到东海之上，以示观音菩萨步步生莲，普度众生。这是大善事，大功德。唯一美中不足的，就是天公不作美，今天从晌午起，天色就阴沉沉的，时不时地飘下一层冷雨，湿冷的海风一阵接着一阵，夜空里弥漫着海腥气。

台州城北有个崔记棺材铺。崔记棺材铺是台州最大的棺材铺，这边的木材好，用料实在，手工也一流，常年名声在外。官宦人家的高棺大椁，读书人家的雕纹华漆，大户人家的桐木大棺，普通人家的薄棺材板……这边都能定到满意的。而且，每年海灯法会，国清寺都会在这边定数百口薄松木的棺材，用于赈济路殍。今年，国清寺大手笔，一口气定了一千套棺材，之前交了七百套，还有三百套没交货。层层叠叠，里里外外，堆在棺材铺的前院、后院，甚至摆出了屋，占了些街道。这是大功德，街坊邻居们也都不说什么。至于棺材铺里面，停了七口桐木大棺。想来是海灯法会之前的货物，还没来得及交接。至于是哪家的，都不知道。棺材铺又不是绸缎坊，很少有人进里面闲聊。

天色渐渐黑下来，风还是不小，雨停了，但还没到打烊时候。棺材铺的主人崔耕，带了一群师傅，去国清寺礼佛去了。只留下一个掌柜、两个伙计看家。风越来越大，伙计搬了小石墩子挡着门。风往里灌，吹得墙上寿衣乱摇乱响，百鬼夜行似的。掌柜的套一件硬邦邦的灰硬绸长袄，看起来也和他们家的寿衣大差不差，黑黢黢的手指蘸着吐沫，一页页翻账本，核算这段日子的账目。

啄啄啄，三声响。门外，有个客人叩门，走了进来。这个客人，鬼气森森，穿着件长长的黑色斗篷，戴着个遮住大半边脸的斗笠，无声无息，犹如鬼魅。

这客人就这么进来了，不说话，抬头四望。棺材铺，无非就是些香烛、纸钱、寿衣……诸如此类，他一样一样看过去，饶有兴趣。

客人走到掌柜的面前。掌柜正抓着算盘，噼里啪啦地算。账本已经被来来去去翻了很久，本子的边全都卷了，上面是密密麻麻的小字。

"掌柜的，你算错账了。"客人忽然开了口，他的声音像初冬的冷雨，浸透到肌理深处，让人直打哆嗦。他伸出一只手，那是一只修长的苍白里透着惨青的手，好像在风雨里冻了很久，他一粒一粒把算盘珠子拨回去，拨到刚才算错的地方，然后重新拨了一枚对的上去。

掌柜的脸色有些许惶恐，这个人进来就是抬头看寿衣，低头扫了一眼账本。虽然不知道他的武功深浅，算账的本事真是一等一。"客人要买什么？"

"随意。"

"什么?"

客人从袖子里抽出一沓厚厚的银票,他一张一张数出来,放在掌柜的面前,掌柜的拿手展着,银票纸蝴蝶一样哗啦哗啦飞。最大的银票上标着数额,那是可笑的死人用的纸钱才能给出来的数字。

"掌柜的倒是算账呀?"客人在催促。

"你要提多少?"掌柜的换了一种腔调,一手按着算盘,一手按着银票,声音冷冰冰的,在风里头荡。

"全要。"

"什么时候要?"

"现在就要。"

"不可能。"

"你现在有多少,我就要多少。"

掌柜的挑亮了油灯,在灯火下仔仔细细地一张一张检查银票。没有任何问题——这是不记名的银票,在十二个银庄可以通存通兑。他又抬头看客人的脸,客人的斗笠深深压下来,看不见脸。提银子的流程也是没错的,可数目实在是太多了。

"阁下是谁?"

"不该你知道。"

"今儿提不了。至少三天内都提不了。而且这么大的数,我做不了主,要等我们庄主回来。"

"他人在哪里?"

"海灯法会。"

"什么时候能回来?"

"他有正经事,至少后半夜吧。"

"我急着用钱,你能调多少?"

掌柜的有些窘迫:"庄主不在,我只能给你……三千两。"

客人一把抓起银票,拿出其中一张,扔过去:"三千两就三千两。"

掌柜的点点头,用下巴颏儿示意。两个伙计,一个去关了房门,上了门闩。另一个从椽子下面摘了一盏灯,白晃晃的亮。掌柜的握了灯,小心翼翼地到那七口棺材之前,踩着空地往前走——他的鞋子和裤腿都没有碰一下那些棺材。然后,他走到屋子正中的那口棺材前,推开棺材盖,伸手,在里面向左转了三圈,又向右转了五圈。之后,合上棺材盖,挪了挪棺材。棺材下面,一个仅容一人进出的黑洞露了出来。他提着灯走下去,看样子,应该在慢慢地下一道木梯。大概一盏茶的工夫回来了,手里带着个和棺材一个质地的桐木箱子。两个伙计也极其小心地走过去抬起那口箱子,像在抬一个沉睡的恶鬼,每一步都走在刀尖上似的。伙计打开箱子,让客人过目——那是十成的簇新的纹银。银锭的底部本来有印记,全都被磨掉了。

客人点点头。于是掌柜又一次下去,伙计又一次过来,陆续抬上来三个箱子。"客人要送上车吗?"掌柜的问。客人必然是有车的,四个大箱子,一个人带不出去。

客人又点点头。

"那么剩下的……"

"该来的时候,我还会再来。"

客人向外指了指,薄薄的暮色里,有一辆马车。伙计们动手,把那箱子一个个抬出去了。然后客人也跟着消失了。

"邪门!真是邪门!"客人走了之后,掌柜的打了个寒战,笼着袖子,跟那两个伙计说,"你们看见他的银票了吗?我的天,足足有五十多万两,而且要一次兑!你,去跟庄主说一声,叫他尽早回来,这人怕是还会再来!"

一个伙计应了一声,推门向外走。只是走了几步,愣住了。刚才的街道上,还空空荡荡没几个人,这一会儿工夫,远处就全是火把。

伙计急忙去喊掌柜的,掌柜的脸色大变,匆匆走到棺材前,咯吱咯吱,挨个转了转棺材角的机关。然后从墙角那些寿衣堆里,抽出一柄剑。之后想了想,又放回去。又想了想,再拔出来。剑吞的地方已经锈迹斑斑了,剑刃还是宛如秋水的。两个伙计从炉子里拿出两柄黑乎乎的短钩,又打开匣子,拿了点什么放进嘴里。

那些人来得很快,马蹄和脚步声混在一起,像是急雨,又像是地动山摇。人很多,马也很多,有人在发号施令,人群纵横交错着,来回奔跑着,封锁了这附近的街坊。一些人开始挨门挨户地清理。附近人不多,都去海灯法会了,就那么几个留在家里的人,全被请了出来,他们懵懵懂懂,带到包围圈之外,议论着这天这样冷,要回去多拿一件外套。但是出去的人,严令禁止不许再回来。

夺!夺!夺!几支带着长索的钩箭飞过来。外围第一批抵达的几个强健的军

127

士,握着长弓,射出索箭,钉着牌匾,扯落下来。接着是几十上百支带着长索的钩箭,四面八方地落到屋脊、墙壁的石缝、栋梁和支柱上,士兵们一声喝,打马发力。这是间不大的棺材铺,墙垣也远远谈不上结实,整套房子,在刹那之间四分五裂,灰土漫天,砖头和石块轰隆隆地往四周滚,屋脊坍塌下来,墙壁向四周倒。很快,尘烟散去,正中只站着掌柜的和两个伙计,看起来很可笑的三个人。

掌柜的本来弯腰躲在柜台下面,这会儿,慢慢直起腰。如今,几十柄长弓转而指向他了,箭镞上寒光闪闪。一个人离得很远,但又很清楚地吩咐他:"不许动。"那是个黑衣人,穿了件宽大的黑色斗篷,骑在一匹野兽一样的高头大马上,手里挽着一卷长鞭,至少在十丈以上。

掌柜的举了举剑,挽了个剑花。这是个练家子,招数名门正派,他在用他的起手式,但显然已经生疏很久了。

"括苍山十绝剑?"黑衣人端坐在马上,长鞭甚至还绕在手里,"你就是那个欺师灭祖的畜生。"

掌柜的发出一声可怕的咆哮。他可能已经有至少十年没有用过剑了,握着剑的手甚至把握不了松紧。他知道他的日子到尽头了,可不知道来的是什么人,这人目光如炬,而且深不可测,那只是一个简简单单的起手式而已,至少有二十种别的门派的起手式剑法和这类似。他根本看不清那个黑衣人是怎么动作的,黑衣人还没有抬手,长鞭已经飞出去了,灵活得像是鬼神的手指,鞭梢抽在他的手腕上,长剑当啷落地。黑衣人高高在上,有一种让人想恨之入骨的傲慢:"你不该用剑。"

这只是一招而已,不仅是掌柜瞠目结舌,黑衣人带来的人群里,也有一阵啧啧称赞的惊叹声。

"你是谁?"掌柜的伸手,他的右手腕已经红肿了,可还是俯身用左手把剑拾了起来,"你让我死个明白!"

"你也不用知道我的名字。我知道你是谁就够了。"

"你知道我是谁?你什么都不知道!"掌柜的低低吼着,"我欺师灭祖?不是!是我大师兄骗我的!大师兄说我师父霸占了我的未婚妻!"

黑衣人冷笑:"然后呢?你就杀了整个括苍剑派,投靠银沙教?"

"他们该死,本来就都该死!"掌柜的向前走,他不害怕,他等这一天等了很久了,"我是束手就擒的,我任由他们处置,可我……看见了我大师兄和我未婚妻在一起,他利用我除掉师父!我的师伯、师叔,他们全都知道!可他们……全都跟他一伙儿！"

"那么，整个括苍派，都是一伙儿的？都在算计你？你师伯、师叔才几个人？其他人呢？"

"我已经下毒了，只能做到底了。我能怎么办？我只有一个人！"

"诛尽满门，鸡犬不留。你还有什么可说的？"

"我没什么可说的……"掌柜的抬起头，"可你是谁！你上来就问我括苍派……你不是朝廷的人！"

他翻腕，剑锋向脖子抹去，那条长鞭又飞起来，抽在他左手腕上。他牙关的肌肉拧了拧，似乎要咬碎什么东西。那长鞭像是有鬼附体，不轻不重，又抽在他的牙关上，刚刚足以令他下巴脱臼。掌柜的目瞪口呆，在他的眼界里，根本没有武功高到这个地步的人。火把晃动，那条鞭子在地上游弋着，像是一条蛇，随时随地准备吐着芯子蹿出去。

"去，抓住他。搜身。看看他嘴里有什么，别让他死了。"黑衣人随意地对身边吩咐。他也不知道吩咐谁比较好，找了一个看起来最精神、身手最好的。他挑中的那个人是个年轻人，穿着件松松垮垮的绿袍子，露着大半截胸口，看起来像是刚从床上起来。

年轻人应了一声，带着他的人过去，按住掌柜的，上下搜了一遍，脱了衣服，锁了双手，检查了牙齿和头发。没有暗器，也没有毒药。之后是那两个伙计。两个伙计嘴里都有毒药，可他们没有自杀。上面没有吩咐，他们就没有胆量死。说实在的，这种抓捕毫无难度。留下来看家的只有三个人，这三个人本来就平平无奇，黑衣人这样的功夫，根本用不着自己出手。

"启禀上差，人已经抓住了，这会儿搜赃物不搜？"

上差还傲慢而冷淡地端坐马背，好一会儿，才弄明白是在叫他。上差看看那棺材，轻轻咦了一声，招了招手，人群里过来一个穿着斗篷、戴着斗笠的人。掌柜的叫起来，他认识这个人，那是刚才的客人。但他的下巴脱臼了，无法发出声音。他没有想到，能够找到九月钱庄的银沙教的自己人，居然会叛教。

黑衣人问那个戴斗笠的：“你能看出来机关吗？"

"当然能。"

"已经打开了？"

"对。"

"你能不能关上？"

"或许行，也或许不行。说实在的，银沙教的机关，我试都不想试。"

"那你看我们怎么做才好？"

"这个叫作七杀魍魉阵，魍魉是什么可不一定，银沙教喜欢研究些新玩意儿。你看，只有正中的那一口，下面才是地道，其他的棺材里，都是些鬼魅之类。而且，下面应该埋了炸药，一旦动错了棺材，地道也就被封死了。"

"能不能不动机关，把箱子拿出来？"

"我去看看。"

那个穿着斗篷的客人，把斗篷的下摆握在手里，小心翼翼地走了过去。七口棺材之间，总还是有下脚的地方的，他走到正中，看了几眼，点点头，打开棺材盖，拧了两把，洞口转出来了。他向下看了看，就下去了，过了一会儿又上来，小心翼翼地踮着脚尖走出来。他带了一小包银子上来，说道："底下挺不少的，我算算有两百箱，不过箱子太沉了，我一个人拿不了。这个银子，底下还有国库官银的印子，做证据足够了。依我看，我们先回去吧，让他们把这一块先封住，我回去跟……嗯，自己想想这个机关应该怎么拆。"

"好。"黑衣人上差点点头，吩咐他的临时属下们，"你们都听见了吗？这一带封住，派重兵昼夜把守，往来行人一概不许通行，没有我的命令也不许进去。等我们……回去研究研究再说。"

这让围观的士兵和捕快一阵哗然——这算什么呀，出动了差不多一千人，今天海灯法会，人手本来就不够，这弄得火急火燎的，一多半人都是临时从床上抓起来的。搞那么大的阵仗，结果只抓了一个掌柜的，两个伙计。就这样，叫人重兵把守，老百姓不许回家。而且，这个上差既搞不清楚他是谁，也不知道他什么职位，忽然就来了，话也说不清楚。不爱说话的上差他们见多了，根本说不清楚官话的上差只此一位，一路跟着走来，上差说话不肯超过十个字，只有谈论到括苍派的时候，忽然来劲了，侃侃而谈，什么都门儿清。

眼看上差又要走了，还要回去找人商量！回哪里去不知道，找谁不知道！大家更是议论纷纷——这一会工夫，百姓们聚集得也多了，几个从家里被赶出来的，哇里哇啦地四处抱怨，其他一些人也议论纷纷。

"上差，上差！这不合适！"那个年轻人追过来，他不敢拽上差的缰绳，就伸开双臂，拦着，"附近老百姓都是去看海灯法会的，一会儿大家都回来了。人家都不能回家了，那要说闲话的，说我们拿朝廷俸禄不干人事啊。要是底下真有银子，我们拿出来啊！要是底下没有，我们就把铺子封了呀！而且，依我看，刚才那位上差下去，轻松得很嘛。"

黑衣人上差不知道说什么好，看看斗笠上差，斗笠上差也不知道应该怎么办。黑衣人上差就伸手，手指头上吊个令牌，摆啊摆。年轻人无可奈何，跪了下去。很显然，这不是今天的第一次了。

"我叫你重兵把守，你就把守着。叫你别放人进去，你就别进去。我又不是不回来了，我说了要去研究研究。"黑衣人无奈地说，"你按照我的吩咐做就好了，哪儿来的那么多高见？百姓们要议论你几句，你听着不行吗？议论有什么关系！"

年轻人快气疯了，他看了看那匹马，又想了想这个人鬼神莫测的武功，用很小的声音，嘀嘀咕咕："仗势欺人，无法无天。"

黑衣人上差走远了。年轻人蹲在人群中间，抱着胳膊。他冷坏了，也窝囊坏了，他和他的兄弟们，都是被直接从床上拽起来的。在此之前，他们轮值了半个月的夜班，又困又累。掌柜的和两个伙计，也剥了衣服，只穿个遮羞的裤子，赤条条的跪着。从海灯法会回来的人越来越多，这一带，大家关系都不错，所以议论也都很直接。

年轻人烦了，伸手推上掌柜的下巴："棺材有机关？"

"是……"

"你会关吗？"

"不会……只有我们头儿才会。"

"嗯，能直接下去吗？"

"能！"

年轻人有点蠢蠢欲动。他亲眼看着的，刚才戴斗笠的那个人，拿了一包银子出来，甚至都没有把棺材还原。他们又抱着膀子等了一个时辰，上差还是没有回来。年轻人一跺脚："来两个人，我们把箱子抬出来！"

年轻人学着斗笠人的样子，小心翼翼地走到地道边下去了。过了一会儿，他举出了一个桐木大箱子。他的两个属下，也小心翼翼地抬着箱子，一点儿不沾附近的棺材，把箱子运了出来。说实在的，有一点难度，可也并不算为难。

可当他举起第八口箱子的时候，胳膊有些酸了。他很累，他的属下也很累，

131

接过箱子的时候，膝盖碰在一个棺材盖上，棺材盖被挪开了一点点。碰了一下，可也没什么大关系。于是，很快，另一个属下也碰了一下，棺材盖被撞开更多了。之后，一只黑漆漆的骷髅的手，从棺材里探出来，抓住了那个手下的小腿。那个手下惊叫一声——他手里的箱子，足足有五六百斤，伸手就往棺材盖上砸。白花花的银锭散落一地。棺材盖上的机关嘎吱一声响，啪地就弹开了，一只漆黑的骷髅弹坐起来，一口咬在他小腿上。那是一种难以容忍的剧痛，比砍掉半条腿还痛，那个属下仰天向后倒，砸开了另一具棺材盖。另一只漆黑的骷髅也弹了出来，咬住了他的头。砰砰砰，六具棺材都弹开了。人群中发出惨绝人寰的尖叫，潮水一样向后退。人群之外，有声音高叫："来不及了！退出来！"

年轻人退步出来，他在最中央，还站在梯子上，伸手就拔腰刀。他还想救他的人。他一刀砍在一个骷髅的后颈骨上，居然没有断，那是机关，钢筋铁骨一样硬。一只漆黑的指爪，往他的小臂上抓。

半空之中嗖的一声响，一条长鞭飞过来，卷着年轻人的手臂，喊一声："跳！"

年轻人被一股巨大的力道往外扯，长鞭缠住他手腕，向外硬带，他的头撞在一根没倒的柱子上，眼前一阵发黑，人也被甩到外面去。

长鞭在飞舞着，巨龙在惊涛骇浪中一样。鞭子有一种摧枯拉朽的力量，带着隐隐的雷霆声和霹雳声，卷起一个个骷髅，然后扔进地洞里去。之后，长鞭卷住正中棺材里的转轮——这是可怕的一探，那根长鞭的灵活已经超出了大多数人的想象之外，拉着转轮，一拽。地洞里，发出一声接一声天崩地裂的炸响。那一带的土地开始轰轰隆隆往下坠落。崔记棺材铺不足以容纳大量的白银，地道是通向另一端的，但如今已经没法知道出口在哪里。

那个被甩出来的绿袍子年轻人坐在地上。他的左胳膊被甩得骨折了，可他并不觉得痛。跟着他一起抬箱子的两个兄弟，多少年出生入死，不想今天折在了这里。今天是他的噩梦。如果梦醒来，一切还能回到以前就好了。

黑衣人上差握着长鞭，望着这一切。他握着鞭子的样子，有一点像在握一把剑。

掌柜的忽然不管不顾大声叫起来，但他立即倒下去了，一支银针停在他喉咙上。接着是另外两个伙计。有一片淡淡的灰色的衣袂影子，在人群之中一晃而过，然后是一声若有若无的轻笑声。

丁粲轻轻皱眉，振臂就追了上去。那是个跑得很快的影子，可丁粲追得也很快，他远远比那个人想象之中快，他已经靠近了。

快到长街尽头了。那人挥手，打出一大蓬带着绯红色烟雾的银针。丁桀向后急退，抖手，长鞭震散了烟雾和银针。

他没法再追了，转过长街，眼前是宝相庄严的国清寺。长街的尽头，是一条有十里以上的山路，灯火点点，人山人海。高山之上，大殿之中，梵音高唱，佛经普诵，万众善男信女遥遥拜下身去。

第十一章　东临碣石

　　台州城东南，沿着海滩走七里半，有一条长长的剑鞘一样的礁石岛。礁岛一路伸进东海里，风一起浪一掀，轰隆隆扬起十几丈浪花。因为这条礁岛的缘故，这一带海滩的碎石比别处多些，另一边海滩的淤泥比别处厚些，都不是能够正经停船上岸的地方。

　　海滩边，荒无人烟，只有一座破船板搭成的小木屋，挂了个脏兮兮的哗啦啦一直响的酒招子。这是一家酒肆，但好像已经荒芜十年以上了。

　　木屋后面有一圈用旧船板和装了沙子的酒坛子筑起来的围墙，围墙围着一片空地。空地原先应当是屠宰用的，有很大的青石砧板，砂砾地上有洗不掉的陈年血迹。如今，这里搭了个架子，横七竖八十几根木杆子，架着一匹高头大马。那匹马脚上系绊子，头上戴着笼头和嚼子，被长长短短的杆子拘束得动弹不得，还在奋力扯着缰绳。

　　一个四十出头的矮壮男人，大冷天的光着手臂赤着脚，拿一把刷子，在给那匹马上染料——那是一种棕中带黄、脏兮兮的颜色，平凡、普通、不起眼。地上散落着一地剪下来的长鬃毛，纯黑的，阳光一照，映出一种饱满的乌金才有的光泽。

　　"二姑娘！"那汉子做完活了，刷子扔进桶里，后退几步，端详自己的成果。他干得不错，那种脏乎乎的颜色一换，一匹万里挑一的神驹变成了一匹普普通通的高头大马，扔到人群里，根本看不出扎眼来。他先提嗓子招呼一声，之后向小屋走了几步，掀开一面咯吱咯吱响的旧木窗，探头向里面问："二姑娘，你出来看看，还要再刷一遍吗？"

　　屋里正在讨论着什么，讨论声中断了。沈南枝的声音明快清脆："吴师傅，你说了算！这能顶多久？"

"那可不一定,要看沾不沾水、下不下雨。要是既没下雨也不沾水,差不多能顶到过年,要是你整天刷马,那五六天就没了。"

沈南枝跟人商量几句:"行了,这就够了。"

"成,二姑娘。我这里没有存粮,刚我叫人去村子里头准备饭菜了,正做着呢,一会儿就行。你们在这儿吃点儿,吃差不多了,这个染料也就干透了。"

"好,吴师傅考虑得周全!"

"菜,我已经安排着做了,反正小渔村,有什么做什么,拣好的拿过来,你们也将就将就。对了,二姑娘,你们喝点什么?我这好菜没有,好酒可不少,都是我的私藏哪,有三十年的花雕,有二十年的梨花白,有小周府的桂花酒,还有我大前年特地托人带过来的杜陵不老春⋯⋯"

吴师傅报一个酒名,就听见屋子里有人小声嘀咕着:"不错不错,这个好,这个也行。"然后,一个声音冷冷地打断了:"喝汤。"

木屋里,临窗的大木桌边,丁桀正襟危坐,面如寒冰,一点通融的余地也没有。苏旷讪讪地笑,他刚才已经很殷勤地给大家挨个摆好了杯子,这会儿又一个一个收起来。

他们围坐的那张桌子,是一条大船的龙骨锯出来的,光滑、细腻、坚固,有玉石一样的纹理。这种船木,售价上不亚于任何一种名贵木材。桌子上还没有酒菜,只有杯盘碗盏,两个点心碟子,两个干果碟子,一包蜜渍杨梅,一包盐渍葡萄干,一小碗吃了一半的碎蟹肉拌面——看起来是特地为小朋友预备的。

吴师傅是沈南枝的朋友。很多年前,吴师傅曾经是沽义山庄里的家丁,后来做了三等的机关师,再后来领了一笔银子,回老家来了。他老家就在附近的渔村里,他毕竟是沽义山庄出来的,慢慢地做一点道上生意。他眼皮子溜,手底下稳当,又从来不显山漏水,只做老客人生意,谨慎小心,风生水起。

风筝吃一半不肯吃了,扒在窗户上面,目不转睛地看远处的海。她是藏中大雪山出生的孩子,这是她第一次看见大海,激动到不住捂嘴巴。其实,这里的海景是很糟糕的,放眼望过去,全是青黑色的滩涂地,淤泥里是黄褐色的礁石,远处的一小片也显得浑浊,蓝中透出一种灰碧色。

饭菜陆续端上来了,看起来是很有章法的一桌子,四个凉菜,四个热菜,凉菜是拌海蜇、腌蚕豆、蟹黄油拌豆腐和卤水鹅脯,热菜是炒小海螃蟹、小鲍鱼炖肘子、烤海鲈鱼、干贝海米蟹肉碎蒸年糕。这很显然是一桌子很适合喝酒的菜，吴师傅没料到这一桌人不喝酒，临时现抓，弄了锅紫菜蛋花汤。"二姑娘和几位尊友慢用，荒郊野岭的，能凑合就凑合。酒是不好啊，伤身哪！我听这几位客人是北方来的，应该没都吃过紫菜吧。紫菜好东西啊，既是山珍又是海味，都是拿去进贡的，只长在海边的山上，活血化瘀，通塞散热，多吃一点，身轻体健，长命百岁！"吴师傅是眼里很有轻重的人，他一眼就能看出来，谁是人群之中的领军人物。

丁桀一边慢条斯理吃他的饭，一边细细思忖。他显然已经有了计划，而且已经在脑海中推演过一遍了，才问："苏旷，如果他们发现我这个人是假的，令牌也是假的，通报到朝廷，再发令回来拿人。最快要多久？"

"这样的大事，没人敢擅自做主，非禀告皇上不可。就算是当场被人发现，立即飞鸽传书，最快也要四天。"

"好，夜哭兄。如果银沙教发现我们，要调拨人手，一网打尽，最快要多久？"

"这除非说有一大群高手，连同好几只血精卫，正好全在台州城，那我们也只能认倒霉，无话可说了。如果不是，按照平常的调度，他们通风报信，集齐人手，要连你也能拿下来……"

"不用连我也拿下，杀了苏旷就可以了，或者抓住风筝也行，总之无所不用其极，赢了就好。"

"那就麻烦多了，考虑到血精卫，明天早上吧，对，最快也要明天早上。"

"好，凡事速战速决。今天后半夜，最迟明天凌晨，总之是太阳升起以前，我们离开台州。"

"真要尽快离开，我们吃完饭就可以走。"

"机不可失，时不再来，第一次出手是最没章法的，下一回，他们说不定就有预备了。来都来了，今晚我还想再去国清寺一趟，我总觉得，那个棺材铺既然是银沙教的一个银庄，就藏那么点银子说不过去，应该还有其他的线索可查。而且，那天我追的那个人，身手相当了得，不会是个无名之辈，他十有八九落脚就在国清寺里。我想，趁着今天晚上海舟莲华灯下海，特别是到了后半夜，人也散了，国清寺里连着忙了几天办完法事，有防备也必然懈怠了，我摸进去看一看。到时候麻烦夜哭兄陪我走一趟。沈姑娘，你和苏旷带着风筝，先到城外驿道边上等我们。一旦有个风吹草动，或者天亮了我们还没回来，你们就直接去沽义山庄，到时候我们找你们会合。"

"丁帮主真是谨慎。"

"吃完饭,你们先在这儿坐着,我自己去一趟国清寺,快去快回。我得先在外头走走,看看地形。晚上天黑,我眼神不好,怕有不测。"

"这倒是不用,我的马车里有国清寺的营造图册。"

"沈姑娘为什么会随身带这种东西?"

"有名的楼台寺宇的营造图册我都是随身带着。"

"那实在是太好了!不过,国清寺二十年前遭过大火,或许已经改造过了,为保万无一失,营造图我要看,待会儿还是要先去走一遍。"

"这样也好,万无一失。"

"大家想一想,还有什么要补充的吗?"

"没有。"

苏旷揉了揉额头。和丁桀这种人做朋友,很少有人是没有压力的。

"大师兄大师兄!"风筝手向窗外一指,"快看!小船上岸了!"

几个人顺着风筝的手指转头看——在那条长长的剑鞘一样的礁石尽头,真有一条小船,拢边上了岸。那条船式样很怪,中间宽,两头翘,似乎是南方海边独木舟的样式。船上两个人,都打了赤膊,外衣系在腰上,裤管卷到膝盖上,扛着那船往这边走。他们走过了礁石地,要蹚过滩涂地,后面那个人招呼一声,放下船,弯腰绑紧了鞋子。就那么一低头一抬头的工夫,他的脸露了出来,苏旷大吃一惊,缓缓按着桌子站起来,拨开风筝,凑到窗前细看。那是一个二十七八岁的年轻人,身材虽然也算健壮,但看起来细皮白肉,不像经常打赤膊的那种人,他系在腰上的外衣,垂下两条袖子,也是文士的样式。不过,他前面那个人三十五六岁,皮肤黑里透红,结实精壮,肩膀极宽,手很长腿也很长,腰上两条腱子肉一步一动,看起来是那种常年在烈日下奔波,也时常下水的人。

三个人都往苏旷脸上看。苏旷的表情奇怪得要命,除了看得出惊讶,完全无法判断是敌是友。他摆了摆手,离席,向门而去。

两个人走得很快,是向着这间小酒肆来的。吴师傅听见响动,迎出去了,他伸开手,拦了拦,向着那个年轻人微笑着客气:"慕容总镖头,二位跟我后门走吧,今天有客人,不方便进去。"

"哪家的客人啊?"年轻人依言站住了,但略有狐疑,"请问吴师傅,哪家的客人,

137

是我们不方便打照面的？"

"不是你想的那回事。是我的朋友。"吴师傅抢着去扛那条船。

"吴师傅，就算是不方便打照面，你的尊友，报个名号也未尝不可吧？"年轻人不好硬闯，跟着吴师傅绕道后门，但还是眼角瞟着门。

"慕容总镖头，你放一百二十个心，真是我朋友……"

苏旷推开门，走了出去。他有点不敢相信自己的眼睛，是，没有错，是那个文弱、胆小，差点死在他手里，也差点要了他命的慕容止。慕容止也在吃惊地望着他，用一种颤巍巍的声音喊："苏……"

"你们认识？这就好办了。"吴师傅松了口气。

"进来说话。"苏旷搭着慕容止的肩膀往里带，余光扫了眼另一个人，"这位是……？"

"他在后面等我们就行了，吴师傅会为他准备酒菜的，"慕容止压低声音在他耳边说，"你知道，云家船帮的海刺，不会跟外人坐下喝酒的。"

苏旷的心怦怦跳了两下。众目所向，等着苏旷介绍新朋友。

"我给各位引见一下。这位是慕容止，泉州海天镖局的总镖头。这位是洁义山庄的沈南枝沈姑娘。"苏旷眼睛在夜哭郎君脸上一扫，看他低头吃饭不说话，就跳过他，看了看丁桀。

丁桀直截了当地问："你朋友？"

苏旷点点头。丁桀就伸了伸手："丁桀。"

慕容止没反应过来："哪个丁桀？"然后他立即就反应过来了，立刻就有些张口结舌地激动，"丁帮主侠驾重出江湖了？这可真是件大事！我居然一点风吹草动都没有听过！久仰丁帮主大名，如雷贯耳，今日能得一见，真是不虚此行啊。哎呀，吴师傅，快拿……"

"坐坐坐，瞎拿什么呀？"苏旷按着他坐下，"你快吃口紫菜吧，这个紫菜啊，吴师傅都说了，皇上也吃不着几回，妃子都是跟皇上睡过才赏一碗的。是长在山海缥缈处，天青化紫，灵秀所钟，活血化瘀，通塞散热，多吃一口，身轻体健，长命百岁。"

慕容止有点不知该说什么："唉，我以前真不知道台州居然这么……我们泉州人……唉，算了，好吧……"

五个人闷闷地喝了一会儿紫菜蛋花汤，慕容止把碗放下，坚决不再喝了，大口扒拉饭菜,一抹嘴:"对了,苏旷,鲨头儿九月回来了,你知道吗?"

苏旷捧着碗愣了愣,紫菜没洗干净,有粒沙子在牙缝里碎了,脑袋深处格楞楞一声响。他摇了摇头。

"我当时知道这件事也很突然。说起来,前两年,海天镖局的生意不好做,我爹不在了,我又不成器,老客人、老朋友散了一多半,再加上云家船帮一走,我们最大的一条财路就断了。真要说往内陆走,我们不擅长,要说改行,我也不知道能干什么,这几年可真是,唉,奔波徒劳,捉襟见肘,坐吃山空。可就在我山穷水尽的时候,鲨头儿回来了,她是一回来,直奔我们镖局找我,找我就三个事:第一,是她带回来了二十船的珠宝,要找地方出手;第二,她有几十个兄弟,这趟回来就准备洗手不干了,想弄两条普通点的船,找个地方颐养天年;第三,就是打听你,说你跟她有约,但是没去。说实在的,你的事,大江南北风风雨雨,我多少也听说了一点。可怎么讲呢,这两年,毕竟我自己也是焦头烂额,一家老小等着吃喝。而且扪心自问,我是真没这个能耐插手你的事情,凡事也就是听一耳朵罢了。但鲨头儿既然要打探,我就五湖四海,仔细派人打探。问了一圈,大概是知道你究竟怎么了,出了什么事,可也是奇怪,整个江湖居然没人知道你在哪儿。我呢,就老老实实,跟鲨头儿说了,她问我意见,我说你这个状况,可能已经不在了。"

苏旷一边听着,一边慢悠悠地喝他的汤。

"整个九月,我就在一直料理云家船帮那些珠宝。鲨头儿带回来的货,都是顶尖的,尤其是宝石,一个个这么大,看得我气都喘不过来。我就想,这么大的量,肯定不能一批出手啊,那样的话,到处都压价。我就跟她说,她要信得过我,交给我,我慢慢出手,有个一年半载,保证整个云家船帮下半辈子不用忙乎了。她二话不说就同意了,而且告诉我,不管什么价格,分我一成。哎呀,我就那个高兴啊!老天爷算是把我救了!但是到了十月呢,她又来我们镖局跟我说,叫我从里面立马分两成出来。她那几十个兄弟不想等了,就想马上走。而且,态度都很坚决,说以后坐吃山空也不好,海上跑惯了,也不想买田置地什么的,估计还是得做船上生意,自己的船,自己熟悉。"慕容止四下扫了一眼,"苏兄,都是自己人,我也就不避讳直接说了。说实在的,鲨头儿这次回来,状况不算好。她是带了二十船珠宝回来,可我听她说,她本来是带了六十船金银珠宝回来的,路上先染了一场瘟疫,又遇到大风暴,船沉了六成,人也折了一大半,九死一生,一言难尽。没办法，剩下的船也坏损得厉害，她只能一路走一路扔，最后连金子都扔完了，只留最值钱的。这个俗话说得好啊，家和万事兴，家衰嘴不停，云家船帮本来一直是忠心耿耿的，可到那种状况，她那几个兄弟呢，就埋怨她说都是她的错，她也就跟他们说，不许打什么歪心眼，不然她不客气，无论如何，一定会带他们回家，也一定能带他们回家，到时候要什么拿什么走。所以，回是回来了，人家开口要船了，也就只能给。"

苏旷本来一直闷头听，听到这里抬了头，眼里微微不悦："他们说她什么错？"

"他们不是带了一张海图出海吗？这你应该知道？"

苏旷知道，那张海图是一场血战的战利品，也是新世界的钥匙。

"那张海图本来就够新的了，风险也够大的了，可无论如何，只要有海图，云家船帮就不怕。他们顺着海图一路走，到了尽头。可我们云姑娘不知餍足啊，接着下命令，一路把船驶过了那张图，也就是说，去了一个从来没有人去过的地方。"慕容止叹口气惋惜道，"她去了一个没人去过的地方，也拿到了这些没人见过的珠宝。可是，她的人也染上了那场没人得过的瘟疫。那种病，也不知道是不是瘟疫，反正是没人知道怎么办，他们云家船帮几百年传下来，本来有很多对付海上疾病的方子，那个时候根本没有用，一船一船的死人。那可是在大海上，茫茫无际，每天都有同伴的尸体往海里扔，后面跟着一群鲨鱼。没多久，人很快就崩溃了。"

除了风筝，大家都叹了口气。于情于理，这确实是一个足以哗变的理由。只有风筝，她似乎对这个故事不太满意，正在用劲踮起脚尖往上看，想多看见一小片大海。

苏旷轻轻闭了闭眼睛。他记得当年云小鲨的样子。那时候她像一个海里的妖怪。她的长发浓而密，皮肤像是闪闪发光的缎子，额头像珍珠一样光洁，眼睛里有不可一世的光芒。她年轻、明媚、张狂，仿佛真是大海的女儿，她醉酒的时候满眼都是妩媚，拿着那张海图的时候，手向天边指，海天交界的地方本是天的尽头，但世界似乎在她的指尖下熊熊展开了。和丁桀一样，她也是没有输过的人。只要在海上，就没有人能杀得了她。可她确实不知餍足，像个被宠坏了的女儿，她要去的那个地方，对手是大海本身。当大海露出真面目的时候，她也就露出一个微不足道的人的本相了。她赢不了的。可她也和自己的命运搏斗过了。

苏旷点了点头："所以，云小鲨就把船给他们了？"

"一开始没有，鲨头儿劝他们说海上地盘都是划好了的，即使是她自己，这个时候带着船帮北上,也占不到什么便宜。如果他们真想做海上生意,再过个一两年,她准备准备,还会再走。这次走了就不回来了,到时候,泉州那片海面就是他们的了。"

"什么!她还要去哪儿?"

"这我不知道。"

"那些人没听?"

"是没敢听。他们说,真不想也不敢接云家人的地盘,只要鲨头儿信守承诺,把船、珠宝给他们就完事了,剩下的责任,他们自负。"

"后来呢?"

"后来,说出去的话要算话啊,只能给了。他们到了台州海面,被人一把抄了。从我上岸的地方往东南三十里,有个龙蛇岛,是整个东海海盗的大本营。两船人加在一起四十八条人命,连人带船带珠宝,全落到人家埋伏圈里了。珠宝也就算了,多少人想要云家的船哪!那个船,只要到了手,研究透了,就能纵横四海。可是,这四十八个人也硬气,直接把船给凿沉了,船沉了,人没死,大部分给生擒了。龙蛇岛的那个龙头老大,叫周五,他一怒攻心,就把他们的人头全砍了下来。这事儿哪能瞒得住呢?鲨头儿没多久就知道了。她就来找我,问我的意见。其实你说吧,我的意见都是特别稳妥的意见,她又不会真的听。不过既然问了,我就老老实实告诉她,刚回来,船也少人也病了。算了,再说那些人也说了,责任自负,对不对?真不甘心,非要报仇不可,至少过了冬,明年开春或者干脆夏天再去。"

慕容止边说边摇头,"她是真不适合到这儿,你们不跟海上的人打交道,搞不清楚状况。海上的船跟河里的船,天差地别。长江的船挪到黄河去,一样用,无非就是大一点小一点的区别。可海船不行啊,云家船帮的船,当年为了出远洋,从龙骨到桅杆全都改过,底下有空舱,吃水深,船舷也硬,船头那是专为大风大浪准备的,船底也是专为那种暖和的昼夜万变的水流准备的。这样的船,往东海深处走,那没问题啊,可台州是个什么地方呢?你算算,这么长的海岸哪,加在一起就一个稍微深一点的海湾,剩下的激流暗流,水深水浅,除了本地人谁都摸不清。一共多少岛?五六百个岛,一个岛一个水面。这边的海盗,全是艨艟斗舰改的中等小船,渔船改的小快艇,吃水浅,好掉头。你这么跑过来,那是要送死的!"

慕容止边吃边说,他吃得相当多,远远超过看起来的饭量:"但你看,我也说过了,我的意见她是肯定不听的。她琢磨了一晚上,跟我说准备硬干一场。她说的也有道理，说真要过了冬，这边也有准备了，如今时机最好，趁着这边以为她肯定不敢去，速战速决。我当时头也嗡嗡响，实不相瞒，我真不想来，这两年生意不好做，而且家里也多了个小孩子，老老小小的真没法走。可我想来想去呢，也没法不来，云海之盟嘛对不对，我跟云小鲨结过盟，再说她对我也厚道。珠宝走我手上过，直接给我分一成，我帮她就是帮自己。哎呀，没办法，当时我本来是去她船上劝她的，她立马就要走了，我只能要么下船要么一起走。我就牙一咬啊，要死只能认倒霉了，就当是当年死你手里了。"

苏旷笑了声痛快，两个人拿空饭碗举了举。

"我们来这儿是半个月前。那天白天我们到了，围着那个龙蛇岛先转了一圈。那个岛就不是一个能硬攻的岛。三面都是峭壁，一面全是礁石，出海就一条海路，封死了就是封死了。那个岛到如今千把年了，海盗就没绝过，就这么几十里路，连朝廷都没办法，何况我们？而且那个岛主也精明，云小鲨带着杀气来的，他才不愿意出来硬碰硬呢，就成天叫手下人喝酒吃肉弹琴唱歌。那几天风又冷，船在海上也没个靠岸的地方，又不好来这边补给，鲨头儿问我什么意见。我就跟她说，我的主张，你也知道，就是不贸然来，既然贸贸然来了又没办法，那就走吧，报不了仇，兄弟都知道那是不能也非不为也，不丢人。可她才不理我呢，就在第五天晚上，忽然就有了转机。我们发现了一个女人的尸体，之后又发现了三具，肯定是那些海盗干的。那个尸体是在两个峭壁的犄角旮旯浮出来的，这个纯靠比画我说不清楚，你要是去看见就知道了。这可了不得，一来是他们从上往下扔，动静不小，我们不可能听不见；二来，那附近的海流，我们虽然不熟，可也不傻，如果是扔下来的，到不了那个犄角旮旯。于是，鲨头儿就高兴坏了，说有水道能扔尸体出来，她就能进去。我们就不太信，说有水道也找不着，这惊涛骇浪的！她说她自己找找看，然后当天晚上就下海了，快到天亮的时候找到了。说起来也是天助一臂之力，那个岛里面是有温泉的，流出来的水虽然已经冷了，毕竟比外面那个冰凉刺骨的海水，还是暖和不少。顺着找，就找到源头。找到之后，鲨头儿就安排了她的手下准备攻岛，自己从水道摸进去了，到天快亮的时候，我们收到信号，开始攻岛。倒是没费什么劲，那时候树倒猢狲散，里面早就乱成一团，鲨头儿已经拿下人头了。"

说到这里，慕容止又叹了口气，正色了些："呵，云姑娘这个人呢，怎么说呢，不知道你们怎么看。岛上周五手底下两百多条人命，她也全没放过。一报还一报，也把人头都砍下来了。可是，上岛容易下岛难。台州、温州这一带海域，号称是东海三十六岛。三十六岛的岛主,一律听龙蛇岛的调遣。云家船帮来的时候,其他那些岛主,他们不知深浅,也没来助阵,就大老远等消息。鲨头儿上了岛,他们就把海面封锁了还派人带话来,说也不想斩尽杀绝,也不想和云家船帮太为难。鲨头儿想出去,三条道:第一,凭本事硬闯出去,做得到,以后她到这一带海面上来,见云家船帮的帆,他们退避三舍,绝不冒犯;第二,没这个本事闯出去,就留一半船下来,以后见到东海三十六岛的船帆,也退避三舍,绝不冒犯;第三,要是既不服软,也不留船,那就拿赎金赎人。价格,是个天价。"

慕容止已经吃饱了,还在打扫残局:"然后她就又问我啊,你觉得应该怎么办?我这个烦恼啊,我就说,鲨头儿,虽然我说什么,对你只是一个反向的参考,但我们是盟友,我还是要如实跟你交代。以我的态度,遇上这种事情,就给钱算了,就当你那些珠宝,也落在大海里了,你好我好大家好。果不其然,她说这不可能。"慕容止敲敲桌子,"不可能?那我们就没办法了。我们才几条船哪?外头,三十五个岛主,一人带三条船来,密密麻麻,海路封得严严实实的。海上又不是地上,你想往哪儿走,大老远一眼看得出来。再说,他们有备而来,都知道底细,龙蛇岛上那是金山银海珠宝成湖,可根本就没有多少粮食,眼看的就要弹尽粮绝。云家船帮海里扔了一路家当,我们只剩这条小船,小船趁着天黑,上个岸,他们也看不到,可这条船才能盛多少粮食啊?天天上岸,尽着你敞开运,杯水车薪。而且,前两天,我根本就买不着粮食,附近都是那个什么海灯法会,米面全被国清寺买去了,我是好不容易才找到吴师傅,让他给我准备点东西,这几天,我天黑了出来,天黑了弄回去。反正吧,我也不吃亏,每次出来,我都吃顿好的。"慕容止把那一桌子菜,差不多全都吃光了。

苏旷听明白了,他犹豫着自己的决定:"那她如今究竟什么打算?"

"她什么打算?苏兄,你看看我呀,"慕容止指了指自己的鼻子,"我哪有那么大面子知道!我就是一个庸人,每次呢,提供一个庸人的想法,至于咱们鲨头儿,跟我从来想不到一块去。她就跟我说呢,这次出来是最后一次,带点酒回去,再带点油脂回去,让大家好好吃一顿,咱们明天回家!至于怎么回家,我不知道!反正啊,我到死是个饱死鬼。"

"明天回家?"苏旷听得疑惑,看了看丁桀。这两个人都选了明天,想必都准备晚上趁着海灯法会做点什么。可丁桀是要去国清寺,想做点什么可以理解,云小鲨在孤岛上能干吗?他算了算时间问道:"慕容兄,你们准备什么时候走?"

143

"天一黑就走。天一黑，海上就什么都看不清了，我们船小，他们看不见我们。但也不能太晚，太晚了，海上风太大，我们也看不见岛。"

"那就是……只有两个时辰了。海灯法会放那个海舟莲华灯是什么时候？"

"也是天黑了就放啊，早点放，大家伙早点回家。"

"我可能有点明白了，慕容兄，我跟你一起去。"

"你别跟我一起啊，你也看见那条船了，一人蹲船头，一人蹲船尾，再带一点货，再多船就沉了。"慕容止心安理得，出谋划策，"我有个主意，看你听不听。既然你要去，那你自己去好了，我呢，事儿也做完了，鲨头儿往外闯，我也真帮不了什么忙。"

这一回，他的主意终于被人采纳了，苏旷点点头说："也好。"

第十二章　曾经沧海

一望无际的沧海，天边暮霭沉沉。红日随波，在烂漫波涛上洒下一层金网。独木小舟乘风破浪。

苏旷坐在船头，抱着一坛子酒，船在海上晃，他在船上晃，酒在坛里晃。酒坛子的泥封被晃散了，四溢出一阵凛冽芳香。"好酒！"他心里默默称赞了一声。

这是莲花白，是他最喜欢的三种酒之一，这酒清冽又烈性，年份越久，冲劲越足，几杯下肚就能爽爽朗朗地微醺，放开了喝能痛痛快快地烂醉如泥，除了贵没有别的毛病。少年时候，他兜里穷又挥金如土，手里有几个银子全砸在这上面。

有那么一次，大概十五六岁正是意气风发的年龄，他在兰雪拥那里喝了一次三十年的梨花白，当时就激动得乱拍桌子，说我将来娶媳妇一定喝这个。当时一屋子人哄堂大笑，铁敖也在笑，说长安酒贵，娶媳妇大不易。从那个时候起，铁敖就已经是后来的装束了——青布发带、黑布衣，身材瘦削，面容清癯，不苟言笑，在那之后的十五年里几乎没有任何改变，只是渐增白发而已。想到这里，苏旷轻轻闭了闭眼睛。

半个月来，这是他第一次回忆起师父的音容笑貌。在此之前，他的回忆是僵滞的，仅仅是"师父"两个字，就带着足以击碎他的悲伤。他开始痊愈了，开始回忆起去世亲人，开始渐渐记起欢乐时光，这是精神恢复健康的标志之一。

从头到尾，他的朋友们对此心照不宣、绝口不提，只是照常对待他，默默地等他康复。所以，当慕容止说出"鲨头儿"三个字的时候，三个人简直一起激动起来，当他脱口说出"我去"两个字的时候，三个人脸上都是笑意。他们都知道，什么是慰藉心灵的良药。人最可贵的品质无非是自信，而最强大的自信无非是相信自己拥有让别人和世界变美好的能力。

只剩下两个时辰不到，他们立刻扫空了桌子，找了张纸，边画地图，边商量了所有形势下应该如何是好，如何联络、如何救援。他们给他带了当时能搜罗到的一切，连风筝都不再吃那两碟盐渍葡萄和蜜渍杨梅了，一蹦一跳地去讨了两张油纸包起来，当作给未来"嫂子"的"礼物"。

"事到万难须放胆，一切见机行事，实在不行拖一天，明天这个时候，你要还没消息，我就去找你。"临上船的时候，丁桀谆谆告诫，顺手指了指自己的灰布坎肩，"去见未婚妻，多少穿得体面一点，要不然，我这件借给你穿算了。"

苏旷龇牙咧嘴地揉了揉额头。

路不长，龙蛇岛快到了。天慢慢黑下来，红日入海的地方只剩下一片镶着金边的彤云，龙蛇岛东壁的山崖渐渐显出苍翠的轮廓，更远处的海面上包围的船只也能看出形制来。

苏旷扫视四方，默默数了一遍，龙蛇岛的东、南、北三面，大约大大小小一百艘船左右，其中有十艘大的楼船，三十艘摇桨的艨艟斗舰，二十艘帆船，还有四十艘大渔船改的战船。对于"海盗"来说，这是很可怕的战斗力了。而云小鲨的船只剩下十八艘而已。这是明目张胆的包围，地方和海事的衙门不可能不知情，但这一带，匪患已成传统，遇到这样的事情，衙门通常都是先等着黑吃黑。

晚来风急，浪渐渐大起来，海水呼啸澎湃，白色的浪花炸了一样，激起大片的泡沫。"坐稳，小心！"海刺摇着橹，站在船尾，双脚分开，用自身的重量左右着船身，赶海一样驾驭着风浪，从龙蛇岛的北边山壁，向西边海滩走。

龙蛇岛的半壁江山就在眼前。这座岛是整个东海之中最为易守难攻的岛屿，东南北三面都是高崖临水，唯一能够登陆的西岸又筑了石头城墙，是名副其实的一夫当关万夫莫开。

天已经差不多全黑了，海面上只有惊涛骇浪，大大小小的礁石星罗棋布，有些暗礁只在海面上露出狗头大小，底下却是扎扎实实一座小山。小船颠锅炒蛋似的晃，一个大浪劈头盖脸打进来，苏旷浑身湿透了，船舱里全是水，成捆的货物差点带着船倾覆在水里。

"坐稳，抓牢！"快要登陆了，海刺第二次叮嘱。他弓下腰，弯着脊背，轻车熟路，船橹一拨，双脚用力向下一踩，船头高高翘起来，像是骑在海浪的背上，噌地往岸上蹿，看起来，船头似乎直奔着一块礁石撞上去。他拿捏得极稳，一浪刚歇，船头就要撞上礁石的时候,又一波大浪带着前浪送起,带着船越过礁石,高高跃起,之后简单粗暴地一头扎在沙滩上。

"我们到了。"海刺说着先跳下来,系了缆绳在礁石上,二话不说,拖船、卸货。

岸边有七八个人,看起来也等待很久了,他们都裹着皮袄,见船一上岸,就一拥而上。有人跳下水,把船上的货物往岸上卸,有人拿了单子,用手指点着核对,有人把核对之后的货物往岛里背。已经很迟了,他们急着吃这最后一顿饭,谁都没有看苏旷一眼,想是把他当作慕容止了。

苏旷抱着他的坛子,走下船,摇一摇腰。这一路颠簸,他的腰并没有捅什么娄子,曾经的骨裂好像真的就那么愈合了,既没有酸,也没有痛,除了软绵绵的发不了什么力,其他似乎跟普通人也差不了很多,这让他放心不少。

他举目四望——这是一座不小的岛,如果真是粮食充足,藏个几千人不成问题。眼前是一片大而宽阔的沙滩,地上有火烧的痕迹,沙滩上倒着几个木桶和各种散碎物品。远处,架着些木桩子,上面搭着渔网。更远处,大而广袤的缓坡上,黑漆漆的,根本看不见人。再远处,那是一座山,山势陡峭,山坡两边有石墙环抱,一路上到山顶与山崖连成一体。最高的山顶上,有许多火把,火影里有非常多的旗子,旌旗、纛旗、飘在空中的风帜……远远看起来这岛上有成千上万的人马似的。虚张声势而已,岛上并没有多少人。以两边人手的对比,外面的海盗们如果知道里面的状况,强攻是可以攻下来的。

此时,天已经黑透了,月亮又没有升起来。刻不容缓,苏旷需要立刻有个人带他上山。"喂喂,你们鲨头儿在哪儿?"苏旷随便找了个看起来比较悠闲的,就是那个拿着单子核对货物的人,问了一句。晚上风太大,那人又戴着斗篷帽子,根本没听清楚,他就伸小指头戳了他两下,又问一遍。那个人听到他的声音,非常惊讶,抬起头,伸手抹了一把,斗篷的帽子落下来——那是一张秀美的面孔,两只眼珠子直勾勾地望着他的脸,眼波流转,像是夜空中的星。她手里的单子被风哗啦哗啦吹着,然后一个没拿住,随风飞了,她又随手一把抄住,用一种不可置信的声音问:"苏旷?"

苏旷也很惊讶,看了看自己的小手指头。运气好到猝不及防,人生如此,咫尺天涯。他轻声问:"小鲨?"

云小鲨默默地站着,他也默默地站着。他有很多话想问,胸中有千言万语,似乎是千军万马一样,一声令下就要冲出来,却只是严阵勒马,引而不发。海滩荒凉而孤寂，暗夜潮生，海风带着远古的呼啸声，一浪一浪撞击着礁石，山顶上的呐喊声空远缥缈，似乎是从千万年前的古战场传来。

片刻而已，地老天荒。

"我带了酒。"苏旷晃了晃那个坛子，"方便吗？找个地方喝一杯？"

云小鲨点了点头。苏旷紧跟着，两个人不说话，深一脚浅一脚，拐进一处山洞里。那山洞很高也很深，两壁上密密麻麻全是石龛，每隔二十丈有一盏长明灯。地上有熄灭的火把，云小鲨捡起来一柄在长明灯上引燃了，火焰熊熊，黑烟缭绕，她举着向山壁一指："喏！这是周五的销金窟。"

苏旷顺着她的手，抬头看，倒吸一口冷气。这座石窟经历了千万年风蚀水蚀变得坑坑洼洼，那些高处的小小的神龛一样的石坑里搁着一颗一颗的骷髅。那些骷髅显然不是一个年代的，最早的也是最靠外的那些，不仔细看根本看不出是人骨，全都焦黄漆黑，残缺大半，快要和岩石一体。越往里走，骨骼越新鲜，慢慢地有了白骨，也有了完整的下颌。最里面的一批极新鲜，连牙齿都完完整整。

云小鲨在那批极新鲜的白骨骷髅前站了一会儿说道："这是我的人。"她举着火把，火把上有腾腾的黑烟。看起来，那些黑森森的眼眶后面似乎有亡灵呜咽。她又一转身，指了指对面的墙壁："这是周五的人。"

那面墙上，新鲜的骷髅骨更多，从上到下，人头相叠，满满一壁狰狞。最高的地方，有个得天独厚的小石龛，里面一颗单独人头高高在上，云小鲨用火把一指："那个人就是周五。听他的属下说，那个位置本来是给我留的。"云小鲨一边走，一边介绍，"这座岛，没有固定的主人，但住在这里的一定是东海三十六岛的龙头老大，每次换个主人，都会把前任的人头摆起来，有很厉害的对手，也会把人头摆起来，这是传统。据说，只有这样，这座岛能聚拢煞气，永远攻不破。"

云小鲨一直在前面走，领先半步之遥，没有回头。苏旷也没有开口。石窟的尽头，是一座巨大的"春宫"。石头宫殿的正中，是一池温泉，白石是打磨过的，光滑、细腻、乳白。石壁上有五口偌大泉眼，看起来流出来的泉水滚热，白茫茫的全是雾气，泉水的出口处不知在哪里。温泉四壁和穹顶雕满了交媾之中的男男女女，花样迭出，形态各异，栩栩如生。温泉正中是一座莲花台，上面有一层巨大的白琥珀。令人瞠目结舌的是池底，那是一座很大的温泉水池，池底沉着无数的珍珠、白玉、金币、元宝和各式各样的宝石，银酒罐、锡酒壶、金酒杯、嵌着各种宝石的酒碗也到处都是。只听云小鲨继续说道："我进来的时候，这里全是女人，白花花的一片，都死了……

她们是猎物，也是奖品。那个时候我就决定了，不管我还能不能出去，这座岛上，我要寸草不留。后来，周五的手下决定投降，我接受了，再后来，我就违背信诺，砍了他们的头。"云小鲨转过脸，望着苏旷，"你一来，我就跟你说这些，是希望你知道，我还是那个满手血腥的云小鲨，既没有变得仁义一点，也没有变得讲信用一点，这辈子恐怕改不了了！"

她终于在长明灯之下了。只是长明灯下的这个人，已经不是苏旷记忆里的云姑娘了。在他记忆里，云小鲨很像一颗夜明珠，在泼天富贵里滚，在刀光剑影里滚，在惊涛骇浪里滚，在地火风雷里滚，始终带着淡淡珠光，张狂又明媚，好像滚滚尘世不能伤她分毫的样子。但如今，她已经变成了一块大海里的礁石，黯淡无光，和风暴搏斗过了。她披着一件灰色的大氅，下摆沾满了泥沙。长发散乱，变成了一种枯槁的栗灰色，乱草一样窝在大氅的脖子窝里，额头束着一条抹额，嵌着块小小的红宝石。她的身体依旧饱满，挺拔而结实，但皮肤的蜜色光泽全都消失了，都变成了那种被烈日暴晒过的暗黑色，似乎蒙了一层尘土又强行揉进皮肤里似的。她伸了一下手，拢了拢头发，手腕内侧密密麻麻全是一道一道的刀痕。她曾经有一双风情万种的手，但如今，十指的骨节微微变形，皮肤是皴裂的。她曾经是个绝世的美人，走出来时，夺尽苍生众目所向，可如今不再是了。可她的眼睛依然骄傲、凌厉、不可一世，在说到"寸草不留"四个字的时候顿了顿，像一只闪电里的鹰，已经伤了羽翼，还要蓄势向下扑。她盯着苏旷，嘴角有种倔强。那个表情的意思是，我说完了，该你了。

苏旷想了想如何开口，揉揉鼻子叹口气说道："小鲨，既然你这么坦率，我也坦率一点好了。我也还勉强算是老样子吧，还是那么穷，那么倒霉，既没有变得有钱一点，也没有什么大出息，除了年纪又大了几岁，腰又被人打断了，躺床上一年，挨揍还不了手，还在京城里闯了滔天大祸……我跟你直说了，我一不小心把先皇杀了，如今神捕营到处追着抓我，还多了很多根本惹不起的仇家，仇家你应该也听说过，就是银沙教……"

云小鲨愣了一会儿，她境遇不太好，也知道苏旷境遇也不太好，但没想到可以沦落到这种惨绝人寰的地步。不管能不能帮上忙，能来就是奇迹。

苏旷晃了晃酒坛子："小鲨，我一路上都在想，我这个样子还来见你，是不是不太要脸。不过，我又想，我以前也挺穷的，也没什么出息，也不太要脸，我就是我……反正吧，我什么都跟你说了，你还跟我喝酒吗？"

云小鲨倚着石壁坐下，好半天，才忽然大笑出声来，拍了拍身边的地面："坐。"

苏旷在她身边坐下后，云小鲨晃了晃酒坛子："这得有小十斤哪，你能抱来，说明腰还不错。怎么断的，怎么好的，说给我听听？"

苏旷摇摇头："断是很久以前断的了，好是很久以后才会好。小鲨，我的事，你想听，以后有的是机会慢慢听，先说你的事吧，你怎么了？"

云小鲨拢了拢头发，眼神有点躲闪："什么我怎么了？你该是见到慕容止了，他没告诉你？"

"没告诉我全部,你也不会告诉他全部。譬如说这个,出什么事了？"苏旷伸手，想去碰一下云小鲨的手臂，那上面全是历历的刀痕。

云小鲨触电一样，抱起胳膊，低着头，沉默了很久，轻轻地说："诅咒，大海给我的诅咒。"

这时候晚饭已经准备好了，有人用木托盘送了过来——那是很大的一海碗白米饭，上面是油津津的腊肉和香肠，基本全是大片的肥肉，油浸透了整碗米饭，还有一大块烤得黑乎乎的鱼肉，上面一样涂满了油脂。油脂太多了，看着就腻。这应该是下水前的预备功课。此外还有两个杯子。

云小鲨开始闷头吃，面无神色，狼吞虎咽。看起来并不是饿了的那种，而是这玩意儿太难吃了，吃慢一点容易吐，只能捏着鼻子咽下去。

"你准备下海吗？什么时候？"

"月亮出来。"

"准备怎么干？"

"干掉他们领头的。"

"不等等帮手？"

"等不了，我的人已经饿两天了，再拖下去，船都出不了海，而且今天我已经吩咐过，大家伙把能吃的全吃了，士气可鼓不可泄。而且，我一直在等那盏海灯，过了今晚，我的事办不成。"

"小鲨……"

"你既然是来陪我喝一杯的，那就喝一杯，海面上的事，我用不着别人帮忙。"

云小鲨飞快地把那碗饭倒下肚子，倒了两杯酒，分一杯给苏旷。苏旷接过杯子在手里。他在盯着云小鲨的眼睛。云小鲨的眼睛里有痛苦的神色，她望着酒杯之中的涟漪，似乎在望着大海上呼啸的漩涡。

她酒喝得很急，一杯下去，接着另一杯一饮而尽，到第三杯的时候，脸颊上有了些微微红晕。然后说道："我们分开之后，我没有立即动身，又在南海一处岛屿逗留了三个月。那儿有一种木头，是造船的极品，我一直都在那里修理老船，有时候新船也在那里造，到最终启程的时候，我们有了一支六十艘大船的船队，又招募了一批新水手，人人志得意满，都想要做一票大的。我们去的时候，一路风调雨顺，一切都比想象中顺利。大概只用了八个月，就走完了之前预计一年半的海路，到了我最初定的目的地——那也是新海图上最远的一座岛。当时大家都很高兴，我们去的时候，当然不会空舱，是带着货的，一路走，一路交易，到那个地方，已经赚了四倍以上利润。当时，我们补充足了食物和水，就准备择日返航了，但是所有人，也包括我，都觉得意犹未尽，好像这一路太轻松了，没什么挑战就要回去。

"按照惯例，每到一个可以休息玩耍的地方，我们的人总是留一半在船上，一半去耍乐，大家都是老手了，只要注意安全，想干点什么就干点什么，想玩点什么就玩点什么。每个人都有自己喜欢的东西，我呢，一路在搜罗宝石。我们的人都知道我喜欢这个，也就都帮我打听。我有个手下忽然就兴冲冲地告诉我，说这个小岛上有个小国的国王，他有一顶宝石王冠，是给他最心爱的妃子做的，王冠上最大的那颗宝石可以说是举世罕有，王妃去世之后呢，就一直珍藏着，可如今不知为何动了心思，也提过脱手。我一听，当然就来兴趣了，叫通译帮我找个合适的人选，跟那国王说，如果没有冒犯，问问他那个王冠他肯不肯卖，可以随便开一个很高的价钱。那段日子，为了那顶王冠，我真是费了很大的力气，花了不少工夫，最后总算是找了个人，带到了话，国王终于同意让我先看一眼货。我一看，大失所望，那根本就不是稀世之宝，很普通的宝石而已。这笔生意当然也就作罢了。那段日子，我就不是很高兴，总觉得转了这么一大圈，得带点好东西回去。可就在那时候，那个汉人——就是我们通译费了很大的力气找的那个人选，也是那座岛上唯一的同胞，他忽然来找我，痛哭流涕。他说，他是莆田人，叫林大水，原先跟着舅父跑船下南洋，二十年前因为舅父的船队失事，他抱着木板，漂流了半个月，才到了这里，吃了很多苦，才算扎下根。如今，也是五十岁的人了，独在异乡为异客，也不知道家乡父老怎么样了，朝思暮想，时时刻刻念着回家，问我们能不能行个方便，带他回去，说他薄有积蓄，一定会奉上报酬的。这种事情，我们当然就一口答应了，也不要他的什么报酬。可那个人呢，非要给不可，留了个盒子给我。我一看惊呆了，那里面是个宝石手镯。那才叫世间罕有的宝贝呢！我就叫了那个人回来，说这可太珍贵了，捎你回去而已，用不着这个，你要真心出给我，开个价好了。他看出来我喜欢，那时候才神神秘秘地说，他不要钱，是真心送我的，还要附带着告诉我一个秘密。他说，他舅父的船队之所以出了事，是因为他们去了一个岛，那个岛全是金银珠宝，全都耀人眼目，而这个宝石手镯是他当时随意拣一件，准备回去送他夫人的。他还说，那个岛十分险要，容易出事，不是极其高明的船队，根本上不了岸，又因为水流的缘故，根本不可能有人路过，所以也很少有人知道。如果我想去，他就把岛指给我看，到时候，我想要多少就带走多少，当然了，他也出了力气，也给他一份。

"我这个人，还是有点长处的，既见过世面，又不贪财，还不是笨蛋。他讲了这么多，我当然就不相信他呀。这个故事没什么纰漏，一环套一环，可他讲得也太好了，好像准备了很久，专门为我准备的一样。我当时闲着也是闲着，就干脆将计就计，满口答应，找他又喝了几回酒套话，后来就偷偷跟踪他。没几次，我就发现秘密了，果然，是有人跟他接头的，但他们说的话我都听不懂。听不懂没关系，我们有随船的通译。我们慢慢弄清楚了状况，他们果然是海盗船队，放出这种虎伥小人，专门引诱同乡上钩。我们一群人各自都有些手段，胆子素来也大，就商量将计就计，吃他一票大的。我们佯装上当，让他领路，带我们去岛上，然后又先下手为强，反跟踪了他们的船队，在大海上把他们的人干掉了。至于那个林大水呢，我们就给了他一条小船，放他自生自灭。当时海浪很大，他在船上又哭又叫又求饶，没人理他，他就诅咒我们，说他先走一步，我们也不得好死，又过了没多久，我们就眼睁睁看着他的船翻了。当时，谁都没把他的话当回事。再后来呢，我们花了一点工夫，把岛上残余人等清理干净了，除掉了埋伏、毒药，才欢天喜地地上了岸。上去了才发现，那个林大水真是没有说谎，那个岛真是金山银山，我们船队当时有六十多艘船，即使全装满了，也带不走多少，我们就一起欢呼起来。当时，他们在那儿挑珠宝，我懒得做那种笨重活，就干老本行，潜到水底下看看。一看可不得了，那个岛简直就是专门用来沉船的，足足几千艘啊，几十年前的也有，几百年前的也有，更古老的我根本不认识的也有，总之是各式各样，应有尽有。这下可真把我高兴坏了，如果说我有什么真正想要的东西，无非就是一个举世无双的能做到永不登陆的大船队，跟着北极星走到头。我觉得我们什么都不差了，就是船还不行。可当时海底有些船，那个构造那个设置，哇……就是怎么说呢，就好像你在那儿盲人摸象，拼命猜拼命想大象到底是什么样子，也不准确。等到你能看见了，一下子就知道大象是什么样子了！就是那种高兴！我当时就不走了，吃住都在岛上，先想方设法打捞上来一批，之后就每天下海看我的船。我的人呢，当然也就随我。反正，他们都没有水下视物的本领。"

  云小鲨捏着酒杯，拳头抵在额头上。她在说着非常快乐的话，但语气甜蜜又恐怖，似乎很可怕的事情就快要到来了："可能真的就是……人心不足蛇吞象吧。我当时着了魔，一艘船一艘船地看，有些很久以前的那些船，骨头早被海水化掉了，新沉的船里还有尸体，等我进去转一圈，那个尸体就浮上来了。这下，我手下的人就有点瘆得慌，跟我说这样不好，惊动遗体，会得罪亡灵之类的。我不管那个，我又不信邪，当时就非要把所有的船都撬一遍不可，看看能不能捡到什么有用的，有几次捡了几个密封的小箱子，上面有一些鬼画符。通译说，那个绝对不能开，那个是很古老的诅咒，开了我的船队就回不去之类的。呵，我管他呢，我开我的。但到那时候，老秦就坐不住了。老秦你还记得吗？秦海锐，我记得当时你们玩得也不错。他私底下找我，说无论如何该走了，我们是个船队，这已经两次诅咒了，海上的人，忌讳这个，大家都有点发毛，每天都在议论。我当时还不当事儿，他就教训我，说小鲨啊，你年轻气盛，可你得明白，你们云家的人跟别人不一样，你们能水底下睁眼睛，别人做不到，你们不怕大海，别人怕，而且凡事信则灵，一个东西一个想法，哪怕你明知是假的，只要所有人都信是真的，那它就一定会变成真的，懂不懂？我当时听得激灵一下，全清醒了，立刻就把大家叫到一块儿，说，我们来举手吧，只要大家都愿意回去，我们就立即返航。那个手举的，我什么都明白了。我就想，回就回吧，反正这一回，全当试验，我们也不可能走更远了，我回来，多做准备，准备一个更大的船队。而且那段时间……呵，我也老想你，想得厉害，我想……不知道你会不会在等我，我就跟老秦说，也好，回来找找你，就算我们最后不在一起吧，桥归桥路归路，我得睡你一次。"

  苏旷听到这里猛咳嗽一声，有点微窘。云小鲨继续说道："再后来，我们就返航。离开那个岛没几天，大家就把不开心的事情都忘了，毕竟，我们的船那可真是满载而归啊，跑这么一趟，所有人下半辈子真是可以为所欲为。有一次，老秦就特别高兴，没留神就说，出来远航的，哪儿有不死人的？就我们的船，像被神光照着一样。"云小鲨说到了这里，闭了闭眼，"可就在他说完这句话的那个晚上，我们的船就开始死人了。那个人死得毫无征兆，他是很健壮的一个人，拳头大得可以打死牛，平时喷嚏都不会打一个，但忽然就一头栽下去，之后就发起高烧，第二天开始咳血，之后就越咳越可怕，好像内脏都碎了、烂了，吐出来了，再到最后，他肺也坏掉了，喘不过气，自己把自己的喉咙抓破了，喉咙口老大一团烂肉，一整夜都在鬼叫。我的意思是，那种真的鬼一样的叫，然后就死了，特别可怕，所有的皮肤都溃烂了，都是血红色的。你知道，我们是在海上的，最怕的就是瘟疫。他这个样子，太像是可怕的瘟疫了，他一出事，大家心里都有数，基本不会用手碰他，死了以后，尸体扔下海，舱板用烧沸的海水洗了很多遍。可一点用也没有，三天后，另一条船上也死了一个人。再之后，开始接二连三地死人，死法都一样。我们不知道怎么办，能用的法子全都用了一遍，没用。最后除了我的船，所有的船都开始死人。当时，六十艘船，无一幸免，每天每夜，都有人在生病。再后来，就有人开始发疯了。有一天，有一个人没有犯病，可也拿着刀，到处去砍水箱，说毒是下在淡水里的。老秦去拦他，他就把老秦砍伤了，忽然大喊大叫，说你都知道的，这不是瘟疫，是诅咒，是我做的好事，那些亡灵追到我们的船上来了。要死应该死我！

"那时候所有的人都安静了，我勉强镇定，可没用啊，我记得老秦说的话——一个东西，当所有的人都相信它的时候，它就会变成真的。那个人疯得很厉害，他们绑住他，堵住他的嘴，他就歪着头，用筷子戳着地，捅烂了自己的腮帮子，把布条顶出去，继续大喊大叫，反复说，死的应该是我。那之后，我开始害怕了。我不知道为什么，瘟疫是绕着我走的，起初他们说我的船安全，我就把我的海鲨让给他们，自己换一艘船，住到死人多的船上去。可那之后，海鲨上也开始死人，只有我身边也就平平安安。再后来，又有人说，说云家人的血是可以辟邪的，我本来对这样的说辞不屑一顾，可当时除了害怕还是害怕，就每天……像条黑狗一样，没事就放一碗血，四处洒。后来，我们的人越死越多，六十艘船，已经没法一起开动了，我们只能一艘一艘地放弃掉，当时我看着我的船……终于，我崩溃了，我后来就抱着那个尸体想，让我得病吧，我得病就和大家一样了。我真的受不了，可一点儿办法都没有。什么诅咒，能比所有人都死了，就我一个人活着更可怕？船帮的人从来都没有听我哭过，那次，我大哭一场，声嘶力竭。

"有一天，天很黑，大风暴快要来了，人心惶惶，所有人都不太动了，可能觉得我们的船一起沉在大风暴里更好。我当时很害怕，问老秦怎么办。他就说，如今，大家都以为瘟疫是我带来的，我得证明，我在不在，瘟疫都是一样的，他叫我下小船去，带着食物和水，用缆绳系在大船上，过个两三天。我犹豫，他又跟我说这是大家共同的意思，我没办法了，就同意了。可我下去之后，就发现缆绳快要断了，老秦下命令升半帆，趁着风暴来了，海上全是黑的，甩掉我直接走。海鲨是头船，后面的船，只会跟着我们的船。"

一时之间，万籁俱寂，不知哪里，有水滴落下的声音。

云小鲨狠狠吸了口气："秦海锐这个人，我不知道他怎么想，他在找死！这样的大风暴，他扬帆！我当时想追上他们，可大船我怎么追得上？小船里面，船桨也是坏的，存心置我于死地。我当时就想了想，把吃的都吃了，喝的都喝了，跳下海就开始游。我想可能那段日子我真是乱了方寸，对他言听计从，弄得他忘了我是谁。当时他还没走远，而且走不远了，那样的天气，他升满帆就是翻船，落帆就是原地颠簸，而且毕竟心虚。我慢慢地追上去了，抓住断了的那半根缆绳，他发现我了，发现我想上来，跟见了鬼一样，转身就命令满帆。我不知道他为什么要这么做，我爬上来，不一定会杀了他，他满帆，一船的人一定会死！"云小鲨伸出双手，手心凹下去两道痕，那是那一天，缆绳忽然抽走了两道肉。

"船……沉了？"

"沉了……你见过那艘船的，叫海鲨，上面的宝石星空图是我的生日礼物。我就眼睁睁地看着我的船慢慢沉下去。别人都被水流打下去了，老秦水性很好，他挣扎着游出来了，然后就看见我。你知道吗？他从我十六岁起就跟着我，手把手教会船帮的一切。我想他要是叫我一声，我会救他的。可他是真恨我，他对我哈哈大笑，呸了一口，然后就游走了。我到现在，都不明白为什么。"云小鲨慢慢地喝她的酒，她看了眼苏旷，拢了拢自己的头发，"之后我胡乱上了一条船，但再下命令已经来不及了，那场风暴，兵荒马乱，我们沉了十七条船。全都是莫名其妙，跟着头船满了帆。那些人都是我的心腹，他们都在海上长大，知道风暴天该怎么做，可还是毫不犹豫地服从命令，他们是信任我。"

"船沉了，人呢？"

"那种大浪，没有人还能上船的。"

"他们没有全都反对你？"

"没有，是老秦自己的意思。"

"那后来，瘟疫到底是怎么好的？"

"我不知道……最诡异的就在这里,那个瘟疫莫名其妙来了,又莫名其妙地消失了。大风暴之后,就再也不死人了。"

"这怎么可能呢?"

"他们说,是我惊动的亡灵跟着我们走,它们每个都带了一个回去,它们满足了。"

"云小鲨,你相信这种鬼话了?"

云小鲨看着苏旷,她的嘴唇里有魔鬼的颤抖,慢慢地点了点头:"不然呢?你给我一个解释?"

"好,我给你一个更合理的解释。"苏旷很郑重地点了点头。

云小鲨本来只是随口反问而已,她没想到,苏旷真的能有一个答案。"你说什么?"她皱起眉头,坐直了上半身。

"小鲨,你有没有想过,那个瘟疫,不是绕着你走,是绕着小金走?"

云小鲨脸色变得苍白,咬了咬嘴唇:"什么小金?"

"小金就是小金啊。它没有去找你吗?我让它送信去了,我还收到回信了,虽然上面只有一个九字,我不懂什么意思,我猜是不是九月的意思。"

云小鲨摇头:"我知道你的小金啊,我没见过它。"

苏旷比画了一下:"当时小金是……喏,这个样子的,它长翅膀了,白的,比大蛾子大,比鸟又小,特别漂亮,只要你见过肯定过目不忘。"

云小鲨一下子站起来:"那个鸟是小金?小金怎么可能找到我?我不知道是哪儿来的,还以为是南海造船那个岛上的小怪物,还给它起了名字叫丢丢。"

苏旷也站起来:"我写信了啊,绑在它脚上。"

云小鲨摇头:"没有信,什么都没有。"

两个人你看我,我看你,面面相觑,长久无言。云小鲨扶着头,有点头晕目眩。苏旷转头看那一壁骷髅,也是无话可说。信丢了,但如果是小金,那么一切都很好解释了——小金是蛊虫的克星,也以之为食,那些船上有蛊虫,他们被人下了蛊,而非中了神秘海岛的诅咒。蛊虫的卵可能是在木头里,也可能是在随便什么地方,某一天,气温合适,或者仅仅是时候到了,蛊虫就被陆续孵化出来了,之后就开始陆续死人。又某一天,蛊虫被小金吃完了,或者随船沉了,然后人就没事了。船帮的人先入为主,整整一路都在绕着海岛和亡灵想,根本没想过,可能远在出海前就中招了。

云小鲨慢慢地坐下去，抱着额头，眼泪一滴一滴落在地上，手臂的条条刀疤触目惊心。苏旷轻轻拍了一下她的肩膀，她向后缩。她在用尽全力地忍着，忍到牙关都在发抖，免得痛哭失声。她还有一场硬仗要打，这不是发泄的时候。

"小鲨？"

"好……这笔账，我出去再算！"云小鲨慢慢地把眼泪憋回去，重新站起来，准备向前走，"对了，你信上写的是什么？"

"我就是写……你要现在听吗？"

云小鲨点点头，抬眼，眼角是泪痕，鼻尖红红的。

"我写的是……小鲨啊，我小时候听人说过，如果很喜欢一个人，能给她最好的礼物就是自由，让她去她做梦的地方，做热爱的事，如果她还肯回来，那个时候她就是你的。我说，如果有一天，你回来了，那么无论什么时候，无论在哪儿，无论我在干什么，只要我知道，就去找你喝酒……我不知道信丢了，也不知道你怎么想，兴冲冲地拿着酒就来了，我弄得挺结实的。小金真没用。"

小金不太服气，伸头要往外蹿，苏旷把它摁回去了。

"好……算我收到了。"云小鲨点点头，走到温泉池子边，脱了外衣，露出已经有些磨损的鲨鱼皮的水靠和腰间的鲨齿链与海牙枪。她脱了鞋子，走下水池，回头向苏旷，打量一下他的胸膛，"来！陪我。"

苏旷看了看四壁，有些尴尬，脸上微微的红："这个……现在？不好吧。"

云小鲨立刻明白他在说什么，也有点脸红，一跺脚："月亮该升起来了，海灯也该放了，我们出去！"

"从……从哪儿出去？"

从云小鲨摸进来的那条路。那是温泉的出水口，一处天然的地下水道。沿海的岛屿，如果有温泉泉眼，就很容易形成水道。温泉里经常有硫黄，海水里又有盐碱，天长地久波浪冲击，很容易形成水蚀，而当水蚀一旦形成通道，就会很快地在区区几十年里变得很大。很少会有人防范这条路。这种水道谁都不知道有多长、多宽，里面是什么样子，太容易卡死在里面，进退两难。而且绝大多数时候，一个人摸进来，也没什么用处。这条通道很长，而且颇有几处弯折很是狭窄，苏旷需要稍微挣一下才能过去。他这段日子身心俱损，比以往消瘦得多，真要是搁在几年前，还真不一定能过去。水从温变凉，从凉变得寒冷。最后，一只手拉住了他的手，然后把他带出了水面。

这时候上弦月已经初升，海面上洒满了粼粼的银月光华，风浪平缓下来，温柔地拍击着一侧的山崖。云小鲨的头上、脸上都沾着一层厚厚的苔藓。想必自己也是。

　　小鲨一到海水里，身体里就好像有个机关，叮的一声打开了，她在浪里转过身，手臂和腰肢几乎没有任何发力的动作，好像只是借着原本就有的海浪的力量飞翔，她变得灵活，而且充满了自信，很像是一条大鱼长了一对翅膀。她现在更像一个"海里"的人了，或者说，她身体里属于大海的那一部分增加了。那一刹那，苏旷有一种幻觉，这样下去，云小鲨终究有一天会不需要那条船的。

　　岩石缝里有一条小船，就是他们来的那条独木舟，是从山顶上吊下来的。他们上了船，云小鲨轻轻摇橹。细碎的银月光华被搅乱了，海浪像一首古老而温柔的歌。很远的地方是台州的海岸，有点点的火光，曲曲折折。这样远的距离，那些火光应该是鼎里的大香火。最远的火光在高处，像在天上，星辰一样。那么高的地方，只有国清寺。还有一团光芒在渐渐变大。它是顺着海浪，向这边来的。云小鲨摇着独木舟，跟上那团光。

　　近了，更近了。北斗星在天上，他们在人间。

　　那是一盏巨大的船灯，上面是莲花台，大莲台里有琉璃灯盏，绘着观音菩萨渡海，与一百零八罗汉斗法，佛祖真身点化，而终于在国清寺建下道场的故事。琉璃灯盏的设计很巧妙，下面有个机关扣子，只要海浪不大，就不会颠覆。灯盏里是满满的清油，那都是善男信女的供奉，能为菩萨添灯，是无上的荣幸。

　　云小鲨从船舱里摸出缆绳，装了个小小的飞虎爪子，钉上了海舟莲华灯。她继续摇着船向包围的楼船漂过去。

　　那些船里有了些微的动静，船员和水手们挤到船头来看。海舟莲华灯是难得的美丽与庄严，就算是海盗，也有些人虔诚地拜了拜。

　　云小鲨又摸出一副手套，手套上有银光闪闪的钉钩，她攀着海舟，翻了上去，之后来拉苏旷。他们小心地伏在船舱里，避开灯光。因为有火的缘故，灯船里并不冷，灯盏是微温的。

　　"你帮我做一件事，"云小鲨叮嘱说，"我到那艘船底下的时候，你就散开头发，站起来，让那些人发现这里有人。"

　　这是轻而易举可以理解的。爬上一艘大船，必然会有声音和动静，需要造成一些喧哗异动，才能转移别人的注意。

云小鲨轻轻跃起，跳了下去。她入水的动作轻如鬼魅，几乎没有溅起一丝水花。很快，苏旷就看不到她了。她几乎不露出水面，隔很久才换一口气，只能看见指尖的银光闪闪。她到了那艘最大的楼船下面，挥手，手套上有莹白的光。

苏旷站了起来。这个船是用来装灯的，不是用来载人的，非常容易翻，人一踩上去，很猛烈地摇了摇。这是很让人惊奇的，黑漆漆的大海上，忽然有个人，似乎从深渊里冒出来，似鬼，似佛，似仙，长身而立，散发弄扁舟。大船立即惊动了，有人在喊他们的头儿。

云小鲨像条蛇，也像只猫，无声无息地指尖抓着船板的缝隙，用指力带着自己往上走。船晃了晃，她就贴紧船帮，一动不动。那边船上的头儿也到船头了。他们很难判断这个人是谁，还争论了几句是不是云小鲨。并派了两艘船，过去那边查看。

云小鲨贴着船帮，继续悄无声息地往上爬，她已经快到了。但这时，另一艘船上的人也发现她了。云小鲨还在等机会，有人已经去汇报那艘船的头目了。两艘船也近了。

云小鲨向苏旷看。苏旷挥着手，没用，太远了。苏旷想了想，他无法发出足够的声响，但必须提醒她，立即行动。他试着搬动了一下琉璃灯盏，可以挪动，但从防止颠覆的卡子上拿下来需要一点时间。他又后退了几步，船开始歪斜，就在那些灯油快要齐平灯盏面的时候，他挥了挥手，指尖上一点淡蓝鬼火飘了出去。那点鬼火击在灯芯上，又带着一个很美的弧度飞了出去，灯火大盛，光芒灿烂。再之后，他攀着船头，奋力翻身，跳了下去。

他自身的重量落在那道缆绳上，连脚带腰被硌了一下，生疼。砰的一声，水花四溅，独木舟翻了，海舟莲华灯摇晃起来，之后，倾倒在海面，灯油流淌，火焰浮在海面上燃烧，蓝莹莹的，像精灵的裙舞。

云小鲨眼角瞥到那片光，她翻身跳了起来，越过船舷，手里的鲨齿链准确无误地挥了出去，拐着一道凌厉的弧线飞到人群里，斜斜带飞起一颗人头。夺夺夺，一排短弩射在她刚才攀附落脚的船帮上。云小鲨又跃起来，人在半空，把那颗人头抄在手里，站在船舷上，高高举着，耀武扬威。大船上，一阵爆炸样的纷乱。

云小鲨发出一声长而尖厉的呼啸，带着人头，跳进海里。长矛、短刀和弓箭向海里胡乱投掷。这样的夜晚，这样的大海，对她来说，几乎是安全的。可这样的大海，对苏旷来说很不安全，他什么都看不见，既担心被烧到，又担心被追兵

159

看到，一口气胡乱游了好久，才踩着水露出海面，迎面一个浪，呛得一阵咳嗽。

他根本没有游出多远。他抹着脸上的水扭头看，派来查看情况的那两艘船，船上的人也没有在找他。他们惊慌失措，有人在向大船上看，有人在向十几里外的台州地面看。半空之中，有一场浩大的熊熊燃烧的火，即使在这样远的距离望过去，也能看见半边烧红的天空。那是国清寺的位置。这样的火势，是有大殿烧着了。

夜风里，海浪之中，风声呼啸，海潮汹涌，而在这自然的天籁声里，显得远处的一切安静到诡异——大火在狰狞、连绵，能够想象到善男信女们的惊呼、慌乱、奔跑。今天晚上，丁桀也说去国清寺看看状况。出了什么事？

所有人都在向国清寺看。苏旷在看，那些大船和小船上的人也在看。那些人并不仅仅像是隔岸观火，还有一种不知所措，好像他们和国清寺有什么关联似的。

海里冷得要命，苏旷的腰终于开始隐隐作痛了。他四周看云小鲨，看不到，人在海里，四周太黑了。但那艘翻覆的独木舟，被慢慢地正了过来。一只手从水底揽住他的胳膊，往一边带。

"来，上来。"云小鲨推了他一把，爬上那条独木舟。

轻舟踏浪，向龙蛇岛走。那两艘船的人看见他们了，可没人敢追，云小鲨手上还有人头。

"你什么时候学会的云缠手？"云小鲨忽然问。

"你什么时候连刺杀都不专心了？"苏旷靠在船头上，捂着腰，慢慢揉。

"千载难逢的好机会。"云小鲨侧目示意，风大了，海浪也大了，国清寺的火势似乎更凶猛了，她从衣袋里摸出一个小小的金属哨子，放在嘴上，吸了口气，吹出一声鹰笛一样的响彻半个夜空的长鸣。

龙蛇岛的位置，十八面洁白船帆，缓缓升起。轻灵、敏捷，整齐划一。像天神的翼，像海龙的背鳍，像十八柄冲天长刀。那是云帆，云家船帮纵横四海的骄傲和标志。不管风雨飘零之后，还剩下几艘残躯，只要还能升起这面帆，只要还在大海上，他们就没有畏惧过任何人。他们笔直地向着这边来，也向着包围的船链直截了当地冲过去。

"鲨头儿！"最前面的那艘船到了，一道长索甩下来。

云小鲨挥手，把手里的人头甩了出去。那艘船上，一阵雷鸣样的叫好和击鼓。他们是唯一敢夜战的船队。他们在海面上的战绩是"不败"，这是对敌人的威慑，也是对自己的信心。

"我们走！"云小鲨拉着苏旷，回到她的船上。

她的船是头船，过去是，如今是，未来也是。要么长眠东海，要么闯出一条血路去。

"满帆——满帆——满帆——"

一艘艘大船，长帆渐次升到了顶，在夜空中鼓了起来，形成阵列，疾速前进，冲向刚才那艘失去了首领的楼船，也是包围链最薄弱的一环。

"鲨头儿！"一个悲喜交集的声音在云小鲨身边这样喊，手向对面指，"你看，他们让开了——"

第十三章　四海无人

国清寺是东南名刹,依山而建,地广方圆,取意自"寺若成,国既清",自有隋一代建成之日起,就香火鼎盛,到了佛诞日,更是善男信女不绝于途,顶礼膜拜接踵摩肩。

今年的阿弥陀佛圣诞日,国清寺举办了近三十年来最大的一堂水陆道场——水陆道场是大法会,上祭苍天,下度幽灵,唱经礼佛,普度众生,七日夜不停不休,对人力、财力都是极大的消耗。明天,是水陆道场的第六天,按照规矩,当夜的丑时,住持方丈要率领阖寺上下,在大雄宝殿祭天。

此刻,刚过酉时,几位长老带着一些年轻僧侣到海边放海舟莲华灯,并诵经、礼佛、放焰火,香客们一边观灯,一边念佛、唱经,买些鱼虾龟鳖之类的活物放生。海舟莲华灯既好看又热闹,还是大功德,香客们会去拜,百姓们会去耍,一些卖些小玩意儿、小杂耍的也趁机会去做做生意,真比正月十五的花灯会还要好玩,寺庙里能走动的小和尚和青年僧人都去凑热闹了。

从此时到午夜祭天的三个时辰里,是国清寺里最安静的三个时辰。丁桀和夜哭郎君没费多少力气,就轻轻松松溜进了寺里。为了防止万一,两个人稍稍改变了容貌衣着——在街上顺便买了两件蓝衣黑袍,丁桀做了一脸虬髯,夜哭郎君涂了一脸黑灰。夜哭郎君的手很巧,他喜欢在眉宇的宽度和颧骨上做文章,这样能彻头彻脸改变一个人的样貌,仓促之间,就算是刚刚见过面的沈南枝,也要愕然好久才能认出他们来。

他们并不算着急,营造图册已经反复看了许多遍,一边慢慢走,一边四下留心观察。一切都并没有什么不妥——这是一个筋疲力尽的时刻,也是一个功德即将圆满的时刻,众人的脸上都是疲惫与喜悦。

因为前些日子香客太多,地上杂物不少,那些散落下来的香花纸马,被踩得乱七八糟;大雄宝殿外面,依旧有许多虔诚的妇人,双掌合十,念着阿弥陀佛,磕着长头,向佛祖和菩萨絮絮地诉说着那些深长的苦痛和肺腑里的求恳;大殿里面,僧人分坐两列,敲着木鱼齐声唱经;再往里走,大雄宝殿之后,一些年老体弱的香客占了斋堂,用些茶水,等着随同祭天。三五成群的服杂役的辈分低微的年轻僧人四处随意坐着,趁机用些斋饭。有些上了岁数的高僧大德,也趁机闭目养神,稍作休息。许多僧工就躺在宽板凳上,饭碗竹筷子滚落到地上,呼呼大睡,炉子上的黄铜水壶沸了,突突突地冒着白雾;再往里走,到了后殿,佛塔、树木、石碑多了起来,原本洁净宽敞的道路两边,堆满了过一会儿放五方焰口的法事器具——巨大的焰火、粗如儿臂的蜡烛、堆积成山的香火、数以千计的纸幡、四人抬的纸马,分门别类的经卷、稍后要焚烧祭天的文书,还有铜铙、铜钹、钟磬、木鱼……

"怎么堆成这个样子。"丁桀伸脚,踢上了炉门,又把个滚到地上洒了一地的硫黄大焰火向边上焰火堆里揉了揉,"一颗火星就能烧起来,走水了可怎么好?"

"可能只将就三个时辰吧。"夜哭郎君点头,"看起来人手实在不够。"

确实如此,今年的法事之大,确实已经超过了国清寺能承受的极限。

"丁兄,你看!"夜哭郎君压低声音,伸手一指。

那是一片修竹掩映之中的月亮门,门里也坐了两个和尚,各自搬了个小马扎,时不时地四下扫一眼,显然是在看门。在沈南枝的图册上,那扇月亮门的后面是"藏经阁"的位置。这里偏僻得很,人迹也稀少。

两人对望一眼,丁桀指了指月亮门两侧的粉墙,意思是"过去",夜哭郎君点了点头。两人分左右,各自向月亮门摸近几步,到了竹林边,丁桀伸手捡了两枚石子。抬手打出去一枚,噗的一声,越过那两人的头顶,射在一丛蜡梅树里,两个和尚转头看,丁桀和夜哭郎君已经一左一右跃上墙头。丁桀手里第二枚石子贴地反弹,又射进刚才落脚处的竹林里,又是扑簌一阵响,石子一阵滚,跟只夜猫儿扑鼠似的。就那两个和尚转头东张西望的片刻工夫,两个人已经下来了,各自行云流水,没有一点儿杂音。

"夜哭兄身手了得。"丁桀竖大拇指一赞。

"丁兄谬赞,班门前不敢弄斧。"夜哭郎君眼睛毒得很,眼光四下一转,就到了一座旧禅堂前,"丁兄,这边。"

那座禅堂破落已久,朱漆凋零,关门闭户。顺着门缝看进去,里面全是横七竖八的木材、满地的木屑,像个废弃已久的库房。库房最里面的角落有个菩萨像的木胎架子——泥塑的菩萨,里头先要搭一层木架子打底,晾晒几遍,最后才是涂绘描金。一旦有了形状法相,佛像就不可轻慢了,即便替换去老的,也有许多仪式,但木架子不在此例,还可以随处堆放。

"这个,喏,跳链子。"夜哭郎君托起门上铜锁给丁桀看,那锁普普通通、结结实实,看起来和普通铜锁没什么不一样的,但是拴锁的铁链却有玄机,伸手轻轻一拧就弹开了。这是种障眼法,外面的人进不去,里面的人要是想出来,钩进铁链来拧一拧就可以。

两人开了门,走进去,回头又把锁原样搭好,无声无息地推开木材。推开的时候,两人也对望一眼,这些木材看起来杂乱无章,其实还是颇有些章法的。木材堆后面是一道窄门,进了窄门,有一道抄手回廊,边上全是枯竹杂草,脏乱无章,很久没有修葺过。回廊走到尽头,前方是一座洁净的精舍,门也是紧闭的,里面有隐隐的人声。再往前,就是国清寺的后山了,而那座精舍坐南朝北,与别地都不同,他们所在的地方,正是精舍的后门。再向前观望,精舍正门前的竹林外,好像有些守卫的士兵。

几乎不必再靠得更近,风中人声隐约可辨,全是吴音越语,只有一个声音,抑扬顿挫里,还带着些洛阳口音。找到地方了。

"夜哭兄,"丁桀若有所思,"沈姑娘的营造图册,你可带在身上了?"

"不曾带在身上,那册子既大且沉,沈姑娘小气得要命,又不让撕下来。不过,我自问区区一座寺庙,还可以过目不忘,丁兄要找什么地方,问我就是了。"

"夜哭兄名不虚传。"丁桀敲了敲额头,"我不是找什么地方,我是找一个人,或者是一具尸体。那一天,我追那个叫崔耕的,追到此地,他进了国清寺就消失了。之后,我虽然离开了,但本地衙门也在全城搜捕他,可这个人,石沉大海,再也没有消息。以我想来,他应该还在这座寺庙里,要么就是在躲我,要么就是已经被杀人灭口了。可你看这偌大法事,满山都是香客,能去哪里呢?"

"丁兄,要不然这样,你我兵分两路,我去找那个崔耕,你去找那个通译。稍后,还在这里见就是了。"

"也好。"

两人互道了声"小心",旋即分头行事。

丁桀摸上前，找个合适的角落，挑开窗纸向里看——屋里人并不少，算得上济济一堂，数一数，加居中主持的和尚，一共有十五个。

当中那个和尚，有些异相。单看鼻子往下，脸颊清秀，唇红齿白，倒像个美貌的年轻姑娘，但从鼻子往上，额角凸出，骨相崚嶒，跟化龙化了一半似的，眉骨横兀如铜铸，一双眼沉沉如深渊。他高而瘦，一双手也是既骨节粗大，又细皮白肉，里面穿了件灰布僧袍，外面披了件红罗袈裟。那袈裟真是与众不同，红罗既轻又透亮，钩着金丝，绣着珠玉，在灯火照射之下闪闪发光。他脚下有一柄禅杖，儿臂粗细，乌金打造，晃着九个锡环。

丁桀记得，李牧获得过两件至宝——欢喜袈裟和大精进龙禅杖。不过佛教的至宝，一般情况下是用于增长功德的，普通人要了也没用，也懒得要。

眼前人正是李牧，李牧少年时骨相没有展开，没出家落发时，额头显短，有些窝窝囊囊，并不像眼前这般令人过目不忘。如今，他已经是阿伽红莲尊者了，气宇不凡。此刻正捧了细瓷白茶盅，细细地品着。

他的左手边设了一副七连座，座上是七个看起来会点功夫的人。七个人穿着各异，有着长衫的，有着短打的，有披头散发的，有束着发髻的，还有缠着额巾的；七个人长相身材也各自不同，有高大的，有瘦小的，有胖的，有矮的，有平平无奇的。唯一相似的，是他们都穿着紧腿的鲨鱼皮靴，裤脚都束进靴子里。一个人伸手在腿上抓了两把，手背上毛茸茸的，汗毛下疙疙瘩瘩，很大一块水癣。这七个人也在喝茶，他们看起来有些焦躁，喝得都很快，呼噜呼噜的，有个人还呸呸地往杯子里啐回了些茶叶渣子。另一侧的人也就在丁桀这一侧，看不见样子。只能隔着窗户纸，看见七个背影，六个坐着，一个站着。

"诸位，考虑得怎么样啊？"和尚放下茶盅，向那七人问道，拂袖端端正正地坐着，颇有几分世外仙风。

"尊者，我们兄弟倒不是信不过你，就是不知道朝廷这几位大人意下如何？"七个人互相眼色，为首一个矮小的四十五六岁男子，显然是众人之首，率先发问。

"那诸位的意思呢？"和尚又向另一侧，合十行礼。

这边座上，嗡嗡地交谈议论了几句。当中有个人隔着两个座，问边上那个站着的："孟吴越，你怎么看？"

站着的那个人，站姿笔挺，他大概忍了很久，开口回答。那是一个非常年轻的声音,清亮而且有压制不住的愤怒:"启禀各位大人,属下以为东海三十六岛,为害一方已经不是十年八年的事情!这帮海盗,劫掠商船、抢夺商铺、杀人放火、强奸民女……可谓是无恶不作,罪该万死,一个顶一个的都该当街凌迟了。就算如今首恶周五伏诛,这些盗匪尚有一些天良、忠心未泯,想要献银缴船、服法招安,那也要三绳六缚、五花大绑押上京城,争个从宽发落,还想要什么封妻荫子、功名诰命?要是到头来,他们这帮有爹生没娘养的活畜生落个风光下场,我们兄弟算什么?"他越说火气越大,越说声音越大,最后整间屋子,就听他一个人侃侃而谈,掷地有声。

"孟吴越,你少蹬鼻子上脸,黄口小儿乳臭未干,这都有你什么事啊?"对面那个往杯子里吐茶叶的又呸了一声,啪地握着杯子,在案子上哐啷一拍,脸上有阴恻恻的笑,"你刚说什么来着?五花大绑押上京城?押谁啊?谁押啊?你也不掂家伙看看,脚指头大的玩意,除了你小妈床底下那壶,你能尿哪儿去啊?醒醒吧,我的亲孙子,你想抓咱们兄弟?抓呀!抓着了不就全是你的理了吗?今儿大家坐在这,为什么啊?不是因为抓不着吗?而且你他妈倒是跟他们说说看,这些年谁抓谁啊,我们兄弟落你们手里几回啊?你们兄弟落我们手里几回啊?我们动你们的人了吗?抓一次放一次,好吃好喝好伺候。图什么?做人留一线,日后好相见。今天咱们兄弟到这来,是红莲尊者作保,李总督点头,要化干戈为玉帛,你好我好大家好,从此以后,海晏河清天下太平。你要是给脸不要脸非要翻桌子,那行啊,回去拉开阵势干,谁也别给谁留面子,你剐了我算你能耐,我剥了你算你倒霉。我倒要看看,你们台州衙门几百个捕快到底有多大的本事,敢口出这种狂言?"

这个人看起来凶顽,其实精明得很。两边过来谈事,不知先礼好还是先兵好,总要先伸一伸手,试试炎凉。互相的先把狠话撂一撂,之后再慢慢一步步退。对方坐着的六个人,都是老谋深算不动声色的样子,就一个年轻人站着,嘴比脑子快,噼里啪啦全说了,这时候不拿他撅一撅,听不出那几个人的真实意思。

年轻人被激得不行,哐啷啷就捶了下桌子,茶杯翻在地上,碎成两半,茶水直流。他身边,一个人赶紧拉住他袖子劝:"吴越,少安毋躁,少安毋躁!你年纪轻轻,说话不要带刺,今天坐下来是谈事情的,不是动手的。这七位好汉献上来的,可是整整一岛的金银,是台州十年的赋税。还有十八艘冠绝东海的好船。你也要想一想,这些个赋税、这些个好船,能救多少百姓于水火之中?"

那个叫孟吴越的年轻人越来越生气："潘师爷，什么百姓？他们也配提百姓了？他们就是水火，没他们百姓好着呢！杀人放火半辈子，占山为王，抢了一岛的金银财宝，年纪大了，想拿来换个功名，凭什么啊？"

那个潘师爷还在劝："那是匪首周五抢的……周五，罪大恶极！法不容诛！如今被他们大义灭亲了，也算是首恶伏诛，弃暗投明，立大功一件哪。哎，哎，你不要冲动……这样啊，你先出去，冷静冷静。"

孟吴越显然还有话说，但当中在座的一个开了口："孟吴越，你给我出去。"

年轻人低了会儿头，闷声应了声"是"，转身就往外走。他快要出门了，丁桀直接溜到门口，等他倒退着一出来，就一手捂住他的嘴，一手扣住他的双臂，连挟带抱，一点声响不出，几个腾跃，带到远处的竹林边。年轻人目瞪口呆，这一连串动作快得如同梦魇，他且不要说还手了，连蹬一下腿的机会都没有。他多少还是有几分自恃的，但做梦也没想过，世上还有武功如此高强之人。

"别出声，嗯？"丁桀在他耳边轻声说。

他点点头。丁桀放开了他。他盯着丁桀的脸死命看——他要记住这张脸，这个可怕的人。丁桀也在看他——小伙子有三分面熟，记起来了！就是昨夜在崔记棺材铺贸然闯了机关折了自己两个兄弟的冒失鬼。他大概二十岁上下，看起来还很青涩，正在被自己的情绪顶着，在屋里怒火冲天，出来了又大吃一惊，如今又多了三分对陌生人的畏惧加崇拜，脸上一阵青一阵白，半天没有回过神来。丁桀想了想，决定用最快的办法打开局面，就又拿出那个小牌子，吊在指头上晃了晃。小伙子没奈何，跪了下去。

"你叫什么名字？"

"孟吴越。"

"干什么的？"

"台州衙门的，捕快。"

"屋里都是些什么人？"

"敢问上差是……"

"没你问话的余地，站起来，回答我。"

小伙子站起来，还狐疑，偷着瞟两眼，有些吞吞吐吐。丁桀继续吊着那面牌子："怎么，孟捕快，这面牌子调不动你？"

小伙子吓得忙低头："不敢，率土之滨莫非王臣，这面令牌无人调拨不动，属下蝼蚁小吏，岂敢有欺君之念。"

"那如实回话。"

"是，启禀上差，屋里右手边六个人，从上往下，是海防总督的两位偏将，一位书记官带了总督的印信来，知府手下的两位心腹幕僚，一位沿海防总带了知府的印信来；左手边，是七个海盗头目，都是东海三十六岛的岛主，为首的那个叫作海上猿袁白楼，此人身轻如燕，手长过膝，在海上，别人每次看见他的时候，他已经在别人桅帆上了。排第二座，诨号是海上吴刚，力大无穷，使一柄开山大斧，他特别喜欢上人家船，抢个大斧子，三下五除二，先把桅杆砍断了。第三个，诨号浪散人，水性特别好，每次都爱去凿船，凿完了，远远地看船沉，高兴得不得了。四五六三个人，是三兄弟，合称巨鳌三山兄弟，倒真是海战的好手，各自带着一队艨艟斗舰，横冲直撞，彼此呼应，专门奔人家船队的主船去，逼到颠覆为止。至于最后一个，诨号叫作东海神蛟，此人是个无胆的懦夫，柿子拣软的掐，连商船都不敢劫掠，生怕有护卫，专爱打劫岸上的商铺，普通的渔村。上一回趁着月黑风高，抢了这边的青楼，杀了两个龟公，两个鸨母，将全楼姑娘的金银细软洗劫一空，还抢了七个年轻貌美的走。"

"那么这些人聚在一起，是说什么事情？"

"启禀上差，近些日子来台州海事出了些状况，早些年，台州、温州，以及东西南北方圆一千里的海盗，合称东海三十六岛，聚众劫掠，为害一方，杀人放火，无恶不作。其中为首的那一个，姓周行五，盘踞在龙蛇岛上，仗着地势险要，我们一直拿他不下来。"

"台州是东海门户，军事要地，拿不下一个区区小岛？"

"那不一样，海防关系到国家安危，这些海盗呢……毕竟只是癣疥之患，倏忽而来，呼啸而去……"

"行了，接着说。"

"二十天前，龙蛇岛附近的海面，忽然乱起来了，我们派人去查过，好像是新来了一帮海盗，要抢周五的位子，这种事，我们当然乐得看热闹，就吩咐了沿岸海禁，免得误伤百姓。又过了几天，听人说，周五死了，脑袋被人砍了，手底下也被搞干净了。但是又过了几天，就听三十六岛的几个岛主带信来说，说周五死了，是他们大义灭亲，以往许多罪大恶极的事都是周五胁迫做的，如今其他那些岛主，想要把龙蛇岛销金窟里的财宝全数献给朝廷，为自己谋个清白退路，能给个管辖编制最好，给不了，就要个功名，虚衔就成，只要告老还乡过太平日子。这话一听，我们可气坏了，有千日杀贼的无千日防贼的，这些个人，什么底细我们还不清楚？仗着船快，也不知道什么时候就来了，抢一票就跑，我们人手又不足，船又慢，又没本事满东海乱追，大大小小，明着暗着吃了不少亏。如今他们想要功名，做梦！这个口信带到知府案头，我们兄弟一众请命，也就给驳回了，我们摩拳擦掌，要即日拿下龙蛇岛。可没承想呢，他们还有后手，他们又给这边的海防总督递了一封信，附了几张宝船图，说这几艘船，保准咱们闻所未闻，见所未见，是他们压箱底的宝贝，要是这事儿成了，这船也献给朝廷。李总督一见到那个图，如获至宝，立刻就说谈。他一开口，知府也就心动了，那个龙蛇岛上，金银确实多，不是吹嘘，着实能顶上十年八年的赋税。正好这两三年呢，咱们地面上又遭了两回台风，青黄不接，正是四处筹银子的时候。他就说，能不动一兵一卒地拿下来，给个虚衔，比让咱们拿命去拼好。这么一来呢，上面都同意了。那些海贼怕咱们摆鸿门宴，要咱们请国清寺的红莲尊者作保，保他们平安无事，进得来出得去。红莲尊者是位仁义的大德，年年佛诞日扶老济贫，送药送殡，四下募捐，普度众生，黑白两道、官府百姓对他都敬重，也就请他出面了，让他做个主持。说是今儿这事要是成了，当场签下文书，他们就立即叫人送船来；要是不成，那就鱼死网破。本来吧，这事我也就准备咽下去了，可是……昨天……我那两个兄弟……我心里难受，一直合不上眼睛，就想我们出生入死，水里水来，火里火去的，都是爹生娘养的一条命，怎么到头来，他们能捡个功名？不服气，真是不服气。"

小伙子有些哽咽，拳头狠狠蹭了蹭鼻尖。丁桀点点头，大概是听明白了。他看小伙子一眼："你上峰责罚你了？"

"倒也……还好。我们知府是个仁厚的长者，听我说了当时情况，就说，鬼蜮至此，森然可怖，非寻常人所能设想，上差又……师出无名的，我做了捕快分内之事，也怪不得我。只是两例伤殒，总要惩戒，就罚俸一年，连降三级，做普通捕快候命。"

"看不出你年纪轻轻，已经有些资历了？"

"启禀上差，我功夫还行……"小伙子脸色一下子很难看，本来他是一直觉得自己"功夫还行"的，这会儿当着这位"上差"，实在说不出这四个字来，"今年夏天，我还考了神捕营的补试……九项都过了。本来要是没出什么大差错，过完年就进京了。这回……也去不成了。"

他难过实在有诸多原因。丁桀想了想，决定快刀斩乱麻，尽快了结这里的事。

快刀斩乱麻只有一种方式。他又勾出那面令牌，小伙子非常无奈，只好又跪了下去，丁桀吩咐："你跟着我进去，不管看见什么，不要乱开口，照顾你那六个同伴。"

"上差……"小伙子蒙头蒙脑，点了点头，"上差怎么称呼？"

丁桀想了想，临时编了个名字："夏侯坤。"

小伙子想了一会儿，他听都没听过这个名字，印象里也没什么厉害人物姓夏侯，但毕竟京城之中高手如云，卧虎藏龙，他没听过也很正常。

他又问："上差……在哪里任职？"

这回丁桀编也编不出来了，伸手，在半空之中一通鬼画符。然后就当先一步，向精舍而去。

他二度走到门边的时候，屋里已经聊了一会儿了，而且显然是聊上道了。叨陪末座的那位潘师爷，正遥遥地伸着点脖颈，向匪首劝："朝廷礼仪、国家法度，各位不可不从的呀，这绑缚还是要缚一缚，小惩大诫，走走过场，是不是？诸位尽可以放心，今日各位拿了文书去，有诸位大人的手印花押，谁还敢动你们不成？场面上的事情走完了，保证各位是荣归故里，颐养天年。"

居中那位幕僚有些忧心，向红莲尊者说："尊者，这一纸契约定下，三十六岛从此放下屠刀，东海风平浪静，台州天下太平，真是大功德，只是……这此前杀人放火，难道就这么一笔勾销了吗？"

红莲尊者眼观鼻鼻观口口观心，极淡然道："王法之事，贫僧不知；律法之事，贫僧也不知。只能依照佛法，为各位稍作调停而已。贫僧知道的是，南泉杀猫，是不昧因果，逝者已逝，生者犹生，东海百年匪患，至此一笔勾销，再无人需要流血，天地之间，没有比这更大的功德了。"

丁桀听得火气顿起，冷笑一声，双掌一分，推门入内："李牧。"

七个海盗全都站起来，各自伸手探向腰间。只是片刻，他们就记起来，这场约会，是不带兵刃。

"檀越是什么人？"红莲尊者也站了起来，拾起地上一条金光灿烂的禅杖。

丁桀向里走，冷冷地笑："穿成这个样子，我还以为你要去西天取经呢！居然在这里勾结海盗，拿云家船帮做投名状。"

七个人都有些拉开架势，有些扯开拳脚，有些操起椅子，有些打量门窗退路，只有匪首还不丁不八地站着。

丁桀又是冷冷一笑，慢吞吞伸出食指，沿着七个人的鼻子挨个点着数人头——七个人有什么可数？一目了然而已，这种动作，狂傲到我欺天下人。他不是击鼓鸣冤的人，他是决断杀伐的人，他不是求索真相的人，他是证出结果的人。如果错了，就承担结果；如果承担不了，只能死。他之前是这样做的，之后也只能这样做，从小到大，他只会这么做。他的山中岁月消失了，那些数着梅花隆然高卧的日子，旖旎得像一场春秋大梦，从此之后，依旧四海无人。"我给你们七个人一个选择：愿意服法的，跪下来，按国法处置；想来个痛快的，我数到三，你们自寻了断；想按江湖规矩办事的，并肩子一起上。三个都不选，我就不客气了。"

这是一个不讲理的人，给了一条不讲理的路。

"一！"丁桀说数就数。

六个海盗，有的看老大，有的看红莲尊者，有的互相使眼色并肩子上，那个东海神蛟偷偷往门边溜。丁桀足尖一挑，地上的半个茶盏飞起来，砸在门闩上，那门闩本来软绵绵地挂着，这下弹起来，门闩闩上了。

"二！"

六个人一起看老大。海上猿袁白楼垂手站着，看着丁桀的眼睛。他认出来这是谁了。他有幸见过这双眼睛，那只属于一个人。像巍巍群山上的积雪，苍茫，冰冷，寂寞。那人给了三条路，可有条路是只给他一个人留着的。那人有资格，那个人曾经是整个侠义道的领袖人物。

袁白楼长出口气，向丁桀抱了抱拳："九嶷山白猿门末裔袁白楼问侠驾安好！"

丁桀也叹了口气，转向他，微微眯了眯眼睛："何以至此？"

"不愿说。"

"好！"丁桀不再看他，竖起三根手指，"三。"

"遵命。"袁白楼双臂一横一竖，十字交叉，使出的，正是一式白猿门嫡传的"白猿啸江"，二指微扣三指如钩，正击在自己印堂之上，砰的一声暗响，七窍流血，颅骨已经碎裂。

六人大惊失色，心道这人什么来路？走进门一句话，逼得老大当场了断。

丁桀看了看红莲尊者："你呢？"

红莲尊者不敢硬碰硬，抬手，大精进龙禅杖啸叫而出，直奔丁桀面门，翻身就向窗户撞去。

"放肆！"丁桀双手分光抄影，一手将龙禅杖抄在手里，九个锡环当当啷啷一阵响，一手凌空劈出，小雷音破掌力发出，半空里也是一阵龙吟，他掌力后发先至，倒是手下留了故旧之情，只打在红莲尊者面前窗户纸上。那面木格纸窗轰的一声碎开了，震得四面八方都是纸屑。

窗外，夜哭郎君站着。他抱来好大一口水缸，里面是个石灰包裹，再扯开，是一具半被石灰蚀烂的尸骨。血肉还很新鲜，衣着轮廓，看起来正像昨夜逃走的崔耕。

丁桀的活干得很好，夜哭郎君也不辱使命，颔首致意："我在木架子菩萨像下面发现这个，有几个小机关，我直接拆掉了。还有别的收获，你要不要来看看？"

当然要。红莲尊者进退两难。他微微摇着头，气息艰难，只恨苍天无眼——这种人本来就够得天独厚的了，居然还可以再精进一步？

丁桀扶着禅杖，静静站着："李牧，你再跑，我就不打窗户了。"

红莲尊者慢慢回过头。屋里的十二个人也都在望着他。守卫的士兵们围过来了，僧侣们也围过来，孟吴越指挥人拿下海盗，六个海盗居然没敢还手。这边厢，无人向前。

红莲尊者抬眼看丁桀："果然是你……你来台州干什么？"

丁桀向前走两步："是我问你，不是你问我。说，你们这纸契约定了，用什么往海上传消息？水陆道场的焰火？"

红莲尊者在慢慢喘息，眼里有一些决绝的恼怒。他不是在国清寺虚度时光的，他确实曾经在佛法上，能和大德高僧分庭抗礼。但他所有过去的努力，正在变得可笑。

丁桀还有第二个问题呢："崔耕和你什么关系？你跟银沙教又是什么关系？"

红莲尊者有些恼怒了，从牙缝里挤出四个字："关你屁事。"

围观僧众有些哗然——红莲尊者绝非滥竽充数、浪得虚名之辈，自幼及长，风度宛然，并没有如此这般失了体统。

"不愿意说，也可以，你和他们一样，也是三条路。"丁桀慢慢举起手指，"一。"

"姓丁的，你别欺人太甚！"

"二。"

丁桀要口供，而且立即就要。他不知道云家船帮已经怎么样了，不知道海上的情况，他心急如焚。

红莲尊者向前迈一小步,离丁桀很近了,用一种很低的语气威胁:"你想不想知道左风眠怎么样了?"

丁桀话都不说,沉下脸喝一声,抬手就打,左手起处,掌心微空,如白龙噙珠,手背撞向红莲尊者胸口。红莲尊者挥手拆招,他挡也挡了,格也格了,架也架了,丁桀手既不重也不快,但还是从他双腕之间脱出,撞在最下的一根肋骨上。

他功夫最大的可怕就是精准,精准得就像是那一招应该有的样子,一点多余的力道都不会使,一分一毫多余的路径也不会走。他手是不重,可这力道恶毒,两根肋骨断了,向里斜折,正倒插在软肋部筋肉最痛处。剧痛之下,红莲尊者浑身颤抖,向下跪倒。丁桀扶着他手臂往上提,这才问:"左风眠怎么了?"

"没有……没怎么……"红莲尊者满脸铁青,脖子一根根青筋上全是汗珠,"我八辈子没回洛阳了……我能拿她怎么样!"

"来啊,李牧,别死鸭子嘴硬,该说什么说什么。我们来见识见识,什么叫作人赃俱获。"

菩萨像下面有几个僧工正在掘地三尺,地砖下全是白银,一箱一箱的,看起来田连阡陌似的,密密麻麻。九月银庄的库银,应该是全在这里了。

李牧还是剧痛,腰说弯弯不下去,说抬抬不起来,真有些死不瞑目的架势,他的计划够周密的了,可计划里本没有丁桀。他只能低声咒骂:"他妈的关你屁事……你来台州干什么……"

"尊……尊者……"有个人是跑来报信的,但被这么些人吓着了,不知当讲不当讲。

红莲尊者疼得歪在一边,袈裟已经委地了,向他挥了挥手。那人期期艾艾:"海舟莲华灯……翻了!海上烧起来了!"

显然这不是全部的答案,丁桀看了红莲尊者一眼。红莲尊者好不晦气,又挥了挥手。

"云家船帮突围了……"

几个海盗也互相看了一眼。红莲尊者已经委顿在地了,看起来完全溃败了的样子。

"快闪!"夜哭郎君忽然大叫一声。他眼睛太尖,看见了微不足道的肌肉发力的变化。

李牧狠狠闭上眼睛,他终于弯下腰去了,即使这个动作,让那根肋骨更深地

173

刺进肌肉里。他不在乎,他已经从靴子筒里拿出一颗小小的雷火珠,甩手打在自己和丁槊之间。电光石火之间,丁槊足尖点地,振臂向后闪电般急退一步。功夫一途,向前容易,向后何其难。

那满地的火光,几乎追着他走。李牧人在烈火之中,但没有受到丝毫伤害。他穿的是那件欢喜袈裟,那是一件水火不入的宝物。他咬咬牙,食指中指并起,反插进肋部,扶正了那根断骨,撕心裂肺大叫一声,但总算可以动弹,扭头跌跌撞撞地跑。

丁槊脸色一变:"李牧回来!我不难为你!"

李牧边跑边叫:"我可去你的吧!"

没法再追了。他在向大雄宝殿跑,那边乌泱乌泱的全是人,他边跑,边打出第二颗雷火珠。之后是第三颗。他或许已经痛得失去神志了,或许正是残留的求生神志让他这样做。过道两边,满地的焰火、硫黄、纸马……全是天生的易燃物。火势熊熊飞舞起来,向大雄宝殿的重檐斗拱侵袭。

孟吴越来不及管他的俘虏们了。他一边往火里冲,一边狂叫:"救火!救火!快,截断火路,去大雄宝殿!"

几乎所有人,都跟着他冲过去了。

天色微微地亮起来,沈南枝等在原先约定好的地方。那是台州城外的驿道边。风筝裹着毯子,在马车里睡着。慕容止裹着另一条毯子,在小酒馆的大木桌上睡着。整整一夜,苏旷没有回来,丁槊也没有回来。整整一夜,台州城都有弥天大火。直到第一缕金色的阳光,挑动着大海波涛的时候,夜哭郎君回来了。

"走吧,沈姑娘。"夜哭郎君有些疲倦,嗓子是沙哑的,浑身都是漆黑,裤腿烧掉小半。脸上的面具,似乎被烤得略微变形,痛得他时不时伸手轻轻摸一摸。

"他们人呢?"

"云家船帮闯出海了,小苏既然没回来,应该就是跟云姑娘走了。没事儿,让他们俩单聚聚,云家的船也是往泉州去,小苏肯定知道来找咱们。"

"丁槊呢?"

"刚分开,他昨天晚上一直在国清寺。让我跟你说,既然云小鲨回来了,他就不再护送了,这会儿正马不停蹄地回洛阳,说有急事。其他的,我路上跟你慢慢说。"

"那场火是怎么一回事,伤着人了吗?"

174

"火倒是还行,后边寺庙烧完了,总算是没有烧到大雄宝殿,有个小伙子,干这事真是卖命。"

风筝已经醒了,看着那片大海,啊的一声叫了出来。那片海,蔚蓝、美丽、霞光万道。好像从初生之日起,就没有见过任何的征战和杀戮一样。

"走了!"沈南枝走到慕容止身边,打了个响指。

慕容止睡得口歪眼斜,涎水直流,挡着眼睛,一时不知身在何处:"沈姑娘……去哪儿?"

"我们不一条路,我带你一程,我回武夷山,沽义山庄。"

第十四章　恍如隔世

楚随波站在他的小院前，粗布单衣，破麻鞋，目光有些微微的呆滞，光着的脚踝在入冬的寒风里冻得青紫。

他有一种恍如隔世的感觉，又有一种熟悉的踏实，好像一棵曾经攀上过重楼的青藤重新跌落在家中的菜地里。幻梦成空啊，楚随波！他的心里，似乎有一个洋洋得意的"我早就知道会这样"的声音在嘲笑着自己。"是啊，那就看看我已经输成什么样子了。"他的心里，似乎还有一个慢吞吞的声音这样回答说。

他的"家"已经是一片废墟了。

楚家旧宅所在的地方，是京城里官宦云集的一处街坊，素来都是清洁干净的，可是现在，他的门前已经变得很脏了——有人在他门口拴过骡马，台阶上有大片的马粪，几经风雨，污水横流，干涸之后，有满地的枯叶粘在石缝里，随风扑棱棱乱抖。

他的门早就坏了，当时先被福宝踹了一脚，又被上官乾的恶马啃了一口，几经冲撞，一扇门板半歪半倒，另一扇门板破得像个栅栏，黄澄澄的铜环被人拆了，木板上露出空空两个洞，用麻绳拴着。门上本来贴过封条，现在也不见了，只有一点纸印子。

他推开门，或者说，是从两扇破门板间挤开一条门缝，迈腿走了进去。院子里一片狼藉。满地的砖瓦、灰土，拉拽下来的房梁椽子，刨开的海棠树坑，砸坏了的桌椅柜子……他被带走的时候，这里已经像个废墟了，但现在显然又被洗劫了一遍，稍微值钱一点的整木料、铜铁器皿、衣被绸缎、家具箱笼……全都被人捡走了。

楚随波皱了皱眉头。这附近住的都是多少有一点身份地位的人，不至于做这样的事情。

他口渴得很，想打一点水喝。但转头一看，井盖早就不见了，井水里混杂了泥水和雨水，也污浊得很，喝不得。

只有墙角，别有洞天。那里本来有三间青砖大瓦房，是下人和仆役们住的地方。严老夫子在那儿住过，纪黄九和大雅也在那儿住过。上官乾的手下打砸的时候，对那一带砸得并不太仔细，胡乱拉塌下来一面墙就算了，留下了大半间房子，有屋顶，有门窗。如今，那里住了人，门口还打扫过，塌坏的那面墙，用油布、竹篾大箩和木板挡了起来。高墙和大树之间，拉了一根长长的晾衣绳，上面晒满了花花绿绿的衣裳，料子都很不错，几乎全都是废墟里扒拉出来的。沿着墙，整整齐齐地码放了许多木料，成箱的杂物，还能用的破柜子，一箩筐一箩筐的瓶瓶罐罐。不用客气，那也本来是他家里的东西。

门是半掩着的，他走过去，推开。小小的房间，五脏俱全，里面有整张的床，床上铺着不成套的绫罗绸缎的被子枕头；墙角有个火炉，还简单地引了一个烟囱，炉边有成捆的"废纸"和"废木头"，"废纸"全是他的书、往来信件和一些弃置不要的卷宗副本。靠窗有张书桌，书桌有条腿断了，垫了一沓砖头，桌子上有许多小玩意儿，铜镇尺、玉如意、缺个嘴的仙鹤小香炉……也全是他原先桌上的摆设。

火炉边，一个矮藤箱上坐了个很胖的男孩，大概十一二岁，头发乱蓬蓬的，脸蛋红滚滚的，穿着件大人改小的袄子，袖口挽了几道，外头套了个老头儿的皮褂子，正在就着一碗热腾腾的鸡蛋汤，啃一块芝麻大饼，腿上还摊着本书，上面落了些芝麻和碎饼屑。

门外头，有人听见他的脚步声，匆匆忙忙赶回来了。那是个妇人，袖子撸到手肘，露出冻得通红的手臂，挎着个水淋淋的洗衣篮，里面是四双鞋子。吃饼的小子抬头叫："娘！"

楚随波很惊讶，这妇人是柳茹。他记得那一天，他被抓走的时候柳茹也被抓走了，可没想到她早已经被放回来了，还不知从哪儿找来了一个"儿子"，居然在这里就过上日子了。不过，仔细想想也并不很意外，柳茹实在是个太无足轻重的人，对于上官乾来说，这样的人，杀掉或者放掉似乎并没有多少区别。但柳茹更惊讶，先声夺人："你怎么回来了！"

"这是我家，我为什么不能回来？"楚随波一边说着，一边准备在床上坐一下。

"四少爷不要坐床！"柳茹哐啷一下子，扔下洗衣篮子，赶紧跑过去，拽着楚

177

随波，指给他一个小马扎，"四少爷，你身上脏的呀！不好坐床！我这洗洗晒晒，洗了几天才洗出来！你坐这里，坐这里！"

柳茹这种人是很有意思的，她辛辛苦苦地在废墟里开了荒，就理所当然地占山为王。她解开围裙，抖一抖，擦擦手，围裙扔到一边。又去屋角，找了个水罐子，倒了一碗冷水，咣咣当当喝了。然后，伸手去摸她儿子脚，嘴里嘀咕一句"冷不冷啊"，变戏法一样，不知从哪儿摸出两只不一样的厚袜子，蹲下给她儿子穿上了。

"愣着干什么？好好读书呀！长大了考秀才，做大官，给娘出气！"柳茹在她儿子脑门上摸了一把，气鼓鼓地说。那小子就开始"好好读书"，用手指用力点着书，大声念："大学之道在明明德在亲民在止于至善……"

楚随波什么也没说，就坐在小马扎上，耐着性子，等了一会儿。看柳茹里里外外地忙碌着，她拍拍打打，把四双水淋淋的鞋子找地方晾好，从兜里拿出一个小荷叶包，放在书桌上。荷叶包慢慢打开了些，里面是一大块骨头，上面有一些肉。柳茹又擦擦手去门口劈柴，她没有斧子，只捡了一把菜刀，劈起来很是费力气。

"柳茹？"

"等一下！忙着呢！"

柳茹看起来真的挺忙的，拿起一个快要秃了的扫帚，一边用力扫地，一边骂骂咧咧："宝儿，你瞧见你那个死鬼爹跟那个小娼妇在一起的样子没有？还指望我去搭救他！打烂了屁股才好！小娼妇诚心哄他！这都瞧不出来！淫贱虫子！杀千刀的东西！"

胖小子好像只会反复念一句："大学之道在明明德在亲民在止于至善……"

楚随波听不下去，不愿意和她多打交道，就站起来，抱起床上的被子："柳茹，隔壁房还有能躺人的地方吗？"

"哎哎，四少爷，你这被子拿走了，我们娘儿俩怎么办哪？这大冷天的……"柳茹腾地跑过来，劈手抢过被子，放回到床上去，"四少爷，隔壁哪有什么睡人的地方啊？连个床都没有！依我看，您还是去个您该去的地方，啊？"

"什么叫作我该去的地方？"

"这我哪儿知道啊？什么官署、客栈、朋友家……您这样一个大人物，还能没个睡觉的地方？总不好跟我们这孤儿寡妇的争！是吧！"

"柳茹，你看这样好不好？外面实在是太冷了，你没地方去，我也没地方去了，先扯个帘子，我将就几天……"

178

"要死的呀！我一个妇道人家，怎么好跟你一个大男人睡在一间屋子里？我那死鬼男人要是知道了，要打死我的呀！"

楚随波揉了揉眉心，一时不知如何是好，刚才还是孤儿寡妇呢。他确实不想和柳茹争，可他也真没地方去了。柳茹好像瞧出了他那份害臊，横下心来鹊巢鸠占，继续骂骂咧咧地说："小娼妇，年纪轻轻的！做小！做小的就没有一个好东西！要害死正房太太？我呸！我家宝儿争口气，将来做大官，让娘做诰命，专治这些淫妇……"

"娘，我长大做大官，可我这会儿冷。"胖小子喝着蛋汤，跺着脚，瞟了一眼桌子上的肉。

"好好好，马上就不冷啊！"柳茹又是一溜小跑地过去，她低头看了看炉子，木柴快烧光了，炉火不够旺。她就拎起炉子，到门口，捡了几根大木柴丢进去，嘭嘭地扇火。胖小子嫌冷又跺脚催了一声。儿子一叫，她没头苍蝇似的应着，又从"废纸堆"里，抽了本破书出来，准备引火。

"柳茹！"

"我叫你等一下呀！"

"柳茹，这是我家。"楚随波伸手，拽住了她的手腕，慢慢地从她手里扯回了那本书，看了一眼，伸手抹抹平，丢在桌子上。

柳茹有点发愣。楚随波笑了一声，指了指门："出去。"

柳茹很吃惊。她不准备走，这个安乐窝是她辛辛苦苦，一手一脚搭建起来的。她准备用她的方式斗争，她开始脱外面的衣服，扯掉一条破布条拧的裤腰带摔在床上。楚随波歪头看了看她，毫不犹豫，向她儿子走。胖小子叫了一声娘，往母亲身边躲。

楚随波饿坏了，不管三七二十一，走过去，从那个小孩子手里抽出那张芝麻大饼。大饼被啃了一小半，上面都是口水和牙印子，他很小心地掰下来没沾口水的那一半，剩下的扔还回去，一边大口吃，一边去屋角弄了碗冷水，慢慢喝。

男孩儿被人抢了饼，跺着脚，大声叫，又不敢冲上去打陌生人，冲他娘发火："娘，我冷，我饿！"

柳茹摸着儿子头，恨恨地小声骂："不要脸，这么大人了，抢小孩子的吃食！"

楚随波吃完了最后一口饼，顺便吮掉了手指头上的芝麻，他站起来，毫不迟疑地拎住了那个胖小子的手腕往外拽。男孩儿扭头就想咬他，他手上稍稍加了一

179

点力气。男孩儿杀猪一样地大叫起来，柳茹一边掰他的手，一边追着他拍他的胳膊，一边大叫："杀人呀——杀人了——"

楚随波充耳未闻，拽着那个小子，拖过小山一样的废墟，一脚踹开门，把他扔了出去，回头指着门对柳茹说："滚出去，爱喊什么喊什么，你再敢进来，我就教你什么叫杀人。"

破门摔上了，过一会儿，又打开，扔出来了荷叶包的肉和一床被子。

门外很快就围拢了很多人，多半是附近宅邸里的下人们。柳茹坐在地上，拍着大腿喊，绘声绘色地讲了他们"孤儿寡母"没地方住，见破院子里没人，就搭了个窝躲风，楚随波一回来就把他们扔出来，还抢了他们的饼吃。然后就有人很"低声"地议论：我听人说他是个构陷忠良的卑鄙小人，当初我还不太信哪，如今看，真是一点人味都没有，什么都能做出来……

楚随波笑了一声，往炉子里加了块木柴，关上门，和衣躺到了床上。他的名声已经踩到底了，他不在乎别的什么。

睡到夜半，门里漏风，火炉灭了。楚随波被冻醒了，没有被子，垫子薄到不能忍，他冷得睡不着，握着脚过了一夜。第二天太阳升起来的时候，他开始挽起袖子，整理他的小院子。他一个人闷头干，把那些柳茹翻出来的破东烂西，找了个去处，一股脑地贱价卖了，换了些钉锤斧凿、米面油盐和一床被子、一套冬衣。小院一点一点整出了住人的样子。

凑合着把这个冬天熬过去吧，他这样想着。他哪儿也不能去，关从周是下过命令的，他不再是神捕营的人了，可也不许离开京城，要随传随到。开始的时候，邻居们确实爱议论他，走来走去地都伸头往里看一眼。后来，他把大门凑合修好了，也就没什么人再说话了。

这些日子里，他每天都去神捕营问一声：兰雪拥在吗？我能见他吗？万蜀戎在吗？不在的话什么时候回来。无论他什么时候去，回答都是公事公办的"不在"和"不知道"。

上面应该是打过招呼了，没有任何人和他多说一个字，也没有任何人给他一丁点多余的表情。没有同情，没有鄙视，没有憎恶，只是冷冰冰的。甚至有一次，他等到了初一，初一也只是无奈地看了他一眼，就匆匆走开。

那个有着三扇大门他曾经视作家园的地方，忽然变成了铜墙铁壁，不给他一点透风的机会。只有西边的那些少年们，有时候擦肩而过，会沉不住气，对着他

180

指指点点,啐几口吐沫。他还是每天都去,有时候清晨,有时候傍晚,有时候随意。

就这么陆陆续续过了一个月,他的米面快要吃完了。他确实不是一个会"过日子"的人,当时根本没多想,破烂卖得便宜,买的又都是精米细面,根本不够吃一冬。毕竟,楚家再落难也曾经是二品大员的人家,他还没过过那种真正为了下一顿发愁的日子。

很快,问题来了。

初冬的一个清晨,楚随波起床发觉变天了,天非常冷,北风呼啸着,炉火又灭了,水罐子里结了一层厚冰。他胡乱生了火,把最后一点米、面和咸菜混在一起,弄成一碗糊糊,正皱着眉头闭眼吃,忽听大门外有人敲门问:"敢问是楚随波楚大人府上吗?"

这话听着,已经有些新鲜了。他放下他的咸菜糊糊出门去看,见有个生意人打扮的中年男子,站在门口,手里捧着个偌大的锦盒,笑容可掬,客客气气的。

他有些诧异:"您是……?"

"问楚大人安好。"那人毕恭毕敬的,从袖子里抽出一张账单,"小的是裁云楼的账房。"

楚随波听着后脑勺一阵天打五雷轰。他只能示意:"请进来说话。"

那人进了院子,放下锦盒,打开锦盒,包裹三层,富丽堂皇,最里面是白袱银绣的包裹,再打开,里面是一沓衣裳。那人一脸都是和气生财:"启禀楚大人,今年三月,楚大人在我裁云楼定了六套衣裳,给了咱们楼两个人的尺寸,注明春秋一套,夏冬各一套,点名要风起青蘋、蓬莱冰、秋风晚玉三种料子,首席杨老师傅的裁剪做工。这料子相当不好找,我们是快马加鞭,催了几个来回,五月初才从苏州送到,七月,杨老师傅才得闲接了手,把别的活全推了,专心就做大人这六套。到七月底,咱们裁云楼火急火燎赶完了工,我派了个伙计请楚大人去试衣取货,楚大人说,公事繁忙,挪不开身子,叫我们等一等,这一等就是整个八月。再后来,我给楚大人送府上来,瞧见府上似乎是有些事项,一时不知道该往哪儿送,就斗胆,去神捕营问了一声,结果被守门的兄弟训斥了,说我不知轻重。再后来,我再找楚大人就找不到了。好容易听人说,楚大人是平安回来了,我大清早起饭也没吃就赶过来了。楚大人您过目,这是账单字据,这是您的花押名号,这是六套衣裳,楚大人付了三成定金,还有七成未结,一共是……一千三百四十两银子。若是不麻烦,今儿就请大人务必把账结了。或者说大人有什么不方便,吩咐我一声,

181

该去哪儿把账结了。"

楚随波揉了揉太阳穴,这笔账真是要他的命。三月的时候,他本来是想给福宝弄身好点的行头,想着小家伙不能总窝在家里头,要见见世面才好。可是做衣服这种事,他一个做兄长的,单套拿不出手,怎么也要一年四季都有一份;只给福宝做又不太好意思,弄得好像苏旷躺床上就不用再在乎衣食住行了似的,索性就一咬牙,做齐了。他那时候,手头也没这么宽裕,只是代总捕头俸禄高,想着衣服做完了怎么也要一两个月,攒一攒就出来了。谁承想,后面有这么一轮沧海桑田?这账是该结了,人家的账,拖了大半年了,再拖就真不要脸了。可是他如今,已经到了断顿的地步,废墟里面连整木头都卖光了。借吗?他自问还有点自知之明,世态炎凉他打小就见过了,现如今,他还能敲谁的门?他愣了一会,额头有细汗:"这位先生贵姓?"

"不敢,免贵姓叶。"

"叶先生,可否……无论如何,再宽限个三五日啊?"

"楚大人,这真不合适!这个账要是再拖,我这饭碗也就砸在您这了。"

楚随波想了想:"叶先生,您再宽限我一日,明天这个时候,我一定把银子付清了,成不成?"

"楚大人,有句话不知当问不当问。楚大人打的,是不是这个小院的主意?我得告诉您一声,您这院子,如今出不了手。"

"为什么?"楚随波暗想"不好"。

"有人打过招呼了。"

"什么人?"

"这我不好说。"

"打什么招呼?"

"就是楚大人手里,还有一张地契,这张地契,任谁都不许接手。非要出手的话,只有一家能接。"

"哪一家?"

"咳,就是我们家。"

"怎么接?"

"两讫。"

楚随波揉了揉印堂,嘿嘿笑出声来。这事,不像是上官乾做的,那就只能是商年玉了。他是想过商年玉不会放过他，但没想过能做这么绝。他这个小院，买得是不贵，但再不贵，也是官邸附近的一处院落，怎么着也不至于只顶六套衣服。不过随他去吧，他们俩争斗也不是一两天了。商年玉遭此大劫，老母亲死在狱里，回手想给他点厉害看看，也是人之常情。

他想了想，点了点头，讨价还价："给我加一点。"

"可是……"

"不用多，够我吃顿好的就行。"

叶先生也真是实在人，说不用多，真是一点儿都不多，从腰带里摸出块小碎银子，一两多二两不到，小声嘀咕："楚大人我出门急，没敢多带……"

"行，"楚随波接过碎银子，手里颠一颠，"你等我一等。"

他走回那间破屋子，拿起他已经冷成团的咸菜糊糊，三口两口扒拉完了，拎水罐子喝一口，披上外衣，从桌上拿起那半本破书，从书里夹出那张已经磨毛边了的地契。走出门，反手带上门，双指夹着地契递给叶先生，叶先生恭恭敬敬，双手呈上账单。楚随波随手夹回书里，转身就走。

"哎，楚大人，衣裳……"

"不是我的尺寸，你们看着处置吧，当利息了。"

他的最后一块立足之地消失了。但也很好。

他走到第一家小酒馆，把那块碎银子扔出去，说我就这么多了，能来点什么就来点什么，要多点酒，便宜一点，烈一点。

那家酒馆挺实诚，就弄了一大壶烧刀子，可能有将近十斤的样子，一只鸡，两个小菜，一碗面条，跟他说面条不够随便加。他加了三次面条，吃得非常撑，一大壶烧刀子全都喝完了，一滴不剩。整个酒馆的人都在惊悚地看着他。他记得很小的时候，也有这么一次，有很多人惊悚地看着他。

吃饭的时候，他认认真真看了一遍那本"书"——其实已经不算一整本了，前面和后面都踩坏了。他记得"英雄十九号"那里本来是空白的，但后面不知什么时候，被加了一行蚊须小字："不敢过江东，不敢过江东，不敢过江东，不敢过江东。"他冷笑一声。临走的时候，他绕到厨房，找了个火炉，把那本书扔了进去，拍拍手，很轻松。

然后他向外走。他根本不知道应该去哪儿，他的脚步在带着他往前走。那是回家的路。

他走得踉踉跄跄，颠颠倒倒，晕得厉害，胃里难受，满头都是冷汗，他长这么大，没喝过这么糙又这么烈的酒，真像是烧红的刀子在五脏六腑里胡搅乱扎。冷风一吹，他开始想吐，酒和面条在喉咙口翻腾滚沸，他想，算错了，我又不是那个酒鬼，喝一半就够我壮胆了，不用都喝完。

他很快就到了神捕营西门，他每天都来这儿，西门是子弟门，神捕营的人回家都走这个门。西门的守卫看见他了，离老远就做好了说"不在"的准备。

他晃晃悠悠地走到了，说了一声我要见兰雪拥，之后哇啦吐了一地。看门的吓一跳往后蹦，说二先生不在，一早就出去了，他又说万蜀戎也行，之后哇啦又吐了一地。看门的满脸厌恶，说万大人也不在，出外勤去了。还说，什么时候回来不知道，快快快，别在这儿等着，人来人往的。

这太有意思了，十八岁那年，他也是这么蓬头垢面、筋疲力尽地站在神捕营西门外。那时候是商年玉跟他说铁总捕头不在，什么时候回来不知道，别在这儿等着，人来人往的。

是啊，不该在这儿等。人来人往的，车子进进出出，一街之隔，不远处，一群少年在指指点点地议论他。议论他什么呢？他那点破事早就传遍了，说翻了天也就是那几条吧。

他说，行，我走，我转一圈，醒醒酒，过会儿再来。对了，无论如何跟兰雪拥说，我今天一定要见他。

他扶着墙，跟跟跄跄离开了。他只能扶着墙走，那酒太过分了，根本没法正经走路，他两条腿打着飘。他之前不知道神捕营的北边院墙有那么长。走到那扇已经封死在墙里的北门的时候，他又吐了一会儿，什么也没吐出来。他挺烦这扇门的，那些"老神捕营"的老是讲这扇门，讲当年北门开着的时候，多方便多好玩。一扇破门而已，能有多好玩。

他一直在走，没有坐下，没有躺下，他醉得厉害，躺下就起不来。他有话要对兰雪拥他们说，他今天非说不可。

北边院墙走到尽头了，之后墙没有了，他的脚底下变得坎坷又松软，他到神捕营的东边了。东边是一片树林，树林深处是一片荒地，再远处就是刑部天牢了。那些名捕们也很喜欢聊东门，他们抓回来的最重要的犯人，会在神捕营录一遍口供，之后从东门押送去刑部天牢。对于那些重犯们而言，出东门是不复归的死路，可对于名捕们来说，那是条满载荣誉的路。可这条路他也没怎么走过。

他手舞足蹈，老是走不好路，总一条腿别着另一条腿。冬天了，天黑得特别早。这个发现让他有点诧异，他明明记得，一清早就出了门的，不知为什么会在路上耽误这么久。我这是去哪里了啊？我绕了太远的路。为什么走了这么远的一段路，我还是敲不开这扇门呢？

他心里还有一个声音，似乎要慢吞吞地说话。他打着酒嗝说，你他妈闭嘴。

身后有很轻微的嗖嗖声，那是猫着腰的脚步，有人在向他靠拢。他耳朵还很灵敏，脑子也很清醒，就是手脚不听使唤，他想找棵树靠一下，看错了，扶个空。

后面脚步加快了，听起来人不少，有点暗算的意思。这真是奇怪了，这时候暗算他根本是个不划算的事，谁会这么干？他回头，但回得太快了，脚底下一阵飘，差点摔倒。

他看到几个人影，然后头顶树上噗地有重物落下，有个人跳在他背后，跟着一只手臂勒上了他的脖颈。他本能地伸了一下手，那个刹那，他感觉到那是很瘦弱的手臂，像孩子的，或者女人的。

他脑海深处有个念头闪了一下，手顿了顿，之后那条手臂就牢牢勒住了他的咽喉。很标准的十字锁喉，一只小臂勒在咽喉上，另一只手反抓着他的后脑勺，然后又一只手伸过来，**重重叠叠的黑布**，缠住了他的眼睛。

之后，他的嘴被勒开了，一大把夹杂着石块和松针的泥土被塞了进去。一条麻袋当头落下，之后被捆了几道。

有个人坐在麻袋上，往他的头上重重打了几拳。他应该是个领头的，下手相当不轻。然后前后左右，所有人都在一声不吭地踹他。这是一些受过严格训练的人，下手狠，但是隔着麻袋，依然避开了所有的要害。他们几乎没出任何声音，应该是在用手势互相比画着。他也没有出声。

围殴暂停了一会儿，然后有非常低声的议论声。他们似乎达成了某个新的共识，那好像是一个非常"有趣"的计划。那些人越来越兴奋了，忍不住发出了一些快要笑出声的声音。

楚随波也很快就知道计划是什么了，准确地说，他是闻到计划是什么了——东门松树林外不远处有个运粪桶的骡车，每天来两趟，运粪去城郊的皇田。

"咦！"领头的应该是跳上去踹开了盖子，恶臭扑鼻。其他人都有点恶心，发出嫌弃声。

"要不算了……"终于有人开口了，是耳语，但还是能听出少年的雏音。这的确不太好操作,粪桶在骡车上,一个不小心还会弄到自己身上。

"什么算了!卑鄙小人就该让他吃屎!"另一个怒气冲冲的声音回答着,依旧是极低声音的耳语,他在给大家鼓劲,"抬起来抬起来,把他摁里面去。"

"要去你去!"其他人都后退。

"都不敢?我自己来!"领头的啐啐地在手心吐吐沫,"你们一群胆小鬼!想想武师傅!"

楚随波挺诧异的,显而易见,有人在小家伙们中间煽风点火了,存心想要把他一点残存的功劳和名誉毁得干干净净。这群少年正是在最容易冲动的年龄,而成年人的愤怒,在孩子们那里总是加倍的。但他并没有挣扎。

骡子被拽住了,刚刚昂昂地叫起来。叫声在寂静的树林里显得很刺耳。那个领头的拖着他,把他拽上了骡车,一只手连拖带扛地把他举在肩膀上,一只手捏着鼻子:"你们可瞧好了!"

其他那些人一起叫:"快走!有人来了!"

来不及了。少年一回头,伸手想要拽住,可楚随波的身体已经倒栽葱似的滑了下去,扑通一声,污水四溅。骡子开始踢腾,差点要掀掉小木桩。

领头的少年跳下车。另外几个少年想跑。远处的人已经走过来了。东门的守卫,也举着火把往这边跑。

那个人还很远,走得也很慢,声音不大,可满是沉静的力量:"站住。"

少年们吃惊地面面相觑,畏惧这才战胜了兴奋。

那人驼着背、跛着脚,拄着一根平平常常的手杖,那是卷宗阁里传说一样的人物——刘伯庵。

第十五章　遥知天命

青灯，小楼，明月夜。远处的天边有渐起的风声，松涛隆隆，一絮一絮的乌云飞快地在明月上飘过。

卷宗阁在一片松林掩映里，是神捕营中最为安静、隐秘的一个地方。刘伯庵的宿处四十年如一日，朴素到了简陋的地步。他坐在白木书桌前，仰着脸看着房顶，似乎有着很难决断的事情。

他是一个驼背，而且一肩高一肩低，仰头的时候，姿势显得滑稽可笑，有点像只老乌龟。可每个人看向他的时候，目光里都是充满了敬重的。

房间里很安静。屋子中央，不算大的空地里，十二个少年挤成一团，都大气也不敢出，垂着手，低着头，眼睛看自己的脚尖。领头的那个少年在人群最前面，深深低着头，一只手搓着衣角，紧咬着牙关。

一个身穿黑衣四十岁上下的男子坐在一张矮几前，提笔匆匆抄写着些什么，另两个灰衣红袍、腰间佩刀的男子在他身后站着。门外全是守卫，守卫安静而高效。很快，黑衣人抄好了，抬头示意刘伯庵，准备站起来。刘伯庵摇手，示意稍等。

房间角落有扇后门，是通向外头侧院的。侧院里，一直传来打水和冲洗的声响，反反复复，一遍又一遍。最后一遍冲水声，最为猛烈，应该是一大桶水当头淋了下来。

过了一会儿，楚随波擦着头发走进来，他手里拿了块旧的白手巾，换了身干净的旧葛布长袍。他的眼睛被烈酒燃烧得通红，胸口、咽喉和额头被自己搓得鲜红。他走进来的时候，目光冰冷，脸色郑重，嘴角的两个小酒窝向上吊着，显得似笑非笑的讥诮。他的手指白皙修长，手背上裂满了皴口，并没有多说话，随手把手巾整整齐齐折起来，搭在一边的椅背上。

刘伯庵向黑衣人伸了伸手，示意可以开始。

黑衣人站起来，呈上名单："刘伯，您过下目，这是十二个小子的名录、年龄，和他们管带师傅的名录、职守。"

刘伯点了点头，接过来随便看一眼："温督捕，子弟营的规则条例，我并不清楚，你全权做主就好。"

"好，卷宗阁清净机密之地，本来也不宜打搅。"黑衣人又向刘伯庵稍稍躬身致意，走到屋子正中，向众人罗望了一圈，开口，"诸位，我是神捕营督捕温鉴，本月的轮值，总领东西两营一应内务。今天晚上，在东门外发生了一件非同小可的事情，按照例令，我这里需要先做一个大概的处置，等到各项结果出来之后，营里会发布公告，并且连同一应人事详情上报给刑部。既然我是督捕，首过自然在我，月末我会上表给刑部，自请下调一级，罚俸一年。东、西门守卫无责，巡卫失察，依例下调一级，罚俸半年，姑且免于刑责；这十二个小子，管带师傅有管教不严、疏于教导之过，立即原地解职，带过来问话。至于是不是有人暗中散布谣言，挑唆是非，这还有待详查。你们几个，传令下去，子弟营自此刻起四门禁闭，所有人原地待命，不许轻举妄动，不许串联套话，就在今晚，突击追查，每个人都要盘问到，如果有，一定要把源头找出来。"

少年们面面相觑，这个结果，比他们想象中严格太多了。几乎所有轮值者，上上下下无一可以免于惩责。他们还没有意识到，这不是一个"玩笑"，更不是一个"错误"，这是一桩非常严重的事故——不管楚随波的人品和德行是否受到尊重，他曾经的身份是无法否认的。神捕营是一个等级森严、规矩如铁的地方，上下级之间有着不可逾越的鸿沟，如果楚随波还是代总捕头，那么这样的攻击，是必须出几条人命的；即使他只是一个前代总捕头，也会有一批人的前程就此受到株连。而且，即使他什么都不是，只是一个普通人，少年们就在神捕营的东门外，在巡卫们巡逻的范围里，策划、围殴、羞辱一个无力还手的无辜醉汉，一样触犯了雷池，会遭到顶格的重罚。

屋里一片死寂。少年们的呼吸声，充满恐惧。

黑衣督捕面无表情，继续宣判着他们的命运："至于当事本人，鉴于他们都已经过了十二岁，受训也已经过了三年，条令都清楚，属于明知故犯，没有通融的余地，但又都没有到十五岁，这就不能上刑责。按照规矩，领头的废去武功，待公告之后，择日离开神捕营；其余的暂停受训，观察一年，在此期间充劳役。当然，不愿意充劳役，可以选择立即离开。"

十一个少年一起惊叫起来，没有任何一种惩罚，会比"废去武功"更让人魂飞魄散了。领头的那个少年眼珠子像被人戳了一下，他有点喘不过气，微微张开嘴，抬起头，轮流去看每个人的脸，想确定这是不是只是吓唬他的。

但很可惜，并不是。每个人的脸上，都有那种很深的惋惜。这样的年龄，人生像是新竹一样刚刚拔出第一个节来，就这样废掉武功，太可惜了。

他的恐惧从心底一点一点向外冒，终于全部浮出来了，之后完全占据了脸庞。他站了很久，五官变得扭曲，发出了一声猛烈而短暂的尖叫，好像不是从嗓子里发出来的，是从心脏里某个破碎的泡泡里挤出来的。他想往外冲，那个灰衣人预料在先，一把把他抄住了。

他在那个灰衣人手臂里挣扎着，不管不顾地跳脚叫着："刘伯！温督捕！不成！这不成！我没做什么啊！他不是好好的吗？不就是跳到大粪车里吗，我去跳啊！在里面待多久都行！饶了我！给我一次机会！饶了我！我不敢了！我再也不敢了！"

黑衣人用一种温柔而冷酷的声音回答他："废去武功并不会伤害你什么，只是让你做回一个普通人。"

少年开始踢打，想要冲开那道禁锢的手臂。以他的年龄而论，身手真是相当不错，情急之下，那个灰衣人一时制服不了他，然后另一个灰衣人也走过去，两个人一左一右，扳住了他的肩膀。少年人喘着粗气，眼泪在眼眶里转着，然后就慢慢流下来。他恨恨地瞪了楚随波一眼，即便在这种情况下，他也没有道歉。

黑衣人挥挥手："这两天他冷静不了，带他下去吧，叫几个人留神看着他点。"

灰衣人点点头，带着少年出去了，一路挣扎的尖叫声在外面传了很久。其他的少年们开始发抖了。

刘伯庵强行忍耐，十分不愿意看这一幕，他有点厌倦地挥手道："温督捕，你带他们也出去吧，守卫撤掉，我用不着……那个孩子你们先不要动手，这几个也找人看着点，别做出些什么不该做的来。"

黑衣人点点头，斜瞥了楚随波一眼，有些迁怒的厌恶，也带着人出去了。守卫们依照命令离开了，四下安静得只有风声。屋子里，只有刘伯庵和楚随波了。

刘伯庵深深地叹了一口气，他是一个极度讷于人事的人，三杰共掌神捕营以来，卷宗阁里进出的无关人等，已经比前面四十年加在一起的还要多。他没有开口说话，拿了个铜挑子，挑亮了油灯，又抽出一张信笺，铺平，凝神片刻，提笔开始写些什么。

他的字迹是端端正正的小楷，加了一点魏碑的古朴，一笔不苟，横平竖直，工整如碑帖。

屋里空空荡荡的，贸然开口好像会显得尴尬。楚随波轻轻咳嗽一声，清了清嗓子："刘伯，是不是国公爷或者兰二先生吩咐过，神捕营上下不许同我交谈？"

刘伯庵没有回答。

"好，我懂了。"楚随波一个人站着，这样的情境，真是有些难堪。

"你先坐一会。"刘伯庵答非所问，"那边有热水，杯子是干净的，自己倒一杯。"

炉边是有热水，也有一些陈旧的木杯。杯子用了很多年，杯口都有些开裂了，但依旧非常干净，一点污渍都没有。楚随波给自己倒了一杯热水："谢谢。"

"楚随波，你的事情，我了解得真不多，而且也并不是我职责所在。我听人说，你找兰雪拥找了一个月。他是不会见你的，你非要说什么，说给我听好了。"

"刘伯？"

"据我所知，你十八岁到神捕营，迄今为止十二年……我想，无论如何，你应该有说几句话的权利。"

"是，多谢。"

楚随波并不着急，他慢慢地把那杯热水喝了下去。他的机会不多，剩下的时间也不多，神捕营是一个等级森严而且规矩如铁的地方，如果关从周已经判决了他的命运，他翻盘的把握，近乎没有。他唯一可能的突破口就是刘伯庵了。刘伯是一个公认的好人，不仅善良，而且宽厚，不仅正直，而且公允。这是个无欲则刚的人，可是心肠很软，刚才那个少年挣扎的时候，他几乎局促得想要自己走出去。如果不到万一，他一点也不想在这种人面前耍心眼。但他也只能这么试一试了。

他放下杯子，用一种讥诮甚至有一点刻薄的声音说："刘伯，这些日子我一直在想，神捕营里一定有很多人有同样一个疑惑，就是我这样的一个宵小鼠辈，怎么就平步青云坐上了代总捕头的位置？"

刘伯庵皱了皱眉头，运笔的速度变快了。很显然，他非常不喜欢这种有事没事先踩自己一脚的说话方式。可楚随波并没有收敛，接着试探道："可他们并不知道，我的这个位置是铁总捕头传给我的。铁总捕头为什么会把这个位置传给我呢？呵，他们不明白，你们老哥仨一样不明白，不然的话，你们就不会去问苏旷了，对不对？刘伯，你们问苏旷，都问了些什么问题？是不是猜铁总捕头那封遗书是我伪造的？哈，你们应该是这么猜的，你们宁可相信是我杀了铁总捕头，也不愿意相信，他真选了我做继承人。"

刘伯庵略惊讶，抬了抬头。他的眼睛里，一点儿鄙视或者厌恶都没有，只有一种很深的难过。楚随波是彻底破罐子破摔了。

"以前呢，我总是不太愿意往深里想，可这一个月呢，我是真没事干了，也没人搭理我，我想也得想，不想也得想。我想我来神捕营十二年，头五年，铁总捕头在，后七年，神捕营群龙无首。这十二年里头，我每年的九月七，能见到十大名捕回来。当然了，也能见到兰二先生和万老大，有幸目睹诸位的英姿风采，在风雨校场跑马升旗，喝两杯酒，英雄照面。不过，照完面，该离开也就离开了，一忙又是一年。还是这十二年里头，我除了过来这里查卷宗，在外头，只见过刘伯你六七次，行色匆匆，互相点点头。也是这十二年里头，那位前总捕头、关从周国公爷，我只见过他一回，就是他八十大寿那一年，咱们大家伙一起去他府上贺寿问安。铁总捕头七年前挂冠退隐，这七年里，靠的是大家各司其守，铁总捕头昔日的威望震慑，在外面，当然是诸位名捕的旗枪所在；至于在京城、这神捕营的萧墙之内，有些上通下达，鱼龙混杂，银粮收支，人事沉浮，靠什么呢？是我、商年玉、四位督捕，协同商议定夺。我想，至少这七年里，许多繁冗琐碎、艰难冷暖，三位并不知悉，国公爷也从未过问。嘿嘿，说起来，我是个心胸狭窄的人，到了落难的时候，我忍不住就会埋怨，这么些英雄豪杰、仁人志士，早干吗呢？当时神捕营风雨飘摇的时候，大家伙都去哪儿了呢？怎么就等到我楚某人犯了事，才一股脑地出来挽救时局呢？好，就算我竖子不足与谋，可我嫉贤妒能了吗？没有啊，我四处求人帮我一把，可谁愿意帮助我呢？没人。没人我才去外头找人帮我，这一找，就变成勾结匪类了。"

刘伯庵依然没有抬头，笔尖在砚台上舔了舔墨，继续写。

"我是和王素有来往。可满京城达官显贵，不知多少人都和他有来往，直白了说，找他借钱利息低啊！能借到啊！我问他借了八万五千两银子，干什么用的？我猜你们都知道了，我赔的是王嘴村的人命银子，安置的是大别山里的铁总捕头，我自己的衣食住行，可没用过他一文钱！"

刘伯庵一张信笺写完了，搁在一边，吹了吹，拿了另一张。他想说什么，忍住了。

"人人都说我构陷忠良。构陷我是构陷了，构陷的是忠良吗？商年玉他没错吗？凭什么他堂堂一个副总捕头，一世碌碌无为，枉食朝廷俸禄，如今可以衣锦还乡？"

刘伯庵终于轻轻摇头，嘀咕一声："恶讦恶以为直。"

"好一个恶讦恶以为直！"楚随波哈哈一声笑，"我是恶，商年玉也是恶，谁是直呢？回头想想看，真是不值。我和商年玉，本来确实有些旧隙，但也绝不至于翻脸成仇。我和他争斗起来，全是在这七年间，铁总捕头退隐、神捕营一盘散沙的时候。如今你们说我是个卑鄙小人，为了一己荣华富贵可以无所不用其极，是，我这人是求富贵，想往上爬，可我倒是不明白，商年玉也是六十多岁的人了，即便我退一步，让他做了总捕头，他能拿我怎么样？难道说我有什么短处，真能让他捏住七寸，让我永世不得翻身吗？我有铁总捕头遗命在手，他上去几年退下来，接上去的那个人不是我吗？再或者说，我既然奸猾至此，攀附这个权贵、结交那个匪类，那索性一开始和他交好不就完事了吗？我们俩可是兴味相投啊，都喜欢华服美食、池塘园林，夸奖一番他那个山水诗恐怕也绝非难事，我何必甘冒奇险，非要把他拉下马来不可呢？"

刘伯庵终于抬起头了，略好奇，舒腕停笔，等着楚随波的答案。

"刘伯，商年玉是为什么来神捕营的，普天之下，再没有人比你们老哥儿仨更清楚了。你们不愿意说出来，或者不敢说出来，没关系，我说。他当年是刑部指明了来辅佐铁总捕头的副总捕头，说辅佐当然可以，说钳制也不为过。如今人人说他最大的过错是碌碌无为，他只是碌碌无为吗？才不是！他真正的职守只有一样，就是做风筝下面的那根线，铁敖要是飞远了，拉回来，铁敖要是有二心了，拉回来，铁敖要是有朝一日不在了，那就把整个神捕营拉回来！那根线一头连着神捕营，另一头在哪儿？另一头是握在刑部手里的，刑部的另一头在哪儿？刑部是握在万岁爷手里的。这恐怕也是他四十年来八风吹不动的原因。这种事情，你们每个老资历的人都知道，可你们谁也不敢说出来，因为率土之滨莫非王臣，神捕营是国之利器，欲自成一系那是非分之想，即便刑部要收回大权，也是天经地义。今年三月，我要干倒他的时候，是一个什么情形，我想刘伯你即使足不出卷宗阁，当时的情况也多少有所耳闻。那个时候圣驾缠绵病榻多年，汤药仰仗医佛一人，年事日高，疑心日重，既然神捕营国之利器，当然要握在自己手里，那些个日子，三公九卿，满朝文武，人人自危，如临深渊，如履薄冰，即便是国公爷，也是在家过逍遥日子。这种情形之下，如果神捕营的总捕头，最终落在了商年玉头上——而且以我之见，当时除我之外，并没有什么力量可以阻止这个趋势——他能办的一辈子最大的一件事，可能就是撤销了神捕营，一切复归刑部。这种情形，你们恐怕私底下也都猜到了，也都不愿意，可你们也是什么都不敢做，不能做。为什么？

因为你们是执法之人,走得了带血的路,走不了带屎的路,只能依律,不可诛心。"

楚随波的声音越来越激动,听起来情难自抑。

刘伯庵的信也写完了,他把信笺装进信封里,封了口。他是信守承诺之人,拈着笔,在等着楚随波说完所有的话。

"所以,刘伯,楚某是不是可以斗胆回答最初的问题:我这样的宵小鼠辈,究竟是怎么平步青云坐上代总捕头的位置?我想,答案只有一个,就是铁总捕头点名要我继任,无非是要借我的手除掉商年玉,至于脏活累活干完了,我什么下场,他并不关心,反正有你们兄弟清理门户,到那个时候,他身后大事已定,他的宝贝徒弟也就可以从此光明磊落、逍遥快活了。"

"心胸褊狭至此!"刘伯庵微微皱眉,面露不悦之色,手掌带着笔轻轻拍在桌子上,啪的一笔黑,"楚随波,你以为苏旷对不起你?"

楚随波的眼睛里,终于有了第一丝愉悦:"不然的话,他人呢?"

他找到那个谜团的线头了。

刘伯庵脸色一凛。他有些过分同情面前这个年轻人了,但没有想到,这个人不仅在抱怨和鸣冤,也在伺机进攻。

刘伯庵站起来,结束了这场对话:"楚随波,我想你可能酒还没有醒。"

"刘伯,我根本就没有醉。"

"没醉就好,到此为止吧。不该说的话,不要再说了,我也不会再听。"

刘伯庵一瘸一拐地走到樟木大箱前,拿出一个沉甸甸的小包裹,走过来:"楚随波,我跟雪拥聊过几句你的事情。在我看来,国公爷是难为你了,既然铁了心打发你走,就不应该再讲什么随传随到。这个事情,我来做主。你也听我一句,年纪轻轻的,到哪儿都有路走,其他的地方,不会比神捕营差。你看这样好不好?京城你是留不住了,最稳妥的路子还是戍边,我写了一封举荐信,也给你准备一些盘缠,你拿着这封信,先到川南去找……"

"我不去川南。"

"那你想去哪里?"

"我哪儿都不去。刘伯,实话告诉你,我今天来了,就已经不准备再走了。"

"你说什么?"刘伯庵眼睛里,严厉戒备的神色一闪。

"是,我说,我来了就不准备再走了。"楚随波点了两下头,"我不知道是关从周还是兰雪拥,他们不让你们见我,跟我说话,恐怕不仅仅因为我的人品操行吧?是不是还担心我猜出来苏旷都干过些什么了?"

刘伯庵摇了摇头,这个年轻人在固执地向火里冲,可并不知道,他是飞蛾,还是凤凰。

"刘伯,我这人不是个好人,不过也不傻。当时,苏旷十万火急地来找过我一趟,之后就消失了,再之后,一点儿风声都没有。这必然是出事了,而且是出大事了。你们都不愿意跟我讨论,我只能自己猜,苏旷这个人什么秉性,我大概是知道一点的,就那几天,京城里出了什么天翻地覆的大事,我大概也是知道一点的。一个月慢慢猜,怎么也能猜出一点来。你猜,我猜着猜着,猜到哪儿去了?"

刘伯庵问得平静:"说说看?"

楚随波用尽全部的勇气,吐出了八个字:"专诸要离,豫让荆轲。"

刘伯庵轻叹一声,转身,一瘸一拐地走到火炉边,把举荐信扔了进去,火焰明亮地飞舞起来。楚随波确实已经再也走不了了。

刘伯庵转过身:"你来这儿要干什么,不想活了?"

楚随波居然还是点了点头:"这是你们哥仨的事了——杀了我,灭我的口,或者,觉得我有用,留我下来——只要你们三个肯一起留我,不可能留不下来,随便找个什么理由,就说我当过代总捕头,知道太多秘密,不适合放我出去。叫我干什么都行,扫个地也行,送个粪也行,或者你们要是信不过我,关着我也行。"

"你到底图什么?"

"我想得清清楚楚,明明白白。神捕营,是我这辈子唯一的用武之地。"楚随波说,"关从周已经八十四岁了,他喜不喜欢我不要紧,我可以等。"

夜深了。乌云蔽月,寒风里像是夹着铅,雪花和霰粒砸得人脸生疼。神捕营里万籁俱静,只有总捕头的公署前,车骑云集,灯火彻夜长明。

如今三杰共同执掌神捕营,刘伯庵素来深居卷宗阁,万蜀戎又出了长差,处理各项事务的只有兰雪拥一个人。但最近这几天,兰雪拥白天大多数时候都在刑部,或者同关从周商议诸事,许多公文、案卷、银两收支要等到深夜才能批复。

以前,兰雪拥不管多晚回来,总是会把该问的事情问一遍,该听的事情听一听。可是今夜,任凭外面堆积了许多的紧急公务,众人都在火急火燎,兰雪拥就是没有开门放人。他把自己关了很久，甚至连灯都没有点亮。所有人都度日如年，可也不知如何是好。

一盏灯摇摇摆摆地来了，是刘伯庵。他跛着腿，走起路来的时候，手里的灯笼一上一下，像一颗燃烧的心脏在跳。

"刘伯。"门口的人，一起同他打招呼，如释重负。

"大家伙辛苦了。"刘伯庵向每一个人点着头，"雪拥回来了吗？"

"早就回来了，在小书房里。"

刘伯庵抬头张望，很奇怪："他站在那儿多久了？"

"有将近两个时辰了。"

"知道了，跟厨房说一声，送两碗小馄饨过来。"

兰雪拥在小书房里，关着门，双臂撑在窗台上，寒夜看雪。他的窗户大开着，屋里同屋外一样冷，地上落了茫茫一层霜白，他一动不动，任星星点点的雪花飘在脸上、鬓角上、胡须上、发髻上。他十二岁那年进的神捕营，如今，已经四十年整。他在无数个乌发飘扬的岁月里，也曾多少寒夜抬头向雪，忽然高堂明镜，这人间雪也满头。

"雪拥？"刘伯庵在门外轻轻叩了两下，"是我。"

"进来吧……门没闩。"

刘伯庵走进来，放下灯笼，点火引亮油灯。朦黄的灯火下，兰雪拥脸色奇差，须发好像都白了许多。

"伯庵，你怎么来了？"兰雪拥关上了窗户回头，他神情有些恍惚，眼神还有点躲闪，走到桌边，颓然坐下，"你腿脚不好，这么晚了，有事应该叫我过去。"

"你怎么回事？"

"伯庵，大后天清早，蜀戎就该进京了。老铁也终于回家了。"

"这我知道。"

"伯庵，我今天在老关那儿待了一天……讨论出殡的事情……"

"这我也知道。"

"听国公爷的意思，老铁这回应该是要封侯了。"

"好事啊。"

"是啊，好事啊。伯庵哪，国公爷已经八十四岁了，到这个年纪，还在尽心尽力地给神捕营铺路，不容易啊。他跟我说，等他不在了，万事艰难，到时候，咱们有一位国公爷、一位侯爷的牌位顶着，路多少好走一点。"

"……这事算定了吗？"

"定了，万岁爷已经下口谕，就看礼部怎么酌情。据说，可能是世袭武安侯。哎呀，老铁一生没再往上走过，六部都没到顶，身后能封侯算是破格擢升了。国公爷呢，也在尽力替他再讨个荣封，享配太庙是够呛，要是一切都顺呢，大礼上的鼓吹羽旌能赐个同三公。至于碑文这一块，老关拟了几个人选，我没细打听，总之是找一位本朝大国手来执笔……"

"哦，老铁家里头，还有什么人能袭爵吗？"

"当然没有。"

"堂兄弟、从兄弟呢？"

"伯庵，你糊涂了，老铁家里头……多少年前就一个人都没有了。"

"也是，也是。万岁爷这个爵位封的，真是只赚不赔。"

"不当讲，不当讲。"兰雪拥指了指刘伯庵的鼻子，无奈之下，自己也苦笑起来。

小馄饨送到了，两个人狼吞虎咽吃起来，奔波了一天，都是饥肠辘辘。几次三番，兰雪拥欲言又止。

"伯庵啊，"兰雪拥一边把最后一点馄饨汤往嘴里倒，一边说，"国公爷是千叮咛万嘱咐，铁总捕头出殡是咱们神捕营天字第一号的大事，要是这个规格荣光落稳了，今后，不管谁再上来，萧规曹随，规矩都能按着老铁定下来的走，不至于走回头路。这你千万得明白！咱们多少年、多少人命才堆出来今天的神捕营！咱们把这一仗打完了，以后小子们就不用再低头了……老关直接告诉我，扶灵有四个人就可以了，咱们哥仨，我知道你不想去，但你一定要去，再加上一个人——老商。"

"商年玉？明白了，老商这段日子磨磨唧唧，转来转去不愿意衣锦还乡，就图扶这个灵吧。"

"唉，让他扶嘛，扶完赶紧走人。"

"好……那什么人捧牌子啊？"

"蜀戎说，他带了个小孩子回来，就是那个关门弟子叫风雪原的。"

"也好。不过这样说起来，这事就没什么可麻烦的了，无非就是行礼如仪四个字而已。雪拥！你绕半天圈子，到底在跟我说什么呀？"

"伯庵……"

"到底怎么了！"

"今天，关从周抽冷子问我，老铁究竟是怎么死的呀？讣告怎么发？碑文上要怎么落笔？"

"你怎么回答？"

"我说老铁是自尽，此一节不足为外人道，讣告碑文上当写天年而终。"

"他又问我，跟外人这么糊弄也行，神捕营自己人这儿呢。老铁是怎么死的？"

"你怎么说？"

"我一时没有答上来。他就又追着问我，老铁这是扶灵回家了，可这么大的事，苏旷呢？怎么你们最近都不提他了，就跟铁敖没收过这个徒弟一样？我一时还没答上来，他就又追问我，我们偷偷地发了十大名捕的通缉密令，要追拿苏旷，拒捕格杀勿论，又是为什么？"

"谁告诉他的？"

"韦慈、韦悲。关老爷如今是代行总捕头事，我们这种级别的通缉密令，不可能没人告诉他，本来也不应该瞒着他。"

"他们兄弟这是什么意思？"

"很清楚啊，他们是十大名捕啊，都是风雨校场跑马升旗的人物，到这个时候了，他们居然不知道神捕营抓苏旷是为什么，这口窝囊气谁忍得了啊？我们不让他们问，他们就让关老爷问哪。"

"最后你怎么回答？"

"我编不出来。没有理由能解释这一串的事。"

"那你……你告诉他了？"

"是。"

"也好，反正纸里包不住火，我也正想知道他要怎么做？"

"伯庵，你千万得记住一件事，苏旷已经还手了，直接拒捕，放倒了蜀戎。说实在的，事情到这个地步，没有余地可言，他的人头，我们非要不可。"

"是，我知道，可那又怎么样？"

兰雪拥起身，打开壁间小书柜，拿了瓶酒，倒了两杯，分给刘伯庵一杯。刘伯庵脸色凝重，接在手里。他几乎是滴酒不沾，兰雪拥当然知道。他想不出来，他们哥仨还有什么扛不住的事。

兰雪拥终于长长地叹了口气："今天送我出门的时候，关从周问我，问我们几个多大岁数了？我跟他说，我们三个是同年进的子弟营，一般大，就差月份，都五十二了。老关就说，好哇，五十而知天命，也该知道天命了。"

刘伯庵凝神，看着他的眼睛："什么天命？"

"他出了个主意。老铁的讣告，按照我说的发，还是天年而终。苏旷的通缉密令，也还按照我说的发，而且既然已经拒捕了，可以再升一级。不过，海捕文书还是不要动，惊州动府怕不好收拾，就神捕营内部，通达上下，出天字第一号令，花红升到顶，活要见人，死要人头。"

刘伯庵还在等，可兰雪拥已经说完了。他略有些不解："这和我们之前……有什么不同？"

兰雪拥轻声地一字字回答道："当然有不同，这次要两个一起发，而且，要直接把大逆的罪过挑明了。对他来说，这两个罪名并没什么不同，可对我们来说，所有的问题就解决了。"

刘伯庵手抖了一下，酒杯直接落下去，兰雪拥一把抄住，递还到他手上。他接过杯子，走到窗前，看外面雪落得如疯如魔。他的姿势和神情，与刚才的兰雪拥几乎一模一样。

关从周不愧是位列三公的老刑部。纸里包不住火，但火可以引到另一个地方去。这样做，确实可以在不做任何改动的情况下，解决他们所有棘手的问题——"弑君"当然是大逆，"弑父"也是。

兰雪拥走到他身边："关老爷说，叫我回来同你们商量。"

"我不同意。"刘伯庵坚决地摇了摇头，"我们可以要他的命，但不能这么对他。"

兰雪拥慢慢把这杯酒喝下去："伯庵，我们恐怕没有别的路走了。神捕营不可能把那个事挑明！我在这里想了很久，不是犹豫这件事该不该这么做，我是在琢磨，要怎么才能对你开这个口。如果你实在忍不了，你可以一言不发，回卷宗阁，从此不再管外面的事情；也可以选老铁那条路，等他的人头送到了，这个事情一旦了结，我下去陪你。"

刘伯庵想了一会儿："雪拥，这件事如今几个人知道？"

"我们仨，加关老爷。"

"可能还有另外一个人也知道了……我想，要不然，我们一起聊聊。"

第十六章　风尘仆仆

　　凉风，秋末，清晨。卯时刚过，神捕营的北街还半黑着，初升的太阳在青石板街面上洒下一道孤零零的光，像是天公有意人间语，呵笔写了一道，却又作罢不提。

　　一道长长的车队，格格轧轧地来了。两辆马车、十九人的马队、一架簇新的略染风尘的白木灵柩。

　　神捕营的西门前，大门虚掩着，两个黑衣短打的年轻人，正踩着梯子，在门楣上布置雪柳和白帷灵幔。风起了，几片没扎牢的雪柳贴着地飞滚，正沾在万蜀戎的靴子上。马车在门口停下了，一众下马。远处，有目送的人群围拢，风里有低低啜泣声，那多是隔壁偷溜出来的少年，和秋原街的遗孀们。

　　大门缓缓拉开了。门内，兰雪拥和刘伯庵并肩而立，都已经换了麻衣，文陵江捧了碗招魂酒，两队年轻人左右成列。

　　神捕营的西门是子弟门，长大成人的少年们会从隔壁走进这道门，生死天涯的捕快们会持令走出这道门，而战死归来的英雄们，也会被抬进这道门。高高的一尺三寸七分的铁门槛，需要昂首阔步才能迈过去，向内的一侧镌着八个沉甸甸的大字：贪生怕死，勿入此门。

　　归来有归来的礼仪。兰雪拥和刘伯庵齐齐迈出，万蜀戎上前一步，哥仨各占一角，扶着棺木；文陵江捧了那碗酒，倒在门槛上；那些来迎接的年轻人，一起把手握在腰间的刀柄上。

　　扶棺还缺一个人。按道理说，风雪原是不该这么没有眼力见儿的。

　　万蜀戎轻轻"咦"一声，回头望一眼——风雪原正在无声无息地和母亲"争吵"，车停了，阿秀婶正要把箱笼包裹拿下来，风雪原示意她先别动，放回车里，这儿

199

丢不了。风雪原要往前头走,阿秀婶又拉着他,嘀嘀咕咕不知说些什么。万蜀戎一切看在眼里,叹口气,轻轻咳嗽一声:"福宝,搭把手。"

风雪原脸上微微一红,忙跑过来,扶住了棺材。

"英雄归故里。"兰雪拥这样长声招呼着,四个人一起用力,棺材离开马车,向门里迈,"铁总捕头,回家了。"

"英雄归故里。"所有的年轻人一起拔刀,铮然引路,长锋向着风雨校场的方向,生生招魂,"铁总捕头,回家了——"

这是很长的一段路,翻山涉水,星夜兼程。

万蜀戎虽然身手了得,毕竟也是五十岁的人了,一来一回长途奔驰,眉梢眼角多少有些疲态。他进了门,一边抬棺向前走,一边皱眉四下看——整座神捕营都被布置成了一个大灵棚,到处都是雪柳、灵幔、经幢。就连很高的树枝上都缠了细细的白布。

所有人,只要是看到这具灵枢的人,就远远停下来,有刀的按刀肃立,无刀的单手抚胸,深深一低头。所有人都服丧,有人按近亲的礼仪,有人按远亲的礼仪,即便是等级极低的闲杂人等,腰间也有根白布带子。

"雪拥、伯庵,怎么回事?"万蜀戎皱皱眉头,"这也太奢靡破费了,总捕头不会喜欢。"

"不是咱们出钱。"兰雪拥就在他身侧,低声解释,"这些是刑部拨的银子,户部拨的一应器用,宫里赏的大殓衣物,还有钦赐的黄金百锭,羔羊酒馔一席。就连棺椁,也是国公爷把早几年他给自己备的那具拿出来了。"

"嚯!"万蜀戎惊叹一声,"赐襚赐赗,好了不得!"

兰雪拥点点头:"蜀戎,总捕头封侯了,世袭三等武安侯。国公爷的意思清清楚楚,咱们神捕营,这些年功勋不显,声望不隆,铁总捕头去职之后,一直也找不到能够执掌全局的人,六部、朝中几位要员大吏都有议论,屡屡有把神捕营裁并收回刑部辖下的风声。现如今,难得有这样的哀荣,非要大办一场不可。"

万蜀戎原来如此地"哦"了一声。风雪原没太听懂"赐襚赐赗"是什么意思,就知道师父封侯了,这可了不得,于是也糊里糊涂跟着"哦"了一声。

"灵堂设在哪里?"他们走了不近的一段路,眼看已经过了风雨校场。万蜀戎回头看,福宝的父母妹子也不肯坐车,也懵懂跟着走,他们一路车马劳顿,看起来十分辛苦。

"灵堂设在刑部,后院单辟出一处来,老商在那里守着呢。接下去七天,他在那儿主祭。异姓封侯嘛!三公九卿,六部百官都要去拜一拜的,等他们祭完了,人还给我们。"

"呵!商年玉都当上主祭了,总捕头进门他不来接一接?"

"老商在那里写碑文呢,也是大事情。"

"百官吊唁,往来应酬才是大事情吧!"

"蜀戎,你啊你,这些都是大事情!术业有专攻嘛,应酬也不是人人应酬得来的,老商不去,我也不去,你去吗?还是伯庵去?"

"倒也是。那咱们这是去哪儿?总不能一路把棺材抬到刑部去吧?"

"咱们去冥明阁。总捕头是自戕,这得先开棺验了尸再重新入殓,国公爷应该已经到了,他老人家亲自点了三个名仵作操刀,刑部张侍郎带两个书记官过来,大理寺也过来三个,做个见证,不是咱们刑部关起门来办事。然后神捕营自己人呢,咱们哥仨、陵江、十大名捕里头,愿意来看一眼都过来。众目睽睽之下,谁也做不了手脚,到时候验完尸,仵作当场出文书,蜀戎你当众做个陈述,陵江出细图,大家一起签字画押摁手印,卷宗交伯庵,前面的种种案子就封存入库了。到时候总捕头名正言顺地大殓,换了棺椁,再送到刑部灵堂去。"

"是,国公爷想得周全。该这么办!"

"对了蜀戎,你该带的都带了?"

"带了。总捕头在石壁上留了字,我做了拓印,附近的泥土、石屑、草木,掘土的花锄和小机关,全都带回来了,案图和口供也都签了字画了押。只就一样,本来尸首不该动的,但被……被他抱了一下,难免有些挪动损毁,我也都标注了。"

"净不干人事!"兰雪拥哼一声,"涉案的尸首是他能动的吗?这得添多少麻烦。"

"毕竟苏……"

"蜀戎。"兰雪拥忽然制止了万蜀戎说下去,他脚步顿了顿,想了想,回头向风雪原吩咐,"福宝,令尊令堂旅途劳顿,也不好这么跟着我们走,你先侍奉他们,去陵江的小院休息。住处都给你们收拾好了,国公爷怕我们营里头没有使唤下人,还拨了四个丫鬟仆妇过来。屋里头有点心,你们饿了先垫一垫,晌午的时候,我们哥仨过去,一起吃个便饭,接风洗尘。"

201

风雪原明白,这就是有要紧话,不方便他听了。他有无数的疑虑,他想随便抓住某个人胸口的衣服问,这他妈是为什么?但他不会做这样的事了,甚至他感觉永远都不会再做这样的事了。无论是谁,无论多大的脾气,如果亲生父亲曾经被人捆着手,刀指着脖子跪在河滩上,亲生妹子差点被人拖在马后面拽,都是会有所改变的。他点头应允一声,放开棺材一角,文陵江上前接他的手。他转身去向母亲身边。

文陵江的小院不远,建在荷塘正中湖石泥土堆砌成的一座小岛上,独立清净,花木雅致,只留一座青石小桥和外界连通。小院不大,前院尽是花木,后院是白石山水和一处浴池,东西两厢房,收拾得一尘不染。

挪给他们一家四口住的是东厢房,也是较大的那间房子。那间房用文玩架子和花架子做了个隔断,分成里外间,里头安置了一张高脚雕花大木床,外头也分左右,在壁橱和书桌后面设两张小床。床上的被褥浆洗晾晒过,是八成新的、水一样的青绫粉缎。该有的日用器皿全都齐全,壁橱里也塞满了成套的衣服被褥。一切都是完备的。

两个妇人在后院浴室烧好了热水,水里放了些芙蓉花露,架子上搭着干净柔软的换洗衣服,桌子上镜袱打开了,梳妆匣子一层又一层,钗钿成套,香炉里烧着乳香,茶几上温着姜茶,摆着四色点心。另两个年轻丫鬟正合力把一个半人高的美人花瓶抬上文玩架子的正中格子,见有人进来,一起万福施礼:"老爷、夫人安好!"

王家夫妇顿时有些手足无措,犹豫着要不要还礼。风雪原忙上前一步,挥挥手:"行了行了,免礼,这儿用不着许多人,你们帮忙把行李拿进来,然后赶紧就回去吧。"

四个丫鬟、仆妇还是恭恭敬敬回答:"是。"

行李并不好收拾,阿秀婶来的时候,因为听说是搬家、再也回不去了,就带了许多箱笼包裹来,大袄子、旧被面、新手巾、四季的衣服鞋袜、简单的家具、藤垫子竹席子、锅碗瓢盆、剪刀凿子、针线匣子、几袋天麻、几坛自家酿的酒,还有腌萝卜和晒豆角,一袋"路上吃的"干粮和好几罐子奇怪的酱……其实,就是因为行李太多了,不得不又高价雇了一辆马车。要把这些东西塞进去,就要把文玩架子全都挪出来。

四个仆妇丫鬟有些犯愁,不知道哪些是可以放在院子里的,哪些要放在屋子里。

阿秀婶立即挽起袖子，参与到收拾屋子的忙碌之中，而且指挥着女儿搬这个拿那个，劝她停下来也没什么用。她一动手，边上几个年轻的护卫哪里站得住，忙不迭跑过来帮忙。屋子里顿时变得拥挤不堪。

福宝的爹是个木讷男人，初来乍到有点畏畏缩缩的，不大说话。阿秀婶却很热络，很快就和大家都聊起来，叽叽喳喳。风雪原的头，嗡嗡直响。其实他挺想说一声，就刚才那样已经很好了，不用非得把那些"破东烂西"拿进来，尤其是那些酱和腌菜，味儿太大了，把屋里原本名贵的乳香气息冲得荡然无存。

不过他什么都没有说。这里的每一样东西都是母亲亲手做的，很多是从"老家"千里迢迢带到大别山，再带过来的。他们经过太多风波了，背井离乡，不能连一点可以依傍的旧物都没有。而且这样也很好，人上去容易下来难，"国公爷"给他们家的待遇太高了，这让他有些惶恐。

"福宝！福宝！"母亲从一地东西中穿过来，一手端着个杯子，一手拿着块点心，也不避外人，直接往他嘴里塞，"你得吃一口呀，你从早到现在都没吃什么东西，那可不行啊……"

这挺让人尴尬的。母亲有点过分关照他的衣食住行了，而且他并不是什么都没有吃。今天他们天不亮就起了，万蜀戎可能一夜根本没睡，就为了第一个进城，赶在路人还不多的时候，把灵柩送进神捕营。这是很大的事情。

万蜀戎夜半喊他来自己的马车上，跟他聊了很多，都是进神捕营之后的注意事项。可能是到了家门口，触景生情，万蜀戎喝了一点酒，眼睛红红的，也让他喝一点，毕竟，他是铁总捕头唯一的弟子了，丧礼上得周到体面，把大梁挑起来。他很荣幸地陪着喝了几杯。他们心照不宣，他要替他师兄说一些该说的话，做一些该做的事情，行一些该行的礼仪。他静静点头，尽量让自己看起来像个大人。

可让人恼火的是，下车撒尿的时候，母亲就在黑漆麻乌的转角等着，不知从哪里弄出来一个煮鸡蛋，也是剥好了壳，一下子塞进他嘴里，嘟哝着："这一熬一整宿的，还喝酒，不吃东西可不行……把这俩给你万叔带去……"

他很不好意思地带着一嘴鸡蛋味回去，把手帕包里的鸡蛋拿给万蜀戎，万蜀戎略惊讶，皱了皱眉头，懂了："忘了，你还是多陪陪父母吧。"

这种感觉让他挺屈辱的。他没法让父母明白他到底想干什么，尤其是母亲，她被这些风波吓坏了，早已是惊弓之鸟，只要他稍微多说一点点，就担心得翻来覆去睡不着，他以后索性再也不说了。

有一就有二，阿秀婶没过一会儿，就又托了一杯茶、一块奶酪，千山万水地挤过来。可能这里预备的点心真蛮好吃的，当娘的看见好吃的，就想让儿子吃一口。风雪原接过母亲手里的茶盏，看也不看倒进嘴里，擦擦嘴，说"出去转转"就走开了。他一转身，走进了另一间屋子。

这间屋子小很多，也是用屏风隔成了里外两进。里面顶墙有张床，镂花木窗关着，洒进些阳光。进门的地方，一面墙纯黑，一面墙纯白，地面纯黑，天花板纯白。墙上全是画，全是一张一张贴上去的。有的是整个人的肖像，更多的是人头，有的只画一双眼睛，森森的，看得人后脊梁一个寒战；有的很小一张纸，画了七八个人的草图。墙角也全是画，一些画一口气画了十几张，看起来明明一模一样，但又都标了不同的数字。还有一些画，看了半天不知道是什么，仔细看似乎是某种布料的纹理、某种木材的年轮。

这样黑白分明的世界，看多了眼晕。风雪原向前走，不提防，被脚底下什么东西绊了个跟跄，发出很大一声响——那是个一尺高的木台阶，隐藏在黑色的纹理中，不仔细看根本看不出来。

整个屋子的最里面，是一张四柱床，雪白的纱幔、淡青色的被褥，太阳已经很高了，镂空的花窗里透出温暖的风。床上……有一个人。那是一个很"大"的女孩子，睡在这张本不算小的床上，身体扭曲成一个豪迈的"卍"形，睡得顶天立地。她穿着短衣短裤，露出两条又白又粗的腿和一截圆滚滚的肚皮，脸上盖了个枕头挡阳光，一条被子在肚子上搭了一角，剩下的全都滑落在地上。

风雪原一看，原来是大雅。外面吵成这样，能睡着也是天赋异禀。他小心翼翼拿起枕头，轻声喊："大雅，大雅……"

但大雅打着小呼噜，翻了个身，又把脑袋钻进另一床被子里躲阳光。风雪原在她耳朵边上猛叫："大雅！"

大雅吓得一激灵就醒了，迷迷糊糊看见有个男人在床前，鹞子翻身抬腿就踢，还喊了声："呀！矮个流氓！"

她这嗓门，黄钟大吕晴天霹雳，吓人一跳，踢人虽然不准，力道真不小，一脚踹在床柱上。那床柱江南风骨，秀秀气气的不经踹，顿时天柱折地维绝，连着纱幔往下倒，风雪原慌得扶了这个拽那个嗷嗷叫："快闭嘴吧傻大个！流氓就流氓什么叫矮个流氓！"

大雅又一激灵，在床上直蹦，一把抱住他肩膀拼命晃："呀！小风哥！"

风雪原扭头："你没漱口是吧，一嘴韭菜味就睡了……好了好了，你快起来吧。"

"我吃完早饭，想躺床上看会儿书来着，不知怎么回事就睡着了！"大雅激动坏了，套衣服爬起来，满地找鞋。

那根床柱彻底撞折了，纱幔歪头歪脑地耷拉着，风雪原修了几下放弃了，气呼呼地把鞋子踢给她："傻大个，你以后千万别跟人说你当过丫鬟。"

大雅虽然不会照顾人，但把自己照顾得相当不错，一眼没瞅着，好像又高了一点点。她拿着剩茶水和盐罐子，趿拉着鞋子出去漱口擦牙齿的时候，大声招呼了一句"婶子你好"，阿秀婶吓了一跳。然后她就看见儿子拎着另一只鞋追出来："傻大个，你穿错鞋啦。"

从大别山见到儿子那眼起，就没见过他这么眉飞色舞。阿秀婶手举高，比画比画，很快过了自己这一关，转回去跟自家男人嘀咕："你说……要是咱们儿媳妇有那么高……哎呀，可怎么好，丈二的儿媳妇摸不着头脑……"

一应就绪，晌午很快就到了。王家四口，都沐浴更衣，焕然一新。尤其是二毛，梳妆的时候，她好奇极了，忍不住打开梳妆匣子，每一样都看看。丫鬟想要为她搽一点胭脂，她害羞不肯，自己把脸蛋急得红通通的。最终扭扭捏捏地只在鬓角戴了一朵小珠花，自己还时不时往鬓发里抿一抿。

小院里的人忽然就变多了，很多是卫士，垂手侍立。青石桥那边也多了很多卫士，有人往来飞奔，有人四下巡查。花棚架子被仔细地整理过，清除了灰尘，石凳上包了锦袱，之后食盒被流水样地送过来，琳琅满目，摆了一桌子，器皿也全换了套新的。

国公爷要过来，亲自为二位接风，有人这样通报说。

阿秀婶听了一耳朵，有点不明白，拉着自家男人打听："他爹呀，国公爷是多大的官啊，比咱们县太爷得大不少吧？"

福宝爹其实也不太明白，就想了想说："常言说得好，宰相门前七品官，我猜……国公爷和宰相差不多吧。"

阿秀婶就有点惴惴的，本来已新换了一身衣裳，打扮得整整齐齐，又回屋去，找梳子仔细抿了一抿头。

快到正午，关从周轻车简从地来了。有两个看起来像个人物的，被他留在小桥那一边。关从周稀疏白发，面容清癯，朴朴素素一袭软绸长衫，外罩了一件对襟缎袍，只在腰带上系了块羊脂白玉坠，扶一根龙头拐杖——那是他八十寿诞时候先帝的赏赐，从此可以杖朝赐座。

刘伯庵没有到，只来了兰雪拥和万蜀戎，万蜀戎的脸色有些晦暗。文陵江带了个小箱子。小院里头，一群下人呼呼啦啦躬身行礼。

关从周摆摆手当中落座，笑吟吟地摆手示意众人也坐："坐，都坐，老夫来此，就是家宴了，不必拘礼。来，陵江，坐我身边。哎呀，老眼昏花，你不在我身边，老夫是不敢吃这口江鱼呀。王先生坐啊，你是贵客，今日就是为你们夫妻接风的。孩子叫什么来着？福宝？好名字，好彩头。丫头呢，多大啦？十二啊，瞧着不像，属什么的呀？属羊啊，属羊那是十一呀。这丫头长得可真精神！雪拥，我瞧她和我那无尘孙儿一般高啊，你说是不是？哎，不带他来，神捕营自己人吃个便饭，带他来，没头没脑的，大家反而都拘束了。说起来，老夫快四十年没吃着神捕营一口菜了。神捕营的菜出了名的硬哪，牙口不好的人，嚼不动。"

关老爷子健谈得很，轮番招呼、张罗，看起来就像个邻家长者，平易近人。渐渐地，席间众人也不再拘束，吃喝起来。

这一桌子菜都是神捕营小厨房老师傅的几样拿手菜，因为老爷子来了，也特地做得烂些，清淡些；关从周喜嗜河鲜，文陵江挪了一碟子清蒸刀鱼在面前，用一根小银针，极快地剔去了细软小刺，鱼肉不散不冷，送到老爷子面前正好入口。关从周吃得很快，没多久就搁下筷子。大家都还没怎么敞开吃，他就也坚持不要茶漱口，拿了干果碟子，吩咐文陵江剥几个松子给他吃。

但他一放下筷子，兰雪拥、万蜀戎、文陵江自然而然也就放下了筷子。王家夫妇觉得有点不对，也停了下来。二毛低头不语，风雪原心里有事，也抓几个松子，边剥边想。只有大雅还拎着筷子，风雪原偷偷拽她胳膊肘一把。一群人的反应，关从周尽收眼底。

"丫头，有大名没有啊？"他冷不丁一问。

二毛一愣要站起来，关从周示意她坐着就好。她摇摇头："没有。"

边上斟茶倒水的丫鬟弯腰，想要告诉她应该怎么回国公爷的话，关从周挥挥手，示意她走开。

"铁敖没给你起一个？"

二毛又摇摇头："我求过师父的。可师父说，好好读书，等我长大了，可以自己给自己取个名字。"

"哦，师父？铁敖什么时候收的你呀？"

"去年十一月初八。"

"拜师礼行了吗？"

"没有，师父他……让我就这么叫他老人家，别的都没提。"

"苏旷知道吗？"

"知道，可他……大师兄……还不是，苏大哥还没有认我。"

"丫头啊，你将来有什么打算没有？"

二毛彻底怔住了，这是一个平常不会有人提给她的问题。她想了想，还是回话："嗯，我跟师父还没多久……他跟我提过的书我一本都没看完，要是行的话，我想继续读书。"

"读书好哇！"关从周顿了顿手里的茶盅，"想读书，再容易不过了，赶明儿，过了这阵子，搬我家里头去。这神捕营不是个过日子的地方，你们在这儿，住得也局促，陵江也没地方干活儿，我那里地方大，小孩子少，只有几个亲戚家的小女孩子住我园子里，请了先生教书。丫头，你想不想去？想去点点头。"

二毛不知道怎么回答，看看爹娘，看看哥哥。

她父亲忙起身："国公爷，这怎么使得……"

关从周笑笑："怎么使不得了？我看这丫头好得很，想抬举她，就看你们自己的意思。王先生，老夫来此，是有件事求你……"

"哎呀，哪里敢！"

福宝爹吓得战战兢兢，就要离席，关从周示意他坐着，他就屁股挨半边凳子，小心谨慎地坐着。

关从周和颜悦色道："王先生，老夫今日到此有两件事情，头一件，就是向你借令郎一用。令郎是铁敖的独传弟子，前程自是不可限量。为人子的图个光宗耀祖，显亲扬名，那是天经地义；为人父母的，凭子而贵，也是理所当然。铁敖铁总捕头如今去了，圣上钦赐太子太保，敕封武安侯，他人臣一世，夙兴夜寐，公忠体国，可谓社稷之栋梁。只是，铁总捕头一生为国勋劳，没有留下子嗣，如今，令郎就是他独传弟子，为人弟子者，这个时候，责无旁贷，要代尽人子之孝，斩缞而服，捧灵送终。这件事情，我想请王先生应允。"

福宝爹倒不是不应允，就是有些文绉绉的字眼不明白，兰雪拥轻声提醒说："国公爷的意思,是让福宝为铁总捕头服重孝,代行儿子的职责,请求王先生的同意。"

福宝爹一拍大腿:"那是应该的呀!这种事情,国公爷还问我做什么!该做什么,吩咐他就是了!别说这小子了,连我这条命,都是施先生,不是,铁总捕头救的。我当年也在老人家面前发誓,要拿他当父亲孝敬,给他养老送终,福宝有这个造化,能拜他为师,我高兴还来不及!这都是天经地义,天经地义!国公爷还拿来问我,哎呀,怎么敢怎么敢……"

关从周忙摇手:"王先生,天地君亲师,伦常有序,问是应该要问一声的。"

"那……国公爷还有一件事情呢?"

"哦,我想请二毛姑娘……"

王家夫妇和二毛一起站起来:"不敢!国公爷吩咐就好!"

"好,左右全都给我退出去,过到桥那边,不听吩咐,不许过来。"

一院子的丫鬟下人侍卫,全都离开了,顿时,一片寂静。关从周闭目片刻,睁眼说道:"二毛啊,你把那一天,上官乾抓你们之后的事情,再详细跟我讲一遍。"

二毛抬起头,刚才还老眼昏花、含饴弄孙的老者,忽然之间,就有了股不怒自威的意思。她点点头,整理了一下衣袖,站起来。文陵江打开箱子,拿出纸笔画架。风雪原也有些惊疑,那天的事情,万蜀戎反复询问了他父母许多遍。因为大多数时候,大人记得的东西总是比小孩子多一些,二毛话又少,总脸红,结结巴巴没说出什么来,录了遍口供,也就过去了。想必,今天是发现了什么问题的关键。

二毛想了想,从头开始说起:"那天晚上,我和风筝一起睡,我们都睡不着聊着天,门突然就被踹开了,我们都没反应过来,就被装进了麻袋里,后来……"

"从你看得见的时候开始说。"

"嗯。我们被放出来的时候,已经是第二天早上了,当时我们都在河滩上,有两个人拿刀看着我们,阿爹被捆了手,当时一出来,风筝就看天上有个大风筝,下面挂着……挂着燕伯伯的人头。"

"什么样的风筝,你还记得吗?"

"那个风筝好高啊……好像是燕子的,记不清了……"二毛紧紧闭上眼睛,想了想,"不对,是蜈蚣!"

"确定吗?"

"确定,是蜈蚣,画在燕子形状的风筝上,可肯定是蜈蚣,我盯着它看了好久。"

"你不怕吗？"

"怕，可风筝一直在看啊，我就拉着她的手，陪她看……我特别怕她出事儿，她小小年纪什么都懂，没娘了，没师父了，也没爹了，不哭也不叫……"

"你们等了多久？"

"小半个时辰吧……"

二毛说得琐碎、详细，那是难以承受的一段等待，男人不敢抬头，抬头就被刀背敲一下；女人早就吓坏了；风筝的眼里只有人头。唯一一个还在观察的，是这个小女孩子。她记得住有多少人，依稀也记得多少匹马，记得炮在哪里，也记得上官乾的眼睛。

"再然后……他们就抓我过去，想要把我拴在马后面拖……把大师兄引出来。不过他还没那么干，大师兄就来了。"

"你不怕吗？"

"怕……"二毛又咬了咬嘴唇，盯着新鞋子看，她还是怕人，头快要低得折断脖子，"可我觉得，是我就是我吧，总比是风筝好，她才多大呀，她不能受这个，大师兄得心疼死……"

满座的人，一起转头看她。

二毛慢慢地讲那一天发生的一切，那个故事残酷而惨烈，带着河滩边的湿冷气，她讲得很详细，有时候迟疑，但闭一闭眼睛，总能把一切都记起来。在她的回忆里，细节是精准到有力的地步。这是很难做到的事情，神捕营里许多少年要经过三到五年的训练，才有这样的观察能力。

她复盘了那次交手。风雪原听得脊梁上寒毛直立，他父母讲了个糊里糊涂的故事，主要是因为他们从头到尾都没有怎么敢正视，不管是人头，还是敌人，还是自己人，还是最后从天而降的帮手。他知道他师兄走出去了，但没想到，师兄是以这样一种近乎笨拙的方式走出去，而且极尽所能地交了三轮手——以师兄当时的身体，这不仅仅需要勇气，还需要极大的智慧来周旋。他师兄好像只是在他看不见的地方才是个传说。他还记得他们分开时，他师兄看他的最后一眼，眼里是深深的愧疚和无奈。无奈他明白，愧疚是为什么？师兄显然有很大一件事瞒着他，那到底是什么事呢？

所有人都在很认真地听，文陵江一字不漏地记录。她有一箱子纸和笔，飞快地换笔，写字用一种，画画用另一种。讲到酷刑和刑具了，文陵江举了举手，意

209

思有问题要问。关从周点点头。

"那个蝎子是什么样的？多大？"

"大概有这么长，这么宽……"二毛比画着，想了想，又更张开双手一些，"对，我确定是那么长，因为，蝎子的那些脚，是扎进脊椎骨里的，我想，是一个骨节一对，没错。"

兰雪拥和万蜀戎对望一眼。显然，他们都知道那只蝎子。

"双螯呢？卡在哪里？"

"肋骨。"

"哪一根？"

"最底下的一根。"

"你会画画吗？"

"不会……"

"没关系，你来说我来画。"

"可这……怎么画？"

"放心，你说就好了。"

文陵江的笔在白纸上动着，这是她的独门绝技之一，可以根据目击证人的口述画出形影图来——她画了一只蝎子，慢慢地蝎子变瘦了，变宽了，月牙一样的步足，带着锯齿的大螯，和最后那个可以洞穿下腭的倒钩。

兰雪拥和万蜀戎的脸色越来越凝重。关从周慢慢地摇着头。这个蝎子，已经深埋在很久以前的旧卷宗里，但如今，它再次出世了。

"苏旷呢？他是怎么做的？破口大骂，还是……"

"没有，苏大哥一直没有动，他在……"二毛又闭了闭眼睛，这一次，她去到了记忆更深处，寻找着什么，"对，他在看上官乾的手臂，那上面有个文身，我记得很清楚，因为，他要拖我的时候，我也在看……"

"什么样的？"

"红的……黑的……像条蛇，有好几个头……因为上官乾始终没有把袖子挽过胳膊肘，所以看不见蛇尾巴，我想是有三个……五个……可能有七个……"

文陵江举了举手："你说我画。"

于是，那条半遮半掩的蛇也慢慢出现在白纸上了。那是精致而可怖的文身，红黑相间，颇有些狰狞。一个蛇头咬着小孩子，一个蛇头是个骷髅，一个是美女

210

的头颅，一个是夜叉的头颅，一对蛇头互相咬住彼此，一个蛇头的眼睛里正爬出蝎子，一个蛇头是条流血的龙……"

"就八个？"

"没有了，就八个。"二毛回忆了无数遍，"我确定，就八个。"

文陵江还想就那个文身探讨几句，关从周摇摇手，稍微目光示意王家夫妇，这种话不必在这里讨论了。他关心的是另一个问题："二毛，你怎么敢看的，怎么记住的？"

二毛没有直接回答这个问题，她想了想说："师父教我识字的时候，是一个字一个字掰开了讲解的。讲到'看'这个字，他写小篆给我看，说这个字的本义是一只手搭成凉棚，向远处看。看，是行；见，是果。先看后见，凡事先有行动，之后才有结果，如果你不去看的话，就什么都见不到。"

"他还教你什么？"

"师父还教我，说功夫高不高没那么要紧，功夫好，很好；不好，也没什么。人的战斗和野兽的战斗不一样，要学会使用武器，不仅刀枪棍棒是武器，智慧也是，还有很多别的东西都是。看，是一种武器；记，也是一种武器。如果遇到了不可抵抗的命运，也无法还手的时候，就要认认真真、仔仔细细地去看，去记住。因为，真正可怕的是毁灭掉你的眼睛和记忆，只要始终拿着这两样武器，人就是有力量的。当很多人的看和记汇聚在一起的时候，那个东西就叫作史。史也是一种武器，拥有了这个，一个国家就是有力量的。"

"之后你就记住了？"

"对，师父教过我之后，我每个字都记得清清楚楚、明明白白。开始的时候，我学得慢，后来就越来越快了。那时候我就觉得，识字读书真好啊，每一个方方正正的字，都有力量。"

风雪原觉得很难过。他忽然发现，同样是读书，差别也挺大的。他也在私塾读了三年，抄《千字文》抄了半年，一边抄一边忘，最后只记得被打得火从心头起，怒向胆边生，老惦记着老子将来拳头硬了回来干你。

整个故事都讲完了。关从周问了最后一个问题："二毛啊，那个从天而降的很厉害的人，你记不记得，有没有人喊过他的名字？"

二毛摇头："没有。"

"再想想。"

二毛闭了闭眼睛，很努力地回忆了片刻，睁开眼睛，抬头直视关从周："国公爷，真没有。"

此时，文陵江已经整理了一份详细、图文并茂的记录。

"事不宜迟。陵江，你去趟卷宗阁，把这个送给伯庵。雪拥、蜀戎，你们哥仨商量商量，看有什么端倪没有？"关从周扶杖站起来，"上官乾这个人，非同小可，他行事张狂至此，偏又没有来龙没有去脉，不知七寸在哪里啊……也罢，老夫先招呼登云巡检司，让地方上参他一本，看他如何应对再说。"

"是。"兰雪拥扶他手臂。

"不必……你们都有重任在身，忙该忙的去！"关从周站起来，向外走，"我这昨儿后半夜咳嗽了半宿，睡也睡不了，起也起不来，这人哪，上岁数了，是真没办法喽。老夫得赶紧回去，躺一躺歇一歇。旁的事情，就按咱们商量的办吧。"

关老爷子自己扶杖往外走，筋骨还算硬朗，兰雪拥就在他身侧虚扶。王家四口向外送，到了青石小桥边都留了步。

兰雪拥叹口气，招手："福宝，出来，我陪你四处走走，熟悉熟悉。"

风雪原明白过来，跟过去。

很快，人各东西，就剩下兰雪拥、万蜀戎和他三个人。

"既然九头蛟出世了……"兰雪拥按着眉心好一会儿，问万蜀戎，"那个人的卷宗，该解封了吧。"

"是，那个人的名字也该解封了。"

风雪原问："九头蛟是什么？那个东西不是八个头吗？"

"九个，最后一个头藏在上臂内侧，靠心脏的位置。"兰雪拥指了指手臂，"那个东西叫龙血文身，据说是苗家寨子里一种血咒，平时是看不见的，只有涂一种药酒，或者用一门邪术之后，才会显现出来。最后一个头，文的是仇人的脑袋。"

"不仅是仇人的脑袋，最后一头文身有双重相。"万蜀戎说，"当完成报仇，把仇人的血抹到文身上之后，就会露出那张……为之报仇的那个亲人的脸。"

第十七章　纸上苍生

福宝啊，这桩旧事，鲜少人知，你要留神谛听——

我们所说的"那个人"有三个名字，进神捕营之前，他叫李喻；在神捕营的时候，他叫喻佛争；出神捕营之后，他复活了一个已经伏诛的巨匪的名字——百里南屠。

在叫喻佛争的那些年里，他是神捕营中天赋最高的习武者，也是破案如有神助的年轻名捕。我自问绝不是什么平庸之辈，可头一回见到他的时候，还是难免自惭形秽、甘拜下风，只觉得这个人如果不是天神下凡，就一定是恶鬼上身。在神捕营许多年的记载里，破案的奇才是你师父，武学的奇才是苏旷，可这个喻佛争，就能将二者合而为一。他那段时间，专盯巨匪大盗的案子，而且有个很可怕的特长，不管是什么迷雾重重、残忍险恶的血案要案，哪怕收集到的材料并不完全，他每次都能一眼看透背后大恶人的居心。

而且，他还年轻得可怕。你得知道，想要在神捕营里做捕快，门槛本来就不低，想要在这风雨校场跑马升旗，更是谈何容易！你师父二十岁进神捕营的门，二十七岁跑马升旗；我十八岁进神捕营的门，二十六岁跑马升旗。这已经算得上禀赋远超常人了。可这个喻佛争，他十五岁就进了神捕营的门，二十岁的时候，就已经跑马升旗，可谓少年得志，天纵奇才。那段时间，人人都说，假使他不走邪门歪道，总捕头的位置，想必最终会是他的。

他的出身可谓寒微。他是刑部天牢里面一个狱卒的儿子，父母平平无奇，说窝囊也不为过。喻佛争九岁之前还没有学过武，这也是他天赋异禀的佐证之一。他九岁那年，天牢里解进了一个巨匪头目，叫作百里南屠，刑部着令一众人等严加看管。看管的狱卒里头，就有他父亲。

百里南屠身上背的案子，是本朝中一件惊天动地、震惊朝野的血案。要把喻佛争这个人说清楚，就要先把那桩血案讲明白。要弄明白那桩血案的来龙去脉，就得讲一个家族。

那个家族有个很特别的姓氏，只要是读书人，听见这个姓，就能想到他们家的人。因为这个家族已经子孙尽殁了，所留的唯一遗命，是希望世人能够不再提起也尽快忘却他们。出于对他们的尊敬，我就不提这个姓了。

这个家族的始祖，也就是第一代能够在青史上留下姓名的人物，是本朝的一位大学士，也是当时文宗几位领袖之一。这位大学士年轻时博名于当世，四十岁之后，奉旨入翰林院，主持编修前朝之史。难免的，有些篇章犯了些忌讳，被人检举了，这位大学士就受了牵连，前前后后系狱三年。

这位大学士，毕竟是文宗领袖，品格、才华、学识都备受人敬重。这三年里头，朝中不知多少人替他上书、求恳、辩诬。在野也有许多人前仆后继地写诗、做文章、议论此事。在狱中，未尝有人怠慢过他，悉心照料饮食起居，索要书籍纸笔乐器，有求必应。三年之后，他官复原职，大家都来祝贺。

这事本来就该过去了。可是这位大学士，着实是比别人都心高气傲，这件事在他那里始终就过不去，无法东山再起。他郁郁寡欢，一怒成疾，缠绵病榻几年，就归天了。临死之时，传下祖训于儿孙：从此之后，他家世代不许入朝为官。

他家说是个家族，但人丁实在稀薄。他只有一子一女，两个孙儿。他的儿子倒也谨遵父训，带着两个孩儿，返回祖籍苏州，买了一座旧宅，翻修之后，莳花种草，观书习剑，与世无争。可他家，真是家风世代，英才辈出，他那两个儿子，一位起了江湖之志，专心练剑，创立了一套剑法，扬名武林；另一位，著书讲学，桃李成蹊，也成了文坛泰斗，到了晚年，创办了迄今为止依旧领袖江南的竹关书院。

言归正传，有道是祖训传不过三代。到了第四代上，这一家不仅人丁稀薄，人才也凋零，不复祖辈、父辈的盛名。竹关书院，那是传文道不传血脉，自然也换了另一位大学者执掌。这时候，有地方官举荐名士，朝中传诏。这家中的长子就动了心思，人生一世草木一秋，仰观俯察、浩瀚以求的无非是三不朽，既然立德不成，立言也不成，那只有立功一途了，于是应诏入朝，想要做一番事业。

只是，这朝中召才子，多半是慕名而已，仕途险恶，哪里是进退自如的？这一位沉浮十余年，辗转迁调不少地方，屡屡不如意，言语也渐多讥讽。后来，人尽其用物尽其才，圣上就索性点他做了御史。御史就是言官，自古以来，言官不

214

言事则去，这位也算是得其所哉。从此他就三日一参奏，五日一弹劾，人倒是公允，不拘远近高低，反正轮着圈地言事、批评人。总算朝政清明，圣上亦有这个雅量，他也就顺顺遂遂把这个御史做下来了。

可临到晚年，快要告老还乡的时候，还是出了一桩状况。这位御史盯准了一家下手——刑部，参奏刑部滥用酷刑、悍吏，手段之毒辣，违背天道，惨绝人寰，他重点说的就是我们神捕营了。神捕营到底干什么了呢？按照本朝律法，即便是灭九族的罪过，十五岁以下不成丁的男子，也应流徙，罪不及孩童。可那时候，神捕营一群名捕，是怕这个血裔复仇了，只要剿灭大盗悍匪，管你子孙多大年龄，只要是男孩，一概斩草除根。这位御史，是死磕上这个事情了，批评议论，雄辩滔滔，还带着许多人一起参奏。到最后，刑部只能壮士断腕——当年神捕营里十大名捕，七个下狱，锋芒直指的那位捕头自尽身亡，前后三十九人杖责之后逐出京城永不复用，刑部主持此事的罢免到底。

刑部主持这个事情的，就是关老爷子的父亲。当时官拜侍郎。关侍郎被罢免之后，也是大怒，上门去举杖砸门。两个人都上了年纪，互相破口大骂，继而还动了手。再后来没几年，关侍郎就一病而终，据说是至死犹恨；这位御史呢，也被人捏了个把柄，参了一本，圣上当庭呵斥了他，念在年高，削去官职，发回原籍。

这位御史回苏州之后，也是心里难过，他一生奔波徒劳，清廉刚正，临了并不落好，既误了读书，又违背了祖训，不多日，也伏案去世了。他是夜半去的，无声无息，到了第二天清晨，家里人到书斋见他吐血而亡，满桌字纸揉成团，写了无数个"纸上苍生"。这个事情，对他的子侄辈震动很大。须知，他这个家族，非同一般，虽然在仕宦上马马虎虎，但出过两代文坛泰斗、一位剑术大师，举家都多少有些目下无尘，对这四字断语，心里都有些不服，非要扳回一城。

到这家的第五代，几乎是人人学武，自诩书剑双修。论起来，他们家也是世传的聪明，学什么都是一学就会、一会就精。但也就是因为如此吧，缺了一点朴拙气，做什么都没有一生一世的执着。这一家第五代的长子，是一个不知如何评价的人物。他自幼读书，以他这种出身，才学、眼界都极高，一门心思想要重新执掌竹关书院。竹关书院，传承至此，已经是三江文坛问鼎之地，所谓的"笔落下江南，文成上竹关"，那时节正是书院巅峰，全国学者来此开坛讲学，青年学子千里慕名求道，无数的风流才俊，悬得意之作在书院门前青竹上，以文会友，肝胆相照，一时之间，号称江南稷下。执掌竹关书院，就是江南一代文人宗师，也就自然是全国的文宗领袖，这哪里是轻飘飘就能得来的？这人闭门著书，灯火多年，之后自觉大成，就去竹关书院开坛讲学。不想，讲倒也讲了三年，门庭冷落，应者寥寥，他就一怒之下，拂袖而去了。

说到这里呢，因为这也是许多年前的事了，到了如今，文坛也有公断，此人确实才学非同一般，只是未经琢磨、浅尝辄止，真要沉潜二三十年，说不定真有大造化、大修为。想想看，道有先后，文无第一，哪怕孔孟这样的先师，李杜这样的才子，想要出道三年就名满天下，那也殊无可能。这人是个急茬，一挫之后，恼羞成怒，和他的祖先一样，胸中有块垒，这件事始终过不去，从此不愿留在江南。

讲回到他们家，他们家还是人丁稀薄，到这一代，只有兄弟三人。这哥仨都是剑术高手，互相一拍即合，就此书剑飘零去了。他们结伴而行，一路游山玩水，吟风赏月，拜访朋友，结交江湖同道，偶尔还拨个剑行侠仗义，倒也逍遥快活，这走走停停就到了长沙。

当时有位戍边的将军，姓古，是本朝第一的军武世家。古帅帐下缺人，又久仰大名，和他们兄弟三人一见如故，成为朋友，就聘请他们入幕为宾。他们三兄弟，跟了这位将军，就到了武陵山中。这武陵山，在四省交界处，是险恶无匹的十万大山。山里山外，多半是苗家寨子，千山千峒，民风彪悍，悍匪横行，而且自本朝开国以来，那是叛乱不止。古帅也是一代名将了，坐镇于此，连打了许多场胜仗，可只要懈怠，就又被偷袭，他也是无可奈何，就一边戍边，一边屯田，又从湖南江西招了许多工匠去，慢慢经营起汉家寨子，请高人——也就是他们哥仨，在那里开坛讲学，传授武艺，文明托付，教化蛮荒。

古帅在那里经营十年，十年生聚，也繁衍生息，渐成规模。可这个时候，朝中下了调令，命古帅率众转向西北平叛。这片山寨里，真是挽留遍地、哀哭连天，许多人都在跪地恳求古帅留下。古帅也没办法，圣意难违。可这三兄弟互相商量了一宿，回头请辞，说他们愿意留下，继续经营这片寨子。古帅愕然，苦劝多日也勉强不得，就劝告他们，世间事强求不得，既然执意留下，要小心四周变化，真有人力不可及的大关头，千万适可而止。三人点头称是。

此后，古帅开拔，他们兄弟三人留下。他们齐心协力，教人读书学武，屯田垦荒，修筑山寨高墙，慢慢地把十几片山头连寨经营起来。其间有几次流匪侵略，也占不到便宜。他们树立了威望，手底下人更多，声名赫赫。到这个时候，三兄弟都很高兴，决定终老于此，不仅本人如此，而且还把全家都搬了过来，立誓要在此地繁衍生息、开枝散叶。

他们究竟是怎么想的,这没有什么人知道,或许是教化蛮荒,或许只是遁世桃源,也或许就是为了那"纸上苍生"的四个大字。

可是,那个地方哪里是这么简简单单就能经营下去的。武陵山风光虽美,可真是穷山恶水。山上尽是石头,浮土被风一吹就走,在此地耕种,得一尺土,种一尺地,简直是向上天要饭吃。更何况,武陵四周都是羁縻之地,瘴疠四起,毒蛇猛兽横行,自古以来的三不管,拳头说话。

武陵山往南到贵州一带,苗家寨子连年起兵。说句不该说的,最初,苗家寨子起兵,那是地方州府、驻扎军务、苗家土司三头抽税,再加上商人、财主重重盘剥,本来就地处荒瘠,一遇到灾年,断无生路。可在汉家,人在家中坐,祸从天上来,那边一起兵,就来烧杀掳掠。普天之下岂有此理?既然如此,也只能互见刀兵。长此以往,两边恩怨极大,势同水火。

这个局面就已经没有解决的办法了。你得明白,但凡是这样的地方,就一定有许多人,专吃挑拨仇恨的那碗饭。百姓自古畏惧刀俎,以弱附强,以善附恶,自成鱼肉,如蛊互噬,苗家许多寨子,渐渐落入穷凶极恶的大盗之手;汉家的许多寨子,被地方豪强财主沆瀣一气,当成了可攻可守的一道防线,也当成了予取予求的钱库粮仓。这个时候,三兄弟如此作为,断了无数人的财源,慢慢就成了不少人的眼中钉,肉中刺。终于有一次,出事了。

这家中的一个少年,任侠独行。一日,下山途中,见一群劫匪正在抢掠,就没多想,出去叫住了,双方当场动上手。这个少年不留神,剑下杀了一个人。这可不得了,这个劫匪是湘西崇山百里南屠手下的人。

百里南屠本来叫作百里南,因为屠戮成性,被人叫了这个名字,他自己也更喜欢。他是那一带的匪首,身高九尺,力大无穷,号称能手裂巨蟒,性情极为凶残。他年轻精壮、野心勃勃,一门心思想要打通武陵山的南北大关,成为这一带的雄主。他手底下有几个不成器的文人出谋划策,说要称霸武陵山区,就要向南拿下凤凰山薄刀峰,也就是要吞掉这三兄弟麾下的寨子。而要吞掉这个寨子,不可力取,要先跟苗家土司、汉家官吏通好关节,到时候要他们坐视不理。百里南屠觉得有道理,就命这几个文人,前去游说,许以好处。这一群人看他们家族不顺眼已经很久了,居然也就应允了,后来看他们的口供,他们的借口是——以毒攻毒,用这三兄弟的寨子，消耗百里南屠的战力，将来好协力扫平匪患，还什么社稷太平、天地清明。

天下没有不透风的墙，这个消息也传进了凤凰山中寨子，进了这三兄弟的耳朵。那时候三兄弟已经稍稍有些老了，寨子里的事情，交给了这个家族第六代的长子。这个时候，就到了当年古帅叮嘱的"人力不可及的大关头"，他们就开了个家庭会议，商讨去留。

和以前不同，到了第六代，这家族的情况就变了——只有长子娶妻娶的还是个苏州姑娘，其他六个兄弟娶的都是本地姑娘。这位苏州姑娘也是书香门第，娇生惯养，在这武陵山里，吃也吃不惯，住也住不了，跟寨子里的乡亲们根本不想交流，本来就日日夜夜地思念剑池、虎丘、鸡头米，一听到这种消息，坚决要走，非走不可，而且必须带着儿子走，其他的话一个字也不听。除她之外，其他人都犹犹豫豫，但还是主张留。还是觉得，外头那些传闻不是真的，地方防务不可能真的就卖了他们了。

说到底，一锤定音的还是这三个老人，他们一生受不了"纸上苍生"四个字，前半生聪明反被聪明误，后半生多了一股轴气，非要开辟出一个新世界不可。

那位苏州姑娘平时娇滴滴的，这个时候二话不说，拜别了公公、丈夫，带着十二岁的幼子，只身就离开了。她返回苏州之后，回到自己家里——她家也是学林名门，她哥哥安安分分做读书人该做的事，这时候已经是竹关书院的领袖了。她哥哥一听这个事情，就觉得妹丈一家脑子坏掉了，已经讲不通了。他一边写信给古帅，请他们看看能不能想想办法，一边就劝慰妹妹。可妹妹至此郁郁寡欢，积思成疾。

不过，这边的书信，还是有用处的。古帅当时年纪也大了，见信，立即飞檄去问布政司，又派亲兵心腹，飞马来看虚实。地方防务哪敢承担，只能说全是谣言。就在这时候，百里南屠果然率众偷袭，凤凰山上人人有备，薄刀峰是天然屏障，地方军务也应援，天时地利人和，这一次，百里南屠大败而归。

这场大战，前后持续了将近一个月。百里南屠手底下死伤无数，寨子里也折损不少人，三兄弟之中两个上了年纪的老爷子，不肯卸甲，还要亲自守着寨门，一个中了流矢，一个染了瘴疠，不久就都离世了，临去，还勉强写了些攻防上的心得。他们走的时候，含笑而终，觉得不虚此生。寨子里，人人都高兴，也载歌载舞，饮酒作乐。

可那百里南屠不是一般人，他来攻了一次山头，也就摸清楚虚实了。他从这个时候开始耐心准备第二次的进攻。他一边率众迂回在武陵山的深山里，吞并其他寨子，一边继续打通地方关节，送礼无数。

那些年，在深山里，百里南屠名头渐起，他在千山千峒横行无忌，顺者昌，逆者亡，所到之处，只要寨子不从，就烧成平地，对方寨子里，英勇作战的全数酷刑处死，人头挂在寨门上，其余的，男人掳为奴隶，女人肆意奸淫。每次，他斩下人头，放火烧寨子的时候，他的右胳膊上，都会显露出一条九头蛟，狰狞可怖。这九头蛟的符号，也就变成了他的代称，有时候，只要画在山寨门口，这边就开门投降了。

这一回，百里南屠行之有效，地方上根本没有什么动静。深山太偏僻了，消息根本传不出去，而且，那些苗家寨子在百里南屠手下，既不造反，又按时交纳各种赋税，地方防务乐得睁一只眼闭一只眼。七年之后，武陵山已经大半归了百里南屠。他的财力、人力、物力，也都不是一山一城可以对抗的。终于，有那么一天，凤凰山的寨门上，也出现了九头蛟的标志。

此时不比当年，寨子里的人，早就慢慢吓破了胆。外面的形势也很不好，无论京城还是江南，大多数人都已经把他们忘了，古帅已经驾鹤西去，他们变成了真正的山野遗民。

百里南屠这一次开始亲身上阵、慢慢地杀戮。有时候杀死一头牛，有时候杀死一只狗，有时候吊死一个人，没有任何征兆，完全凭他的兴趣。这种恐惧是致命的，寨门和高墙根本就没有用。这山太大了，百里南屠是高手中的高手，完全做得到来去自如。这一家人开始急躁，他们迫不及待想要硬碰硬打一场正面的仗。他们祖辈的血统里，就自带着一个"急"字。而寨子里有人开始提议投降。

急躁就难免犯错误。那个最早惹下祸端、下山杀了劫匪的少年，如今已经是青年了，他是老爷子最小的孩子，是山中第一高手，负责主持寨子里的防务。有一次，他拍案而起下令道："从此不许再议降，违令者斩。"

他话音刚落，就有寨子里的人顶撞说："你当然不能议降，因为百里南屠点名要的就是你的头颅，但别人未必连议论都不能议论，因为百里南屠也给了承诺，只要投降，什么都不变，寨子还是他们的，田照耕牛照走。"

他勃然大怒说："这种屁话你们也信？你是真打算投降吗？"

人家就告诉他："信啊，投啊。总比在这里强。"

青年就拍了一次桌子，真的叫人把那个人拖出去，砍了头。

这麻烦就大了。那个人之所以敢这么顶撞，是因为山寨中奉行仁德，从不杀人。于是，寨子里的人，开始议论纷纷，说外头百里南屠在杀人，里面这家人也在杀人。那他们是什么？在这里是图什么？他们要求，这一家的长子，处决掉这个年轻兄弟。不然，寨子中的人不会再和他们站在一起。

家中长子开了第二次家庭会议，他们商量了很久，决定绝不那么做。他们试图提醒寨子里的人，让那些人回忆起来，他们是为什么留下来的。不过提这件事没有用，当年苦苦挽留三兄弟留下来的，多半也老了，走了。一代有一代的活法。主战派要么就是来开荒的老人，要么就是不知天高地厚的少年。投降派慢慢联合起来了，选出识字的做代表。那些人指着房间里的条幅，请那一家人看——条幅上面写的字，老爷子经常吟咏，很多人都记住了：为天地立心，为生民立命，为往圣继绝学，为万世开太平。那些人如今也识字了，他们说，别当我们是傻子，你们来这里是要做往圣，而我们只是生民，对不对？难道我们不是工具，用来实现你们那些理想的？这家的长子愕然说，不是啊，我们不是自己人吗？那些人就笑说，谁跟你自己人，你们不懂人间疾苦。

这家人就傻眼了，他们不明白为什么明明平时一样的挽起裤脚，干一样的活，吃一样的饭菜，那些人还是不相信他们，说他们不懂"人间疾苦"。最初三兄弟里只剩下一位的老爷子终于明白了，他们的一切还是失败了。他们始终拿不到那柄钥匙，打开最隐秘心门的钥匙。那柄钥匙，书里没有，人间居然也没有。或许根本就没有。

寨子里的很多人准备离开——他们本来就是流民，他们是为生存来的，不是为了那些看不见摸不着的道。但是，百里南屠不给他们逃跑的机会。他率众在山下堵死了离开的路。他是真正了解人心险恶的大师，向那些人放了话：我要你们把这一家人亲手交出来；也加了码：只要做到，要牛要粮要银子，随意开价，保证你们从此太平；也提高了威胁：不那么做，我要你们的小孩子炖成骨头汤，看着你们亲口喝掉。

薄刀峰是天堑，只要好好把守，根本攻不上来。但是，武陵山是石头山，土地太少了，两三尺的浮土已经是宝贝，可以种豆种菜，寨子里垦荒的效果还不够好，根本没有多少存粮。更何况，很久以前，外面的商人们就心照不宣，什么都不卖给他们，也不买他们的任何野兽皮子了。很快粮仓就要见底了，每日配给饮食，分量减半，人心惶惶。

　　这家人还在坚持，而且试图劝大家都乐观点，说不定会有转机的。但根本没有人相信他们。站在他们那一边的人，每天都在减少。

　　百里南屠在寨子外面等了七年，就是等这个时刻。他知道，对于他们来说，战死不是崩溃，信念毁掉才是。

　　百里南屠的手下有人偷偷地找到投降派的头，送给他们一包药，告诉他们用法和用量。终于，那个被处决了的人的兄弟，开口说话了："他们要真是仁义之士，就应该自刎，换取我们的平安。可他们苟且偷生，还骂我们苟且偷生。我的兄弟死了，是为大家死的，这口气我咽不掉，你们做不来，我来。"他做到了，做得很完美——那家人已经足够谨慎了，喝水都只喝屋子边上的山泉水，可他们总得吃饭，而且，他们习惯了"和大家一起吃饭"。

　　于是，整个寨子沸腾了。那些坚决站在这家人身边的人已经很少了，那多半是些老人和少年，这样的屈辱他们咽不下去。于是每家都在哭，女人哭泣着劝自己男人，父亲跪下来求自己的儿子，全家一起求老人，很多人屈辱着埋下了头，捂起了脸。几个非要冲出去不可的年轻人，被家族中的人强行拦在地窖里。

　　按照百里南屠的吩咐，那家的男人们被捆绑起来，送了出去。他们为这家人保存了最后的尊严——那家的女人们眼角流着泪，爬到屋后的悬崖上，跳了下去。这家人一直人丁稀薄，一共只有三十七口，其中有十七个男人。

　　他们全家都没有荒废读书的习惯，甚至大多数还坚持了写作，留下了《桃源躬耕记》《生民要略》《齐民要术补辑附注》《武陵山风物图》《石地得井杂录》等一系列的随笔漫谈，连同老爷子每夜都写的日记，在最后的时候匆匆丢进了一口枯井里。而那个持剑的青年，已经半个脚踏进剑道宗师的大门。他把先祖留下来的那套剑法，增补削减，化繁为简，使之变化无穷，并起名叫作《浮生七剑》。他好几年前就准备出山了，他有远大志向，正要弹剑问一问，天下英雄尚能饭否。父亲不许，命令他留下来守山——他们必须保留一个在武功上有威慑力的人，如果有机会单挑，就杀了百里南屠。他再没有任何机会。

　　这家人死得很惨，十六个子孙被绑在河滩边的石柱上，每天酷刑处死一个。老爷子灌了药，坐在不远处的交椅上眼睁睁地看。寨子里的所有人，也被逼着看完这一幕。

　　百里南屠需要所有人都知道，反抗他的下场是什么。

但没有任何一个人求饶，包括孙辈的还稚嫩的少年。河滩上冷风猎猎，白浪奔向沅江，实在支撑不住的时候，有破口大骂的惨叫。

百里南屠一直很怕老爷子有什么奇怪的法子自杀，甚至准备了好几种药物。但他多虑了，老爷子没有想死的意思，他就那么静静地认认真真地看。看是武器，也是勇气，甚至可以变成力量。

十五天过去了，石柱上留下了十五具发着恶臭的白骨，染成黑红的绳索，地上腐肉上聚拢着虫豸。最后，剩下那个原本可能成为一代宗师的青年。

老爷子一路撑到现在了，问他："你还有什么想法？"

年轻人回答："爹，我早说过，守是守不住的，一定要攻。我说得没错吧？"

老爷子点了头："是。我年纪大了，顾虑太多了，应该听你们年轻人的。"

年轻人问老爷子："爹，那你还有什么想法？"

老爷子说："我们太急了，主要怪我，我总想在死前看到结果，应该慢一点，一代就做好一代的事。"

刀举起来了，屠夫们喜欢慢工出细活，最后一个人，死得会最慢。年轻人不害怕，但眼角有泪。他在转头看这片河山，他还年轻，舍不得。

老爷子说："不许哭。"年轻人遵从了父亲的命令。

刀落下来了，很痛。

老爷子最后问他："来生，还来人间不来？"

年轻人忍痛回答父亲："来啊，谁没种谁不敢来，下一次，我们能赢。"

七天后，年轻人变成最新的一具白骨，眼珠子被鹰叼着，飞向青天。

老爷子看着百里南屠。这些日子，他没有机会和百里南屠眼对眼。他也等到了他要的，百里南屠的眼光里，有惊慌，而不只是得意。

"你千算万算，算错了一招。"老爷子说，"我家里还有一个，他会回来，取你的性命。"

百里南屠的脸色终于变了。他有点害怕这个家族了，这个家族的意志是用钢做的。

老爷子说完之后，就安然离去，没有给人动刑的机会。

没有人敢收拾这一切。于是，荒芜的河滩上有十七具白骨了。

百里南屠信守承诺，再没有动这片寨子。

那个跟着母亲回苏州的十二岁幼子，如今也已经十九岁了，正在竹关书院准备人生第一次辩论。

他回来之后就改了母姓，他那个姓很特殊，太容易被人联想起一些沉甸甸的东西。他是后起之秀，是书院里熠熠夺目的启明星。他的舅父对他寄予厚望，认为他将来会是竹关书院的领军人物。

他的舅父只有一个女儿，聪颖清秀，知书达理，在少女时期就在文坛有鹊起声名，被家族视如掌上明珠。那段时间，舅舅和母亲在商量着亲上加亲。

那段时间，母亲的身体也已经很虚弱了。之后，消息传来了。那一天，竹关书院第一次关了门。

舅父接到了书信，喊了他回去，也请了他母亲，更衣出来。母子俩知道有事情发生了。可他们谁都没想到，是这样的事情。

信很长，也很详细。舅父看完，递给母亲。母亲一页页地看，之后一页页地递给他。

母亲病容满面，脸色惨白，小手指和眉毛一直在抖。她这一生，读过无数本书，但只有这次，像个不识字的妇人，不住地把眼睛凑到信纸上去看，有些困惑地想要弄明白，这些每个都认识的文字连在一起都讲了些什么。

他试图保持镇定，但一直在流泪。

很久之后，母亲向他要回了所有信笺，折好，平平整整放进袖子里。问他："你能对话吗？"

他摇头，他的精神世界正在经历一场天崩地裂。

母亲起身离开了："收拾妥当再来找我。"

他回屋之后，反手把门闩上，失声痛哭，继而哀号。他像只疯狗一样，胡乱挥舞着剑。这时候，他也已经是一个剑道上的高手了，他斩碎了屋里的所有书籍，片片如纸钱，页页如蝴蝶。他抓起这些书页塞进火炉里，点燃，指甲里楔进去木刺，满手血。六经焚我，我焚六经。他望着那些黑烟想，从此之后，这个家族不再有读书人。

他继续发泄，砸烂了屋子里的所有能砸的一切，然后站在废墟上提着所有重的东西砸墙，直到墙也塌了一面。他从破墙里出来，满头满脸满手都是鲜血。他筋疲力尽，去找酒喝。那夜他烂醉如泥。醒了就喝酒，醉了就哭，反反复复。到终于快把自己折腾死的时候，他发泄完了，躺在废墟上睡了一觉。第二天，他换

223

了身干净衣服去找母亲，跪在母亲面前。

母亲问他："你还读书吗？"

他摇摇头。

母亲又问他："你有什么打算？"

他说："去京城。"

母亲又问他："你一个人，能做好这些吗？"

他点点头，继而听懂了告别的意思，惊慌起来，抱着母亲的膝盖，呜呜哭泣。他恳求母亲，为了他活下来，等这剧痛过去之后，就会好一些，如果连母亲都不在，天地间就再没有亲人了。

母亲抚摸着他的头告诉他：我为了你，已经做了很多了。你不明白这个。但将来，如果你有一个深爱的人，你就会知道，这不是选择。

七天之后，母亲处理完所有的事务，焚去一卷诗稿，素衣望月，阖目离世。

年轻人料理完丧事，拜别舅父，去了京城。

年轻人又换了一个名字。他在成名之前，把所有的追踪渠道斩断了。他有去处的，直奔了神捕营。进门之后，他二话不说，跪在关从周脚下，呈上那封书信。

关从周问他："你想要神捕营为你报仇？"

他摇头："我想进神捕营，亲手报仇。"

关从周又问他："你知道不知道，要报你这个仇得死多少人？"

他摇头："我更想知道，按照国家法律，这个案子该动不该动？"

关从周在踱步。那个时候，神捕营还没动过这样的大案子。可换句话说，神捕营正需要这样的大案子。那时候，神捕营已经一再扩张，显示出峥嵘头角了。他们需要证明，他们是真正的国家利器——天网恢恢，疏而不漏，除恶务尽，虽远必诛。关从周本人也很需要这个案子，他的家族是世代老刑部，他已经过了不惑之年，外界对他的评价还是稳重而平庸。最重要的是，这个案子该动。

他交了折子，圣上震怒，要他全权调拨，剿灭百里南屠。

关从周很谨慎。这种案子，他们需要和军队携手。他先找了年轻的新古帅——古帅军武世家，代代都值得信赖。之后去找资料。那时候卷宗阁还不成气候，连张详细的武陵山地图都调不出来。

关从周准备了两年，调度了所有可调度的力量，粮草、地图，从地方调拨人才，动员整个刑部，又整夜泡在户部——干掉百里南屠之后，整个地方都要震动，赋税怎么收，民众怎么安抚，如何避免激起兵变。

这两年里，他始终把那个年轻人带在身边，年轻人也开始展露才华。他那时还不够稳重，但是已是攻坚的一把好手，开始时试着提出意见，最终，几乎拟定了整个作战计划。没有人怀疑过这个年轻人会是案子的苦主——他太冷静了，在所有的谈论里，都没有任何的情绪起伏。但这个计划，在刑部还是不断遭受抨击和质疑的。自古以来，平叛是军队的事，不是刑部的责任，关从周做这种决定，是为了什么？为了神捕营，还是为了自己升一级？关从周没有回答，他从大理寺调回了自己的长子，从家里喊出自己还未弱冠的次子，加入这次剿匪。议论声平息了。

到了第三年，剿匪如期进行。

一切都很顺利，他们夺走了一座座山、一个个峒，把百里南屠逼入绝境。到了最后合围的一个月，他们以其人之道还治其人之身，就像上次一样，断绝了通道、粮食，一再攻心，逼迫百里南屠的手下把他交出来。

百里南屠提防身边所有人，也开始屠戮身边所有"叛徒"。但最终，他被一个侍妾下了药。他被绑出来，咆哮挣扎，很是不服。他是一代高手，不愿意么么死，要跟对方的高手单挑一场。

"你不配。"年轻人回答他，伸手，要来了挠钩，亲手穿过了百里南屠的琵琶骨，"带他回去，明正典刑。"还是老规矩，他家族中的男丁，无论什么年龄，全都被带走。

在给百里南屠钉镣铐的时候，年轻人很好奇地站在一边看。他想知道，传说中的九头蛟是什么样子的。那是"龙血文身"，平常不会显现。他使用了一些手段，不过没什么用处。

百里南屠也是很强硬的骨头，告诉他："别做梦了，九头蛟再出现的时候，就是你们彻底失败的时候。"

年轻人惊讶："我们？"

他没有吐露身份，但是很显然，百里南屠知道他是谁。他当然也知道"我们"的意义是什么。

年轻人附耳告诉他："有种来啊，我等着。"他等了很多年，到九头蛟再度出世的时候，他真的差点失败了。

年轻人做完了他该做的事情，去拜祭他的家人们。百里南屠吩咐过不许动，就没有人敢去收殓。河滩上的十七具白骨还在，只是都已经从绳索里落了下来，变成一摊一摊的骨头渣子，被虫豸啃了很多，只剩下长一些的肋骨和埋在沙子里的髑髅。只有老爷子还坐着，姿势还很硬朗。

年轻人叩了头，禀告祖父和父亲、叔父们："仇，已经报了；书，读完了。这个家族的姓氏，也永不会被提起了。"

他掩埋了这些骸骨，也掩埋了他的过去，他们就这样留在武陵山。就像很多年之后，他的另一些过去留在另一座大山里一样。

那场围剿，神捕营果然付出了巨大的代价——他们准备了详尽的作战计划，但还是没有避过瘴疠，很多人都染了病，关从周的两个儿子全都死在回京城的路上。

年轻人第二次跪在关从周面前。关从周颓唐了很久，之后告诉他："没什么，这是他们应尽的义务。把后半辈子交给国家吧。"

年轻人回答："遵命。"

这个故事说完了，兰雪拥、万蜀戎、风雪原三人正好走到风雨校场。兰雪拥仰头看，眯起眼睛，他年轻时曾是个美男子，即使如今已经到了知天命之年，他的一双眉眼，依旧如同龙泉照秋水，英朗而清冽。

风雪原也抬头看，秋末的午后，晴空湛蓝，一片片枫叶当空，筋脉如骨，赤红如英雄恨血，似乎刚从一本泛黄的史书里翻落出来。十根大旗杆一字排开，那些都是上好的杉木，高达十丈，细细打磨，浸饱了桐油，如无意外，可以屹立百年。十根大旗杆上，只有九面大旗。第一根旗杆，就那么沉默而高傲地空着。在过去的这些年里，每个人抬起头来的时候，眼睛里都会飘起一面旗帜的影子——那是铁血落日旗，天下第一名捕铁敖的旗帜。

风萧萧，旗猎猎。风雪原还沉浸在故事里，而且显然还没琢磨明白："兰二先生，那个年轻人的故事……跟我们要讨论的有什么关系吗？"

兰雪拥大吃一惊，回头上下看他："你师兄有没有评论过你什么？比如说，脑子这个方面？"

风雪原如实点头："师兄有时候说我笨。"

兰雪拥只好直接告诉他："那个年轻人，就是你师父。"

轮到风雪原大吃一惊了。他张口结舌："我以为我师父的所有事，师兄都告诉我了……所以，你们讲的，肯定是别人的事……"

兰雪拥就又告诉他："这倒不怪你，这件往事，你师兄知道得也不算很清楚。百里南屠的案子太大了，有无数卷宗，各种笔记、报告、文书，胡乱堆在一起。前几个月有一天，伯庵整理的时候，发现了这样一份笔记，记录了我们今天谈论的事情，这个笔记不知从哪儿来的，又没有署名，随随便便塞在一堆账本里。伯庵当时看这个笔记，觉得不大对，里面有太多对话的细节，这些细节，不是当事人不可能知道，但如果是当事人，这个人又太冷静了。伯庵就按图索骥去找，他先找到了笔记里提到的那几本武陵山中的随笔，又找到了一份竹关书院开坛辩论少年的名录。那里面，他发现了一个此前没有、此后也再没有在世间出现过的名字，那个名字边上是行蝇头大的标注：五月冠礼，取字铁敖。"

毕竟没有人可以掩埋一生的秘密。就像一些能工巧匠，会倾尽毕生心血打造一件作品，之后在看不见的角落，留下自己的独门标记。而有一些善于隐藏的高手，会把至关重要的那桩往事，藏进无数个故事里。

第十八章　以下犯上

兰雪拥是个很好的讲述者,他把握着节奏,等着风雪原的第二次发问。万蜀戎从头到尾几乎什么都没有说,他本来就是个肤色黝黑、喜怒不形于色的人,像块又硬又脆的惊堂木,保持着一种带着威慑的沉默。

他们三个人在大旗杆下聊了约莫有半个时辰,这半个时辰里始终没有人经过。有三三两两的下属,远远路过的时候会匆匆地看他们一眼,颔首间也带着敬意。五十丈外,一个五十岁上下、短须、黑金硬绸外褂、腰间也随意扎着孝带的男子,正在安静等候。很显然,他有事情。但是兰雪拥并没有招呼他过来。

神捕营是个等级森严、上下有别的地方,既然如今是三杰共掌,三杰就拥有了等同于总捕头的地位和尊严。但即使是三杰共掌,分工之中依然是有座次先后的——在神捕营,同等资历的先后非常容易判断,数旗杆就可以了。这是非常硬的没有任何人不尊重的荣誉。在第一杆大旗空置的情形下,雪拥蓝关旗就是天下第一。

"我有两个问题。"风雪原理清了思路,"第一个问题,喻佛争究竟是百里南屠的什么人?"

"这我们也不知道。据我所知,神捕营里没有任何人知道。"

"会不会是他的儿子之类?"

"不会。百里南屠的子嗣,我们盯得很紧。而且,这种出身进不了神捕营。"

"会不会是……私下调了包?"

"根本不可能!而且,喻佛争和他的亲生父亲,长得几乎一模一样。"

"那……他为什么自称是百里南屠?"

"我说了,神捕营没人知道。或许你师父知道,但他什么都没说。百里南屠在被处决之前,在天牢里羁押、审问了九个月,这九个月里,喻佛争有大量的跟随他父亲进入天牢的机会,应该就是在这九个月发生了些什么,但我也想不通,百里南屠被锁着手脚,穿了琵琶骨,还能教一个小孩子什么?喻佛争是被你师父一手带进神捕营的,他小时候嘴很甜,第一次见你师父就叫大哥,从小到大,几千几万个大哥喊下来,那真是毕恭毕敬、情深义重;你师父对他也是动了情分,武艺上倾囊相授自不必说,到他长大了,带他出去办案子,同吃同睡,视为手足,一点一滴教他。再到后来,喻佛争反出神捕营,这个事情,对你师父打击太大了。最开始的一段时候,大家彼此还都有情义,但说实在的,真到翻脸的时候,谁先绝情断义谁占上风,喻佛争刚开始反出去的时候,立足不稳,嘴上还是客气哪,跟谁都叙旧打招呼,然后趁着这点情义,抓了我们兄弟,再用人质引人上钩,就这么一个接一个,陆陆续续,当年的十大名捕有五个死在他手底下。他对我们是了如指掌啊,我们对他,其实一无所知,谁都不知道他居然有这一面;再到后来,他越来越强,几次交手,稳稳占着上风。他武功极高,行事如鬼如魅,干我们一干一个准,直到他觉得他赢定了的时候,才露出九头蛟文身,自称百里南屠复生,号称要一路杀到底,非让十大名捕旗杆全倒不可,最后再取你师父的项上人头。那个事情之后,你师父待人就再也不肯亲近了。当年我们只以为他是恨自己眼瞎,对兄弟们心里内疚,但你想想,百里南屠四个字,对他来说,是什么分量?终于到了最后,你师父亲手抓住他,用降龙蝎子把他押回来,活活吊死在这面旗杆上。喏,就是这一杆,他自己的九世佛争旗下面。那段日子,你师父没日没夜就站在这儿,跟他眼对眼,一直看着他变成骨头渣子为止。他还是不服,死到临头还是说,我们没完!那时候我又想不通,他有什么可没完的呢?但没想到,九头蛟还真有传人。而且,我想想都后脊梁发冷,上官乾要是真如他所愿,押着苏旷,带着铁总捕头的尸首进这门,我们能怎么办?呵,不管我们怎么想,其实做不了什么。"

"为什么做不了什么!"风雪原忍不住提高了嗓门。

"因为苏旷的罪过,比前面那两位加在一起都大多了。"

"二先生你说什么?"

"我说的话,你好像听得很清楚,如果听得不够清楚,我再告诉你一遍——苏旷的罪过,比百里南屠和喻佛争两个人,加在一起还要大得多,不管他过去是什么样的人,做过什么样的事,从今往后,神捕营对他唯一能做的事情,就是格杀勿论。"

听完，风雪原倒吸一口冷气。

"还有什么问题吗？"

风雪原打蛇随棍上："第二个问题，我师兄到底干什么了？"

"自己想想。"

"想不出来。"

"想不出来，是因为你没有放胆想，别人不知道情有可原，你不知道可没有道理。据我所知，自从蜀戎接你们回京城，你和苏旷就一直在一起，中间就分开了那么几个时辰。想想看，那几个时辰里，出了什么天大的事？"

风雪原本来就是好好地站着，慢慢地双腿分开，变成了一个不丁不八的站姿。图穷匕见的时候，他有点头晕。这个事情，真的很容易推断的——记忆向前回溯，那一天，他和师兄在去往刑部的长巷子里中了埋伏，他们从埋伏圈里冲出去，去找了楚大哥，然后眼睁睁地看着楚大哥被上官乾抓走了。之后，师兄就去找了王素，用一本霍瀛洲的心法秘籍，换了跟宫里头的灵妃也就是银沙教某位夫人见一面的机会。他不太清楚楚大哥都跟师兄说了些什么，但他知道的是，师兄那个时候意志很坚决，非救楚大哥的命不可。那本霍瀛洲的心法秘籍，师兄是玩命护过的，当初宁可打断腰，也没有交出去。而当时的楚大哥，是没法救下来的，在此之前，整个神捕营都放弃他了。楚大哥卷进的是医佛弑君的案子，这案子捅破了天了，神捕营够不着。再之后，师兄跟着王素，去了后宫里，前后也就几个时辰，宫里就起了一场大火，刚刚继位的皇上又驾崩了。再之后，师兄没日没夜地往大别山赶，拼命要去见师父最后一面。再之后，楚大哥就出来了。如果真是放胆猜，那么这个事情很容易就推断出来了——弑君案的案主，换人了。那么，这个想法会是真的吗？

风雪原的脸色出卖了他，他脸色惨白，失魂落魄，像狂饮了二十斤烈酒，然后后脑勺挨了一记狼牙棒。他觉得是真的。那个晚上，沈南枝和夜哭郎君知道真相之后，脸色也是这样的。风雪原的嘴唇有些哆嗦，负隅顽抗："你们……你们有证据吗？"

兰雪拥点点头："有。苏旷留了字，漏了一点笔迹，不然我们也怀疑不到他。"

风雪原的脑袋开始被无数个狼牙棒交替着抢着砸。他理解不了这种行为，这不啻把自己以及亲朋好友的名字一起写到阎王爷的生死簿上，再打几个叉。他牙关咯咯直响："他……还敢留字？他留什么了……齐天大圣到此一游？"

"不是，银沙教教母诛君于此。"

哦，这至少好理解得多了……既然已经下了水，说什么也要把银沙教拉进来。而且师兄在赌，以师兄和神捕营的关系，这件事干得真是让人咬牙切齿，神捕营或许不得不杀了他，可未必就敢公开弑君的罪名。风雪原垂死挣扎："但这个证据还不够，还只是猜测而已……"

万蜀戎听不下去了，干脆告诉他："福宝，你师兄亲口承认的，我亲耳听见的，就在大别山，你师父的尸骨面前。"

"福宝，我知道你们是师兄弟，我也知道，你们之间颇有些情分；可你也得知道，在这个地方很多人都跟他有过情分。这个地方，情分是情分，律法是律法，情分保护不了你的家人，律法可以。"兰雪拥轻轻拍了拍他的肩膀，"如今，你带着家里人，托庇在神捕营的势力里，又是铁总捕头的弟子，按道理说，我可以让你对苏旷做点什么。不过，你什么都不需要做，沉默就可以了。"

风雪原脑子还在嗡嗡乱响，听了兰雪拥的话，他稍微松了一口气。沉默毕竟是最容易的事了，人是很容易为自己的不作为找理由的。说实在的，今时此地，他不敢在兰雪拥面前，说他无论如何都选师兄。率土之滨，莫非王臣。弑君是灭九族的罪，刑律上顶格了。沾上这种事，当事的自己凌迟，身边人一个活不成。他是师弟，当然跑不了；他的父母和妹子，也一样幸免不了；铁敖是师父，死了也要开棺戮尸；当时他们俩是从兰雪拥的眼皮子底下跑掉的，兰雪拥也难辞其咎。神捕营里面，会死很多人。再准确一点，以后根本就没什么神捕营了。兰雪拥他们，是来执掌神捕营的，不是来断送神捕营的，他们绝对不可能在"附逆"这个大是大非的关节上有任何迟疑。但他也无法在任何人面前，宣布他背叛师兄。他唯一能做的，就是什么都不做，这样可以规避掉最可怕的抉择……他松口气的同时，甚至有一丝愧疚的感激之情。

兰雪拥在看着他的反应，依旧和颜悦色地问："你还有什么问题吗？"

"暂时没有了。"

"很好。"兰雪拥轻轻拍了拍风雪原的肩膀，"福宝啊，记住，今天对你来说会是很重要的一天，你对神捕营来说，也会是很重要的一个人。我和你万叔会一直陪着你，有什么不懂的地方，随时随地问我们。"

"好的，二先生。"

那个五十丈外的黑金外褂男子已经等了很久了。直到这边聊完了，兰雪拥向他微笑示意，他才快步走了过来。

他怀里，夹着一大沓文书。他对兰雪拥和万蜀戎都很恭敬，大老远地就拱了拱手："兰二先生好，万老大好。"

兰雪拥不轻不重地在他肩膀上敲了下："怀仁！干什么？"

那人笑起来："雪拥，规矩还是要的。"

兰雪拥代为引见："福宝，这位是温鉴温督捕，总领隔壁子弟营的事务，这段日子也兼管这边的文书。他是我的老朋友，也是你师父的老下属，你还不是我们的人，喊他温叔就行；怀仁，这就是风雪原。"

风雪原依言抱拳行礼："见过温家叔父。"

温督捕上下打量了风雪原几眼，有些自然而然的喜悦："呀，风少侠，我可真是久闻大名了。"

"福宝迟早是咱们的人，不着急，来日方长。"兰雪拥呵呵一笑，"怀仁，什么事情？"

温督捕打开文书夹子："三件事。第一，雪拥，刚才我接到刑部带来的话，说国公爷适才面了圣，说了些铁侯爷生前的忠义事，圣上体恤我神捕营世代报国之情，有旨，说是铁总捕头主祭依然在神捕营十九棵松树之下，擢令三公九卿、六部百官，来此地拜祭。天恩浩荡，国公爷、尚书、侍郎，都在宫里谢恩，谢恩之后，会送侯爷起灵归位。国公爷又吩咐，这就是私下里挪动挪动，不是大礼仪，仪仗、灵棚……一应物事都是现成的，他命人搭建起来就好，不用我们费心，如今专等商大人的碑文，祭文，傍晚的时候，举营同祭。"

铁敖改在神捕营主祭，那可是非同小可的事。某种意味上讲，神捕营开始取得了与刑部平起平坐的资格。兰雪拥点一点头："是，天恩浩荡，国公爷苦心，遵命就是。"

万蜀戎抱着胳膊，苦笑低声："国公爷也是折腾！铁老大这具身子骨，这送过来送过去的，早散了架了。罢了罢了，赶紧祭完，赶紧了事，侯爷归他们，老大还我们。"

兰雪拥指他一指："哎，蜀戎！我叮嘱过你，这当口你不爱说话就少说话。实在不成，你就学伯庵，小楼里头一躲，门一关，要多清净有多清净。"

万蜀戎嘿嘿冷笑一声："你当我不想！我怕你一个人撑不过去。"

兰雪拥拍一拍他肩膀："怀仁，第二件呢？"

"有几个人选，要您二位圈一圈。"温督捕递过一个花名册，"先说小的，这个是今年秋天各州各府选送上神捕营的遴选捕快名录，本来该到的已经都报过到了，但是国公爷说，最近神捕营里头，老成持重的太多，年轻人太少，可以不拘一格，再选一批人过来，我拟了个单子，你们看看，合适不合适？"

兰雪拥随手把名录递给万蜀戎："这个你比我在行。"

万蜀戎一边快速翻，一边要了笔来圈点随口议论："国公爷这事儿干得漂亮！这十面大旗，好些年一动不动了。一个年轻人没有，看得人心里发慌。我就想不明白，之前楚随波在顾虑些什么，选人一律按资排辈，连着好几年，四十岁以下的就没有破格的例子！我们做捕快的，年岁不饶人，过了四十，谁不是一身病一身伤，哪里还有几个人能连轴转，啃那种深山老林一钻半年的大案子？他自己倒是破格！"

"这有什么好想不通呀，他就等着他那个副总捕头的'副'字去掉了，一口气提拔一大群年轻人出来。嚯，多风光多气派，破旧立新，重整山河。"

"说得对，我怎么就想不到这一出！哎，这个人，台州的孟吴越，他的履历我看过，人也见过一面，小伙子相当不错，是可造之才，就是啰嗦了点，上次我试着说要他，问问他想法，这小子把小时候读书笔记都寄过来了。怀仁，你发封公函过去，催他能就早点来，年纪轻轻的，又没讨媳妇，安家哪里用得了这么久。"

"好！"温督捕显然也很喜欢做这种提拔青年人的事，笑了一笑，"我立即着手去办。"

万蜀戎很快就把名单圈点完了，还回去。温督捕便顺手又递过来一个帖子："还有这个，雪拥、蜀戎，国公爷还发了话，今年，神捕营的第一面大旗杆不能再空着了，雪拥蓝关旗必须再往前挪一位。这样的话，就空出第十根旗杆来，我这里有三个人选，论资历，论功劳，都差不太多，你们看一看。"

兰雪拥还是直接把帖子递给万蜀戎。万蜀戎咂摸一声："都差不多……依我看，就龙平原吧，三年前我跟他合作过一次，留神观察过他，小伙子锐气足，做事又稳，人缘也挺好，三年里头拿下两个天字号案子，这还了得啊！前途不可限量！拎他上来，撵老东西们一撵。"

兰雪拥立即赞同："好，你的意思就是我的意思。蜀戎，以后这些事情你直接

233

办了吧，不能什么事都要咱们三个商量一通。你学学伯庵，他就从来不拿卷宗出来问我们。"

"哈哈，好。"万蜀戎想了想，又说，"雪拥，对了，我还真有个事，一直想跟你商量来着，你看看合适不合适，合适我就安排安排。"

兰雪拥怔了怔："蜀戎，你有什么事，还要问过我才能安排？"

万蜀戎帖子递还给温督捕："怀仁正好也在，一起听听。我的意思呢，是陵江跟了我这么久，是不是也该独立带一次队了，我觉得她行，给个机会，怎么样？"

兰雪拥微微地笑起来："怎么，陵江她有想法？剥螃蟹挑鱼刺的，不耐烦了？"

"进神捕营的，哪一个会对跑马升旗没想法？"万蜀戎想了想，"有一回，是我主动问她，画了这么些画，给自己画过旗子没有啊？她脱口而出有，然后脸背一边了，改口说，没有。"

"她说没有那就没有嘛！术业有专攻，陵江这双眼，本来留在营里画形影图就是最好不过，真手痒了，就跟你出去转一转。"兰雪拥也想了想，按了按万蜀戎肩膀，"对了，陵江那个小院让给福宝一家，是委屈她了。蜀戎，这么着，赶明儿我去跟你挤公署，我那院子让给她，我那里又大又宽敞，清清静静，花花草草的，姑娘家住得多舒服。"

"雪拥！我说的你真不考虑？"

"何必呢蜀戎？陵江那个身子骨，又不能总在天上飞吧？碰不着硬仗还好，碰着了怎么办？出事了谁担着？再者说，跑马升旗，谈何容易？如今你放她出去，也挤不进十大里面。"

"总得有个开始嘛，画形影图是升不了旗子的！怀仁，你的意思呢？"

温督捕回答："我的意思，和雪拥一样，这破格破得太大了。万老大，恕我直言，如今神捕营风雨飘摇，最好不要做这种无谓的尝试。"

二对一，万蜀戎点点头，放弃了："第三件是什么？"

温督捕无奈得很："是那个小子，就是……三天前把楚随波扔进粪桶里的那个，他闹了点事情。"

听见"楚随波"三个字，风雪原很是吃惊。

兰雪拥记起来了："我听伯庵说起过这件事。他怎么了？"

温督捕说："那个小子叫卢千里，今年十三岁，功夫很好，在他的同年里是第一。三天前，他的处置是我定的——谋划偷袭，是知法犯法，寻衅滋事；率众围殴，罪加一等；羞辱前副总捕头，是以下犯上；这事儿就在神捕营东门外面发生，他又是领头的，决计轻饶不了，按照本营规矩，有功夫的在身不能轻易逐出，免得贻害地方，所以，只能废掉武功，逐出神捕营。这事本来定了就定了，可刘伯心软，私底下叮嘱我先不要动手，他再想想别的办法。我就遵命而行，把那小子关在隔壁，还怕他想不开，叫他的管带师傅带两个人劝着点、盯着点。可没想到，昨天后半夜，快凌晨的时候，那小子谎称犯病，割破自己的胳膊，吸了一嘴血，骗了他管带师傅慌里慌张去抱他，然后打伤了管带师傅，打晕了两个看守，翻墙跑出去了。隔壁几个值班的，大概觉得这事也不大，没跟我们报备，自己带人去追，没想到小东西挺能跑的，也挺机灵，藏在空粪桶里，把他们都骗过去了，他们到了天亮找不到人，才来跟我说。我直接调拨了神捕营一队人，一路跟踪着追到南城门边，好不容易才追到人抓回来。抓回来的时候，那小子反抗非常激烈，在带队的亮明身份的情形下，还玩命伤了我们一个兄弟。抓回来之后，其实就该当场动手了，可是，稍微一松手他就用头撞墙，嚷嚷着不想活了。说实在的，我看他那个样子，真废了他的功夫，他可能就真活不成了。这个情况不太常见，想问问你们的意思。"

万蜀戎听得好奇："也就是说，他一个十三岁的小孩，前后伤了我们四个人？能干出这种事的人没几个。"

"是。"

兰雪拥问："既然伯庵之前过问过这件事，他什么态度？"

温督捕回答："我刚刚才去过卷宗阁，听人说，刘伯上午回去之后，把自己关在顶楼，就再没出来过，传令任何人不许打扰，那我就不敢打扰了。前几天，刘伯的意思是这种事情，不像是一个小孩子自己谋划出来的，后面可能有人教唆，要是找到教唆的人，那就是主谋，他就可以从轻发落。但是，我们问也问了，审也审了，利害也说明白了，这个年龄总不好用刑吧？那小子一口咬定就是他自己的意思，他就是想为武师傅出口气，根本没有别人挑唆，那就没办法了。"

温督捕在轻轻叹气，万蜀戎也轻轻叹气。这种事，太让人伤心了，再没有什么，比废掉一个好苗子的武功，更让人扼腕叹息的。可是，在进神捕营的时候，条例是三令五申，人人签字画押摁手印，一个恶意伤人的人，决不许就那么轻轻松松走出去，那是对外面百姓的不负责。

万蜀戎揉着印堂："温督捕，你常年执掌子弟营，这种事情有通融的先例吗？"

温督捕点头："有，苏旷。可苏旷不是随意通融的，当时三个条件，第一人家被打的谅解了，第二是该罚的全罚了，第三，也是最重要的，是武师傅拿自个的性命做担保，一命保一命。如今谁敢拍这个胸脯啊？再者说了，担保也没用，楚随波那小肚鸡肠的，根本不谅解。"

"什么时候动手？"

"你们要是没别的意见，我现在回去就得动手了。可是，他要是出去之后想不开的话……"

"人在哪儿呢？"

"隔壁，老演武厅押着呢。"

"走，我们去看看。"

"隔壁"是神捕营里惯常的叫法。神捕营的隔壁是子弟营，子弟营的隔壁是神捕营，隔了一条街，两道墙。在原先子弟营没有扩建的时候，甚至没有这条街，只有一道高墙。子弟营比神捕营小了一半，四周也挂满了灵幡、雪柳。正中也有个小小的校场，几群少年捉拍扭打，这里的土地来之不易，见缝插针种了几株花木，除了少年们的住宿处，就是练功房、演武厅、兵器库……总而言之，就是个训练的地方。

"老演武厅"在子弟营的西北角，十年前已经废弃不用了，地面上的木板都朽坏了，有的翘着，有的塌着，好几个坑坑洼洼，露出下面的沙土地。一个屋角漏水，用了个大水缸接着。为了避免浪费，水缸里还养了一枝睡莲。很长的破旧的兵器架子，从长长的一端列到了另一端。架子上有些长兵器还是半新的。这里兼做半个仓库使用。

屋子里有十七八个人，本来三三两两的随意靠着站着聊天，见兰雪拥他们进来，一起肃立，问了一声好。

靠着墙坐了个少年，水淋淋的，浑身湿透，应该是在空粪桶里躲过，气味不好闻，被用水冲洗过。他一动不动，赤着上身，鞋子也没有了，嘴角、胸膛、腰际、小腿……全是乌青瘀血，手腕和脚踝上有伤痕。显然被抓到的时候，经历过激烈的搏斗。他闭着嘴巴，下巴还有点圆嘟嘟的稚气，眉眼已经见棱角了，睁大眼睛，狠狠瞪着兰雪拥他们，瞳孔里似乎伸出两只手，拼命把他们往外推。

兰雪拥问温督捕："他这是……？"

"我封了他的穴道，不然不行，满地打滚。"

兰雪拥向人群望了一眼："谁是他管带？"

一个矮墩墩的面容和善的男人跑过来，他手臂也受伤了，包扎起来，用布条挂在脖子上，微微躬身："见过兰二先生！我叫乐众，是卢千里的管带师傅。"

兰雪拥挥挥手："放开他。"

穴道解开了。那个卢千里腿脚还软着，但已经一跃而起，被身边两个人一把按下，他很像一只翅膀受了伤的鸟，越扑腾伤得越重。他的声音还有一点嫩，用尽可能的成年男人的低吼对着兰雪拥嚷嚷："要么放我走！要么杀了我！你别过来！你们这群畜生！你们不是人！"

一众震惊——他知道兰雪拥是谁，但他不在乎。兰雪拥也很奇怪："我们怎么就是畜生了呢？"

卢千里咬牙切齿："我的武功……我的武功是我的！我的！我没日没夜练出来的！不是你们想教就教，想拿走就拿走的！"

风雪原想说点什么，兰雪拥伸手向下按一按，面色冷峻："夜长梦多，该动手就动手。乐师傅，你亲手带出来的人，亲手废了吧。"

乐师傅脸上有一点求恳的哀怜，他甚至在卑躬屈膝地赔笑："兰二先生！这小子是混了点，可他这身功夫真不容易……您给个机会呀，我好好管教他！"

"动手。"

乐师傅没得选了，边上人递给他一个小碟子，里面是十几支淬药的金针。卢千里被人摁在地上，动弹不得。

边上有人劝他："这是很温和的药，一点都不会痛，废掉武功而已，你还可以做个普通人。"

卢千里不听，破口大骂："你们这群畜生！我做鬼也不放过你们！你们今天敢碰我，我出去之后拿一百条人命抵账！"

这句话不该说的，说了，可能连出都出不去了。卢千里是真的怕，他的眼睛鼻子嘴巴都在抖，叫得很硬气，可眼泪不停地往下流，盯着金针尖，浑身抖。按着他的人，用的已经是很重的手法了，他不管不顾，死命挣扎，扭着扭着，号啕大哭起来。

兰雪拥一直盯着他的眼睛看："这样了还不肯招？说，谁教唆你的？"

卢千里拨浪鼓一样摇头，用力扭着脖子，试图让金针找不准位置，边哭边叫："楚随波就是个狗娘养的小人！这还要人教唆吗！少爷一人做事一人当！我做鬼也

237

不放过你们！别碰我，滚啊！二先生！万老大！救命！饶了我！我不敢了！你们怎么都行，叫我干什么都行，我不敢了……我真不敢了……"

风雪原受不了这个，他一转身："兰叔！万叔！"

"好，我给你个机会。"兰雪拥指向风雪原，"你起来，按照子弟营的规矩跟他打，赢了他，我就饶你一马。"

手放开了，卢千里不敢置信。风雪原眼珠子咕噜噜一阵转，兰雪拥又点点他："福宝，你不许作弊，你敢故意输给他，我就杀了他。我说到做到。"

"兰叔……"

"听我的。"

子弟营比武的规矩，是抽兵器签。

兵器签盒子端过来了，风雪原先抽，他抽出来一支，一愣："这是什么玩意？这字我不认识。"

温督捕指点他："钺，刀枪剑戟、斧钺钩叉的那个钺。你先抽的，可以选，你用这件兵器还是给他用？"

风雪原犹豫了一下，看那个少年。卢千里显然不想用这玩意儿。他说："我留着吧……钺，都长什么样啊？"

"钺有很多种。"

"随便拿一个吧。"

有人拿过来一对很奇怪的兵器，像两头开刃的手斧，有人指点他："这个是子午混沌钺，中间这个是把，拿这儿。"

风雪原糊里糊涂点头："我用这个'馄饨钺'，你用什么？"

卢千里本来吓得脸发白，刚才急得脸发红，现在气得脸发青——这人都不识字，为什么看起来这么受重视。他也抽了，是鸳鸯刀。

"真是巧啊，"乐师傅在一边说，"千里最喜欢的兵器，就是双刀。"

卢千里抽刀在手，深深呼吸吐纳，左手斜挥，右手下拂，双足不丁不八分开，徐徐打开门户。边上几个成年人都点头。他惊吓过，逃跑过，挨过打，鼻涕还挂在鼻子上，但是，握着刀的时候，依旧安定从容。

风雪原举着那对钺，因为着实搞不清楚怎么用，像个螃蟹举着一对大钳子。

卢千里一步迈过来，举手就是双刀。这是试探的招数，两刀都是反手刀，鸳鸯双划水,千江月相照。风雪原拧腰,闪避,后走了一步。

万蜀戎低声说:"龙蛇双打!苏旷调教过他的步法。"

卢千里往上跟一步,一刀正一刀反。这是刑天双斩,已经是大开大合,进攻的套路。他不能输,他死也不能输。

风雪原不太清楚该怎么打,双铖这玩意儿,有一个大背刃,有一个小腕刺,常年用剑没用过这个的人,很可能会被胡乱扎到。他就举着他的大钳子,在双刀交错的一刹那,依样画葫芦,也是刑天双斩,一正一反,双铖斜飞。风雪原迷迷糊糊,看半招学半招,刀光和铖刃还是交错着闪过,刚刚好格挡住。

周围一阵惊叹。反应太快了!这种惊叹听在卢千里耳朵里,他眼里立即有了不服。他体力早就透支了,这显然不是他的最好发挥,但如果这是最后一战,那么,不能窝窝囊囊地死掉。他低吼一声,双刀走起来了。所有人都在看,这孩子一身功夫真是漂亮,刀光既快且密,劈、挑、剔、转,正手刀连着反手刀,流星过月,白驹过隙,一身伤,腰转起来的时候,身法丝毫不乱。

风雪原来不及现学现卖了,他铖刃向外,夺夺夺夺连磕四记,他也没有别的技巧,就是见招拆招,快而且准,每一记都磕在刀刃将吐力未吐力的刹那。饶是如此,还有几次躲闪险些不及,袖子被绞掉一块。但他的手臂并没有受伤,格挡的时候,他的手腕已经活了,学会用那个小腕刺作为护臂。铖就是这么用的——外刃磕、撩、劈、砍,内刃削、刺、挡、格。这就是所谓武学天赋,学精很难,学会看一看就可以了。

卢千里怔了怔,他显然也发现了对手的可怕之处。他的长处原本是快,但今天他的体力早就耗尽了,快不起来,此消彼长,对手比他快太多。他双刀一错,步法慢下来,势做太极,阴阳双鱼,乾坤逆转。很聪明的打法,他在慢慢寻找对方的漏洞。

万蜀戎问乐师傅:"他练几年了?"

"他学武七年了,进神捕营三年。"乐师傅忙凑过来回答。

"都是你带他?"

"是啊……"乐师傅答应着,又急忙辩解,"可我带好几个呢,别的孩子都听话、懂规矩,就千里,我打也打过,骂也骂过,不知怎么回事,性子就是拧不过来。"

卢千里痴痴地盯着风雪原的手。眼角有一点泪,闪一闪,不见了。

风雪原的漏洞是……卢千里忽然狂叫了一声,一头向风雪原怀里冲过去。玉石俱焚的打法。

风雪原双钺本来挡着门户,既不想伤人也不想伤己,见他没头没脑冲过来,双钺一分,错步闪开。卢千里等的就是他这一错步。风雪原的步法,比起他的手法来,慢了很多。风雪原的手已经分开了,门户大开,但腰和腿还没有完全跟上。卢千里就在这一个刹那,冲进他怀里,双腿去绞风雪原双腿,双臂去箍他右臂。他是擒拿扭杀的一把好手,风雪原很少练习地面。只要倒地,他就有胜算了。这是他的极限。

但也就是在那一刹那,风雪原左手的钺扔开了,食指中指一并,直接刺向卢千里的咽喉——那是无形无迹,快如闪念的一剑。

演武厅里,传出一阵真正的赞叹声,接着是鼓掌声。剑是百兵之君,看剑先看剑意,风雪原的剑意,既纯粹又圆融。强求速度的少年,剑法里通常会夹杂一丝戾气,放不开,收不住,伤人伤己。但风雪原没有,他是真正的天才。

卢千里的左腿刚刚踏进风雪原的双腿之间,风雪原的中指已经抵在他喉结上。如果有兵刃,这一剑已经没喉了。在任何一种武技的比拼里,都该认输了。但卢千里不管不顾,还在发力。他左腿膝盖顶着风雪原右腿筋,欺身向前就向下跪,这一下跪实了,半条腿得残一年。

万蜀戎一直在观战,此时伸手把卢千里一把拽开,往一边扔:"输了就输了,赖什么!"

卢千里像是在梦魇里,落地,鲤鱼打挺跳起来,毫不犹豫。眼睛就那么直愣愣的,接着向前冲。对他来说,战斗还没结束,他只有赢,才能留下一身功夫。

几个人一起抱住他。有人拧他肩膀,他不在乎,接着往前冲,肩膀脱臼就脱臼。有人绊了一下他的脚踝,他也不在乎,明明已经失去平衡了,就拿着扭曲的脚踝往地上戳,脚折了就折了。一个人按了一下他的头,他居然还不在乎,转头去咬那个人的鞋子,那个人躲开了,就胡乱去咬任何一只碰他的手。他有点发疯的迹象,而且已经开始自残了。有人招呼:"他不行了,马上要把自己搞残了,拿根绳子来!"

听见"绳子"两个字,卢千里浑身打摆子一样抖,像是在噩梦里,被穷追不舍的猛兽咬住了。他没劲了,眼神恍惚,瞳孔开始放大,在大人们怀里扭动着:"饶了我……我不敢了……饶了我……"

少年终于被很多双手抓牢了。兰雪拥在示意乐师傅:"他输了,动手啊。"

240

风雪原想说什么，被万蜀戎拽住。乐师傅向前走，拿起金针。卢千里茫然地睁着眼睛张着嘴，口水顺着嘴角垂下长长一条透明的丝，他还在摇头。

乐师傅轻轻按了按他的胸口："千里，很快就过去了，乖，啊？"

卢千里看着他，大颗大颗的泪水往下落。乐师傅一狠心，举手。

万蜀戎忍不下去了，抓住乐师傅的肩膀把他扔了出去，手在半空，给了他一记耳光："你他妈是人吗？他都这样了，都不肯招出你！"

乐师傅坐在地上，很有些吃惊，张大嘴。没错，兰雪拥也在这么看着他。这里是神捕营，有最可怕的几双眼。

"为什么教唆他干这个事？谁指使你？"

乐师傅犹豫片刻，四下看看，想跑。这是个不该做的动作，通常意味着心虚。

温督捕打了个手势，几个人一拥而上。对成年人，就不像对孩子了。他们毫不犹豫，掰开乐师傅下巴，先看有没有毒药，然后拧过胳膊，撕开裹伤布带。他那胳膊果然没有受什么伤，只是浅浅划了几道带血的口子而已。

卢千里厉声叫起来："不是他！没人教唆我！乐师傅！万老大，我不练武了，你放过他！"

万蜀戎走过去，蹲下抱住卢千里的肩膀，盯着他的眼睛问："你知道他根本就没受伤？你知道他故意陷害你以下犯上？你知道在神捕营打伤自己的管带师傅是个什么罪过？你什么都知道？"

卢千里流着泪，摇头。

"你睡一觉吧。"万蜀戎摸出一粒药丸，塞进他嘴里，"醒了就没事了。"之后他挥挥手说，"来人，拉下去，该用刑就用刑，我们还有事，明早之前给我回话，这事给我全问出来。"

第十九章　尽日灵风

白日西移，风云渐起的时候，神捕营开启了一场宏大的祭礼。

铺天盖地的灵幡，像一条雪山长龙，从西门起，横亘过整个风雨校场，一路蜿蜒到东门十九棵松之下。

灵棚按照侯爵的品仪搭建，从外到里分别是三进，一进是羽旌挽幢，一进是鼓吹钟磬，一进是雪檐飞庙的牌楼。最里面的灵堂，灵案上供着神位、香烛、长明灯盏。

双层的棺椁是国公爷送的，黑漆、金丝楠木，极尽奢华。至于铁敖的尸骸，仵作验过，用防腐的药材处置过，最终是三杰亲手收殓、换了寿衣。尸骸上没有任何陪葬的金玉，只裹一身来时的布衣，穿一双青鞋白袜，枕一幅早已经褪色、残缺的铁血落日大旗——来来去去，本来面目而已。

与外界不同的是，这里没有高僧念经。神捕营里没有人同意搞这个，大家对高僧都没什么意见，但经文不行。超度的经文是难免要忏悔、消弭罪孽的。除恶务尽，他们没什么可忏悔的。也并不稀罕什么极乐往生。

铁敖的灵柩，会在这里停灵十九个日夜，之后，依照惯例，化作外面大松树下的一碗烈酒。十九天，是神捕营独有的停灵之数，那是纪念十九棵松开辟神捕营的意思，也是计算好的日程——半个月，足够信鸽和飞隼把丧报送到天涯海角，那时候，五湖四海、回不了家的神捕营子弟，会在残月之下，同饮一杯烈酒，送他们的总捕头一程。铁侯爷的归铁侯爷，总捕头的归总捕头。

酉时正，祭礼开始。宾客往来，衣冠胜雪。

国公爷年长一辈，地位尊崇，由他执笔，点了神主牌位。

242

商年玉是主祭。他用抑扬顿挫的调子，先念皇帝的封诰，再念一篇骈四俪六、由他自己撰写的祭文，之后念三公九卿的拜祭帖子。

再之后，随着钟磬鼓吹，司礼官唱名，三公居首，六部九卿按照官职品秩轮流上香祭酒。最前面的是公侯贵胄。他们来这儿，本来就一多半是冲着国公爷的面子，一小半冲着新封的侯爵。他们神情间并不太悲戚，也没有礼节之外的多余的动作，并不带丧、易服，只除去鲜艳的饰品以示敬意，简简单单上了香，略躬一躬身，点一点头，就到外面，与关从周攀谈国是去了。六部九卿之中，许多人是冲这些人来的。历朝都忌朋党，官吏们大规模的私下聚会的机会不多，祭礼就是一个非常名正言顺的场合。

顺品阶而下，吊唁者鱼贯而行。有人一拜再拜。有人会低低唏嘘几声。有人会在上香之后，上前扶棺说些什么。也有人痛哭流涕、慷慨激昂，大老远就哭着要冲上去抱着棺材，被人拉开一次，还要挣扎着再抱，颇有些"铁公千古，天妒英才，如可赎兮，人百其身"的千秋长恨。

风雪原做不了别的什么。他穿一身重孝，匍匐在灵前，依次还礼。有些长辈叮嘱他"节哀"，他就应一声"诺，遵命"。有些铁敫的故旧，看见他非常吃惊，嘀咕一声"这位是……"，他就老老实实地装听不见。那些人上香、拜祭，沉默很久，还是忍不住快步走向兰雪拥或者万蜀戎，打听一点什么。至于那些手舞足蹈痛哭流涕的人，看起来就跟他熟稔亲密得多了，有人喊他"公子"，居然还有人喊他"世子"。司礼官悄悄告诉他，某些人，他可以不那么恭敬郑重地还礼了。

第一轮祭拜的贵客很快就离开了。正是晚宴时候，关从周早就命人设下酒席，由他亲自主持宴请，商年玉也匆匆打了招呼，跟了过去。国公爷老当益壮，甚至早早吞下几枚解酒丸——神捕营正处在破旧立新、亟待中兴的当口上，需要庙堂之上的诸多支援。

第二轮客人就随意得多。

初冬，天黑得早，司礼官、唱名官告退，钟磬鼓吹的乐手也全都离开，那些零零散散的不太愿意与众寒暄的客人才到来。其中大多数人都认识兰雪拥和万蜀戎。甚至有些来客听闻过风雪原的来历和名字。

一个灰衣人在上香之后，在一边笼着手仔细打量风雪原模样，低声问兰雪拥："兰二先生，这孩子归你们了？"

兰雪拥告诉他："还没有。"

243

"还没有就是快了，"那个人声音还是很低，"听人说这孩子禀赋非凡，将来绝不在苏旷之下。"

"那倒是，"兰雪拥回答，忍不住地有些欣慰，"我今天刚见识过，果然璞玉浑金。"

"你们挑人真准啊，我们就一个都捞不着。"那人拍了拍兰雪拥胳臂，"二先生，别尽吃独食，你们家好苗子多了，分我们几个。"

兰雪拥摇头，正色："万万不可，常言说得好，只拿俸禄不干事，长大才去大理寺。"

那人不干了："三堂自古一家！那浑小子编排我们的，你怎么现在还记着！二先生，我们就算不进刑部，也是子弟营出身，不能说迈不过铁门槛就是外人吧？"

兰雪拥就打哈哈："知道，知道，没把你当外人。你想守灵就守一宿，今晚上老兄弟们都在，过两天就不一定了。"

他们声音很低，但也没有刻意耳语，当那人说到"绝不在苏旷之下"的时候，周围几个人都惊讶地看了风雪原一眼。"绝不在之下"的意思，就是起码打个平手，甚至还有超越。那是一个非常高的评价，十年来没有出现过。风雪原开始感受到一种微妙的亲切和尊敬。

说实在的，那感觉很好。今天，他刺出那一剑之后，真有些四顾心茫然的感觉。比起一年前，他进步了一点点。可天知道，那一点点，得来何其不易。他的剑法，戾气曾经是很重的。那不是外门邪路，而是先天缺失、基本功不足，但又被杀手组织强行迫练速度的结果。想要矫正这一路剑，无异于给一只追逐的豹子扶正歪了的脊椎，给一辆飞奔的车子换个轮轴，给一栋已经盖了一层的房子换个地基。换而言之，就是几无可能。他和师兄，最激烈、后果也最严重的一次争吵，无非就是因为这个。苏旷非要强行回头补他的基本功不可。他不愿意，可是争不过师兄。这种逆天而行的结果是在最开始的大半年里，他的功夫不进反退，速度甚至没有以前快了。他是武者，功夫是命根子。他根本容忍不了退步，也容忍不了慢下来。他哀求过苏旷，苏旷不为所动。他干脆跟苏旷翻了脸，苏旷又厚着脸皮追了过来。他们师兄弟甚至动了手。当然，那一次他输得很难看。后来他们和好了。不过付出了惨重的代价。再后来，就好像什么事都没发生过一样，师兄接着教他。

苏旷倔得像头驴，武学理念一点儿不动摇，继续补他的基本功。有一次，苏旷鼓励过他："师弟，天外有天，人外有人，你别老盯着我，以你的禀赋，如果迈过这道坎，说不定将来可以和丁桀掰掰手腕。"他当时欢呼雀跃，根本没有在意师兄这句话后面的小小无奈。师兄的意思是你有成为天下第一的可能,别满足于做一个二流高手。是的,是有可能迈过那道坎的。但凭他自己不行,那需要另外一个人以极深的修为,配合极大的耐心,毫无私心地把自己变成他迈过这道天堑的一道桥。很长一段时间里,他不相信世上有那么一个人存在。他读书的时候太差劲,所有人都看不起他;学武的时候又太可怕,所有的人都想利用他。他像一只巨浪上的蚂蚁,近乎本能地对这个世界满怀提防。他甚至根本就不愿意去想,迈过去之后呢?迈过去之后,天堑就变成通途了。

今天,他忽然刺出那一剑了。他的所有"老毛病"都消失了。他惊讶地发现,这是什么时候的事?这道坎迈过去了,从今时此刻起,他将跻身于剑道高手的殿堂。没有人比他自己更清楚,这一剑的意义——即使师兄的腰不出问题,一直保持在巅峰状态,他这样练十年,还是有望堂堂正正超过苏旷的。他才刚刚十六岁而已。

一个让他浑身发抖的想法,从后脊梁偷偷袭击了他的整个脑海——他今天跪着的这个位置,非同小可,足够让他站起来之后,够得着京城每一扇大门。而凭他的剑法,已经足够推开京城每一扇大门了。这个想法背后的某种念头,像只黑暗丛林里的野兽,让他不寒而栗。他摇摇脑袋,驱散了那个念头。

灯火阑珊时分,第二轮客人也散去了。第三轮客人来了,却更神秘。那是一些"江湖上"的"朋友"。神捕营里点了几盏引路灯,不招呼,不拒绝,不还礼。

那些人看起来像是走了很久的路,鞋子和裤腿上都带着尘埃。他们之中的大多数人并不祭拜。有些人连头都不点一下。有些人会低低地咒骂,有些人会发出不知是哭还是笑的怪啸声,有些人只是默默地望着棺材看很久,去灵案一角倒一杯酒,自己仰脖子喝了嘟哝一声:"一笔勾销了。"

只有一个人,独一只木脚,站在那里,瞪着棺材瞪久了,忽然发起疯,上去要砸棺材板,立即就被很多只手按在地上。

"别找死。"万蜀戎在后面盯着,挥挥手,"今天是大日子,不跟你计较,滚出去,永远别再来。"

到了后半夜,明月当空,那些萍水相逢的"客人"也散尽了。直到所有宾客都离开,名捕们这才披着白麻斗篷,姗姗来迟。他们抽出刀刃,插在门口的木桌上,扶着黑漆刀鞘,一言不发地走进来。

今夜来守灵的,只有不到一百人,是精锐之中的精锐。这些人官职品级都不高,名不见经传,可他们的旗帜在十八路行省的土地上飘扬过,他们的刀锋曾经在无数悍匪噩梦中闪起过寒光。他们都曾经为这个国度的法律和正义流过血,并都曾发誓,捍卫这一原则直至此生终结。他们走进来的时候,整个灵堂似乎有一阵寒风刮过。领头几个人看了看风雪原,倨傲地摆了摆头,是那种拒人于千里之外的眼神,意思是我们祭拜铁总捕头,轮不着你在这里还礼。

风雪原看看万蜀戎。万蜀戎拍了拍风雪原,示意他先去吃东西垫垫。风雪原退下了。

居首的三个位子是空的——兰雪拥和万蜀戎伸手,从身边接过同样的斗篷,披了,站到人群之中。手杖顿地声响,文陵江打着灯笼,引来了驼背手抖的刘伯庵。三杰引领,十大名捕在前,众人在后。他们齐齐地向铁敖的灵柩拜了三拜。刘伯庵祭拜完了,自己打着灯笼,招呼一声"我回去看卷宗",转身就走了。

灵堂里寂静如铁,有夜风中灵幡招引的声音,有牌楼上雪柳翻飞的声音,有火盆里火焰哔剥的声音,有木门吱吱嘎嘎响动的声音。唯独没有哭声。所有人都严守铁总捕头的禁令,他曾经说过,除申冤者、女人和孩子,无人可以在我面前哭泣。

"给总捕头问安了。"人群之中,一个三十出头看起来风尘仆仆的男子比旁人多拜了三拜,声音醇厚也冷硬,"属下今夜来,也是特地向总捕头辞行。属下本来也想和兄弟们一起,为总捕头守灵,但就是刚才接到线报,听说甘州屠城悍匪吴在田已经现身,正在变卖赃物,准备易容变装、组织商队,冒死横穿大戈壁,逃往西域。此人罪大恶极,惯以杀人为乐,曾经建起尸城,携婴孩做鹰靶,一箭双杀。这等畜生不伏诛不足以平民愤,任他逃走,我也再无面目立于天地之间。在此,属下禀告总捕头一声,我已经调度人手,三更天就要动身,这一去要往戈壁滩里走,未必回得来,我留一面旗子在这里,就算替我守灵了,若是回不来,兄弟们帮我烧成酒,也望届时总捕头泉下容属下追随。"

他说完又拜了两拜,从怀里取出一面淡青色磨得发白的旗帜,举起来转身,向众人展一展——上面画一只白鹿,腾跃如云,脖颈上挂一管竹笛,向着幽幽青山里奔去。

这是十大名捕之中,排行第七的青崖白鹿旗。旗帜上,墨迹淋漓题着两行挽诗,写的是:黄泉来报有冤魂,腰畔吴钩解不成,奈何桥上一声问,我去地狱第几层?这四句诗既是挽诗,又是征辞,显然是刚写上去的,墨迹尚有晕染,龙飞凤舞,笔笔带锋。一个人只有一面大旗,大旗是挂在旗杆上的。既然选择落下来,就很难再升回去。

那人走到灵柩前,将旗帜叠放在棺椁下,又执壶倒了一杯酒,向天敬了敬,仰头干了;再倒一杯酒,向铁敖敬了敬,仰头干了;最后倒第三杯酒,回头向众人敬了敬,也仰头干了。

"诸事拜托。"他拱了拱手,"兰二先生、万老大、兄弟们,案情如火,刻不容缓,我先告辞了。"

这个状况显然是太突然了,至少兰雪拥和万蜀戎都没有防备。

那人喝完三杯酒,就大步向外走,万蜀戎追上两步,拉住他肩膀:"等一等,白鹿,什么时候的事情?这么大的行动,怎么都不跟我们商量一声?"

"回禀万老大,就在刚刚。案子实在太急了,吴在田已经开始逃了,着实来不及跟大家商量。"那个人回过身,低头拱手,恭恭敬敬,"兰二先生、万老大,这个案子我盯了五年多,手里兵符令信都是齐全的,随时可以行动,我想……不用再跟上峰报备了吧?"

万蜀戎有点着急:"白鹿,我不是说你不合规矩,我是说你……是不是冲动了一点?"

"我带的一拨人马,都是铁了心跟这个案子的,家里也都打好招呼了。为了防备不测,家里独丁的我都没有带。"

"白鹿!"

"案情十万火急,确实刻不容缓。"那人索性单膝点地跪下,向万蜀戎和兰雪拥行了个大礼,"兰二先生、万老大,多年提拔栽培,深恩不敢忘却,只盼还能回来,追随二位麾下,但是今天,再耽搁就真来不及了。孙白鹿一意孤行,冒失之处,二位海涵。"他不再多说一个字,站起身,斩钉截铁地匆匆离去。

"白鹿!一路保重!"众人也只好都告别,他一路走过去,一路有人拍他的肩膀,"青崖白鹿旗一定还会再升……白鹿,路上看着点风头,真不合适就回来,没必要跟天过不去……等你凯旋,带贼子人头回来祭旗!"

那人一路向大家点头。他走到门口,毫不犹豫地拔了刀、解了斗篷,还刀入鞘,大步向前,身影很快消失在屋外的浓黑里。

万蜀戎皱起眉头,他环视四周:"谁知道这是怎么回事?"

一个人回答:"万老大,确实是刚刚才到的线报。"

万蜀戎摇摇头:"我问的是,孙白鹿一向谨慎,从不铤而走险,这一次是为什么?

247

毫不犹豫地要横穿戈壁？"

那个人又回答："万老大，孙白鹿已经是最熟悉西北戈壁滩的人了，如果他都带不回吴在田，就没有人带得回了。"

万蜀戎有些动怒了："都跟我装糊涂？没有一个人知道这是怎么回事？你们谁跟孙白鹿的私交好一点？"

好几位名捕都颇为难地低下了头。

"行了，蜀戎，随他去吧。"兰雪拥走过来，拍一拍万蜀戎的肩，"白鹿手里兵符令信都是全的，他位列名捕，有这个权职，既然做了决定，你就不该再过问了。"

兰雪拥的手拍肩拍得很重。万蜀戎也立即恍然大悟——孙白鹿是一个私交很少的人，他曾经最好的朋友是苏旷。孙白鹿选择了用一种最光明正大的方式，当着铁敖的面，退出十大名捕之列，也拒绝了那一份红头捕文。他不相信苏旷有任何"大逆不道"的举动，也绝不相信三杰会联手构陷苏旷，甚至也不愿意耐心等待水落石出。他唯一能做的，是誓死捍卫自己最后的信念。

兰雪拥环顾四周："今天晚上，还有什么人有什么紧急案子要去追吗？"

四下沉默。

兰雪拥点点头："很好！诸位，还有后半夜，熬过后半夜天就亮了，愿意守着的人就在这里守着，愿意摸黑去找路的人我们也不拦着。既然孙白鹿选择了落旗……那么明天早上，平原的旗子升起来之后，红舟的旗子向前递补一位，到时候，各司其职，该干什么就去干什么。大家都听明白了吗？"

所有人都齐声回答："是！听明白了。"

他们也选择了捍卫自己的信念。

后半夜很黑。后半夜很长。

第二天清晨，东方破晓，一个朝气蓬勃、金光万道的早晨。关从周来得很早，他披着皱巴巴的袍子，显然是将就了一夜，拄着拐杖，神色疲惫、憔悴，但腰板还是笔直的。昨天，老爷子一把岁数，拼着老命多喝了几杯，身体顶不住，索性就不回府上，在神捕营的公署里小憩片刻，年纪大了，人醒得早，一睁眼就过来了。关从周一到，说来奇怪，商年玉形影不离也到了。

老爷子一进门，就看见了棺椁下的旗子，他走过来，龙头拐杖夹在腋下，展开看，瘪着双颊，慢慢悠悠上下看了几眼，又默默动嘴唇念了一遍挽诗，苦笑三声，按照原先的褶子叠好，放回去，招呼："雪拥！你出来，我有事同你商量。"

兰雪拥本来靠着一处木柱，直愣愣地向铁敫的牌位望，目光里既有探询，又有求恳，两根修长的手指头掐着印堂，搓得眉心全是指甲印子，一听老爷子那声中气十足的"雪拥"，指甲尖一用力，印堂掐出血来。他无奈应一声："是。"随后跟着老爷子走了出去。

轮到万蜀戎抱着双臂，直愣愣地望着铁敫的牌位了。

名捕之中，最年长的一个走过来："蜀戎，趁现在没外人，我有句话不知当问……"

"不当问。"

"蜀戎！不当问也要问，老爷子到底想干什么？"

"不知道。"

"恕我直言，我们要这个铁侯爷，到底落了什么好？"

"告诉你不当问就是不当问！好，我告诉你们落了什么好。朝廷里头本来都在议论，说既然总捕头不在了，又江河日下，神捕营划归刑部得了，现在议论没了，神捕营还是神捕营，刑部还是刑部；连着七年，我们一应花销都不够，一年到头手心向上朝上头要，还是诸项不全，抚恤银子要从办案的经费挤，花红赏银要大家抽分子，这回呢，银子够了；过去七年，我们往各州各府下公文，回得那叫一个慢哪，调度都快调度不动了，如今呢，令行禁止。你现在明白了吗？国公爷都办了哪些事？侯爷咱们要不要哇？"

"是，该要，确实该要……可是蜀戎……"

"你怎么这么多废话呢！"

"这不是我一个人的意思啊！蜀戎，你回头看看，大家都有这个疑问啊。我们不是不遵守命令的人，可是，在此之前，连铁总捕头带楚随波，前后快四十年了，神捕营里遇事没下过封口令，没不许人讨论过事啊，可是苏……"

"住口！"万蜀戎一敲柱子。

"好，你们非要弄出第二个那个人是吗？行，不提。就说老爷子，如今的神捕营又往他老人家执掌的那个时候去了，说点不好听的，因循守旧，比老刑部还规矩，战战兢兢，唯唯诺诺，一个字不敢多说。我请教你，咱们要走这条路的话，平稳倒是平稳了，那铁总捕头费这么大劲、咱们流这么多血是图什么呢？图这个侯爷吗？"

"你一把岁数，怎么就这么猴急呢？能不能就等过这十九天呢？"

"等过了这十九天就好了吗？难不成等过十九天，老爷子就……啊，不管我们了吗？"

"你们就听我们一次。熬，也给我熬过去这十九天。等总捕头出大殡了，你们想知道什么，我们哥仨给你们交代，行不行？这十九天，人来人往的，各种事情都不定，你们给我闭上嘴，安生一点！"

万蜀戎说到后面，脸色已经铁青了，挥手在木柱上用力一拍——这灵棚是刚刚搭起来的，并不像普通建筑一样结实，棚顶一阵摇摆，连铁敖的牌位都跟着震了震。

他话说到这个份上，来问话的那个也只好点点头，退下。万蜀戎的回话，多少是个交代了。灵棚里安静得出奇。灵棚外头，好像关从周和兰雪拥的讨论声也消失了。那一个刹那，大家甚至听见了风摇枯叶和晨鸟鸣叫的声音。非常奇怪的寂静。

万蜀戎正准备出去看看，发生了什么事，就听见远处唱名官一声报："骠骑偏将军、禁卫军统领上官乾到——"

这真是平地一声惊雷。灵棚里面，像忽然有什么东西在空气中炸了，所有坐着、靠着的人全都站起来，所有低着头的人全都抬起头，不少人伸手就去腰后摸刀。这真是欺人太甚，上官乾胆大包天，就差说神捕营里没一个活人了。所有人一起看万蜀戎，等他示下。

万蜀戎脸色一沉，跺脚："蹬鼻子上脸！"他摇摇头，黑着脸，大步向外走。

众人走到门口，全抄了家伙，只要一言不合，就准备动手。

风雪原简直是怒不可遏——这真是冤家路窄了，他本来在人群后面，一路小跑到前面，要跟上官乾碰个正面。

上官乾是个习惯早起、容光焕发的人。他身材高大，肩宽腰壮，远远看过去，像个活着的山神。初冬的早晨已经很冷了，他只穿了一件很宽松的褐色的单绸袍子，袖口高高挽到手肘，也系一根孝带，露出硬白折扇似的一角胸膛和一双肌肉异常虬结、怪石一样嶙峋的手臂。他只带了一个亲随，托着一托盘的仪礼，异常丰厚。他看起来笑容可掬，像神捕营的老朋友了，大老远抱拳，一路走一路招呼人："哎呀，来得早不如来得巧，这样一大早，大家都在啊！末将上官乾，问国公爷安好！商大人好！兰二先生好！万先生好！诸位大人都好！"

神捕营的人，慢慢上前围了一圈。本来跟在关从周后面的商年玉，说也奇怪，脚步变得迟缓了。关从周拐杖一顿，迎上前，双眼有寒光："你来干什么？"

"上官乾后学末进，特来拜祭铁侯爷、铁总捕头。"

人群里就有人骂："好不要脸！"

万蜀戎也冷笑一声："你也敢来！"

上官乾脸上还是带着和善笑意，眼中毫无惧色，呵呵一笑："末将有什么不敢来？铁总捕头是堂堂正正、光明磊落的国之栋梁，文武百官之中，但凡有公忠体国之心，都该来祭拜，只有悖逆鼠辈、犯上贼子才不敢来！"

这是指着和尚骂秃驴。每个人都知道苏旷没来。

风雪原啐一声："上官乾，你恶人先告状，在大别山里，你掳我父母妹妹，践踏我乡亲，滥杀无辜，你还有脸了！"

"唉，这位小哥说哪里话呀？"上官乾两手一摊，十分无辜，"纯属误会，误会。"

"误会？多少双眼睛盯着你呢，要不要我找人证出来对质？"

上官乾双手四周摆一摆："唉，小哥，你说的那些个事情，我是做过的。可是，扪心自问，我做的并无不妥啊？我砍了人头的那一个，是长白山的匪类，生前绝非无辜良民。至于我抓了的那些，哎呀，我并不知道是你的家人，只知道可以钳制恶徒。至于此行，我是接了神捕营的求援公函，驰援大别山，捉拿悖逆的鼠辈，犯上的贼子，神捕营叛徒——苏旷。哎，少安毋躁，各位大人，末将是久仰神捕营铁总捕头的威名，恨不能早生二十年，与他老人家并肩作战，侍奉鞍前马后。一听他孽徒作恶如此，气得我吃不下睡不着，那是义愤填膺！我飞奔半个月，早吃干粮、晚喝凉水，风餐露宿，换马不换人，就拉屎的工夫还能在路边蹲一蹲，自问没有功劳也有苦劳啊。连这……我也有不是吗？"

大家互相看看，确定谁都不知道他在鬼扯些什么。关从周似乎明白了点："上官乾？"

上官乾又一躬身："末将在。"

关从周伸手："你说神捕营给你公函，公函呢？"

上官乾从怀里拿出一个竹封牛皮笺，双手呈上，毕恭毕敬递了过来。

信封真是神捕营的信封，上面的签绳、火漆都是神捕营的东西。关从周哼一声，打开。身边几个人都好奇，可没人敢伸头来看。关从周看完，脸色极为不善，不发一言，转手交给兰、万二人。那上面几行行草，字迹清清楚楚。

251

禁卫军统领上官乾钧启：

　　神捕营叛徒苏旷，七年前红山一案反叛朝廷，事机败露，逐出师门，通令永不录用，此一事，致使总捕头铁敖武功尽失、含恨归隐。去年三月，恶徒率一干江湖败类，毒虫恶蛊，血洗渔村，屠杀无辜人命一百四十八口，地方震惊，致使满村孤坟，举族南迁。阖村百姓，恨不能剜心以祭生灵。去年冬，恶徒潜至大别山中，恃武力逼死师尊。嗟！人非披羽衔环之禽兽，安可为此大逆不道之事。恶徒悖天理，绝人伦，滥杀无辜，十恶不赦，唯恐匪类党羽众多，不能生擒以祭天。今闻恶徒又至大别山中，我部自千里缉凶，恐其再遁，知禁卫军统领上官乾，武艺绝伦，忠义双全，特乞驰援。

　　急告。

没有署名，只有鲜红的神捕营总捕头大印，竹封套上，还有刑部大印。

　　兰、万二人，面面相觑，不敢相信自己的眼睛。这封公函，居然是真的。除了没有署名不合规范之外，签、印、火漆都是真的。而且，关从周确实曾经出过主意，要把"大逆不道"四个字，落实到苏旷头上去，只是还没有做到这样斩尽杀绝，血口喷人而已。但在这样停灵祭祀的大日子里，关从周不想掀起滔天巨浪来。三杰也议定，无论如何，拖过这一段再说。至少在目前，红头捕文还只秘密发送到十大名捕手中。可是，无论如何，这巨浪也不能是从上官乾手里掀起来的。

　　两人回头瞥一眼，不知为何，商年玉丝毫没有好奇心，头都不探一下。可商年玉并没有听说过关从周的计划。更何况，他这样胆小如鼠的人，不像能做出这种事的角色。

　　关从周冷着面孔："上官统领，这封公函你是何处得来？"

　　"末将不知，是有人送到我门前。哦，当时我刚刚操练完兵马，追凶急迫，刻不容缓，我上马就走了。"

　　上官乾这种回话没有问题，有司之间，本来就应该认印不认人。兰雪拥和万蜀戎互相又看了看，眼里全是惊疑。这个局面太可怕了，神捕营里面，能摸到总捕头大印的，只有楚随波、商年玉、三杰和关从周六个人而已，这六个人无论哪个和上官乾有勾结，都是灭顶之灾。

　　众人里又有人叫："别的事先不论！上官乾，你想祭拜铁总捕头，先还我步踵武师傅的命来！"

上官乾还是很无辜："那都是误会、误会。"丝毫不慌不乱，看起来彬彬有礼，侃侃而谈，"末将当时领了圣旨，去捉拿商年玉商大人。是，商大人被奸人陷害，我也深恶痛绝呀，如今正要登门，向商大人叩头赔不是。可末将食君之禄，忠君之事，奉旨而行，敢问诸位有何不妥吗？当时正是全城禁严，末将见街上人来人往，明明宵禁，依然有人打马疾行，末将就下令封路，三令五申，有违令而行者格杀勿论。步踵武师傅明知这等情形，还要上前拦我的马首，挡我的行伍，与我理论，如此行事，我冲撞不得吗？"

这下，人群里有人破口大骂了："放屁狗！武师傅怎么就冲撞你了？是你在人群之中，把他喊出来受死的！"

上官乾举手向天："苍天在上，国法在上，末将怎么敢做这样悖逆无礼的事情？诸位可都是神捕啊，神目如电，慧眼如炬，说话要有凭有据，诸位又不在场，难免道听途说，就能定人死罪了？你们去问一问，满街的百姓，有一个说我上官乾不是的，我拿自己人头，挂在你们神捕营的大门上！"

这种胡扯，简直是没边了。满街百姓的目击口供，当时明明全都做了。正有人又要大声叫破，就看见无数双眼睛望向大门——一个丫鬟扶着步踵武的夫人卢鹤一身素衣，低头款款而来。

兰雪拥微微皱眉，这显然是有备而来，一套接着一套，他略一思索，低头吩咐文陵江几句，摸了把钥匙塞在她手里。

上官乾果然胸有成竹，他笑得愈发坦荡谦恭："我知道，诸位之所以对末将怀恨在心，多有戒备，无非就是听了步夫人的申告。步夫人，这件事到底是怎么一回事，还是有劳你跟各位大人，讲个清楚明白。"

"未亡人卢氏，问国公爷安好，兰二先生好，万大人好，各位叔叔伯伯好……"步夫人盈盈向众人罗圈一拜，依言解释，"上官统领问的是了，那一夜，老武同我拌了几句嘴，喝了些闷酒，匆匆摔门出去……"

一众哗然，所有人都在惊呼："鹤嫂子慎言！"

这里是神捕营，她是步踵武的妻子。她清清楚楚地知道当着众人的面说这种谎话是什么下场。可步夫人不为所动，自顾自地说下去："当日，我在家里等他等到半夜，心里懊恼，渐渐恐慌，就出门寻他，到了商大人门前，发现他……他出事情了，我见他被马踩踏过，就向边上的人求问，究竟是什么事情，那人就说，似乎老武与上官统领冲撞起来,我当时急怒攻心,并没有多思索,就断定是上官统领无端冲撞我家老武,于是就回神捕营来替他讨还公道……此事,已经过了半年多,我每每想起,因着我的缘故,神捕营里许多讲义气、重法度的叔叔伯伯,与上官统领结下冤仇梁子,就……心怀不安……只是我一介弱质女流,怯懦无知,并不敢重述此事。如今,铁总捕头也魂归故里,我就想着,老武见了总捕头,总捕头必然向他怪我、怨我,说我挑唆事端,无端伤了兄弟大义、国家法度。如此一来,我有何面目来将九泉之下与老武再会?我实在是心里头过意不去……就向上官统领直言了,万万没有想到,上官统领大人有大量,并不曾怪罪于我……"

万蜀戎忍无可忍:"上官乾到底怎么你了?鹤嫂子,你不要怕,你也不该怕,如实告诉我们。"

步踵武的夫人抬起头来,倒真是堂堂正正,眼里慨然无惧:"未亡人今日所言,全是实情。"

万蜀戎一皱眉:"你有一对女儿、女婿,可是落在他手里了?"

步踵武的夫人摇头苦笑:"万大人,真是笑话!我的女儿、女婿都好得很。再者说,他们好不好,难道堂堂神捕营不是一望便知吗?我今日所言,确实全是实话,如有半字扯谎,叫我死无葬身之地,落在阿鼻地狱里,永世不得超生。"

文陵江已经匆匆回来了,向双杰耳边低声说:"果然不出所料……神捕营有内奸,当时满街百姓的口供……那个封套不在了。"

这是一个非常糟糕的局面——上官乾手里有一份不知从何而来的公函,刑部大印、总捕头大印和封印火漆全是真的,至少他们所有人一眼看上去是真的。唯一致命的口供丢失了,而真正的苦主一口咬定所有的事都是自己无中生有。换而言之,他们手上已经没有任何证据,可以再置上官乾于死地。但是,那份口供是放在总捕头公署里的,能够同时摸到那两枚大印又能进出公署的人……实在已经不多了。这样的案子,绝不可能没有线索,但他们需要时间。可是今时此地,同朝为官,又都遵守国家法度……看起来,他们没有理由再阻挡上官乾。

上官乾再度躬身,看起来真是谦谦君子,既不念旧恶,也仰慕前贤:"诸位大人,既然如此,误会已经说清楚了。末将如今能去祭拜铁总捕头吗?"

关从周冷着脸,顿了顿拐杖,但还是让开了一条路。神捕营没有一个人肯让开的,都在望着关从周,眼里有渴盼。关从周微微瞑目,摇了摇头。人群还没有分开。

关从周终于开口:"诸位,这封公函……老夫给你们句话,刑部会一查到底,大印如有伪造,那是格杀勿论、抄家灭九族的罪过;如果有人越职动用大印,那也是掉脑袋的下场。我向诸位保证,这件事不会轻易过去,一定会有人负起刑责。但是今天,诸君都是执法之人,没有证据,不能诬指,放他过去,让他祭拜。听明白没有?"

没有人回答,但是所有人还是遵命,低下了头,眼睛看着地面,几近耻辱地闪开了一条路。关从周说得没错,他们是执法者,都没有亲眼看见,他们就只能按照法度行事。

上官乾的嘴角,有些许笑意。他昂首阔步,慢慢走进灵棚,再进灵堂。所有人都沉默地跟在他后面,手依旧扶在刀柄上。

一个火星落在油桶上,就可以爆发。但是,此地没有火星。

上官乾望着铁敫的灵柩,眼里有一种难以描述的、志得意满的光,他朗声宣告:"末将上官乾,来看望铁总捕头啦!铁总捕头被奸人所害,末将心痛得很呀!铁总捕头英灵不远,受我一拜啊——"

他拂衣,双膝就要跪倒,大礼参拜。这时,一只手按在上官乾左肩上。很年轻、很冲动的一只手。上官乾惊疑,握住那只手腕:"哦?"

风雪原气得手抖,冷着脸:"你不许拜!也不配拜我师父!我亲眼看见你,是你把步踵武师傅喊出人群的,是你要他交出什么什么名录的,他不从,你就杀了他,我瞧得清清楚楚,听得明明白白,你收买多少人都没有用。"

上官乾手上加了点力气,风雪原冷笑一声:"想动手?那就动手啊,谁他妈怕你不成了?"

上官乾膝盖已经弯了,又站直,回头望,目中森森然:"怎么,各位也是这个意思吗?"

万蜀戎一直在盯着棺椁那一角的青崖白鹿旗看,至此开口:"我也是这个意思。上官乾,我勉勉强强也可以做个人证,那一夜在大别山中,我穴道被封,被你加重了一道,你在我身边,提脚要踩踏铁总捕头尸骸,之后又放下。万某人这对耳朵,灵光得很,可从来没有听错过什么!这案子没有查明白,让你这么跪下去,我死后没有面目见铁总捕头。"

万蜀戎开了口,兰雪拥也就点了点头:"蜀戎的意思,也是我的意思。"他也在看那一角青崖白鹿旗,他也想到了那四句诗。

他两人一发话，众人立即齐齐变脸，一阵哐哐啷啷亮兵刃的声音。

上官乾左右看看，脸色微微变化，强笑着向关从周："国公爷，大家同朝为官，末将依礼而来……"

他话音未落，万蜀戎袖中已经露出一截铁尺："上官乾，你不要站在铁总捕头面前。神捕营不欢迎你。再不走，我怕你走不了！"

众人就高声叫："叫你滚，你听不明白？"

上官乾脸色终于变得很难看。连关从周的脸色也不太好看，他扶杖，抚须，瞥了兰雪拥一眼。兰雪拥视若无睹，还是那一句："蜀戎的意思，就是我的意思。"关从周终于也什么都没说。

上官乾颜面上再挂不住，一声冷笑，一跺脚，扬腿踢翻带来的仪礼盘子，转身就走，走到门口，回手指一指兰雪拥，又指指万蜀戎："你们！好！"

上官乾身影刚刚消失在灵堂外，兰雪拥就挥手："来啊，去给我叫伯庵来，让我们看看这封公函，到底捣的是什么鬼。"

关从周顿了顿拐杖，咳嗽一声："雪拥，我不是姑息养奸……只是，你们这个性子，是不是急了一点？非要当场翻脸不可吗？"

兰雪拥回头，躬身："启禀国公爷，上官乾此人，狼子野心，你让一尺，他进一丈，他杀我兄弟，祸乱无辜百姓，滥调兵符，如此种种，还敢在总捕头灵前耀武扬威，我们若是放任他今天祭拜下去，这神捕营，要和不要也没有什么两样了。"

"既然话说到这个地步，兰雪拥、万蜀戎，你们两个，拿得出铁证吗？"

兰雪拥和万蜀戎互相对望一眼，都点了点头："再加上伯庵。他不带这封公函来也就罢了，他既然带了，再查不出，我们俩这旗子，就可以扯下来擦屁股了。"

"好！"关从周猛一顿拐杖，"既然台面上翻了脸，此事给我一查到底！拿出铁证来，我给你们摘上官乾的人头！"

刘伯庵还没有到，温督捕就匆匆赶来："蜀戎！不好！乐师傅，就是卢千里的管带师傅，服毒身亡了。"

"什么？"万蜀戎嘶地抽一口冷气，"什么人盯着他的？居然能让他服毒？"

温督捕摇头："他早就服毒了。那种毒发作在心脏上，一用刑，心跳过快血上头，立即身亡。"

"有解药吗？"

"没有……但在他房间地砖下,我们找到另一种药,好像只要一直吃,就可以一直保命。"

"别的线索呢?"

"断得干干净净。"

神捕营里,确实出内奸了。看起来是一个对神捕营非常熟悉,对破案的流程也很熟悉,而且处心积虑很久的人。可他处心积虑,是要干什么呢?

万蜀戎转念想了想:"给我看住卢鹤,盯仔细点。"

"明白。"

"雪拥,你有想法了吗?"

"有!等伯庵过来,我们一起商量。"

"我也有了。唉,伯庵来了!"

刘伯庵终于肯露面了,他望望两个老兄弟:"雪拥,蜀戎……什么事?"

"我们有大案子了。"兰雪拥递过公函,"伯庵,这回我们得联手。"

第二十章　东风海猴儿

初冬正午，阳光白晃晃的。浩瀚东海，一望无际，海水显出苍翠的颜色。东南风，有浪，十八艘大船长鲸似的，在海中摇摆游弋。

现如今，云家船帮最大的一条船叫作"风主"，也是"海鲨"之后的第九代主船。船长二十四丈，主桅杆高达二十三丈五，有一主四副五道船帆，三层甲板，压底的是密封空舱，尾舵，船身稳定，坚固，船头板和甲板按照战船的标准，做了防护和加固，可以载得动人、马、重炮或者战车。

中午，风和日丽，甲板上一片忙忙碌碌的丰收景象。整座船的木盆和水桶都被搬来了，到处铺着油毡和竹席，满地都是箱笼、竹箩、藤筐和湿漉漉的麻袋。刚打上来的海水晾在一边，用细沙滤过，澄清之后搁着备用，大盆大盆的泥水直接从排水孔流回大海中。竹箩和席子上全是金银珠宝，那是龙蛇岛温泉水池里的财宝，匆匆忙忙地大概挖了一半带出来，当时命令下得突然，来不及挑选甄别，不拘长短大小，胡乱塞进箱笼麻袋里，尽量多的运到船上。

周五是个貔貅型的守财奴，只进不出，那些宝贝在他的温泉水池里沉睡了二十年甚至三十年以上，水虽然是流动的，但有太多血污被浸泡过，脂粉被融化过，所以，除了表面一层，越往底下挖，越脏得没眼看。洗涮半天，才发现有的里面是一块白玉，或者一颗明珠，或者只是一颗死人骨头。

昨夜，水手和海刺儿冲破包围，又打起精神继续夜航，到天亮，都累得很了，换班去睡。现在，是一群"闲杂人等"在干活儿，一半是半大小伙子，个个嘴上没毛，最大的也不超过二十岁；一半是上了年纪的船工。因为满地都是水，小伙子们就直接赤了脚，裤腿卷到大腿根，那几个年纪大的，就穿了过膝的皮靴，袖子挽得老高。他们在一筐一筐地把那些珠宝、玉石和金锭倒进水盆里，分门别类地仔细清洗、分拣、甄别，用小刷子一点一点地清理干净缝隙里的泥污，用陈醋泡掉那些顽固的污垢，好成色的拿软布擦干，码放到箱子里包好，差些的在席子上晾干，倒进麻袋里，完全没用的就随手扔进大海里。有人四处走着，一一清点、过秤，记录在册。最上等的那几箱珠宝，有人在用小天平称重，对着阳光端详成色，标记尺寸大小，又精中选精，从里面挑出最精华的一箱来。海上微微起了点风浪，船身稍稍有些倾斜，那些珠宝一起骨碌骨碌地滚动起来，在阳光下，端的是金石田亩，璀璨夺目，万丈霞光。

"都快点啊！鲨头儿吩咐了，她动身前，龙蛇岛带出来的所有东西要筛查一遍。别的船已经查完了啊，就咱们最慢，快快快！"

记账那人这样急吼吼地吩咐着，他拎起那箱珠宝，封好，装进不远处的一条独木舟里，系牢。那条独木舟里已经有了不少行李了，有油毡裹着的铺盖，生火用的刀石和火油，简单的炊具，照明的风灯，一个很轻巧的帐篷……看起来，像是有人要到不知什么地方露营。

干活的人里，就有人抬头打听——

"七哥，我们到底要找什么？"

"不知道。"

"鲨头儿要去哪儿？"

"没打听。"

"去干吗？"

"是我该问的吗？"

"去多久啊？"

"是你该问的吗？"

"那她什么时候动身哪？"

"看天，等转了东风就走。"

几个人一起抬头——主帆顶上的三角风帆，鼓成一轮新月，几道风向旗哗啦啦直响，东南风刮得正急。

"别磨蹭了，知道大家辛苦，再坚持坚持，咱们最迟傍晚到福州，到时候该吃吃该喝喝，有的是快活日子，不多闲这一会儿工夫。今天干活的，工钱一律翻三倍。"

干活的人群都应了一声，精神抖擞，加快了动作，只有一个二十岁左右的小伙子，蹲在一个不大稳当的倒翻的水桶上面，还是懒洋洋的，一个哈欠嘴咧到耳朵根。

他特别黑，乌炭油亮，猴头猴脑的，头发乱蓬蓬，个子不高，手臂特别长，蚱蜢细腰用根大腰带一勒就不剩什么了，光着脊梁，身体精瘦，数肋骨能从肚脐眼数到胳肢窝去。他正拿着软布擦一把银酒壶，擦着擦着，不耐烦地歪了歪嘴，一抬手，酒壶带着风声，扔到大海里。

"哎，海猴儿，还要哪！"边上一个人拦他，没拦住。

"要什么要啊？提梁都断啦！废物点心。"他跳下来，踢了一脚箱子，嘴里嘟嘟哝哝地说。

没几个人能听出他的弦外之音，也都不在乎一把破酒壶，大家心情不错，纷纷笑话他："你这人，猴急猴急！"

活快干完了。甲板上的整理到了最后的部分，那是最大、最重的几个箱笼，也是池子里埋得最深的一部分，长年累月、重重叠叠压着，很多长了霉斑，很多已经被踩坏了。一支丹凤朝阳的珠钗上，少了个大珠子，还缠绕着一小团又细又软的青丝；一对纯金掐丝的臂钏上，金丝断了一股，也夹着一小片破絮样的布料；一块婴孩的长命百岁锁，瘪了，上面拴着两小段红绳；一个半人高的、踩瘪了一大半的铁丝鎏金的花瓶……看起来这些东西来路不善，而且都沾着压根不能细想的血腥。

那个叫海猴儿的黑瘦小伙子，本来就有火气，看见这些东西火气更大了，没头没脑地捡起手里的小玩意，嗖嗖往海里扔："废物，废物，全是废物，既不值钱又晦气，谁不长眼往船上带的？"

"哎，你干吗呀，金子是金子，银子是银子的，扔什么啊！"

"你就知道金子银子，瞧不见吗？断啦！全是废物！"

他今天已经连说七八个"废物"了。几个人面面相觑。大家都知道他在指桑骂槐，但也都不好挑明直说。

海猴儿又踹了一脚那个花瓶——花瓶奇大无比，又是生铁的胎，灌满了水，看起来特别沉，咣啷咣啷，滚了一圈。云小鲨的吩咐是所有带上船的东西都要查一遍，这个当然也不能例外。另一个人从旁边拿了钳子和凿子来，熟门熟路，跪压在上面撬起来。花瓶是有盖子的，早就被铁锈锈死了，撬开很用了一番力气，抱起来往下倒——里面是一些泥沙和污水，而且气味相当不好闻。和着泥污，哐啷倒下一把破刀来。那把刀确实比较破，应该也有年头了，刀鞘上装饰性的皮具全都烂掉了，吞口满是锈迹斑斑的铜绿，刀柄上只剩下鱼骨节状的钢骨，圆形刀锷也被铜绿糊得不成样子，上面缠满了海藻和小贝壳。撬花瓶那个人双手用力，但可能是锈死了，这柄刀相当难拔，刀鞘里像有个精灵，发出咯叽咯叽的笑声。

"废物！还是废物！"黑瘦小伙子接过来看看，随手又要扔。

"海猴儿！给我住手！"边上记账那个人一个箭步，抓住那把刀，"找了半天，鲨头儿要的八成就是这个。你今天怎么回事，见什么都扔？一边去，这里你别碰了！"

海猴儿翻着白眼，咕哝着嘴，蹲回了他的破木桶上。

已经没什么活需要干了。再控控水，晒晒太阳，吹吹风，大家就要收摊，开始清扫甲板了。东南风停了，太阳正暖和。

海猴儿是云小鲨从海上"捡"回来的孩子。他不知道自己是哪里人，后来很勉强地回忆，也只能记起一点模糊的影子，好像出生在某个遥远海岛上的寨子里，男女老少都靠捕鱼和摸珠为生。他在很小的时候，大概四五岁，被人强行从母亲身边带走了，按照后来那个"主人"的说法，他是被父亲用一大壶烧酒和一把腰刀卖掉的。他应该是家里的第十三个孩子。他之所以对这个有印象，是因为父亲曾经狠狠地踢他，说他是个废物，说寨子里的什么人占卜过，第十三个是个灾星，除了给全族带来祸患，什么都不会。于是他就被卖掉了，关在不大的木头笼子里，其他笼子分别装的是一条大蛇、一只大猴子、一只大鸟，和四五个其他寨子买来的小孩子。

主人有几张藏宝图。他们被训练着，潜到沉船里面去捞宝贝。他们水性都很好，而且因为身体又瘦又小，可以钻进成年人钻不进的缝隙里。

一开始，他们几个脚上都拴着链子。但很快，其他小伙伴都自由了，他们听话、服从，对主人谄媚，而且学会了"说人话"。"说人话"是一道界线，这条线之上，可以做下人；这条线之下，似乎只能做畜生。海猴儿始终不会，他甚至也忘记了族人的语言，他不愿意和任何人做任何交流，如果打他，他就像猴子一样吱吱叫。

他一有空就跑，虽然是在船上，虽然根本跑不掉。如果没地方去了，他就顺着船帆，爬到桅杆顶上去，轻快地拽着帆索跳来跳去，在非常高的地方，没有人能捉到他，他就坐在那里吹风，直到饿得撑不住了再摔下来。摔下来会被打一顿，有时候打得很惨，不过他不在乎，他在乎的就是能爬到很高的地方，吹着海风的感觉,像飞。

主人养了他三年,他冥顽不灵,连一个铜板都没有捞上来过,跑了无数次,还咬了主人两口。其中一口咬得非常重,主人的小手指头乌黑发紫,保不住了。主人被彻底激怒了,冷笑着说你且给我等着。

他的主人是一个被叫作"东海钓叟"的人,他还有一些宾客,有时候,会在海上做十日之饮。珍肴海错,推杯换盏,歌舞达旦,醇酒美人。在一次酩酊大醉之中,那些喝醉酒的客人想出了新鲜的玩法——用他钓鲨鱼。他被一根细细的链子拴着脚,挂在绳子上,大腿上割破一条口子,流着血,丢进大海里。远远的,鲨鱼来了,他开始吱吱叫着,拽着绳子向上爬——那根绳子又细又滑,如果客人拿着抖一抖,他就会抓不住,往水里出溜。出于恐惧,他会爬得非常快,一路吱吱叫,样子滑稽极了。

他爬上去,又被抖下来,爬上去,又被抖下来。一次又一次,鲨鱼群在他的大腿和屁股下面游弋,那些家伙们张着血盆大口,跃出水面,划出恐怖的弧线,尾鳍拍落下的时候,海水溅得他一头一脸。

他一直很害怕那个"十日之饮"。如果他们喝醉了,又不尽兴,他就会被拿出来玩一玩。他没有反抗的能力,他在默默等。他想,这个游戏,迟早会结束的。

终于有那么一次,他觉得到头了。那一天,他非常虚弱,大腿的口子化脓了,整个人在发烧、打摆子,他被丢进海水里,第一次感觉海水冷进骨头。绳子变得很滑很细,船变得很高,他爬不上去了。海水几次淹进他的嘴里,他又几次吐出来。

他听见了很多人的呼叫,他是能听懂一点点"人话"的,他们好像在很惊慌地说,鲨鱼来了。鲨鱼来了,不是在他们预料之中的事吗?他终于浸没在海水里,似乎是幻觉,又好像是真的,鲨鱼的三角鳍又在眼前了,巨大,魔鬼似的。他始终睁着眼睛。

这时候,他看见了一条凌厉的身影,从一艘极快的大船船头一跃而下。那是一个年轻而美丽的少女,脸庞上有拨云见日的光芒,身姿矫健,手握着一柄鱼叉,准确地刺进了那条鲨鱼的眼睛里。他弄明白了,那些人说的"鲨鱼",是她。

大船上很多人为她鼓掌叫好。那是个张扬的女孩子,而且正在成名立万的时候。她做了骄傲的事情,就扬起手,抬起下巴,享受万众瞩目的欢呼声。他也想叫好,但只能发出奇怪的吱吱声。

她把他抱起来了,切断了那条链子。那是他第一次感觉到异性的胴体——冰冷、光滑，带着海水的铁腥气，又带着少女的芬芳。然后他就被交给别人了。

"好该死啊。"她当时还没有弄到成名后的兵器，用鱼叉指着那艘船说。

"东海钓叟"连忙解释："不是的，我对真正的下人非常宽厚。但这只是个蛮夷的猴子，不能算作一个真正的'人'，云姑娘不要误会，他们才是自己人。"

"该死就去死好了。"云小鲨在出道之后的短短几年内，就迅速积累了响亮到可怕的名头——这样的人，通常都不够宅心仁厚。

东海的海水一直都不够蓝，据说，是因为血流得太多的缘故。

海猴儿在昏迷前最后一次看见了他的救命恩人。

"我叫云小鲨，你叫什么名字？"云家船帮的新领袖眼里有光，容光焕发，那些岁月，她在做着纵横四海的梦。

这时候，海猴儿很想说自己的名字，但很奇怪，还是发出了吱吱的声音。

"真可惜呢，是个哑巴。"云小鲨懒洋洋的，她热衷于出风头，并不真的在乎这个小孩子。

后来海猴儿就上了这艘船。船上有人照顾他，但也并不特别热心。他的伤好了，又满船跑，没人限制他的自由，可也没人关心他。他在找一个影子，他们就指了另一艘船给他看。那是云家船帮最著名的主船——海鲨。那条船很好认，它有着云山一样美丽的帆。它后来和它的主人一样有名。他的眼睛开始很热切地追逐那艘船了。可直到一年后，他才又有机会和云小鲨见了一面。

那一次云小鲨到"风主"上来，听老船工讲横帆和纵帆的制式。那是枯燥无聊又必须学会的东西，云小鲨有点心不在焉，这时候，看见了人群里的他。

"咦，你的伤都好了？"

"是的，阿姐。"那是他第一次开口说话。他准备了好几个月，要把第一次"开口"送给她。

可她没放在心上，边上的别人也没放在心上。云小鲨还在头痛她的控帆，这是她在船上最弱的一环。

他被带走了，之后开始说话。再之后，他慢慢长大了。他在所有的地方帮忙干活，在如饥似渴地、沉默地学习。他已经知道怎么才能再见她了。他身手还是很灵活，能爬到最高的桅杆顶上去。他的水性令人惊讶的好，即使在云家船帮，也是出类拔萃的。他也很喜欢船，操舟的本领，远远超过他的同龄人。而他最可怕的地方，还是对船帆的熟悉。这熟悉是与生俱来的，船帆是唯一让他感到自由和安全的地方。

但他的控帆还远远不够好，不是帆的问题，是人的问题，控帆是多人合作的技术，他总是和别人合作不好。他沉溺在个人的感受里——不相信别人，或者不相信自己，多半时候两种皆有。没有一个其他地方比船上更强调信任了，同舟共济，生死与共。这不是口号，这是每天的事实。没有信任，就没有朋友。但无论如何，他见到云小鲨的机会越来越多了。但还不是他心目中的"看见"。

年岁渐长，云小鲨从一个少女长成一个女人。几乎所有人都喊"鲨头儿"，只有他，还是喊"阿姐"。其实云小鲨委婉表达过几次反对，但他不管不顾，忠诚于自己的想象——那个美丽的凌空一跃的影子，是他生命里的第一道光。

后来，他又长大了一点。他个子还是不高，脸庞甚至比同龄人都稚气，但有一些隐秘的地方不再是少年了。不过云小鲨根本没有发现，或者说，根本没把他放在心上，偶尔见面还会摸摸他的头，他还是会热切地喊一声"阿姐"。

他有一次怯生生地问："阿姐你会嫁人吗？水生伯说，不管什么样的女人，嫁了人，会变笨，会变成别人家的人。"

云小鲨愣了愣问："水生伯是谁？"

水生伯是船上的厨子。水上的人都很"花"，水生伯花得没边，他在所有南洋码头附近都有"相好的"，经常一停船就有女人大着肚子去找他。那个时候，云家船帮正一艘一艘地造新船，大量地增补新人，肆意扩张势力范围，飞速增长着财富。筛查增补新人主要是老秦的活，大多数新人，尤其是厨子、船工这样的，并没有机会见到云小鲨。

好不容易云小鲨才搞清楚水生伯是谁，然后他又壮着胆子问了一次。云小鲨就扬着脖子，哈哈大笑起来。她当时年轻而且傲慢，倚仗天资，不可一世，眼里只有自己没有别人，这样的问题纯属无聊。

他想那个笑应该是"不会"的意思。他放心了。他没有妄想过，这样就很好很好了。

云小鲨背弃"承诺"，是在那座海图之外的无名岛上。那一次，即将返航的时候，她喝多了，举着金杯宣布——她回去，要睡一个人。"睡"这个字，轻佻又狡猾，他们不知道，她说的是不是婚姻。云小鲨笑而不语，不肯正面回答。

人群炸了，议论纷纷。他就站在旁边，不知怎么办才好。之后壮着胆子问："阿姐，要是那个谁死了呢？要是找不到了呢？"

云小鲨喝得有点多,这样的问题多少在意料之外,她在他后脑勺上拍了一下,直着脖子问他:"那睡你?"之后就扬着脖子,拎着杯子,哈哈大笑地离开了。

她还是根本没把他放在眼里,更别提放在心上。他当时惊呆了,想走路但挪不动步子,血液从脚后跟往脑门上冲。当天晚上,他一整宿没睡着,翻来覆去地想,管那是谁呢,死了吧死了吧……

他真正地被云小鲨"看到",是归航路上的那次大风暴。那是永世难忘的大风暴。当时在大海里,海水壁立如墙,头顶是狂风暴雨,雷霆和闪电就在身边。船在大漩涡里绞着,天翻地覆,当时所有人都被雨水冲刷了大半夜,体力早就耗尽,意志已经崩溃了无数次。大海在嘲笑他们——他们自以为可以改天撼地的伟力,似乎也不过是一只蚂蚁去摇动高山的脉络;他们引以为豪的一路荣光,似乎也不过是一个稚子在询问宇宙的去向。当时没有人还有余力去思考,他们的眼睛,死死盯着"海鲨",那是黑夜里唯一的光明,所有人仅存的意志。

但道路有时候在黑夜中,光明里有时候是陷阱。他们看到前面的船满帆,就毫不犹豫地跟着升起帆来。就好像一只头羊从悬崖上跳下去,所有羊都会跟着跳下去。能够在最艰难关头支撑生命的,一定是长期信仰过的东西。

出错了,他想。但那个时候,甚至是无法落帆的。长索紧绷,船帆被飓风蓄满了力,如果割断,绳索会像死神的刀,所到之处,足以轻轻松松把人切为两段。他当时把腰刀叼在嘴里,像疯子一样,在暴风里爬上桅杆,一刀割断了帆索。于是"风主"保住了。

再后来,云小鲨上了他的船,用一种他从未见过的赞许目光点了点头。那也是他从未见过的云小鲨——茫然无助、失魂落魄,像失去了光芒的星辰,变成了一块普通的石头。那是一次折翼级的失败,几乎摧毁了她的全部自信。他还是轻声叫:"阿姐。"可他不再怯生生了。

云小鲨想摸摸他的头,惊讶间把手缩了回去。她发现他已经长大了,变成了一个真正的男人。

"你多大了?"

"我十九了,阿姐。"

"好好努力。你满二十岁的时候,给你一条船。大家放心,我们会有新船的,一定会有的。"

他很高兴也很激动,他喜欢那个"我们"。其实这很可能只是随便说说的。当时,船上有很多人都不知所措，正亟待鼓励。不过他不管这个，他开始期待二十岁。

他的生日是水生伯编的。距离二十岁还有四个月的时候，他们终于再度踏上自己的土地。距离二十岁还有三个月零一天的时候，他听到了重要的好消息——那个谁可能已经死了，可能性很大。不过，在距离二十岁还有一个月零九天，他听到了天崩地裂的消息——那个谁还活着，而且被带到船上来了，而且直接带进房里，关着门，好几个时辰。他也不敢进去，绕来绕去地打听。他听说那个谁手断了，腰也被打断了，到处被人追杀，可好死不死，居然又站了起来。他稍微好受一点，他想这已经是完全的废物了，阿姐可能真的就是睡一下，睡完了发个红包，就会把他赶下船的。他宽宏大量，睡一下不在乎。

距离二十岁还有一个月零八天的时候，他听见了晴天霹雳一样的消息——鲨头儿要一箱珠宝，立即就要，带着做盘缠，跟那个谁离开一段日子。至于去哪儿、去干吗，只有几个龙头知道。别人都不当回事，说说笑笑的，只有他自己，气得像条河豚。

东风起了。

"东风——东风——东风——"一声接一声，尖厉的铜哨声响，鱼贯传来。

转风向了，也是转航向的好时候。他们闯出龙蛇岛的时候，调整船头，一路向东。离开包围圈之后，他们还是向东走。一来是因为东边海面开阔，当时是黑夜，可以避开暗礁，二来因为向南走正是逆风。在海上，帆船讲顺风顺水，真遇到逆风，要么就只能由桨船牵引，要么就调整船帆的角度，做"之"字航行。至于如何操舟、如何转帆、如何规划航路，就要看舵手的经验和水手的技术了。到了天亮，他们直接落下了主帆——顶风走，他们体力有限，而如今是初冬，东海海面上的东南风通常不会太长。他们等到了，东风很快就来了。顺风顺水。

十八艘船一艘接一艘地掉头扬帆，头船变尾船，他们本来是第一艘，如今变成了最后一艘。"扬帆！扬帆！"有人在海猴儿肩膀上用力拍了一下。他如梦初醒。

"风主"是一主四副五道帆，主桅杆高达二十三丈五，原本是大横帆，只能升降，不能转向的，后来按照纵帆的制式做了修改——转向是可以转向了，但是要同时扯动两道升降索，转动一道绞盘，比起普通的纵帆来多了许多麻烦。这种船的特点是坚固、稳定，缺点是转身慢，控帆麻烦。

白茫茫的阳光晒在甲板上，湿漉漉的绞着长海藻的粗缆绳一堆堆地盘着，地上一摊水渍随着船身的颠簸胡乱摇着,洇成黑旋风的形状。

海猴儿在指挥,七个很年轻的小伙子站在主桅杆前,四个人分左右,扶着主帆的底杆,两个人在小心翼翼地控制着巨大的绞盘,一个在往黄铜扣子里送帆索。控制着绞盘的小伙子,脸憋得通红,胳膊上青筋暴起,帆索在一寸一寸地放出去,绞盘的铜轴发出咯叽咯叽的响声。

"放,放,放……"海猴儿自己来控制主升降索。

扬帆的同时掉头转向是个技术活——转向是跟着船尾的舵手来的,一来要听哨声,二来要凭手感,偌大的船,没有风力,海上浪大,转不了向;但风太大,一个控制不好,很容易就翻船。今天风不大,算是很好的晴天。这种时候,别说海猴儿在,就算这些普通半大小子自己上,也不会出什么纰漏。

"放,放,放……"海猴儿有点心不在焉的。船身摇晃了几下,这让他有些微快感。那两个人已经"躲"在主舱房里,关门好几个时辰了。鬼知道他们在干什么。

他央求水生伯去看过。水生伯东找西找,从锚上撬了两个生蚝下来,烤一烤,端过去当点心。回来的时候,水生伯没好气,说两个人在聊天,面前全是海图。那个谁不知道聊了些什么,眼睛红红的,看见他进去还挺不好意思的。鲨头儿就很严厉地吩咐,没招呼不许进来,什么都不许送了。

哭了?小白脸不安好心眼!这是让阿姐心软,保护他一辈子吧。海猴儿生气地想。"放,放,放",船在晃,晃就晃。"放,放,放",海猴儿嘿嘿笑,晃得心花怒放。

几个年轻小伙子都在看海猴儿。显然,这么扬帆,太没头脑了。主帆升得太快,海风直接横击在侧面,半帆吊着晃来晃去,既伤船又伤帆。可他们不敢停手,云家船帮在操舟和控帆上的规矩非常严厉,同舟共济,众人性命悬于一人之手,必须严格服从命令。

放得也太多了,再放帆就控不住了。管绞盘扣子的小伙子觉得有点不对,抬头看海猴儿。海猴儿还在发愣,瞪着远处的大海胡思乱想,抓过嘴里的哨子,扔小伙子头上:"你倒是放呀!又不是你相好的裤腰带,攥手里干什么?"

那小伙子一慌,手里的卡子掉了,绞盘发出刺耳的尖响,帆索从绞盘里猛地抽出去,直接绷飞了扣子,长长的乌黑的绳索像大蛇一样,刺溜刺溜往前蹿。风力之下,几个人同时拉也没有拉住。

主帆的底杆脱手,轰地旋转,撞在一个小伙子的胸口上,他闷叫一声,被那股巨力撞得向后飞，他的同伴立即变得非常吃力，接着也脱手。这下，控制绞盘的只能脱手了，不然，飞快抽动的绞索会勒断手指和胳膊。

两层楼高的主帆松动了，胡乱转动了一个很大的角度。嗡！海风立即斜击在帆上了，砰的一声巨响，好像一只无形的巨兽一头撞在船帆上，一侧的船帆猛地鼓起来，用于固定的竹篾、钢环和套索一起绷紧，顶桅杆发出一阵痛苦的尖锐的啸叫声，好像那只巨兽在天罗地网里挣扎着，帆快要被那股巨大的冲击力撞到天边去。整艘船猛然向一侧倾斜，船舷吃水，海浪发出轰的一声，白色的水浪打进船头，小小的凳子、甲板上的绳索、扔在地上的外衣……所有能活动的东西都向一侧滑。

非常糟糕的局面，甲板上没有做任何应急准备，全是竹席、油毡、箩筐、麻袋，本来湿了水就滑，几盒珍珠又散开了，满地滚，踩着的全都人仰马翻。一大箱金锭变成了伤人的利器，轰轰隆隆滚下来，砸在一个倒地者的肩膀上，立即脱了臼。一个人不小心踩在飞速抽动的绞索上，脚踝立刻就骨折了，又接着往一边滑滚，发出了杀猪一样的惨叫声……目击的船只，一起吹响了铜号和哨子。海猴儿如梦初醒，不假思索地伸手去抓急速抽动的绞索。风力正猛，一个人单枪匹马这么干，跟找死没区别。

突然，一个人拽住他，往一边甩。海猴儿木愣愣转过头，一只修长结实的手臂，一张惊讶而美丽的脸。云小鲨披了件紫色的寝袍，披头散发就跑出来了。脖颈上，一条青色的旧发带系着条小小的银鲨鱼。

"阿姐……"他怯生生地恍如隔世地喊。

"这群小东西，怎么这点事都做不了？"云小鲨误会了，她显然认为这是那些小伙子们自作主张的结果。她根本没有怀疑到海猴儿，海猴儿的控帆实力，除非故意使坏，出不了这种状况。

她跑过去，帮那几个骨折的固定住。"上面滑，你随便抓着点什么别乱动。"云小鲨一边四处跑，一边回头，向甲板下的舱房里的那个谁大声叮嘱着，"照顾好你自己就行了，什么事也没有！"

铜哨声此起彼伏地响起来。甲板下面的主舱里，那些昨夜奋战了一宿夜航的水手们拎着裤子、趿拉着鞋子冲上来。放索的放索，换绞盘的换绞盘，控帆的控帆，骂人的骂人。局面不算很复杂，毕竟风不大。

轰！船身倾斜了一个很大的角度，但没有倒。海浪的反推力带着船身向另一侧歪斜的时候，主帆转到位了，船头转向，船身重新归正，巨兽被驯服了，安静下来，大船轻轻摇着，帆飒飒地响着，和着海浪，像是千军万马一样的过境声。几个滚在一边惊魂未定的小伙子一起拍着手，发出欢呼声。甲板上伤了一地的人，也冷静了许多，到处都在问究竟怎么了。

海猴儿抓着脑袋，坐在一条长木箱上。闭着眼睛，痛苦得要命，他们很快就会想起来，谁是罪魁祸首了。这结果他不敢想。他不知道最重的处罚是什么，会被赶走吗？但无论如何，即使是最轻的那个，他朝思暮想的船肯定是没了。

"海猴儿！你过来一下！"云小鲨远远招呼一声。

"是的，阿姐！"他答应着，可一动不动。他即将面临控帆能力上的指责，和云小鲨的指责。这对他来说，是不可接受的双重训斥。"我真是个废物，我就不该被救上来。"他这样想着，也这样嘀嘀咕咕地说着。

"喂，年纪轻轻的，别总说自己是个废物……"

海猴儿回头看，身后有个人扶着舷梯的扶手，一步一挪地走上来。那个人的脚步声很重，却是刚刚才响起的，应该是已经站在拐角处，观察过他一小会儿了。

海猴儿紧紧闭着嘴，如临大敌，他意识到那个谁就是那个谁了。但是那个谁，和他想象中不太一样。他想象中，被追杀到这个地步的人，总有些困兽的悍勇，也总有些绝望和衰颓。可眼前这个人，笑嘻嘻的，眉宇间有股英气，眼神年轻而活泼，双颊的肌肉很硬，有种长期紧咬过牙关的硬朗，一路走过来，有股没来由的……喜气洋洋。那是一种难以描述的热忱而充满希望的光，刚才，阿姐眼睛里也有。唯一暴露他经历的，是他的脊背。他有些伛偻，总得扶着点什么才能站稳，在摇摇晃晃的船上，甚至不能好好站直了伸出手来。

那个人四下看看，走到他身边，很自来熟地示意他挪挪屁股让出点地方坐，然后伸了伸手说道："我叫苏旷，你呢？"

海猴儿先是伸了一下手，又把手缩回去了。目光冰冷，很强的敌意。但对方似乎也是有备而来。他不回答，盯着苏旷的眼睛看，一语双关："你觉得，废物不该死吗？"

"不是废物该不该死的问题，是没有任何人有资格叫别人废物的问题。"

"如果就是有人那么叫了呢？"

"不管是谁，不管在哪儿，不管是死的还是活的，找个时候告诉他，那是错的。"

"那没用的人呢？"

"奴才活着，才是因为对主人有用。正常人活着，是因为活得起。"

"即便是完全没有用的人，也要这样自欺欺人吗？"

"只要这儿和这儿还活着，"苏旷指了指太阳穴，又指了指胸口，"就不能被叫作完全没有用的人。"

"如果有些人连累别人呢？也不嫌害臊吗？"

"这得分人，想得开又脸皮厚的人，连累就连累了。而且万一呢，万一没连累，还帮到别人了呢？"

"你是在说你？"

"对。"

"阿姐跟你提过我？她跟你说我什么？"

"说你是一流的控帆水手，将来会比所有人都强，可现在，你得先学会控制你自己，不然的话，你会搞出大乱子。"

"将来？"

"当然啊，将来。"

海猴儿嘿嘿笑。没有将来了，已经搞出大乱子了。甲板上的询问和调查结束了。云小鲨的声音，已经变得很严厉："海猴儿！你给我过来！"她顿了顿，接着招呼，"苏旷你也过来，看看这把刀。"

午后的东海，万里晴空。"风主"上的小小插曲并没有影响大局，突发的风波被控制在一个很小的范围里。舵手和旗手给出了"平安"的信号，顺风顺水，十八艘大船乘风破浪，一路向西。

"风主"的主桅杆附近，已经围了许多人。甲板上血污狰狞被迅速洗掉了。金银珠宝被草草地收拾起来，胡乱地塞进箱笼里。还有一些散落着，偶尔有人踩到一颗珍珠，就捡起来叮的一声扔回到箱子里去。

伤员们包扎好了，虽然是无妄之灾，但他们精神还都很好，坐在角落一边，互相开玩笑，我这伤是被金子砸的，我这腿是被宝石硌的……几个掌帆的小伙子也已经告完状了，虽然他们没什么错，但告状总是心虚，见海猴儿过来，眼神都有些躲躲闪闪的。

云小鲨的脸色难看极了。她本来一手拿着那柄破刀，远眺海天，见海猴儿过来，慢慢转过脸，连刀带鞘拍在船舷上。

这是一个巨大的邪门的错误。任何一个在海上讨生活的人，都知道船帆意味着什么。在大海上，船帆和淡水一样重要，有时候，可能还更重要一点。帆船的前进是靠船帆的吸力，而非风的直接拉力。上好的身经百战的帆布不怕普通的大风，但是怕掉头。掉头转向的时候，桅杆和帆杆的拗折度是最大的，帆布的受力也是最不均衡的，哪怕出现一个小小的裂口也可能就会毁掉整面帆布，稍微有经验一点的水手，都会尽力慢一点，哪怕多兜很大的一个圈子，哪怕费力气落帆再升起来，也要全力保护帆布，避免一侧连接点的过度撕扯。在满帆状态下，放松主帆索，拉紧升降索，唯一的可能性就是海风直击在帆的一侧上，让整艘船剧烈地摇晃起来。这种行为，结果可大可小——轻则伤帆，重则翻船。通常说起来，没有深仇大恨，没人对别人的船那么干。当然就更不可能有人对自己的船那么干了。船上是这个世界上最残酷的地方之一，存亡与共，脚底下是深不见底的大海，一旦出事，幸存的可能都没有。这一切，海猴儿都知道。他了解船，了解帆，也了解大海。他是明知故犯。

人群分开一条道，海猴儿走过来了，他站在云小鲨面前，低着头，不说话。所有人都在等他的解释。他是云小鲨从海上救来的，九岁上船，再过一个月就满二十岁了，如果没什么意外的话，在他成年礼的时候会有一个小小的仪式，从此就是云家船帮的自己人。自己人和那些需要工钱的船工是不一样的，到时候，会有许多古老的秘密向他打开。但这一切，需要他自己迈过这道坎。

大家都等累了，海猴儿也不说话。他似乎有一种幼稚的天真，认为坚持不说话，这个事就算过去了。

拿着账本的中年男人走到云小鲨面前，略微示意催促。云小鲨远眺大海，白日已经过了正午，向西方而去。如今是初冬，天黑得早，她还有更重要耽误不起的安排。她点点头："海猴儿，这么拖着没用，必须给我个解释。不然的话，我就当你是故意的。"

她不想难为他，但这种事，总是要个理由的，当场现编也能编一个。但如果是故意的，惩罚就很可怕了。在任何海船上，故意毁坏船帆都是可以处死的行为。

海猴儿愣了愣："阿姐……"

云小鲨摇头："你弄错了，我不是你姐，回话。"

"好……我……我是走神了。"

"什么？"

"是……我走神了……我从小到大，不爱跟人说话，高兴不高兴，就和船帆在一块儿。它升起来了，我就当它醒了，它落下去了，我就当它睡了，它鼓足劲，我就觉得自己也在飞……我不拿它当个物件，当它是个活物……走神的时候，会把船帆当成我自己。"

众人面面相觑。他们已经是和船非常亲近的一群人了，但听到这样的说辞，还是头一回听到。这个解释很可怕，这意味着他是按照自己的想象，而非海上的真实状况控帆的，同时也就意味着即使他留下来，以后不会再有主帆可以交给他。海猴儿是个很难形容的人，他对自己的"当"有邪教一样的忠诚，他当云小鲨是他"阿姐"，十年来就是咬死不改口，当船帆是"活物"，那就是活物。

云小鲨皱了皱眉头，显然，接受这种说法需要一点想象力，她姑妄听之，点了点头："姑且信你。但就算帆是你自己吧，你摇来摇去是要干什么？"

海猴儿脸上出现了一种非常诡异的表情，他好像在用劲咽一口吐沫，用劲到了翻白眼的地步，他期期艾艾："没干什么……我就是晃船……我没想到他会拉不住……为什么会拉不住呢，这应该能拉住的……今天风不大，我把着升降索呢，我有分寸不会弄坏帆的，我听得出来它们的动静，它们正撒欢呢……我就是想多晃一会儿……"

没人能听懂他在说什么。云小鲨皱着眉头，听得头疼死了："翻译成汉人听得懂的话？"

海猴儿又咽了口唾沫，看了看云小鲨，又看了看苏旷，下了决心："我当时想你在……你在睡那个小白脸，不是，老白脸……我就……生气。"

一众哗然。很难说清楚，这两个说法，哪个的后果更严重。

苏旷本来倚着船舷看热闹，没觉得会有自己的事，万万没想到，这位黑到不世出的小兄弟张嘴管自己叫老白脸，慢慢就站直了身体。

云小鲨愕然很久，摆摆手让四周先安静下来："海猴儿，你叫他什么这个事我先不跟你计较。我问你，我睡什么人，关你屁事？"

海猴儿梗着脖子："鲨头儿，不是我一个人，我们很多人都在私底下说……"

"等等，很多人是哪些人？"

"比如水生伯啊……"

"好，水生伯是吗，来人叫他上来。老祝，你记一下，还有呢？"

海猴儿梗住的脖子，终于学会了四下转转，他惊讶地发觉，人群里"很多人"都装模作样地望着苏旷笑逐颜开，恨不得举两块"如雷贯耳""佳偶天成"的牌子摇来摇去。他有点弄明白状况了，紧紧闭着嘴。

云小鲨的目光变得锐利："说啊，很多人是只有你们两个？"

"嗯……"

"好，接着说，我还挺好奇的，你们私下都议论些什么？"

"他们说……你大老远的，专门跑回来找个废物，还不知道要招多少仇家，还说……以后啊，我们云家船帮就是你的嫁妆，专门给废物报仇的。"

苏旷轻轻抱了抱胳膊。他脸皮再厚，也笑不出来了。

云小鲨冷笑一声："呵，还有吗？"

"很多人说……以前咱们多好呀，同舟共济的，一起发财，你想干什么，大家伙都知道，从那回海上出事之后，谁也搞不清楚你想干什么了……本来还以为，这次从龙蛇岛出来，咱们要大干一场，没想到，你这一出来，就急急忙忙的，让人结账，拿工钱，各自回家……说好的新船也没了，说好的出海也没消息了……咱们船帮本来就人手不足，这一遣散，就更没人了……"

"还是'很多人'？那这回又是哪些人呢？"

海猴儿这回学聪明了，又四下看了一圈——看起来，很多人对他的说法啧啧称奇，交头接耳地议论着——很显然，结账打发走人的不是所有人，每个人得到的通知都不一样。他有点尴尬，现在拨弄是非的只有他自己了。

"不会又是只有你和水生伯吧？"

水生伯已经跑上来了，本来跑得挺快，一走近，听清楚海猴儿在说什么，变得慢吞吞的。他是个白面团子一样五十岁上下的胖厨子，两颊挂着弥勒佛一样的垂肉。他是第一次被云小鲨喊上来，匆匆忙忙，手里还捏着一张"东风"的竹牌，扭捏着不知如何是好。云小鲨转向他，眼里森森的："海猴儿说的，都是真的？"

水生伯变得异常惊悚，他四处看看，发现海猴儿确实只来得及"出卖"了他一个人，他实在不知道怎么办，就跑进人群，有点尖声尖气地握着拳头在海猴儿身上乱敲："臭小子你胡说八道什么呀！你有没有脑子的啊！你叫什么海猴儿啊！你叫海猪好啦！你蠢的呀！气死我啦！"

云小鲨等他卖力表演完："水生伯，我问的是他说的是真的吗？"

水生伯抱着头蹲下："鲨头儿，我是打牌打输了，牢骚了几句……这个臭小子，是个蛮夷,他脑子里只有一根筋,直通到屁包里的,听风就是雨,人说什么就往外说什么……"

"我最后问你一遍,真是你说的?"

"鲨头儿,是我说的,可我是打牌打输了,我糊涂的呀……"

水生伯挺胖的,在一群矫健的水手面前,显得又老又蠢,蹲着的样子像个大蛤蟆,他攥着他的"东风",白胖的手揉得头发乱蓬蓬,半真半假地抽泣一嗓子,点着头。

他没有背叛他的小朋友。如今只有海猴儿自己不知道自己做错了什么,他挑衅的不是那个"废物",而是云家船帮主人的权力。

很多人一起望着云小鲨,目光都盯着她的手。云小鲨微微低头,沉默了片刻,抬头望了苏旷一眼。苏旷好像在望着海发愣,避开了她的目光,片刻又转过头,苦笑着摇了摇头。

"行吧。"云小鲨也点点头,"到福州,两个人一起滚。"

海猴儿往后退几步,不知所措:"阿姐……我不走!你让我去哪儿!"

云小鲨置若罔闻,接着说:"海猴儿本来不算船工……老祝,按船工给他把账结了。"

那个中年男子点点头:"按哪一档?"

"你定就好了。"

海猴儿的身份很清楚了——他永远不再是云家船帮的人。

云小鲨要离开。海猴儿要往上追,被人拉住了,他梗着脖子喊:"阿姐!我不要工钱!我要留下!"

云小鲨背对着他,微微扬起下巴:"海猴儿,你听好,你真不想走,眼前只有一条路。"

海猴儿欣喜若狂:"阿姐?"

"我可以当你是云家人。就现在,按规矩,咱俩下海,你跟我单挑,赢了我,连船帮都是你的。你输了,我就打断你的手脚,扔在小船上,漂到哪儿听天由命。"

海猴儿站住了:"阿姐……"

云小鲨苦笑一声:"我今天心情本来真的很好,你最好不要再惹我了。滚下去吧,别让我再看见你。"

"走啦走啦……"水生伯用劲拉他。海猴儿愣愣的,倒退着,还在看云小鲨的背影。很显然，坚决如铁，没有任何挽回的余地。也没有任何人，有替他说一句话的愿望。他一路退，一路摇头。路过苏旷的时候，他拐过去，牙关处肌肉锉了锉，伸了伸左手："苏哥！"

明目张胆的挑衅。苏旷伸了右手，当他不知道："我左手不太方便。"

"是吗？"海猴儿还是伸着左手，毫不犹豫地向前一探，抓住了苏旷的手肘，往起一带，"今天，谢谢苏哥指教了！"

他猛地往上一举，苏旷的袖子就落了下来。边上几个人都是倒吸一口冷气。那是很狰狞的小臂，乍一看很是恶心，紫红色的瘀血，剥了皮一样的烂肉，骨头劈开了些，露出白骨的茬子。

苏旷轻轻抽手，海猴儿攥得很紧。他叹了口气。早先，手腕第一次断掉的时候，创口还是齐腕的，后来装了只义手，就更和普通人没什么区别。但守默谷里，他曾经豁出去一只胳膊不要，往精卫鸟的嘴里捅，就被顺便啃了两口，撕去一块皮肉，也咬碎了一点骨头。醒过来的时候，他的手臂也溃烂了很久。好不容易愈合了之后，自己都没眼看，整天拿块布包着。那本来也是个很要命的伤，但和腰比起来，就不算什么了。前些日子，沈南枝一看见他的左臂，就捂着眼睛哀号了很久，跟他说，骨头前面直接咬崩了，如果要再做一只义手的话，要再截掉一段，这次做好准备，想想要什么样的——这回得从肘部做，八成戴上就取不下来了。他一路还没来得及想手的事，手已经不重要，这两年，被命运像恶狗一样追着跑。这事儿应该是水生伯跟海猴儿说的，水生伯闯进舱房送生蚝的时候，他正在描述血精卫到底是什么样的生灵，云小鲨正撸起他的袖子。说起来那还不过是元宵节的事儿而已，可想起自己还能跟人动手过招的日子，竟已经恍如隔世。

"废物。"海猴儿不敢出声，比口型说。

"你这样没用，我这只手七年前就断了。"苏旷右手在海猴儿手上拂了拂，金光一闪而过，海猴儿一惊，没弄清楚那玩意儿是什么，撒了手。

云小鲨已经转过身了，正向这边走。

"你要点脸，别赖着她。"海猴儿擦身而过，在他耳边轻声说，"你挑唆阿姐赶我走也没用。废物，大家都是这么想的。"他摔开苏旷的手臂，狠狠瞪了他一眼，离开了。

云小鲨走到苏旷面前："他都说了什么？"

"没什么。"苏旷理了理袖子，若无其事，"时候不早了，你说要带我去哪里？"

第二十一章　孤掷温柔

海浪起伏，连天摇曳。独木舟早就准备好了，顺着大船，被缓缓放了下去。

他们下独木舟的时候，船上的人都在叫："鲨头儿玩得开心！鲨头儿早回来！"他们敲一切可以敲响的东西，口哨吹得震天响。看起来每个人都很开心。

云小鲨坐在舟头，摇着双桨，心情似乎也很愉快，哼一首很古老的吟唱大海和星辰的歌谣。大船向西南走，他们向正西方划。四面八方都是泱泱的大水，人在沧海孤舟中，没一会儿，苏旷就失去了方向。

"刚才那些话，你别太放在心上。"云小鲨说，她穿一件淡紫色的对襟长袍，罩着一件暗红色的鲨鱼皮紧身水靠，长发用一道金纱松松一绾，胸口有一小片象牙色的肌肤，随着肩臂的用力，像一把小牙扇似的，打开再折起，折起再打开。年轻野性的身体，像是春天浆液饱满的植物。相逢恨晚，如果当年能当机立断就好了。

云小鲨还在想词安慰他："海猴儿是一个……从没离开过船的人，他不太懂人世间的事儿。"

"我知道。"苏旷别过脸，望着大海，慢慢揉着眉心。

可是他碰巧知道一点人世间的"事儿"。人世间的某种准则是，要得到一样很宝贵的东西，是要配得上的；要得到一个很优秀的人，更是要配得上的。他曾经上过一次云小鲨的船，那时候，他是个有趣的人，走到哪儿都嘻嘻哈哈的，身手不凡，聪明有胆识，够义气，又有担当，江湖遍地是朋友，一个仇家都没有。云家船帮的很多人起着哄，嚷着他们在一起。那个时候，云小鲨不可一世，可他也未必配不上。但如今……海猴儿是个脑子只有一根筋的白痴，可他听到的一定是真正的"很多人"的议论。

"很多人"的意思已经很明白了,他们瞧不起他。未必是瞧不起他有残疾和有伤,有残疾不是他的错,有伤更不是,他们瞧不起的,是他的"不要脸、赖着她"。他既不能利索地行动,也无法好好跟人动手,起居甚至需要别人帮助,背后都是仇家,而且是要命的仇家。他甚至不知道自己能不能好起来,他下海之后,腰一直隐隐作痛,尤其是腰椎深处的那一点,痛楚细微、尖锐、绵绵不绝,这让他快要疯掉了。他是有这个心病的,纪老爷子说过,绝对不许提前站起来,强行站起来后患无穷。后患可以无穷到什么地步呢?那块骨头,是已经愈合了,还是还在开裂?会不会有一天,又传来噩梦深处的碎裂声?他再坚强也撑不起第二次打击,如果真有那一天,譬如到了小鲨看到他无法收拾大小便的地步,他会毫不犹豫地转身向海里跳下去。

一个人,在真正喜欢的人面前,需要三倍的自信才能行止如常。可他连三分之一都没有。他想给一个人最好的,但连他的"最好的"也已经很糟糕了。

而这个人世间的另一种准则是——如果一个人既"配不上",又"不要脸",就会被很多人瞧不起。今天是这样,明天也是这样。此处是这样,彼处还是这样。

他这一路上,几乎每天都在想,算了吧,算了吧。昨夜,云小鲨累得要命,小憩片刻的时候,他坐在一边,看着她的脸,在月光下美丽得熠熠生辉。他握着那根青色发带也在想,算了吧,算了吧,我们见过了,该守的承诺践行了,该互通的消息都通了,该喝的酒喝了,即便各自天涯,此生都不会再有遗憾了,这时候,是该主动离开了。

可他想到发带的主人,想到大别山里还埋着的另一个人。他终生的遗憾,是没有机会和师父坐下来,喝杯酒,聊一点父子之间可以聊聊的话题。夜深人静的时候,他很想问问师父。

——你如此骄傲,你沉迷于一个人承担自己的命运,你是判官,是捕快,也是囚徒,宁可判处自己终生孤寂。

——可她一生的命运,并没有被自己安排过啊。

——她快乐过吗?你后悔过吗?

——如果可以重新选,你们会选什么呢?

他想了很久,一生都没有那么茫然无措过。没有人可以回答他的疑问了。平日里,捍卫他信念的那些原则也不行。这是很柔软的疑问,不需要很强硬的答案。

天亮的时候,他做了另一种选择——云小鲨醒过来的时候,他送了她那根发带,和那个永远埋藏在大别山里的故事。

云小鲨意味深长地问他："这意味什么？"

他郑重回答："和盘托出，自由选择。"

云小鲨盯着他看了很久，接过那条发带，从贴身的衣袋里拿出一枚小鲨鱼，系在脖子上。之后，她也很郑重地说道："谢谢你的礼物，我很喜欢，既然如此，我带你去一个地方。"

太阳已经微微偏西了，大约还有一个时辰，天就开始黑了。但前方也有了海岸线影影绰绰的轮廓。

"你心情有没有好一点？"

"有，好一点。"

"那好，你认识这个吗？"云小鲨示意他看那柄刀，破得要命的刀。

苏旷摇摇头。这把刀锈得一塌糊涂，如果它有亲妈，它亲妈也不会认识它的。

"你不想拿起来看吗？"

苏旷怔了怔。他确实不太想。他有很长一段时间没有摸过刀了，在他躺在床上的那段日子，他甚至连菜刀都不愿意看一下。

云小鲨很坚持，停桨，握着刀鞘递过来。苏旷犹豫了一会儿，伸手，去接那把刀。

这柄刀与众不同，狭长、极沉，预估不足，差点脱手落在小船上。苏旷皱了皱眉头，横刀搁在膝盖上，要了块手巾，慢慢擦拭，刀镡上的铜锈被擦掉一些，一左一右，露出"定海"两个小篆来。绝大多数情况下，神兵利刃，也就出名号了。云小鲨眼睛一眨不眨地望着他。

"这柄刀大名鼎鼎，颇有些来历，我当然是听说过的……"

云小鲨一怔："你真听说过？"

"这个叫定海神针，是昔年大禹治水的时候用来测量东海深浅的……"

云小鲨说："呸！"

苏旷嘿嘿一笑："真的，小鲨，你有所不知，当年大禹治水，有两块定海神针铁，他先丢了小的一块下去，咻！一下就没了，他实在找不到了，之后没办法，才丢了大的那个……"

云小鲨大笑起来："你直接说你孤陋寡闻，什么都不知道不好吗？"

苏旷问："愿闻其详，这到底是什么？"

云小鲨含笑不语："你先放胆猜，猜出来了，我就送给你。"

刀横在膝上。苏旷轻轻抚摸了一下刀鞘，像是在摸一只小怪兽的头颈。他又轻轻摸了摸刀柄，刀柄是鱼骨节状的铁棱，过去在使用的时候，应该是包裹着牛皮之类的东西，但在海水里已经腐烂了。

曾经的岁月里，他擦刀的次数比洗脸要多十倍。慢慢擦掉绿色的铜锈，红色的铁锈，手底下的刀柄放出一角铮亮来，它粗粝的铁棱角摩擦着手心纹路，扎得掌心生疼，但又有一种久违的脊梁上寒毛直耸的兴奋。这是一具残缺嶙峋的躯体，曾经在东海中长眠了很久，如今正在苏醒。

他继续擦着，擦出了刀锷和吞口。吞口下方，是这柄刀上一任主人时常摩挲的地方，隔着锈迹斑斑也能透出温润，刮开锈斑，有一片小而尖锐的机栝拨片。逆鳞！这是海上锻刀家族特有的治鞘法，而那个古老的家族，早就在三百年前湮没无闻了。

他扳动了那片逆鳞，拇指摩挲着刀锷，慢慢地推开了三分。一把长刀缓缓出鞘——那是一把淡墨色的刀，有一种夜幕中大海的颜色，似乎要吸尽一切的光和色彩，刀背上同样镌着水波的纹路。奇怪的是，刀刃大半是钝的，大约只有三拳长的刀锋开了刃。刀刃上，有个小核桃大的豁口。刀身上镌着一句铭文：三分已足凌天下。锋刃如龙舟，那是极美又极洒脱的弧度。刀刃是黑色的，但淡蒙蒙的一层光是银色的，像是水墨凝结在月光里。翻过刀看，背后也有一行铭文：出世海波平。

苏旷盯着那两句铭文看，翻过来又转回去，这铭文口气极大，这柄刀显然不是凡品，可他居然闻所未闻。他自问眼界不算浅，如果是他从没有听说过的神兵利刃，要么就是新造的，要么就从来都没有出世过。想到这里，他心念一动。他并没有听说过这柄刀，可他认识这个笔迹。铭文是后来加上去的，这个人的字迹内敛，纵横间不见锋芒，运笔入骨三分，隔世也见沉郁。当年，云小鲨送给他的那本霍瀛洲的秘籍，涉及十三式综述的几页也是这个笔迹。他想了想，是了！如果按照阴墟的心法和十三式的凌厉，这柄刀确实是霍瀛洲不二的良匹，几乎可以想象出那个人持刀时傲然独尊的样子。这真是非常诡异的事情，每次，他的命运快要发生点什么不可预知的逆转时，霍瀛洲的名字，总是如影随形，在耳边响起。不过没关系，所谓命运，他也并非见识不起。

他还刀入鞘，递给云小鲨，叹了口气："小鲨，我知道这柄刀是谁的了，可我不知道他也用兵刃。"

云小鲨怔了怔："你不喜欢吗？"

苏旷苦笑："相逢恨晚。"

刀横在两个人之间，云小鲨点点头明白了："好，随你。"

"小鲨，你还没告诉我，这把刀叫什么？"

"这把刀叫作碧海洗银沙，是银沙教的镇教之宝，也是银沙教得名的由来，自然也是教主世传的信物。"

"难道整个江湖都没有人知道？"

"是，之前的两百年，这把刀一直嵌在一道石碑里，供在银沙教总舵的祭坛上，直到霍伯伯把它取出来。霍伯伯他眼高于顶，自忖并没有什么真正的对手配得上他用这把刀，昔年涉足江湖，也从未随身携带过。所以，也就没什么中原人氏听说过。"云小鲨望着刀叹息，"十年前，我一直在找这把刀，都快把整个东海找遍了，可始终也找不到。昨天半夜，我在想，如果它出世了，一定会掀起腥风血雨，我不会没有风闻；如果它还在东海，那就应该还在附近。想着想着，就激灵一下醒了。我想，既然东海快要找遍了，那唯一有可能的地方，就是龙蛇岛那些三十年的财宝了。真是踏破铁鞋无觅处，最后居然在我的船上。"

"这柄刀你之前见过？"

"当然见过。我父亲就是死在这柄刀下的。"

苏旷的脊背挺直了："小鲨，你要带我去的地方是……？"

"我长大的地方。"

太阳更偏西了。云小鲨对这一带的海域简直熟悉极了，有时候扳过船头，背着身子划桨，也不多看一眼。

云小鲨长大的地方，也就是昔年"万里奔流"汪振衣和"一步登天"霍瀛洲决斗的地方。那场决斗，是每一个武者、每一个江湖人都梦寐以求，想要一睹为快的大决战。但真正的目击者，只有云小鲨一个人。

她在海上纵横，却封存了一段江湖的故事。

我的父亲汪振衣，是昆仑长徒、嫡系传人。后来我听人说，他是三十年前侠义道的第一高手，也是昔日武林唯一一个在武学的造诣上，能够与霍伯伯争高下的人。但我父亲自己说过，他的名头远远及不上霍伯伯，才具更是不足，这我很不服气。可霍伯伯也说，那是因为我父亲是个与世无争的人，终其一生，并没有怎么在人前显露过锋芒。当然了,我想,那也是因为他一直只是"长徒",从来没有正式接掌过昆仑掌门的位置。

我父亲不爱讲他自己的事,他的事,我都是听母亲说的。听说,三十年前,昆仑山里看起来隔世清净,可也有许多派系,对掌门之位、武学正统之类争夺得厉害。我父亲在下山之前,一直孤峰别居,每月初一、十五前去师父堂下问省,除此之外,修行度日,松鹤为伴,习武自娱。霍伯伯比我父亲年长了九岁,我父亲二十出头的时候,霍伯伯正声名鹊起,号称一步登天;我父亲快到三十岁的时候,霍伯伯已经如日中天,扫平了半个武林。那些日子,侠义道里不少人都在指摘昆仑,说昆仑仗着地利,不肯主动迎战,是想要坐收渔翁之利。当时,我父亲是昆仑第一高手,很多人把他看作侠义道的未来领袖人物。所以,约战霍伯伯这种事,自然非他莫属。于是,他领了师命,派了师弟袁不愠去下战书,没想到,袁不愠一去不归,他苦等一年,音讯全无。

昆仑山实在是太远了,人传不回消息,飞鸽也飞不了那么远。他们等来等去,听不到银沙教半点消息,实在焦急。我父亲无法可想,只好在第二年的开春下了昆仑。那一年,他三十岁,汪振衣三个字举足轻重,武林众望所归。

我父亲下了山,一路向东南来。他到了中原武林,拜访了几家大门大户,可既没有找到袁不愠,也没有约到霍伯伯。霍伯伯虽然常年在江湖行走,可他行踪莫测,有时又戴面具,谁都不知道他在哪里,自然也没人能给他送信。按照江湖规矩,约战是大事,挑战书只能下到南海总舵去。可银沙教总舵实在是太远了,每年,只能等着冬至的季风刮起,才能派人搭船去送信。

我父亲一度做客洛阳丐帮总舵,和闻名而来的江湖朋友打照面,他长于武学,短于人情应酬,多年来隐居在大山里,忽然天天摆酒设席,人人称兄道弟的,他有些受不起。他估算了一下路程,从洛阳下战书到南海总舵再得到回复,怎么也得一年以上了。

他终年习武,难得有些闲暇,一时就起了游兴,一向久居深山,没有见过大江大海,深心向往得很,就从洛阳一路游玩到了金陵,又买一叶轻舟,顺长江直下,奔流到海,进了东海之后,他意犹未尽,又索性一路南下,一路乘风赏月,把酒当歌。

他功夫既高,声望又好,半辈子没什么仇家,自然也少有提防的心思。为他驾船护航的是江南轻舟府的几位当家,虽然不常在海上走,但也是水上行家,更令人放心。可没想到,他们一路平安无事,只到了这一带,忽然就遭人暗算,莫

281

名其妙地沉了船。我父亲长居西北,不通水性,落水了和普通人一样手足无措,狼狈得很,抵挡不了几个回合,就被人生擒活捉了。

沉船自然是我母亲的作为。我母亲当时也在这一带游玩,而且心事重重,找乐子解闷。远远地一看见他,觉得有趣得很,想和他交个朋友,问他有无婚配,哪知他不晓得好歹,拂袖而去。我母亲气他不过,既然是在海上,索性就捉了再说。

我父亲失手被擒,恼羞成怒。他说他是修道之人,六根清净,此生并没有沾染红尘的念头,也没有成家婚配的打算,休要再扰。我母亲当时就放了狠话,说手里还有他一些朋友,也一并落在手上,要么就当场点头从了她,要么就把这些人都绑起手脚,丢到海里喂鳖喂鱼。我父亲转念想了想,就从了她了。

他们就在这里,做了几天露水夫妻。之后,我母亲就离开了,她是忽然一下子闯进来,又忽然一下子消失了。当时,我父亲都不知道她的名字,烟水茫茫,也没地方去找。后来,我父亲游兴全无,打发了他的朋友走人,自己就还在这里等着,他等了很久,终于看到海上有船来,高兴得不得了,挥着手喊,往海里跑。可没有等到我母亲,等到了霍伯伯。后来,我听父亲说,他不知道霍伯伯的行踪,霍伯伯却知道他的藏身之处,真有心铲除劲敌,多带人来不留活口也就是了,如此单枪匹马,那是光明正大的武学较量,不免就会惺惺相惜。

霍伯伯的年龄比我父亲大了九岁,武学上的见识阅历,更比我父亲多了不知凡几。第一次交手,我父亲是全盘尽输了的,束手待毙而已。可霍伯伯并没有要他性命,却跟他说,第一,你魂不守舍,不知道在等什么人,我杀了你,胜之不武;第二,你武功已臻大成,却拘囿于门户之见,只有一层迷障不破,我杀了你,太过可惜。不如这样,我也有要事在身,你我先把恩怨放一放,三年后你当有大成,你我再战。我父亲转念一想,也就同意了。再之后,两个人就放下恩怨,切磋武功,居然很是投契。后来,我父亲寻思,区区三年,真要万里迢迢返回昆仑,来去都在路上,实在麻烦。索性就在此地结庐闭关,霍伯伯有事在身,就先道别了。

霍伯伯这一去,腥风血雨,尽人皆知。他那时年届不惑,阴墟已经有了大境界,十三式又豁然贯通,云缠手有如鬼魅,可谓天下无敌。再兼谋略无双,手底下不知折损了多少侠义道高手的头颅与声望。

后来,我曾经问过他,霍伯伯你杀掉仇家报仇也就算了,那些与你没有恩仇的,你为什么也要杀?他就告诉我一句话,有些墙,太老了,也都朽坏了,不管怎么修补,都是徒增尸骨,能为它做的最好的事情,就是给它最后一击。

他这样的说法，让我父亲怒不可遏。我父亲是炼石补天的人。我长大之后才发现，那些继承绝学的人，通常也继承了道统。

还是说回到当时吧。我父亲号称是五十年一遇的武学奇才，本来天赋就高，又得到霍伯伯指点，闭关一年，武功终于大成，突破了昆仑大光明心法的第九重"万里奔流"，从此绝学一身，百年一人。他出关之后，发奋立誓摈弃七情，冷却六欲，一心一意等着霍伯伯，做除魔卫道之战。可没想到的是，这一次，他没等到霍伯伯，我母亲又来了。我母亲也去了三年了。

我母亲跟我说，他们彼此都思念得很厉害。她说她去了很远的地方，才发现已经忘不了一个名字。我父亲说，原来他不远万里来到这儿，只是想知道一个名字。他问了那个名字。她说了那个名字。之后他们就在一起了。再后来，很快就有了我。从此他们变成我的爹娘。我小时候开心得不得了，他们都很爱我。

说到这里，云小鲨停了双桨，她手握在桨上，下巴抵在手上，心满意足地叹了两三口气，像是回到那个无限被宠爱呵护着的小时候。

独木舟在海里打着转儿，西边隐约看见了陆地的影子。这里的海流开始变得湍急，一望百十里，全是嶙峋的礁石和岛屿。岸上应该也有河流，这就让水流变得更诡异，有些礁石之间看着平静，全藏着深深的漩涡，有些大浪冲进石阵，掀起了雪瀑一样的水流。这不是一个普通船只可以停泊的地方。海浪狂暴得简直可以撕碎一头狮子，但云小鲨不以为意，她轻车熟路，继续着她的故事。

可是，三年之约也一转眼就过去了。

天地有涯，海风有信，霍伯伯依约来了。他当时从很远的地方来，风尘仆仆，神色也憔悴，阳春三月，还穿了御寒的袭衣。我爹问他去哪儿了，他说他去喝喜酒了。他们又交手，这一次我爹以逸待劳，轻松就赢了。我爹是个有恩必报的人，就说一次还一次，扯平了，下次再打。那时候，他们好像已经是很好的朋友了。霍伯伯比完了，赖着不肯走，又欣然住下来，继续和我爹切磋武功，他很喜欢我，就收了我做义女，说恐怕将来他们总有一个要死在对方手里，要是他死在我爹手里，也就罢了，万事皆休；我爹要是死在他手里，他就代为传授我武功。

我爹居然同意了。霍伯伯那次住了很久。我爹和他无话不谈，互相传授了绝技。我娘说，霍伯伯来了，我爹就真的很开心，简直是东食西宿。他们在切磋武功，

283

我娘就带我去海里玩水,有时候,我们四个人一起玩,我最喜欢那时候。还有时候,聊得深了,我爹就劝霍伯伯早日收手。他就劝我爹,少管闲事,侠义道未必是什么好东西,隐居世外,有什么不好?讲到这里,两个人谁都说服不了谁,第二天,霍伯伯就走了。

本来,这些事情也没什么人知道。没想到的是,有一回,我爹有个好朋友来看他,我爹好朋友不多,那个人是他踏足中原拜访的第一个朋友。后来不提防说漏了嘴,说了上回险胜霍伯伯,公平起见也放他一马的事情。那个好朋友也是存心替他扬名,就四处宣扬。这事儿一传开,我爹麻烦就来了。他们都觉得,既然是魔头,还讲什么公平,放他一马之后,死在他手里的人,向谁要公平?我爹辩论不过,可也不肯服气。他在山里的时候,人人催逼他出来,他输的时候,根本没有人关照他,可他赢了之后,他们就说他结交邪魔外道,坐视天下血流漂杵,羞煞昆仑子弟,枉为侠义道中人。尤其是丐帮几个长老,我是真不喜欢丐帮的人,他们人又多又脏,嘴皮子又碎。咳,我知道不全是这样……行了行了,我知道你有个朋友。说回来,那几个长老就四处挑头放话说昆仑怯战,我父亲和霍伯伯狼狈为奸。万里迢迢,命人登门请命,请求昆仑掌门不可坐视不理。一轮轮催逼,那位昆仑掌门也坐不住了,下书给袁不愠,说告诉我父亲,师门有命,必须决一死战。

不过,那时候不赶巧,霍伯伯又回南海总舵了,那个总舵又实在很远,从昆仑到南海。于是,江湖短暂太平,又过了三年。霍伯伯终于回复说,既然如此,动兵刃吧,明年六月,我带碧海洗银沙来,你去拿昆仑的镇山之剑——藏山一玉,然后依你的意思,我们一战定生死!

你也知道,昆仑在哪儿!去拿那个什么剑,可不是一天两天、一个月两个月就行的。我爹想了想,他离开昆仑居然也有七年了,该回家一趟了,就告别我们母女,万里迢迢回去了。

他走了小半年才回昆仑,可根本就没有拿到那个什么"藏山一玉"。他好容易回了家,昆仑那些人进门就审他,问他这些年到底在做什么,和霍伯伯究竟有怎么样的交往,娶的女人是谁。

我听我娘说,我爹的师父本来是有意把女儿许配给他的,也就是他的小师妹,但他说了立志修道,拒了人家。可这回一出山,魔头也没有诛杀,还娶了妻子,生了女儿,那个小师妹恐怕是气坏了,说了我爹许多坏话。但我爹都从实说了,那些人就更不肯借剑了,还在撺掇老掌门,说我父亲正邪混淆,给了他剑,说不定投奔银沙教去了。再说，既然我爹领悟了昆仑武学的真谛，就应该广教给众人，不可独善其身，也不可断了绝学根脉。

师命难违，一拖再拖，又弄到大雪封山，我爹想走走不了，只能留在山里，教授他们武功。可是，万里奔流哪是那么好学的？他们互授绝技的时候，连霍伯伯都学不会。学不会，那些人就又说他藏私。

我爹回不来，我娘等他等得心焦。就在这段时候，中原那些名门正派，动了歪心思，他们怕我爹不肯决一死战，也怕他临敌生怯偷偷带我们母女离开。于是，丐帮几个长老想要抓走我们母女俩做人质。可他们没弄明白我娘是谁，我娘又不是泛泛之辈，怎么肯乖乖跟他们走？她孤身一个人带着我，驾着一艘小船，闯过天罗地网。最后实在躲不过去，就带我跳进海里。那一年，我才五岁，我永远都记得跳海之前我娘跟我说，小鲨，不要怕，你是云家的人，下了海就是回家了。

我是海里生的，从出生起，我娘就带我在水里玩。可那次不一样，那次我真觉得我回家了，什么也不怕。后来他们找不到人，走了，我娘常常驾着小船，带我在这附近转来转去，等我爹回来。

我爹在昆仑山熬了一年，最后终于熬不住，偷偷跑回来了。他回来之后，知道了这件事情，勃然大怒，要找那几个长老算账。那些人倒是脸皮厚，搬了许多掌门和帮主出来说和，说绝无恶意，真是魔教势力太大，侠义道无人，才出此下策。我爹愤然，当场割袍断义，说他从此不在侠义道里，但有生之年也绝不归属魔教，他一定会杀了霍瀛洲，但谁要再敢上门逼迫他，休怪他翻脸无情。他没有拿到"藏山一玉"，也没有借到任何一柄神兵利器，他用的是普通的剑。决战的日子到了，霍伯伯来了，带着这柄刀，他看见我父亲手里的寻常宝剑，哈哈大笑。我爹没有宝剑，霍伯伯就不肯用这柄刀。他们就削了一柄木剑，一柄木刀。

这一次，他们打了很久，都不肯下杀手，互有胜负，不分伯仲。霍伯伯忽然住手说："振衣啊，为那些人卖命，值吗？"

我爹那一次没有反驳他。我想，他是觉得不值吧。

再后来，霍伯伯就常来常住了。他很宠我，说我性子更像他。我性子是像他，我从小就讨厌侠义道的人，如今也是。他们常常感慨，说我天赋很好，可年龄太小了，学不到多少真谛，能强记多少是多少吧。

我就那么慢慢地长大了。那些日子，我也听人传，魔教和中原武林的敌对越演越烈，魔教快要一统天下了，侠义道高手快要被屠戮殆尽。很多人会摸到我家附近，大骂我父亲。有次，有个人骂得正狠，霍伯伯来了，就随手把他杀了。当时我爹气坏了，立即就让他走人。霍伯伯也走了，说，振衣，你们侠义道早就容不下你了，你要再杀不了我，不用我动手，他们就该要你的命了，你要留神。

也是那段日子，我娘和我爹闹得很厉害。我娘忍够了，希望我爹跟她走。我从来没有见过我娘那么生气，她总说她本来是要报外公的血海深仇，去夺回云家船帮的。可为了和我爹在一起，连这些她都放掉了，她一个云家的女儿，一直生活在陆地上，可我爹居然还要为那些不相干又不要脸的人卖命，到底是为什么，才宁可让我做孤儿？我爹就一个字都不解释，只说对不起。我娘就寒着脸，说既然如此，我要带小鲨走。我爹说好，随你。我娘又说，既然如此，小鲨姓云的。我爹也说好，随你。

我爹性子温和又执拗，从来没人犟得过他。可我娘说了一回又一回，终究还是没走。我当时想，她是真离不开我爹了；后来又想，也不全是，她也已经回不了海上了，海上比陆地更残酷。他们最开心的时候，说过要生三个小孩子，一个继承云家船帮，一个继承霍伯伯的衣钵，一个学我爹的万里奔流。到那时候，天下武林什么都不用争了，全是自己家的兄弟姐妹。可一直到最后，也再没有别的弟弟妹妹出生。

就这样，我九岁了。外面的局势越来越糟糕了。我爹的脸色越来越难看了，也有了白头发。那段时间，我一直很害怕，总觉得有什么事要发生了。终于有一天，最可怕的那件事来了。那些苦主们的寡妇、孤女，大概是十八家吧，一起全身披麻戴孝，自尽在丐帮洛阳总舵门口。那个意思，大概就是说孤儿寡母，报不了血海深仇，天下又没有英雄豪杰，只能一死了之。这种事，你也知道，丐帮觉得奇耻大辱，不肯传扬出去，可天下哪有不透风的墙？侠义道嘛，逼成这样，是非有人出来不可了。既然她们是在洛阳总舵自尽的，丐帮责无旁贷。

当时丐帮并没有真正的绝世高手，丐帮老帮主年事已高，他们那个未来的天才年纪还很小。但还是传出英雄令，要合击霍瀛洲。当时银沙教占尽上风，银沙所到、精卫鸟羽翼所之处，逆我者尽火满门，那一枚英雄令形同虚设，天下并没有几家门派还敢响应，几家来驰援的也被在路上诛灭了。到这个时候，昆仑再也坐不住了。

昆仑那个很老的掌门，也就是我爹的师父，终于下了山，踏入中原，他带着"藏山一玉"，献剑于洛阳，希望将来丐帮丁桀可以执此剑，率领侠义道，扫平魔教，诛杀霍瀛洲。之后，他带着昆仑十七名高手围攻霍瀛洲，霍瀛洲连毙十七人。其中有为难我爹的师叔、师弟和小师妹。知道这个消息之后，我爹一夜白头。

再后来，霍瀛洲乘胜追击，率精卫鸟，伏击了丐帮帮主和两位九袋长老，两个长老人头落地，老帮主重伤，忍辱逃回总舵，不久之后一命呜呼。昆仑、丐帮两位领袖接连战死，以身殉道，天下悚动。侠义道眼看就要覆灭，我爹没路走了。我娘也不再跟他争吵了。从那之后，他俩对我特别好，给我弄了许多好吃的，教我许多本领，跟我说了很多事情。好像马上就来不及了似的。

我爹服丧七七四十九天。他亲自给霍伯伯下了战书，还在老地方一战定生死。之后，他亲自去洛阳，人家闭门不见他，他就长跪在总舵门口，终于请回了那柄剑。后来，霍伯伯践约，单人独帆地来了。他们又打了一场，天下人都知道，这一回他们同归于尽。哦，你看，那儿就是他们决斗的地方。

云小鲨说到这里，手向斜前方一指。前方已经隐隐看到海岸了，远远看过去一片荒山野林，近岸处海水湍流，前方有一片漆黑的巨岩一样的礁石山。礁石上嶙峋不下百孔，海风穿过，四野呼啸。礁山下一个方圆在五里左右，看起来深不见底的大漩涡。漩涡里，大水如有筋骨，里面似乎有上百条乌龙盘旋，发出亡灵啸聚的声音。云小鲨摇着船，绕开漩涡，独木舟在礁石间跳跃着。天快要黑了，这里的水流，寻常舟船根本进不来，即便是她，也急着在天黑前靠岸。

"他们两个死了之后，连人带兵器，一起摔落到那个大漩涡里去，"她没有任何修饰，直接用的是"死了"，"我和我娘就一遍一遍在附近海里潜水，想找到他们的尸体，也想找剑和刀。我们找来找去找不到，我娘就说，或许在那个漩涡里，她去看看。当时我太小了，就乖乖坐在那块石头上等我娘。我娘去了很久，摸到了那柄剑，上来交给我，叫我乖乖等着，她再去找我爹。我等啊等啊，等啊等啊。那天晚上，我等到半夜，忽然就明白了，她骗我，她永远不会回来了，我就扑在那里号啕大哭，哭到天快亮才睡过去。"

苏旷怔怔地望了那座礁石山一会儿，那片黑暗里风浪咆哮，远远听，似乎还有个小女孩儿在伏地哀哭。

"小鲨，你一个人是怎么离开的？"

"我没有离开，我也不知道去哪儿。我在这里长到十六岁，潜水、划船、练武，日复一日，就当他们都在身边。十六岁某一天，忽然发觉，已经可以自由进出那个大漩涡了,我就知道,离开的时候到了。"

"那之后呢……你就回去抢船帮了?"

"还没有,还不敢。我想,闯荡江湖嘛,总要先找几个人练练手,就先出去在还袖崖约了个什么朔望什么女侠。那次我紧张坏了,那是第一次嘛,约了之后,就早也练晚也练,半夜睡不着,想了很多遍,输了应该怎么办,受伤了要怎么办……反正全都演练好了,最后一动手,简直气笑了,那也太弱了。弱到一合不撑,完全超过我的想象之外。我当时应该嘲笑了她几句,她哭哭啼啼就走了。再后来,我就有胆子了。"

"小鲨啊,你这个武学师承……真不应该再笑话别人了。"

"是啊,可总要长大才能慢慢明白。当时我也很小啊,应该只有那一次吧。来,坐好,这个叫跳龙门。"云小鲨轻声说。她站起来,用苏旷见过的方式——踩着船尾,驾驭着海浪,趁着一个大浪打过来的时候,独木舟借力跳起来,从两块礁石之间的缝隙穿了过去。

此时,离岸已经很近了。她手向前指:"喏,我爹等我娘的地方,就在那里。"

前方岸边的树林之中,已然荒草丛生,还能看见一些烧焦木桩的痕迹。靠岸,是一片清水湾,那是方圆百丈的琉璃世界,难以置信的清澈和透明,连一片落叶都像精灵。泉眼在水底,夕阳的余晖里,看得见水底雪白细腻的沙子,荡漾开一波一波的涟漪。确实是只有神仙眷属,才会在这种地方隐居。

云小鲨扔开了船橹,伸手撩水,洗干净手和脸,又重新拢了拢头发。水里有她的影子,还有另一个影子。她望着一对影子,声音很轻,如同呢喃:"那一天快要到来的时候,有一次,我问我娘,到底为什么啊,为什么你会回来找他,你不是已经走了吗?我娘跟我说,小鲨,迟早有一天,你会见到真正的大海,无边无际的大海,那个时候,你就明白我在说什么。到那个时候,你不知道天有多高,海有多深,你没法再向远方看了,因为海上一无所有,你的视线失去了中心,眼睛变得很疼。到那个时候,天上的乌云堆起来了,变成一座山,你能感觉到它,山一样高,山一样重,你眼睁睁地看着一个闪电在山里孕育,雷霆万钧落下来,然后整片海都沸腾了。到那个时候,你知道风暴究竟是什么,你发现你引以为豪的船不会比秋天的一片叶子强多少,你想掌舵但做不到,想驾驭也做不到,想放弃还是做不到,你唯一能做的就是等待,就是顺其自然。就在整艘船都咯吱咯吱作响的时候,快要被巨浪变成齑粉的时候,风暴过去了,你的同伴回去了,风平浪静，大海又是浩瀚安静的样子，好像不知道它吞噬了什么。那时候你开始感到恐惧，你想这短短的一生啊，究竟有什么是可以真正拿来对抗死亡的东西？之后天黑下来，你看到了奇迹，原来这个世界上还有比大海广阔的东西，那是银河。你以前见过银河，可只有这时候，你才发现了宇宙如此辽阔。这个时候，你会有一种想哭的孤独感，你的心碎了，那层很硬的壳碎了，温柔会流出来，你开始渴望爱一个人，不是男人爱女人，或者女人爱男人，而是你活在这个浩瀚世界里，本身是个奇迹。我们是人，一个人怀抱着与生俱来的孤独感，渴望一个同类，这是最温暖也最美好的事情。这个时候，你会想起一个人，想起他的样子，他的相貌，他的笑容，你会情不自禁念出他的名字，你听到了自己的声音，之后吓了一跳，这时候你知道了心之所向，小鲨，这就是爱，而我，是因为这个回来的。"

独木舟停在岸边，眼前有一幅奇妙景致。

故事讲完了。短短的一天里，他们已经互相交出了前半生的最后一块拼图。

"我到家了。"云小鲨跳下船，伸出手，"来，欢迎做客。"

第二十二章　田园将芜

独木舟登陆的时候，风景正好——西边的悬崖峭壁上，天边一片红彤彤的火烧云，成千数百只海燕之类的鸥鸟，翻飞鸣叫，振翅归巢；远天的汪洋尽头，晚风吹拂，天地的大幕渐渐合拢，海潮慢慢淹没了礁石丛林。

海滩上很久没有人涉足过了，白茫茫的沙滩上倒伏着夏天台风刮倒的几株枯树。一只寄居在螺壳里的小螃蟹，顶着它的家园四处跑。独木舟拖行过的地方，犁下一道长长深深的沙沟，深而湿的沙层里，慢慢沁出清莹透亮的海水来。

独木舟最终停驻在一块巨大礁石的后面，那儿有一条打横的石槽，还有一块人工雕琢的石桩，显然是专门用来停船的。离礁石不远的地方，有一条已经残缺了大半的木栈道，有些地方还算完整，木板可见纹理；有些地方只剩些腐烂的木块；有些地方，整段的木头都消失了，只剩下深深浅浅的印痕。

小路若隐若现，向着西边的小山去。山不算高，严格说起来只是个小土丘，长满了低矮的灌木，因为此地已经到了浙闽交界地带，气候温润，初冬时节也并不十分寒冷，放眼望去，植株一半郁葱，一半凋零。

此地看起来已经很久没有人迹，道路被灌木丛封锁，崎岖难行，荆棘的木刺上，风干了的蛇蜕半挂半飘，长长的蛛丝从一处枝头荡到另一处枝头，最低弯处坠着一滴露水，闪着夕阳的余晖。金壳线虫所到之处，壁虎、蟾蜍、蚱蜢和不知名的虫豸四散逃奔。

路很窄，只容一个人通过，云小鲨和苏旷一前一后，隔着丈许的距离。

"我们走的这条路呢，叫小鲨路。原先比这宽些，可以两个人肩并肩走，是我娘怀我的时候，我爹一段一段慢慢修的，后来我们一家三口，每天吃了晚饭，都会到海边散散步。"

云小鲨一边介绍着，一边在前面开路，她背着很大的一口布袋，隔着粗布，看得出鼓鼓囊囊的油毡、毛毯和枕头；右手拎着一篓炊具，里面胡乱塞着防风的油灯、引火的折子、油盐作料、杯子和碗，甚至还有一口小锅。那些物件横七竖八地叠放在一起，空隙里插着那柄锈迹斑驳的"碧海洗银沙"。这些东西，足够两个人露营三四天了。

她身法清狂飘洒，大雪中的小青竹似的，背着小山一样的行李，在林间腾挪跳跃，依然丝毫不见累赘。只是她走一走就要停一停，放下行李，砍断荆棘，或者推开枯树杈，踢走石头，有些土酥路滑的地方，索性就踏几脚，踩踩平。

苏旷跟在后面，他拄着一根桑树枝作手杖，全神贯注。此地夏季暴雨多，泥土碎滑，容易失足，他几乎每一步都是先用手杖探路，再用足尖轻轻点，踩实了再把整个身体拉过去。这样的姿势难免显得缓慢而笨拙。

"小鲨路"并不好走，但已经是丛林里唯一一条路了。前方有很大一截树枝，张牙舞爪，枝繁叶茂，和小树也差不多大小，可能是被台风从一棵大树上半腰折断下来，正横在齐胸高度，把小路塞了个满满当当。云小鲨琢磨了一会儿，先跳过去，放下行李，又跳回来，双手托举起树枝，等苏旷通过。

苏旷到了，照例先用那根手杖在地上连捣鼓带戳了一会儿，小心翼翼迈出右脚，然后精准地转动了他的宝贝腰，几乎是一寸一寸地挪过去，到了一半，他脚底下有点打滑，但腰坚决不肯再拧了，就又一寸一寸地把脚挪回来，换一只脚，如法炮制再来一遍。这对云小鲨的耐心是个考验。

"你到底行不行啊？"

"没问题。"

"别逞强了，不行我抱你过去。"

"胡说！大节不可乱。"

"嘿！我这开路也很累啊，咱俩都省点力气不好嘛……我说，上次走路这么费劲的，还是那个邯郸人吧？"

"小鲨，你的臂力还是要练一练，还有哦，邯郸学步的那个，是燕国寿陵人，不是邯郸人。"

"行行行，寿陵人。好啦好啦，前面一马平川了，你加把劲，我在上面等你。"

苏旷总算是过来了，云小鲨望家心切，扔下大树枝，行李哐啷甩上背，三下五除二，跑到了坡顶。

苏旷继续一步一个脚印。刚才他有点恍惚，好像树枝放下的时候，头顶什么地方铮的一响，似乎有一根透明的线断了。但那个声音太轻微了，上坡至关紧要，他没有太留神。

苏旷如临大敌，而且理所应当。这是他自从恢复直立行走以来，第一次真正在用腰走路。习武的人，对肌肉的感觉是精微的，在此之前，他尽量不活动右侧的腰肌，也避免转动椎骨。很长时间以来，他一直是慢慢走慢慢坐，连睡觉都笔挺地躺着。如果需要转身，一律先动脚，再动全身，尽量不转腰。这让他的左侧腰肌更松弛，右侧腰肌更僵痛。但那并不重要，两弊相权取其轻，比起"好起来"，他更怕"倒下去"。纪老爷子的那句"后患无穷"简直像谶言咒语一样，在心头阴魂不散。

不过今天，他开始重新使用腰了。上坡比平地需要更留神一点。上坡的时候，蹬踏的力量会冲击到腰椎的那块小骨头。但他需要一点持续的痛感，来判断那到底来自骨头还是肌肉，是骨裂还是别的什么。弄清楚才能开始下一步的训练。

他必须冒点儿险。但也必须控制住冒险的范围。这是毫厘之间的战斗，但一样很凶险。今天，他切慕的那个姑娘，跟他讲了一个关于承诺、爱和此生不渝的故事。他不傻，听得懂。云小鲨是很骄傲的那种人，只要喜欢，就不会因为伤残抛弃他，他也很难没出息到开口说"其实我不喜欢你"。可他最初的想法也不会轻易改变，他会拖累小鲨，这是个事实，不是某一个人的想法。而且，云小鲨并不绝对安全，不管是在陆地上还是水上，能在小鲨座船里下蛊的人，就能再做点别的，他见识过那群人的手段，知道他们能干出什么来。如果这个事实不可变，小鲨的决定也不可变，唯一可变的就是他的身体。

他在下船的时候，决定执行新的康复计划——他会用三个月的时间，一点儿一点儿地去触碰腰椎里的那块小骨头。他得跟它交交手，人迟早都要面对自己最恐惧的东西。如果三个月之后没问题，他就可以从头开始练武了，练到哪儿算哪儿，总比现在强。如果三个月之后还是不行的话，那么，聚也聚过了，试也试过了，江湖儿女，大可以各奔东西。如果三个月之间真出了什么问题的话……没关系，那就算了，这个代价他付得起。比恐惧更强大的，是另一种力量。

"回来了！我——回——来——了——"云小鲨已经到了坡顶，向着远处的群山大喊大叫。

在船上的时候，她的声音冷冽而强硬，一点儿甜声不带。但回到这里，却有种少女般的轻快欢呼。这儿是她的家园，有用她名字命名的小路。

"要是我爹娘还在就好了，他们看见我带你回来，不知道会有多高兴！"云小鲨笑嘻嘻的，远远地回头喊。

"是啊，要是能拜见伯父伯母，一睹他们的绝世风姿，那真是天大的福分。"苏旷笑嘻嘻的，远远地大声答。

他当然很想拜见汪振衣夫妇。更想带小鲨见见师父。可惜，都做不到了。天地之大，他们两个人都已经没有了归处。不过也都没有关系，他们两个人已经足够成熟了，懂一些当生则生、当死则死的道理。

通常情况下，一个真正的成年人多年之后重返儿时长大的地方，不仅仅是为了郑重地告别，也是为了重新开始。同样，一个真正的成年人，也往往会在死地里，给自己留下一道重生的暗门。

在守默谷的冰河上，他是抓着一根水草昏睡过去的，同时抓住的，还有一个春天的梦。醒来之后，整个春天就被冰封在内心里。

从那一刻起直到不久前，那道冰层都是在的。那道冰层是用来抵御痛苦的，磨折无尽，他不知道哪一段日子更煎熬，也不知道前方会不会更糟糕。

当一个人在真正的绝境里的时候，就像站在齐着咽喉的洪水里，胸膛是窒息的，无法开口呼救，四面八方都是死路，上不挨天，下不着地，那种拨弄命运的洪流不知从何而来，不知向哪儿去，只要动一动念头，就会被席卷吞噬，唯一能做的，就是僵持着，默默咬紧牙关。

最艰难的一段岁月，他有颗后槽牙硬是被咬裂了一条缝。他一度以为，可能整个后半生的漫漫长夜，都要咬着牙才能挺过去了。

但也是从今天开始，他似乎听见了当的一声，冰层碎裂的声音。

十四五岁的时候，他似乎每天都能听到那种声音，心里面叮叮当当响个不停。那个时候，他的心似乎是永不冰封的，只要被某种恐惧攫住了，就会立即在刹那间野蛮地挣开，一种柔软又鲜活的力量在身体里复苏。和阴谋没有关系，和暴力也没有关系，那是蘑菇顶开石板的力量、小草钻出大地的力量。那是春天的力量，是生命本身的声音。如果一个人能听到这种声音，就是无所畏惧的；如果两个人都能听见这种声音，或许，就能赢。

云小鲨嚷嚷完了，她已经在坡顶站了一会儿了，举目四望，不断把强风吹乱的头发拂到脑后。苏旷快到的时候，她自然而然、头也不回地向后伸手。

苏旷犹豫了那么一刹那，然后扔掉了桑木手杖，在衣摆上擦了擦掌心灰泥，伸手过去，拉住那只手，借力登上坡顶。

"太阳马上就下山了，快看，那儿就是我家。看，那儿，还有那儿——"云小鲨轻轻用手指着。

她的手指向西，西山壁陡峭光滑，百丈山崖刀尖一样指着苍穹。半山腰有两块鹰喙一样的尖石，并排立着。两道尖石的罅隙里有最后一线如刃残阳，照着下面的溪水金灿灿、妖红如血。

"你看，那两块鹰嘴石是霍伯伯最喜欢的地方。他这个人，总是习惯居高临下，每次来，都先站到那块鹰嘴石上去，在上面大声吹口哨。他一吹，我爹就什么都不干了，也跑上去。两个人就站在那两块石头上，有时候隔空过招，有时候就说啊说啊说个不停。我小时候不明白，上面风又大，也没个坐的地方，两个人一站站好久，都在干什么。有一次，我好奇极了，央求霍伯伯抱我上去看，霍伯伯就抱我上去了，我一看，啊，上面是好看啊——站在高处看，大海都不一样了，层层叠叠的，白浪就那么一道一道的，美得我大叫起来。我一叫，我爹出来了，看见我在上面，吓坏了，那一次也哧溜一下就上来了。那一回我就听他们对话，讲武道、天道、人间道、地狱道，玄得不得了，讲很久，谁都说服不了谁。后来我听困了就睡着了，下来的时候，我爹被我娘骂了好半天。"

苏旷听到"隔空过招"四个字，就忍不住插嘴问了一句："小鲨，我知道霍教主练的是阴墟和十三式，那伯父练的是什么？"

"你这个人真是，"云小鲨想了想，"霍伯伯的武功驳杂得很，一言难尽，倒不一定是十三式。至于我爹，反而精纯得多，他用的剑法，叫作《黄河古剑诀》，又叫《昆仑诀》。你别打岔嘛，你要是对那个有兴趣，过会儿我比画给你看。"

她的手指又指向北。那儿有一片大约一里长、二十丈宽的"小树林"，贴着山崖，长的是奇奇怪怪的东西，说草不是草，说树不是树，高有近一丈，一大片枯黄的杆子东倒西歪着，有几棵还青翠的高高挺拔。

"你认不认识这是什么？"

"好像有点儿眼熟。"

"这个东西呢,在我家有个名字,叫作小师妹菜。"云小鲨微笑着介绍,"我爹娘当年隐居,带了整船的菜籽来,那些菜籽混在一起,他们又都不怎么认识,就干脆趁着春天,种得到处都是,长出来什么就吃什么。也是这一带海鸟粪多、土肥,不用他们怎么侍弄,到了时令,菜苗都出土,他们就漫山遍野巡视,挑认识的吃。后来,天长日久,他们也弄明白了几种家常菜,可就这个菜呢,味道奇奇怪怪的。我娘弄了一点尝尝,说这个不是菜,可能是草吧,苦的,吃不了。我爹就拍腿说,不对,他小师妹就给他弄过这个,是摘了嫩叶子,凉调了吃,烧汤也行,还蛮好吃的。哎呀,不提小师妹也就算了,一提,我娘那个醋坛子翻的,发脾气说,她说苦的就是苦,以后全家谁都不许吃了。我爹呢,就提议说既然这样,干脆铲了,种梅花,人家隐居都种竹子梅花,又好看又好闻还有笋子吃。我娘不同意,说反正都是看,这个小师妹菜还蛮好看的。再后来呢,大家就没管这个菜了,它也没什么章法,长得跟小树似的,疯了一样,到处都是。又后来啊,霍伯伯来了,他果然是一教之主见多识广,大吃一惊,说振衣,你脑筋有问题,种那么多苋菜干什么?"

喔!听到这里,苏旷也吃一惊,举目四望,看这片苋菜林天生我材,浩浩荡荡,海风一吹,别是一种涛声。

讲到小师妹菜,云小鲨嘴角露出丝甜美微笑,那可能是她童年最快乐的一段日子。她笑着,手又指向南边。南边有一座建了一半的小竹楼,样式很是神秀。

"至于那座竹楼呢,是霍伯伯亲手建的,不过根本就没有建成。我小时候,常常盼着霍伯伯来,他一来就给我带许多好东西,讲很多有趣的故事。有一次,我娘说,霍大哥既然这么喜欢小鲨,就认了干女儿吧。霍伯伯痛快得很,一口答应下来。我高兴得不得了,当场喊他义父,央他不要走了,多陪我玩几天。他居然也就答应下来了,但不肯同我们一起住,说一生独处。喏,你看,顺着那边的悬崖爬上去,就是仙霞岭了,上头有好多野竹子,霍伯伯就攀到山顶上,砍了大捆大捆的竹子,直接扔下来,坏了的当柴烧,好的建房子。他手真巧,建的小楼特别漂亮,我爹的手艺没法比,我就慢慢地等啊等,每天在他身边看他干活,听他讲故事,眼看楼就要好了,可不知为什么,忽然又有一天,吃早饭的时候,我爹跟他说了些什么,他又勃然大怒起来,一掌劈塌半边小楼,拂袖而去。"

"我爹和霍伯伯经常争吵。我爹说,霍伯伯这个人,看着不动声色,其实喜怒无常,脾气大得很。他们只要一争吵,霍伯伯就一言不发转身撒走,但过个一年半载的,总会再回来。我一直喊他义父,直到那次,就是我爹爹的师父、小师妹都被他杀了,那次我问义父什么时候来,被我爹狠狠骂了,叫我不许再那么叫那个魔头。可再后来,他们动手那次,我还是忍不住叫了。那天霍伯伯抱着我,摸着我的头,跟我说了好半天的话,说小鲨啊,你这性子像我,不像他,假模假式、顽固迂腐,将来你长大成人,那些名门正派的伪君子要是为难你,别忘了还有银沙教可去。我爹远远看着,但也并没有阻拦他抱我。"云小鲨嘴角笑容已经不甜了,抱着胳膊,叹口气。

她的手指又指向正前方。前方就是昔日的家园。几度风雨春秋轮替下来,那儿已经快要被大自然吞没了。一片不大不小的旷野,方圆大约百丈,长满了荒草。小路尽头,是一片房舍。房舍外头围着一圈半腐半枯焦的篱笆,篱笆的枯木上缠满了藤蔓,三间松木屋只剩屋椽,屋椽上长满了芦苇。一间石屋还算完好,但半个屋顶倾斜着坍塌倒地,石屋后面的一棵大树上吊着个只剩一根生锈铁链的秋千,在苍茫的海风里啷当啷当地响着。

这一回云小鲨什么都没介绍,苏旷轻轻握住她的手。

"没关系……我长大了,我很好,也终于接受他们的选择了,他们泉下有知,应该会很高兴。"

最后,云小鲨的手指向一棵老树,下面卧着一群猪。那些猪野生野长,自行繁衍出一个大家族,领头的一只大公猪大概雄踞此地甚久,半生没有见过活人,凶蛮霸气,昂哼昂哼地叫,威胁入侵领地的不速之客。

苏旷不太明白,莫非这也需要介绍?

云小鲨说:"那是晚餐。"

他们饥肠辘辘,从昨夜到今晚,饿了很久。尤其是苏旷,只吃了两个生蚝。

云小鲨张望:"哪一头好吃?你懂不懂?我常年在海上,很少碰猪肉。"

苏旷叹一声:"唉,其实这些已经不是牲畜了,天地之间,野生野长,亦是生灵。"

云小鲨怒了:"不说就吃烂苋菜!"

苏旷很无奈,随手指:"那个……不是,那个,不大不小不肥不瘦,做成五花肉最好吃,里脊也不错。"

太阳终于湮没在群山之间。暮霭沉沉里,真有种说不出的辽阔荒芜。

云小鲨取出风灯,点燃后递进苏旷手里,行李甩上肩膀,大步向前。苏旷提着灯,跟在她身后。两人依旧一前一后,向群猪而去。

火堆很快就生好了。等火旺的工夫，云小鲨去捉了那头猪，一刀宰了，不耐烦开膛，挑背脊和后腿的好肉切了几大片下来，又挑了几块肥肉做油脂，其余的远远扔进草丛里。她带着肉，到溪水源头洗干净，用盐粗略腌了，木枝串好。她手脚敏捷，这一切做完，火堆里几块大木头刚好烧成木炭，作料都是现成，两人就慢慢地烤起肉串来。等肉熟的工夫，云小鲨又到泉眼汲了一竹筒净水回来，另搭个架子，用随身带的一口铁锅煮些热水喝。

此时明月还没有升起，海潮正在澎湃，夜风呜咽。海边风猛，四周树木如弓摇曳，旷野之中，荒草蛰伏，大树上秋千的一根铁链子还在当当响个不停，似乎还夹杂着一些别的什么声音。这声音有点耳熟，苏旷侧耳听了听，风实在太大了，他没有听清。

火堆上，里脊肉串先烤熟了，发出诱人的焦香。油脂落在火堆上，腾跃出一团一团的白焰。肉串咸了点，除此之外，真是鲜美无比。两个人都饿坏了，狼吞虎咽，不管烫不烫，囫囵几口就吞下肚去，一时半会都顾不得说话，风中只有火焰哔剥声。后腿肉块切得大，要细细抹了孜然油糖，慢慢烤才入味。再过一会儿，小锅里泉水也沸了，白雾蒸腾，云小鲨舀了一杯，递到苏旷手边。肉没熟，水还很烫，似乎应该做点别的事。两个人的手指明明很近了。苏旷在望着西山出神，抬起手，在地上猛地敲了敲。

云小鲨没好气问："想什么呢？"

"小鲨，我还在想伯父的《黄河古剑诀》，那到底是什么样的武功，可以与霍教主的十三式相提并论？我记得我去过昆仑，不是我夸口，昆仑弟子剑法平平无奇，似乎并没有什么厉害之处。"

"真是不怕贼偷，就怕贼惦记。"云小鲨想了想，从火堆里抽出一根燃烧的树枝，正色道，《黄河古剑诀》又叫《昆仑诀》，是昆仑武学的嫡传正宗，也是昆仑派得名的由来。霍伯伯的十三式，举重若轻；这套剑法呢，正好也是十三式，举轻若重，持一枝而驱须弥，拈一叶而化沧海，变化无穷，气象万千，入门极易，造极极难，前面轻灵起手，到了后面，可以称得上雄浑浩瀚，汪洋恣肆。我爹曾经想传给我，但这套剑法至阳至刚，对臂力、膂力要求都太高，我学来难免以短攻长，所以也就窥个门径，可以虚，不可以实……我给过你十三式秘籍，你看过也练过，是不是？"

二人都是当世高手，谈及武技，是当家本行。苏旷听得心头发痒，眼里放光，也抽出一根燃烧的树枝："是。"

"那好，你给我搭个招，"云小鲨在半空中画着剑路，"这套剑法，比拟的是黄河之出昆仑，起手式叫作苍山一溪，真是平平无奇，可你仔细看……"

她手里的树枝一回抑一扬起，夜空之中，洒下无数火星。那一抑重到极点，有"万山不许一溪奔"的重重阻碍；一扬又轻到极点，气象端正，有诸邪不可动、诸神不可夺的魄势，真不愧名门起手，一剑开山。这套剑法，确实是古朴刚卓，有先民渡河、白手起家国的气魄。

云小鲨就盘膝坐在火堆前，用一根半燃烧的木柴，将这一路剑法缓缓施展开来。苏旷迎着她的剑路，虚招对虚招。树枝起落，火焰在空中划出图腾，火星四溅飞舞，洒洒落落。两人全神贯注，忘记照顾肉串，上好的猪肉烤得过了，喷香里慢慢透出些焦煳。

昆仑剑诀共十三式，俱以大河为名——苍山一溪、溯洄双流、戈壁三潜、河套四渡、青天五浪、黄龙六瀑、秋水七绝、平泽八吞、长河九曲、十方永济、百川归海、千帆共济、万里奔流。起初一道清溪流转，之后千难万险、开辟天地、溯洄从之、道阻且长，再之后出昆仑，历峡谷、过大漠、起河套、成平原、泽生民、生万物、轰隆气象、咆哮雷霆，再之后，千载血脉、魂魄相依、驱山赶海、吞吐天地。到百川来奔、千帆共济之际，已经是极宏大、极庄严的气象。眼见"千帆共济"已是力竭、招尽、天崩地裂，可还有最后一重"万里奔流"，返璞归真、故人明月，依旧海波平。

比画到最后一式的时候，云小鲨手顿在半空。树枝烧尽了，力道正好，寸烬成灰。

不见此一式，不知汪振衣为何买舟渡海，出山来见众生、见天地，也不知他凭什么靠"万里奔流"四个字留下江湖盛名。

苏旷拍膝叫一声好："好一个万里奔流处，依旧海波平！霍教主、汪伯父双双归去，其余且不论，武林气脉真为之断绝二十年。"

"想学吗？"云小鲨嘻嘻一笑，眼波流转，火光映在瞳孔里，像有一支小小蜡烛在琉璃屏风后面灼灼燃烧，"想学就开口呀，不是我吓唬你，这个绝学嘛，昆仑都失传几代了，是我爹凭自身修为悟出来的。不仅从不外传，而且根本不许外人看，看了就要挖……"

她话还没说完，正当此时，海风渐缓，天地寂静，那个夹杂在秋千当当声里的清脆金铁声又一次响了起来。这一次，那个声音清清楚楚、明明白白，分外刺耳，苏旷听得后背上寒毛直竖——他就算是死一万次，也忘不了那个声音。

那是铜铃声，亘古悠长、清甜诡异，像是小女孩在深巷里轻轻摇着，应和着夜风里一首招魂的巫歌。

苏旷招招手，金壳线虫滑到手心。他不是吃一堑不长一智的人，只是实在没有提防过这里。这儿是小鲨的家，她的童年秘境，外人不应该知道这里。

与此同时，云小鲨听见的是另一种声音，一种令人毛骨悚然的咀嚼声。她扔了木柴，站起身，从布袋里取出个包裹，抖开，那是她的成名兵刃，鲨齿链和海牙枪。她声音里重又透出冷峻，向远处扔猪的草丛沉声问："什么人！"

第二十三章　藏山一玉

天涯海角，夜风梳草，月出时分。火堆上的火苗被风扯着，像有一只看不见的鬼手，要把一切光明的力强行掳去另一个世界。

云小鲨从火堆里抽出根烧得半透的木柴，微微皱着眉头，小心翼翼，步步为营，向声音的来源地走。

山猪被扔在一片荒草丛里。荒草丛并不高，被压得东倒西伏。淡淡的月光下，那个"东西"显出轮廓来。一个弓着背的"人"，半个头都埋在山猪的腹腔里，在用一种半兽半鬼的姿势撕咬着猪尸，它的力道很大，隔很远就能听见血肉和内脏撕裂的声音。这个"人"，准确地说，只是一具人形的东西——上半身湿漉漉的，带着黄褐色、气味刺鼻的药水，好像刚刚死去没多久，皮肤甚至还保留着弹性；下半身却已经开始腐烂了，裤子在泥土里埋了很久，变成了破碎布条，贴在腐肉上，鞋子里的双脚几乎可见枯骨。

云小鲨微微抽了口冷气，也不回头，告诫苏旷："你先别过来了，好像不是个活人……"

她很好奇，不太确定这个东西有多少攻击力，试探着，不轻不重地踢出一颗小石子，正中那个东西的眉心。

那个东西抬起头。它一双眼珠子已经沤黄腐烂，但身体里似乎还有个恶鬼在操控着，寻觅着声音的来源。它脸上淋淋漓漓全是猪血，看起来五官狰狞而且鲜活，上半身湿淋淋的，十根手指头青郁郁的，右手大拇指根上，有个黑铁戒指。月光和火光都不够明亮，看不清戒指是什么样的。刺鼻的血腥味、尸体的腐臭味，和古怪的药水气味混合在一起，让人有种说不出的恶心感，刚吃下去的肉串都想吐出来。

云小鲨踢出了第二颗石子，这一回，力道就迅疾多了。石子带风，嗖的一响，箭镞一般没入那个东西的咽喉。

咽喉是绝对的要害。那颗石子的力道和速度都足够，几乎打断了它的颈骨。但是，好像没什么用处，那个东西的脖颈都歪向半边了，但还在向前爬。

它好像对活生生的动物更敏感，眼前的云小鲨就是新的猎物。它喉咙里发出一阵咯咯怪响，十根手指从猪尸上拔出来，抓着地，用马马虎虎已经算作很快的速度向前爬。它不会避让障碍，大半具猪尸就在身体下面辗转过去了，径直地向着云小鲨而来。

"奇怪……"云小鲨嘀咕一声，她和那个东西已经很近了，十分想要弄清楚那个东西是活着的还是死了的，能不能站起来，命门到底在哪里，也是仗着艺高人胆大，稍微弯腰，用手上的火把去撩逗那玩意儿。

"小鲨！当心！"

苏旷人没到，小金已经闪电一样地蹿过来。那个东西几乎是同一时刻，从地上直直地向上扑起来，张开血盆大口，向云小鲨迎面咬过来。

它可以扑起来，但无法像一个人一样站立，脚踝的枯骨已经无法承担整个身体的重量，一旦失去平衡，就会重新跌倒。云小鲨一直在仔细地看，直到此时才猛退步，海牙枪扬手就要打出。

一道金光闪过，小金已经径直地从它的嘴里没入。那个东西在半空中顿了顿，在一个电光石火的刹那，猛地昂起头，脑子和颈椎抽动了一下，似乎有一颗深深的铁钉在后脑勺里拧着钻着，之后摔到地上，变成一具真正的尸体。

小金在它的脑子里停顿了片刻，然后打了个转，从眼眶里出来了，意犹未尽，蹦蹦跳跳——小家伙只有吃到最喜欢的东西，才会是这么高兴的样子。

苏旷走到云小鲨身边，两个人对望了一眼。

"千尸伏魔阵？"两个人互相这么问，从对方那里验证着自己的判断。两个人又差不多同时点了点头。

那么，这就是个埋伏了。既然是千尸伏魔阵，既然是用来对付云小鲨的，那么根本连想都不要多想，这附近一定还有许多这个东西的好兄弟。至于到底有多少，那就得等它们都出来再说。

这会儿，月亮初升，天地之间还是黑的，草丛树林里塞塞窣窣，根本就不敢靠近。云小鲨没有主动提到谁还知道这里、消息是怎么泄露的，苏旷也就没有问。他们所处的位置,正在群山环抱之中,大概相当于一个口袋的最底部。云小鲨要是单枪匹马一个人在这儿,倒也未必困得住她,但多一个苏旷……

云小鲨四下望着:"你怎么看?咱们要趁着这会儿往外冲吗?"

"不合适。"苏旷向进来的那条路努努嘴,"小鲨,咱们进来,就一条窄路、一座小木桥,我过桥的时候,是感觉到有机关扳动了的,当时没留神,也忘了跟你说。这会儿往外冲,入口那里一定已经被封死了。这些东西,跟活人不一样,九成九身上有毒,就算咬不着你,碰着你也很要命;就算是碰不着你,碰着我也很要命。我的意思,你尽量不要浪费体力,我们找个高一点的地方躲着,待会儿咱们等月亮升起来了看看状况,能走,就从悬崖上去,不能走,等太阳出来了再说。"

悬崖对普通人来说是条绝路,对云小鲨来说,倒是最平稳的路。

她点点头,可眉头依旧紧锁:"可我怎么带你上去啊……"

苏旷呵呵一声笑,撇撇嘴:"我可不管,这是你家,你带我来的,你自己想办法,你敢把我扔这儿不管,你就是陈世美。"

他并不算很害怕,云小鲨也扑哧笑出声。

"那就趁着还有一点时间,研究研究这个东西。"云小鲨半跪下来,一边用火把去照地上的尸首,一边折了根树枝,挑起那具尸体的裤脚,"你瞧它鞋子里有许多泥,说不定之前是被埋在土里的……我们要是能看出它的身份来就好了……它年纪应该不大不小吧,这个料子不穷不富……我就只能看出这么多了。喂,捕快大爷,别傻站着呀,你见多识广,有没有什么慧眼独具的看法?"

"捕快大爷"蹲不下来,歪歪斜斜,扶着云小鲨的胳膊,半坐在地上,接过树枝:"小鲨,来,教你一点神捕营的仵作功课。这个课啊,从来不外传,顶多跟我们刑部的兄弟衙门交流交流,大理寺的,我们根本不告诉他,真要学,一个时辰得二十两银子……"

云小鲨帮他打着火把:"愿闻其详?"

苏旷轻轻地沿着尸首的衣服外面,挑起一层薄膜,半透明的薄膜上,还沾了一层黄褐色的药水:"喏,就是这个药水,让这种尸体儿个月不腐烂。药是什么药,这我可不知道,但你看这个膜,很薄,就是一层肠衣加一层胶,一钩就破,这个的外面一定还有一层茧,而且,一定不能埋在土里。泥土这个东西,自身是有重量的,碰上风风雨雨,牵一发动全身。我要是没猜错,埋伏在这儿设计你的那个人,对你很是熟悉,对这个地方,也做了不少功课。这个东西,应该是挂在避风的树上和悬崖的石洞里的。而且，你发现了没有，就在不久前，这附近海面上有大台风，大台风必然有大暴雨，外头树吹倒了许多，它应该是自己给不小心落下来了，又被虫子咬穿了药膜。所以呢，才烂一半，好一半，提前给孵了出来，给我们提了个醒。"

"有道理。"云小鲨抬眼四望，这附近树木极多，密密麻麻，高的矮的、弯的直的都有，真要藏些尸体，真是轻而易举。她指了指山壁："这附近海面台风很多，但我家这个山谷，四面都是山，是个避风谷，除非那种巨大的雷霆风暴，很少会把里面的树刮折掉。"

"至于这个人的身份嘛……"苏旷指了指那具尸骸的手指，"小鲨，你把他戒指弄下来，小心一点，别沾着手……好，翻个面给我看。"

那是一枚很普通的黑铁戒指，没有任何可以辨别身份的花纹。但戒指的指腹位置，有一个非常细小的孔洞，看起来，可以用来穿一根头发丝一样的细线。

云小鲨看他的脸："有结论了？"

苏旷点点头："涂山禹门的傀儡世家……"

云小鲨根本就闻所未闻："那是什么？"

"一个很多年前以机关术著称的江湖家族，喜欢操控木傀儡跟人动手。"

"我也不算孤陋寡闻，可好像一点儿都没听说过。"

"你没有听说过也很正常，我也是认识了南枝，才有所耳闻的。这个家族，已经五十年左右没什么动静了，严格一点说，他们已经被……被江湖同道大浪淘沙了。南枝曾经说过，这个家族有非常古老的传统，那个传统，反正往少了说得有一千年吧，前八百年里头，就那么兢兢业业地慢慢发展，到一百五十年前，他们突飞猛进，变成了当时的机关术第一家，可谓横空出世。那时候，他们家有许多压箱底的宝贝，尤其是用来控制傀儡的天音鲛丝，既轻且韧，其滑如弦，其利如铁，多少同行想要一睹真面目而不可得。可那厉害一代再厉害，也很快就老了，到了厉害二代，二代眼高于顶，自诩天下第一，总怕人偷师绝技，多少年来自外于江湖同道，闭目塞听，宝贝压箱底藏着，从来不肯跟同行切磋交流。就这样，到了第三代，子孙虽然也勤勉，但外面的机关术已经日新月异，差距渐大而不自知。可越是这样，他们的后人越爱把先祖当回事，在自己家里弄了许多碑啊匾啊，厚厚一本家规，别的宝贝都放坏了，就剩下天音鲛丝。总之，天音鲛丝是女人孩子不许碰，两姓旁人不许碰，德行有亏不许碰，伤风败俗不许碰，全家能碰的就没

303

几个,别说学了。后代子孙就吃那些祖产,主要任务就是纪念列祖列宗,也得亏江湖太平,又熬了一代。终于有一次,他们当家人和沽义山庄前任庄主交手,一败涂地,输到丢人现眼的地步,从此江湖除名,就不算是机关术的家族了。再后面,这个家族不知怎的直接就销声匿迹了。"

云小鲨明白了:"你说的南枝,就是沽义山庄的沈二姑娘?"

"那是当然。"

"听你的话风,她和你交情好得很咯?"

"岂止是好得很?小鲨,哪天我带你去见见南枝,你就明白了,她真是一代传奇人物,你俩见上一面,一定会惺惺相惜的。"

云小鲨看着苏旷,见他提起沈南枝来,真是毫无避嫌的念头,光明磊落地眉飞色舞,她眼睛左一瞥右一转,此时情势紧急,一时不好拿捏,就点了点头:"想必吧!"

"我们进来时候,碰到的机关,应该就是天音鲛丝了,我听南枝说过,那个丝倒真是宝贝,无形无影,只有铮的一声。"

几乎是在应验着苏旷的话。他话音未落,头顶上铮的一响,左手边一棵大树上,连枝叶带泥土,轰轰隆隆,落下一个"人"来。那也是一具尸首,刚刚破茧而出,浑身都是水淋淋的,它的身上应该有根细线,连着大树高枝,只要一动,一个铃铛就在丁零零地不停摇晃。

这具尸首,眉目清楚,衣衫端正,远非刚才那个可比。这是一个中年人,看得出生前很有权势,手上的皮肤甚至被保养得还算鲜嫩,十个手指头上全戴着那种黑铁戒指。它脖子后面那个巨大的红痂在溃烂。那些小小的比眼睫毛还要细微的蛊虫在它的脸皮下攀着,咬断了它面部的一些肌肉,让它看起来整个下巴都在向下脱垂,脸庞上有一种嘲笑而悲伤的表情。那是涂山禹门的掌门人。江湖之中,一个流传千年的门派全军覆没。

小金不等吩咐,一闪而过。它已经预感到今晚有盛宴了。

这已经是第二个铃铛了,叮叮当当。两个铃铛一起响,可真是非同小可。

四野望去,草丛在动,树丛在动,整片土地都在动。尸茧孵化的过程在加快,四面八方跟十八层地狱下饺子似的,到处都是这种铮铮铮、扑通扑通、弦断掉、尸体落下的声音。

这些新生的刚从茧里孵化出来的蛊尸，在被一种天然的感应召唤着。它们有一些能走，有一些摔下来的时候坏了腿脚，只能爬了，但爬得也很快。它们大多数集中在口袋的入口部分，向有人的地方靠近。

"退！退！"数量越来越多，云小鲨有些惊慌了，她连忙扶着苏旷，到火堆边抄起行李，四下观望着可以暂时安身的所在——大树他们是不敢上的，那么就只剩下那个还算高的石头屋顶了。

比他们两个人更惊慌的，是那群已经吃了晚饭、准备休息的猪群。猪群嗷嗷叫着，它们也不知道那些东西是什么，只是被本能畏惧驱赶着，跟两个看起来像是领袖的人在一起。两个人和一群猪，不约而同地沿着那条回家的小路，退到了那片断壁残垣的篱笆之中。

尸茧看起来落尽了。但不知何时起，已经有四个铃铛，在四面八方，同时摇晃着，和着大树上秋千铁链的当当作响，如送葬的幽冥行伍，如丧钟敲响。

荒野上，洪水一样的脊背，慢慢聚拢。一时之间，很难用肉眼估算出来人数。看生前的衣着，它们之中的绝大部分都是武林中人。它们好像并不惧怕什么——有土坡，翻过去，有沟壑，爬过去。唯一有些恐惧的，就是火堆，但也并不十分恐惧，依次蹭过火堆的蛊尸，每一只身上都沾了一点小火苗，它们衣衫湿漉漉的，绝大多数烧不着，烧着的也烧不太旺，在僵尸堆里，爬出一道带着点点鬼火的蜿蜒队伍。很快，火堆被蹭灭了。黑暗的旷野，让人更加恐惧。

在这附近，除了石屋，没有可以立足的地方。石屋很高，高到马马虎虎可以算作两层。云小鲨小心起见，先踹开门进去看了看，空空荡荡的，什么都没有。之后她也很谨慎，用鲨齿链卷起一头小猪，扔到房顶上，观察片刻，看起来是没什么毒，才抱着苏旷上去。

石屋顶上也坍塌了一遍，那上面架着一道一道的石梁，石梁上原本是防水的油毡、木头椽子和稻草，如今，油毡和稻草差不多都腐坏了，木头也烂了大半。云小鲨上去之后，用鲨齿链继续卷起小猪，向石屋边的大树上甩。小猪哼了一声，之后惨叫，再之后翻滚片刻就没了声音。

"树上有毒。"云小鲨简单粗暴地判断。她又到处看看，大树虽然靠着石屋，但之间还有大半丈的距离，就算树上有点什么不该有的东西，也很难跨过这个距离过来。头顶上是稀稀落落的树冠，看得见碧蓝天空，也不见有什么尸茧之类的存在。"这里安全。"云小鲨手一挥。

苏旷其实有点不同意见，他觉得就今夜的状况，哪里都不算很安全，必然还有别的状况。不过，反正他也挺赞同云小鲨的部署，准备先在这里歇息片刻。

可云小鲨并不愿意休息，她火急火燎地从行李里找出件厚衣服穿上，又找了条薄毯子撕开，裹起腿和鞋子。这架势看得苏旷一愣，显然，这姑娘没尽兴，准备直接往僵尸群里杀。

云小鲨动作很快，又摸出两只黄铜护臂戴在小臂上。又拿起碧海洗银沙，在手里掂一掂分量，放下。海牙枪在左手，对准护臂机关，卡死；鲨齿链在右手，她微微一皱眉，又撕下条裙摆，准备把鲨齿链的握柄和右手缠在一起。

苏旷吓一跳："小鲨……你什么想法？"

云小鲨指了指夜幕苍穹下两只鹰嘴岩石的位置："我得趁着刚刚吃饱，还有体力，去拿藏山一玉，我是为了这个回来的。你在这儿等我，等月亮一出来，我们就出去。"

苏旷一听就明白了。僵尸群很快就会过来，之后，猪群会被吃得一干二净；他们在这里没有别的食物，久留无益，最好是趁早杀出去。如果决议如此，现在去拿藏山一玉，是最好的时机。云小鲨是个很果断的人，收拾稳妥了，她就要往下跳。

"等等，小鲨，没打过群架是吗？"苏旷拉过她的手，重新缠了一次布条，"你把小金带上，这些被子、油灯也带上，听我说，上去容易下来难。"

下来的时候，无论如何都要往尸群里跳，小金并不足够驱赶开一个"人"的安全距离，那是最凶险的一刻。

"我带小金，你怎么办？"

"我有什么可怎么办的？在这儿等你啊，你速战速决……你要是受了伤，我才完蛋呢。"

这也确实是最快的办法，云小鲨迅速点了点头："好，我很快回来。"

"上去了报个平安。我们口哨联系吧，长口哨就是安全，连着几个短的，就是危险。"

看起来，自己的心上人是个临危不惧、有勇有谋的家伙，云小鲨很高兴。她刚要跳下去，又按着墙上来，轻轻在苏旷脸颊上啄了一下："这种情况真是抱歉，我也没想到。出去之后，有些事……我再解释给你听。"

第一具尸体的提前孵化，是个很幸运的情况。至少到目前为止，局面还在他们掌握之中。

苏旷坐在屋顶上，裹了条很软很昂贵的波斯毛毯，看云小鲨一路狂奔。在他的手边，还有小竹篓，里面有油纸包着的三个肉串、半竹筒山泉水和一把锈迹斑斑的魔刀。

野月无垠。他视野开阔，眼前是很空旷的一片原野，尸群不足以封死所有的路。云小鲨在僵尸群里狂奔。她跑得很聪明，即使是在占据绝对上风的情况下，也很少出手干掉僵尸，那很危险。如果一下子干不掉，兵器嵌在骨头里，很可能会引起大麻烦。她也很少让自己停下来，僵尸是会追逐活着的动物的，她在跑，而且在边跑边变向，本身就会给尸群带来混乱。小金足够帮她开出一面的路，在绝对的速度和智慧下，这已经够了。

苏旷甚至还有闲情雅致，探究一番云小鲨的武道渊源。她的身法极其敏捷，跑动的速度和跳跃的幅度都比绝大多数人高了许多，人在荒野里跑，却好像是在水里和风里穿梭。她没有学过昆仑的剑法，却把《黄河古剑诀》的心法融入了身法之中，那种一溪奔流冲关过谷的身法，和船帆上练出来的诡异莫测、灵巧万变正好融为一体，极大地弥补了先天臂力上的不足。海牙枪如短电，鲨齿链如长鞭，刺的刺，荡的荡，一路奇绝，冲突起似烈马横戈，转圜处是灵蛇吐芯，铁划银钩里，又有着出自名门的外圆内方。除了软兵器不能尽显《黄河古剑诀》最根基一层的千里浑厚、大开大阖之外，云小鲨施展起来，其实也没有多少破绽。

苏旷远远目送，直到云小鲨身形陷入黑暗之中。他轻轻叹口气，他已经有很久都没有再体会过武学本身带给他的快乐了。算起来，守默谷之中，进剑冢、得窥天道，目睹至美之境，迄今为止也还不到一年。而这一年，漫长得似乎隔了一辈子。

在此之前，他曾经走遍大江南北，就是为了拜会真正的高手，讨教真正的武道。但说实在的，那段岁月所获不多。可在这一年里，他见齐了之前做梦也没有想过的对手和朋友——他见过剑菩提的天道，圆融完美，无憾无缺；见过霍瀛洲的魔道，地狱歧途，下临九渊；见过上官乾的霸道，洪水猛兽，天绝地裂；见过丁桀的极道，大道至简，钟灵造化；见过云小鲨的海道，缥缈纵横，孤云往来；今天，又加上了汪振衣的正道，雄浑古朴，汪洋磊落。他都见过了，之后呢？他是可以和什么人切磋呢，还是可以和什么人交手呢？

307

他身边就是碧海洗银沙。很多年前在神捕营，他自以为见多识广，阅历颇丰，做过扶危济困的事，做过刀头舔血的事，鬼门关闯过，千山万水行过。得意之余，曾经在人前夸口，释迦尊者城门开悟，好像也不过如此而已嘛，生老病死，何足为怪？难道有谁没见过吗？当时，铁敖离他很远，特地慢慢走过来，沉下脸来呵斥他：你见过什么生老病死！他低头，不敢言语，但也不算服气。今天，忽然就明白了。那不是刀吗？这不是我吗？中间隔了什么，让我拔不出刀来了？无非生老病死。

"呵，"苏旷举起半筒山泉水，对着月亮举了举，也不知是对着影子说，还是对着什么人说，"有杯酒就好了。"

尸群在石屋附近集结了，乌背蝙蝠一样的汪洋大海。它们并不会攀越什么，一只被篱笆挡住了，接着是第二只、第三只……慢慢成群，篱笆被整个压倒。

它们有些从门口绕进来，有些从另一侧。一只猪被扑倒了，接着是大多数猪。那些猪被一拥而上，生吞活剥。没有痛快死法，到处都是嗷嗷惨叫。这种血腥气，让四周立刻变成了一个杀戮现场。

云小鲨没有吹口哨。那段峭壁，用布裹着手爬上去，且得一段工夫呢。

当当当，大树上系着秋千的铁链一直在响。秋千的铁链其实已经响了很久了，听多了，苏旷似乎也并不十分在意。可是不知不觉间，铁链的当当声里，还夹杂了一些，好像是铁链扯在树皮上发出的尖锐摩擦声。

苏旷侧了侧头去看那根铁链——是的，秋千的一角，铁索在慢慢向上拉，好像有什么很大力气的东西在拖着铁索爬。

苏旷的目光，顺着铁链找，一抬头，在他头顶的树冠里，一根半粗不细的小枝丫上有一只白衣僵尸，正在慢慢地向他的头顶爬。苏旷极其吃惊，那是一个很"聪明"的家伙，它会在树干中间找路，远非地上那些蠕动的东西可比。他在此之前，从来没有听说过还有这么聪明的"僵尸"，在他的理解里，这么聪明了，就不会是僵尸。

它已经差不多到了苏旷头顶上了，之后伸手，向下一扑。它在借着自己的重力扯动铁索，秋千一下被拽上去好几尺，哐哐啷啷的。苏旷头顶上，树皮、枝叶、泥屑全在往下掉，混在中间的还有一滴它身上的黄褐色浆液。

苏旷倒吸口冷气，慢慢站起来。他其实站不太稳，腿哆哆嗦嗦的，踩着石梁向后退。

那个小白僵尸锲而不舍，蜷起身子，再猛伸直，借着这个力道，带着铁链向下。

它比起很多手脚笨得要命的人，灵活多了。它的力道也比普通僵尸大得多，像一只大号的虫子，或者像一条蛇，在用很可怕的本能发力。这个"人"，生前应该是一位真正的高手。它衣服很白，是那种丧袍一样的雪袍子，衣摆倒掀，露出双腿，腿上圈着很多银环，看得出环上有钉子，双脚被铁链锁在一起，头发倒垂在脸前，又黑又浓又密，看起来也是很年轻的人。

苏旷已经转到一个拐角了，他准备转到小白的对角去——那儿和大树之间，隔了许多中空的房梁，笨一点的人都会踩空落下去，这毕竟是个尸首，不见得聪明到那种地步。但他自己也很害怕，他到此地来，某种意义上是见岳父母的，对在滑溜溜的全是灰土的石梁上倒退着走、防备僵尸毫无准备。

小白真是天生神力，三挣五挣，已经哐啷一声把整个秋千都拉过树上。这下可好，不知触发了什么机关，大树上不知挂在哪儿的一个祖宗级别的大铃铛，当当当地狂响起来。僵尸们连猪都不吃了，全凑过来，抬头听指示。

云小鲨总算是到顶了，打了个长长的呼哨，报了个平安。苏旷犹豫片刻，也报了个平安。这短暂的平安问答，让尸群们都慢慢转头，向苏旷看。

苏旷脚底下，为数不多的还活着的几头猪，不知什么时候蹿出来了，爬到后窗瓦罐堆上，玩命往高处跳。这猪的力气也不小，墙撞得一震一震的，脚底下碎石子直往下掉。猪一跳，苏旷的心跟着怦怦跳，他已经把他的腰发挥到极致了。

苏旷走到最外面的一个拐角，那儿平放着块青石板，或许可以坐一坐。即使紧张到了这个地步，苏旷也还记得拿着他的小竹篓。他刚刚往后退了一步，试图踩到石板上探探虚实，不知从哪儿冒出来的一只乌青的手，猛抓住他的脚，直接往下拖。

这真是非同小可的一个惊吓。苏旷狂吼一声，再也不管他的腰了，爱疼不疼，爱断不断。他右臂抱着墙头，玩命往下蹬腿，百忙之中，他往下瞟了一眼，屋子的这半边有个小木头阁楼，很暗，似乎放了些箱子、摇篮、木马之类小孩子的玩具，这个"哥们大白"——它倒是和小白一个装束——就是从装布偶和小褓裸的箱子里爬出来的。这个埋伏太恶毒了，云小鲨回来的话，一定会在这儿过夜，也一定会去看看童年的这些回忆。

这阁楼很高，站在阁楼上，已经很容易就能够到墙头。苏旷一条腿被拽下去，那哥们已经可以咬到他屁股了。他惨叫一声，抱着墙头，依靠着从小到大翻墙翻了上万次的本能，另一只脚猛踹向那具尸首的血盆大口。他甚至能够感觉到，森森牙意，沿着靴子底贴着脚跟划过去。那只靴子被拽脱了，他连滚带翻，荡上墙头。一串动作一气呵成，苏旷也不扶腰，也不哼哼唧唧了，趴在石梁上好一通喘气。

但他能喘息的机会并不多，大白小白左右夹击，大白扔了靴子，一边蹦，一边往上伸着手，试图抓到他；小白拖着秋千，沿着墙边，也过来了。

苏旷光着一只脚，无路可走，退到那片石板上。可石板并不牢靠，咣咣直晃。而且更可怕的是，在这个犄角，外头的那群僵尸已经堆成了尸堆，最上面的那个也伸手抓住了石板，差点直接把石板掀翻了，左右都一阵歪斜。他几乎是连跪带爬，抱着竹篓子，好不容易才平衡下来。

苏旷心惊胆战，看着渐成合围之势，不管三七二十一，赶紧招呼小鲨、小金。但前后左右全是牙，嘴唇一阵哆嗦，口哨直接吹破音，只好扯着嗓子大声叫："小鲨救命啊——"

小白已经离他很近了，快要也爬上那块青石板了。它慢慢地抬起头，是个二十岁上下的年轻人，但那是一张惨青色的脸，还有枯黄的带着血丝的眼睛，牙齿也碎了好几个，看起来死前曾经遭受过酷刑。它白衣之下的胸口钉着鬼头骷髅钉，加大肌肉力量的药物和蛊虫钻进所有最重要的关节，红线蛊虫沿着所有已经变黑的血管爬，挑着脖颈上、手上、嘴上的皮肤。

苏旷怔在那里，只觉得浑身的血往头上涌，满眼的泪往嘴里流。他认识这个"人"。当然，他也就认识了屋子里的那个"哥们"。他们确实很年轻，上次见面的时候，还是少年。他们和他并肩作战，嘻嘻哈哈过，一路杀去过昆仑雪山之巅。他们当时武功就很好，如今，该是高手了。

那是冰雪四子里的天怒和天荡，喊过他大哥的人。银沙教不仅剿灭了涂山禹门，也扫荡了教中的叛徒。

苏旷咬紧牙关，摇摇晃晃站起来，毫不犹豫地抽出那柄碧海洗银沙，一个字一个字地说："我操你大爷。"

他不该害怕尸体和死亡的。大别山中，亲手抱出那具尸骸之后，他就不该再惧怕了。掌心的纹路和刀柄的花纹，扣在一处，虎符相合。

"来。"他喊面前的小兄弟，"来，我给你个了断。"

天怒在向他爬。他刀尖向下，那是霍瀛洲十三式的第七式，也是用力最少、最轻巧的一招——临渊断桥，那也是霍瀛洲生前很喜欢的一招。这动作极凝重，又极轻盈，像一个魔君，驾着青烟从深渊里升上来。

天怒要冲过来了，它在蓄力，准备腾跃起来向前猛扑。它依旧有一个高手的直觉。

苏旷微微挑起刀尖。圆月已经升起了，他的影子拉得很长。

对银沙教众来说，这动作似曾相识，以至于僵尸群里，有一些嘀嘀怪叫的蛊尸，在一个刹那间暂停了撕咬。

云小鲨的口哨声也变得尖厉，她听不见回应，开始慌了。

很重的刀。这把刀足足有十九斤重，在江湖上，除了用鬼头刀、斩马刀的几位奇人之外，很少会有人愿意带这么沉的单刀。霍瀛洲的碧海洗银沙，极其骄傲，也极其尊贵，出手向来不超过十三招。

这柄刀……苏旷龇了龇牙，就目前而言，拿是拿得动的。但挥舞格挡，就未免有点费劲了。他只能给自己一招的机会。

他看了看天怒的眼睛，那是泓黄腐烂的眼眶，已经没有眼珠子了；又看了看天怒的脚，因为看不见，每一步都在抠抠搜搜地向前走。

他不知道天怒是靠什么发现他的，但无论如何，在这种情况下，一具僵尸很难保住平衡。

苏旷往后退，引着天怒走上了青石板。云小鲨的呼啸声，慢慢地在耳边消失了。他唯一听见的，是自己的呼吸声从短促变得平稳，身体在用最快的速度找回本能。猎杀者的本能。

苏旷轻轻抖着脚，快速的热度和有节奏的亢奋在肌肉之间传递，他的脚、腿、手臂、身躯……每一个部位都在鼓励着腰。他的身体像一只垂垂老矣又满载荣誉的队伍，队伍中的大家伙一起对着那个最伤痕累累也最为满载荣光的家伙说：看你了！

天怒冲过来了。它果然踩到了青石板的左侧，苏旷没穿靴子的右脚毫不犹豫地迈到了青石板的右侧，左脚居中，轻轻晃，试探地控制着石板的平衡。石板在脚下，被两个人的体重左右摇晃，像怒海上的孤舟，像大风里的翅膀。

苏旷向天怒挪进了一点。石板倾斜的角度，给了他身体一个小小的拉力。这拉力是个启动速度，他的左腿腾空，整个身体的重量都在青石板上。他拧腰。一年没有动用过的腰椎，像根生锈了的轴承，嘎嘎吱吱地转了大半圈。他转到了一个武者应该有的程度，第一次毫不在乎腰的感受，身体鞭子似的由腿到臂，反手刀斜挑了出去。

他只用了半招临渊断桥，后面的半招，自然而然地转成了九耀刀的第一式：万生不息。这个变招很妙，两个很轻巧的招数，和一柄很重的武器，形成了天作之合。

毕竟是"三分已足凌天下"，碧海洗银沙的刀头，折断了面前的喉骨，天怒的身体从石墙上倒翻着摔了下去。

但它临摔下去之前，死死抓住了面前的刀身。苏旷一惊，这要被它带下去还了得？他松手，扔刀，后退了半步，踩在石梁上。只是，青石板被这么一通摇晃，彻底失位。砰的一声，一头倾滑下去，栽在阁楼上。

这下就很麻烦了，阁楼里还有一位呢。青石板的坡度刚刚好，是天然的滑梯。

苏旷刀已经不在手了。他也来不及管刀在哪儿，小金在哪儿，小鲨在哪儿。他的腰痛得要命，但是那种肌肉撕裂的疼，不是骨头折断的疼。只要骨头没事，他就有胆子。

他眼睛不离天荡，眼看就要上来了，他牙一咬心一横，把三层衣服全脱了下来挥舞着罩上去，连头带胳膊蒙住天荡的脑袋，右臂死死抱着它，半残的左臂把那个又撕又咬的脑袋抱在怀里，玩命勒它的脖子。天荡在衣服里咆哮，牙齿隔着冬衣，在苏旷胸膛上撕咬。很显然，苏旷控制不住它，就干脆就地一滚，两个人一起顺着阁楼的木梯向下滑。

他这两年是真不行了，勒得自己头晕眼花，天荡张牙舞爪满是力气。眼看实在抱不住，苏旷一脚踹在阁楼的木梯子上，木梯子咯吱倒下来，他用脊背卡在木梯子和地板的犄角之间，半骑在那堆衣服上，死命抱着那团乱动乱咬的头。

他太想吹声口哨了，但实在吹不出来，只好喉咙里嘶哑着喊："小鲨，小鲨，小鲨……"

云小鲨在外头四处找。但她找错了地方，或者是小金找错了地方，她俩都艺高胆大，净往尸群里钻，一去，轰轰隆隆一大片。估计是发现了那把刀，以为苏旷已经死了，口哨声越来越急了。

苏旷试着应和一下，但已经完全吹不出声。

那边，云小鲨再也忍不下去，发出一声短促又绝望的叫声。但又终于回过神，跳上墙头，四处查看。终于发现了苏旷。

云小鲨来去自如、全身而退。她手里握着一柄很美的阔剑，白铜剑柄，如意穗子，提来一抖腕，金声玉振，再抬起来看，剑身隐隐青玉色，汪着一泓秋水似的，似有神光流转、锋芒如冰，似见雪山之巅，离剑尖三寸处，有一道齐齐的裂痕。

小金跟着过来了，苏旷怀里的人头也终于老实了。

苏旷掀开衣服，看了看那张脸，那张熟悉的、年轻的、曾经满怀希望的脸。他喘口气，想把身上的梯子搬开，但手臂软绵绵的，使不出什么力气。

云小鲨把他从那个犄角旮旯掏了出来。她四下看了看，到处都是她儿时的旧物，布偶、小衣服、摇篮、木马……那些是小时候母亲舍不得扔的，而她成年之后有时候会回来寻找的旧时踪影。唯一一样新的，就是眼前这个狼狈不堪、光着脊梁露着半拉屁股的男人。

"月亮出来了。"云小鲨试着架起他胳膊，想了想，又干脆背起他，"我们走！"

此时，正是逃离的好时辰。尸群差不多全部围在石屋附近，有些还在吸吮猪尸的残渣，有些就围着那个硕大的铃铛转圈。月光之下，有大片的旷野。只要跑过那座桥，就可以高枕无忧。

一些灵敏的东西追过来了，但不碍事，云小鲨即使背着一个人，她的速度也足够快。他们一起，已经跑过那片"小师妹林"，跑过那座"小鲨桥"，跑过山林，也跑过沙滩。面前，沧海月明，蔚蓝色的大海下夜汐涌起，海潮已经涨到了礁石下，独木舟一头高高翘起，随浪沉浮，像那柄不可一世的刀。身后，那些灰色的背脊在沙滩上爬出一道又一道长长的轨迹。

"走！"云小鲨急匆匆扶他上船，解开缆绳，用力推舟下海。

"它们会追到海里吗？"

"或许会吧，那就喂鲨鱼好了，鲨鱼又不怕蛊虫。"云小鲨颇有几分自信，船已经下水了，她跳上船。这儿是她的天下了。

"坐稳！有什么事待会儿再说！"云小鲨告诫苏旷，"船要进大漩涡了，你稳住啊，不行就躺着，或者抱着我。"

苏旷就老老实实躺着，他看着银月之下的大海和一片浩瀚温柔的天空，想了想，还是翻身坐起来，抱着云小鲨的肩膀："小鲨，我有个事告诉你。"

船头在转，独木舟像跳龙门的鲤鱼，划出一条优美的弧线，向着轰鸣的深蓝漩涡而去。云小鲨听不清，大声问："什么？"

"我说……关于刀和武功，我想从头开始。"

313

第二十四章　太平客栈

苏、云二人，从那片大漩涡中逃生之后，都是筋疲力尽，衣衫湿透。独木舟中除了一箱子珠宝和四把兵刃，空空如也。挨过大半夜，东方天色破晓，海上升起一轮红日，滟滟波光，白浪浮沉。

趁着白天有太阳，不算很冷，云小鲨勉强掌舵，辨别方向，顺海流向南。苏旷实在是脱力，帮不上忙，就躺在船舱里，偶尔竖一竖大拇指。

苍天作美，顺风顺水，漂流数十里之后，天色又渐晚，急需找个休息的地方。云小鲨一路找地方停船靠岸，但放眼望去，海滩上全是沙石，一片荒凉，直到红日西斜，才看见一处海边礁石旁，有个弃置不用的茅屋，屋前柴架子上挂着渔网。两个人弃舟登岸，进屋搜寻——茅屋四下漏风，里面无粮无水，连个灶台也没有，破木床上一层脏烂被褥，门后有套渔翁的蓑衣，除此无他，仅仅可以遮风蔽雨而已。

此时连云小鲨也累得抬不起手来，两个人身上没有火石，附近也没有什么干燥木柴稻草生不起火。至此，已经一天一夜没有淡水，他们都渴得厉害，唇焦口燥，就那么依偎着凑合了一宿，都没有再说什么话。

这一夜睡得实在不舒服。夜半，苏旷被那破床板硌得腰疼，微微一寐便醒来。斯时中夜，风清月明，耳边海潮澎湃，从茅屋柴门破缝看出去，满月洒下一片如霜光华，海水漱着银沙，吞吞吐吐，把白色的泡沫往岸上推。他渴得厉害，浑身都疼，又贪那月色，心痒想出去走走，转眼看云小鲨，小鲨不知何时转了个身，依偎在他肩头，熟稔亲昵，好像之前许多日夜都是这么睡着的，乱蓬蓬的长发飘在她脸上，也沾在他脸上，仿佛彼此魂魄就此有了牵连，俯近细看，她麦芒样的睫毛覆在眼睑上，鼻息沉沉，睡得正香甜。苏旷一怔，心里又是乱又是静，又是惊又是喜，无端悲欢，说不清道不明，还是想出去走走，只是一抽肩膀，云小鲨随手搭在他胸口上，轻轻哼了一声。于是他也不再动弹了，闭目养神，渐渐也睡去，不多时已是天明。

第二天清晨，天色一破晓，云小鲨就跳起身来，连声催促赶路。苏旷老实不客气，顺了那身蓑衣穿着。至此又过了一晚，两人口渴得更厉害，云小鲨也没有什么力气再推独木舟下海，就弃舟不要，只抱着珠宝箱子。他们默不作声，牵着手慢慢地向西南走，走了半天，终于见到人烟村落，讨了饮食，稍作休憩之后，问明路途远近，又走了半天，到了傍晚，进了福安县城。

两个人在县城休息了一宿。苏旷是真休息，吃饱喝足，倒头就睡；云小鲨略调息，恢复了精神，从她的小箱子里挑了几颗珍珠、几样金器，出门去换了银两，重新置办了一套行李衣物、帐篷被褥、粮食酒水、点心水果，又雇下两顶软轿，一队挑夫。

再到天明，二人不做耽搁，挑夫依约赶到，他们坐了轿子，转向西边山路，取道浦城仙霞岭，向武夷山沽义山庄而去。

一路上，几个挑夫、轿夫都恭敬殷勤，不敢多话。但是卖力气的，有几个不喜欢喝点酒，谈天说地，扯些鬼话？他们在打尖休息的时候，总是远远走开，围着火堆蹲成一圈，讲点山妖野狐的故事、和尚尼姑的笑话、男男女女的风流趣事。讲着讲着，就议论到这一对客人身上来。

这一对客人，着实透着股奇怪，说官人不像官人，说武人不像武人，说生意人又不像生意人。女的既美且招摇，行李里面沉沉的一箱子珠宝就和干果点心混杂放着，一路上看也不看，她随身只带个细长鱼篓，里面装着残刀、古剑、长链、短枪四件兵器，都寒光闪闪、叮里当啷的。一到吃完饭休息的时候，女的就拿着块小松明和麂子皮擦啊擦擦个没完。男的病歪歪的，看起来小时候家里穷，没受过人服侍，总不太惯坐轿子，山路一崎岖，就非要下来慢慢地走。古怪的是，男的也喜欢磨刀，休息时喜欢找块小石头，磨那把长刀上的锈。年轻男女，荒山野岭，谁不想看点"有意思"的事？可这一对真是古怪，挑夫们几次三番装作经过，只听见两个人在那里干巴巴地说刀之类的事。而且他们也没太明白，这两个人到底是什么关系，似乎是很亲密的关系，但又不是夫妻。

有个挑夫"顺风耳"小陶很笃定地说，男的是公差，他们是私奔，肯定是。他说，他特地走来走去许多趟，听见女的还在问男的，那你到底算哪里人？

315

"那他说他是哪里人？"几个人异口同声地问。他们路上也在猜，这两个人的口音，都听不出籍贯来。

"他说他是镇江人！"小陶记性很好，嘴皮子又碎，依样画葫芦学给大家，"他说他生在镇江，却不知道那里什么样子，后来长大了，出公差的时候，常常经过那附近，但因为一些姐姐弟弟什么的——这个没听清楚，好像他姐姐在镇江，他跟他姐关系处不好——我猜是这样的，我跟我姐夫也处不好，都是自己亲人！就欠他几两银子，年年追着要！也不怕寒了我姐的心！有钱难道我会赖着不还吗？啐！这回我是挣着钱啦！看我回去臊他！啊，接着刚才的说啊，反正他说他一直想去镇江来着，来去经行多少遍，一直也没真去过。有好多次，他就在江面上，远远看一眼北固山，就作罢了。"

小陶学完话之后，没事人一样，该干吗干吗。到了接着上路的时候，苏旷没忍住，挤眼问他："你识字吗？"

小陶点点头，苏旷就写给他看：芥蒂，是心里有疙瘩的意思。

小陶拼命挠头。苏旷还想劝他两句什么，后来想想，没多话。一路前行，慢慢也咂摸出坐轿子的舒服，到了第三天进了浦城地界的浮盖山，结账的时候，多给了十两银子。

云小鲨要去沽义山庄，本来不必取道浮盖山。她绕这个路，是另有一个要紧的由头。

放眼东南地理，从浙东的天台山，余脉不绝，连接浙南的仙霞岭，再向西南，过了浮盖山，就是浩浩千里武夷山区，直到江西的铜钹山为止。浮盖山在武夷山脉和仙霞岭的交界处，是中原入闽的要冲，著名的七百里仙霞道就途经此地。仙霞道是黄巢开凿的山路，逶迤连绵七百里，这崇山峻岭之间，只有一条步道可供南北通行，自古是兵家必争之地。

步道沿途，本来有许多驻军驿站，本朝天下太平，步道不再驻军，驿站也就渐渐废弛。山势如此险要，又少有官府盘查，有些大胆的行商就挟带了南洋的私货，由此道潜入江南、中原，牟取重利。南洋的货既稀且贵，难免惹人觊觎，贩卖私货即使被人黑吃黑了，官府也不过问。于是，渐渐地，仙霞道上沿途都有些杀人越货的勾当，愈演愈烈，百年前，山中匪患猖獗，商路一度为之中断，正经商旅也无法通行。那时候，江南一带的南洋生意，只能倚仗海路，海路税重，货物贵了十倍不止。

天长日久，乱中求秩序，为了大家都能好好吃口饭，江湖上黑白两道都插手进来，当时的东南武林三大世家——九江虞家、福州林家、龙泉古家，联手谋求千里太平，带领一批江湖人士，颇是清除了几年匪患。以暴制暴不是长远之计，三家又商议公推一位龙头老大，在闽北深山之中，建了一座太平客栈。

太平客栈在仙霞岭七十余年，江湖地位举足轻重。对普通行商，他们发太平令，收一成货利——发号施令是借名，山中匪寇，见太平令，不敢轻举妄动，谁敢乱动，必被斩草除根；对要紧行商，他们保太平镖，收两成货利——保镖是出人，能把货物从福州一路平平安安带到杭州去；对极重要的老客人，他们发太平筹，直接收货，取三成货利——这是出钱，无论是红货、白货、药材、香料……客栈直接按行价收了，代为出手，省了后续许多麻烦。

"极重要的老客人"并不多，五六家而已。彼此之间，都有极深信任，有时候货不到，筹码先到，上面写明是何等货物，什么成色什么数量，客栈代为张罗，届时银货两讫，轻轻松松就能把生意做成了。这样的生意，对别的货物来说未必合适。不管是江南南下的茶叶、丝绸，还是泉州北上的香料、药材……价格都是有定数的，先收三成，剩下的利就不多了。但对于所谓的"红货"来说，就太划算了。

"红货"是珠宝，珠宝是海货中的极品，金刚石、夜明珠、珍珠、翡翠、珊瑚、猫儿眼……件件都是价格昂贵，便于携带，方便出手。但红货的门槛也是最高的，同样的一批货，在不同人手里，利差可能在百倍以上。有时候一批货要压个三年五载，叫人在市面上放了几轮风才出手；有时候赶着行情上涨了，又要急着一笔出清；有时候一颗明珠要金镶玉嵌，编个传奇名目；有时候一顶冠冕，又要拆零打碎，混到别的首饰里去。至于出手的门路更是繁复，进后宫的路子、进宅邸的路子、进珠宝行的路子……条条道上各有专人坐镇，外行人根本摸不着门边。

红货卖固然不好卖，收也不好收。顶级红货的货源并不充足，红货之所以叫红货，最初是因为它带血。做这个生意的，没有不带刀的。越是出名的珠宝，上面的人命越多。不过也没人忌讳，本来世上最出名的"红货"是传国玉玺和氏璧，一出世先断人两条腿，之后尸骨如山，王侯将相谁嫌弃了？

出名的宝物都是有主的，新的珠宝，只能从海上来。海上的规矩极端残酷，暴力是元规则——汪洋大海，没什么王法，谁的船快谁的刀硬谁说了算，众所周知，碰红货就不要怕死，怕死就卖茶叶好了。

　　船帮里面，敢整船带红货的，只有云家船帮一家。云家船帮号称是"四海为家，永不登陆"，这话说出来，一来是为了耍威风、吹牛；二来也是为了划界自保——云家的意思是：有饭大家吃，有钱大家挣，这么大生意谁也别想吃独食，我们凭本事吃海上的。地面上的好处，该谁的就是谁的，我们一律不沾。

　　红货生意，扣掉各种成本，七成利在陆地上，云家只要三成。三成利已经很高了，足够云家船帮号称"富可敌国"了，别的船帮，靠了岸只敢吃下一成利，再贪心就洗脖子等死。

　　这七十年来，云家船帮易主数次，但只要是云家的货物，一概都是经海天镖局的手，由仙霞道太平客栈，送进中原、江南的。

　　中原江南珠宝什么行情，船帮未必就知道，多少年来，只要听太平客栈报什么价，云家船帮一律同意。

　　同样的，云家的货，只要愿意出，太平客栈就照单子全收。这是无数条人命换来的信任和商路。

　　到云小鲨按照海上规矩执掌船帮、就任云家之主的时候，太平客栈老龙头托人送来了一份贺礼——十几本旧账本，密密麻麻、笔笔明细，还有一支老龙头自己用的市价十三文钱的旧笔。那意思很明白，你对对账，没问题，咱们就继续做生意。

　　云小鲨对了账，客客气气，送了一支新笔还礼。这生意就算是继续做了。

　　当然，到云小鲨当家的时候，太平客栈的老龙头早就不是三大世家联手公推的老龙头了。这是第三代老龙头，是第一代老龙头的徒弟的儿子。

　　第一代老龙头德高望重，手段非凡，在山中一住三十年，保得七百里步道往来平安，直到风烛残年，他自忖年事太高，要埋骨乡梓，就把客栈托给徒弟，自个儿悄然离去了。第二代老龙头接掌门户的时候就是德高望重的年龄了，他萧规曹随，也兢兢业业近二十年，风烛残年的时候，赶上霍瀛洲横空出世。霍瀛洲当时如日中天、杀人如麻，正准备一统中原武林，他到太平客栈，二话不说，找当家的问路，要送自己的人和辎重进中原，老龙头倔得很，跟他算，什么一分利二分利三分利……而且特地梗着脖子强调，要么就按照老规矩办，要么就不办，滚出去自己想办法。霍瀛洲哪儿管这个，区区一个客栈，地头蛇收个过路钱而已，那么天经地义、浩然正气的干什么，于是二话不说，把老龙头杀了。老龙头一死，三大世家震怒，齐齐出手。霍瀛洲才不怕呢，二话不说，又带人把三大世家灭了。但是灭了这些人之后，霍瀛洲才发现，这一带，没几天就又被流寇淹没了。而且术业有专攻，他的人手和辎重，还真就渗透不进中原。

魔教的人毕竟是魔教的"人"，不是真的魔鬼，功夫特别好的也是少数人。这方圆几千里的大山，没有向导，没有伙夫，找水源不知道有没有毒，找粮食两眼一抹黑，到处都是流寇，得手就得手，不得手拔腿就跑，这条路，实在很不好走。

不走这条路也行，陆路有九江的官道，海路可以直接上钱塘。但这两条路都是朝廷重兵把守，敢动就是叛乱，仅仅为了一统武林不划算。

但人手和辎重渗透不进中原，一统江湖的大梦必定是要成空的。霍瀛洲倒霉就倒霉在南海实在是太远了，远到普通江湖人对那个地方没概念，普通地图放在桌子上，南海总舵可能要点到凳子上，看得人哎呀妈呀直叫。那么远的距离，什么船都没用，搞不了大规模袭击，只能一小撮人一小撮人，拿海南做跳板，慢慢潜进中原。

霍瀛洲那段日子像一具毁灭的犁，他战无不胜，没有真正意义上的对手，在这片土地上，翻起一道道带血的沟壑，犁得七横八纵，但并没有能够播下任何一粒种子。他攻无不克，但守不住任何城池，打过的地方，很快就被重新占据了，只能一再血洗，一再杀戮。

到霍瀛洲死掉之后，武林很快就恢复了旧秩序。他想要改变的一切都没有变化，就好像不管落下多大的石头，水面总会恢复平静一样。太平客栈亦如是。

顺理成章，二代老龙头的长子继承了这个位置，成为三代老龙头。但因为众所周知的原因——三大世家都被灭了，客栈背后没有财力人力的支撑，他的日子变得辛苦了不少，客栈的经营也远远不如之前。不久前，大概就是云小鲨回来的那几天，三代老龙头也宣告退隐了，把客栈传给了自己的女婿。因为眼看就是腊月了，腊月之后就要过年，这事儿通常要到年后才能向江湖宣布。一旦宣布，那女婿就是太平客栈四代老龙头。

和天底下所有地方一样，把家业单传给女婿这种事，是很不常见的。传女婿甚至比传徒弟的还少，有时候徒弟还算自己人。老龙头自己有儿子，也有徒弟，而且都有好几个，风言风语顿时起来了。江湖道上人人都说，他把三代的银子全都拿走了，带着儿子们另起炉灶，客栈只剩下一个空壳子。闽浙赣三省，方圆千里，多少江湖上的生意人，都不管过年不过年了，急巴巴地往仙霞岭跑，要一探究竟——

毕竟无风不起浪，要真是像传言那样，以后生意就不好做了。

如果不是云小鲨急着去龙蛇岛报仇，原本慕容止也约了她准备一起去客栈看看，这个生意能不能继续做。

这事不解决，云小鲨心里不踏实，绕个路也就多两天而已，她决定走一趟。

苏旷看热闹不嫌腰疼，也跟着去。只是最后的一段路，只能两个人继续走，不方便带外头人了。

越靠近目的地，人迹越多。到了客栈附近，沿途已经全是人来人往的痕迹。他们清晨出发，走到傍晚，蹚过一片干涸山涧，转过一道暗红峭壁，密林修竹之中，显出一片小楼来。

那片楼依山而建，楼体是白墙青瓦的江南气派，院墙又加固成厝，仿佛闽地建筑。门前一道褐色百步石阶，已经被往来脚步磨得光滑锃亮，让人忍不住想起此地初建时，也是十步杀一人的险恶境界。门口立一方石碑，上面是八个大字：千里太平，和气生财。

气派归气派，那门前脏得让人不想进去。台阶上有非常之多的垃圾，还有许多那种长途跋涉的行李，没地方放，随手放在门口。

一推门，两个人吓了一大跳。进门是个偌大厅堂——原本客栈的一楼是很宽敞的，现如今挤得像个澡堂。里面人挨着人，本来只能容纳四五十客人的厅堂，足足挤了两三百人。而且，山里湿冷，墙角又搁了几个大火盆，弄得空气污浊呛鼻。厅堂里摆满了桌椅，每张桌子前面都围满了人，桌上都放着一沓一沓的烛台、账本、算盘、笔墨纸砚……所有人都在对账，算盘噼里啪啦打得山响，到处都有人挥着纸张，哗啦啦地嚷嚷。

屋里人声鼎沸，全是大喊大叫——

"掌柜的，我九月账的副本呢？"

"掌柜的，去年沉香的账没有算进去！"

"掌柜的，酒呢？叫了多少遍了！收钱倒是利索！"

"掌柜的，晚上睡哪里，你们给安排一下？打地铺也得有个暖和地方，不能叫老子睡石头吧！"

"掌柜的，俺在这儿站了半个时辰了，怎么没人出来搭个话？"

"掌柜的，这个账不对啊，侬来看一下好不啦。"

"掌柜的，有劳！先关照在下可好？这边账对完了，并没有什么差错！鄙人要再认一筹，来来来签字盖章……"

"掌柜的，茅房在哪里？给某一张草纸呀。"

"你先人板板不要乱抓，那是老子的账本！快滚快滚，少跟老子废话！你个龟儿屎要拉到裤子里啦！"

……

也不知出了什么差错，"掌柜的"只有一个人，鬼打墙似的，陷在人堆里，把个大托盘托在头顶上，上面有些酒菜面汤之类，他奋力地想从大厅东北角挪到西南角去，送给一桌不断喊"酒呢酒呢"的客人，但被身边几个客人揪着衣服拦截住，嗡嗡嗡嗡问个没完。

"先让让！一个一个地说！"

"我的酒和饭！哪位帮忙递一下！"

"掌柜的，我在这儿站了半个时辰了，怎么没人出来搭个话？"

……

混乱之中，"掌柜的"被你拉一下我拉一下，实在顶不住，一托盘酒菜摔落在地。"掌柜的"显然累坏了也气急了，抓着那个揪他衣领的就嚷嚷："干令娘！夭寿啦！你瞎眼了？看不见我举个盘子你摇我干什么？你哪儿来的？崆峒？你们谁知道崆峒在哪？甘肃？骑骆驼的那儿？我说什么东西挡着路！你！人家都把行李放门口，你拎进来干什么？里面什么宝贝，水吗？我告诉你我们这里很多水，不用抱着到处跑！不骑骆驼吗？我管你骑不骑，你大老远来这干吗！"

那个"站了半个时辰的"被骂得一脑门汗的，显然行李都没放下，越听越恼怒，开始撸袖子："掌柜的，我跟你说我站了半个时辰了……我是来拿货，跟你们年初就约好了……你嘴巴放干净一点啊，再不三不四的，咱们手底下招呼招呼！"

大家赶紧拼命劝："可求你们了，千万别在这儿招呼，到处都是账本……要打出去打……"

乱局之中，苏旷和云小鲨门口站着，满脸疑惑。门关不上，风就一直吹，吹得桌子上纸张横飞，有几张纸飞到了火盆里，有人转头就准备开骂，但看见云小鲨手里一篓子刀枪兵刃，神情冷硬，显然也不是什么普通人，就咽下去没骂。

那"掌柜的"也一转头，准备嚷嚷点什么，一见两个人，"啊"地一张嘴："鲨头儿？苏兄！真是人生何处不相逢……"

那人居然还是慕容止。

"慕容兄……你莫非就是……？"苏旷皱了皱眉头,实在想不到在这里也能见到此人,"恭喜恭喜,慕容兄生意越做越大了!"

慕容止连忙划拉掉抓着衣服的手,踮着脚尖从人群里挤过来:"哎呀,不是那么回事,我是给人代为帮忙的……各位,各位,求各位高抬贵手,不要再叫唤了!实在是没有人手啊!你们肚子饿的,自己去厨房啊!客房早就满了,你们没地方住的,挨个去敲敲门,看谁能通融着住一宿啊!崆峒大哥,你门口坐一坐,等我半个时辰,我出来第一个先找你!来来来,苏兄,鲨头儿,你们跟我来。"

三个人在鼎沸的人声里,硬生生挤过大厅,穿过天井,到了客栈后面老龙头自己住的小楼里面,这才算是安静下来。

慕容止显然是累坏了,反手闩上房门,随手抄起个茶杯,也不嫌腌臜,胡乱喝了一气:"苏兄,鲨头儿,你们坐,坐呀。"慕容止安静下来,四处找着,有没有可以沏茶的干净杯子,"二位这番前来,必然是得成美眷了?小弟还没有来得及恭喜道贺。"

"不要废话,到底怎么回事!"云小鲨拉住他,"别张罗了,我们不渴,直接说吧!"

慕容止又走到门口,向外张望一眼,确定没有人跟踪偷听,才又回来压低声音,小声说:"二位有所不知,这真不关我的事……这都是沽义山庄沈二姑娘的主意。"

"什么?"苏旷听不明白,"南枝?"

"是是是,你们听我说……那一日呢,苏兄去龙蛇岛会鲨头儿了,您二位都是当世英雄、人中龙凤……"

"慕容兄!"

"好好好,你们去忙你们的了,我这人一来没什么用处,二来怕死,就跟了沈二姑娘的车子,准备搭一段路,她回她的武夷山,我回我的泉州。可没想到,走不了多远,沈姑娘的车子就被人认出来了,有人给她送了一封急信——我也不卖关子了,找她的人就是老龙头的女婿,叫林卿裁,说是十万火急,人命关天,务必请沈姑娘出手。"

听到"十万火急,人命关天"八个字,苏旷云小鲨对视一眼。

"我也一直想过来看看,这边的生意到底怎么样了,能不能接着做。我本来是想约鲨头儿一起来,有鲨头儿庇护,也不至于出什么事情,对不对?不过,有沈姑娘同行也是一样。我们来了之后，这个林卿裁也把我们请到这个地方，就坐在这个桌子面前——哎，你们不要嫌我啰嗦，这个桌子至关重要啊——他跟我们说，这个老爷子呢，可能是死了。"

"什么叫可能？"

慕容止又伸头伸脑，东张西望了一番，压低了声音："你们不知道，这个桌子下面是个好大的银库啊！里面是……本来是三大世家、太平客栈积累了七十年的所有本金！"

苏旷和云小鲨一起点了点头。这倒是了，太平客栈既然做这种保本生意，卖的无非就是一个"信"字，这必然是有本金压着的。就算是没有账面上那么多，至少也得有个三成现银，才能周转。存这些现银，是违背朝廷律令的事，深山老林里，押送银子也不方便，那最安全的办法，就是在卧榻之下修个银库。

"我听林卿裁说，按照他们家里人的估计，这些年，客栈生意不好做了，各路都赔了些，但也没有赔很多，库房里面，至少应该有二百万两银子才对。但具体多少，只有老龙头一个人知道，也只有他有钥匙。可是，忽然有一天，老龙头就不见了，只留下一封亲笔书信，说了把客栈单传给他。哎呀，这简直是把林兄放在火上烤嘛，又过不了几天，江湖上就有了关于银子亏空、老龙头带儿子徒弟跑路的传言。这下可好，林兄欲哭无泪，客栈是传了，名声也担了，可银库的钥匙，老龙头根本没有留下。这银库，是高人打造，精巧得很，三重锁钥，坏一个，就休想再打开了。"

苏旷立即明白，林卿裁为什么非要找沈南枝不可了。他想了想问："那老爷子的儿子、徒弟们呢？"

"最蹊跷的就在这里，林卿裁是老爷子的小姑爷。这几年，老爷子身边确实也只有他家的小姑娘还有他服侍。其余三个儿子、五个徒弟都在外面，而且，都是这三五年内老爷子亲手指派出去的。"

"回来之后呢？"

"回来之后，大家一碰面，都摸不着头脑。可重要的是，那个卷款逃跑的传言，儿子、徒弟们也担待不起，他们就商量着，往坏里猜，老爷子孤单单一个人能往哪里去呢？是不是自寻了断啦？尸首、钥匙都被他带进了银库里？如此一来，他们就决定，这事儿，非找沈姑娘仗义出手不可，打开门，大家一起进去。"

"那打开门了吗？"

"沽义山庄嘛！"

"开门以后呢？"

"不出所料，老爷子早就不在了，尸体在银柜子里。那个样子！那个味儿！呕！我当时就不该跟着一起进去！我这胃里头一阵一阵往外反，眼睁睁看着人家儿子、徒弟抱着老头的尸首哭，不抱还好，越抱越烂，吐又不好当面吐，只能忍着。"

苏旷脸色微微一变："然后呢？"

"然后，银子都没了……老龙头身边上，只有一堆银票。这下，他们互相一对，就对出实情了。老爷子五年前好像是因为这个生意不太好，起了念头，放债出去，好像有个什么江湖银庄，他老人家打过很多次交道了，给的利特别高，他也特别信得过，就瞒着家里头人，自己把银子偷偷运出去了。如今，五年了，银子该连本带利收回来了，可那个银庄好像说没就没了。"

苏旷又点点头："明白了，那张银票是什么样子？你这里有吗？"

"没有！都被他们几个带走了！"

"你记不记得是什么样子？"

"记得，忘不了，正面跟普通银票没什么区别。背后，光下一照，有个暗纹的骷髅头，那骷髅头与众不同，脸就是干巴巴的脸，单单眼眶那儿净是骨头了。"

"十一月眼枯见骨！"苏旷拍了下桌子，"那个银庄在哪儿，老龙头家里有人知道吗？"

"小姑娘知道，他那段日子总是去福州。"

"福州！"

眼看苏旷火气有点往上冒，也不知道是听哪一段的时候开始搂不住，云小鲨轻轻握住他的手，问慕容止："之后呢？"

"之后，大家就在一块商量，说银庄几个月前好像还好好的，没什么异样，最近福州也没有什么重要商船出海，几百万两银子重得很，未必说动就能动了，可你要说找回来，凭咱们也找不回来。大家就揣摩，老爷子放这个风声，一来是为了自污，宁可让客人疑心他个人的品行不端，也不让客人怀疑整个客栈，给林兄东山再起留条后路；二来，也是为了不要打草惊蛇，让银庄的人真以为他窝囊懦弱，畏罪潜逃，还在暗中观察家里人的反应。讲着讲着，讲到血性头上，这时候大家七嘴八舌，没有主见，林兄就出了个主意，说咱们为人子女，此仇不可不报，这银子咱们不要了，带着银票，直接报官。听说台州刚刚有一起地下银庄的大案子，惊动了地方，引了神捕营的人到浙东，这下，干脆把案子闹大。至于说，私藏现银的罪过,老爷子已经自戕了,再要问罪,这些年只有他服侍在岳丈身旁,他顶上就是了。他这个话一说出口,那几个儿子,谁按捺得住?说,不要胡说八道!父亲既然指名道姓,留了客栈给你,你的重任就是让咱们太平客栈东山再起,这才能告慰老父在天之灵,至于为父报仇是我们为人子者的本分。你留下来,安抚客人们,我们去福州。他们这样一讲呢,林卿裁就不同意啦,说你们都去了,只我留下?我是图谋客栈吗?哎呀,几个人拉拉扯扯,最后干脆就决定了,大家一起去,神捕营问话一起回话。至于说,客栈由谁留守,他们就指定了——留给鄙人。"

"什么?留给你?"云小鲨听得一头雾水,留守客栈,又不是看个门而已,进这个小楼,管那些账本,都是自己人甚至当家人才能做的事。慕容止不过是个过路的而已,那家人脑子没坏,就断不会做此决定。

"咳!鲨头儿,少安毋躁,你听我说完嘛!"慕容止手往下按一按,"我刚开始,是不是告诉你了,这都是沈姑娘的主意?"

苏旷云小鲨又疑惑着点点头。是,可他说了半天,沈南枝无非就是开了个门而已。

"离开之前呢,他们还得商量安排好生意啊?不管报官结果如何,这银子,肯定是要不回来,最好的下场也就是充实国库了。那样,神捕营倒是有大功劳,可我们客栈,怎么经营呢?林卿裁就说,其实,这些年,我们生意是有起色的,比前两代做得其实还要好一点,就是因为三大世家被灭门了,我们没有靠山了,才举步维艰……"

苏旷有点明白了。

"听到这儿,沈姑娘就拍了一下手,说要是这样的话,说破天也就二百万两银子,她干脆想办法筹一筹。"

云小鲨哈地拍了一下桌子:"好眼力!好见识!她能筹多少?"

"当今天下,谁家也不会有那么多现银!沽义山庄把账面上的全都归拢了,满打满算再四处凑一凑,她来个整的,一百万两。"

"那还有一百万两呢?"

"我呀!"慕容止指了指自己的鼻子。

云小鲨噗的一声笑出来:"你指望什么?"

"指望鲨头儿你呀!"慕容止笑得更高兴了,"别人没有,鲨头儿你手头有多少,我会不清楚吗?你那批货,不要给我抽成了,拿出来就是现成的。"

云小鲨笑容凝固了片刻，脸色有点不好看："你敢替我做主？"

慕容止点了点头："是，鲨头儿，恕我直言，你那个心思，我多少年前就知道了，你要那笔银子，无非就是继续造船，继续扬帆出远洋，探索什么天涯海角之类虚头巴脑的。可是，云小鲨、云船主，你自己心知肚明，就那点儿银子，拿来造船，能造什么？能还回来你那六十多艘船吗？你做梦！可咱们这条道！太平客栈的道，一旦断了，咱们之后的生意就真没法做了。没生意就没饭吃，没饭吃还搞什么虚的？鲨头儿，你醒醒吧，你的船已经沉了，沉了就是沉了，再也回不来了！可你的人还没死完，你的云家船帮，我的海天镖局，多少人指望着咱们的生意呢！你忘了云海之盟我可没有忘，我替你把这一桩想得清清楚楚怎么不行了？"

云小鲨听得咬一咬牙，慢慢攥紧了拳头。这一回，苏旷轻轻握了握她的手。

"鲨头儿，我们有云海之盟的，而且是歃血为盟！"慕容止一直都缩头缩脑的，这一回挺直了胸膛，指了指自己鼻子，"我，慕容止，就替你把约给签了！我觉得你前段时间做得不对，心里只有自己，没有船帮的前途！我替你做一件正确的事。现如今，你云小鲨，想反悔，来不及啦，除非把我杀了！"

云小鲨怒极，气得一拍桌子，砚台算盘横飞："慕容止！有种了你！你以为我不敢！"

慕容止吓得一缩头："我当然不觉得你不敢……我……我就是觉得，嘿嘿嘿，鲨头儿，如今苏兄在你身边儿……苏兄嘛，对吧，多仁义的人哪……就算你敢，他也会拦着你的。"

云小鲨仰头大笑。慕容止嘿嘿赔笑，察言观色，不知她笑完之后，下场如何。苏旷揉着鼻子，一时不知道说什么好。

云小鲨笑声一顿，又拍了拍桌子，目视慕容止，眼里有些冷光。慕容止多少有点害怕，缩了缩脖子，屁股往后挪。苏旷看她："小鲨？"

云小鲨点了点头，指了指慕容止的鼻子："好一个云海之盟！好你个慕容止！这一回，你做得很好。"

第二十五章　华灯一世

冬至时候，天黑得早，这样一番长谈，暮色已经彻底落了下来。

这间小楼是依山而建的，倚窗可以俯瞰客栈厅堂。这时候，满山的灯一盏一盏亮起来，淡如星辰。深山鼓松涛，楼台起灯火。遥望大厅里，许多人弓着背、低着头，急急忙忙地摇笔对账，拨着算盘珠子，算盘声固然轻微，但此时万籁俱静，落针可闻，几十架一起噼噼啪啪，远远听起来，像是快雨打着残荷。世事奔忙里，自有一种无形的、令人肃静的、不敢小觑的力量。

"时候不早了，"慕容止点起一盏烛灯，用手护着火，火苗从一小汪烛油里慢慢长出来，舒展开一室光明，"我看苏兄还没有十分痊愈，久坐疲惫得很。不如这样，鲨头儿、苏兄，你们远道而来，不妨多住几天，等客栈的几位当家从福州回来，咱们三方打个照面再各奔东西，你们看如何？"

苏旷看了看云小鲨，见她没什么异议，就点头："那倒也好。只是，慕容兄，我看客栈人早就满了，还有地方住吗？"

"有，有，旁人没有，鲨头儿总是有的！"慕容止起身，秉烛前头带路，"这客栈里头还有一个好去处呢！鲨头儿、苏兄，你们随我来——"

太平客栈是还有个好去处，那是一间"上房"，在后山山壁的石窟里，与前楼只隔一片小树林。那是个宽大、向阳的多孔石窟，魏晋时候，曾经有人在这里动过工，可能是想要雕塑一尊大佛像之类，不知出于什么缘故半途而废了，但还是把石壁打磨得光滑齐整，还在地上留下了几尊硕大的莲花石台。

太平客栈甫建之时，作为靠山的三大世家，一眼就相中了这里，并且不惜重金，要设一个专门独户、闲人免进的山间别院。他们请了工人，伐下了附近山中最好的松木，巧手设计了这一处楼台。

石壁下面，是一片曲水池、一方花圃。池边设了石桌、棋枰、紫藤和葫芦架子。水池里青苔深深，架子上挂着黄澄澄的小葫芦。花圃很久没有人顾过，一片荒草。旁边一道小门里有石阶，沿阶而上，便到了设在石窟之中的木厅堂。厅堂旷阔，摆着几样常见家具陈设，沿着石窟外沿做了雕花木栏、白纱帷幕，石壁小佛龛里摆着一溜的琉璃灯盏，清光莹莹，正中莲花石台上铺着雪白的丝毯，旁设红木小几、一架古琴。石窟里一处天然凹陷，设了一副床榻，用九曲屏风和外界隔绝。石窟侧一个小山洞，引山泉水做了个浴池。

此处孤峰独坐，石窟宏阔，帷幕旖旎，七八盏琉璃灯一一点燃时，清光照着清泉，深山松涛隆隆，明月当空，青帷浪荡，华灯一世，如影如梦。

"怎么样？鲨头儿、苏兄，这是个好地方吧！"慕容止显然是熟门熟路，拿着烛台，一一点亮灯盏，又钻到后面，不知点燃了什么，再出来从小几下面取出一套茶炊，取壶汲水，加了几块木炭引燃小红炉，忙了一大圈，才坐下来歇口气，"这间房呢，当年文书契约上是写明白的，东家专用，闲杂人等勿进，老龙头他们也不例外。三大世家被霍瀛洲灭了之后呢，没人来了。老龙头守信用啊，也不晓得变通一下，就锁着门谁都不让用。还是前几天，沈二姑娘成了东家了，要在这住，才着人彻头彻尾地打扫了一通。"

"哦，南枝在这里住过？"苏旷在莲花台上盘膝坐下，见矮几上放着一套茶炊、两大盒子点心、两匣子干果、一套文房四宝、一本洇了墨的废弃的账本，还有几张画的全是管道图的图纸。他拿起图来一页页看，上面标满了数字记号，复杂得很，看起来沈南枝和夜哭郎君都落过笔。

云小鲨也伸头看："这是什么机关？"

慕容止摇摇头："嗨，这个是咱们沈二姑娘当时一看这个浴池，说送水的管道是乱的，洗不了热水澡，拿笔就画，说来都来了，要捎带手改造一下。我当时还说，就住几天，将就凑合算了，没想到，沈姑娘对洗澡这事还真上心！"

苏旷嘿嘿笑两声："他们沈家对洗澡这事特别上心的，还真轮不着南枝……"

"可是呢，他们俩是把这管子修好了，还没来得及用，就走了。"小红炉上泉水渐渐沸腾，慕容止沏了壶茶，取了茶杯，细细冲烫了一过，为苏、云二人各自斟了一杯，给自己也斟了一杯，又打开点心盒子，里面是松子糕、栗子糕、梅子糕、茯苓糕、糯米糕……红红绿绿七八样，满满当当两大盒，他抓了几块糕点塞在嘴里，又打开干果匣子，抓了点松子请两人吃，"你们吃呀，别客气，当自己家啊！这都是沈姑娘留下来的，才搁了两天，还新鲜着呢。今晚上我是没工夫给你们弄饭了，想弄厨房里也腾不出灶头！这三五天全客栈都在赶着对账，通宵达旦，要趁着人头齐，把账赶紧结了，路远的可等着过年呢！你们也凑合着垫一口，我今天晚上就不陪你们了，我去找那个崆峒的兄弟跟他挤一宿……哎呀，我是真喜欢这儿，过两天等我忙完了，过来跟你们蹭一晚上。"

苏旷和云小鲨也都饿了，不等茶凉，狼吞虎咽吃那点心。

"南枝和夜哭兄是什么时候走的？"苏旷问。

"就前两天，跟你们来是前后脚的事。本来我也劝沈姑娘，说既然来了，干脆就在这儿多住几天，等当家的回来，毕竟俩东家都不在，让我签那么多文书，我也心虚啊。沈姑娘当时也满口答应。要是按我说的那么安排，你们就碰上了。"

"那之后怎么走了？"

"他们俩，就是沈姑娘和那个怪脸人……哦，对，叫夜哭郎君，"慕容止手在脸上比画一圈，"那个夜哭郎君，我也不知道什么来头，反正脾气大得很，人家一路上只跟沈姑娘说话，根本不搭理我。沈姑娘一说改管子，他那个殷勤劲啊，跟在后头说，是！应该改！我来画图！然后呢，他们俩就画呀画，头碰头还挺默契的，等画好了这个图也有说有笑的，就站起来准备去量那个管子粗细，好第二天砍竹子。你们想，当时这间屋子就那么大点地方，他们俩前面走，我跟在后面，就多了一句嘴，我说外面客栈已经满了，没地方睡了。是真没地方睡了，客栈当家的一大家子那时候都还没走呢，挤着住小楼。而且就算人家走了呢，那个小楼毕竟刚刚死过老人，外人住也不合适。我就说，我们江湖儿女不拘小节，就都在这挤一挤好了，还能都舒舒服服洗个热水澡，你看啊那个屏风隔得严严实实啊，沈姑娘带着风筝睡里面，夜哭大哥跟我打个地铺，睡外面，不挺好吗？可那个夜哭郎君……"

本来慕容止在一边说话一边吃糕点，讲到此处，慕容止忽然就不吃了，脑袋猛地往前一伸，脸快要碰上苏旷的脸。

"他忽然就这么转过身，脸对脸，直愣愣地用大眼珠子盯着我。他那个样子！瘆人哪！我一点不骗你们，我当时后脊梁上寒毛全竖起来了！"慕容止压低嗓门，模仿夜哭郎君那种冷冰冰、寒夜孤鬼一样的厉声，"他腔调都变了，尖声尖气地跟我说，我不在这儿睡，你也不许在这儿睡，更不许在这儿洗澡，你要是敢洗澡，我就杀了你……我的妈呀！我招谁惹谁了？我也大老远跟着走一路啊，浑身又臭又痒，有热水澡不让我洗！"

苏旷听得心里头微微一惊,夜哭郎君那等神情,必定是碰着伤心事了,他跟慕容止扯不清楚,就接着问:"那后来慕容兄,你们睡哪儿了?"

"我们睡哪儿?"慕容止气得跳起来,手指头用力往远处戳,"你看,看到那儿没有?远!再远!那棵大树?看到了吧?我们俩连在楼下花圃睡都不行,就跑到那儿生了一堆火,在树下裹着被子坐了一晚上!妈的!大冬天大山里啊!放着那么舒服的屋子,不让睡!那地上又冷又潮,我裹着毯子,抖了一晚上,这得亏着我也是练过的人哪,不然就冻出毛病了!最可恨的是什么?沈姑娘那个车厢,你们都知道吧?那个车厢是可以这么这么折起来的,那个宝贝车厢就搁在马背上,都带过来了。我半夜抖得睡不着,看夜哭郎君坐得直挺挺的,也不像是睡着的样子,就跟他商量,把那个车厢支起来,多少挡个风。可人家倒是好,盘腿裹毯子坐着,眼皮都不抬一下,一点呼吸听不到,我差点以为他死了!一试他的呼吸,他又瞪眼吓我,我当时……我真不行了,就自己去装那个车厢,你们看,看这儿给夹的,乌青烂紫!忙乎半天装不上,人家干瞪眼看着,就是不帮我!"

慕容止气呼呼地撸出胳膊肘给苏旷和云小鲨看。确实,挺大一块的瘀青。一杯茶喝完,苏旷提壶给慕容止续了一杯,也给云小鲨和自己都续了一杯。慕容止捧了茶杯在手心热腾腾搓着:"哎呀,那一宿给我冻的!第二天就有点闹肚子……反正啊,他不给我好脸色看,我也不给他!我俩干脆就不说话。这样一来,沈姑娘也没法住了,就干脆直接告辞了,说她先回去安顿了风筝再说,叫我先照顾着客栈,等当家的回来了,给她报个信,她再过来。喏,那边柜子里头是些干净衣裳、手巾什么的,本来是当家娘子给沈姑娘和夜哭郎君备着的,人家走了,也没用上,你们二位就正好用吧。说实话,这砸进来的也不是鲨头儿一个人的银子呀,我也砸锅卖铁攒了一笔进来,说多是不多,说少也不少,这要是赔了,我祖坟都得卖!"慕容止吹了吹茶,又丢了块点心在嘴里,仰脖子把茶喝了,袖子一抹嘴,"行了,我得回去了,那个大哥该等急了!你们先休息啊,明天一早我来找你们吃早饭?到时候听你们说说,怎么从龙蛇岛上出来的,我这一路上好奇着呢。你们好好休息,真要有什么事,来前面找我,我就在那个客栈大厅里。但要是没什么事呢,你们俩就别过来了,你们二位名头太大,真要是被人认出来了,容易添乱,净耽误事!"

慕容止说完了,拿起那个燃了半截的烛台离开了。苏旷目送他的背影,一时有些恍惚——时日匆匆,万物兴替,人总是在变的,他已经很难把昔日海天镖局的"二少爷"和这个在滚滚红尘里翻炒过、熬炖过的成年人对应起来。

楼下的小门吱呀一声带上了。深山寂静，四下里只有清风刮着帷幕和泉水流下竹管的滴答声。当庭向野坐，身心两杳然，薄帷鉴明月，清风吹我襟。

"你慢慢吃，我先去洗个澡。"云小鲨打了声招呼，伸头查看了一番，然后钻进那个有浴池的山洞里。

过了一会儿，水声哗哗，隔着一道屏风，白雾蒸腾。又过了一会儿，苏旷估摸差不多了，就问一声："小鲨，好了吗？"

云小鲨告诉他："早着呢，才洗完头发。"

苏旷没太听明白，他也搞不清楚洗完头发之后具体都还有些什么环节，也不想东问西问，显得很没见识，就又斟了一杯热茶，随手拿了账本翻看，一边慢慢吃那些糕点。

账本清清楚楚、明明白白，不清楚、不明白的地方，沈南枝都勾出来了，数目重新算过，一些出项和入项，做了改动，而且凡是改动的项目边上，都写了个冷峻工笔的"沈"。说实在的，这个账本整理过之后，各项数目清楚得像一种享受。

沈南枝增加了一部分支出，大概多了三成在伙夫、工人的月钱上。但这笔钱，显然她也没打算自己出，准备在红货买卖之外，加一点"黑货"的买卖——捎带手卖一点木耳、山菌之类。她也减少了一部分收入，她减少了一部分直接抽成，取而代之的是大多数门派采买沽义山庄的机杼。这是很经典的、沽义山庄做生意的路数。

在沈家兄妹的上一代，江湖上做机关、暗器的门派多如过江之鲫，每一家的机杼标准都不同。很多年里，江湖公认的霸主是江南霹雳堂。霹雳堂在火药上钻研极深，一颗极品霹雳雷火珠卖出过五千两银子，富甲江南。

那时候的机关界和所有的门派一样，每一次龙头易主，都要经过极其残酷的厮杀，非血流遍地不足以完成兴替。但沽义山庄的崛起是个传奇——沈南枝自己是一代机关术天才，但仅凭手艺上的天赋，不足以让沽义山庄走出武夷山，对抗整个江南。更多是因为在她执掌了沽义山庄之后，更改了传统的做生意的模式，她喜欢"在别家的生意里加一点生意"——她和快马堂合作，卖给他们车子的轮轴；她也和轻舟府合作，卖船橹上的枢纽和防水的清漆；和蜀中唐门合作，卖给他们大机关里的小绷簧和小滑轮……这些东西，都是其他门派不会花费巨大精力去研究的东西，重要但并不引人注目，一个弹性、拉伸度特别好的小绷簧肯定不如"巽

331

风离火两仪佛手针"这样的暗器让人啧啧惊叹。但绷簧、撞针和轮轴,才是机关术的基础,也是机关界的标准。沈南枝最终的目的是把这一套机杼的标准卖进江南霹雳堂。她采取了釜底抽薪的手段,直接大量仿制霹雳堂的雷火珠。

霹雳堂的极品雷火珠一直是机关界不可逾越的高峰,沈南枝倾尽全力复制过,但最终得到的只是个七成功力的仿品。但问题是,在大多数情况下,雷火珠唯一的用处就是小范围偷袭,而几乎所有需要偷袭的场合,一个七成功力的雷火珠已经够用了,因为毕竟偷袭嘛,弄死人就完事了,又不是为了技术大比拼,真要搞很大的杀伤力,还是得用朝廷的炮。

那时候,沽义山庄把霹雳堂搞得生意很不好做。霹雳堂处世风格孤冷,做生意我行我素,一言不合拂袖而去,这样做当然也没什么不好,但需要一家独大的底气,一旦群雄逐鹿就非常吃亏。可沈南枝就笑嘻嘻地成天赶着她的马车,谈完上游谈下游,一家家的取而代之。就在霹雳堂四面楚歌、岌岌可危的时候,沈南枝提出拿十万两现银出来,帮霹雳堂渡过难关,她没有试图染指雷火珠的配方,那是世代相传的无价之宝,一命换一命不一定换得到。她唯一的要求就是,从今以后,江南霹雳堂也要用沽义山庄的那一套小机杼。沈南枝做完这件事,就鸣金收兵了,因为没有发生任何流血事件,机关界甚至不知道到底有没有完成易主。

相比较而言,云家船帮和沽义山庄的差别太大了。两家在巅峰期都号称"富可敌国",但财富的获取路径大相径庭。云家船帮做海上生意,独门独路、纵横无敌,鼎盛的时候,对财富可谓予取予求,能拿动的都是我的。金子太多了,银子扔海里,珠宝太多了,金子扔海里;可一旦船出了事,也只能前功尽弃。但只要人在、船在、造船的技术在,云家船帮复兴的速度一样是可怕的,大海太广袤了,远非江湖可比。

小鲨和南枝,早该见一见了。苏旷这样想着。

苏旷翻账本的工夫,云小鲨已经沐浴更衣完毕。她穿的是林家娘子给沈南枝准备的袍子,袍子"量身定做",所以稍微宽大一些又短了一截。

云小鲨散着湿漉漉的长发,一双腿长而结实,脸上带着珍珠一样的光泽。她赤着脚,走到苏旷身后,从他肩膀上探过下巴:"呦,看沈姑娘的账本呢?"

苏旷看得津津有味,头也不回:"是啊!"

"沈姑娘这个账……做得很好,是不是?"

"那当然了,南枝经手的账,别人用不着过目了。小鲨,我建议,你也别白费劲了,跟着她签就完了。"

云小鲨哼一声，将下巴搭在苏旷肩膀上，手伸过去和他的手一起翻那账本："看起来好像很复杂，这个账本，你懂吗？"

"我当然懂了！小鲨，你可算问对人了！我们小时候，是要学这个的，学到年底还得考试。可就因为这一门拖后腿，我年终老进不了三甲。不过你别冷笑，也没你想的那么差！小鲨，你想想看，我们多少案子是在追查账本，要是追到了，你不认识账，那不耽误事吗？小鲨，你要想学这个，我可以教你啊。喏，记账的方法分为南北两派，北派是流水账，南派是龙门账，但总而言之，都离不开四柱结算。四柱你听过吧？这都没有？也就是旧管、新收、开除、见在……"

他说着说着，说不下去了。因为云小鲨重重咬了一下他的耳朵。他毕竟不是真的猪，他的心跳莫名开始加快，从耳根到脖子酥酥麻麻的。他想转过脸，未果。只听云小鲨在他耳边轻声冷笑："挺来劲啊，博学多识，问什么都知道。"

苏旷喉咙发干，咽了口唾沫，嘿嘿干笑："急于表现，没把握好机会，要不再重来一遍？"

云小鲨嬉笑："好啊，再给你一次机会，那这回……账本，你懂吗？"

苏旷毫不犹豫："肯定不懂啊！这破玩意就是用来接点心渣子的！少壮不努力，长大当账房，谁爱懂谁懂。"

"这还差不多……"云小鲨瞟他一眼，手指继续轻轻在他手背撩着，慢慢绕到手心，轻轻沿着掌纹摩挲。

小鲨的手也很美，像一只衔着兰花的豹子，在树上绕来绕去的。他斜瞥一眼——半干不干的长发，打着一点卷儿，搭在袍子边，脖颈处露出一截很漂亮的带着蜜蜡光泽的皮肤，连带着还露出一点丰满结实的胸膛。他似乎还闻到了一丝带着湿漉漉的体香。

燥热已经不只在耳根和脖子了。苏旷有点出汗，也有点慌乱，呼吸略有急促，喉结微微颤抖，心里运筹帷幄——直接翻身吻过去这个动作有点费劲，倒不是吻过去费劲，是翻身费劲；盘腿坐着，翻身难度太大，他的腰极有可能中道崩殂。他策划了一下别的路线，绕倒是可以绕过去，但那么绕过去之后，腰似乎也不能动弹，干不了别的什么，而且这个莲花台支棱八叉的，极有可能一头栽倒在地。他思前想后，未出草庐，先分天下，谋划了好几套备用方案，又想抓茶杯过来喝一口，冲掉满嘴的点心渣子。想归想，脸上表情并不多，胸有惊雷而面如平湖者，可拜上将军。

"呆子,想什么呢?"云小鲨轻轻往他耳朵眼里吹了口气,扳转过他的脸。

小鲨的脸一片红,眼里盈盈的,尽是不言之意,一缕头发丝往苏旷鼻子里直钻,他打了个喷嚏。

"我去洗个澡。"他毅然地趔趄着站起来,顺便抓过面前茶杯,一饮而尽。

浴室很大,是一处改造过的石窟。在原先的设计里,有一块石壁凿空了,后面烧着木炭,石壁上方水槽曲折流过,变成温水,流进浴池。

那个浴池看起来很香艳,半月形,池壁雕满了合欢花,一边还竖了面巨大的铜镜,上面被白雾蒙着——三大世家家风清白,在这里花重金、设别院,总有些特别用意的。

沈南枝和夜哭郎君做了些改动。沈南枝从来不接受别人用过的浴池,更别说这种用途了。她换了一套管道,温水被引流了,可以淋浴。

石壁后炭火烧得正旺。火烤着石头,水蒸气发出嗞啦嗞啦的响声,清凉的水滴好像从冥冥的虚空里落在脸上。背后,浴池白雾氤氲。

苏旷把衣服脱了下来,很认真地洗了个澡。石台上有七八个罐子,他也不知道是干吗用的,挨个拿起来嗅嗅,觉得大概都是洗澡用的,就全胡乱往身上抹了一把。一边的脏衣服堆上,小金伸头伸脑地看他,不明所以。

"小金啊,"苏旷一边洗,一边循循善诱,"我得跟你商量个事,待会我可能要把你放到门外面,放心,我肯定给你弄一堆好吃的,就一小会儿,你看行吗?你所有不知,小鲨,你知道吧?她很凶的!她今晚上看起来,非要睡我不可,我要不从了她,估计她杀人不眨眼,得弄死我。嘿嘿,我呢,好汉不吃眼前亏,同意了算了。我劝你,干脆也就从了她得了,将来有数不尽的海参鲍鱼……哎,开玩笑,你瞎激动什么呀,别蹦别蹦!是睡,懂吗?不是打我,也不是杀了我,算了,估计你也明白不了。总而言之,咱俩这关系在这,我得提前跟你说一声,这个叫'勿谓言之而不预也'!你过会儿要听话,乖一点,别动不动往人身上扑,听明白了没有?"

小金显然是没听懂,本来还没什么劲头,这下子蹦来蹦去,挨个在罐子里跳,跳得浑身都是粉。

"你洗个澡,嘀嘀咕咕地在跟谁说话呢?"小鲨在屏风外面问。

"跟小金说哪，我这儿李陵劝苏武，帮你招安呢。"

"小金可以进来，那我可以进来吗？"屏风咯吱咯吱地动了一下，一只手搭在上面。

苏旷本来舀了一瓢水，准备当头浇下，听到这个声音，转过身。他转身之后，整个人怔住了，脸上的笑容都消失了。

他立刻就知道夜哭郎君是怎么一回事了。对面浴池上，有一面很大的镜子。大到可以照见全身，甚至纤毫毕现。他很少见到这么大的镜子，更很少这样直截了当地面对自己。

镜子上本来有一层水雾，但现在，水雾消失了。镜子里是一具依旧嶙峋甚至扭曲的躯体。大多数的伤疤都已经愈合了，少数的尚未脱落的结痂也无所谓，但糟糕的是，他已经很努力地站直了，但腰和背还是佝偻的。整整一年，后背的肌肉都在废弛的状态，双肩不自觉地缩成一团，一节一节的脊骨凸出，他试着打开肩膀，挺直胸膛。但这个姿势很可笑，他的背是曲的，这样像是强行掰直一只甲虫。他一直不太想让小鲨见到这具躯体，这不是他的错，但，是真的难堪。

"我可以进来吗？"

"等一下……"

小鲨听出了他强行压抑的惊慌，站在外面等。没有进来，也没有离开。

他把那瓢水浇在头上，开始搓洗，洗得非常用力。左肋骨蝎子大螯留下的伤疤结痂了，又被掀开了，流下细细一缕鲜血。他看着镜子，又浇下一瓢冷水。

整整一年，洗澡对他来说，都是件很可怕的事情。刚到楚随波家的那段日子，他根本没有洗过澡。头一个月，他所有的力量都用在学会在别人的帮助下方便。那是个很屈辱的经历，对于绝大多数成年人来说，大小便不能自理的年龄并不在记忆里。那段时间，是纪黄九在他身边，告诉他该吃什么和该怎么拉。他必须学习这个，不然的话，只会拉不出来，到时候更丢人。

他不知道是什么时候习惯这件事的，或许，根本就没有习惯过。每天总有那么一次，需要别人守着自己排泄，帮自己弄干净，那感觉就是个畜生，不是个人，之后，还要记得逼自己说一声谢谢。那段时间，他伤得太重，根本没法洗澡，只能擦身体，因为大多数和他一样的瘫子，都很快一身褥疮。他掰着指头，害怕夏天。春天天冷，毕竟还好。夏天的话，整个屋子都会很臭，如果好几天不擦洗，就会被苍蝇叮到生蛆。

他第一次洗澡已经是在灵山的山洞里了。那时候他得半坐半靠，手里抓住点什么，让人冲洗一番，难得清凉。那时候他会想起在守默谷里遇见的郁天元。郁天元也被人打坏过腰，后来也站起来了，可是拉屎的时候，手里还得拽根吊绳，否则蹲不住，长期的脊椎损坏让人驼背、鸡胸、头颈扭曲，让人一眼看上去就想呕吐。当时，郁天元一见到他，就把袈裟脱下来了，他当时还暗自惊服其人坦荡，到事情发生在自己头上才明白一点，不坦荡能怎么样呢？难道藏得住吗？他第一次洗澡的时候，也拽了根吊绳，看见自己身体的一刹那，也想吐。躺着的时候不觉得糟糕，坐起来了，真像一堆烂肉成精。

他走过那段日子了，说实在的，表现得还算不错，但挨过那段光阴的秘籍之一是，灵肉分离。如临深渊，如履薄冰，过一天算一天，过一个时辰算一个时辰，当时不看自己，事后不回头。但如今，他要回头，和那段岁月握个手了。

"我真进来了？"云小鲨试探着推了推屏风。

苏旷没有出声。屏风被拉开了。

他有些难堪，他想说"算了"，但紧紧地咬住了牙。他看着镜子里的自己，深深吸了口气。

——这是我。

——年少轻狂是我。

——生老病死也是我。

——没什么，那些都过去了，我活得起。

屏风被推到一边，水雾散开，小鲨走了进来。

她赤裸、结实、腰肢灵活，双腿长而笔直。她在生命力最汪洋恣肆的时刻，流光溢彩、风华正茂，带着春天最后一缕光泽，也带着盛夏怒放的热。她去自己想去的，做自己想做的，爱自己想爱的，要自己想要的。

这样的坦诚相见有点不习惯，云小鲨抬头笑了笑，有一点羞涩，也有一点期待。她轻声问："你到底洗好没有？"

"刚……刚洗好头……"

云小鲨轻轻走向他，仰起头。他低头，轻轻吻了过去。他们开始拥抱，熟悉彼此的身体。

果不其然，小金叮的一声跳起来，看架势就要蹿过来。

"小朋友真是不懂事……"苏旷实在不耐烦，拎起地上的破裤子，裹着小金，伸手从天窗扔了出去。

水雾依旧氤氲，一滴水从穹顶落下来。他们互相吻着，彼此的身体刚刚熟稔，还渴望更接近一些。

"换个地方吧，你的腰……不要勉强，不要动了，还是我来……"

"小鲨，大节不可乱……"

喘息声变得急促而炽热。洞天福地，盛夏时节。

那只叼着兰花的豹子像在深山大泽里奔跑，引导着跟随者奔向一方秘境。溪水清亮，一只鹿在切切地啜饮清泉。

山林幽壑，万物生长。

那只兰花豹终于转过身，扑过来。

大地在沉沦。沼泽在陷落。地火的熔浆渐渐翻涌上来。

潮水来了，又去了。山风鼓动，帷幕中开，地上的水渍渐渐干了。

一天明月，独占苍穹。人间灯火，缱绻温存。一对情侣躺在床榻上，旁边摆了点心匣子和热茶，地上散乱着几件衣衫。他们正在如糖似蜜的时候，倚在一起，懒懒散散，呢呢喃喃。

云小鲨长发散在苏旷胸膛上，伸手抚摸他的掌心："什么时候没有的？"

"什么？"

"刀茧。"

"两三个月吧……不碰刀，很自然地就没了。"

"那你还记得吗，是什么时候有的？"

"你说刀茧？很小……七八岁吧，总之在我真正练刀之前。那时候我们小孩儿都疯传说，一个新手在练刀的时候，会磨出血泡，长出硬茧。硬茧磨掉，长出软茧，软茧又脱落，再长出血泡。就那么反复练够一百次，最后握刀的地方，就会变出一层刀茧，晶莹剔透，跟拿斧子、刨子练出来的根本不一样。而且只要你不放下刀，那层茧就永远不会掉。我等不及，想着提前做点预备，就天天拿着木刀练，非磨出来不可……嘿嘿，我没想过有一天真会放下刀。"

"喂，还会再长出来的！"

"或许吧。"

"什么叫或许？一定会的。是你的就是你的，永远都是你的，这次再长出来，到你老的时候都会有。"云小鲨托着腮，微笑地看着苏旷。

她很喜欢他谈论刀的样子。他像个孩子，眼里闪着光。她看着他眼睛的时候，自己也眼波温柔。

苏旷轻轻抚摸她的脸颊和脖子："那我也问你个问题？小鲨，我记得一直没有问过你，如果有一支足够大的船队，你要去哪里？"

"什么？"

"你总是说，扬帆出远洋，可出远洋毕竟不是一个目的地，你真正想去的地方是哪里？"

"那不是一个……地方。"

"那是什么？"

"怎么说呢……我很小的时候，大概也是七八岁吧，也听过一个传说，是我娘跟我说的。她说，这个世界上，最勇敢、最坚强的水手，都是被北极星指引着的。她还说，真正的水手，一生只有一个最终的方向，就是这个水手第一次下海、第一次喊出'真美啊'那个时候面对的方向。在那之后，这个水手会用很长时间积累财富、智慧和勇气，在一切准备完成之后，要进行一次壮丽的远航，那是她对北极星的承诺。如果她有足够的勇气和幸运的话，经过漫长的旅途，就会回到启程的地方。那个时候，她会再次看见童年时候被震撼过的那一幕，也只有那个时候，才能对自己说，我，完成了一生最重要的旅行，也借此度过了自己热爱的人生。"

"好辽阔的梦。小鲨，那你相信了吗？"

"当然信了呀，你是那种会把故事当真的小孩子，我正巧也是。"

"没有尽头……"

"对。"

"永不回头……"

"嗯。"

"直到返回出发的地方。"

"是！是！还有问题吗？"

"小鲨，到时候要是船上还有空位子，能不能捎上我……我想，等报了仇之后，此间就再也没有什么要牵挂的了。我这辈子没做过这么美的梦,如果你正好有一个，我想陪你做完。"

"我当你答应我了？"

"是。"

"那……如果你报不了仇，也会去吗？"

"我想想……"

"我没有别的意思，只是问问而已。"

"不是，小鲨，有些事，我只能孤注一掷，我想不出报不了仇，该怎么活着。"

"那好，打住！不早了，我们睡吧，明天一早……慕容止还要找我们呢。"

苏旷点了点头，用手臂枕着脑袋，发了一会儿呆。刚刚闭上眼睛，又一激灵，坐起来捡衣服下床。

"怎么了？"

"糟了糟了，我得下去找小金！"

第二十六章　信人不疑

石壁下面，是一方荒芜的花圃。长草委顿，枯枝落了一地。

苏旷一推开门，扑面的清风朗月，无边的夜色温柔，树影如波，林深如海，不由得"嚯"了一声。

云小鲨懒洋洋地跟在他身后，一手秉烛照路，一手匆匆把掖在衣领里的长发抖开，随口问道："怎么了？"

苏旷嘻嘻一笑，自鸣得意："今宵不比往日，一想到从今后这客栈我也有份了，就按捺不住，小小激动。"

"真是贪天之功！"云小鲨斜瞥着他冷笑，"人贵有自知之明，你都干什么了呀？躺着不动就想分我客栈？"

"那个小鲨……不要胡说八道……"苏旷脸上一红，轻轻揉了揉鼻子，接过小鲨手里烛台，"我去那边批评小朋友……今晚月色这样好，不喝一杯可惜了，你去厨房，找找有没有酒，咱们也弄个合卺酒喝喝，怎么样？"

云小鲨扫了花圃角落一眼："那行吧。"

苏旷趿拉着鞋，向花圃角落走。那里有一张小石桌、两只小石凳，石桌上翘着几片落叶，纵横十几道石痕——想必原先是要刻一副棋枰的，后来不知什么缘故，作罢了。在桌子上方有一片细竹篾搭的葫芦架子，中央一只黄澄澄的小葫芦，在月影里摇摇晃晃地挂着，好像是从那广寒宫桂树上长出来似的。小金就盘在葫芦上，晃晃悠悠，璀璨如孤光。

在它脚下，满地都是断了梗的小葫芦，显然刚才已经发了一通火，十荡十决，余怒未歇。还有一只不知从哪里撵出来的冬眠的蛤蟆，眼凸肚瘪、四脚朝天，已经是呜呼哀哉，魂归蛤蟆天。

这动静大得很，想看不见都难。苏旷拎着烛台，走到石桌边，屁股挨着桌沿坐下，一口气把蜡烛吹灭了头也不抬："什么意思啊？我这……洞房花烛夜的下来找你，高兴啦？"

小金呼哧呼哧荡它的小秋千。

苏旷继续苦口婆心道："我丢你，那是我的错，对不起。可是！金小朋友，那事儿能全赖我吗？当时那个情况，是咱三个能搅和在一块儿的吗？我俩当时什么状况呀，你在边上瞎凑热闹，乱钻乱蹦的，连我都不好意思了，别说人家姑娘了！你稍微讲点义气，就该自己出去嘛。"

小金压根不理他，小秋千荡得飞扬跋扈。

"行啊，见好就收啊，你有错我也有错，差不多就过去了。下来？"

苏旷伸出手，等小金蹦回来。可小金拧着脑袋，趴在葫芦上昂首向天，像条浑天仪上的小金龙。

"呀，批评你两句，还不服气啦？"苏旷扶着桌子站起来，手指头嘣地弹了下小葫芦。

小金怒气冲冲还以颜色，咔嚓啃了一口葫芦以示不高兴。

苏旷望着它："你那点小心思，当我不知道？你以为我不跟小鲨睡，就能跟你一样长生不老？"

小金转过脑袋，也静静地望着苏旷。天下第一灵蛊随心所驭，他们俩的刹那闪念每每相通——那个时刻，苏旷看到了自己的生老病死，小金也是一样的。

金壳线虫无生无死，无忧无惧。它没有同类，亦无须繁衍，天上地下是独自的唯一，在某种意义上近似于神。人间的青春年少、执子于归、鹤发鸡皮、黄冢白骨……在它无边无涯的长生里，不过是千载相逢旦与暮。但这一次，借助一个凡夫俗子的眼睛，它第一次看见了死亡，也第一次看见了永恒的离别。

苏旷轻轻摸了摸它的脑袋："吓着了吧？"

小金不会说话，只怔怔地望着苏旷。

——原来，即便是你和我，也要分开啊。

——是啊。迟早会有道别的一天的，但是没关系。你知道吗？你和我走过的这一程，是我一生之中，最美好的道路；你和我并肩战斗过的日子，是我一生之中，最美好的记忆。我的朋友，愿你永远年轻，永远自由。

——原来死亡是那么可怕的事,你竟不恐惧它?

——恐惧啊,但在真正的永恒面前,我们别无选择。据我所知,生之为人,用什么对抗死亡,什么就是活着的意义。唯一战胜时间的方式,就是在时间追上我们之前,做完应许之事。知道终须离别,就好好相聚;知道世界冰冷,就热烈相爱;知道正义的品行稀缺,就永葆内心高贵之荣誉。终有一刻,我们将说出那句我们与世长辞之时,使内心安宁的话——我并非出于他人意愿,而是自愿来到这世上,活过、爱过、战斗过,并秉持自由意志度过了此生。

"不要怕。"苏旷收回手,又轻轻弹了小葫芦一下,"我不怕,你也别怕。自己待一会儿,想通了就下来,喝我一杯喜酒?"

是夜好风月,天穹苍蓝,丝丝缕缕的云霞在圆月上飘过,山林清风,偶有夜鸟飞啼。不多时,腾的一声轻响,云小鲨翻墙而过,载酒归来。她带了两个圆肚方口的瓷瓶,红线蜡纸随意封着,看起来是乡野家酿。又弄了一个小食盒,装了些炒银杏,切了半盒火腿。他们就在石桌上,拂去落叶,布置了杯箸。清酒入空杯,酒香淡而内敛,入手一晃,摇散一杯冷月。

苏旷闻了闻:"这酒有点意思,哪儿来的?"

云小鲨不答:"你先猜猜看。"

苏旷又闻了闻:"我要是没猜错,该是那个崆峒少掌门带来的。据我所知,关外贫瘠,酒多浓烈,但只有一种,淡而又淡,叫作青牛出关百里酒,说是老子出关,心道情不道,怀揣烈酒,如携乡愁,每走十里,就兑水一次,走到一百里的时候,发现酒淡如水,又极好喝,就把方子传下来了。但据我们神捕营的推测,关外商旅,有些一辈子打不了一次照面,路上卖酒的都兑水。但有的酒兑水没法喝,有的酒怎么兑都有味,那些酒商琢磨来琢磨去,琢磨出个兑水不挨揍的方子来。再到后来,崆峒李氏掌门非说自己是老子后代,就把这个酒方收己有了。江湖朋友知道也不敢说破,只夸'好酒、好酒'。"

云小鲨哈哈一笑:"你别的不行,品酒倒真是慧眼如炬。刚刚我到厨房里,看那个崆峒少掌门和慕容止醉成一团,那少掌门已经不行了,拖了两张条凳,躺在凳子上,嚷嚷什么契兄契弟、五百年前是一家,慕容止趴在桌子上,见我进去倒还清醒,听说你想喝一杯,可来劲了,连着碰碎了一堆碗,从少掌门的行李里翻出两瓶酒,又找了点没动过的凉菜给我。"

苏旷本来都杯到嘴边了，听这话，微微一顿。他倒不是信不过慕容止，只是吃一堑长一智，上回栽得太猛，入口之物，又经人之手，难免处处留心。

"你只管喝你的，"云小鲨举杯，"我当时也犹豫了一下，慕容止人是醉，眼睛雪亮的，他二话不说转身就又找了双干净筷子，直接吃一口喝一口给我看。"

"惭愧。"苏旷轻轻叫一声，也举举杯子。

两人举杯，轻轻一碰。苏旷慢慢啜饮此杯，只觉得名不虚传，此酒果然淡如乡愁，初入口清冽无味，越品越有余韵。厨房那两人也是喝酒的行家，这酒味淡又清，不能用味道太冲的菜配，银杏和火腿都是既好嚼又香软的，火腿上薄薄一层炭烤盐霜，连酒味一起漾在嘴里，口颊余香。

第二杯酒刚刚满上，一道金光闪过，小金依约而来，跳进苏旷杯中来，酒水四溅。

"还算你讲义气！"苏旷索性把杯子让它，拎酒瓶跟小金碰了碰，也跟云小鲨碰了碰，"今晚真是良辰美景，小鲨小鲨，上天终归待我不薄。"

银杏和火腿很快就吃完了，两个人情意头上话特别多，说来说去总也不困，就空口拿着无边风月下酒，海阔天空，渐渐地月已西斜。到了后半夜，山中夜鸟多了起来。

"夜鸟和早鸟的叫法不同，再过一个时辰，早鸟就一轮一轮地起来了，到时候你听——"

苏旷正谈笑着，拿着杯子的手顿了顿。他凝神细听，夜鸟的飞啼里有一种极低的弹簧片压着竹哨的声音。这声音在夜风里，普通人几乎无法辨别，但对于神捕营中人来说，就很刺耳了。他本来自在坐着，这哨声一入耳，脊梁上像被泼了一盆冷水，慢慢地扶着桌子站起来，望向天边。

云小鲨也注意到了，刚要站起来，苏旷摆摆手，示意没事。

等了没多久，林外的天际，一只白隼飞过，带着低哨，振翅远去。

这倒不是冲他来的，那只白隼只是过路，离这里还远得很，看方向是往福州去的。

既然太平客栈的一干人等去福州报了官，前往浙东办案的神捕营，必然也跟着案子南下了。这只白隼，是给他们报信去的。这本来只是一桩很平常的事情。可是，白隼的哨声里有一点悲鸣。它报的不是公务，是丧信。

铁敖的灵柩会在神捕营停灵十九个日夜，之后依照惯例，化作大松树下的一碗烈酒。十九天，是神捕营独有的停灵之数，那是纪念十九棵松开辟神捕营的意思，

343

也是计算好的日程，半个月，足够飞隼把丧报送到天涯海角，那时候，五湖四海回不了家的神捕营子弟，会在残月之下，同饮一杯烈酒，送他们的总捕头一程。

云小鲨知道这对苏旷意味着什么。她拉着苏旷的手，柔声说道："怕什么！你算算正日子，到时候他们祭他们的，你祭你的，井水不犯河水。"

"他们该是已经祭了三五天了，正日子早就过了。可这只鸟怎么才到这儿？哦，小鲨，没事儿，那些虚头巴脑的我才不在乎，他们不许我去，我还不想去呢，再说真按照规矩来，我该守的礼大了！这犯着丁忧呢，也不能跟你来这个啊。"

苏旷伸手去拿酒瓶，他本来喝得慢，一瓶酒还剩小半瓶，这会儿越喝越快，没几口，酒瓶见了底，意犹未尽，伸手去拿云小鲨那瓶。只是手一碰石桌，也一怔。

大别山里，某个院落之中，也有一方带着棋枰的石桌，有一局未了残棋。那一局，下完了吗？赢了吗？

云小鲨拉住他的手，把酒瓶拿下来。苏旷有点微微的醉意，伸胳膊搂着云小鲨："小鲨，你看这么着，好不好！我就把这鸟当我师父得了，你也就凑合凑合算见过高堂。师父啊，我这行动不方便，就坐着跟您说一声，我有媳妇了！嘿嘿，真有了，不骗你，不信我亲一口给你看。"

他转头看小鲨，眼圈微微发红。

云小鲨望着他，撺掇道："亲啊。"

他借着点酒劲，吻了过去。只是，凡事不经念叨。就在两个人月下相拥、你侬我侬的时候，那只白隼又飞回来了，而且是显然受了惊吓，凄凄厉厉一声声啸叫，绕月徘徊。

苏旷吓了一跳，差点以为一语成谶，糟老头子听墙根来了。好半天才反应过来，白隼受伤了。

神捕营的白隼是受过训练的猛禽，飞得又高又快，行踪莫定，轻易不会落地。大半夜的，地面上射伤它并不容易。如果说天上有敌人的话……

他想了想，手指放在嘴里，长长打了个呼哨。白隼受了召唤，收翅落在苏旷手臂上。

那是一只尺半的鸟儿，和海东青差不多大小，喙爪双曲，肉食凶猛。它背后被什么东西撩了一下，几道长翎翻折，皮肉划开一道巴掌长的血痕。这伤倒是不算重，但再划深一点，它的翅膀也就折了。

能够在天空上给它背上来这么一下的，想必也是一只飞鸟，而这一记，多半只是一只爪钩。这么大的爪子、这么凶残的猛禽……苏旷情不自禁，打了个寒战。他半生英雄，降龙不敢说，伏虎应该能凑合，但也被那只鸟弄得丢了半条命。可如果是精卫鸟的话……银沙教哪点想不开，为什么要攻击神捕营？要知道，普天之下，银沙教最应该躲着走的就是神捕营了。

苏旷一边想着，一边伸手抚摸那只白隼。鸟儿脚上有个铜环，想来是用来装送丧报竹筒的，但竹筒已经不见了。

这可能不是一次有目的的攻击，精卫鸟仅仅是捕食而已。也可能是银沙教弄错了，他们不知道这是一份丧报，以为是用来下令对付他们的公文，在天上拦截，不留后患，毕竟一只鸟儿就算是失踪了，也没人会怀疑到他们头上。不管怎么说，银沙教的人就在附近，这倒是让人不敢掉以轻心。

"鲨头儿，鲨头儿……"外头一声惨叫，慕容止提着灯笼，跌跌撞撞跑来了。

他宿醉未醒，脚步还有些趔趄，手里抓着张纸条，跑过来直接递给云小鲨："鲨头儿，你看看这个。"

那是一张纸，折了个方胜，上面写着"云小鲨亲启"五个字。

云小鲨不着急打开："哪儿来的？"

慕容止说："我在李大耳的行李上发现的！"

"谁？"

"你忘了吗？我和李大耳在厨房喝酒来着，顺手就把行李搁身边，边喝边掏银杏、枣子出来吃，我们说着五百年前是一家，要结拜契兄弟……"

苏旷没忍住："你们一个姓李一个姓慕容，五百年前为什么是一家？"

慕容止赶紧摇头："那不重要！这俩能差多少，不是谈生意嘛！我谈成了啊，明年他们要的货翻一番呢……后来鲨头儿不是来了吗，我给她找了酒，可是一醒过来，有点着凉闹肚子，我就去茅房，等回来了，发现行李上有这个！"

苏旷没理解："一个纸条你吓成这样？"

慕容止嘴唇直哆嗦："不是纸条……我想，是谁进厨房放下的？赶紧出来看，结果没看见人，看见一只，不是……是四只大鸟！它们从我头上飞过去了！爪子，那么大！嘴巴，那么长！一起张着大嘴，对我叫！吓死我了！"

苏旷试图安慰他："慕容总镖头，无非是对你叫一下而已。"

慕容止吼他："那是没对你叫！真吓人，它们不仅是大，那个嘴太可怕了，一看就是吃人的东西！"

苏旷安抚他："坐会儿，没事儿！喝杯酒，闭上眼，深呼吸，过会儿你再回忆回忆，就没那么大了。"

云小鲨无奈摇摇头，把那纸条打开了，是一纸素笺，字迹清秀。

云家妹子别来无恙：吾闻云卿纵横四海，破浪归来，喜不自胜，有同贺之心。然岛中置酒久候，千帆过尽，不见宝船云帆踪影。前日闻报，云卿弃舟登岸，置船帮百年遗训于不顾，视燃姑沉舟之鉴如惘闻，憾甚！吾千里而来，有肺腑之言，披沥之语，天明前，东南方大樟树下谋一见。吾生性柔怯，云卿宜孤身前来，人多则吾不候也。

没有署名，只有五个梅花瓣一样的小点。

苏旷本来只是扫一眼，但那字迹，历历在目，真如雷击。

云小鲨展着纸条在读，并没有避开他，但在他目光转过来的时候，几乎是不经意地稍微把信角往里折了折。这倒是有些尴尬了。

苏旷目光忙转了回去。云小鲨也极其聪明，顺手就把信递过来了："你认识这个人吗？"

苏旷摇摇头："我不认识这个人，但我认识她的字。就在守默谷剑家的外面，我也收到过她的信，写得比这还客气呢，之后没多久，我腰就被打断了。"

云小鲨把那封信折了起来："她是银沙教的五夫人，乘着一驾四卫飞羽，是银沙教里掌管联络，代替教母通信的人。"

苏旷想问点什么，但又忍着没问。云小鲨想了想又说："我见过她两次。一次是我十六岁那年，那年我去过银沙教的总舵，是她接引我进去的。"

"小鲨？"

"我有继承教主的资格——这是霍伯伯写在遗训里的——我出道之后，不管接受不接受，都要去总舵，跟他们谈一次。那次我去之前就想得很清楚，对于我来说，云家船帮和银沙教不存在选择。我天生就是云家人，我所有想要的一切都在大海上，是不可能守着几座岛过一辈子的。当时，我是蒙着眼睛进的总舵，因为海岛的航道是机密，怕我记住了。摘下蒙眼黑布的时候，我站在船舷边上，眼前就是药岛，也是银沙教七座主岛之一。我当时看见药岛上长满了海神杉，那是我娘跟我描述过的、每一个海上船帮都梦寐以求的龙骨，得到海神杉就意味着我们可以做真正的大船了。所以，我进总舵之后没有多想，就签了一份文书，表示我放弃这个资格，也在今后所有场合放弃霍瀛洲继承人的身份，而他们给我海神杉。这是个交易，这个交易是血誓保密的，除非有人先破坏承诺。七座主岛，我唯一被允许涉足的就是药岛，那个岛上也有我的好朋友。那个岛在终年炎热的大海上，雨水丰沛，长满了珍奇花木和各种海内外难得一见的药草。而岛中央有一座山，山顶有冷湖，冰火交融，几乎各地搜罗过去的草药，都能就地繁衍成活，是个天赐的宝地⋯⋯涂在精卫鸟羽翼上的药水就是在那里调配的。后来，到我二十四岁，终于决定扬帆出远洋了，就又去药岛一次。这一次，我要带走所有的海神杉，这件事必须经过教母同意，我就又上了一次主岛。我本来准备见教母的，但教母没有见我，隔着一层神龛，是五夫人跟我传的话。这是我第二次见她。"

"什么话？"

"银沙教遵守跟我的所有承诺，但也要我承诺，得到我的船之后，不会与银沙教为敌，除非他们先攻击我。这也是血誓。如果这个誓言不被打破，我们迄今还是一个联盟。"

"小鲨，那你准备去见她吗？"

云小鲨点点头：“是。”

"理由？"

"这是最好的机会。我前脚到，她们后脚到，准备机关陷阱的时间并不多，这是第一；神捕营就在不远处，她们即使不怕我，也会怕朝廷，我不信她们敢大开杀戒，屠戮无辜，这是第二；这边有许多江湖人，不比涂山禹门，能随随便便被灭门，她们总也有顾忌，这是第三。"

"小鲨，既然准备去，带上小金。"

"我带上小金，她就不一定肯见我了⋯⋯"云小鲨犹豫。

苏旷看了看那只白隼，又看了看趴在杯沿的小金。很奇怪的，平时这个距离，飞禽走兽早就跑远了。他想了想：“我有办法。”

云小鲨看着他：“你真的从来就没有想过吗？我跟银沙教的关系可能比你知道的密切很多⋯⋯”

"不要紧，"苏旷拍了拍迷迷糊糊还没搞清楚状况的慕容止：“如果你们要抓我，慕容总镖头可以保护我。”

慕容止好不容易清醒了一点,听了这句话,脸上又泛起了那种喝多了需要再睡一会儿的神情……

信上说的"东南方大樟树"很好找,就是那个慕容止说的夜哭郎君指定睡觉的地方。

那是方圆百里内,最高最大的一棵树,据说已经有了五百年以上的寿命。

大樟树附近有一片开阔地。也据说,那就是霍瀛洲凭一柄碧海洗银沙,单刀血洗了三大世家的战场,那一战杀气太重,所以至今还是寸草不生。这也是附近,方圆百里之内,"四卫飞羽"唯一可以着陆的地方。

云小鲨到来的时候,正是黎明前天最黑的时刻。

她束发,袖口和袍角都收拾利落,背后束一柄藏山一玉,一手持着火把,银臂甲上的海牙短枪闪着寒光。她体力和精力都还旺盛,唯一不满的是洗过澡还需要穿回脏衣裳。她并不太担心银沙教的人在这里设陷阱,普通的机关陷阱瞒不过她的眼,况且高明的机关陷阱需要提前很久布局。尽管如此,她丝毫不敢掉以轻心,银沙教足以要人命的东西太多了。她走得很慢,目光逡巡,面容冷峻,如临深渊,如履薄冰。

到地头了。她举起火把,摇了摇,之后一声呼哨。头顶上有枝叶带风声、羽翼扑扇声、金铃摇荡声……铃声慢而笃定,指挥着精卫鸟向此地降落。

云小鲨抬起眼,后退一步。在她面前,四只垂云巨鸟,像从地狱魔窟里钻出来的,带着一张又轻又薄、像噩梦一样黑的网,缓缓降落下来。网中间置一方轻巧软榻,一个黑衣女子盘腿坐在上面。

这场降落郑重、仔细、小心翼翼。精卫鸟固然灵活又迅猛,但既然要带着人飞行,那张网就要轻韧,一旦纠缠在一起,会有很大的不方便。四只鸟的脚上,都有精钢环扣,扣住双足,网角的链子系在双足之间,铃声指挥下,一只鸟收翅,两只鸟再收翅,最后是第四只鸟。这样一来,那张网几乎还是完完整整地铺在地上,起飞的时候也可以尽可能快一点。那张软榻,也并不仅仅是为了装点门面,还是为了网兜的平衡。带着网的精卫鸟互相牵制,并不够敏捷,这是白隼可以逃生的原因,也是五夫人轻易不落地的原因。

云小鲨在很仔细地观察,即使在卧虎藏龙的中原武林,她也是一只手数得着的高手,而且,最可宝贵的自信还从未被摧毁过。

五夫人依旧盘腿坐在软榻上，黑纱蒙面，身上罩着轻软的黑色斗篷，让人看不清她的身材面貌。

云小鲨向前走："你来了。"

"小鲨，"五夫人举起一只手，摇了摇，手腕上铃声一动，"你不能再向前走了。"

她们之间，大约保持了十丈的距离，这是个相对安全的距离。再远，说话就要用吼的了；再近，双方随时都可以发动攻击。

"好。"云小鲨站住了，开门见山，"我来了，说吧，你的肺腑之言是什么？"

"小鲨，"五夫人望着云小鲨，声音里有一种可以信赖的亲切温柔，"你的声音里有火，我想，跟你说几句体己话之前，我们还是先把误会解释清楚才好。"

"哦，什么误会？"

"银沙教和许多人为敌，这没错，但绝没有和你为敌的意思，一直都没有。"

"那可真是笑话！我的船是怎么一回事？我父母隐居的故里，那些蛊尸是怎么回事？苏旷的腰又是怎么一回事？你今天来跟我说没有为敌的意思，当我是死人吗？"

"小鲨，我今儿来，就是跟你解释这件事。你放冷静一些，我知道你的船沉了，也知道这件事对你的打击非常大，但那跟我们无关。在你船上发作的那种蛊，叫作百日蛊，顾名思义，就是种下之后，百日才会发作的意思，发作起来，也不过是如同瘟疫。小鲨，不要发脾气，你明白如果真的是银沙教决意除掉你，我们还有许多厉害的蛊虫，有的是办法让你的人一夜之间尽数成魔，在茫茫大海之上，保准你永世不得超生。即便是不用蛊虫，在你当时踏上药岛没有防备的时候，我们天时地利人和都在，也可以随时取你的性命，何必非要用一个温暾暾的百日蛊，既让你逃出来，又得罪你？"

云小鲨稍稍沉默了片刻，不得不承认，五夫人的话是有那么一点儿道理的。如果在海船上，他们种下的是前几天岛上的那种蛊虫，即使有小金在，也必然会全军覆没，最后只剩身边一隅安全之地，茫茫大海，难逃一死。但这种事情，谁说得准呢？或许他们就是心思歹毒，要看百日蛊陆续发作，把人活活折磨惊吓而死也不一定。

云小鲨选择不表态，只提问："不管是百日蛊、千日蛊，我只问，蛊虫到底是不是你们的？"

"蛊虫卵是我们的，这没有错，但确实不关我们的事，是你手下的老秦、那个叫秦海锐的夹带着偷出去的。他偷出去一盒虫卵不算,还又随便从后面乱拿了一盒放在百日蛊的格子里,给我们添了许多麻烦。少了一盒虫卵,在我们银沙教的蛊堂也是大事,我们上上下下查了很久,怀疑了很多人,一直都没有怀疑到云家船帮的头上,因为我们是联盟,我们对你是信任的。"

"你知道老秦死了,一推六二五,倒是方便。"

"小鲨,我来这里,并不是没有风险。你防着我,我也不会不防着你。我仅仅是给你一个我们这边的说法,让你做个参考,三思之后再做决定。至于我说完之后,你听不听得进去、采取什么态度,都是你的事。如果你听了之后,依旧非要和我们为敌,多个对手我们也不在乎。只是希望你不要轻易站队,不要中了某个小人的奸计。"

"你说的小人是谁?"

"这我们最后再说。"

"关于我的船,你还有什么可解释的?"

"我能给的解释就是这个。做错事的是你的人,银沙教践行了和你的所有约定,我们希望可以继续和你联盟。"

"好!那你解释一下我家的蛊尸。"

"那也是个误会。涂山禹门是我们灭门的,肯定没错。但这件事,事出有因……"

"我根本不关心什么涂山禹门,我问的是我家的蛊尸……"

"等等,小鲨,你听我说完,听完你就明白了。"

"好,你说。"

"十一年前,敝教崖州总舵攻破之后,侠义道大获全胜,回复昔日荣光。丁桀斩下无数高手人头,手上沾冤带仇的尽数生擒,总舵秘籍、藏宝掳掠一空……按照常理说,江湖上本应风平浪静。小鲨,是不是?"

"是。"

"我们银沙教,最为倚重的宝地是药岛。岛上药堂尊者是教主、教母之下最重要的人物,小鲨,这个你也知道吧?"

"是。"

"好,事情是这样的。十年前,我们药堂的尊者叫浅海,她是个年轻姑娘,聪明、博学,也善良,是敝教不世出的天才。我们在老总舵,高手尽殁,总要自保,她研究一种蛊阵作为防护,几度春秋呕心沥血,但总是只差一种悬丝,苦求不得。

她翻遍典籍，寻到了天音鲛丝，知道是涂山禹门的传家之宝。浅海不会武功，但一心求宝，就带了我教中七大仅存高手，匿名前往涂山。她想要成交这笔生意，几乎是不计代价，只是争取了很久，连通报、交谈的机会都没有。浅海千里迢迢而来，不愿意就这么归去，想无论如何，也要看一眼天音鲛丝，就在七个高手助力之下，潜入禹门重地——也就是他们家祠下面的地宫里。可没想到，就看见了世人所不知的一幕。按照他们祖传的秘方，这所谓的天音鲛丝是要养在活人身体里的，或者说明白些，那些丝要埋在活人的血脉里，吸取日月精华之气，才能柔韧绵长。涂山禹门在当地是个有威望的家族，施粥、赈药、铺路、修桥，赡养鳏寡孤独，扶持寒门子弟，那真是圣人、菩萨一样的乡望；可在他们的祠堂地宫里却锁了三十几个路上捡回来的病人、垂死的异乡老者、残疾的乞丐、先天畸形的孤儿……人人身上都埋着那个线，尽管服了麻药也依旧哀号挣扎。浅海带去的七个高手，是我教中顶厉害的人物，她并不害怕禹门，就抱了一个孤儿出去，把这件事，声张到光天化日之下。可你猜猜，后面发生了什么？方圆百里，没有任何人相信他们。外面众口一词，说他们血口喷人。那七个人，大怒之下，直接坏了机关，破开地宫，把养丝人带出来，但依然没有人相信他们。禹门的掌门说这些都是魔教的栽赃勾当，谁人不知谁人不晓？他们要抢天音鲛丝，什么做不出来？呵呵，银沙教三个字一出，真是人人得而诛之！浅海当时四面八方地想要声张这件事，但所到之处，处处被唾骂。直到终于有个人，跟她悄悄说，那个孤儿并不是真的孤儿，他先天残疾，是涂山禹门从他父母手里花了一百两银子买回来的。那三十多个人，个个都是如此，他们老的老，病的病，残的残，早就是废物了，家里拖累不起，就干脆把他们捐了出去，换了那些桥、路、粥、药，还有寒门的功名。禹门世世代代都是这样做的，那一带每年给他们上贡几十个废物，他们保一方温饱太平，这是心照不宣的交易。浅海当时怒极攻心，他们几个合计了一番，干脆就放了那些人，抢走了天音鲛丝。这件事一做，魔教的名头彻底落实了。涂山禹门求诸同道，两淮侠义道很快就发出了小英雄令，要他们八个人的性命。可他们八个人，也不是轻易拿得下的，他们一路南下，一路试图声辩，可是并没有什么人愿意听他们分说。

"终于，他们离涂山远了，来到了另一片武林，那一带武林的领袖人物——庐山九天堡的堡主顾怀来出面主持公道，听他们细细分说，之后拍案大怒，说：'岂有此理，侠义道沆瀣一气，比寻常魔道更是可恶，青天朗日，没有公道了吗？你们放心，此事包在我身上，我这就准备车马，奔赴洛阳，请丐帮出来说话！'他这番慷慨大话一说，八个人放下心来，半夜，商量此事如何善终才好。但就在他们放松戒备、疲惫不堪准备入睡的时候，闻到了一股迷香。呵，那位顾怀来倒是准备了车马，可并没有打算奔赴洛阳，直接就把他们绑了。七个高手穿了琵琶骨，连同天音鲛丝，连夜送回了涂山……那涂山禹门的掌门在地宫里等着他们，冷笑着说：'既然你们不许别人做丝人，那就换几个筋骨强壮的也好，至于年轻姑娘，是做丝人，还是另选一条活路，你可以自己选。'这件事做得神不知鬼不觉，江湖之中连个消息都没有。涂山禹门，对外还是那副冷冰冰、与世隔绝的样子，不和同道来往。银沙教久候他们不归，也派人去找过他们的下落，中间也到过涂山，只知道他们出事了，但一路活不见人，死不见尸……呵呵，魔教中人，人人可以得而诛之，银沙教只要没有死绝，每个人都是当斩当诛，既然如此，我们改什么邪？归哪家正？

"浅海在的时候，药堂有规矩，用蛊不许伤人。可她自身难保，药堂也只有把她留下来的笔记，尽数发扬光大，各种蛊虫全部孵化出来。浅海一代天才，曾经研究了苗疆、五毒派、唐门……各种蛊术，搜罗暹罗、百越、南洋、西洋各种用毒的方法，取其所长，弃其所短，银沙药堂独步天下，她是首功。这些年，我们又北上经营十二银庄，才有了人才兴旺、富可敌国的气象。再后来，我们终于势大，才开始筹划报仇。我一路寻访蛛丝马迹，带着人也带了百日蛊，回到涂山禹门的地宫里，发现了……他们。他们都还活着，那七个人手筋、脚筋都断了，变成人彘，天音鲛丝穿在血脉、骨节里，筋肉溃烂，内脏肉眼可见，日日夜夜，生不如死。而浅海，她承受了一个女人所能承受的一切，她的舌头已经没有了，是被自己在极度痛苦的时候嚼着咽下去的……她一直等着，等见到了我，在我的手心里，一笔一画写了这一切，连道别都没有，头一歪就死去了……小鲨，你知道吗？我是她姐姐。"

云小鲨慢慢点了点头："为浅海尊者报仇，天经地义，这我没有异议。但是五夫人，我不明白的是，这和我们讨论的问题有什么关系？我刚才是问你，我家里的蛊尸哪里来的？"

"本来确实没有关系，但我刚才也告诉你了，你的人在我们那里一通乱翻，夹带走了一包虫卵，还随手乱放了一包充数。秦海锐带走的是百日蛊，乱放的是落叶蛊，我不留神就也随身带错了。落叶蛊比百日蛊凶残得多，取的是树高千丈、落叶归根的意思,蛊物吊起来的时候不会发作,落地就发作了。我们在涂山禹门全体身上下了蛊,之后才发现弄错了,我们当时有两个选择,一个是把他们直接处死,另一个是尽快找到一个地方,把他们悬挂起来。落叶蛊是最顶尖的蛊物,试了十年,一直没有成功过,我必须看上一眼。而且,当时我需要一个与世隔绝没人打扰的地方……小鲨,我不是故意扰乱你父母安宁的,我没得选,我只知道那个地方也是当年霍教主留下来的地点!我说了,这是个误会。"

"你的误会!安排一群蛊尸,在我的家里,等着我?"

"我一再给你送信,说有个意外的状况,无论如何,归航的时候到我们岛上见个面,是你不肯应答我,小鲨。"

云小鲨皱了皱眉,她不太清楚有没有收到过信,那段时间,她心情非常糟糕,沿途码头,所有送到手上的包裹信笺都没有打开过。

她决定快刀斩乱麻:"那这个事我先放一放,现在跟我说苏旷吧。你说的那些人是谁,是怎么回事,是真的妹妹还是编的,我都不清楚。你只告诉我,苏旷怎么得罪的你、做错了什么事,要你这样对他?"

五夫人说:"小鲨,那也是个误会。"

云小鲨火把垂下,手指动了动:"什么?"

五夫人说:"我只想把他带回总舵而已,我的意思,是打断他的腿,给他一点教训,下手的那个人比较鲁莽,会错意了。"

云小鲨向前走了一步:"他做错什么了?"

五夫人说:"小鲨,我们在复仇,整个银沙教被欺侮了十年,我们的武学高手被他们屠戮一尽,当初带头的那个人叫作丁桀。我们能用的只是我们的蛊虫和精卫鸟。苏旷他有金壳线虫,也是丁桀的朋友,兰芝当道不得不除,我不能冒险,让他们联手。"

"你可以去动丁桀啊。"

"丁桀很难动,牵一发动全身。而且,动他的代价太高了。而苏旷是个很容易抓的人,一引就上钩了。抓到苏旷之后,我们才有可能让丁桀来总舵。"

"我倒不知道,他俩关系有这么好?你劝我之前,为什么不试试劝苏旷?"

"小鲨,苏旷和你完全不一样,他在遇见你之前,已经选择了所有的立场,他会站在丁桀那一边,我们去找他毫无意义,只会败露计划,而我们的原则,是先下手为强。"

"那你跟我说这些是想做什么？"

"是希望你回心转意。小鲨，我希望你能理解，银沙教不愿意以你为对手。银沙教的这场恩怨非常久远，积累了两代人，你没有必要插手进来。如果你愿意中立，我们会补偿你的所有损失；如果这场恩怨结束之后，我们赢了，而你还愿意和我们联盟，你知道的，我们教主的位子还是虚位以待，海神杉还在生长。"

"我所有的损失，你准备给多少？"

"最大的一座银庄。"

"那真的不少。"

"不够你还可以开条件。"

"好，我会想。"

"小鲨，现在，我要跟你说我的肺腑之言了。"

"我在听。"

"小鲨，云家船帮的规矩叫作永不登陆。你已经向内陆走了三百里，现在回头还来得及。听我的，不要再向前走了，向前走就是沽义山庄，是江湖人聚集的地方。你是大海上的人，江湖不适合你，那里的规矩，你听说过，但没有亲身经历过，那儿会吞噬你的一切——你的自由、你的志向和你本身。你的母亲，曾经是云家船帮最优秀的传人之一，但自从她选择成为你父亲的妻子之后，就什么都不是了。不要重蹈覆辙。"

云小鲨轻轻叹了口气。是，这是她最害怕的事情之一，她离开了大海，离开了自己最舒适、最热爱的地方。

而前面是"江湖"。

这时候，天已经蒙蒙亮了，树林四周，白雾升起。

五夫人伸手，摇着金铃铛，指挥精卫鸟起飞："小鲨，天亮了，我不能久留。你回去想想，同意不同意没关系，重点是你要想一想。想清楚了，可以随时约我谈。"

"好，那就再约。"

四只精卫鸟已经鱼贯飞起来了，云小鲨的后背在它们的攻击范围之下。

云小鲨在向前信步走，火把半残，青烟缭绕。

——是啊，我害怕，这是我第一次离开大海，向内陆深处走，我听说过无数个江湖掌故，但那不是我的地盘。

——是啊，我母亲失去了大海，失去了云家船帮，我怕我重蹈覆辙。

——可是，第一次去哪里不害怕呢？我第一次去海图边界的时候，也有很多人跟我说，听我的，快回头。

——我要回头了。我们之前发生的一切，都可以是误会，但这一次，我信守承诺。

——我的后背留给你了，机会也留给你了。不要！对我！先下手为强！

"小鲨？"

"什么？"

云小鲨回过头，她眼睛一眨不眨，连眼睫毛都没有颤一下。她走了二十步，一直在等这一刻，四只精卫鸟结成阵势，向她急冲下来。那是一个无懈可击的包围网，一个无路可走的角度。

她扔掉了火把，海牙短枪脱手而出。没有用的，海牙枪在精卫鸟面前，只能剔牙而已。

突然，叮！一声轻响，海牙枪撞碎一只小葫芦，一股带着关内乡愁的酒水四溢，金壳线虫凌厉如闪电，向四只精卫鸟之间急冲。

这是突如其来的变故，网兜和软榻一起倾覆了，血精卫的八只翅膀冲撞在一起。五夫人顾不得了，一手抓住网角，一手死命探出网眼之外，丁零零，金铃摇得如癫如狂。

云小鲨点地，纵身跃了起来，她劈手拔出了背后的藏山一玉。她的身影也像是一道闪电，追随着那道引路金光。

四只精卫鸟急速调整，立地飞升。云小鲨追不上的。

"这个江湖，你们说了不算！"她斜蹬一脚大樟树，人在半空拧身、蜷腿、借力、发力，藏山一玉化作一道碧光，脱手而出。

那是桅杆上追风掣电的身影，脱手而出的是一记万里奔流。那柄剑发出昆仑山的尖啸声，在半空掠过。一声惨叫，一只手带着一串金铃铛，连着几片长长黑翎落了下来。

精卫鸟升空了。小金也落了下来，它很喜欢那个小葫芦，一蹦一跳地去找它。藏山一玉从天直坠，斜插在地上，在初升的阳光下，发出凛凛碧光。

天亮了。

"我初来此山时,觉得山是山,客栈是客栈。我离开此山时,觉得山不是山,客栈不是客栈。我回头看此山时,觉得山又是山,客栈还是客栈。"

"你啰里吧嗦,想说什么?"

"我想说,我有点弄不明白,太平客栈,到底有没有我的份……"苏旷揉着鼻子说。

此时,云小鲨牵着一乘骏马,马背上驮着行李。小金正在苏旷的腰带上,荡它的小秋千。长途跋涉,一天又过去了,夕阳笼罩大地,一道暖融融的金光。

眼前,已是武夷山中。山林青翠,一道长长台阶通向顶端的建筑——一座黑色的山庄,长墙环绕,森严气象,不可方物。

咯吱一声,那扇久久关闭的大门洞开了,庄丁和丫鬟们拥了出来。

人群分开,一个穿着白衣、拖着木屐的清癯男子拂衣,径直沿石阶而下。另一个圆脸姑娘跟在他身边,手里牵着个小姑娘。他们身后,是个黑衣人,脸上一点表情都没有,眼里全是惊喜和欣慰。

"我来介绍,这位是云小鲨,云家船帮的掌门人;小鲨,他们是我的朋友——这位是夜哭郎君,我们有过命的交情;这位是沈南枝沈二姑娘,你们是合伙人了。"

那个白衣男子走到苏旷面前,扫了眼他脏得没边的衣服,略皱眉,但作为主人,又勉为其难地展开了双臂。

苏旷轻轻抱住了他:"东篱兄,好久不见。"

第二十七章　百尺竿头

武夷山绵延千里，清幽奇绝，四时兴替，各有风景，沽义山庄占据了其中一整座山头。因为沽义山庄实在是太有名，以至于那座山的名字，反而渐渐地不为江湖人所知。

沽义山庄是一座小小的机关城，有一半是看得见的，另一半是看不见的。看不见的那一半，隐藏在山川、树木、地下，和已有的建筑里。看得见的大门只有南北两座，南门高两丈七，通体漆黑，森严气派，终年紧闭，一个月里见不到几回开启，面向的是江湖朋友，迎来送往；北门高一丈八，洁白如冰玉，通向的是另一座神秘山峰。

沽义山庄里没有笔直、宽阔的车马道，它从第一天兴建起，就把山庄建在一座大花园里，山庄多用乔木，以榕树、檀树、枫树为主，间杂竹梅兰草，配以流水清潭。一条白色鹅卵石的小径，从南门一路盘旋到北门，像条出水嬉游的小白龙。

夕阳无限好，六人在道。风筝像条撒欢儿的小狗，冲在队伍的最前面，砰砰砰地小跑，一只小胳膊绷得直直的拽着云小鲨，一手四处指点比画着："小鲨姐！你看你看！"她指了指脚下的路，又指了指前头一条岔路，"你看那条路，路边有红的石头沿，对不对？我们走的这条就没有！喏，沽义山庄的路是很好认的，白色的路就是随便走的；红色的路呢，就是有机关、有危险的；黑色的路是禁区、不许走的。门也是一样的哦，你看门上面都有门环，白色的门环可以随便进，红色的门环就是里面有机关、有危险，黑色的门环是不许进的。"

云小鲨点了点头。她一路走进来，视野所及，七八条岔道只有一条是带着红色路沿的，并没有看到"黑色的路"，想来，沽义山庄的禁区并不多。

"小鲨姐你再看！"风筝踮起脚尖，用力指了指远处，"你看所有的房子，都能看到房顶，对不对？你要记着，在沽义山庄，平顶的房子是住人的，尖顶的房子是做工干活儿的，圆顶的房子是洗澡的，坡顶的房子是吃饭和玩儿的。对了，你知道什么叫坡顶吗？坡顶就是……你等等，我画给你看……"风筝说着，就要在地上捡树枝。

"不用画了风筝，我知道坡顶。"云小鲨又点了点头。沽义山庄是个好地方，做工的地方不算多，吃饭洗澡和玩儿的地方真是不少。

"好咧！"风筝叉了会儿腰，想了想还有什么没交代的，一拍脑袋，"对了，还有，你看！沽义山庄除了我们，还有很多人，有的人在这儿学手艺做工，有的人让我们过得舒服一点儿。看人呢，就看腰带上的玉牌子，白牌子的是陪庄主练剑的，也守卫山庄的安全；红牌子的是在机关工坊里干活的；金牌子的是外派联络、交通江湖事项的。这三种人，你要是有事要办又找不到人吩咐，也可以招呼他们，但最好不要没事乱招呼，他们也很忙。还有，黑牌子的是洗衣做饭、打扫房舍园林的，有事你可以吩咐他们。当然咯，这里每个人，都有他们自己的名字和故事，你要是愿意和他们交朋友，就可以先把你的名字告诉他们，他们也会告诉你的。"

这番话真是孩子气十足。云小鲨估计，小姑娘刚进来的时候，是被沈南枝这么仔仔细细教了一遍，这一次照葫芦画瓢，现学现卖。

"小鲨姐，小鲨姐！你快看！"云小鲨已经被风筝拖着跑了很远了。但这次风筝不跑了，站住，伸出手指。在她的左前方的一片绿草地上，有一棵巨大的榕树，高有十丈，盘龙虬结，树根部位有一间带着小木门的树洞，树上离地约莫一丈处，有个树屋。原来，风筝一路跑就是为了显摆，她快跑过去，打开木门，特别骄傲一回头说："这是我的房间！"

那个"小树洞"看起来不大，其实不小，里面半截在地上，半截在地下，陈设着小小的床、桌子、橱子和椅子。大树开着小窗户，"墙壁"上还有一列小书架，风筝转了一下书架边上的烛台，后面好像还有条暗道，不知道通向哪里。

"上面那个，是夜哭大哥的房间！"

风筝挨个把树洞里能打开的都打开，又关上，又跑到云小鲨身边，伸手指给她看——树洞和树屋是连着的，一边是小木楼梯，一边是滑梯，还带着个小秋千。对于一个六七岁小孩子来说，这真是有趣的天堂。云小鲨注意到草地附近、道边的石头沿子都是新换过的，变成了清一色的白石。想必原先这里有机关，为了让小孩子玩开心，拆掉了。

"这是我小时候住的地方,风筝一眼就爱上了。"沈南枝不知道何时也来到了她的身后,"上面那一间,是我哥住的。小孩子都喜欢秋千,对吧?"

云小鲨笑了笑:"对,我小时候也有一个。"

"我是沈南枝,此地的主人。"沈南枝伸出手,她的手宛如少女,白得透亮,肉嘟嘟的,手背上带着四个小酒窝。她笑眯眯地望着云小鲨,"久仰啊,云船主,我第一次听到你传说的时候,还以为是海上那些人闲着没事做编出来的故事。能接你进门,沽义山庄蓬荜生辉。"

"如雷贯耳,沈姑娘。我是一路西行,一路听你的名号,一直在想,你到底是何等样人。"云小鲨握了握沈南枝的手,她的手修长而筋肉结实,骨节突兀,因为常年的风吹日晒,皮肤变成了带着光泽的铜色,"我是化外之人,漂泊四海,久闻中土江湖卧虎藏龙,今日一见,真是名下无虚。沈姑娘,这次叨扰了。"

"叫我南枝吧,你俩到我家,没有什么叨扰不叨扰的,住个一年半载的,到你们想走了为止。"

"可能真要住个一年半载的。"云小鲨实话实说,有点不好意思,"苏旷那个腰,我的船恐怕没法住,真不知道还能去哪里。"

"除了沽义山庄,你们还想去哪儿?"沈南枝哈哈笑起来,"小鲨,不用见外,这扇门,永远是为你们开着的。"

两个人正聊着,风筝玩了一圈下来。她是个小精灵一样漂亮的小姑娘,有着清秀的脸蛋,和小鸽子一样黑漆漆的眼珠子。有人在的时候她人来疯,大人都忙的时候,她也很懂事。

沈南枝摸了摸风筝的脖子和后背,小丫头这一路跑得浑身全是汗,她从兜里摸出个小瓶子:"风筝,这是今天的奖品。"

风筝接过瓶子在手:"哇,小还丹!"

云小鲨不太了解:"小孩子也能吃吗?"

沈南枝点点头:"我改过方子了。"

风筝兴冲冲拔开瓶子,连忙往嘴里塞了一颗:"还是冰糖陈皮味的!南枝姐,我能吃几颗?"

"小孩儿一天只许吃一粒。"

"大人呢?"

"大人能吃两粒。"

小家伙馋归馋，不吃独食，自己吧唧吧唧嚼了一粒，又倒出四粒，分别喂给沈南枝和云小鲨，接着往后跑给大哥们送药去了。

后面大概百步之遥，苏旷和夜哭郎君并肩走着，商量着什么。两个人的声音很小，但也急切。

夜哭郎君似乎很坚定："小苏，送君千里终须一别，既然你已经平安了，我就该告辞了。"

苏旷不理解："你告辞去哪儿？"

夜哭郎君摇摇头："不知道，还没想好……或许回西域吧……"

苏旷有点着急了："或许？你真说得出口！外面什么状况你不清楚吗？你当银沙教吃素的？你一个人落了单，想万里迢迢回西域？门都没有！夜哭兄，咱们不都说得好好的吗？咱们聚齐了，再等丁桀那一伙，兵合一处将打一家，一起干翻那帮王八蛋！你这时候自己走，算什么？"

夜哭郎君沉吟："我……要不然我去找丁桀。"

苏旷丈二和尚摸不着头脑："夜哭兄，你是疯了吗？你跟我熟还是跟丁桀熟？我在这儿呢，你找他干吗？咱们哥俩从认识起，就没怎么好好聚过、喝过酒，你陪陪我不行吗？非要我拖着这个腰去追你？"

夜哭郎君摇摇头："你又不缺人陪。"

苏旷实在不明白："你到底怎么了？南枝得罪你了？"

夜哭郎君终于冷哼一声："沈姑娘怎么会得罪我？可沽义山庄又不是只有一个主人。"

苏旷嘶声："那是……？"

夜哭郎君又说："沈东篱脸拉多长，你瞧不见，我可瞧得见。"

苏旷赶紧安慰："沈东篱是属驴的，从出娘胎起，脸就是那么长。夜哭兄，他不是针对你……"

夜哭郎君打断他："他是不是针对我，我看不出来吗？自从我到了沽义山庄，他连招呼都没跟我打过一个。我跟沈姑娘吃个饭，他走过来，哼一声就离开了！他什么意思，我心知肚明。我不是不知道他跟沈姑娘有婚约，我也从不敢亲近，更不要提冒犯沈姑娘，但难道，我说句话、吃个饭都不行了？小苏，你须晓得，我从不看人脸色。"

苏旷从满头雾水里找出一些端倪,他压低声音:"夜哭兄,嘿嘿……我师弟好像说过……你对南枝有点意思?真的吗?"

"这并不难看出来吧。"

"哦……你你你……你做贼心虚!"

"是你睁眼瞎。"

"等等,夜哭兄,要不这样,这事我有经验啊,我帮你开解开解……"

"你有屁的经验。你看上的姑娘心里有人了,你不就是自己剁一只手,坐一边哭吗?这叫什么办法?"

"嘘嘘嘘……这样,我还有个好办法。要不……这么着,咱们行动前,你不嫌弃的话,我跟你睡,咱俩夜夜聊天,行了吗?"

"这算什么狗屁办法!"夜哭郎君别过脸,"我不跟你睡。"

苏旷还在抓着脑袋想办法。这时,风筝手里托着药丸跑来了:"大师兄大师兄!快吃快吃!小还丹!"

苏旷弯腰就准备抱她。夜哭郎君顺手把小丫头抄起来在胳膊上坐着:"不知死活!一身是屎的日子才几天哪?能走了不起啊?"

风筝喂了两丸药到苏旷嘴里,又喂了两丸给夜哭郎君,很认真地看苏旷的嘴:"大师兄,小还丹是不是可以治伤啊?"

"嗯!能治……冰糖陈皮味的。"

"那大师兄很快就会好起来了!"

风筝很认真地直到盯着苏旷咽完那两粒药,又拿出两粒在手心,其他好好放在兜里,准备蹦下地喂给最后一个"大人"。

"风筝,来给我吧。"苏旷接过药,"夜哭兄,你带风筝玩会儿啊。别老想着走,你走了,我舍不得你,她也舍不得你!"

然后,苏旷往回走了几步,迎上慢吞吞、遗世独立的沈东篱。有一点,夜哭郎君倒是没有说错,沈东篱脸确实拉得很长,一副看谁都提不起劲头的样子。而且他看起来真是瘦,完全不是一个练武的人该有的身材,不知道为什么,脚步似乎也提不上力气。

苏旷有点迟疑,按情分讲,如果沈东篱无病无灾,去京城接他的人,不该是沈南枝和夜哭郎君。

"东篱兄,"他手心托两丸药,说道,"小还丹,陈皮冰糖味的。"

361

沈东篱扫了一眼他的手，看了看他黑黢黢的指缝，皱眉道："不吃。"

苏旷丢自己嘴里了，嚼得跟蚕豆似的，然后跟在沈东篱身边："东篱兄啊，你肯来接我，真是荣幸之至。"

沈东篱嘴角扯动了一下，权当笑了："客气什么，当这是自己家……算了，你本来也没跟我见过外。"

"你最近好不好？我看你神色不太对。"

"我没什么事……一切都好，好得很。苏旷，我听南枝说了你的事，还有铁前辈的事，我很……"

沈东篱还在吃力地没话找话，苏旷一抬手，搂住他的肩膀。沈东篱看着他脏到没边的袖子，话噎住了，好半天才憋出一句："总之我很难过……"

苏旷有点吃惊——穿着袍子的时候，还感觉不出来，但这么一抱，他身体情况几乎是无法隐藏的。沈东篱实在是太瘦了，而且弱，肩膀微缩，气息不匀。对于一个一等一的武学高手来说，这显然是生过大病才会有的状况。可是，如果他真的生过大病，南枝为什么不说？

沈东篱还在看着苏旷的袖子。这袖子，海水里泡过，泥浆里滚过，一般人看不出来原本是什么颜色。他的耐性到头了："苏旷，你们远道而来，该很疲惫了，不如先沐浴更衣再吃晚饭，如何？"

苏旷笑着回答："不着急，咱俩多久没见了，洗什么澡。"

沈东篱犹豫了片刻，还是摇头："你还是洗个澡吧，至少换件衣服……我也沐浴更衣，休息一会儿，我们……过会儿见。"

他说完，居然一转身就直接离开了。苏旷抱着胳膊，非常吃惊。

这一幕，大家都看到了。可也都不知道该说什么，客随主便，只好都去望沈南枝。沈南枝耸耸肩，撇嘴道："没事儿，要不你们俩先去洗把脸，换件衣服，看他能不能赏脸吃个晚饭？苏旷，先别吃惊，你们已经是稀客中的贵客了。我哥这两年，一直住在后山，来山庄大概只有十次吧。这次他能移步到门口，很不容易啦！"

苏旷当然并没有真的去洗澡。他去了准备好的房间，洗干净了脸和手，扔掉了那件烂咸菜一样的外套，换了件料子很好、轻柔得体的青衫。云小鲨换了身淡紫袍，外面罩了层洒金纱，看起来云霞明灭、光可照人。

沈南枝是个心细如发的主人——她听闻过云小鲨的形容和来历，准备替换衣裳的时候，也特意选了些普通人压不住、衬不起来的颜色。

"一对璧人。"两个人走进小饭堂的时候，沈南枝筷子敲着杯子，笑嘻嘻地说。

这是一桌接风酒。沽义山庄给苏旷的接风酒，本应该很郑重的。

席间没有分宾主，夜哭郎君自行留好了位置——苏旷坐在他身边，云小鲨坐在沈南枝身边，空着的位子留给沈东篱。家具考究，器皿精致，杯盘碗盏配的是八仙过海汝州瓷，分了苏旷一套铁拐李醉卧三山的，分了云小鲨一套何仙姑踏海天门的。客人一到，外头击板一声，厨房鱼贯上菜，四个冷盘，四个干果，八个山珍，八个海味，琳琅满目，珍肴满席，配着十年的女儿红和二十年的梨花白，看起来也是准备良久、费尽心思的一餐。

唯一美中不足的是，席间的蜡烛烧去一小半，四个大人尴尬得无话可说，一个孩子饿得肚子直叫，沈东篱还是没有来。这真是令人难堪，沈东篱可是沽义山庄的大庄主。

云小鲨和夜哭郎君互相使眼色，他二人都是狂傲之辈，没受过这等怠慢，眼里都有不悦，差点就准备问出口，他是觉得你不该来，还是我不该来？苏旷却若有所思，侧头去看沈南枝的脸色。

沈南枝并不是个喜怒不形于色的人，她一会儿皱皱眉头，一会儿咬咬嘴唇，一会儿拿筷子轻轻敲杯子，好像几度三番，就要离席而去。

苏旷不好多问。再熟，今天他们也是客人，客随主便，是天经地义的事。

烛烧过半，有音讯了。有人匆匆跑过来，在沈南枝耳边说了几句，沈南枝揉了揉眉心，忍着一口气，一挥手："得了，各位，对不住，我哥不舒服，不过来了，咱们自己吃吧。行了，别猜了，他自己的毛病，跟你们都没关系。夜哭大哥，待会你帮我照看风筝。苏旷、小鲨，你们吃完了陪我去喝杯茶，我跟你们说说，怎么一回事。"

这顿饭吃得几度冷场。没有人开酒，也没有人举杯——主人拂袖而去，这算什么接风宴呢？

夜哭郎君吃得很快，几口了事，匆匆一搁筷子。他吃完了，风筝明明没吃饱，也跟着搁筷子。

"沈姑娘、云姑娘、苏旷，我就先告退了。"夜哭郎君拉了风筝，起身向门口走了几步，又回头哼一声，"沈庄主的为人、声名我听说过，手段、能耐我也略知一二，他在江湖中纵横快二十年，不像是做这种事的人，想来是有感而发。他真有什么不快活的地方,沈姑娘还是尽早明言,免得在下不长眼,死乞白赖,哪一天被人扫地出门!"然后他甩了袖子就走了。

沈南枝扶着脑袋,沈东篱失礼至此,这追也不好追,劝也不好劝的。她闷头又吃了几口,满桌子菜都没怎么动,一挥手:"不吃了,走,我们去喝茶。"

苏旷和云小鲨只好继续跟着,继续客随主便。

沈南枝带着他们两个人到了园中一处凉亭里,里面有备妥的泉水、茶炊。

沽义山庄孤峰独坐,乔木参天、器宇恢宏,无边树木萧萧作响,明月当空,四海无人。凉亭较高,能看得见后山上一点楼台,灯火如星。如果不是今天忽然而来的变故,好朋友久别重逢,在这里喝茶叙旧,真是赏心乐事。

"小鲨、苏旷,今晚的事真是抱歉……"沈南枝提壶沏茶,她皱着眉,一时不知从何说起,"夜哭大哥和我并不算熟,苏旷,稍后你得替我去解释。"

"我来吧。"苏旷接过沈南枝手里茶壶,分杯,"南枝,看起来,有许多事情,你一路上并没有告诉我,说吧,东篱兄是怎么了。"

"他……这几年,真是一言难尽。"沈南枝接过杯子在手心,轻轻揉搓着,茶盅里白雾袅袅,凉亭纱帘外圆月初缺,她凝神想了想,"真要说转折的节骨点,得从咱们跟丁桀上昆仑那次说起。"

苏旷心里思忖,昆仑山一战,真是多少人的转折点。只是不明白,昆仑山关沈东篱什么事。

"那次山上发生了许多大事,但有一件小事,我不知道你记不记得?就是当时,为了阻止千尸伏魔阵,我炸了一座山峰?"

"当然记得。"苏旷点点头。沈南枝真是过谦了,那可不是什么小事,那一役生死成败,最后全落在炸山上,山上火药有限,绝对没有开山裂地之力,要让山峰迸裂,靠的是山峰本来的重量和罅隙,换而言之,靠的是极其精准的计算。那次真要是设计不成,在场的人,他和丁桀或许可以逃生,其余恐怕无人能够生还。

"那你记不记得,江南霹雳堂,曾经当场向我认输?"

苏旷又点头:"当然也记得!"

在昆仑之巅、冰湖之侧,沈南枝绝壁布局之后,还无人知道端倪,不晓得少顷便是大厦将倾。当时,江南霹雳堂的瓢把子,忽然就敬服之极,说了一句:"从今往后,沈姑娘不召,霹雳堂绝不敢踏入八闽半步。"这话是在天下英雄面前说的,端的是非同小可——江南霹雳堂和沽义山庄争夺机关第一已经多年,那一句话,无异于拱手认输。沈南枝艺压群雄，一时无两；江南霹雳堂这样的行止，也是光明磊落的一段佳话。这一段，苏旷也跟云小鲨说过，于是，云小鲨也跟着点了点头。

可苏旷还是不明白："南枝，那些我都记得，可是那些和东篱兄有什么关系？"

"唉！"沈南枝手里茶都冷了，她连着叹了几口气，"本来没关系的，但是从那次起，怎么说呢……我挣的银子远远超过我哥了。"

云小鲨听到这儿，嘿嘿一笑。她当然明白这个道理，没错，在生意场上，天下第一和天下第二差太多了，甚至天下第一和天下并列第一也差太多了，有了江南霹雳堂那句话，沽义山庄的单价可以提高十倍以上，货流也从此遍布大江南北。机关供货的生意，当然比做杀手盈利高很多——杀人，真正能盈利只有在战争里；江湖杀手，单枪匹马，再强也不过如此而已。

苏旷眨了眨眼："之后呢？"

沈南枝喝掉了那杯冷茶："之后我哥就干脆洗手不干了……他在那之前，已经做得很少了，敦煌回来之后，他应该就没再怎么接过生意。他说，原先入那一行，最大的原因还是为了维持沽义山庄的经营，既然山庄用不着他了，他也不想再过刀头舔血的日子，就想在后山建个剑楼，研究研究剑法，也过几天无忧无虑、自由自在的日子。"

这样的理由，没有人不认同。毕竟，谁也不会拿杀手当人生志愿，拿银子买命这种事，怎么做都多少有点不愉快。即使杀的是穷凶极恶之徒，也是一样的；即使是杀手之王，也是一样的。

"是，明白。再后来呢？"

"我当时一听他这样说，别提多高兴了，就二话不说，帮他在后山把他要的剑楼和铸剑庐建起来了。开始那几个月，他兴致也很高，把多少年来收藏的剑都挂起来，每天喊我去喝茶，跟我说，这个剑叫什么名字，是何等来历，天天高高兴兴的。对了，他那个剑楼里头，还给你留了一间房呢，说等你来了，可以做十日之饮，秉烛夜谈……"

苏旷又点点头，他开始捕捉到"不对"了。

"但好景不长，我也不知道我们哪里做得不对，反正又过了几个月，他好像生病了。他身体没有问题的，病在这里。"沈南枝指了指心脏，"他变化大极了，但外人轻易感觉不到。苏旷、小鲨，我哥这个人，天生性格就疏冷，可以说是目下无尘，这你们也知道。他之前话也很少，但他那时候的话少是因为懒得跟人废话，可能是瞧不起别人，也可能就是瞧不起废话。可之后，他的话少，就不一样了，他好像筑了一层膜，把自己和别人隔开，越来越拒绝和外面的人接触，尤其是武学上的接触，而且，有点畏畏缩缩。你能想象吗？他大概有三年没跟外人比过武、斗过剑了。"

苏旷心里，有一根隐秘的弦被拨出了铮的一声。是，就是这个原因，沈东篱失去的是关乎立身之本的一些东西。人生在世，自信其来有自，说起来，人真正相信的，是自己一路前来的道路。在他们这个阶段的高手，没有人会停止切磋武技，如果完全不切磋，那只有一个原因——恐惧。

"再往后，他就不仅仅是不说话、不比武了，他压根不见人。在后山，他干脆划了很大一片禁地，全是黑石头沿包起来的，谁都不许进去。一开始是别人不许去，到后来，连我都不许去了。那段日子，我非常不安，我感觉不到他了。他那片禁地，划得很大，站在外面，看不清楚他在干什么，也听不到他的声音，平时一日三餐有人送到线外。等人走了，他才来拿吃的喝的。就那么偷偷摸摸，隔个把月，才出禁地回山庄一次，每次，神色都会差一些。"

"南枝，你辛苦了。"苏旷轻轻帮她续了杯茶。

"也还好！毕竟……惭愧！按理说有福同享，有难同当，可我的生意蒸蒸日上，财神爷有规矩，财源来了不许挡对不对，挡了会走背运的，我烦归烦，手气旺归手气旺，日子也是一样喜忧参半地过。"沈南枝笑起来，抿了口茶，神色重新肃穆，"继续说我哥啊，刚说过他不见我，对不对？最近这一年，我蒙他老人家召唤，只被准许进过白楼三次。不过苏旷，这三次，他都提到了你。"

"哦？"苏旷也忍不住好奇。

"第一次，原因最简单，洗澡间里的滑轮坏了。"沈南枝举起一个手指头，"你也知道，他这个人对干净这事儿有点瞎讲究，当时建那座白楼，别的都不费劲，就是这个地方花了大工夫，在外面弄了个泉水竹道，又弄了水车，保证他能干干净净天天洗澡。后来有一天，连着水车的小滑轮掉了，估计他忍不了，叫我去帮忙。可是，我一进去，吓了一大跳。那间楼里面，密密麻麻，全是剑痕，你能想象吗？他几乎砍了所有能砍的东西，除了房梁和椽子，连石头的墙壁上都深深浅浅，全是剑痕。我在那修滑轮，修得心惊胆战。他当时就问我你在哪儿，怎么很久都没有你的消息了？当时你的消息不太好，我看他的状况也不太好，就说不知道。修完滑轮了，我下楼的时候，闻到了一点血腥味。你知道吗？他有一间漆黑的剑室，里面什么都看不见，一点光、一点声音都没有。我当时忍不住，拿了灯冲进去，一看都快疯了，墙上面除了剑痕，全是斑斑点点，拿袖子一擦，都是血啊，那个鬼地方就像是一间血牢一样。我当时不知所措，问他怎么了，可他一个字不说，拿了我的工具匣子，推着我肩膀，一路走出了他那个大禁区，叫我走，去做自己的事，他没事。我真的……我不知道怎么办，只好让厨房给他准备滋补一点的食物。"

苏旷点点头。他在剑家里，见过另一次满山壁的剑痕，那场面确实到了触目惊心的地步，像把一个活鬼关在石头牢里。他唯一能做的，就是提壶，给沈南枝续杯。

"第二次，大概是四五月吧……那次他很安静，叫人请我去的。我吓了一跳，受宠若惊，还换了身衣服，梳了梳头，带了点吃的过去。过去之后发现屋里收拾过了，干干净净一尘不染的，我哥人也和颜悦色的，就是又瘦了，瘦得眼眶都暴出来了。他很郑重地请我坐下，跟我好好商量说……南枝，婚约取消吧。"

沈南枝说这些的时候，还是笑嘻嘻的，好像在讲一个道听途说的故事，她轻轻握了握拳头，拳头在桌面轻轻捶了两下："我当时听完就问他，你不会说，痛苦这么久，满墙吐血，就是为了这点小事吧？取消就取消啊，没关系的，我对成亲这个事看得很淡啊，我也没什么别的想法。可是，无论如何，沽义山庄还是我们俩的，我们是一起长大的，还算兄妹，可以好好相处，对不对？可他说，不是，沽义山庄，以后是我自己的，我比他更配得上这四个字。他还说，他想通了，他的剑道已经死了，他想离开，不是出去走走那种离开，是想彻底离开，换个人生，换个身份。总之，把山庄的一切都留给我，相信可以在我手里发扬光大。他还跟我说……说有些事对不起我，他太延宕了，话没有说清楚，如果我将来遇到更合适的人……就祝福我。当然，一切都随我。反正千言万语一句话，他要离开，非走不可。"

沈南枝说到这里，一口气把杯中残茶喝了，顿顿杯子："满上！"苏旷给她满上。

"我想，他真要走，我也留不住，对不对？我就跟他说，走没问题，可你看你这个样子，病病歪歪，你外面是没有仇家了吗？你觉得，你声明一下你不是沈东篱了，我可以接受，别人都接受吗？别人能管你叫王北海吗？你至少要养好身体，找个安全的路数再走吧？"

"他怎么说？"

"他沉默很久，一个字都没有说。我当时也很生气，叫我来，就跟我说这个，我还换新衣服！我也不高兴，转身准备走，他就又问了一遍，问苏旷在哪儿，到底在哪儿？我就恼了，问他有什么事能跟你说，不能跟我说？他说，不是，武道上的事儿，非跟你说不可。我想，武道上的事儿，我确实也不想听。我就跟他说了，说你可能出事了，江湖都在传，说你腰被人打断了，人可能被抓到银沙教总舵了，反正惨绝人寰。然后问他，感觉怎么样，这时候隐姓埋名，一走了之，够义气吧！"

"他后来又怎么说？"

"不知道，我说完就摔门走了。后来，他也没动静，我也生气了，不想管他，厨房还是一日三餐给他送吃的，前三天他都没出来拿，我一听下面来报，吓一跳，想着，他不会想不开，出什么事了吧？结果第四天他开始吃了，送出来的碗和盘子，吃得还都挺干净的，我们就放心了。再后来，有一小段时间，山庄生意有个小高峰……抱歉，但那一段真是，银子像瀑布一样往账上冲啊，每天一睁眼，报上来的数字都给我惊喜。我就……生意也很重要，对不对？我就……哎呀，见利忘义，忘了他一段日子……"

云小鲨忍不住："南枝，到底你这两年挣了多少？"

沈南枝笑了笑："容后再议……小鲨，我俩来日方长，容后还有好多要议的事呢。先说后山那位吧，他反正好好吃好好睡的，我也就没问他了，再后来，夜哭大哥不是来了吗？苏旷，我就知道你的事了。我本来也不想单独跟夜哭大哥一起上京，毕竟也不算很熟，而且孤男寡女的。那时候是想喊我哥一起去的，觉得你的事他总会上心的。但就是那一次，大概立秋那几天，天热得邪乎，有个晚上大雷雨之夜，四面八方都是闪电。我扪心自问，胆子不算小，但那个雷打的，我都不敢出门。听人说，他像疯了一样，在大雨里练剑，结果，不知道是被雷劈了还是别的什么走火入魔之类，反正第二天清早，扫地的告诉我，远远地看见他晕倒在地，吐了好多血。我那是第三次冲进禁区去。当时我没办法了，也不敢跟他说你的状况，怕他逞能，非要上路，也不敢丢下他不管。我调了药，帮他调养了一段身体，算着接你又快来不及了，只好请夜哭大哥陪我走一趟，接到你之后发现你比他还惨，我也没法跟你说他的事，就先宽你的心，准备……等你来了见了面再说。哪知道，他连接风酒都勉强不了！"

苏旷还要倒茶。沈南枝摆摆手："不喝了不喝了。大概就是这个情况，我其实也还好吧，辛苦固然是会有点辛苦，主要还是生气。唉，苏旷，你和他不一样，好不好，你是点儿背，他是自己作的。你说，他都干什么了呀？什么都没干！就在后山圈个地，画地为牢，弄掉半条命！"

"南枝,你先消消气。"苏旷给云小鲨斟了一杯,也给自己斟了一杯,"东篱兄这个事情,你真不能怪他。"

"什么?"

"他这个事啊,还真是武道上的绝题……南枝啊,你跟东篱兄是从小一起长大的,对不对?你知道他练的是什么剑法吗?"

沈南枝想了想:"我知道他练过北海剑宗谢天才的繁花照海剑……其余我就不知道了,我十几岁懂得一些江湖事的时候,他已经很有名气了,剑法的事,他不爱跟我说。"

苏旷说:"沈兄的剑法,我很久之前就领教过,那个时候甘拜下风。南枝,你知道吗,沈兄这天下第一剑五个字,得来绝不容易,单以快剑论,他尚在丁桀之上。"

云小鲨好奇极了,眼睛一亮,想问什么,又忍住没问。苏旷接着说:"可是,沈兄的剑路太险了,所谓唯快不破,他的剑法,抛弃了一切花招、变化、防御,只求一个快字,这是他当年赢下赫赫声名的原因,也是如今百尺竿头,难以更进一步的原因。须知,快这个字有一个天敌,那就是——"

云小鲨接口:"年龄。"

苏旷叹口气:"是啊,东篱兄比我还年长一些……他今年有三十四岁了,对不对?"

沈南枝点点头。

苏旷又叹口气:"那就对了!岁数是个天堑。速度这个东西是所有天分和技巧里面最容易打折的,打起折来,也是最狠的。三十四岁的剑客,剑一定没二十四岁的快,这是天道。"

沈南枝又点点头。这当然是天道,八十四岁的剑客还会死呢。

"所有练快剑的剑客,都懂这个道理。三十岁左右,所有人都会给自己找退路——有的人是改行,有的人是改道。总而言之,改旗易道,变则生,不变则死。"

沈南枝不太理解:"这我知道……"

"南枝,有一样你不知道。"苏旷说,"东篱兄少年时候,为了练成天下第一的快剑,曾经拜访过南剑隐宗的白帝楼,学会了桲杌剑。江湖之中,有名剑宗,有隐剑宗,繁花照海就是名剑宗,而隐剑宗里分了四宗,桲杌剑是南剑宗之主。这四大隐剑宗,见效极快,对心力要求极高,练剑的时候,心外无物,稍微一分心,就可能吐血而亡。但也正是这个原因,一旦学成桲杌剑,可谓挟天子以令诸侯,剑路上是千进易,一退难。我想,东篱兄到了这个节骨眼,真是百尺竿头,进退维谷,要是退,不知道会退多少,或许就直接退出一流高手的行列了,这对他来说,打击太大。不如试试再度冒险,冲破名隐两剑宗的玄关,成就震古烁今的伟业。"

沈南枝大惑不解:"他为什么从来没有告诉过我?"

"因为名隐二道,从来无法合流,入门的弟子,都会血指誓天,误入他途,百刀分尸。我知道这件事,是我在跟他切磋的时候,猜出来的。当时,他也逼我咬破手指头,对天起誓,这件事绝不跟任何人提起,一旦提起,身受百刀之刑。"

云小鲨听得不太高兴:"那你还……"

苏旷嘿嘿一笑:"我不在乎,不过就是百刀,我身上数一数,差不多也够了。"

茶凉了,可泉水还在炉子上噗噗沸着,没有人再动。苏旷又笑一笑:"名剑宗、隐剑宗之间,有道路之争,有意气之争,有正邪之争,有顺逆之争,而且剑路本身就大相径庭,极易走火入魔。百年来,从未有过一个剑道奇才,曾经集为一体、化繁而简,一气化混沌,一剑破乾坤。东篱兄有这等武学上的抱负,也被这愿力折磨。我想,当然事关名利,但也未必全是出于私心和那区区一点身外之物。武道这个东西,说起来玄之又玄,惹人耻笑,但其实说到底无非就是,一个武者唯一自恃的一条道路,不在路上时,眼前千条道万条道,道道可道;真到了路上,苍苍茫茫,无古无今,无依无傍,无来龙无去脉,凶险得很。如登无梯之塔,如下无底之渊。你看那独行路上,尸横遍野,白骨无边,多少英雄生于斯、死于斯,未必个个都是冥顽不灵,自己作的。"

他这话,语轻言重,沈南枝脸上微微一赧:"指教了。"

苏旷也汗颜:"南枝,我无心之言,不是故意顶撞你,我对你只有感激、敬佩之情,你别往心里去。怎么说呢,有些苦楚是人之常情的苦,有些苦楚是寻常人不懂的苦。东篱兄之苦,外头看不出,他自有天人交战处、生死攸关之险,他想给自己的剑道杀出一条路来,这个,我凑巧也明白。"

"好!"沈南枝点一点头,"既然二位都是武学的绝顶高手……"

苏旷、云小鲨一起说:"不敢!"

沈南枝摆摆手:"说不敢也没有用,反正你们江湖名分都到了,就说说看吧,我哥这个状况,怎么破解?"

苏旷想了想:"要说剑路上的破解之道,我想不出来……但要说他现在这个不敢见人的状况,我有个主意,或许可以冒险试一试……"

"说！"

"东篱兄现在最大的问题，是闭关自守太久，进退维谷，已经没有武道上的信心了。如果他是一个少年人，比如在我师弟这个年龄，那最需要的一定是信心；可东篱兄的这个年龄，这个地位，这个资历，这个剑道上的成就，容我斗胆猜，他最需要的，或许不是信心，而是——一场踏踏实实的失败。"

"什么？"

"失败。你想想看，失败在什么时候最可怕？在想象的时候最可怕。一个武者，最危险的时候，就是预感到自己要输可还没输的时候，这个时候，他满脑子想的都是输，所有的力量都用来对抗想象中的失败了。你再想想看，东篱兄说要离开，为什么你一提仇家，他就不敢走了？他是怕死的人吗？不是，他是怕输，怕输给一个他根本输不起的角色，声名付之一炬。这种时候，他不如踏踏实实先好好输一场，输完了，发现失败不过如此而已，完全不是想象中的样子，或许，就能从百尺竿头上下来，又或许，自己就有破解之道了。"

"说的也不是完全没有道理……那谁来做这个事呢？"

"我……肯定不行。"苏旷搂了搂云小鲨的肩膀，"可我带人来了啊！"

沈南枝脸色更重了："小鲨可以吗？"

"如果是当年的沈东篱，她未必可以；但如果是今天，如你所说如我所见的沈东篱，小鲨没问题。"

云小鲨眼里有一点不服的光。

沈南枝摇头："不是问你，我是问——小鲨，可以吗？"

沈南枝和苏旷都在望着云小鲨。云小鲨嘶了一声："苏旷，我们今天初来乍到做客，你让我做这种事情？"

沈南枝轻轻往她杯子里续了一杯茶水。

云小鲨又很干脆地点点头："不过，这种事情也蛮有意思的。"

三个人很快就达成了共识。

苏旷站起来："那我去找夜哭兄，先跟他解释今晚的事，我们也需要他帮一点别的忙。南枝你放心，不该说的，我不会说。"

沽义山庄里，沈东篱少年时练剑的地方，叫作繁花照海楼。那是一座很美的小木楼，一楼是演武厅，二楼是读经处。花丛掩映之中、木楼的石阶下，有一小口透明晶莹的寒潭,寒潭流冰滚玉,长长荇草随波,半尺长的锦鲤游动。

一楼的木厅已经旧了,大块的木板翘裂着,做靶子的木人靠在墙角,梁上悬着吊靶子的环绳。这里本来是个禁区,但最近,木楼重新启动了,云小鲨和夜哭郎君在这儿练剑,以武会友。

比武已经持续到第七天了。人来得很多,而且一天比一天多。这是大家喜闻乐见的比武,沽义山庄活不算多,他们纷纷端了茶杯,拿了干果,而且下了注,押输赢,有人押云小鲨,有人押夜哭郎君,喊得吱吱哇哇。唯一美中不足的是,这几天的争斗,双方都有点太平拳的意思,两边都是木剑对木刀,点到为止,当真以武会友。

"来点真功夫呀!"围观的庄众就那么起着哄,"这算什么纵横四海啊,这算什么横绝西域啊,就算拿真家伙,比画一下也是好的呀!"

话虽然这样讲,但云小鲨回头一笑的时候,一圈人等还是在拼命地鼓掌叫好。

沈南枝站在一个角落,靠着柱子笑嘻嘻地看、慢吞吞地等。

今天的第一场结束了,云小鲨走到沈南枝身边,两个人头碰头,小声商量着什么。苏旷在另一个角落,拖了张躺椅,歪在角落,膝盖上搭了条毯子,手边小茶几上搁着茶盅——新客远来香,他身边围了许多人,只要一伸手,就有人在他手心上放剥好的松子仁。

"苏哥,苏哥。"有个人小声在苏旷耳朵边上撺掇,"您让小鲨姐也露一手绝的呀!让我们开开眼哪!将来出去了,跟人吹鲨头儿,对吧,也有的吹嘛。"

"考虑一下。"苏旷伸了伸手,瓜子仁、核桃仁、松子仁顿时放了一手心,看起来收获颇丰。一阵金光闪过,小金蹿上手心,先捡拔尖的贡品吃着。

这玩意儿是何方神圣大家都听说过,边上人吓一跳,忙躲闪,有靠外面的就被一只脚挤到水里去了。苏旷连忙安慰:"不要紧不要紧,我家小金不咬人的。"

几个人大了胆子,又低头仔细看小金。那真是一抹纯粹的金色,像是从初升的阳光里炼出来似的。

"呀,吃的是我的,它喜欢吃核桃仁,谁有?接着剥。苏哥苏哥,不咬人能摸一下吗?"

苏旷吓一跳,赶紧缩回手,差点闪着腰:"可以看啊,摸不行,真不行。"

"那苏哥你让它表演一下,捉个鱼!捉个鱼!"

捉个鱼,当然也不是不可以,就是有点纡尊降贵了。苏旷想着,已经准备让小金露一手了。就在这时候,所有人都回过头——

人群闪出一条通道，沈东篱慢慢地走过来。

苏旷算得没错，他忍不了这个。在沽义山庄，在自己的少年之地，看一群人，乱哄哄地比武论剑。

他一袭白衣，白到洁净纯粹，比初雪还要白，比晨雾还要白，比世界刚刚开始的时刻还要白。他清癯、枯瘦，脸上有一种半透明的白玉的色泽，人好像是一阵青烟化成的精灵。他身上有一种让世界安静下来的力量，云小鲨和沈南枝都回头，夜哭郎君和苏旷都起身。

"庄主！"四周齐齐一声招呼，之后鸦雀无声。

"沈庄主。"云小鲨和夜哭郎君也点了点头。

"哥。"

"东篱兄。"

苏旷站得最慢，一把核桃仁没处放，随手塞给身后看热闹的。

沈东篱径直走到他面前，一双眼睛抬起来，宛如千年寒潭，他的声音温和而冰冷："你挑的事？"

苏旷有点不好意思，手在身边随便某个袖子上擦了擦，嘿嘿地笑。

沈东篱呵呵一声，慢慢转过身。人群都往后，不大的木厅又挤出了一圈空。他看着云小鲨，拱手一礼："云船主？"

云小鲨点头："沈庄主。"

沈东篱的眼睛里有一种倨傲之极的光："云船主，你以客欺主，在我少年习武的所在摆这个阵势，言下之意，是要跟我动手？"

云小鲨看看苏旷，苏旷拼命地在挠鼻子，想要点头又想要摇头——他开始觉得，这个局设得不太好，几个老朋友，进门就下套，沈东篱这样的人，如果他真就这么输了，后果或许不像之前商量的那样。但是沈东篱在等一个回答。

云小鲨不再看苏旷了，点头，朗声回答："是！"

周围，一片倒吸冷气的哗然。

沈东篱问："好极了，云姑娘，你用什么兵刃？"

周围，连哗然声都没有了。

云小鲨目光迎着沈东篱，手指了指墙角的背篓："来！"

没人敢碰那个背篓。但沈南枝走过去，打开了，取出藏山一玉，伸手掷了过去："小鲨接剑！"

云小鲨的眼睛还是不离沈东篱的眼，伸手抹去已经朽烂的剑鞘，扔到一边，拱手："沈庄主用什么兵刃？"

沈东篱慢慢解开那柄白绫包裹的兵刃——那是一柄木剑，漆黑，带着朱红的纹理，刃上有渴饮敌血的光。

沈东篱拂剑还礼："云姑娘，这柄剑，我已经快二十年没有动用过了。你不必礼让于我。此剑是西南神木所制，制成之后在神镁潭中浸泡百年，尖锐有胜金铁。虽然不及藏山一玉名满天下，但也可以与你一战了。"

沈南枝和夜哭郎君都退到苏旷身边了，苏旷很小声说："哎呀，那是梼杌剑啊，沈菊花把小时候压箱底的宝贝也掏出来了……"

沈南枝也很小声说："万一出事了，你们俩谁挡得住？"

夜哭郎君更小声说："沈姑娘，我们三个都挡不住……"

沈南枝有点着急，非常小声："苏旷，你给你媳妇一个眼色啊，我怎么看她像要拼命的样子啊……"

不是云小鲨要拼命，而是沈东篱是一个真正剑客，在捍卫他的武道的时候，眼睛里有生死与之的血性，那是不容轻侮、不容戏谑的杀气。

云小鲨的眼里，慢慢也有了杀气和血性——那是刀锋见到刀锋的礼数，是神兵见到利器的呼应。

苏旷手背擦了擦额头，嘀咕一声"妈的，来不及了"，一跺脚，就要强行站到两个人中间去。夜哭郎君忙拉住他胳膊："赌一把。"

苏旷声音发颤："改天再赌。"

沈南枝拉住他另一条胳膊："就今天。"

沈东篱挥了挥手，人群最后一次呼啦啦往后退。

"云姑娘，"他轻轻横剑，"请指教。"

"沈庄主，请。"云小鲨剑尖挑起，已经是《黄河古剑诀》的第一式——苍山一溪。

沈东篱的眼睛轻轻眯了眯，咳嗽一声。他双足不丁不八，左脚尖在地上一拧，右手剑像一道青烟，无踪无影地递了出去。

"好！"围观的人很低但很齐地喝了一声。这两年来，他们也都在担忧庄主的身体，但仅就这一剑看，神完气足，依然是一等一的水平。

苏旷手心有一点汗。沈东篱已经毫不留余地，他现在开始担心小鲨。沈东篱这一剑递得很正，是个试探的套路。云小鲨眉不动目不瞬，错身回手，刃对刃，夺的一声，硬生生荡开这一剑。

"哦！"周围又是一阵惊叹——云小鲨嘴上礼数周全，这一剑可真不礼貌，在江湖上，上手就刃对刃，是个极其挑衅的套路。

沈东篱好像极快地摇了摇头，嘴角若有若无一丝冷笑，反手又一剑，灵蛇吐芯，直取云小鲨另一侧。

在江湖之上，云小鲨是毫无疑问的女子之中的第一高手，论起声名不在沈东篱之下，但她熟稔和赖以成名的兵刃，并不是藏山一玉。她是一个用惯了长兵刃的人，身形的闪躲与短兵刃有极其细微的差别。但这一点差别，是足以致命的。这一点完全落在沈东篱眼睛里。

云小鲨错身不开，向后退了一步。沈东篱不慌不乱，第三剑，依旧向着云小鲨左侧。云小鲨又退一步。沈东篱欺身向前，第四剑向着云小鲨右侧。

他一连四剑，一剑快过一剑，雪练追着雪练，电光跟着电光。他眉梢眼角有久违的怒意，在沽义山庄里，有人，用剑，欺负他！

苏旷手一抖，小金在手心。左右两个人，一起扣住他胳膊。

两边剑已经越来越快，交织成网。云小鲨一步接一步向后退，胸口咽喉全是破绽，在棒杌剑的剑光追迫里，她没有抬手还招的机会。但云小鲨眼里的杀气也越来越浓。在纯粹剑法造诣上，她和沈东篱差距不可以道里计，她浑身都是破绽，但那夺命的一剑，始终有半招的距离。沈东篱的剑锋，始终在她咽喉左右盘旋，却始终无法百尺竿头，更进一步。

百尺竿头，是并不能更进一步的。百尺竿头的真正道路是——先下来。

沈东篱的这一轮快剑，总有结束的时候。按照过往的经验，繁花照海锁定胜局之后，就是一剑西来，但那一剑，需要比这一轮快剑快得多的速度，对心脏和血脉的要求，也瞬间提高了一个等级。如果在几年前，东篱把酒快剑横绝天下，那一剑封喉早就该起手了——云小鲨已经露出破绽三次以上了，可沈东篱始终没有。云小鲨开始做出判断了，沈东篱已经不能或者不敢做那一剑。无论是哪一种结论，都很糟糕，而且都已经足够判定今天的战局。

夺！云小鲨已经退到木柱旁了，她不再等了，她在逼沈东篱出杀招。

她猛喝一声，左脚反踩木柱，拧身，反手一剑直奔沈东篱咽喉。

这一脚踩得极重，老木柱一阵摇晃，头顶的椽子扬下一阵灰尘。沈东篱眼睛微微一眨,上前一步,正手一剑,也是直取咽喉。

周围许多人一起叫好,那真是漂亮的一剑,锋锐、笔直、无懈可击,比起几年前也不遑多让。只是他目光不敢离云小鲨喉头左右,他一眨眼,跟着一脚踩在一块受潮、翘起的木板上,带着剑锋稍微歪了歪。

夺!一声剑响。沈东篱那一剑,直没入木柱之中。而云小鲨那一剑,擦着沈东篱的咽喉闪了过去。那一剑是半虚半实的招数,她力道还没有用老,就撒手弃剑。

江湖上弃剑的剑客并不多。可云小鲨从来就不是什么剑客。她左肘带着腰身反弹的力度,直撞向沈东篱的耳朵。她手下已经留情了,那并不是全力的一撞。可沈东篱居然没有躲。他的气血太弱了,变招不及时,好像眼前发黑,上半身晃了晃。剑气一尽,这是油枯灯尽的气象。

"小鲨!"苏旷拼命大叫一声。这一肘撞实了,一样是半条命。

但直至此时,云小鲨后蹬、反弹的半程力道才彻底发了出来,她凌空在半空一个拧身——那是在桅杆上、在海浪里、在风暴中练出的稳劲,滴溜溜身形转动,肘尖在沈东篱耳畔转过,砰一声定定落在地板上,带着灰尘和木屑飞了老高。

她来江湖,拜会天下群雄,自有她的不服。

一众愕然,惊措无语。苏旷也目瞪口呆,他们设局的时候,都想过云小鲨会赢,但没想到,是这样的一场完胜。

沈东篱已经耗竭到了这个地步!但他还是竭尽全力地打了这一场,而且光明磊落刺出了那一剑。他从百尺竿头下来了,后果并不算太严重。

"哥!"沈南枝冲过去,她有点怕,声音在抖。

沈东篱挥胳膊甩开沈南枝,他想咳嗽,但忍住了。他握住那柄木柱上的剑,拔出来。即使是拔剑这样轻微的动作,他的手都抖了抖。

沈东篱向外走去,所有人没人敢说话,只是不自觉地跟着向外走。

沈东篱挥手了摆,他一步又一步走,一只脚踏进水里,一歪,差点滑倒在水中,又站稳,接着向前走。

"东篱兄!"苏旷追过去,他们难兄难弟,乌龟和王八赛跑,一个慢过一个,总算七扭八歪地撵上了,他拉了一把沈东篱的胳膊。

"滚。"沈东篱也一把甩开他,"你做的好事!"

肯说话就好,能说话就好。苏旷一个踉跄又跑过去,第二次拉着沈东篱胳膊:"沈菊花!你不许再甩我!我他妈腰刚断过,甩出问题来算你的!"

376

沈东篱闭着嘴，开始咳嗽，他咳得很重，一开始直着腰，很快就弯腰，他的气血逆行显然已经很久了，干咳良久，吐出口黑血块，在那之后，他撑不住了，伸手扶着苏旷。但苏旷哪是扶得住的，这么一拽差点被推倒。沈东篱无奈极了，但确实也不敢再甩苏旷，半跪着扶着地，越咳越猛，一口接一口地吐着黑血块。

"别气，别气……周瑜就是那么气死的……男子汉大丈夫，胸襟要广阔，输了就输了，小事情。"苏旷也半跪着，帮他拍背。

"滚……你给我滚出沽义山庄……"沈东篱黑血块吐完了，开始吐鲜血，鲜血并不多，很快就变成了带血的吐沫，他猛烈地咳嗽着，几乎到了窒息的地步，在咳嗽的间隙，他颤抖着指着苏旷鼻子骂，"你这种混账，猪狗不如……站都站不直，怎么那么多坏心眼……就该……活活打死，站起来……永远站不起来……"

块垒吐尽了，沈东篱咳嗽好转，跌跌撞撞站起来。他向远处走了很远，还挥手："给我滚……把这个混蛋给我赶出去……"

没人敢上前，沈南枝也都不敢上去。

他一路走，一路咳嗽着，不时吐两口带血的吐沫。但是说实在的，比刚进庄的时候，他好像多了那么点精气神。

苏旷耸耸肩，叉腰站起来。沈南枝看他的目光，充满了感激。

"南枝，放心！沈菊花就是心眼小，这口气噎着了，没大事儿。"苏旷站起来，掌着腰，轻轻揉，"他现在臊得很，晾他几天，过几天，我去把他拎回来，包在我身上。"

"有人赶我吗？"他回头，大声嚷嚷。

没有人敢赶他。

苏旷说到做到。他等了三天，从第四天开始，他开始带着食盒，坐在后山黑色禁区线外等。早上等早餐，中午等午餐，晚上等晚餐。沈东篱不来，他就把食盒吃了，吃得狼吞虎咽、啧啧有声。之后没人再送。

后面的第二天他再来。第三天他又来。第四天傍晚，沈东篱站在他面前，举着灯，白衣飘举，伸手要吃的。苏旷抱着食盒，不肯给："兄弟一场，那么久不见了，不请我去坐坐？"沈东篱点点头。

苏旷还是抱着食盒："说话呀，点头算什么意思啊？请还是不请？我会错意了怎么办？"

沈东篱伸手抢过食盒："你屁话真多。"

377

苏旷跟着他走，沈东篱指指他鼻子——意思是不许跟了，可苏旷还是跟着他走。沈东篱又一指他鼻子，苏旷连忙举了下手："别碰我啊，我这腰真不行，碰了就断。"

沈东篱真的很生气，但真的没有碰他。已经到那个"剑楼"了，大晚上的，黑咕隆咚，看不清楚格局。

苏旷跟着沈东篱往里走："东篱兄，你想想，如果你不用养家糊口，没有那点逼不得已的入世，未必有当年的成就……"

沈东篱进了门，就想甩上门，但终究没有。

苏旷继续跟着："沽义山庄永远是沈家兄妹的沽义山庄，不是沈南枝一个人的。你走了，南枝怎么办？"

沈东篱准备进屋了，还是回手提灯给他照了照路。

苏旷爬上楼，喘口气："说到底，你要死要活的，吐成一锅血豆腐，为什么？不就是接受不了你不是天下第一剑了吗？可那到底有什么要紧？你要不是这么玩命跟自己过不去，就算不是天下第一，难道不是天底下的前五、前十、前一百了吗？沈东篱，你觉得天下第二就没意思了是吗？那我还该活着吗？我还能从头再来吗？"

沈东篱的屋里没有任何多余的陈设，干净到连点灰尘都看不到，不知道他反反复复这样擦洗了多少遍。沈东篱重复了一遍苏旷的话："你……还要从头再来？"

苏旷点点头，一屁股坐在他雪白雪白的床单上："当然了，我明天就开始。你别等我超过你，到时候脸上真挂不住。"

沈东篱坐下，一言不发，开始吃晚餐。他饿坏了。

苏旷坐在他身后，继续说："我知道你想突围，想破这个天堑，但我们他妈的不是人吗？人，有时候极限到了，就是突破不了，突破不了，就应该接受迂回、接受改变。大的改变做不来，从小的改变开始嘛，比如说，床单、衣着的颜色换一换，这屋里上下全是白的，对人心熬炼太甚哪，好好的人也要逼出毛病了，你看我这个袜，颜色就很好看嘛，赏心悦目，说不定心情一平和，就突破了。"他一边说，一边脱鞋子。

沈东篱掀了一下鼻子，回头："你在干什么？"

苏旷说："跟你讲道理啊。"

沈东篱无奈得很，好好的晚餐吃不下去了："你讲道理就讲道理，脱鞋干什么？"

苏旷脱了一只，接着脱另一只："人生那么多大道理，一句话两句话哪里能讲清楚？今晚，我不回去了，咱们兄弟俩抵足长谈。"

沈东篱直接把晚餐丢掉："你要说什么就快说，不要抵足。"

"好，沈东篱，我知道你这两年遇上了点事，我也遭了点罪，但我不是为了这个来找你的。"

"那是什么？"

"你知道银沙教干了些什么事？你知道京城里那些王八蛋又干了什么事？你知道他们灭起门来怎么灭？南枝跟你说过没有？没有我就再告诉你一遍。"

"关我屁事。"

"可我已经来了，小鲨也来了，如果你还躲在小楼里，他们迟早也会来的。你这个德行，你能挡住什么？你把沽义山庄甩给南枝一个人，她能挡住吗？"

"苏旷，你一直都擅长拖人下水，事一次比一次大。"沈东篱轻轻皱眉，"我好端端的，根本不知道也没得罪过什么银沙教，为什么一眨眼，就连沽义山庄和我妹妹都要保不住了？"

"没办法，形势比人强，反正已经保不住了。丁桀已经回洛阳了，现如今，我们就是得联合起来！否则没路走。沈菊花啊，我告诉你吧，你能做的已经不多了，就两条路，要么，归顺银沙教，兄弟一场，我送你一颗人头，你把我抬出去也行，拖出去也行，随便你；要么，放下你的武道，从这里走出去，从那棵你说过的屁树下面把那坛子欠我的女儿红挖出来，跟我喝一杯，把我的接风酒给我补上，然后我们大家想想办法，去做一个沽义山庄庄主该做的事，干那群狗娘养的。"

沈东篱看着地上一双鞋："我是不是把你送出去，交给银沙教，换我们山庄的平安，会更容易点？那就起来，把你的臭鞋穿上，跟我走。"沈东篱把苏旷拎起来，怒气冲冲地往外拖，"我就不懂了，不洗脚的人，也找得到媳妇吗？"

"我的腰……当心我的腰……"苏旷趿拉着鞋，跌跌撞撞，跟着他走，"拿好灯啊……我们去归顺银沙教，还是去吃晚饭？先说好啊，归顺银沙教，你得找根绳；吃晚饭，你得找坛酒。"

沈东篱不发一言，只是瞪着他。

"那就是去吃晚饭喽？"苏旷趁机拽上鞋，又不管手上有没有味儿，坚持抱了抱沈东篱的肩膀，"走吧，没有你，我们连一顿饭都没法好好吃。"

第二十八章　银河九天

庐山九天堡是江南武林的名门，九天堡当家顾氏一手银河剑传了九代，是南康剑路的领袖人物。他们在地方声望极隆，和诸多乡贤大族一样，修桥筑路，赈灾济贫，治安乡里，敬贤修德。

当家堡主顾怀来老爷子，人送外号顾三通，意思是：上通官家，中通宗族，下通江湖。顾氏家族和睦、兄友弟恭也是美谈——顾老爷子传武，得了银河剑、九天堡；顾家老二修文，就在山下落星湖边经营祖田，耕读传家。

往来江湖同道到了庐山，没有谁不上九天堡拜个山头、喝杯水酒的；寻常百姓，要是遇上个什么打家劫舍、欺侮孤寡的，找九天堡，也比找地方捕快有用得多；至于寒门子弟，上京赶考短了盘缠，不用求告，上路的时候，九天堡自会命人送个鹊登枝的红封过来。

去年，老爷子顾怀来过六十大寿，一时之间，真是震动了江南武林。来往庐山送礼的，多到了道路拥塞的地步，就连少林、昆仑……这几个武林执牛耳的大派，掌门人未曾亲到，书礼也都隆重。少林算是给足面子了，方丈虽然不能亲至，但达摩院首座，带着四个德高望重的高僧，特地来登门送拜帖，何等尊荣？不像丐帮，帮主不来也就算了，洛阳总舵诸位长老也没来一个，执掌江南的几位香主也不来，只有南康分舵这个小得不能再小的去年刚成立的分舵，才拉拉杂杂来了六七个人，个个拿个破竹棍、破瓷碗，嘴里说恭贺寿辰，手里一份礼都没有，也不知道是祝寿的，还是要饭的。此事顾老爷子耿耿于怀了很久。可不管怎么说吧，丐帮总算也来人了，他也延为上宾，安排在少林、昆仑下首坐着——这是最重要的，做寿嘛，无非让江湖中人看一看，我庐山顾家，来的都是哪些客人！

寿宴之后，顾老爷子特地命人寻来上好的三块紫檀木，做了三个镶金的匾额，分别挂起来——九天堡堡头门额石上,挂的是一块当世大儒送来的"侠儒双立";议事大厅,挂的是少林方丈手书的一幅"疑是银河落九天";正堂金匾,是知府送来的"孝悌传家"。三块牌子,极其昂贵,黑沉沉金灿灿好不风光。

这场六十大寿过去小半年了,那场热闹,还是附近江湖人的头等闲谈。

庐山进了腊月,飘了两天小雪。九天堡里又湿又冷,火盆从早烧到晚,衣服、褥子用手摸上去,潮乎乎的。西厢的一明两暗三间房,是二少爷顾青翼和二少奶奶吕舟华的居处。

清晨,山雾朦胧,隔壁两个小孩子贪被窝,还在香喷喷睡着。顾青翼刚从床上坐起来,打着哈欠、揉着眼睛,从边上的火盆架子上拿下正在烤暖的裤子穿,边蹬裤子边向外招呼:"舟华,你怎么起这么早?我那件黑缎子的坎肩呢?"

吕舟华五更天就摸黑起来了,略洗漱就在外头书桌边就着蜡烛读账本,因为怕扰了丈夫休息,也没怎么用算盘。她看账看得入神,听见丈夫招呼,才发现天已经亮了。她吹了蜡烛,站起来,揉了揉腰。她已经有六个半月身孕了,蛮有些显怀。

"我总睡不着,躺着也不舒服,"她走过来,手里拿着那件坎肩递过去,"我看镶边的大毛子脱线了,就补了补扔外头架子上,忘记拿过来了。你昨晚上哪去了,这么晚回来,还一身的酒气!也不洗一把就上床……呼噜打个没完,吵得我醒了就没再睡着过。"

"哦,两个江湖朋友远道而来,我招呼招呼。"

"也不知道你有多少江湖朋友。"

"不提这个。"顾青翼握着她的手,轻轻搓着给她取暖,笑着讨好,"舟华,你手好凉啊,快坐着烘烘火。天冷,以后要是早起,记得加件衣裳。还有,这种事叫丫头做,你又看账,又看针线,多累眼!"

吕舟华坐他身边烤火,也和颜悦色了点:"又不费事的,就几针就缝完了,懒得再使唤人。"

"吃了吗?"

"还不曾呢。"

"那正好一起吃,我叫人把早饭送进来。"

"还没去婆母那里请安。"

"请什么安！娘不是说了吗？你有喜了，这是天大的事，你吃得好睡得好，她心就安。大冷天的，不用来来去去。"窗户外面，有人在弄炉子，顾青翼大声向外头喊，"谁在伺候啊？"

"二少爷起身了！问二少爷安！"外面有小丫鬟清脆的答应声，"洗脸水烧好了，胖燕伺候二少爷洗漱。"

"哦，胖燕，洗漱不用你。去厨房，把早饭给我们端进来。"

"是。"

顾青翼穿上衣服，拉开门，一阵湿冷晨风吹进来。外面走廊角落里，漱口的细盐、洗脸的热水、手巾准备好了，他也懒得端，稀里哗啦洗了一过，赶紧回屋把门关上在梳妆台边一坐："今天可真冷！"

吕舟华拿起梳子帮他梳发髻，拈了根青色发带，又放下："今天外出这礼，我有些糊涂。这要用孝的吗？"

"不用！虞老爷子是我二婶母的父亲，按亲戚晚辈的礼就成了。我二婶和我娘是表姐妹，都是上饶人，这就又是我表舅。舟华，你真不去，是吗？"

"我……相公，我不是推托，是这次真的不好去，我这次害喜害得厉害，吃不下睡不着的，这一路颠簸，我怕我真受不住！"

"不都六个多月了吗？怎么还害喜？上回就没事！"

"这话说的！我也不想啊……"

"行行，咱不拌嘴，不去就不去吧，我算算，我们今儿一大早上路……明天待一天……我爹估计要跟虞家几位老兄弟叙个旧，腊月初七晚上就能回来。"

"阿阳去，明月也去啊？"

"当然啊。两个小孩子去跟咱们世交见见，不挺合适的吗？"

"好，我去准备她的行李。"

"舟华，我们都走了，一个人在家怕不怕？"

"你说什么呢，真当我是娇滴滴的大小姐啊，再说，不是还有胖燕吗？"

"不去就不去吧……不过……舟华，我就多一句嘴！要是换特别平稳的马车慢慢走，也坚持不了吗？上饶那边，这次丧礼会有几个武林退隐下来的大人物，都带女眷，也还都用过快马堂的车马，要是咱们能打个照面，拜会拜会，那是最好的。"

吕舟华有点不乐意了："我解释许多遍了，我这次闹喜闹得厉害……"

"不说了！舟华，我保证不说了。快过年了，我这几天啊，一脑子都是外头的事，抱歉啊。"

两口子有些闷闷的。吕舟华不说话，去找女儿外出的大斗篷。顾青翼就坐着发愣，他发髻已经梳好了，青发带、碧玉簪，镜中看过去，端的是俊朗儒雅，依旧神采不凡。他十七岁的时候，曾经在落星湖的坠星石上拔剑而起，银河九天，技惊四座，少年得意，名满江南，一度被寄予众望，好些个武林前辈都夸赞过，他会是一代后起之秀，不独雄于江西的人物。只是……一眨眼，他已经三十三岁了。他在快马堂蹉跎了十年，这是他从未预想过的人生。他本来只想在关中留个两三年的，最多三五年。但有些时候，人会活在事里，快马堂事情连着事情，老的老小的小，真的走不开，一不留神，就把青春全搭进去了。

当然，他在快马堂做得很好，经年累月，风餐露宿，定单子，送客人，开辟新路，帮着岳父打下一片江山，把生意打理得井井有条，蒸蒸日上。舟华也很聪明能干，主内的一把好手，可快马堂的生意，能在家里头运筹帷幄的不多，是万马奔腾跑出来的。而且，说到底，那不是他的生意。他是个很仁义的姐夫，至少他自己是这样认为的，他一命换一命地做了十年，把基业拱手交给吕颂，功成身退，回到自己家，从头开始。

可从头开始，谈何容易？少了这十年，多少人他都不认识了？多少谈天，他都听不懂了？他在自己家乡，像个陌生人。

父亲知道他的遗憾，所以在六十大寿上，不惜耗费血本，请了许多武林名流，叫他迎来送往，这是让他二次出道的意思。这是有用的，几天工夫里，他认识了很多人，好像多了不少机会。譬如他这次去上饶，就想和虞家几个奔丧的兄弟会一会，江西武林，也聚拢一番声势，搞一点事情出来。他还有机会，他还想抓住。他还记得少年时的志向，还想有点作为，想把失去的时光追回来。

唉！他叹口气，虞家那几个兄弟，都是家风端正，娶的是名门女侠，儿女聪慧，他们托人带了几次话，久仰快马堂大名，什么时候见见弟妹。他扪心自问，也是为妻子想，吕舟华是快马堂的大小姐，聪明能干，不是个能埋头做针线的女人，将来……万一取代大嫂，成了九天堡的当家夫人，不多认识些人怎么行呢？

他偷眼窥去，吕舟华面有愠色，他不敢再说话，只是心里还是有些不悦——这么好的机会，真可惜啊，能坚持一下就好了。

门口，胖燕到了："二少爷、二少奶奶，早膳来了。"早饭被端进来搁在火盆边小案上，是银耳莲子羹、豆腐鸡丝虾米羹、油炸糖年糕、腊肉碎炒雪里蕻、咸鸭蛋，还有酥鱼干。

他点头赞许，先帮舟华舀羹："舟华，你喝甜的，喝咸的？"

"都不喝了。"吕舟华瞥了一眼，"这些我都不想吃，太腻了。"

"这豆腐羹也腻？舟华……你怎么了，好好吃点东西不好吗？"

"我说了，太腻了，我害喜害得厉害。"

"那也不能不吃吧？你不想吃，肚子里的孩子想不想吃？你想吃什么我去叫厨房做？"

"哎呀，你不要管我了，我这会儿就是什么都不想吃，想吃了再说。"

"行吧行吧，我不管你了，你自己照顾自己。"

"说得好像你一直照顾我似的。"

一大清早，第二次拌嘴了。顾青翼有点不高兴了，但也忍着没说什么，他端起碗，故意呼噜呼噜地把两碗羹都吃了。

这时，吕舟华拿了桌上的账本，走过来："青翼，你还有点空吗？"

"嗯，怎么了？"

"最近婆母让我看账！"

"好啊！我跟娘说过，你在快马堂那就是当家娘子，过往账目，都是你管！大材不可小用！舟华，你听我的，你有事忙起来，那跟成天闷着肯定不一样，很快就高高兴兴的。"

"你听不听我说账了？"

"听，听！"

"你可沉住气啊，咱们家的账，恐怕不太好。"

"怎么了，有什么不对吗？"

"这场大寿，扣掉宾客的贺仪、各种进项，大概净亏了一万两银子……"

"什么？舟华，你是不是算错了？我们没开多少席吧？"

"怎么会算错呢？"吕舟华细数给他听，"酒水饮食才几两银子啊？贵的是咱们老爷子要修缮九天堡的门面，换了柱子、庭前的地面、假山、鱼池子……你说咱们就在庐山上，缺山看吗？弄个假山干什么！这些土木花石，运到庐山上来，那是一路运一路撒银子；江湖同道，凡是来的车旅、舟船、住宿，都是我们包了，这五湖四海的，还了得？那也是一路来一路花银子；这两样吧，贵虽然贵，也勉强是在情理之中，可我弄不明白的一项是那三个月凡是手头短缺的江湖朋友，上山磕个头、递个祝寿的帖子，一律发二两银子……这都图什么呀？我们认识他们吗？二两银子，往水里头扔，它还有扑通一声呢！"

"图高兴嘛……小声点……"顾青翼轻声辩解，搁下碗走到门口，往外左右瞥一眼，又关上门闩了门闩。

吕舟华放低了声音，微微埋怨："高兴！老爷子做寿高兴要花钱，做儿子、媳妇的不好拦着也就算了，哪还能瞎出主意，出这种冤大头钱？"

顾青翼忙低声："哎，你怎么说到大哥大嫂那里了！"

吕舟华低了低头："不是我说的，是婆母说的。那天我看到这一项，就随口问了一声，她说，这个一掷千金是大哥大嫂的意思，咱们家这不是庐山活孟尝嘛……"

"好了好了，你看账就看账，不要议论！亏一万就亏一万，毕竟是六十大寿，咱们也不是非得一两年内就把账平回来嘛，三五年……不用，就三年！这不是有我吗？堡里诸项节省着些，开源节流，保准扭亏为盈。"

"相公，不止这一万两啊！从做寿之后，咱们每个月都是亏的。"

"什么？咱们年景不差啊，祖田都是丰收，渡口、路上的进项也不错，这又亏在哪里？"

"吃闲饭的人多呀。你看，大哥提了一些新人小孩子上来吧，这是应该的，堡里总得有年轻人做事嘛。可是，但凡跟着老爷子做过事情的，只要磕着碰着流过血的，咱们都养全家；婆母和大嫂带过来的下人、丫头，说人跟着背井离乡不容易，咱们也养全家；二叔离了九天堡退守到祖田去，又分了一份收入去，孝悌传家，钱就不够了呗；而且，自从老爷子体面了，给人家做寿、回礼，出手也变大了……"吕舟华无可奈何，看向顾青翼，"相公，你议论都不让我议论，这账要我怎么看？怎么跟婆母回呢？难不成，你要我直接说，我不懂账，但只听大嫂安排？"

顾青翼愁得很，发了一会怔，拍拍吕舟华的手背："得了舟华，你就先回话说你不懂吧！"

吕舟华不太明白这层意思，又追问："相公，这是我们自己家的账目！就……就这么看着亏吗？"

"我得走了！"顾青翼匆匆地穿外衣，"舟华，你想想看，这话你怎么说出口呢？你这话一说，无非就是讲……大哥大嫂这些年，根本不会管账，一直在败家嘛！你是好心哪，可难保没有丫头婆子嚼舌头，说你才来半年哪，就要闹得妯娌不和，兄弟反目……还免不了，说我要抢大哥的位置，要觊觎九天堡的门户。"

吕舟华一时委屈，咬了咬嘴唇。

"舟华……"顾青翼见她脸色难看，忙过来，扶她坐下，"你怎么不高兴了，我是说……丫头婆子会嚼舌头败坏你名声，又不是说自家人这么想……别想多了，我知道你是好心。"

吕舟华就更不高兴了，小声嘀咕："自家人不这么想，丫头婆子敢嚼舌头吗？"

"这是什么意思！"

"你知道婆母为什么让我看账？我本来还不明白，一听你这话，我就明白了！那一日，我听她手边的丫鬟透了话风出来说，大嫂在她面前说了，银子短缺，远了不好筹办，年关息也高，近处倒有现成的，看人家肯不肯挪借。"

"她的意思是……？"

"她的意思还不是清清楚楚吗？拿什么填补空缺，我这十万两嫁妆啊。"

"舟华！你想多了……"

"不然，又不让我管家，又不许我多嘴，为什么让我看账？"

"舟华！嫂子就算真说了这话，也是无心的，最多，那也是借啊，年关利息是高啊，非要赔利息出去给银庄干吗？再说，难道我们九天堡顾家会吞儿媳妇嫁妆银子吗？你放宽心，我听娘说，嫂子家里带来的嫁妆，遇水灾的时候，也拿出来挪借过，三年就还了，为了感念她这份情，给她做了份大生日，配了全套的珠宝首饰。"

吕舟华看着他，眼里泪光直闪，一动不动，跟不认识这个人似的。

顾青翼吓了一跳，轻轻推她："舟华？"

吕舟华拧过头，手撕着账本一角："婆母也说过？这么说，你们全家都是这个意思了？那还设个套，让我看账本，是让我自己提出来，是不是？"

顾青翼恼了："你都在胡说些什么啊！家里头账有短缺，想问自己人借一点，这是人之常情。这还没向你提呢，再说你不同意就不同意啊，我们外头借去，怎么就变成算计你了？舟华，你我十几年夫妻了，你以前不这样啊？"

吕舟华跟着就动怒了："顾青翼，你以前也不这样，你以前对我知寒问暖，关怀有加，可到你家之后呢？我来了七个月，怀了身孕六个月，你陪过我几宿，跟我说过几句话？有没有问我一声，吃得惯不惯，住得好不好？好容易留在我身边了……"

顾青翼也动怒了："吕舟华，做人凭良心！是，这半年，我是没陪在你身边，那是为什么呢？是因为之前的十年，我在陪着你爹忙快马堂的生意，是因为你爹、你求着我说，你家里没有兄长，弟弟岁数小，请我帮忙。我餐风饮露十年，陪着你爹，把快马堂生意做大了，拱手交到吕颂手里，我图什么了？我自己家的事我管了吗？我没有！谁在管呢？我大哥大嫂。我自己的父母我孝顺了吗？我没有！谁在孝顺呢？大哥大嫂。你让我一进门，就去拍着账本数落他们不是？我做不出来！你数落我在外面不回家？是，我是没回来，可我是喝花酒了吗？我是赌钱了吗？我跟你说过许多遍，我之前十年跟着你爹在北方跑，江南我都不熟了，多少来往的人我都不认识，多少道上的事我都听不懂，好些人不知道有我这个二少爷啦。我得从头学起啊，我没法儿不忙！我这么忙是想让我爹娘知道，他们和哥哥嫂嫂，有臂膀了，对咱们家来说，是个大好事，家和万事兴！是，你初来乍到又有身孕，当然应该关心。可我没关心你吗？你喜欢喝羊肉汤，我到处找好羊肉，一炖三个时辰，这不是关心吗？可你不高兴啊，从你进门你就不高兴啊，你让我怎么办，陪你回快马堂吗？舟华，就这一条，我做不到，我姓顾啊！"

说完这些，顾青翼看见吕舟华的眼眶里已全是泪水，他站起来，缓声道："你歇着吧……还有半片特好的羊肉呢，我去叫厨房炖点羊汤。"

顾青翼离开了，随手一带门。门没有关紧，透骨的湿漉漉的冷风钻进屋里，钻进锦衣里，钻进骨子里。吕舟华怔怔地坐着，手边烛台上蜡烛只剩下一小截烛泪，有一股淡淡的油腻腻的恶心味。

她是真的恶心，自从怀上这一胎似乎敏感许多。她是真的不喜欢庐山，关中的冬天也很冷，可是没那么湿。这里里里外外都是潮的，整日风吹着雨，雨夹着雪，太阳惨白又难得见一次，换洗衣裳永远晾不干，什么都要在火盆上烤，出门一趟鞋子里全是泅湿，睡到半夜脚还是冰凉的，手上脚上都起了冻疮，但肚子大了不方便，挠都不好挠。

她忽然明白，这一次为什么害喜这么厉害——她讨厌这个肚子，讨厌这一胎，讨厌庐山，讨厌……顾家。真想回家啊，真想快马堂。无数个梦里，她都能看见干燥的北方平原，那河滩边闪着阳光的水波边，一片水草丰饶的万马奔腾，她闭上眼睛就能听见那声音，像雷雨，像鼓点，像天摇地震。如果他们夫妻一直在快马堂，是可以把这个生意做成一代传奇的。可是，快马堂是吕颂的……

她眼泪滴在织锦裙上，据说那是很贵的料子、很好的手工……她用长了冻疮的手摸着，摸着那些刺了蜡梅和喜鹊的金线绣，冻疮上结了硬皮划着刺绣，刺啦刺啦响。

"二少奶奶。"丫鬟胖燕进来了，探头探脑。

吕舟华不太高兴，这小丫头会看人下菜碟。顾青翼在，她就在门口问了才进来；顾青翼不在，一边喊一边就进来了。她不高兴地回道："怎么了？"

"舅少爷来了。"

"什么？"吕舟华忙抬头，镜中看一眼，还好，自己没什么哭相，转头又问，"谁来了？"

"我们舅少爷啊，吕颂少爷！"

"这大过年的单子最贵了，是一年生意最好的时候，他来我这儿干什么？去去去，叫他进来！"

"是……"

胖燕吞吞吐吐地退出去，吕颂鬼鬼祟祟地摸进来。

"姐？"

"吕颂？"

两个人都诧异——吕颂没想到姐姐怀孕了，而且很浮肿，很憔悴。吕舟华没想到弟弟那么灰头土脸，形销骨立，失魂落魄。

"吕颂，你怎么了？你快坐下。你是不舒服吗？我给你弄碗姜汤。"

吕颂坐下，看见早饭，咕嘟咽了口唾沫："姐，这能吃吗？"

"吃，你吃……"

吕颂狼吞虎咽地吃。吕舟华手忙脚乱，给他盛羹汤："慢着点呀，别干噎，喝口汤呀。吕颂，你别吓我，出什么事了？"

"姐，你先让我吃完吧，我怕你……怕你待会儿听完就不给我吃了。"

"你闯祸了？"

"姐，我……"

"去把门关上，小点声。"

门关上了。吕舟华上下打量着吕颂——她要先做个防备，看弟弟这个阵势，这个祸不会小的："说吧。"

吕颂低着头，手放在膝盖上，吞吞吐吐地把事儿说了一遍。之后他半天没听见姐姐说话。等了一会儿，他偷偷抬头。他看见吕舟华一丁点儿表情都没有，就在火盆边愣愣坐着，胸膛起伏，脸色惨白，一串眼泪一滴一滴砸在胸襟上。

吕颂吓一跳，忙过去，半跪着揉姐姐膝盖："姐，你怎么了？"

吕舟华手在抖，一口气有些顺不上来，声儿都颤。

"姐，我知道我错了……"吕颂拿着姐姐的手往脸上打，"你打，别闷着，身子要紧，别气坏了。"

"我有你这样的兄弟，你叫我别气坏了？"吕舟华鼻子一下就红了，边哭边数落，"吕家两代的家业，我跟你姐夫，十年的辛苦，十年哪！我们图什么……吕颂，你给我滚……我帮不了你，你滚！"

"是，我滚我滚，姐你别生气……我就是也吓着了，不知道该怎么办。我还没敢跟爹说，爹身体也不好……他们撺掇我来问问你……我该死，我要是知道你有了我打死也不来……"吕颂边说边往外退，"没事，姐，我自己去解决。"

吕颂手一碰门闩，吕舟华又抬头："你滚回来！不许出去！你要怎么解决？"

"找人……借呀？"

"你找谁借？……你还跟谁说过这事？"

"还没……"

"还没就好，不许跟外人提。"

"不提怎么借？"

"怎么借？你脑子被狗啃了？你跟人提了还借什么啊？你这坏规矩的事啊，别人为什么帮你啊。败家玩意儿，连起码的规矩都没有，快马堂倒了就倒了！"

"那我怎么办？"

"你欠多少来着？"

"四十万！"

"四十万你真敢开口应承啊！沈姑娘怎么说？"

"她说话就那样吧，净拿捏人！不过苏旷说，不管怎么样，不许找地下银庄借，有多少算多少，一年后必须带着去沽义山庄。"

"那或许不用一次还清……我再想想办法……你带的几个人呢？"

"山底下客栈里，没敢上来。"

"这又为什么？"

"他们说我不懂，你一听就懂……说这种事，我偷偷摸摸的，别大声嚷嚷，你家里人听见的话,对你不好。"

"你还没有他们几个知道心疼我!"吕舟华想了想走出去,对着窗户边上直接吩咐,"叫二少爷来一趟。"

外面的胖燕讪讪离开了。没多久,顾青翼来了,刚到门口就高声说:"舟华,我叫厨房,给你做了羊肉蘑菇汤,特地交代,油撇得干干净净的,我看着你喝了我再走。"

他一进来吓一跳:"吕颂?"

吕颂哆哆嗦嗦的。他特别怕姐夫,家里头,娘和五个姐姐都宠他,就姐夫有时候疾言厉色的。没想到,顾青翼一见吕颂,和吕舟华一样,四处看看闩上房门:"说吧!"

吕颂这次说得稍微顺了点儿。吕家姐弟都在看顾青翼脸色。吕舟华丢脸丢得想自杀——刚刚拿着账本数落完大哥大嫂,自己家来这么个东西。而顾青翼的脸色更是难看极了,手指节发青。"舟华……"他扶着妻子,在火盆边椅子上坐下,"你坐着别乱动……"说着,撸起袖子往吕颂那儿走。

吕舟华有一丝不安:"青翼,你要干吗……"

话还未说完,只见顾青翼抬手给了吕颂一个大耳光,打得他在屋子里转了半圈。

吕舟华一声尖叫:"青翼!"

顾青翼指了一下她的鼻子:"别喊。"

吕舟华颤巍巍站起来:"顾青翼,你不许动他!"

"我为什么不许动他?你去问问岳父岳母,这种事我能不能动他?舟华,你今儿给我坐着看!你们吕家养而不教,气死我了,我揍他揍晚了!"吕颂想往外跑,顾青翼抓着他肩膀甩回来,窝胸一脚,然后拿了根扫床的掸子,没头没脑地抽。

吕舟华来拉他胳膊,顾青翼第二次把妻子扶回椅子上坐着:"舟华,你是不是觉我在你面前说的所有话都不算数?今天你不让我揍他?行啊,这事我就不管了。你去拿你那十万两嫁妆银子垫。我可告诉你,你那十万两里有一份是岳丈给我的辛苦钱。这我不要了,你去垫!但剩下那三十万两,沈南枝能把你爹活活逼死。你信不信?"

吕舟华坐着不敢动,她信。

而吕颂听到这里,似乎姐夫的意思是,打了就管。他想了一会儿,缩着肩膀跪下。

顾青翼那根掸子啪地抽在墙上,太用劲了直接打折了。他气得要命,回手先拿下了银河剑的剑鞘,觉得皮子略硬,但又转念一想心一横,就用剑鞘抡着就抽。

吕颂嗷一声叫:"姐夫,姐夫你别打我,小心我姐……"

"爹——"窗户外头,两个小孩子一起叫,"不许打阿舅!"

窗户纸被舔破了一点,他们俩踮着脚看见了,砰砰地拍着窗棂。

小舅子没怎么打成,不过也吓唬过了,顾青翼没好气地一把拉开门。他很少跟这一双儿女拉着脸说话。过去这些年,他总在外面跑快马堂,小孩子跟着岳母、妻子在家长大,反而和舅舅亲些。

"阿舅,阿舅!"两个孩子冲进来,一左一右站在吕颂身边,都爹着小胳膊,凶巴巴地瞪着父亲,"爹!为什么打阿舅!"

两个小家伙,生得都好,唇红齿白、活泼可爱。顾青翼蹲下,把一双儿女抱在怀里,尽量和颜悦色说道:"你们不是应该去祖母房里吃早饭吗?怎么贪玩没去啊?"

"爹,你评评理,明月吹牛说谎!"

"怎么了,明月说什么了呀?"

小姑娘仰起头,认真地问:"爹,你说,鸟可以带着人飞吗?"

顾青翼想了想:"不能吧,鸟的骨头很轻的。"

"几只大鸟也不能吗?"

"明月,为什么这么问?"

"哥哥说,鸟不能带人飞……可我刚才明明看见,四个大鸟带着人飞进我们家了。哥哥非说我说谎!"

顾青翼脸色一下变得惨白,嘴唇有点哆嗦着站起来:"明月,你说什么?"

他的脸色变得太难看了,以至于连吕舟华也惊慌起来——她认识顾青翼这么久了,从来没有见过他这样,恐惧得微微发抖,好像死神就站在他身边似的。连一向懵懂的吕颂也看出了异常,他走过来问道:"姐夫,你怎么了?"

顾青翼忽然猛地转身,极快地闩上房门,抓起吕舟华的手,不管不顾往里屋跑,命令:"不许出声!都进来!"

他极其严厉,连小孩子都被吓住了。然后,他挪开床,从墙角拽出一块青砖,手伸进去转了转,咔嗒一阵响,墙上出现了一个仅容一人出入的小洞。他动作快极了,疯了一样地抓了两条毯子、几条毛巾,把桌子上的剩饭年糕全倒进去,把妻子和两个孩子往里推,低沉着微颤的声音说道:"舟华,你带着阿阳。明月,给

391

我咬住毛巾,不管听见什么,一声都不许出,更不许哭出来,听见了吗?"

三个人都不知道怎么了,但也意识到似乎有很可怕的事情发生了。两个孩子都轻声喊爹。吕舟华急了说:"相公,到底怎么了?"

顾青翼眼里忽然有泪,一边把妻子推进去,一边盯着她说:"舟华,答应我!"

吕舟华慢慢点了点头。顾青翼在她脸上亲一下,又在肚子上亲一下,眼眶有点湿润,狠狠擦了把眼睛:"行了,你们会没事的!"

两个小孩子还攥着他衣角不放,吕舟华也拉着他:"青翼,这还有一点空,可以把小孩子举起来,我们挤一挤!"

"没用的……我在里面,会连累你们……"顾青翼用力抓着头,劈手揪住吕颂往里塞,也扔了条手巾给他,"堵住嘴,别出声,出来的机关在你右手上边,左三右七上五下一,要用一点力……你这个脓包,给我照顾好你姐,不然我做鬼都不会放过你。"

他匆匆忙忙又把床推回原地,拉好架子,略松了口气——这是个放嫁妆银子的暗室,只有很少人知道。

再一转身,他一惊。窗户纸一角,一只眼睛在偷窥他。他不是胆小的人,但手和腿都在发软,他咬咬牙拿着剑,一把拉开门,抓出那个丫头:"胖燕,你看见什么了?"

那丫头大声哭:"二少爷救我,让我也躲进去吧……"

"胖燕,真没空了,你翻墙跑吧……"

"外面有人!二少爷,求您慈悲,我伺候您一场,我不想死!你不让我进去我就喊了,来……"

顾青翼的手停在她咽喉上,他看见了胖燕极度惊恐又绝望的眼神:"对不起!今天,顾家不会有人活着出去。胖燕,我待会儿下来,给你赔不是。"他手指轻轻有力一扣,捏断了喉骨。接着,顺手把尸体扔进了水井之中,又盖上了井盖。他回头看,做得很好,没有声音,没有端倪,什么都没有。他路过花墙的时候顿了顿,脑子里闪过一个跑路的念头,然后一跺脚转向大厅跑去……

他赶到的时候,大厅的战斗已经结束了。外面院子里,乌泱乌泱地全跪着人。那是些九天堡的下人、堡丁,没来得及走的几位江湖客人,甚至还有几个倒霉的佃农……一群黑衣人,手臂上搭着上百条细索,显然有备而来,轮流反绑住他们的手。

九天堡的大门关上了，一丈长的门闩上钉着一具尸首——尸首已经被撕开，胸膛肚腹内脏被啄空了，地上还拖了一小截肠子。顾青翼手抖了抖，那是他山下守着祖田的二叔。台阶边上，还有一堆尸体，都是九天堡防卫的高手，一个不留。血从尸堆里渗出来，流进砖缝里，渗进那些人的膝盖下。尸首堆边上守着两只巨大的鸟，那看起来像是两个地狱的鬼王，一人多高，眼珠子血红，长着大到可怕的翅膀，黑翎长如魔剑，将近两尺的喙上染满了鲜血，和粗得可怕、看起来像能抓碎砖石的爪子。他昨晚边喝酒边听两个"江湖朋友"说起银沙教灭门的事，当然，还有令人闻风丧胆的血精卫鸟。

再回头，议事厅里全家人都在。祖母端坐在正中的交椅上，母亲坐在祖母身边，二婶、大嫂、两个小侄子和小侄女、两个堂侄和一个堂侄女坐在一边，他们的手腕和脚踝，都被绑在椅子上。另一侧，一个蒙着面纱的黑衣女人坐在首座，像个尊贵的客人，她右手在扶手上轻轻敲着，左手藏在衣襟里；在她身边椅子上，坐着个同样黑衣、薄面纱的少女，少女看起来很年轻，有漂亮的瓜子脸和一对亮如晨星的眼睛。他成年的大侄子和三个堂弟都双手反绑地跪在大厅一角。而他的父亲和大哥都被捆着赤裸着上身跪在大厅正中央，低着头，父亲脖子上挂着那块"侠儒双立"，大哥脖子上挂着那块"孝悌传家"，那两块紫檀牌匾太重了，只能搭在地上，于是父亲和大哥伸着脖子，像在斩首的砧板上，引颈待戮。父亲和大哥身边，是另外两只巨鸟，一只的嘴上还挂着一团头发。

顾青翼跑不动了，他的腿软得直抖，后背心和手心都是汗。

黑衣蒙面的女人轻笑了一声："二少爷来了。"

顾青翼手心汗流个不停，他左手拿着的剑鞘交给右手，手心在裤腿擦了擦，努力让发抖的声音镇静下来："银沙教和我顾家素无恩怨……"

"素无恩怨？你一会儿就知道恩怨了。"那个黑衣蒙面女人饶有兴趣地向前倾了倾身子，"顾二少，你准备怎么着呢，是让我看看银河剑，还是就地跪下？我先告诉你，跪下死得痛快一点。"

顾青翼右手剑鞘又交还左手，勉强镇定着咽了口唾沫，拇指轻推，银河剑出鞘："顾家没有不战而降的男儿。"

黑衣蒙面女人哈哈大笑起来："今儿长见识了！顾青翼，你左右问问，你们家有多少不战而降的男儿啊？"

393

顾青翼左右看看，真他妈丢人现眼，连同自己父兄在内，每一个都有点羞愧的意思。银沙教灭门的名声，传了好几代人，敢抵抗，一律酷刑折磨，求生不得，求死不能，直接跪，至少死个痛快。

他又努力咽口唾沫，左右看看，银沙教好像也没什么人想要跟他打，黑衣蒙面的两个女人在椅子上坐着，并不准备起身，而且完全不像练过武的，那群属下在大门边上看着，也没有人上来。

黑衣蒙面女人殷勤向属下询问："绑好了吗？还有几个？"

"启禀夫人，还有……二十个。"

"正好，不用绑了，给他们兵刃，让他们起来。"黑衣蒙面的女人挥挥手，一指顾青翼，"拿下他，给你们走人的机会。"

顾青翼一看，那二十个人里有两个是他昨晚上招待的远道而来的"江湖朋友"；还有两个佃农，来交份子粮食的；还有两个是二叔家手下，会一点点武术，但不精通；还有两个丫鬟、两个洗衣婆子，其他都是守卫的堡丁。几个人都拿了刀和棍棒在手，活动手脚，慢慢过来了。

顾青翼一跺脚，纵身就向那个黑衣女人扑过去。他知道机会太少了，上手就是不要命的招数，也就是银河剑的杀招——疑是银河落九天。

九天堡和银河剑，都以这一套剑法闻名。银河剑可能算是江湖之中，最有观赏性的三套剑法之一，一旦施展起来，当真是日月之行，若出其中，星汉灿烂，若出其里。顾青翼本来就是得其真传更胜乃父的，他存心拼命，那一柄剑带着闪闪银光，连剑带人掠起，暗夜流星、午夜御剑似的直奔黑衣女人面门。他并不算绝顶高手，但自度自忖，放眼江湖之中也没有几个人能够端坐不动、手上没有兵刃接下这一招。可黑衣蒙面女人还是一动没有动。

他一起身，黑衣蒙面女人身边的少女举起手腕。那真是纤细、漂亮、小葱管一样的手腕，系着如意的红绳和一串金铃。

丁零，丁零，丁零。顾青翼人在半空，扑面而来的一扇巨翅，带着一股有腥气的疾风，连剑带人，把他直接扇了出去。

这太霸道了，顾青翼是算过这精卫鸟会动，也算过它们可能会怎么动。但万万没想到，它们根本不在乎银河剑，随随便便一翅膀扇过来，翎毛都不会断一根。

那力道大得出乎想象，他人在半空，又是最不受力的姿势，于是他整个人被拍晕了，顺着石头台阶往下滚。他一路滚，一路就势借力，刚要一按地站起来。

那群人上来了。他没来得及说完话,站也没站稳,勉强抬手一剑格挡开眼前刀,又拧腰闪过一刀,错身时候,小腿被从背后刺了一剑。他反手,银河剑停在那人喉头——那是个年轻人,跟随他很久,一直毕恭毕敬喊他二少爷。他微微一犹豫,顿时,乱棍齐下,手臂和小腿被划了好几刀,一把锄地的钉耙从头砸下来。

"抓活的!"黑衣蒙面女人及时命令,"先收拾妥当。"

钉耙变成刃朝上,直接砸在他脸上,他立时鼻血长流,眼前直冒金星。他想伸手捂眼睛,可瞬间便被好几双手按住,那些人下手一个比一个重。他还在挣扎着起来,那柄钉耙又砸了一记,砸在他后脑勺上,眼前喉咙都发苦,一只脚踩在肩膀上,狠命地踩,眼前甚至有抬脚落下的花泥。又一只脚踩在他手腕上,还有一只手掰他的手指头,一只手从他手里夺银河剑。

"青翼……青翼……撒手!"父亲的声音。

"青翼……青翼……算了!"大哥的声音。

声音都很缥缈……剑被抢走了,他什么也抓不住,很快,他要被打死了。

"行了,捆起来。"黑衣的女人吩咐。

之后他被摁在地上,和父兄一样,只留条底裤,手臂绑在身后。他倒在地上,脸贴着青砖,血往砖缝里流。

丁零,丁零,丁零。金铃又响了。所有人都看见了那个少女可怕的操控能力——就在议事大厅里,精卫鸟振翅起飞,啄掉了那面巨大的紫檀木匾。木匾太重,挂得又高,轰地落下来,哐啷一声巨响。顾青翼的母亲试着用肩膀挡了一下,没有用,脖子直接被冲断了。而祖母的那个交椅也被压倒了,连同木匾摔在地上,鲜血似一条蛇地流出来。顾青翼疯了一样叫:"娘……娘……阿奶……阿奶!"

老人微弱的呻吟声从匾下传来,眼看是快不行了,但且得死一会儿。顾怀来忍不住了,他试图膝行向母亲,但脖子上那块匾太重,他拖着只能勉强挪了几寸,哀号求恳道:"夫人,我母亲已经八十高龄……她对江湖事一无所知,你杀我全家我没有怨言……求你给她老人家一个痛快……"

他脖子在匾上点,如叩头,脸憋得紫红,眼泪鼻涕拖了老长。黑衣蒙面女人挥挥手,底下便有个人过去,抬起匾,一刀横过,呻吟声消失了。

第三块最大的匾,依法炮制,挂在顾青翼脖子上。父子三人并肩跪着,三块匾并排放着,黑沉沉的、金光灿烂——"侠儒双立""孝悌传家""疑是银河落九天"。

395

"好极了,"黑衣蒙面女人拍了拍扶手,"人既然到齐了,顾怀来,跟他们说说吧,浅海尊者是怎么一回事,也告诉他们今天是为什么死的。"

"浅海不是尊者,是魔教妖孽!"

"是吗?"黑衣蒙面女人的眼光一冷,往几个小孩子身上打量。

大嫂坐在椅子上,挣扎着:"爹,别说了,求你了,爹!"顾怀来不敢说了。

"对了,顾青翼,你的媳妇和两个孩子呢?"

顾青翼闭嘴,不说话。

"打。"黑衣蒙面女人命令道,并指向最小的男孩子,"解那个小的下来,喂精卫鸟。"

那是二叔的小孙子。二婶凄厉地叫道:"青翼,救命啊……"

顾青翼开口了:"回娘家了。她跟我过不下去了,嫌庐山冷,嫌我不体贴,什么都嫌。"

"什么时候走的?"

"三四天了。"

"你们几个告诉我,是这样吗?第一个说实话的,我就放他走。"

几个丫鬟一起狂叫——"二少奶奶在家的呀!""昨天傍晚还见二少奶奶去茅房!""二少奶奶怀了六个月身孕,哪里能回娘家!"

一把挠钩刺进顾青翼软肋里,有人威胁道:"不说实话,信不信我把你腰子钩出来?"

顾青翼努力忍着:"昨天半夜走的,她跟我吵了一架。你问她们,人人都知道,这些日子二少奶奶跟我过不下去!"

黑衣蒙面女人挥手,那群黑衣人开始四处搜寻。顾青翼盯着地面的砖缝,额头的汗一滴一滴往下落。

"趁这个工夫,顾老狗,说说浅海啊?"那女人又命令道。

"我所知不多,十三四……或许十一二年前……她来到我处……"顾怀来也不再硬撑着了,把浅海的故事讲了一遍。

"你知道她和我们七个兄弟是被冤枉的?"

"我……不知道……"

"你不知道?那是谁跟她说,名门正派沆瀣一气更是可恶?谁跟她拍胸脯,叫她只管放心,苍天之下必有公道?谁半夜下了迷香,穿了人的琵琶骨,拿无辜之人送去做投名状？谁把老弱病残关在地窖养天音鲛丝？谁假假模式光明正大无恶不作？谁剥皮抽筋让人成了腐尸？谁把我好好的妹子，打折了腿肆意……奸淫？你们顾家可不是没有女人，怎么就能做这样的事？今天是还债的日子！顾怀来，好汉做事好汉当，我妹妹和我们七个兄弟，被一帮恶狗折磨了十年，你想不想知道，我但凡还给你们十分之一，你们今日都在十八层地狱！"

两个儿子一左一右勉强转脖子看向父亲："爹……这是真的？"

"跟他们说啊！"黑衣蒙面女人突然吼道。

顾怀来看着地面："是……是真的。"

顾青翼一仰头，脖子快被挣断了也没抬起来："为什么？爹！仁义传家的道理，是你教我们的！"

"她们是银沙教……"

"她们是无辜的吗？"

"我不知道，我只听他们这样说……"

"那如果是真无辜呢？如果事情真如她们所说，那不仅是无辜，还是侠义啊！"

"青翼，当时我……我顾不得谁和银沙教沆瀣一气！他们历代作恶多端，偶尔有一两个无辜的，也顾不得了！"

"那涂山禹门做这样的事……你坐视不管吗？"

"你们年纪轻，不懂世事艰难……那一带贫瘠得很，多有水患、蝗虫、盗匪，禹门一族不是佛祖啊，怎么肯割肉喂鹰……当地百姓一年献出去几个极大残疾、老死路边的……那样的……废人，他们本来也快死了呀，本来也在受罪呀……在禹门的地窖受一点苦，至少好吃好喝，再说也涂了麻药……他们就保一方平安富裕。那是禹门和百姓都同意的事呀，我……我怎么能插手？我插手了，地方的太平富裕，谁给他们……"

"爹！你也保一方平安，按这样说法，你落什么好处？"

"我没有！我做了那件事之后，于心确实有愧，多少年来兢兢业业。你们数一数，我救了多少人，赡养多少鳏寡孤独？供多少人读书？只要有灾有难，我哪次不出头？多少桥多少路都是我修的，多少次瘟疫我都去了呀！这难道还不足以抵消那一次的过错吗……夫人，那些人不是我囚禁的，浅海不是我杀的……凭什么要我全家的命！"

"你承认就好，免得说我血口喷人。"黑衣蒙面女人手向外指了一轮，"等你们这些人中有些幸运的人出去之后，也要替我们做证，我们银沙教出手是重了点，不过，冤有头债有主，没有凭空报仇的事！"

跪着的那些人，其中一些不肯说话，另一些人都在喊："果然如此！那是银沙教快意恩仇！我等受了蒙蔽！出去之后，定要为宝教洗刷污名。"

黑衣蒙面女人终于笑起来，转头说道："星儿，你看见了吗？所谓中原武林，就是这样的。"

此时，搜查的人也回来了："启禀夫人，前后左右都仔细搜了，真没有。"

黑衣蒙面女人看向顾青翼大嫂："说说吧，密室在哪里，说了，饶你一个孩儿性命。"

顾青翼浑身的血慢慢涌上来了——那个暗室，父母和大哥、大嫂，都是知道的。他不敢动，怕人瞧出端倪，但汗水流进眼睛里，眼皮不停地跳。屋子里很静很静……可以听见落针的声音。

大嫂看了看自己的孩子们，勉强喘息着，她如啜泣如哮喘，好半天才说："吕舟华是走了……夫人，我也想她还在……也想能换我孩儿性命……"

"夫人，"有人抬着具尸体进来了，"在西厢水井里发现一个丫鬟的尸首，是重手法捏断喉管，刚死没有多久。"

"有意思！"黑衣蒙面女人点头赞许，"藏身之地就在那附近，给我放把火，熏一熏。"

火慢慢烧起来了。火势很大，议事厅都能听到响动。

顾青翼闭着眼睛，他紧张极了。忽然，一声高叫："夫人！有人在咳嗽！"又过了一会儿有人叫："夫人，床底下有个人！"顾青翼脑子里，如烧过的白地一样热烘烘地惨白。不多时，两个黑衣人押着吕颂走了进来。顾青翼抬头，也是一愣。

黑衣蒙面女人奇怪地问道："这是谁……床底下搜过了？"

"搜过了，地砖都掀开看了，全是泥，没有通路。"

黑衣蒙面女人看向吕颂——这人真是脓包，两条腿之间的裤子湿了一大片。而吕颂没等人家开口询问，就哆里哆嗦跪下了。还没等黑衣蒙面女人问话，他就招了："我……我叫吕颂，是……姐夫的小舅子……"

"屁话！给我打！"

顾青翼嘶一声开口："吕颂是我妻弟。"

"那你在这儿干什么？"

"我想偷点儿，不对，顺点儿银子走……结果，一翻墙过来发现，来不及了，就躲床底下了……"

"你姐姐呢？"

"去……去沽义山庄了。"

"什么？"

"我欠了沈南枝那个贱婢……四十万两银子，她非要我还，这相当于要我命啊。我姐想帮我还，被我姐夫……被这个混账东西给打了，我姐就一生气天不亮地去了沽义山庄，给我……求情……"

"怎么去的？"

"我手下有人，有快马堂的马车。"

"你为何不跟她一起？"

"我本来是跟着的，就是走到一半，想我姐就带俩孩子，什么金银细软都不拿，便宜姓顾的一窝畜生了，我回来给她拿点嫁妆回去……"

"这么说你姐跟你姐夫过不下去了？"

"过不下去！他打我姐！我姐怀六个月，他打我姐！我拦着他，还打我！你看这，全是伤！畜生！王八日的！夫人，您别不信，我姐要在，自个儿能拿刀剐了他！我们吕家跟他们顾家，从今往后没来往！只有仇啊！"

"说得好！"黑衣蒙面女人赞许道，"顾青翼，他说的是真的吗？"

"浪荡败家玩意，打了就打了。"

"好，痛快！来啊放开他！我今天来，是跟九天堡的人过不去。吕颂，若真如你所说，我不难为你，你拿刀割下姓顾的一条肉，喂给精卫鸟，然后就走吧。"

吕颂愣住了。他很快被放开了，有人递给他一把刀。

他走到顾青翼面前——有人拎起顾青翼的发髻，满脸都是血，发髻已经乱了，梳头和系发带是姐姐的手法，给他也这么梳过。顾青翼看着他，目光稍微示意他动手。

吕颂回头："我……我害怕……鸡，我都没杀过，你叫我杀姐夫……"

黑衣蒙面女人说："没让你杀了他，割一块肉就完事了。"

"……割哪里都行吗？多大都行啊？"

"行呀！但是怎么也得让精卫鸟吃出点味儿，不然，你的手就保不住了。"

399

"我能跟姐夫说两句话吗？我待会一下刀，他就不是我姐夫了，您让我们道个别。"

黑衣蒙面女人点点头，吕颂跪下了，两人隔着枷匪。

吕颂在顾青翼没流血的那边耳朵旁问："姐夫……我该怎么办……"

之后他立马把耳朵凑到顾青翼嘴唇听答案，顾青翼声音很轻："照我吩咐的做……不然，我做鬼都不会原谅你。"

"那……割哪儿不碍事啊？"

"你他妈随便吧……反正我今天不会好死的……你动不动手，她都会拆了我……"

黑衣蒙面女人问："嘀嘀咕咕，说完了吗？下刀啊。"

"我……不想割他屁股，我想找前面的。"

黑衣蒙面女人一挥手，有人把枷匪解下来，把顾青翼架起来。顾青翼站不住了，头像坏了的拨浪鼓，四处摇。

"姐夫……忍着点，人不为己天诛地灭……"

"别废话了，快他妈动手……"

"我这是替我姐！"

"吕颂！"

几乎是同时的——吕颂大睁眼睛，手腕一用力，一刀向顾青翼心窝捅去。他想给姐夫一个痛快，后果他不考虑。但他的刀法真的很烂，手扬得老高，任谁都能一眼看穿计谋。身后的黑衣人，一脚踹飞了他。他还想爬起来，几个人上手将他按住捆上了。

顾青翼不敢相信自己的眼睛："你什么功夫都不会，你敢当众耍花招……"

吕颂嘴硬："我练过十年刀……不是什么都不会……"

黑衣蒙面女人哈哈地笑，她喜欢这个游戏，她指了指刚才拿下顾青翼的那二十个人："你们，规矩一样的！排好队，一人一刀，割下一块肉，喂了精卫鸟，然后就可以走人了。不过，记住了，别把人给我弄死了，死在谁手里，谁一起喂鸟，明白了？"

二十个人都点头答应着，他们互相还商量了一下，第一个人不要割太多，巴掌大就差不多了。这个事情排队很重要，谁后下手谁倒霉，短时内，秩序略混乱。

此时，黑衣蒙面女人问吕颂："我真挺喜欢你的，最后一次机会，去不去排队？"

吕颂又犹豫了一下,他真的怕死。顾青翼忍不住了,大声叫道:"吕颂!我这二十刀,不多你一刀!来啊!想想你爹妈没你怎么活啊!"

吕颂也瞪着他:"我……反正不去,两百刀也不去。你是我姐夫!我出去没法见我姐!"他眼泪也在流,而且继续尿裤子,可他真没动。

顾青翼不知道说什么好。这时候该动的,君子报仇十年不晚,这是江湖,是他,他就照做了。

抢到第一的那个人过来了。顾青翼看了看他,是他昨晚陪醉的"朋友",他咬咬牙,不愿意对视,别过脸。

"青翼……青翼兄……"那人手也抖。

"给我一块随便什么东西咬着,我不想叫。"

"好,好。"那人要撕块衣服。

黑衣蒙面女人不高兴:"我就等着听那声呢,真有种,别叫!"

顾青翼死到临头,也不在乎了:"一窝婊子养的!真有本事别用精卫鸟!"

那人还是挺够朋友的,他刀移到大腿后侧,那儿肥肉比较多,相对来说,不算致命伤。那人一咬牙,一刀平削过去,带下来巴掌大的一片皮肉。顾青翼张了几次嘴,牙往地上啃,喘着粗气,愣没叫出声。他浑身在抖,地上一片惨红,血肉模糊。那人练过武,避开了最重要的血管。但后面那些下人丫鬟们,他们就会乱来了。

那人做了就做了,也不看他,匕首顶着那片肉,侧过眼睛递给精卫鸟。丁零。主人下令了,精卫鸟把那片只够塞牙缝的肉吞了下去。

黑衣蒙面女人说:"我说到做到,你走吧!"

那人便跌跌撞撞地跑了。

"你们可以去看看,我没说谎!"

于是剩下那十九个人都一窝蜂跑去门缝看。外面人真的没拦那人,他真的走了。顾青翼闭上眼睛,他今天完了。

十九个人回来了,他们互相争论了几句,重新排了队。排第二的是个丫鬟,她一辈子也没想过,做丫鬟会遇上这号事。她走过来,手还是抖的。刀掉在地上,但又赶紧拾起来。可刀一碰人,又掉了。一个不耐烦的堡丁上来一把揉开她:"没用的东西!滚边上去!"

顾青翼很吃惊,这个堡丁平时真是对他极其敬服,他上个茅房,那人都能跟着伺候。前媚者后必狠。

"看什么看？挖你的狗眼！老子看你不爽很久了！"

身后，黑衣蒙面女人轻蔑地笑了笑。那人感觉到，这样子做是会得到夫人赏识的。于是，他叼着刀，一手拎起顾青翼发髻，一手左右开弓抽了他二十几个耳光，然后啐的一口痰吐在他脸上："假模假式！婊子养的！"然后，反手把顾青翼扔在那块"疑是银河落九天"上，刀锋指向他的胸膛，"夫人坐好了，我请您听个响！"他又往手心啐了口吐沫，沿顾青翼胸腹抹了一下，这一刀，他要活开膛。

"青翼！""姐夫！"一屋子都是叫喊声。顾怀来也在抖："畜生……顾家上下怎么对不住你了……"

"老狗！自作孽不可饶！一会儿就轮到你！"这人蹦过去，甩手又是二十几个耳光，边打边逼问，"真以为自己是一辈子主子？别人就是一辈子下人？平时眼睛在头顶上！当谁看不见？仨瓜俩枣，卖什么好！"

顾青翼躺在地上，微抬头挺着腰叫："狗日的来这边啊！给少爷下刀，滚！你这种下贱东西！出这个门也不得好死！"

"你他妈还来劲了！"那人一脚跺在他腿上，把伤口往地上蹍。

这太痛了，顾青翼狼嚎一样嘶叫起来，在地上挣着打挺。此时，吕颂猛地撞向那人腰上，两人都倒了。可那人似乎今天要过足了瘾，甩手又抽了吕颂一轮。

那个黑衣蒙面女人不耐烦了，那人立即又感觉到了，他讨好地向夫人笑笑，重新走向顾青翼。顾青翼吸口气，闭眼。

"嘿，你们是谁？在干什么？"墙头一片树枝掩映之下，有个人问。

看起来，这人在墙头扒了有一会儿了，大概见里面太血腥，也没太敢直接跳下来，但实在不行还是开口了。

黑衣蒙面女人皱眉："什么人？"

那人一跃站到了墙头上，却又不急着跳下来，伸手又拉了一个上来。九天堡的墙是正经城墙，外头三丈高，很难翻。没有精卫鸟，银沙教也没那么容易进来。而里面倒是黄土垫起来的，并不难跳。于是，两个人一前一后地跳下来。

他们俩一个二十四五岁，一个二十八九岁；一个穿银白色的袍子，公门皂靴，一个穿非常破的土黄袍子，黄鼠狼皮子的坎肩。虽看不出深浅，但至少他们武功都不怎么样，不然的话，翻个墙不至于要好半天。

402

"你们是谁？"黑衣蒙面女人再次问道。

"我们互相也不认识。"两人互相看了一眼，那个二十四五岁穿银白色袍子的在怀里一通乱摸，边摸边义正词严道，"你们聚众行凶、杀人放火，还这样无视天理人伦地虐杀人！犯了王法，知道不知道？其罪当诛！我是神捕营的……"

所有人都看他——这个真不像，神捕营单枪匹马出来的，全是一等一的高手。

"……候补捕快孟吴越！"他大喘气说完话了，也终于从怀里摸出一封信——看起来保存得相当之好，信角都熨平过很多次。

这是一个很麻烦的事。黑衣蒙面女人犹豫了，神捕营很不好惹，挑明动一个，就相当于动到头了。

有人把年轻人的信拿给夫人看，夫人皱眉："你唬我？这就是封初调令，没有批复是没有复调的。"

"我有！我下个月就去报到了！万老大亲自点我的！"孟吴越挺直胸，大踏步向前走，声音里是一片不知从何而来的光明正大，"你们胆大包天，当朝廷律法不存在吗？即使我不是神捕营的，只是普通地方捕快，你们就可以无法无天了吗！来啊，折磨一个捆着手的，算什么英雄？要动手冲我来！"

大家都没说话。如果是普通捕快当然就……另当别论了。几个人刚要抓住他，孟吴越便用刀尖指着自己咽喉："我没本事救人，有本事自杀。你们动一下，我就先躺在这儿！命，算你们头上！"

这下，黑衣蒙面女人动杀心了，但这时候，那个看起来比孟吴越还要笨手笨脚的也走了过来："我跟他一起的！"

孟吴越情势危急却还不忘挤对人："你可就胡说吧！我是看你爬半天上不来，拉你一把……"

边上人不耐烦说道："你是什么人？"

"我是丐帮帮主丁桀的弟子……"这句话一出，所有人都大吃一惊，连地上的顾青翼都拧着脸去看他。满江湖没人听说过丁桀收弟子啊！真有那可是大事！但见那人君子坦荡荡，大拇指一指自己鼻子，"江湖人称赤眼神刀孙云平！我是丁帮主的弟子，敝帮南康分舵四个月前在此成立，我特地从洛阳总舵赶来驰援。敝帮行侠仗义，打抱不平，你们的事，我管定了。至于，神捕营这位真的假的我不知道，但我是真的！我孙云平三个字，外人不知道，丐帮中无人不知无人不晓，而且我们帮主已经重出江湖……"

此时所有人都开始窃窃私语，只听孙云平继续傲然昂首说道："你不信就只管杀了我们试试。我保证，三个月之内……不！两个月之内！侠义道英雄令直指向你们南海总舵，我倒想知道，这个责任，你担得起担不起。"

这真的是个很要命的事——丐帮有一呼百应、直捣总舵的号召力，教母不下令，他们确实不太敢动"丁桀的弟子"。而且，丁桀出山这件事，已经有一些消息灵通的人知道了。

孙云平一副天不怕地不怕的样子，他走到精卫鸟边上吐口吐沫说道："吃人的鸟，我呸！"

黑衣蒙面女人终于决定了，说道："星儿，我们走。"

今天已经收获颇丰，该威慑到的都威慑到了，该传出去的也会传出去，至于该报复的……

几个黑衣男子上来，抬起她的座椅向外走。这时候，大家才发现她是坐在一张薄薄的软榻上的。但依旧没有人敢动，孟吴越和孙云平当然也不敢，她们愿意走，就再好不过了。

大门打开了，尸首随着门闩半歪半拖在地上。所有人都屏息凝神地等，等那四只恶魔也跟着出去。

丁零，丁零，丁零。又是三声摇铃。两只庭院中的大鸟开始振翅起飞，它们的翅膀太可怕了，让人想起一些神话中的怪物。另外两只大厅中的鸟向外"走"去。顾青翼躺在匾上，没法动，一只鸟从他身上走过。他刚出一口气，那只鸟闪电般地伸出长喙，轻轻巧巧地摘去了父亲的人头，离开了。

"爹……"顾青翼扑上去头拱着父亲，撕心裂肺地叫。

"姐夫！"吕颂忙上来把他绑绳割断，抱着他不让他挣扎，处理他的伤口，"姐夫，当心你的伤……"

大儿子抱出了奶奶和母亲的尸首，小儿子抱着无头父亲失声痛哭，四处都在盘点伤亡。众人都被解开了，那个打耳光上了瘾的人正偷偷往外溜。

"嗷咻——"一声骨头里发冷的啸叫，所有人齐齐抬头。

四只大鸟扯着一张大网，就在头顶上。黑衣蒙面女人正坐在网上，她怀里抱着人头，像抱着只小猫咪。她轻轻摩挲，回头听着惨叫声，微笑地凝视着人世间的一切。然后，盘旋一圈，远去了……

第二十九章　英雄本色

正月九,英雄手,北邙山下一杯酒。

洛阳城北,有一处废弃的大宅。宅子又大又破,大得敞亮,破得豪气。这座宅子按照丐帮的惯例叫作"落花堂",门口的一条街叫作"落花街"。新加入丐帮的弟子,都要在这里接受教诲,经历拣选,学会认字,练习武艺,最终成为一袋弟子。对于这里的很多人来说,一袋弟子已经是个殊荣了。这意味着可以在江湖上名正言顺地说,我是丐帮的某某某。

今儿是正月初九,还在年里,天地之间有一股弥漫的喜气,爆竹的碎屑随风飘来,落花街上挤满了乞丐。

今天开堂口,这里有一场开年的宴会,按照惯例,会有一位七袋长老来请大家吃顿好饭、鼓舞士气,给大家讲讲丐帮未来一年的新打算。七袋长老是很难见到的,很多丐帮子弟,一年也就见那么一回七袋长老。

快到正午了,万里无云,白日当头,落花街上挤满了乞丐们。最舒服的角落里,挤着几个衣衫破烂又肮脏的年轻乞丐,他们都背着个破布袋子,神采飞扬,舒着懒腰,跷着脚丫子,从脚指头缝里看太阳。还有一个衣衫微微破烂但不算很脏的乞丐凑过去,他看起来眉清目正、器宇不凡,坐在他们身边,听他们聊天,并且准备伺机加入。

"哥儿几个谁知道去年来的是谁啊,是鲁洪长老吗?"

"就是他啊,给大家伙儿轰下去了。"

"他讲什么了就给轰下去了?"

"叫我们勤勉、奋进,不要那么懒惰,学学人家少林,说少林子弟这两年疯了,早上寅半起来诵经,半夜子时才睡,上午也练武,下午也练武,每个月就歇两天,那两天还得挑水干活，真是砥砺奋进。还说少林私底下开了好多次会，给一群和尚鼓劲，就是要趁我们群龙无首，夺回武林第一的位置。这不是开玩笑吗？他们天不亮起来能去念经，我们黑咕隆咚的起来去干吗，去要饭吗？不都得等到中午人家做好了再去……再说我们那么多人都那么勤奋，洛阳城老百姓也担不住啊。人家本来就够烦我们的了，说好好一个六朝古都，自从我们选了这儿当总舵，日子是一天比一天穷，我们再努力那还了得……"

"你误会了，鲁长老可能说的不是要饭，是练武。"

"练武就更没指望了，是你练还是我练啊？我们跟那些弟子怎么比？人家六七岁在练刀练剑，我们十六七岁还被狗撵呢。咱们扎扎马步打打拳，打群架的时候不要太扯后腿就完事了。丐帮想振兴，找我们，没用，把帮主找回来，那是正经事！"

"话不好这么讲，我们说什么也是一袋弟子了，哪能那么长他人志气，灭自己威风？再说，当今武林何止是少林？昆仑也拼啊！听说这几年，昆仑实在是没人了，从外面招募了一群弟子带艺投师，号称是胼手胝足再造新昆仑，那是千山万水自带干粮，能熬到地头的就算基本功扎实了……本来我们都以为那么艰苦没什么人去，结果呢？那去的是一队一队，山脚底下都开了好几家客栈……"

"那些人都图什么呀？"

"图昆仑两个字啊，你说上头叫我们拼命能图什么啊？图丐帮两个字呗。"

"说得好，你们是一袋弟子了，要记住，咱们这三家，跟别人不一样……"

"可不是不一样吗，咱们穷，昆仑远，少林全是和尚，都娶不着媳妇……"

"胡说些什么呀，咱们三家是侠义道的领袖，仁义为先。江湖上要是有事，有邪魔外道，咱们三家得先上。江湖要是没有侠义道，就会变成一个弱肉强食、畜生当道的世界，侠义道要是没有我们三家立规矩，就会变成一个家家互相猜忌、没人敢出头的世界。我们丐帮弟子，论武学渊源不如少林，论禀文脉溯源不如昆仑，但行走江湖我们素来最受尊敬，这是为什么？因为我们从最穷、最苦、最受欺侮的暗处来，我们的脚始终走在这片土地上，我们的耳朵听得见那些出不了声的呼叫，我们的眼睛看得见人间的苦难，我们的手不会揣在袖子里，我们永远不把后背留给我们的同胞。这才是我们跟那两家躲在山里的不一样的地方，也是我们长盛不衰的原因。"

几个年轻乞丐都爬起来了，简直要鼓鼓掌："哎哟，您是七袋长老吧？这话里话外，跟我们真不一样啊。"

"我不是七袋长老，我是丐帮弟子，叫李牧。我十六岁离开洛阳，游学少林、东渡扶桑，今年刚回总舵来，先四处拜访看望自家兄弟。"

话音未落，边上一个老乞丐激动地一拍大腿，叫着："哎呀！我知道您，李长老和我们帮主、周野、段卓然那几位都是一拨出来的人杰！而且李长老才华横溢，连帮主都甘拜下风，听说当年李长老您交换到少林译经，少林方丈是一眼相中，打死不放人，拿七十二绝技换的您哪，我还以为……您就此留在少室山了，准备继任少林方丈呢！看起来，您这是还俗啦？哎呀，回来可真好，李长老不是我说，您跟他们那些个长老可真不一样！像我们这种地方，没有您这样的大人物来过！"

"以后就会有了，我会常来看望大家，听听你们需要什么。丐帮十万子弟，都是一样的，大家都是兄弟，不应该有人高高在上，有人挨冻受饿，我们齐聚于此，是为了一点道义上的追求，我们是一家人。"

"说得好！说得好！"

几个年轻乞丐一起鼓掌。

鲁长老来了，老乞丐撇着嘴挑着牙花子，很不屑地说："喏，鲁长老来了。你看看他，浑身绸缎，脑满肠肥，吃饱喝足，太阳过半才来，又要讲勤奋的话了……唉，李长老去哪里？"

"我去城南，看望城南的兄弟。"李牧站起身，"带了一点心意，就放在外面了，烦劳哥几个给大家伙分一分，算是李某拜个晚年……哦，就不用提我的名字了。"

"好，哎呀，李长老慢走啊……"

在鲁长老注意到自己之前，李牧匆匆离开了落花街，他接着向北走拐到安静无人的地方，等了片刻，刚才那个"一眼认出他"的"老叫花子"跟了出来。

"老白，辛苦！"李牧从袖子里摸出一个红封，"一点儿心意，给孩子置办婚事的。"

"李长老，我就说了两句话，也没干什么……"老乞丐攥着红包不松手，嘴里客气着。

"应该的，拿着拿着，孩子置办婚事，一点余财都没有，怎么办呢？丐帮有些规矩，真该改了。"

"李长老说得是！我真是急得没办法……"

"我还有事要忙，真得走了，你继续帮我盯着点儿？"

"好，好。"

李牧左右看看，接着向北走出了城。天地渐渐荒凉，他拐过一片篱笆，到了另一处僻静宅院。这小小的宅院很不起眼，在院门前他摘下了发套。头顶上长了一寸多长的短发，这么快步走了一路头顶上捂得全是汗，他擦了擦头发，才又重新戴上发套。

院门是虚掩着的，一走进去，一只土黄大狗汪汪直叫。李牧冲它摆摆手，又从袖子里拿出一小包肘子肉，扔给它吃。那狗认得李牧，立即很乖地摇起尾巴，呜噜呜噜地吃肉。

听见犬吠，里屋一个五十多岁的男子走了出来，他看起来刚刚是在小憩，中衣外头套了件带皮补丁的大袄子，头发乱蓬蓬的，已经花白了一大半了。他手里头捧了一小盅红枣枸杞茶，边走边啜了一口，一见李牧把茶碗盖上："呀，我当谁呢，是李牧啊，我家这金子，成天的见谁都叫，就见你摇尾巴！"

"戴副帮主！"李牧恭恭敬敬，抱拳躬身行礼，"我要是知道您在休息，就过会儿再来。"

"休息什么呀？岁数大了，不长能耐了，净长瞌睡，坐着坐着就打盹。来，外头冷，里面坐吧。"来人正是丐帮的副帮主戴行云，他反手闩上院门，指了指里屋请李牧进去。这屋子看起来很久没人打扫过，里头陈设家具倒是一应俱全，可除了戴行云的躺椅和边上的小桌，所有物件上都落了一层灰，看起来，并不像个日常的居所。

两人略分主客坐了，戴行云要沏茶，李牧忙说："我自己来。"

戴行云也不张罗了，坐下从边上小桌拿起本册子在手上拍了拍："李牧啊……"

"是，戴副帮主。"

"你这本叫……对，《丐帮中兴十论》，老夫这几日都在拜读，手不释卷哪。"

"荣幸之至！我是来路上匆匆写就的，写得仓促、简略，还请副帮主多指教。"

"不敢当！坐，你坐嘛！你这封……不，这本书写得好哇！真是鞭辟入里，正中我帮中积弊，只是在解决之道上，还有些大而化之……"

"是，戴副帮主慧眼如炬，您说得对，我十六岁离开洛阳，对丐帮的许多事只有耳闻，没有亲历。不少地方，是我凭借江湖传闻自行揣测的，难免是有些不尽、不实之处，不过，以后就好了，我这些日子，马不停蹄地在城南、城北、城西……"

"李牧，书写得是很好，老夫这几天匆匆读下来，也有不少启发之处，我的意思呢，是多弄几本，请几位长老都看一看。"

"有，我来时印了两百多本，该是够了。"

"李牧，你这是有备而来啊。"

"不敢，戴副帮主，我这几日在城南、城北、城西……"

"等等，李牧，你先不要讲那些。丐帮确实有不少积弊，也确实亟待革新，你的建议也确实是好！我刚才也都夸了，眼光深远，鞭辟入里！人才！但是有一条啊，所谓龙无头不行，我们现如今最大的问题，就是群龙无首，帮主他不肯回来。帮主不回来，我们几个长老，也就是勉力维持。你说锐意革新，这个恐怕做不到，也没有这个资格做。"

"戴副帮主，既然道路正确，为什么没有资格做？"李牧身体前倾，目光炯炯。

"老夫刚刚说过，帮主不在嘛。"

"恕我冒昧了，丁帮主一年不回来，各位就等他一年，三年不回来，各位等他三年，十年二十年都不回来，难不成，丐帮就解散了？"

"江湖是有传闻的，帮主似乎神龙见首，不知在哪里出没了一下，搞得乱纷纷，满洛阳都是人。按规矩说，这几天是我丐帮开龙门、接龙头的日子，他要是回来就该回来了……就算是真不愿意做下去了，至少也该来说一声……"

"丁帮主要是回来了……"

"到那个时候，你这本书就有用武之地啦！"

"戴副帮主，我不是说书！我是问，丁帮主要是回来了，他干的那些事，就都过去了吗？丐帮的规矩，管不到他？"

"你这是什么意思？话里有话？"

"不敢欺瞒戴副帮主，丐帮的公务，我有所耳闻，丁帮主的私事，我恰好也有耳闻。"

"什么人传话给你了？"

"这不重要，重要的是丁桀做出这种事情。各位长老，尤其是戴副帮主您，真的就睁一只眼闭一只眼，当作没发生过？或者更有甚者……就索性尊奉左风眠为帮主夫人了不成？"

"李牧，"戴行云的手在桌子上轻轻一路敲，不动声色地说，"你这话呀，过界了。"

"我这话有错没有？没错就成了，过界不过界，那不重要。戴副帮主，我是丐帮弟子，总舵的规矩，我心知肚明，如果这不是一件大事，九大长老不必齐集于此，

409

天下各路英雄也不会云集洛阳城。丁桀一辈子不出头也就算了，既然想出来，昆仑山的事儿，他绕不掉。左风眠的事儿，他也绕不掉。副帮主，再恕我直言，真要是几位长老一点头，就成全丁帮主和左夫人了，恐怕这个关，您自己也过不了。"

戴行云的脸，彻底黑下来了。李牧说的没有错，昆仑山的事儿是一桩武林公案，孰是孰非，这事儿得另议，但左风眠这一段就太耻辱了，如今是没有传扬出去，一旦传扬出去，就会是丐帮数十年来最大的一件丑闻，堂堂帮主和副帮主夫人在城外山居里快活了一年，而且这个副帮主夫人也不是什么省油的灯，丐帮的元老分裂、兄弟内斗，周野出走直至身亡……桩桩件件，都和她有洗不掉的关系。丁桀想就这么回来，拍拍屁股当什么事都没有，不可能。但丐帮没有丁桀，确实是群龙无首、一盘散沙，也不是长远之计。他们不是没想过，九长老联手，索性废了丁桀，另立新帮主，可再要找一个丁桀何其之难？丁桀的武功、手腕、谋略、威望……多少年来，就是奔着一个完美领袖缔造的，就今时此地而言，即使是丁桀不在位，帮主虚置也比换人好。戴行云是当事人，而且是非常难堪的当事人，又是如今丐帮暂时统领帮务的副帮主。这几天，他白天也愁，晚上也恼，整个人像是浸泡在疲倦的灰堆里。他抬起眼睛，仔细看了看李牧："李牧，你有什么想法？"

"启禀戴副帮主，我有什么想法，要看两件事：第一，左风眠在哪里；第二，我说这话，越界不越界。"

"你说吧，算你不越界。"

李牧闭着嘴，不说话。戴行云懂他的意思，又敲了敲桌子："李牧啊，你呀，本来按照你的才华、禀赋、出身……要是一直在洛阳，一路到今天，位置本应该和周野、段卓然不相上下，可是当年一意孤行，非要上万言书、跟帮主过不去的是你，走了就不肯回来的也是你。你这一路越走越远，从少林走到国清寺还不算，居然还去了扶桑，你这时候回来，你叫我怎么安排你？我也跟你说过，丐帮是用人之际，你肯回来再好不过，但你想要那种位置，这恐怕不容易，我硬提拔你也服不了众。你真想留下，听我的，老老实实的，从外面分舵做起，过个十年八年的，我的位置是你的。"

李牧微微笑了笑，站起身："戴副帮主，你看错我了，我什么位置都不想要，想要的无非就是丐帮中兴。"

"哦？天底下还有这等人物？老夫倒是失敬了。"

"不敢当。戴副帮主，我如今写的这本《丐帮中兴十论》和我十六岁时候写的万言书,其实都是一样的,我无非就是告诉大家,丁桀这个人不适合做帮主,要证明我的判断是对的,这和我在什么位置并没有关系。所谓言官言事,不言则去,文人写篇治国的策论,也不一定就是想谋反做皇帝。"

"好,你说吧,依你的意思,如今该怎么办?"

"先说左风眠在哪儿?"

"在我们手里。"

"丁桀知道了吗?"

"我猜……他知道了。"

"他知道了,可没有应对?"

戴行云点点头。

"那就杀了她。左风眠威胁不了丁桀,但丁桀一旦回来,她是丐帮的麻烦、戴副帮主的奇耻大辱……您得告诉丁桀,这是他胡作非为的代价。"

戴行云微微闭上眼睛:"李牧,你知道左风眠是我什么人?你有什么资格,在我面前说这个话?"

李牧站起来,微微一笑躬了躬身:"我的资格,是戴副帮主您给我的。你想听一个人给你这个建议,我给你了,如果你不想听,我不会有机会说这句话。戴副帮主,告辞了。"

戴行云一拍桌子:"李牧!"

"看,自始至终,您都想听我的意见。"李牧走了几步,到大黄狗身旁摸了摸狗头,又回头笑笑,"戴副帮主,我再给您句您想听又不敢跟自己说的——丁桀这个人,其实也应该消失了,他的能耐无非来自他的武功,他的武功不是他自己练的,是丐帮四代传给他的,他没有资格对您这样。"

李牧说完了,适时地退出,带上了门……

宅院里没有别人了。戴行云的脸色,变成了一种炉膛里烧透了的灰烬的颜色,那是一个男人在壮年之后,诸事力不从心,又被彻底剥夺了尊严的脸色。李牧说得对,左风眠是他的奇耻大辱。他没有什么办法让这个耻辱消失,"狗男女"之中的那个"狗男",永远都不会跪在他面前道歉、认错的。但他也可以让那个"狗男"知道,他有权力做这个惩罚,他杀一个淫妇、一个侮辱了自己丈夫声誉的妻子,别人没有资格对他做什么,即使那个人是万众心中的天神。

411

他站起来,把那碗红枣枸杞倒进嘴里,咀嚼了几下,呸的一声吐了枣核,大步向里屋走。里屋是些旧书架子、旧藤箱子,地上一样是灰蒙蒙的,只有一块青砖擦得铮亮。戴行云挪开青砖——下面是条地道,有一架木梯通向一处地窖。

地窖很大,早年,这儿是个存放冬菜的地方,修整了一番,增添了床榻、桌椅,甚至还有个小天窗,可以住人。书桌边,一个穿着白狐袍子、绯红衫子的女人坐着,她俏生生的脸、水灵灵的眼,眸子点漆一样,嘴唇又轻又薄,冷笑里带一点娇气,有一种冰清玉洁之下的妩媚,似乎是大雪下的红梅花。她真是漂亮,欲拒还迎的那种漂亮,又凛然不可侵犯,又活色生香。

两个丐帮弟子在她背后站着,一个人手上有把刀虚指着她的喉咙,另一个手上拿着个帕子随时准备捂住她的嘴。但两个人都没有接触她。她在丐帮的位置很特殊,没有必要,谁也不想冒犯她。

戴行云挥了挥手,两个人出去了。青砖又合上了,敦敦实实的咯吱一响,屋里一片黯淡。

"风眠。"戴行云拖了凳子,在她身边坐下,轻轻捉她的手。

左风眠挪开手,但戴行云没有放,手还拉着她:"都听见了吧?你怎么想啊?"

"我没听见,这里什么都听不见。"

"好,没听见我就告诉你,丁桀要回来了,你恐怕得死,怎么死你自己可以挑。"

"凭什么?"

"凭你是个婊子。"戴行云猛攥着她的手,把她拽到自己身边,脸色铁青,一个字一个字凑到她耳朵边上说,"跟我装什么呢?想当帮主夫人?告诉你,除非我死了。"

左风眠想甩开他的手。戴行云却用力搂着她肩膀,胡乱吻,边吻边冷笑道:"小浪货,见谁都勾引,就是不肯勾引我,对不对?风眠啊,你是我明媒正娶,拜天地娶回来的夫人哪,你跟我说说,成亲这几年,你勾搭了几个?丁桀你是睡过了,得偿所愿,恭喜!周野你睡过了吗?段卓然呢?这哥仨你都试过了,对吧,还有谁呀?"

左风眠往一边拧着身子躲,嘴硬:"可多着呢!你管不着!"

"真他妈胎里带的贱货!"戴行云挥手,一个耳光甩了过去,皮笑肉不笑,"我告诉你,别以为攀上丁桀我不敢动你了,你现如今,名分上还是我的女人,今儿我杀了你,天经地义,你懂不懂?"

412

这一巴掌抽得很重,左风眠捂着脸,半天没抬头,恨恨地说:"有本事你当他面啊!"

"我当他面该做的事多了,风眠!"戴行云被这话气得嘴唇直哆嗦,眼睛红得滴血,他走过去,抱起左风眠往床上走。

"你要干什么!"

"你说我干什么啊?我该干什么?"戴行云毫不犹豫,把她摔在床上,上手开始撕她的衣服,"我哪点待你不好了?我怎么对不起你了?你拿我当什么?躲什么呢?怕什么呢?没见过我吗?我要干什么?你说说看呀,我一个做丈夫的,好久没见过自己媳妇了,该干什么呀?"

他边说着,边脱自己和她的衣服往一边甩。左风眠被剥得差不多了,扯着被子蜷成一团,眼里全是泪,硬含着不肯掉下来:"戴行云,你问我要脸吗,那你要脸吗?你娶我的时候,你四十岁了,我只有十六岁,我懂什么?是你哄我的!是你岁数大了,你懂得哄人,丁桀、周野年轻气盛不懂而已!我这一辈子,就错了那么一次,我不能后悔吗?"

戴行云上衣脱完了,扒了鞋子,开始脱裤子。左风眠在床头,蜷缩成一个小小的白菱角米,轻轻发抖。很多年前的那个晚上也是这样,那个待她千依百顺的男人,从来都是她说一是一,说二是二,哄得她心里头又甜又熨帖,只有那个晚上,她说不,然后才发现自己的意志一点儿用处都没有了。她那个晚上,也是这样轻轻地抖,轻轻地哭。从前玩耍的时候,那两个少年是很不耐烦她哭的,周野会乱抓着头发说你不要哭啦,有事快说,你一哭我不知道怎么办,丁桀总是面无表情,转身就走。他们那时候都没有长开,一门心思还在想着练剑学武。男孩子好像长得比女孩子慢很多,等他们长成为男人,她已经是他们的嫂夫人了。

人家说,那是她的命,她错了一次,后悔就来不及了。可她不信命,她想翻盘。只要翻盘就行,是不是荡妇无所谓。至于翻盘的过程里,做对了什么、做错了什么、伤了谁、害了谁,她根本就不在乎。她在乎别人,谁会在乎她呢?如果那么多个流着泪的夜晚,她一个不留神,软一点儿、脆一点儿,不小心死了,难道会有谁为她报仇吗?不都是只会说,可惜了,她好好的日子想不开吗?

即使是那两个看守她的丐帮弟子,偶尔之间,也会若有若无地给她一点口风,如果不想害死周副帮主之后又害死帮主,就自寻了断好了,这多少还能赢得别人的一点尊敬。尊敬?可笑!她遇上什么也不会自寻了断的,她连武功都不会,为

413

什么要保护帮主，帮主怎么不保护她？如今，她已经不再是个哭哭啼啼的小女孩了，她是个越活越来劲的真正的女人。

戴行云脱完了，但还没冲上来，他五十多了，刚才又过于感情用事，上床之前需要做一点别的事。左风眠扬起下巴看着他冷笑："对了，我都忘了，好久没跟你在一起了，你带药了吗？"

戴行云此时完全被激怒了，冲上去骑在左风眠身上，左右开弓地抽她。左风眠挡不住，也没挡，闭上眼忍了好一会儿，嘴角全是血，又睁眼，但还是带着那股冷笑："没用的，他就是比你强，哪儿都比你强。"

戴行云喉咙里咆哮一声，手扣在她咽喉上，试着锁紧，又放开。左风眠有点不敢嘲笑了，她这时候才发现，这老男人敢的，即使当着丁桀的面，他也敢杀了她。但戴行云的眼里有一种不舍得，那是很奇怪的感情，毕竟夫妻一场，即使有无数种赤裸裸的争斗，经历过风雨，互相看见过最软弱的一面，似乎也有了某种默契和同盟。

"咳咳……杀了我啊……我不在乎……他……他会给我报仇的……"

"你真是个天真的婊子。"戴行云想了想，松开手，声音里也恢复了冷静，"我不杀你，风眠，我要你自己看看，丁桀拿你当什么！我告诉你，他早就知道你在我们手里了，他连屁都没放一个！你就是伺候了他一年而已，他那时候就是累了，身边要个女人陪着，如今他闲得发腻，想回来了，想重新到万人之上，你再看看，你算什么东西！"

左风眠眼睛里，那股很骄傲的光，被什么东西刺了一下。她不怕死，她怕这个。

戴行云从左风眠身上下来了，嘿嘿笑着，拍了拍她的脸，很轻声地耳语："还有，老子明晚上就有药了，你等着吧！"

他穿上衣裳，整理了头发，把稀疏的发髻理得蓬松丰满了些，对着镜子掸了掸领子和袖子。除了白头发多了点，还是端正庄肃的一个人。他走出去了。只要走出去，他还是戴副帮主。

外面两个人是他的心腹，好像都明白点儿人事，站得都很远，怕听见些什么不该听见的，一见他忙鞠躬："副帮主！"

"我回总舵了，还有许多正经事，这个女人，你们给我寸步不离地看好了。记住，有任何人想打她主意，直接弄死，明白吗？"

"是！"

戴行云穿上外衣，拿了佩刀向外走。

有个人忠心耿耿追上前道："启禀副帮主，属下追随副帮主二十年了……副帮主，您老人家要是有什么下不了手的，吩咐属下就是！"

戴行云回头，也拍了拍他的脸："胡说什么呢？叫你们干什么就干什么，哪儿那么多的戏！"

"是……"

戴行云离开了，他步履匆匆，向总舵走。

洛阳总舵，不仅是丐帮的中心，也是整个中原武林的中枢。这些日子，是万众奔忙的巅峰。各大门派的车马守在总舵门口，无数弟子鱼贯出入，无数江湖客在这里等待消息。寻常斗笠之下，或许是一个震惊四座的名字，普通的佩刀上，或许沾染过赫赫的英魂。整个总舵挤满了客人，连周围的客栈也住满了，甚至有人在空地打起了地铺。

洛阳城里，被上官乾打伤过的江湖客没有走，被银沙教找上门的江湖门派在等一个交代……无数人都在静候一个名字……

侠义道式微很久了，昆仑的武学自从汪振衣去世之后就完全坍塌了，少林欠缺血性和雄心，快要变成一个真正拜佛译经的地方，丐帮人数众多然而群龙无首。江湖风云之变在即，但没有能统领侠义道，发布英雄令的人。

那个名字，像是热油上的一点火星，可以掀起燎原之势。据说他将拔剑出世，很多人亦风闻而来。江湖没有任何时刻比此时此刻更需要丁桀，归根结底地说，江湖是个拼拳头的地方，暴力是元规则，丁桀打破了昆仑山尘封的神话，他就成为神话本身。他毁掉了旧规矩，就必须给出一个新世界——不然，就死。他不能带着那样的天赋和能力与梅花高卧，那能力不是与生俱来的，那能力呼唤着与之相当的使命和职责。

丐帮的长老们问了很多遍，到底谁见过丁桀了，他在哪里出现？什么时候、什么人说过他要回来？哪一天回来？几乎没有人能说清楚。这传闻就更让人仰慕——所有人都听过他的名字，但见不到他的人。这种传闻，是带着可怕的煽动力的——来等候的人多了，丐帮分舵的人回来的也多了，连长老也聚齐了，这就又让更多的江湖客远道而来。赌馆里甚至开出了盘口，很多人押了注，押正月十五之前，丁桀会现身。

415

"戴副帮主！"戴行云一到总舵，就有弟子一起躬身行礼，有两个人匆匆奔上来，"启禀戴副帮主，少林达摩院首座智远禅师刚刚到了，在厅中等候，执法、传功两位长老在奉茶。"

"好，我这就过去。"

戴行云一路匆匆走，那弟子一路在身边汇报："还有，副帮主，庐山九天堡顾家一月前险遭灭门，顾氏兄弟有孝、有伤在身，仓促间还赶不过来，顾青翼的妻弟吕颂带顾氏兄弟书信求见，要我们代为主持公道。"

"书信呢？"

"在大厅传阅。"

"哦，好我知道了。"

"副帮主，那个吕颂……不是一个人来的，他身边还有个台州的捕快。"

"什么？捕快是怎么搅和到一块去的？他们人呢？"

"在练剑的偏厅等候。他们天不亮就来了，等了大半天，刚才还催我，说再忙也得找个人跟他们说一声啊。"

"好，我见过智远大师，立即就去。"

"戴副帮主！"一个弟子匆匆跑过来，"昆仑狄飞白求见！"

"狄飞白……"戴行云默默念了一遍这个名字，"是玉掌门大弟子，最近几个月就要继任掌门的狄飞白？"

"是！"

"快快快，有请有请。"

"那……"

"站住，我亲自去接。对了，请智远大师茶寮里头坐，告诉其他几位长老，别的事都放下，先过来。"

"是，那吕颂他们……"

"就没长老有空了吗？"

那弟子努了努嘴，不远处，李牧和少林的两个弟子正在说些什么，看起来是故交，谈笑风生，偶尔还夹杂一句梵语。

"李牧兄弟？"戴行云招了招手，"这边实在忙不开，有两位银沙教的苦主，你帮我接待一下，好不好？"

"好！"李牧稍微有点不甘心，他本来也准备和智远大师喝茶的，但既然有吩咐，

416

也只能和那俩高僧合十道别。

"既然是苦主,务必多加耐心,诸项都要问清楚,好生安排饮食、起居,告诉他们我们这边十万火急,忙完就过去,注意我丐帮仁义为先的声名。"戴行云想了想又嘱咐那个弟子,"他们……等了这么久,别嫌我们怠慢,你带李牧过去的时候,就介绍说……是敝帮李长老。"

"是!"

李牧跟着那个传话的弟子,去练武的木厅了。

要客在茶寮落座。丐帮按照规矩,奉了少林智远大师和昆仑狄飞白上座,九长老齐聚作陪,这已经是丐帮最大的礼节。

智远禅师带了四个弟子进门,分别是慧空、慧能、慧了、明镜。丐帮诸位长老对少林的清净智慧明空班辈了如指掌,慧空、慧能、慧了都是众所熟知的,独独那一位明镜,看年龄他也有四十多岁,看身手也是习武多年之人,但名号面目,居然从未见过,再看他左腕上有一枚黑铁护腕,众人也就了然,想来是戒律院之中的罪僧,近日才得了自由,但既然能进此门,显然也很得信任。

狄飞白身后也带了四个年轻人,介绍说是昆仑的后起之秀,合称星斗纵横四剑,丁桀上山时他们在青海湖活动,这一回带出山来,特地拜会大家,见见世面。

茶水刚刚送上来,戴行云就吩咐侍候的弟子带上房门,远远站着,无关人等不许进来。

"狄师兄,"戴行云微微躬身,狄飞白虽然较他年轻,却是昆仑未来掌门人,不可不敬,"智远大师虽然也是稀客,但毕竟洛阳距少室山还算是近邻,狄师兄远道而来必有要事,还请不吝赐教。"

"好说,好说,戴副帮主,狄某开门见山了。"狄飞白也微微致意,"我昆仑弟子这回下山,是有两件要事,第一,是我门派的私事,我听闻敝派镇山之宝——藏山一玉已经现世,此物是我历代师传的神兵利器,狄某师承在身,不可不收回,但听闻得剑之人身怀绝艺,不是易与之辈,想请诸位同道看在三派世交的道义、情面上,施以援手。"

众人一起点头,意为正该如此。

"那狄师兄,不知此物现在何处?"

"我听人说,在沽义山庄,云小鲨的手中。"

417

"哪个云小鲨？"

"云家船帮的主人。"

"原来如此，那是该讨回……狄师兄第二件事是什么？"

"我还听闻，贵帮帮主丁桀，不日回归总舵。昔日，丁帮主与那个自称魔教教主的苏旷，上我昆仑山，搅得我人仰马翻，后来冰湖弄蛊，我门派死伤无数，大伤元气。丁帮主下山之后，一时号称死了，一时又说没有，要真是就此隐退，还则罢了，要是真复出，昆仑山这笔血债，他虽然不是全责，总也要有个交代。"

丐帮几个长老都低头喝茶，想这两件事真不好办，云小鲨你肯定惹不起，丁桀你也惹不起，还是请少林泰山北斗他们帮吧。但那边少林泰山北斗，茶喝得特别慢，不准备挑话头。

戴行云毕竟是副帮主，茶喝完了不好冷场，就又问智远大师："智远大师德高望重，非有雷霆万钧事，不离灵台方寸山，不知这一回，来敝帮又有何指教？"

"阿弥陀佛，戴副帮主。"智远大师颔首，合十，"老衲此行是奉方丈师兄法旨，依礼率戒律院弟子一名、译经院弟子一名、达摩院弟子一名、菩提院弟子一名，恭迎贵帮丁帮主，重回总舵，执掌侠义道。"

"大师说什么？"九长老齐齐发问，"方丈大师，何处得来消息？"

"怎么诸位有此一问？"智远大师有些不解，抬头说，"是贵帮丁帮主，不日之前，遣徒弟孙云平来访我少室山，特地下的拜帖啊？"

此言一出，满座皆惊。九长老面面相觑，怎么是丁桀自己传出去的风声？

戴行云站了起来："丁帮主说……说他什么时候回来？"

明镜合十："正月九，英雄手，北邙山下一杯酒。正是今日此时。"

他话音未落，只听外面哐的一声巨响，好像是有扇木门塌了。之后，有个声嘶力竭的声音在喊："你不要走！你不是长老，你是红莲尊者，你是国清寺勾结海盗、杀人放火的凶犯，我认识你！"

那声音真是洪亮又磊落，而且吵得要命。戴行云正准备吩咐弟子看看怎么了，外面又是一阵呼叫——

"帮主！"

所有人都在往外走。海潮有涌动的声音，人潮也有。人潮涌动时发出的是叹息声、惊呼声、欢愉声，有一种海浪一样整齐的波动，是一种不太大、嘈杂里混合着宏大静谧的声音。

刚才打照面的瞬间,李牧和孟吴越就认出了彼此,一个拨开人群往外跑,一个跟在后面追。而吕颂来不及冲出去了,他站在一个木柱墩子上,扒着窗户往外看。

孟吴越的武功本来比李牧差太远了,但外面人实在是多,很快,两个人就纠缠在一起。孟吴越被随手摔倒了几次,但他有股混不吝的精神,毫不犹豫地冲上来就抓人。李牧好像肋骨有伤,不太敢动手,又顾忌四周,不太敢杀人。两个人扭打了几次,李牧头上的假发套掉了下来。一着急,他下手重了,拿住孟吴越就往外摔。孟吴越输人不输嗓子,张嘴就喊。

但也就在那个刹那,没人再看他们了,所有人都在回头——

长街尽头,踏着满地的爆竹花屑,丁桀出现了。他骑着一匹黑马,皮毛像缎子,像烈火里的黑铁;他披着件长长的黑色大氅,大氅落一点风尘,眉目带一点风霜;他瘦削清绝,眉峰如远山,寂寞如长空。他掸了掸肩膀上的爆竹纸屑,像拂去一朵落梅花。

吕颂惊呆了,他忽然发现在很遥远的记忆之中,来过这里……落花堂有间很陈旧的木厅,如果穿着木屐踩上去,会发出清脆悠远的响声,墙上油漆斑驳,木厅里有一扇很高的残缺了个拐角雕着虬枝梅花的木窗,那扇窗雨天会飘雨,雪天会飘雪,晴天的下午,阳光会长长地拖在地上拉出几枝梅花的影子。丁桀每天就握着木剑,站在那几道梅花的影子里,对着一个又一个前来比武的少年说一声"久仰",然后挥出寂寞的一剑。

"你看过那种落满了大雪的高山吗?对,他的眼睛就是那样的。"吕颂不久前见过一次丁桀,当时他觉得花半仙的描述很好,但还是夸张了一点点。那时候丁桀身手也像神一样,但没有这么……孤独。

但现在,丁桀就是那个"丁桀"。

马蹄很慢,哒哒,哒哒。

丁桀望着李牧。李牧向后退了一步,他开始感觉到绝望。他是有备而来的,还有许多准备没有拿出来,可他和丁桀并不在同一个高度交手。丁桀请了该请的客人,来拿他该拿的东西,他没想过要拉拢什么人,或者劝说什么人。这里的东西,天生就是他的。洛阳城山呼海啸,好像所有人都承认这个。

太不公平了,李牧难过地想。

丁桀看着他，很慢地询问："你要我亲自动手吗？"

李牧一跺脚，转身就跑。丁桀没有下马，他脱了大氅，随手一搅，大氅直飞过去，黑云一样撞在李牧背后。他存心露一手，那是极其精纯的内力，和一手练到化境的袖里乾坤。四周是炸雷一样的叫好。李牧一个踉跄向前一扑，被好几双手就势按住了。

"李牧，我知道你不服气。"丁桀下马走过来，有人递过他的大氅，他抖一抖，搭在手臂上，拍了拍李牧的肩膀，"你明白吗？你在纸上写的每一个字都是对的，但人世间的事，不是在纸上就能写出来的。你要的东西，鬼鬼祟祟是要不到的，我十六岁在这里，丐帮每一场大大小小的仗我都打过，我能带他们赢，这是我站在这里的原因。"

李牧闭着嘴，不说话。

"带他下去，国清寺的事儿给我问清楚。"

几个丐帮弟子押着李牧走了下去。此时，旁边的孟吴越看着丁桀，手在忍不住地抖。没错，他认出了丁桀，嘴唇哆嗦地说："你……是你……"

丁桀转向他，点头："不错，是我。"

孟吴越嘴唇更哆嗦："你……私传……"

丁桀的手按住他的肩膀了，轻声："给自己留条命。"

孟吴越站着，小声但很坚持地说："你私传圣旨……罪在不赦……"

"你是说这个东西？"丁桀把一块令牌拍到他手心里，"别一张嘴就赦不赦的，想去神捕营对不对？我给你个机会，拿着这个东西，去趟神捕营，不过记住了，除了三杰之外，别被任何人瞧见，那个很老很老的大官儿总捕头也不行。见到三杰之后，替我带句话，跟他们说，苏旷的事，我知道了，人，我接住了，做事情别那么轴，放机灵点，对我对他们对大家都好。如今江湖打法变了，一个上官乾就够他们受的了，再加上银沙教他们对付不了，也不知道该怎么对付。最好是交给我，能搭把手感激不尽，不能帮忙也无所谓。大家心照不宣，把那头的事弄干净了，再追苏旷的那点破事也不迟。记住了吗？"

"你……"这段话，孟吴越还没消化完。

"闭上嘴，赶紧走，路上一个字不要说，到京城再开口。"

孟吴越还想跟吕颂交代两声。丁桀手指在嘴边，做了个嘘的动作，又挥挥手。孟吴越捏着手心那块"如朕亲临"，实在像抓着块烙铁，真不知如何是好，一跺脚，离开了。

丁桀在旗杆边随手系了马:"这马不要动,它不听外人的话,也别靠它太近了。"

众人一起答应一句:"是,帮主。"

丁桀又向里走,人群继续分开,戴行云和其余长老一起躬身抱拳:"参见帮主。"

丁桀微微地笑,摆了摆手:"众家兄弟,不必多礼。"

"众家兄弟"抬头了。丁桀看着戴行云,戴行云也看着他——他们俩互相在对方的眼睛里,看到了一种很深很深、外人看起来像是寂寞或者孤傲的……奇耻大辱。

此时,人群正中少林的达摩院首座和狄飞白站着,他们的弟子站在身后,也一起合十抱拳:"见过丁帮主!"

"智远大师、狄师兄,远道而来,丁某失迎了,里面请……"丁桀已经完全是个主人了,他带着大家重新回到了茶寮。

门又一次关上了,丁桀径直坐了主座。所有人都在等他开口。

丁桀沉吟,慢慢地举起三个手指头:"三件事,先从江湖大事说起。第一,银沙教的行径,诸位都知道了,诸般缘由,丁某话拙,说不清楚,只恨不能早生二十年,手刃霍瀛洲,真是人生一大憾事,平添了多少祸端,这一回,侠义道责无旁贷,你我三家如今能做的,就是发英雄令,昭告天下,同道者共击之。"

"丁帮主,我有一问。"

"狄师兄请讲。"

"丁帮主这次出山,出山就发英雄令,是出于公义,还是出于朋友的私仇?"

"狄师兄把话说明白。"

"好,如果是苏旷的私仇,和江湖同道无关,他上我昆仑山的时候,自称教主,勾结魔教……"

"狄师兄,苏旷是我朋友,这没错。可要说勾结魔教,那昆仑勾的可不止一代,贵派嫡传的汪振衣前辈勾了一次,袁不愠勾了第二次,若你们都不勾,银沙教早就风平浪静,哪里轮得到丐帮和丁某人出手?即便如此,江湖上有没有人说昆仑勾结邪魔外道,做事出于私心?"

"丁帮主!"

"一码事归一码事,你我的恩怨,是第二件事。"

"好,既然如此,英雄令下,昆仑没有二话,银沙教早该做个了结,只是此事,要劳烦丁帮主多些。"

"好极了，少林什么意见？"丁桀面向智远大师问道。

"老衲奉方丈师兄法旨，来此就是听从丁帮主吩咐，匡扶正道，铲妖除魔。"

"痛快！第二件事，狄师兄，昆仑的事情，我很抱歉。丁某上山，破的是青天之会，这个会，传承百年，外损内耗，路上死伤无数，说句我该说的，早就该破了，不破，最先耗尽的是贵派的元气，至于银沙教趁机作乱，狄师兄，我与昆仑，责任至少一边一半。"

"丁帮主，你欺人……"

"狄师兄，如今这个形势，我跟你挑明了吧，昆仑武脉快要断绝一百年了，又距中原如此之遥远，那山奇高无比，连我上去都费好大的力气……要不是中途出了个天才人物汪振衣，贵派已经在江湖上除名、变成个风景名胜之地了。你想过没有，这是为什么？第一，贵派心法过于私密，武学之道，没有切磋，就没有开花散叶，青天峰关上门闭关自守，倚险自重，只能自取灭亡，这是千秋万载颠扑不破之理。第二，贵派剑法过于难学，今儿这里没有外人，我就直说了，连狄师兄你一个掌门人都参透不了的心法，叫你的弟子怎么学？"

"丁帮主，你！"

"但是，既然昆仑绝学是有传的，而且已经现世，这是贵派之幸、江湖之幸。此间事了结之后，我还你一套昆仑心法、剑法，少说续你武脉五十年。"

"丁帮主，我尊你一声帮主，你居然出此狂言？你再高的禀赋，单枪匹马，就敢说续我昆仑武脉？"

"不是我一个人。狄师兄，当今江湖又有一批龙虎风云人物，而且有聚首之势，大家齐心协力，互通有无，武学一道方能融会贯通，开枝散叶，发扬光大，回报昆仑。"

"你此话当真？"

"丁某平生，从不二话，亦不食言。"

"果真如此，你我恩怨一笔勾销，丐帮永为昆仑之友，帮主高情大义，狄某感激不尽。"

那位一直很少说话的明镜，听到这话，也是一叹："如此乱局之中，丁帮主看到的是武脉机会，真是好胸襟、好气魄！"

丁桀一直没有留意到他，听了他的话，一眼便瞥见了他手腕上的黑铁戒环，朗声问道："请教大师俗家姓名？"

"丁帮主慧眼如炬，不妨猜上一猜？"

"请！"

只见，那位明镜禅师右手斜挥，虚空环了半圈，如虚如实，如盈如缺，似乎有一柄刀，在手腕间月华吞吐。

"千里横刀颜中望，绝迹江湖近二十年，想不到是归入少林门下。幸会，幸会。"

"丁帮主人中之龙，名不虚传。"

二人互相点一点头，丁桀举起手："这两件事定下来之后，我还有第三件事要了结，非如此，不足以为丐帮之主。请外客稍避，我等失陪，少顷便来奉茶。"

客人们一起答应一声，被下属引导到别处去了。此时，茶寮之中只有丁桀和九位长老了。九位长老一直都没有说话，听凭丁桀重掌丐帮，发号施令，也在等他这第三件事。

丁桀低头，看了看自己的手，轻轻闭上眼睛，片刻，做了抉择，站了起来。

"诸位，我离开的时候，曾经说过到时候，我会回来，给大家一个交代。我有几桩事情，推脱不掉，洗刷不清。城郊的一场火、总舵的一场火、周野和卓然，昆仑的用蛊……许多事，各位都心知肚明，我也都责无旁贷。"

戴行云望着他："你的错就够多的了，不用把左风眠的事也揽在自己身上。"

丁桀摆了摆手，悠然叹息："我在城北溪林里，住了一年，梅花高卧，好不快活……"

戴行云脸色一变，他好像又听到了那句"你哪点都不如他"。

"这一年里，我也在想，要是有一天我回来了，给你们什么样的交代。我想了很久，想不出来。诸位，你们岁数都比我大，资历都比我老，不少人是我的叔伯兄长，看着我长大成人，做了少帮主、帮主……"

众人齐齐说："帮主，属下不敢！"

丁桀点头："好，好一个不敢！那就让我给你们一个交代——银沙教和昆仑武学，一件是江湖大事，一件是武林大事，都是我刚才应承了的，也是我分内的责任，这两件事情都了结之后，大约少则三年多则五载，具体时候不一定，放心，我不会拖。你们挑好继任弟子，没有合适的，就多找几个。我这一身内力，来自丐帮先贤，我还给你们。"

所有人都大吃一惊，抬头："帮主！"内力这玩意儿，哪是说还就能还的，这样做无异于自废武功。

"听我说完,"丁桀意思很坚决了,"这几年,你们不要动风眠,照顾好她。当然,我也不会主动去找她,给彼此增添一些不必要的烦恼。到时候,传功之后,我不会跑,也跑不了,也不会自行了断,还在这个总舵,还在诸位面前,我要娶左风眠。那时候我二人的死活,和丐帮大业已经没有关系,我们都是丐帮弟子,执法长老按照帮规处置就好,生杀予夺的大权我还给你们。你们看,行不行?"

这是个非常得体的交代,几个人都无话可说。而此时,戴行云走过来,气得手都在抖,有生以来第一次一巴掌抽过来:"丁桀!你疯了!你为了个婊……"

丁桀一抬手,剑指虚点在他脉门上:"戴行云,这时候动手,我算你以下犯上。"

"好……"戴行云不敢再做动作了,低下头,"那请帮主告诉我为什么?"

丁桀脸上没有一点表情,他看起来,好像还是当年的丁桀,好像从来没有离开过这个地方,他慢慢重复了一句刚才的话:"丁某平生,从不二话,亦不食言。我允诺过你们,我也允诺过她了。"

"你……你允诺过她什么?"

"这不方便奉告。"丁桀走到众人中间,伸出一只手,"我说过的话,应该不用再搞歃血为盟那一套了,也希望诸位给我个允诺,这件事,不要传出这间屋子。"

几个人互相看了几眼,最终也都点了点头,轮番和他击掌:"遵命!"

"好!跟我出来!"丁桀走在前面,打开了大门——所有人都在等他。

他向前走,少林和昆仑的领袖在身边,他的属下们跟在身后。前方,是一呼百应的丐帮弟子,和前来洛阳拜访、等候消息的江湖群雄。他举起手,人海渐渐平静了,他朗声开口,内力将声音送出很远:"英雄令下——"

又是一片山呼海啸。

"自今日起,侠义道八百同盟,进退如一,生死同命。"

"是!"

"银沙教魔道复起,荼毒众生,天下同道,互为臂膀,同仇敌忾,齐心协力共击之。"

"是!"

"有勾结魔教,沆瀣一气者,天下共击之!"

"是!"

"有毁伤同盟,谣诼兄弟,祸乱江湖者,天下共击之!"

"是!"

"有借此英雄令，滥杀无辜，颠倒黑白者，天下共击之！"

"是！"

……

呐喊声、呼叫声，一浪接着一浪，在人群之中把丁桀的一道道号令传了出去。这道英雄令，将就此传出洛阳城，传过黄河，传过长江，传遍天南漠北，传进侠义道八百同盟的刀鞘里，滚烫无数刀锋；也传进每一个梦想成为英雄的少年耳朵里，在他们心里埋下不朽传说的种子。

洛阳城北的小宅院里，地下那面厚厚的青砖被特地挪开了。一个丐帮弟子，很是高兴地在左风眠耳边说："你听见了没有？"他全力以赴，才忍住自己的轻蔑和嘲弄。

左风眠慢慢抱住膝盖，木然点了点头。

青砖又被合上了，她要用很长一段时间，来吞咽和咀嚼这个事实——她在戴行云手里两个多月了，丁桀什么都知道，可丁桀没有来……

第三十章 授人以柄

连崩了两位先帝之后，京城的老百姓总算是过了个好年。年前，城里解除了宵禁，四门大开，偃旗息鼓的铺子纷纷重新开张。开年，新帝登基、改元、大赦天下，祭天告祖，祈祝社稷桑蚕，颂佑国泰民安。

大年初七下了场大雪，那之后，雪就一路没停过，大小雪花一个劲地飘飞，直到正月十五。上元节是开年后头一个大节，官家出灯，民间也出灯，雪景漂亮，灯景也漂亮，说书的杂耍的唱曲的，好一番热热闹闹，节庆过后，纸鸢儿银柳儿积了满路。坊间都互相鼓舞——好兆头！瑞雪兆丰年！看这天象，今年年景必定会好！

民间热闹，朝中也辛苦，这一个月，也是朝中六部历来最为奔忙的一个月。朝廷里面年头年尾本来就忙，更何况新帝登基是天字第一号的大事。改元、祭天、告祖庙、修陵、碑文、外国来使朝贡，一轮一轮的国宴……正月里青苗银子要拨下去了，不然跟着就是青黄不接……水利工事该定的要定，冻土过两月就化了，而且很快就是春汛……一朝天子一朝臣，官吏的更替……春闱的主考……封疆大吏回来面圣，戍边的军队要轮替……总而言之，事叠着事，事撑着事，事赶着事。

新帝登基，励精图治。六品以上的文武官员，今年是一天假都没有，外省的不许回乡，在京的顶多吃顿年夜饭。这个正月里，六部里头最轻松的，约莫算是兵部。通常情况下，抚恤、述职、军功，这些年尾都忙完了，开年没有什么大事，刀枪入库马放南山，准备着新一轮调度就完事了。最苦的，大概就是刑部，本来赶上登基、过年，就要加派人手维系京畿治安，偏又碰上大赦。自古以来，刑部怕大赦，简直就像工部怕洪水、兵部怕叛乱一样，敲名单翻卷宗定人头简直是烦不胜烦。而整个神捕营都在抽调之列，一个月来，营中所有公署全在灯火通明之中，车马、人员川流不息。他们是国之利器，首要的任务是保护平安，至于其他的事，只能先稍微放一放。

禁卫军统领本来也很忙，不过，上个月国公爷关从周协同登云巡检司上了一本，参上官乾滥用职权、调度地方驻军，胡作非为。这本来也是个很大的事情，需要好几个月来回参奏以及几个衙门的联手调查，但很快，登基的大事就全面铺开了，各国使节、大员陆续进京，这事关国体更加重要，上官乾的事儿也暂缓，但禁军保护圣驾又是一等一的大事，于是，皇上钦点了兵部尚书和虎威将军新古帅共同负责宫廷、皇家的护卫。而上官乾暂时赋闲，闭门思过，看管禁军校场马匹，等到开春各国使节退去，登基这一轮大事忙完了再说。

上官乾忽然就闲了下来，他的处境很微妙——他被人参奏了一本，搁置在校场，对他的罪过，圣上不置可否。没有解职，也就是说，有可能复用，也有可能问罪。这是个可上可下的境地，官员们都心知肚明，既不会来嘘寒问暖，也不会来落井下石，就静静等上面确切的意思。

上官乾也很安分，他哪儿都不去，就留在校场。而且吃住都在那里，像是奉旨发配了一样。

禁军校场在京城正北方，按照风水的说法，是朔方，也就是个杀伐之地。那地方荒凉，附近没什么百姓，寻常人等没什么事也不靠近。因为秋冬干燥，草料场和马厩是分隔开的，白天都有巡逻的卫兵把守。马厩校场在校场北边，上风向；草料场在校场南边，下风向，在那儿，下等的谷子秆、麦秸、干稻草堆成草堆，中等的上膘用的苜蓿和羊茅搁在草架子上，料豆包堆在石砌的仓库里面。干稻草是九、十月陆续送进来的，到了正月半，苜蓿和羊茅早就吃完了，料豆包慢慢移出来，后面的仓库就整个儿空置出来。

一般来说，正常人都不愿意在仓库里过夜。这里空空荡荡，墙虽厚，但毕竟没有储存什么好东西，房顶不算严实，还漏着风。不下雪还好，一下雪，半湿不干的雪水从房梁和屋椽上流下来，风一吹，变成了一排长长短短的冰凌，远古巨兽的獠牙似的。一到隆冬三九天，这里就变成了一座冰窖，而且不仅冷，还带着大牲口特有的腥臭味。

但上官乾就住在这里，他对冷不冷之类的事没那么上心，他住得很随意，就在仓库正中摆了一张木床，床上搁了一条单薄的布衾、一条毯子，连枕头都用不着。他每天只睡两个时辰，他准时睡，几乎躺下就睡着，不翻身，不打呼噜，一动不动，如同假寐，两个时辰之后，准时睁眼醒过来。睡眠对他来说，好像是个可恶的负担，醒来之后，就自行练功。这两个月来，他肩膀上的那一点伤已经慢慢愈合了。

正月十六，黑沉沉的夜晚，离黎明还有一个时辰。天很冷，而且起风了，雪粒夹杂着头顶破屋顶上的碎草末飞扬。

两个时辰到了，上官乾准时醒了。他点起火把，挂在墙上，火光下是他一个人的影子。仓库一角有个很大的水缸，水面已经结成寒冰了，他一掌劈开冰面，自行洗漱，用冷水漱口，用细盐粒擦牙。

"统领早！"门外有个人这样叫着，殷勤又甜蜜。

那是上官乾的亲随，他来得很准时。门没有闩，但是既厚且重，他很费力地用肩膀顶开了那扇大门。之后，开始忙碌，他搬进来了四个小炉子、一口大箱子、一大桶刚从井里打上来的冷水、两个铁盆、一个大布口袋，在炉子上咕嘟咕嘟地煮了些奇怪的东西，从布袋里取出今天的早饭——麦饼、羊奶和烤肉。天冷得滴水成冰，烤肉还是冻着的，要在炉子上煨一会儿。

"搬到那里去。"上官乾随手指了指另一个屋角。

"是！统领！"亲随答应。

屋角有个砌进巨石里的十字形铁架子，非常结实，上面连着镣铐。边上的小铁钩子上挂着一排大大小小、形形色色的刑具，都磨得闪闪发光，还上了一层油，免得生锈。铁架是上次出发前，特地为了某个人量身打造的。现如今，万事俱备，只缺一个犯人。

上官乾拿过他的麦饼来，慢慢撕着吃。麦饼很硬，嚼得他两颊肌肉滚动。他坐在那口大箱子上打量着他的刑架，很是遗憾地叹了口气："真是可惜了。"

亲随盘腿坐在地上，也用冷水漱了口，用细盐粒擦了牙，也吃麦饼，也边嚼边说："是，多么好的机会！统领可惜了。都怪丁桀！"

上官乾拿过烤肉来，用刀切下一大条丢到嘴里，更凶狠地嚼着："丁桀江湖草莽，不足为惧……"

亲随也跟着，用刀切下一大条烤肉丢到嘴里，那肉外面烤得焦煳，里面一层冰，嚼得他眼泪都快出来了："对，丁桀不足为惧……"

他们俩的动作，越来越一致……

"用不了多久，我会把他们两个，一个挂在旗杆上，一个挂在这里……至于那个据说很好看的从海里上岸的美人儿，我也会……嘿嘿，让她哭着承认，谁是最强的男人。"上官乾舔了舔嘴唇上的饼屑,他满怀憧憬地盯着他的刑架,镣铐上的链子被风吹动微微晃着,他好像也看见了上面挣扎着的、痛苦着的敌人。他嘴角露出个笑容,拿了冷羊奶,给自己倒了一杯,给亲随也倒了一杯,又取了一瓶药汁倒进亲随杯子里,之后跟他碰了碰杯子:"来!此情可待,我们提前庆祝一下!"

亲随诚惶诚恐,双手捧着奶杯:"那可真好,庆祝一下……统领,您可真了不起!"

他们俩的早饭,同时吃完了。

"来,洗洗吧。"上官乾吩咐说。

亲随很快跳起来,把一大桶冷水倒进两个铁盆里,放了两条手巾进去。上官乾开始用冷水洗他的脸,之后脱去衣服洗他的胸膛和手臂。

他有一具魁梧到可怕的躯体,一丁点儿赘肉都没有,油亮的皮肤在肌肉上滚动着,胸膛如岩,双臂如猿,背部和腹部的肌肉线条,像是在地狱烈火之中,被一群夜叉用鬼斧慢慢雕凿出来的。

不知是羊奶的作用,还是别的什么,亲随望着他的躯体,咕嘟咽了一口口水。之后,那个亲随也慌慌张张脱掉了衣服,然后是裤子、鞋子……最后赤裸裸地跳进了那个铁盆里,他卖力地把很冷的水浇在自己身上,搓着自己双臂,皮肤冻出一层鸡皮疙瘩,手臂通红。

他是个身材矮小,准确地说,有那么点畸形的家伙,他上半身宽大而厚实,腿却又短又小,鸡胸又驼背,脖子总是可笑地向前倾,声音里有一股尖细的雌音,眼睛和耳朵苦恼地向下耷拉着。

上官乾从箱子里拎出一根细细的金链子,那上面吊着个九头蛟骷髅的坠子。亲随的眼睛追随着那个小小的吊坠,眼里有憧憬而狂热的光,他的身体甚至开始起了反应,这是一种通常情况下男人看见女人才会有的反应。

上官乾轻轻地在亲随的眼前摇着这根链子,声音变得又轻又慢:"用力洗……洗得干干净净……洗干净才能换一个身体……"

亲随的眼里有一种迷醉,他声音变得甜腻又热切:"是……洗干净……干干净净……"

他开始用力搓着自己的手臂,手臂从泛红变成了通红,红得快要滴出血了。鲜红的双臂上,也露出一对九头蛟的文身,那是和上官乾一模一样的文身。他一遍又一遍把自己在冷水里洗得很干净,然后用手巾仔仔细细擦了一遍,嘴角露出一个快乐又期待的笑。

"不要动……要忍耐……"上官乾从一口小锅里，取出一片又热又烫、黏糊糊、湿答答的东西，在空中稍作停留，略微凉一凉，轻轻覆盖在那个亲随的脸上，之后，轮番从其他三口锅里，捞出一样的透明的如胶一样的皮子，贴在他身上。那些东西是滚热的，带着刺鼻的药味。

上官乾又从那口箱子里拿出一对木足，也倒进热胶，然后蹲下，亲手捧起亲随的脚，擦干，让他踩了进去。之后，他拿出一堆小小的铲刀、针凿，开始雕刻手下的这具肉身。一副全新的躯体，慢慢成形了，之后是脸、眉毛、眼角、鼻子和嘴……

"会有一点疼，但没关系，这会让你像一个真正的男人……"上官乾抽出一根金针，慢慢地刺进亲随的喉管里，转动着，送进去一点药。

"是……"眼前的那个人这样回答着，声音因为痛苦变得嘶哑，之后变得雄浑，然后便和上官乾一样。只要再加一点儿，他就可以变成另一个人。

"来，睁开眼睛，看着我……"

那个人的"眼睛"张开了，他的眼角修改过了，变得傲慢而不可一世。而他们俩，本来就有着一对茶褐色的如老虎一样的眼珠。

那条九头蛟吊坠在那双眼睛前慢慢地晃着，一左一右；那个人的眼珠跟着吊坠，一左一右。他像在幻梦里，像在高烧里，像在最美的热望里。

上官乾的声音更低柔，如梦呓："准备好了吗？"

"一直都在准备着……"

"记住，当你成为你的时候，我才成为我。"

"我记住了，你成为你……我成为我……"

"回答我……"

"回答你……"

"你是谁啊……"

"你是谁啊……"

"你，是谁啊……"

"我，我是……"

"你是谁啊……"

"我是……"

"你是谁啊……"

"我是……我是上……我是上……上官乾。"

"你是谁啊？"

"我是上官乾。"

"你是谁啊？"

"上官乾。"

终于听到了肯定而坚决的回复。上官乾将链子抓回手心，啪地打了个响指，眼前的另一个"上官乾"好像醒过来了。

上官乾微微一笑，拿出面镜子举给他看："喜欢吗？"

镜子里，有让"那个人"心醉神迷的躯体、眼睛，和一切。"那个人"用和他同样冷倨而低沉的声音回答："很好，我喜欢。"

"穿上衣服，"箱子里有一套准备好了的上朝的公服，上官乾帮着另一个"上官乾"穿戴起来，梳好头发，穿上靴子，并叮嘱道，"今天有一个朝贺，很多人都要来，你知道这种场合应该说什么做什么，对不对？"

"对。"

"你也知道怎么对付那帮老东西，对不对？"两个人，像是镜子之中的彼此在说话。

"对。"

"好极了，祝你今天一帆风顺。记住，你只有三个时辰，统领大人。"

"三个时辰已经足够了。"崭新的统领大人转身走了出去，他迫不及待地拥抱自己的新身份，昂首阔步，而且毫不犹豫。他模仿得像极了，上官乾目送着他的背影，自己都忍不住要鼓鼓掌。

"统领早！"上官乾听见了外面士兵的招呼声，另一个"上官乾"回应了些什么，但声音很快被吹散在冷风里，之后是哒哒的马蹄——他们要进城、上朝、面圣，有一轮又一轮场面上的敷衍。"上官乾"知道该说什么，只要不让他动手和做决策，这类事情他完成得一向很好，甚至某种意义上，他就是为了成为替身而生的。

留在仓库里的上官乾收拾了残局，给自己也顺手粘上一点山羊胡子，戴了顶狗皮帽子，披了件灰袍子。如今，他看起来像个街上的普通人。

趁着天色还很黑，他翻墙离开了。天光微明，黎明快要开启新的一天了。

正月十六，大多数人都在元宵节欢饮游乐了一番。今天，正是整个京城最松懈的时候。上官乾趁着黎明时分的淡淡墨色，向京城西北狂奔。到东方发白、黎明墨色洗净的时候，他离开了西城大门。

他继续沿着官道走两里半，第一个岔路口右转上山，再沿着山道绕过两道坡，最后一个山顶上是一座改造过的园林。园林很久没人来过了，秋天的时候，这里被查封过，大门上还贴着神捕营的封条。进去之后，枯叶遍地，花草凋零在残雪堆里，荒草伏在石阶上，白石水池里满是落叶，一座八角亭台，白帷委地，踩得乌黑。正宅的门大开着，里面也被彻底搜查过了，木窗甚至被拆了下来，连柱子都被劈开，看有无夹藏，碎木头、旧布料、砚台和纸头遍地都是，有人踩到了墨，留下了拖长了的无数个脚印。

"有人在吗？"上官乾大声问。

没人回答，他便前往第二个目的地。在厅堂边，还有座待客的小楼，那是宴饮、欢会的绝佳场所。那里也被查封过了，上楼的台阶栏杆都被拆了下来，青砖被掘地三尺地挖开过，二楼的八仙桌上甚至还有杯盘狼藉，门后大木钉上，挂着不知道是谁的一条腰带，已经落满了尘灰。

"有人在吗？"上官乾大声问。

没人回答。上官乾左右看了看，皱眉想了想，回到了临渊的石台。那个白石水池已经蓄满了水。放水的水闸一直不曾开启过，出水的栅栏被枯枝落叶、一截帷幔堵死了，下游的池水浸过草地，又泡烂了很多泥土，弄得池水很是污浊。

上官乾转动了水闸的机关，轰的一声，一池水大半被放到了外面的河道里。水池的石壁露出一层青苔痕迹，但很显然，有一块石头上面几乎没有什么苔藓的痕迹。上官乾毫不犹豫地直接跳下水池去，开始轻轻敲打那块石头，发出笃笃空响。

"有人在吗？"他第三次大声问。

依旧没有回答。

"素侯，开门，我是一个人来的。"上官乾不太敢直接用硬的，对着那块石头说，"我们得谈谈！我知道你没走，而且我知道你为什么没有走。你出来，我们联手。"

没有声音，清晨的园林里，连鸟雀的鸣叫都很少。

"打开天窗说亮话，素侯，我知道这是什么地方，也知道这里有元月银庄的银子。要么，你出来和我合作；要么，你从背后杀了我；要么，我把这儿当个人情，送给神捕营。我的耐心一向有限，素侯，你得立即决定。"他催促着。

过了良久，一个很细的声音从地下传出来："统领是习武之人，起得很早，我是做生意的人，起得没那么早，总要容我稍微洗漱、整理一番。不如这样，统领大人，您走出大门看看风景，围着这儿慢慢转一圈再回来，我在观星楼上设宴等您。"

这是个托词——不愿意让人看见机关在哪里，是如何运作的。

上官乾点点头，二话不说，转身离开。他按照吩咐照做了一遍，园林不小，但他也很快就转回来了，第二次上了那座待客的小楼。

小楼叫作观星楼。王素说设宴，就一定要设宴。二层楼的八仙桌上，已经摆了四个热菜、两个凉菜、两碗面、一壶酒。热菜是水晶肘子、冬菇炒冬笋、醋熘鱼、田鸡炖山鸡，凉菜是胭脂海棠、五香蚕豆，面是阳春素面，酒不知道是什么酒。一大清早的，能用这么快的速度弄出一桌子菜，并且送到这里来，也真是匪夷所思。

王素套了件墨绿色的寝袍，松松垮垮地披在身上。这人很奇怪，好像永远刚从床上爬起来，又永远能把一切准备好。可能是少见阳光的缘故，他白胖了些，但眼睛还是漆黑、灵活，如林中巨蟒。他坐主位，指了指对面："坐。"

上官乾坐下来四处看了看，既看不出机关的痕迹，也瞧不出水渍，点头赞叹："素侯，佩服。"

王素也打量了一番，就这么一会儿工夫，上官乾的裤子和鞋子已经干了。他也点点头："这样的武功造诣，这样的行事为人，在京城，居然没有人查得出你的来龙去脉，上官统领深不可测。"

上官乾端坐，没动筷子："哦，你查过我？"

王素笑了："统领说笑话了，京城里，谁没查过你啊？人人都查，那是你的威名，人人都查不出，那是你的本事。怎么着，这一大清早，特地来这荒郊野地，统领大人有何见教？"

上官乾很客气，还是一动不动："素侯，好久不见，来给你拜个晚年。"

王素拎起筷子把每样菜都吃了一口，又喝了口酒："大过年的，酒和菜都没有毒，你要是不信，我还可以再吃。"

"信，怎么会不信？"上官乾嘴上这样说着，手上也提起筷子，"衣不如新，人不如故，素侯，你还是念旧啊，我记得你跟我提过，这盘蚕豆，是专为着楚随波而设的。"

"那是，我和随波毕竟是很多年的朋友了。"王素举杯。

"和苏旷更久？"上官乾也举杯。

"和苏旷更久。"两个人碰了碰杯子,喝了一杯。

"我知道你找苏旷合作过,真是病急乱投医。"上官乾复盘。

"我也知道你找过楚随波,效果也并不比我好多少。"王素回敬。

两个人互相哈哈地笑,看起来,神情轻松、欢愉,有如老友重逢,又似乎是两只猛兽,在互相寻找着对方领地的缝隙。

"素侯,"上官乾自顾自倒了杯酒,"来者是客,我就开门见山了。"

"愿闻其详。"

"前段日子我一直在想,你犯了那么大的事,换作是别人,一定早就离开京城,保命保平安,可我又想,如果是你呢,一定不会走。"

"为什么?"

"银子。我帮你算过,国色天香楼一共才查出几两银子啊?你要是忙乎了这么久,布局这么大,最终就那么丁点儿收成,对不住你素侯的声名!可要是配得上元月银庄的银子,银子都在哪儿呢?我想啊想,就想起来了。这个地方,最早是你趁着瘟疫、赌上性命、卖了祖宅买下来的,而你之所以要买这儿,是因为传说中山腹里有银沙教的宝藏……素侯,我没猜错,现如今,山腹里又有宝藏了,对不对?"

王素不置可否。上官乾接着说:"那么一大堆银子,你弄得来,运不走。出京城就那么几条路,神捕营可盯着你哪,别说神捕营了,户部、刑部、工部……都盯着你哪。这么一笔银子,到手了国库就满了,谁不想拿这么一桩大功劳啊?你想走,容易,你们银沙教,有天上飞的路,那没人挡得住,可你想带银子走,没门。所以,素侯,我又想,这种事搁在普通人身上,肯定银子不要了,毕竟要钱不能要命啊。但是搁在你身上,可就未必了。"

"哦?"

"你和旁人不一样,你是靠着银庄起家的,你一走,只有光棍一条命,连翻盘的机会都没有了。"

"命重要,还是机会重要?"

"还是那句话呀,你跟旁人不一样。对普通人来说,命重要,有命才有下一次,才有翻盘的机会。但对你这种赌徒来说,命,就是个本钱而已,本钱是用来赢的,赢不了,只保个本,那种生意对你来说根本没意思。"

"说得好。"

"素侯，我还帮你算过了，"上官乾接着数给他听，"你现在，翻盘的机会不多了，银沙教不再重用你了，京城没有立足之地，神捕营见天地盯着你，露头就抓，我要是也跟他们一块儿对付你，你就连人带银子都没活路了。"

"说得对。"

"可你有恃无恐啊，才能坐在这里等我上门——你手里，有筹码。"

"哦？说来听听。"

"第一，你手里有霍瀛洲的秘籍……"

"上官统领，不要说这样的话。"王素抬起头来，露出喉结。那上面，瘊子已经消失了，"我拿那玩意儿换了该换的东西。"

"想不到银沙教言出必践。"

"她们跟自己人说话一向算话，不然的话，谁跟她们合作？"

"可是素侯，你拿我当外人，就没意思了，你这种人，秘籍到手不留副本，说出来我信吗？"

"上官统领，你想要秘籍？"

"我是练武的人，当然想。"

"我实话跟你说吧，你要那玩意儿，用处不大。霍瀛洲的十三式之外，还有一招虚招，那一招学不会，十三式也就是个意思。"

"哎，习武之人，不要太功利，前辈的绝学秘籍，拿来开开眼也是好的，拿来防备一下某些人，也是好的。"

"怎么，某些人上官统领还没捉到手？"

"嘴边上的鸭子，被叼飞了。"

"什么人有这个能耐？"

"那个人叫丁桀。"

"那难怪了……我久闻丁桀大名，如雷贯耳。上官统领，依你之见，他武功究竟如何？"

"名下无虚。"

"好，这算个筹码。"

"第二，素侯，你有经世济国的宰相之才。"

"哎呀，统领谬赞了。"

"没有什么谬赞，你的才华，天知地知你知我知，银沙教的教母也知道，能把传说里的十二月银庄经营成这样,是经天纬地的大能耐,不是那帮尸位素餐的公卿可以比的。恨只恨,当世重农抑商,银子锁在国库里,死水一潭,没有人懂你。"

"好说,好说,有统领这一席话,可谓知己了。"

"至于第三个筹码……素侯,精卫鸟是天地戾气所生,我慕名已久,想开开眼界。"

"好!"王素轻轻拍了拍手,片刻之后一阵风起,小楼窗户外掠过一只巨大的翅膀,接着转过一只巨大的鸟头。

上官乾盯着,目不转睛:"这就是精卫鸟?你们用来对付苏旷,用了几只?"

"两只。"王素补充一句,"那是个操作上的失误,银沙教那帮人很久没有用精卫鸟打过仗了,手生了。按照实力讲,本来不应该用掉两只的。说起来,苏旷这个人,别的地方蠢,打架是真聪明,一上手被他抓住两次单打独斗的机会。这种错误,不会犯第二次了。"

"明白。"上官乾笑吟吟地问,"是不是今天谈不拢,我就走不了啦?"

王素点点头:"上官统领,我真是喜欢跟明白人说话。"

"素侯,你跟我联手……"

"哎,等等。"王素摆了摆手,"上官统领,谈事情,要摆在桌面上,双方利弊,摊开了谈。是,我有许多不利的局面,这你我心知肚明,可你上官统领何尝不是呢?你占尽上风的时候,会多看我一眼吗?如果不是情况为难,找我做什么呢?"

"哦?我的形势不利在哪里?"

"既然你开门见山,我也直说了吧。上官统领,你武功、谋略、眼光如此,其他的种种不利,都是浮云。但是你,成败都在授人以柄。"

"什么意思?"

"你能走到这个位置,那是托了先帝的福。先帝拖到六十岁往上,迟迟不能继位,疑心生暗鬼,这才磨了你这把刀。所为何用?无非是刘鹿于乱世,问鼎于萧墙。本来,医佛那件事一出,你用武的机会到了,可没承想,你还没大展宏图呢,一不留神,先帝继位没几天,自己 倒霉去了。现如今,统领您的麻烦,比我们谁都大——当今圣上不动你,是因为刚刚继位,还要有所震慑,就好像栽花种树,总要去掉一些枝叶,才能枝繁叶茂。可是,剪刀和扫帚这种东西,谁会一直搁在正屋里呢?用完了,那是一定要放起来,免得伤着自己。这是帝王之术,你比我清楚。至于关从周迄今不敢硬动你,也无非就是因为天意高难测,他弄不明白圣驾的心意,不知道是还要削减枝叶，还是把剪刀放起来。如果圣驾透出点心意，他位居三公，大风大浪什么没经过？反手就要收拾你。"

上官乾冷笑："关从周不足为惧。"

"上官统领，您惧过谁呀？您不上手招惹神捕营，他们至于这么招惹您吗？"

"说得好呀，素侯！既然如此，我为什么要和他较劲呢？"

"你不是跟他较劲，你是跟神捕营较劲。"

"有什么区别？"

"你授人以柄，杀戮无数，唯一善终的方式就是善刀而藏之，成为一柄国之利器。禁卫军统领这个位置，皇上这次不拿走，迟早要拿走，只有神捕营，才是你最好的刀鞘。上官乾啊，你不是想要灭掉神捕营，你是想要吃掉神捕营，这才是你找楚随波的原因。"

"除了神捕营，我还有别的刀鞘。"

"你没有了！上官乾，我不知道你本来是谁。你当然有过去，但这些被你抹掉了，或者说，被先帝爷抹掉了。"王素凑近他，很小声地说，"我查过你，找过你的来龙去脉，我也替你想过出路，上官乾，你知道吗？我找不到你的来处的时候，就去想你像谁呢，这总有个影子，哎呀，我这么想，一下就明白了……你像铁敖，你比苏旷、楚随波都像铁敖，铁敖的归宿就是神捕营。没有更合适的地方了！只要让你一只脚踩进去，你很快就会把那个地方吃得干干净净。我不知道你真正的抱负是什么，我也不敢猜，可我知道，神捕营就是你千挑万选看中的地盘，你一定会去吃的。"

上官乾也凑近他，褐色的眸子闪着虎的诡光："素侯，你真非同常人……"

王素轻声回应："彼此彼此。"

上官乾压低声音："那就帮我吃掉神捕营。"

王素微微笑："条件呢？"

上官乾说："我帮你吃掉十二银庄。"

王素笑得更深沉："那教母怎么会容得下我？"

上官乾也笑了："素侯，你跟我说实话，宫里那场大火，还有先帝爷的驾崩，是怎么回事，谁干的？有你的事没有？有苏旷的事没有？有银沙教的事没有？"

王素讨价还价："没有白说的秘密。"

"我从不占人便宜，咱们一样换一样。"上官乾嘴凑到王素耳朵边上，轻轻说了几句话。

王素慢慢转眼看他,眼里满是惊疑:"你说的是真的?"

上官乾点头:"你窗户外面飞着精卫鸟,我有几个胆子来诓你?"

王素深吸口气:"那就难怪了。"

上官乾问他:"那……弑君的案子,到底是怎么回事,谁做的?"

"说起来,谁都不是故意的,那真是先帝爷倒霉……"王素嘴也凑到上官乾耳朵边,说了几句。

上官乾先是一愣,之后仰天哈哈大笑,他搂着王素的肩膀,重重拍着:"好,好,好……我早知道这一出,我能容得了那个混账东西跟我胡扯八道!素侯!你放心,既然有了那九个字,银沙教还有什么活路?我告诉你,女流之辈,天生不是联盟的料,她们野心够大,可胆子太小了,随时随地都提防着自己人,这能做什么大事呢?你只要想办法,把精卫鸟的控制法门弄到手,其他就都好说了。再有,无非就是螳螂捕蝉,黄雀在后,你该忍就忍,等她们把该收拾的都收拾了,咱们再动手。"

王素倒了两杯酒,自己拿一杯:"咱们这就算……联手了?"

上官乾也拿一杯:"那当然啊!"

王素举一下杯子:"像你和我这样的人,怎么才能保证不互相捅刀子?"

上官乾也举一下杯子:"我不会保证,也不用你保证。素侯,千金易得,知己难求,真正的联盟,是拆不散的。"

"说得好。"两个人碰了一下杯子。

"素侯,高山流水,相逢恨晚。"上官乾还是搂着王素,"为了互相表示一下诚意,咱们得先干一票大的。"

王素嘿嘿笑着:"我知道你有备而来,说吧。"

上官乾又在他耳边说了几句。

王素倒吸一口冷气,慢慢摇头:"这一票……还真是够大的。"

"我得告辞了。"两个人吃完这顿饭了,上官乾站起身,"我怕那头出事,得先去接个人,素侯,你等我消息。"

"好,慢走不送。"

王素望着园中残雪,沉吟良久,对着天空,举了举杯子。

宫中一场宴会，终于结束了。今儿是几位戍边的将军回来面圣，讲讲边地的状况并进献风土特产，朝中有兵权的几十位将领都来作陪。面圣之后，偏殿赐宴，公卿云集。座中皆是虎狼之辈，谈论都是风云之事，来去亦有金铁之声。

关从周几度发难，上官乾避而不答，宴罢竟径直离席而去，这让关从周很是不满，扶着龙头拐杖，一路就追了出来叫道："上官统领？上官统领留步！老夫问你三件事，为何不答？上官统领何以无礼至此？上官乾！你给老夫站住！"

他一时震怒，戟指怒喝，上官乾当真放缓了脚步，不知如何应对。只是就在此时，上官乾的一名随从冲了过来。

"上官统领！校场有急报！"随从匆匆施礼，在上官乾耳边说，"你这蠢货，言之凿凿，怎么这就脱不开身了？听我的，现在转一转眼珠子，就当听见了不可思议之事，说：'哦？什么？'好，老头儿在观察你，不要管他，现在跟着我走两步，发点狠，然后咬牙切齿说：'大胆，安敢如此！'好极了，老头儿在犹豫，你看好马在哪里，准备大步走过去，听我的，把斗篷抓在手里，现在怒气冲冲，一摔斗篷，说：'放肆，随我来！'"

上官乾果然怒气冲冲，一摔斗篷，说了声："放肆，随我来！"便大步走到马前，翻身上马。随从在他身后，恰好挡住了他的动作和关从周的视线。之后上官乾纵马而行，出了禁地，打马狂奔。

关从周望着这一切，满是疑惑。他年纪大了，老眼昏花，可平生阅人无数，对人的基本判断是不会错的，这个上官乾席间默默无闻，一有逼问，畏畏缩缩，上马的时候，甚至还磕碰了一下，完全不像是绝顶高手的身法。可他也根本想不出这是为什么。难道上官乾受重伤了？他猜来猜去，也只能想到这一节。这真是一件非常奇怪的事情。

"备轿，去神捕营。"他向随从吩咐着。这些诡异的事情，还是和三杰商量为好。

第三十一章　将军百战（上）

秀秀气气的一张瓜子脸，脸颊才刚刚展开一丝少女的丰腴；柳芽儿一样的眉毛，小石潭里黑石子一样的眼珠子，单薄的淡淡的嘴唇；额发是浓黑的了，可辫梢还是幼黄的，瘦骨伶仃的手和脚，细细的一把腰，缩着肩含着胸坐的时候，看不出胸膛的起伏；嫩黄的袄子、淡青的裤子、翡色的绣花鞋，二月的柳芽儿一样，羞涩腼腆里含着青春，惟妙惟肖，活灵活现。

一个明媚的早春。窗明几净，午后的阳光照在画案上。紫毫笔尖宛转，藤纸上，一副少女的画像慢慢出现了。万事俱备，只差最后一下点睛。

文陵江执笔，坐在画案后面，皱眉思忖，似乎总觉得缺了点什么。缺什么呢？颜料有些涩了，她搁了笔，重新换了一支细笔，拿了一点明胶、一点松烟，边调颜色边随口问："二毛，你给自己的名字，想好了吗？"

二毛端端正正地坐着，双手平平搁在膝盖上。今天文姐姐说要给她画像，她高兴极了，连忙换了簇新的春装，穿了好看的新鞋子，仔仔细细梳了三四遍辫子，坐下之后，更是紧张得一动都不敢乱动。听见文陵江突如其来的询问，愣了愣："名字？嗯，想好了……哎呀，不行，也不太好……"

"不要紧的，说来听听呀？"

"不好的！文姐姐，我这个不好，我再想想吧，要不，还是您帮我想一个，我没读过什么书……"

二毛一开口就局促，脸颊上微微地红热，对于她来说，"给自己起个名字"这种事，有点越界了，甚至还夹杂着一点忤逆不孝的意思。

文陵江的眼睛从画像上抬起来，静静地望着二毛——她知道这"缺的一点"，缺在哪儿了。

她直视眼前的小姑娘，语气里带了一点严厉："二毛，我跟你说了三遍了，肩膀打开，腰打直，胸挺起来，抬头看我，还有别咬嘴唇。铁总捕头没教过你吗？站有站相，坐有坐相，别这样畏畏缩缩的。"

文陵江不吩咐还好，一吩咐，二毛更加不知所措。小姑娘本来就习惯咬嘴唇，忽然不让咬了，头就忍不住往下低，可又立即想起不让低，更加局促。她肩膀总缩着向里含，像两个扇贝护着珍珠，想要听话挺起胸来，可又害羞，这一年，她的身体有了小小的秘密，胸口已经似花蕾一样含苞待放，她老想掩饰，生怕被人看出来。何止是坐没有坐相？邯郸学步，二毛学坐，她根本不知道该怎么坐着了。

文陵江叹口气，索性就搁了笔，向后倚在椅背上，手指轻轻在桌案上叩着，语气愈发冷冽："二毛，说起来呢这年也过了，你到底是个什么想法？之前问你是不是想读书，你点头了，但国公爷安排先生的课你又不去；问你是不是要学画，你也点头了，可我布置的功课你又不做；问你是不是要练武，你还是点头了，可进神捕营三个月了，连坐都坐不直。二毛呀，你要真是什么都不想学，那就跟大家说一声，神捕营里人人都很忙，这些事情全都要安排、要花工夫的。"

二毛的脸本来只是微微的红，听了这几句话，一下子变得紫涨通红，她拧着手指头，低着头想为自己辩解两句什么，又不知道说什么好，只能嗫嚅道："对不起……文姐姐……"

文陵江不耐烦："跟你说了，别总低着头，抬头回答我。小小年纪，吞吞吐吐的，有什么话不能直接说？有问题讲问题，我们解决掉。哎呀，我真不知道拿你怎么办好了——二毛，别咬嘴唇，行不行？"

二毛又咬嘴唇了，而且咬得嘴唇快破了。她很难解释，这几个月都在干什么，她洗衣服、整理换季的衣服，收拾屋子、做无穷无尽的家务……她母亲本来就是个很勤劳的妇人，到了神捕营，换了个新世界，连个说话的邻居都没有，又害怕外界、担心儿子，比起以前更是十倍的忙碌。秋天的衣服要收起来，冬天的被子要洗要晒，人家送来的绫罗绸缎要分门别类放好，家里带来的天麻不能受潮，桌子要擦，窗棂要擦，后院的花花草草要浇水，儿子早上起来练功之前，要把早饭做好了预备着，不管多晚回来，消夜炖在炉子上，即便风雪原委婉地提过很多次家里做的饭其实并不适合练武……但阿秀婶是不管这些的，她是当妈的，当妈的"没别的本事"，非起早摸黑地做饭不可，要亲眼看着儿子把饭吃了才放心。国公爷指了几个仆妇来，阿秀婶根本不敢用，都给人家劝回去了。人家哪是下人啊，细皮

441

嫩肉的，过来谁伺候谁呢？再者说，真要是在这儿留几个月，被人伺候"娇惯"了，将来回乡下可怎么办？不会干活儿了，那还了得？

阿秀婶并不会当着外人的面阻止二毛去做什么，那些都是大人物，母亲心里有数。可是，二毛真要回屋，想做点什么功课，母亲总是有话说的。识字就行了，读那么些书干什么？会画个绣花样子挺好，不用正经画，难道将来要做画师吗？女孩子家练什么武，别往大老爷们堆里凑，不害羞！母亲说话说轻不轻、说重不重，带一点恳求，也带一点命令。

二毛不是哥哥，哥哥真的暴躁起来，是敢甩手就出门的，她不敢，更准确地说，是不忍心。她确实有一双很亮的眼睛，看得出来母亲那些话后面都是什么。爹妈都是很好的老实人，他们无端端地经历了两次血洗，任谁都要担惊受怕的，那些"坏人"冲进家门的时候，他们这些小老百姓，真是一点儿办法都没有，除了哭，除了抱成一团忍着，除了受着这份命！他们被命运的洪流抛高接低，他们被接到这个"安全"的地方，可也不知道什么时候能回家，什么时候能正常"过日子"。在这个小院子里，两口子真的睡不安稳，时刻都害怕再出什么事，也提防着再被扫地出门。当年，他们曾经节衣缩食去送儿子读私塾，可是，"读书"毕竟是个为了考功名的东西，当二毛小心翼翼地告诉他们，师父说，文字本身是有力量的，那种力量比功名要深厚得多，那种力量是可以战胜那些坏人，甚至战胜时间本身，捍卫这个国家的时候，爹妈看她的眼色里，都有了担忧。他们害怕，儿子长大了，被那些大人物看中了，不归他们了，女儿再这么糊涂下去，也不归他们了。

做父亲的还好，阿秀婶受不了这个。这几年里，命运给她的打击和撕裂实在太多了，她得保护点什么。她是个疼闺女的娘，"大人物们"送来的绫罗绸缎、稀罕宝贝，她都不舍得穿不舍得用，每一样都好好地留下来了，说将来给二毛做"嫁妆"。他们两口子，半夜躺床上算得妥妥的，将来儿子跟着"大人物"，为国家效忠，说不准能搏个功名，光宗耀祖；女儿就在身边，过个四五年，等日子太平了，就回家乡盖个三进大瓦房，找个知冷知热的好女婿，年节来往好走动，真要不行，再攒点儿家底子，招个上门女婿也可以。但不管怎么说，二毛不可能走她哥那条路，难道那条路不危险吗？即使是福宝的师父、大师兄，他们是没读过书，还是没练过武，还是没去过京城，难道他们就过了什么富贵太平的好日子了吗？儿子光宗耀祖，固然是好，可儿子要是冷冰冰地躺在牌坊下面，哪怕变成个什么侯爷，不是一样让人寸断肝肠吗？更何况女儿！女孩儿家就算读很多书，他们这样的人家，还指望嫁到什么公卿贵胄家里吗？就算国公爷做主，嫁过去了，他们做亲家的，过年过节敢到人家府上走动吗？送点田间地头的土产，人家看得上吗？闺女没了娘家撑腰，不是一样没好日子过吗？还不如结一门殷实的好亲事，就在隔壁，其乐融融。

二毛说服不了父母，可是，她也不愿意在外人面前，说父母的不是。她是铁总捕头的"关门弟子"，她并不傻，知道这四个字的分量，只要她开口，跟文姐姐她们说一句"我想学可是我娘不让"，文姐姐她们是会用这里的方式解决问题的。她不愿意那么做。可她也真是抱歉，辜负了别人的好意……

"文姐姐，太对不起了……"她低着头，依旧嗫嚅着，"你们都是做大事情的人，为我做这么多，我还不争气……我这些都是小事情，你不要放在心上呀……"

"可真懂事！"文陵江冷嘲一声，索性就扔了画笔，收拾了画具，站起来，脸色冷而沉。

二毛没受过这个，变得坐立不安，偷偷抬眼去看文陵江脸色。文陵江披上外衣要出门，又站住："二毛，不麻烦的话，你帮我刷掉缸子和笔，好吗？"

二毛连忙点头："好的！不麻烦的！"

"好什么好？瞧你这没出息的样子！"文陵江忽然回过头，手指了指二毛的鼻子，"你要刷一辈子缸子吗？你十二岁了，你再不学，就真没机会了，懂不懂？二毛，你以为，铁总捕头收你做关门弟子是为了什么？他就是为了给你留一扇门！怕埋没了你！"

二毛站起来，眼里有光在颤抖，手也在抖。她有想要脱口而出的话，可挣不出来。

"你给我记住，今天是我最后一次，看你这个窝窝囊囊的样子！小姑娘，做人也好，做学问也好，讲究的是叩关而入四个字，不管别人给你留了多少扇门，你要亲自抬手敲门，通名报姓，说来处说去意，门才会开。如果你始终瞻前顾后，那扇门就永远不会对你开了。人在天地之间，要有一点予取予求的胆量，你半夜三更在枕头上委屈的那些，通通不算，堂堂正正讲出来的，才算。今晚上我会回来查你的功课，你只要做一件事，把你的名字给我写在这幅画上。你不写没关系，从以后，我不会再管你。"

文陵江说完之后，头也不回，拂袖出了门。阿秀婶在院子里洗被子，袖子卷得老高，热情地打着招呼："文姑娘忙去啦？二毛，没事儿了是吧，没事了就快来拧被子……"

443

"哎,来了……"二毛应一声,怔怔地往外走,手指轻轻在衣角上划着一个字……

文陵江出了小岛,步履匆匆,向万蜀戎的公署走。在此之前,万蜀戎长年在外,并不驻扎在京城,神捕营里,是没有他的"公署"的。三杰共掌之后,兰雪拥让他挑个地方,他挑了一栋不起眼的灰扑扑的旧兵器库做公务之用。他叫人把二楼收拾出来,摆了些桌椅陈设,又添了张午休用的小床,马马虎虎就凑合了,至于一楼的大厅里,一大半还是成捆的刀枪剑戟,稍微归拢归拢,也懒得再收拾。

门口几个守卫都是万蜀戎的老部下了,见到文陵江远远点头打招呼:"文姑娘好!"

"万老大在午睡吗?"

"是,老大交代过,文姑娘来了,直接上去就行。"

门很厚,关上了之后,小楼很安静。文陵江拾级而上,木梯陈旧,扶手上已经没有清漆了。

万蜀戎的房门虚掩着,她轻轻推开门,走进去。那是个很大、陈设简单的屋子,三面墙的松木柜子,两张松木桌子,各处都是卷宗——成卷的、成册的,无数单页揉成一团扔在地上的,每一页上全都有勾勾画画。搁烛台的地方,流了小山一样的蜡泪,屋顶上熏得全是黑烟。屋里一角摆了一张小床、一个小圆木几,小木几上放了一碗肉丝龙须面、一碗豆腐脑、两个梅干菜夹肉的烧饼,筷子扔在小几上,看起来烧饼只咬了一口,豆腐脑动了一勺,面条压根没动过,已经泡成软耷耷的一坨。万蜀戎和衣而卧,身上搭了条毯子,手边一卷卷宗滚落在地上。他看起来疲惫又憔悴,胡须、鬓角全都白了,脸颊黑而瘦,呼吸的时候,脸瘪下去,凹出骨相来。他轻轻打着鼾,睡得正香。文陵江叹了口气,上来捡起卷宗,收拾碗筷。

人一靠近,万蜀戎眼皮一动,醒了,正看见文陵江在收碗,咕哝一声:"陵江来啦?搁着搁着,别动,我还没吃呢!"

"这都成什么了呀?我叫人给你再做一碗去!"文陵江要倒那面,"别老这么瞎对付,睡不好还吃不好啦?营里多少事儿没平呢,你先躺倒了!"

"不碍事,千万别叫了。我一上午叫了三回,但忙得头晕眼花,一口没吃成,饿死我了。"万蜀戎爬起来,从她手里抽回筷子,也不讲究,埋头就呼噜呼噜吃那泡成一团的面。

"怎么早上没吃啊?"

"别提了，半夜三更的！天他妈黑得手都看不见！我刚睡下眯一会儿，雪拥就跑来叫我，还是寅正时候！到国公爷府上陪老爷子吃早饭、散步。哎哟，老爷子八十四了，起得那是真早啊，他府上端上来的全是燕窝、参汤、银耳莲子羹，还有羊奶炖的不知是什么玩意儿甜不拉叽的，我那会儿又困又不爱吃那些玩意儿，问有没有豆腐脑、烧饼，还国公府呢，什么都没有！我喝了一碗炖羊奶就回来了，又甜又膻，真喝不惯！我这五十岁的人了，一上午净吐奶！"万蜀戎一边大口大口啃烧饼，一边递给文陵江地上那本卷宗，"对了，陵江，你看看这个。"

"名册？这些都是……"

"对，都是以后三年内要陆续调进神捕营的。这几个月，我是连天加夜，总算把这个定下来了，了我一桩心事啊。地方上那些谁的举荐我都信不过，我这是逐个摸逐个翻卷宗！陵江，你看这个，安排得好吧？你知道，咱们要人呢，不能一点名就让地方上立马放人哪，人家都是中坚，得给人家一个腾挪的工夫。但是，也不能老拖着，干咱们这行的，一拖二拖，年龄大了，就跑不动，也打不动了。咱们就定三年，加上去年九月进来的这一拨，三年之后呢，要是还有年轻才俊看漏了，再补一拨，再加上隔壁自己那帮孩子，一共五年。到时，天下英雄尽入我彀中矣，嘿嘿。"

万蜀戎吃得高兴，嚼得脸颊肌肉直滚。文陵江也高兴，小声提醒他："老大，你瞎说什么呢，这犯忌讳啊！"

"是是是！你看我这嘴！这就是短了觉，困的！"万蜀戎这才反应过来，什么"天下英雄入我彀中"这话可不该他说，他轻轻在脸上拍一下，"我就怕这个，多少年在外面跑，嘴上都没个把门的了，时刻注意着还好，一高兴了容易说错话。如今一到要去宫里、朝上、国公府里，我头皮就发麻，我见天躲啊。可是我也躲，伯庵也躲，这可真苦了雪拥啊，他也不是干这个的料！陵江啊，那边有茶水，自己去倒，给我也端一杯。"

文陵江倒了两杯茶过来。万蜀戎狼吞虎咽把那烧饼吞了，就茶咽了，继续说道："还有个事，这一回，我跟雪拥商量了，今年咱们破天荒头一次，算是把铁血落日旗撤下来了，明年接着干，把雪拥蓝关旗和万里戎机旗也撤下来，老是那几面旗子，看都看腻了，不像话，要给年轻人机会。我也决定了，从今往后我就不出外差了，就……留在营里面，我的人分一半出去，跟别家的名捕。陵江啊，我们的意思是你也就干脆点、撤回来，给你配几个人，专心做形影图的事儿，你眼毒、心细、记忆超群，将来要是合适了，接伯庵的班。你看好不好？"

文陵江抿着茶，眼皮下垂："好。"

"你这个丫头啊！"万蜀戎哈哈笑起来，"打小时候起，你不愿意的时候，眼睛就往地上溜。怎么啦？有什么不满意的，说说看？"

"没什么不满意的，既然您二位安排了，我遵命就是了。"

"陵江，我们这安排不好吗？"

"不是不好，是不服。"文陵江抬起头来，素素净净的脸、倔倔强强的眼，"神捕营多少年的规矩，别的名捕要是退了或者提拔了，都是副手顶上来，怎么就到您这，您一撤他们就要拆队？您手把手带出来的，都是多少年练出来的兄弟，这么默契哪找去，干什么就要去投奔别人哪？我不是不愿意留下来画形影图，可我要是就想画形影图，跟您出去干吗？扪心自问，我不比别家的副手差，您这名册上多少捅了娄子的愣头青都给机会，怎么到我就不行了？"

"陵江啊，不是那么回事！我们神捕营，缺好捕快吗？不缺啊！捕快我们有的是！可你这双眼，天底下独一份，你自己出去带队，稍微有个闪失，我们损失惨重，上哪儿找这号人才去？"

"……老大，我觉得，这肯定不是你的意见……"

"陵江啊，你也得给我牢牢记住喽，不该犯的忌讳不要犯，咱们老哥仨肯定是令出一口，所有给出来的意思，都是三个人的意思，这个是确定的。"

"那老大，你问我满意不满意干什么啊？我肯定不满意啊，画形影图，画出天去，有旗子升吗？你直接问我遵命不遵命，不就完事了吗？我给你个话，我遵命，就是心里不服。"

"好，好。"万蜀戎看着文陵江，眼里有一点歉意，不过转瞬即逝了，"行啦，丫头，有什么不高兴的，自己个儿排解排解。咱们干这行受点委屈很正常，说到底，进神捕营不是为了给自己争脸，是为了一个国家的……"

文陵江眼睛盯着地面："老大，我知道。"

残羹冷炙吃完了，万蜀戎抖了抖身上的烧饼渣子，去找手巾洗脸。他刚刚拿了手巾，外头便有人敲门："万老大，刘伯叫人送了份东西过来，让你接到就尽快看。"

"拿来。"万蜀戎手巾擦了把脸，接过信封打开——上面是几张纸的名单，下面是一沓卷宗副本，还附了一张字条。他重新坐下，慢慢看，脸色慢慢凝重，轻声骂了一句，骂得很脏。

"这是什么？"文陵江问，皱了皱眉。万蜀戎是个粗人，可在她面前，很少会骂那么难听的话。

万蜀戎伸手把卷宗副本递给她："这是上个月大赦的名单，我当时匆匆忙忙看了一眼，觉得有几个人不对劲，但我也记不清了，请伯庵帮我尽快查一查。果不其然！这里头有四十个人，全是杀人放火、十恶不赦的大奸大恶之徒，无论如何，也不应该出现在大赦名录里。"

"这四十个人……"文陵江翻那卷宗副本，"老大，好像不少都是你亲手送进去的？"

"是，真要说刑部天牢里面，我亲手送进去的，肯定是最多的。"

"那为什么不是铁总捕头？"

"老铁有生杀大权嘛，有些十恶不赦、罪证确凿，又路途遥远的，他就当地就处决了，不知省了多少麻烦。"

文陵江望着他，没说话。其实不光是铁总捕头，名捕里面很多都是这样做的，长途押解、翻山涉水本来就是个极其危险的事，一些匪盗本身穷凶极恶，另一些则有同伙埋伏。一旦穷山恶水，再稍微碰上点埋伏，神捕营是很难保证全身而退的。有鉴于此，大多数大奸大恶的匪首，都是就地处决，带人头回来复命。不过万蜀戎不是这么做的，他就地处决掉的恶徒当然很多，但带回来的更多，即使冒一点路途上的风险，哪怕是自己和兄弟性命的风险，只要不是确凿致命的危险，他都在所不惜。在神捕营的风评里，他比起很多名捕都更像一把尺子，尺子上是严格不乱的国家法度。

不过，文陵江知道，也不全是这样的。在她还是个小姑娘的时候，万叔叔曾经向她吐露过内心的秘密，他说："我其实不喜欢杀人，亲手处决掉一个匪徒之后，总会做噩梦，很难受很难受。你说得没错，没有任何人有处决掉别人的权力，有权力的是律法，而律法代表的是大多数人。因为……可能是因为……我最重要的人和我最喜欢的人，都被那群畜生……杀了。如果我干这个，每年就做几次噩梦而已，可如果我不干这个的话，我会做一辈子的噩梦。"当时那个小姑娘还在人生最大的噩梦里，这个答案给了她某种力量——有时候，拿起武器正面去迎击命运，反而要比逃跑容易得多。她当时太小了，她想，万叔叔应该不记得这段了。

文陵江把卷宗匆匆翻了一遍，还给万蜀戎："老大，据我所知，大赦的名单，单一个刑部定不了，要三司、神捕营都过一遍，才交到宫里。"

"对。神捕营也要审很多次，终审是伯庵把控的，绝不会出错。这四十个人，是凭空多出来的。"

"什么？"

"你看，咱们的流水规矩是这样的，刑部主事拟单子，挨个严查卷宗，交刑部侍郎过一遍，神捕营再过一遍，没问题，来回再交叉核实一遍，加神捕营大印，上交到刑部尚书手里，再加刑部大印，两块印齐了，再交到御史台、大理寺，三司全查过了，还没问题，才能交宫里。"

"那也就是说……"

"那也就是说，我们的名单核定、递出去之后，交到刑部，就在这几天的空当里，被人换了一份带大印的名录。今年大赦人多，连减的带放的好几千个，混进去四十个，都没有特殊标注，又有我们的大印，这就很容易蒙混过去。你说今年正月谁不忙啊？谁有空来刑部和神捕营挨个查卷宗啊？我要不是有些案子亲自经过手，我也发现不了。"

"如果真的被人换了一份，就意味两件事：第一，已经有假印了；第二，刑部有内奸。"

"这个定论……再斟酌吧，未必能那么确凿。如果内奸还在神捕营，只要凭他的身份确保能碰到印，早早留下一份替换的假名单，再到刑部，偷梁换柱，这也不是那么难的事。"

"不管哪一样，都是灭九族的罪过。"

"就算是灭十九族，也得找到人再说啊！"

"可我们里里外外，上上下下查了几个月了，所有的线索，都查断了。"

"没办法，或许那个人对我们太熟悉了，一边走路一边扫土，脚印擦得干干净净。"

"如今怎么办呢？换印？"

"对，伯庵已经提请，我们立即换印。这四十个人，也马上重新红名通缉。"

"但更重要的是……"

"更重要的是，这个内奸到底是谁！"万蜀戎越想越生气，挥手，面条碗摔在地上，粉碎，"查了几个月了，没法查了，再查下去人人自危！可我就不明白，堂堂神捕营，号称什么活见鬼的国之利器，一块总捕头的大印，居然都守不住？这件事情，之前、之后，用印都有严格的流程，一过手一痕迹，唯独在楚随波手里，就没有一件事能说得清楚明白，真他妈的千年鼻涕修成精，又难缠又恶心！"

"你觉得是楚随波？"

"不像是他，真是他，他没必要这么干，直接跟上官乾联手不就完事了吗？我就是纯讨厌他这个鼻涕精的性子！该留的不留，不该留的老跟我们赖着！"

"老大，你消消气，除非这个人以后不行动了，只要他再动，一定会有痕迹的。"文陵江看了看万蜀戎的脸色，小心翼翼地建议，"要不然，我们考虑考虑孟吴越带来的提议……"

"考虑个屁！江湖草莽，乌合之众，也敢给我们带这种话，丁桀好大的口气！真是不怕自己脑袋搬家！"万蜀戎哼一声，双指递过那张字条，"你看一眼，伯庵还说，叫我务必等他的消息。他说，那块'如朕亲临'的令牌，也有蹊跷。"

"什么？"文陵江倒吸一口冷气，"什么蹊跷？该不会说……有那么一号人物，专门刻假印的，先刻了神捕营的大印，又刻了皇上的手令……"

"倒不是假的，但据伯庵说，那块令牌的花纹，出自一个很老的紫铜模子，那个模子只用了一次，就没有再用过了。据他推测，这块令牌应该是少说十年前就发下去，而且应该即时复命销毁了的。但不知道为什么，这个模子和令牌的缘由始末，宫里一点消息都没有外流过。"

"没人查过吗？"

"丫头傻呀，如朕亲临！谁查皇上啊。"

"那如果说十年前，那就是先帝还是太子爷的时候……"

"对！伯庵说，他已经拓下花纹，去内廷司礼那边查问究竟了，雪拥也赶去刑部，逐级调看是哪个环节被人调的包，让我坐镇家里头，等他们晚上回来碰一碰。"

"好！那国公爷呢？"

"我也不知道。对了，国公爷早上提过，今天二月二嘛，好像是宫里头有什么诗会，就是四国使节送了千年神龟、白孔雀，和一只很大个头的独角兽……还有哪个使节来着带了一群人来跳舞，反正诸如此类，都是祥瑞征兆，宫里召了一批人进去喝酒赋诗去了。"

文陵江点点头，应诏诗宴是个很漫长的礼宴，唱一轮跳一轮写一轮，国公爷应该会很晚才能回来。

万蜀戎站起来，揉了揉眉心，把那份名单和卷宗，放进柜子里锁好。通常情

449

况下，三杰不会同时离开神捕营。既然兰雪拥和刘伯庵都出去了，今天下午，他就要按例留在营中。上午，公文已经看过一轮了。下午，他准备去见见那些新调进来的捕快，问问他们最近融入得是不是很好。之后，有五个报上来的案子，需要总捕头的批复，他得去讨论讨论。如果这些做完，他还来得及吃晚饭，就准备和风雪原小朋友一起吃。小家伙交给营里师傅练了一段时候，他要听听反馈，看看进步的状况如何。再之后，楼里该送来新公文了，他会一边看，一边等两个老兄弟，最好也等国公爷赋完诗，就算是路上候着，能碰一碰也是好的。

国公爷并不容易，八十多岁的人了，起早摸黑，他老人家在朝堂上走动了几个月，动用了全部的威望和家族的积累，如今看来，神捕营的许多事好办多了，这一轮从地方抽调年轻人上来，几乎没有遇到什么阻力，几桩大案子要预支银子，刑部也痛快批下来了。国公爷一再叮嘱他们哥仨："上通才能下达。我老了，靠一张老脸，撑不了多久了，你们三个人，不能都像闷嘴葫芦一样办事，你们在干什么，在哪里卖命，做了哪些事，这个你要让圣上明白，让大家放心。国之利器，最忌讳沉默在鞘，大家都明白了、放心了，才能支持你们。"

呵，我是做不了这个的。万蜀戎想，伯庵更做不了，只能让雪拥勉为其难。万蜀戎有时候难免失落，国公爷加他们，四个人都非常勤勉，互相信任，也尽了全力，可是，他们都是辅佐之才，这在二十年前就验证过了，他们加在一起，依然无法和一个真正雄才大略的领袖相提并论。他们如此努力，如此兢兢业业，所能做到的极致，不过是让大家觉得，神捕营虽然眼下有些困难，但终将渡过，未来会更好。但铁总捕头在的时候不一样，铁总捕头在的时候，大家觉得正义是可以战胜邪恶的，而且，我们就可以赢。只差了一点，很致命的一点。当年的那种信心，是从哪儿来的呢？

早春的太阳，白得刺眼。万蜀戎眯着眼睛，细细思索着，想从自己亲身经历过的黄金年代里找到一点秘密。

这时，有个人惊慌失措地跑过来，嘴里喊着："万老大！万老大！"

慌里慌张的，一点定力都没有，万蜀戎不动声色地想。

他想，他快要找到答案了。那是很久之前，一个中秋的酒会上。铁敖问："诸位，你们说说看，如果邪恶本身是一种毒，它不从外面来，就藏在我们每个人的骨子里，那么，到底什么才是邪恶的解药？"

"暴力。"

"正义。"

"钱。"

"没有吧，人性本恶，可能只能互相制衡。"

大家都纷纷说出自己的想法，每个答案都有道理，但每个答案好像都差那么一点。

"英雄。"最后一个少年这样回答。

那是一个很安静的刹那，在场的很多人都觉得心底有一扇门，被一枚小小的钥匙拧动了。他们没有再讨论下去，银月当空，无限光辉岁月，他们一起碰杯，青春响成一片风华正茂："那就敬英雄。"

第三十二章　将军百战（下）

报信的那个人过来了。那是很年轻的一个小伙子，跑得上气不接下气，额头上有闪着油光的汗珠，声音里满是惊慌："万老大！不好了！卢鹤死了。"

"什么？"这消息十分意外，万蜀戎一怔，"她怎么死的？"

"中毒……自杀。"

自杀？万蜀戎听得心里头咯噔了一下。步踵武的夫人卢鹤，是整个事件的关键人物，也是迷雾链条里最令人费解的一环，她是正牌的苦主，丈夫惨死之后，多次跪在神捕营总捕头公署前央求人主持公道，可到后来，又当众反口，站到了上官乾的那一边。她的行为反复，整个人都叫人捉摸不透，她的背后必然是有一个动机的，这个动机或许就是解开案件的关键。可是收监那么久以来，上上下下盘问了几百回，步家周围邻居查了个底儿掉，就是没有人能撬开她的嘴，也找不到线团里最关键的那个线头。

"知道了，我去看看。陵江，你一起过来吧。"万蜀戎脑海之中，万千念头一闪而过，他不动声色，快步向前。

卢鹤被关押在神捕营西北角一栋改造的小哨楼里。这是个监禁重要犯人的所在，守卫严格、来往盘查严密，且不要说一个不会武功的弱质女流，就算是一等一的高手，也插翅难飞。卢鹤刚死不久，她的尸体被平放在一张布单上，大致保留着刚刚去世时的姿势。她发髻全都解开了，头皮里有一块淡淡的月牙形伤疤，看起来是陈年老伤，长发里翘着几缕银丝，没有任何的饰物和妆容，皮肤上显出一点初起的老态，五官隐隐透出一股青色，表情没有太多痛苦，神态还算安详。

她中的是一种烈性剧毒，毒液一入体，几乎立即就要了她的命。毒针是被一个看守抢救时候拔下来的——那是拇指指甲大小的一粒红豆，光滑溜圆，做工精巧，旋转开，半颗红豆上带着一根很细的刺，和蜜蜂的尾刺差不多。卢鹤把那根毒刺扎在自己左颈的血脉上，那是靠近心脏的血管，一击致命。

卢鹤这样重要的人物，又不会什么武功，最防备的不是她逃走，而是与人串供自寻了断。进来的时候，当然会被仔细搜身，不要说这样一颗红豆，即使只是那样细细的一根小刺都很难夹带进来。

仵作是和万蜀戎、文陵江前后脚到的，正等待命令。万蜀戎挥挥手，示意例行检查。

他自己环顾左右，囚室简单、干净、一目了然。所有涉及此案的看守都被传唤过来了，这里每个人的底都摸过，轮岗和交班有详细记录，每日日常的饮食和传唤也有三人共同的手印花押。

万蜀戎看着那搁在一副托盘上的红豆，仔细看，一头还有个穿丝线的小孔。他问仵作："你们看，这东西是怎么夹带进来的？"

"应当是藏在身体里。"仵作头也不抬地说。

这是一个不出意料之外、所有人都能听懂的答案。

"这三个月，没有人查过她？"

"没有……"看守的头儿脸有些赭红，"收监当天安排来搜身的，是刑部天牢的两个妇人，按规定搜完就缴手令走了，至于以后……毕竟是武师傅的夫人。"

万蜀戎点点头，具体什么情况还不好论断，但如果确实如此，那就是卢鹤进来的时候，已经抱定了死志。他接着盘问："当时是什么情况？"

"和往常一样，卢鹤吃了午饭，就在楼上的走廊来回走几圈，之后说不舒服，要回屋躺着。躺了一会儿，我们看她脸冲里一动不动，就喊了一声，她没反应，等我们进去看，她已经死了，从回屋到断气，前后也就一炷香工夫。"

"她每天都要走几圈？"

"对，说是身体虚弱，饮食克化不动，吃完饭，就在走廊上来回走几趟。这个我们都是向上面报过的。"

万蜀戎迈步走出去，那栋哨楼本来就很小，走廊几乎就是小小的木栏杆，从一头到另一头，步子大的只要十步就够了。旧哨楼所在的地方在神捕营西北角，神捕营新修建之后，围墙和老哨楼高约齐平，站在走廊上，视野所及，只有黑压压的墙、墙头的荒草，和一角蓝天。万蜀戎走到一边，慢慢地又走到另一边——这个走廊确实狭窄，他一个人走来走去，别人就得站在屋子里，或者是楼梯的拐

453

角处。

"当时谁在？"

"回万大人，是我俩。"

"你们当时在哪儿？"

"下面那个拐角。"

"看到什么了吗？"

"没有。"

一个人这样回着，另一个人稍微犹豫了一会儿。

"嗯？你说？"

"万大人，我好像看到了一阵炊烟。"

"炊烟？哦，你是隔壁过来的？"

"是，万大人。"

当时是午饭时分，本来看到炊烟，也是十分平常的事。但是，围墙的另一侧就是少年营的东北角，那里，离厨房还远得很。所以，从"隔壁"过来的当然会觉得有点奇怪，不熟悉"隔壁"的就熟视无睹。这是一个足够清晰的线索了——卢鹤进来反咬一口之前，就已经抱定了死志，但具体在什么时间自己了断，还需要等一个信号。所有的讯息里，没有什么比烟更灵活、方便。子弟营的防守也很严密，但毕竟和神捕营不是一个档次的，如果在这边弄出一点烟火来，相对而言，要容易得多。

万蜀戎冲着墙那边努努嘴："陵江，我们过去看看。"

隔了一条窄巷子、两堵高墙，子弟营的东北角居然也有一群人。这边领头的是督捕温怀仁，他带着人拿了铁锹、锄头，正准备挖一口废井，不远处，果然有干草燃烧过的痕迹。

万蜀戎过来了，众人一起躬身招呼。

"老温，怎么了？"万蜀戎径直走到废井前面。

温怀仁额头也有点汗，也有些着急："万老大……这个，我正准备去找你呢。嗨，卢千里跑了！"

"什么？谁？"

"就是乐众乐师傅带的那个小孩，跟风雪原比过刀的那个……"

"哦，记起来了，他怎么了？"

"那次之后，尤其是他的管带师傅乐众死了以后，那孩子就越来越不对劲了，他本来就不说话，之后话就更少了，总一个人闷着，大家平时一起的训练，他也不太愿意参加了，别人开解他，也不太答应，谁都不知道他心里头在想什么。前段时间，他的新管带师傅过来找我，问我是不是重新考虑考虑，这孩子这种性情，真不适合做捕快，要不问问御史台那边，那边可能喜欢这种爱钻牛角尖的。我们跟御史台算兄弟衙门，干脆让给他们得了。但我们这么一商量，卢千里好像也有感觉，觉得我们不要他了，又担心废他武功，又有点琢磨着想跑，跟他讲没事也没用，我就吩咐人盯着他。刚刚有人跟我回报，说卢千里自己到这儿来，半天没回去，之后就消失了。我们过来一看，这附近也没别的地方能跑，就一口废井……"

"难道这口井是通外面的？"

"万老大，您是忘了，这儿十几年前扩建过，原先没建墙的时候，这个地方是那群孩子们比武、试训选拔进入神捕营的练习地。这里本来不是井，是一个地下甬道，是比武练习的一部分，后来建墙后甬道就用流沙回填了。再之后底下都长了点草，大家就把这个忘了。"

这个倒是，万蜀戎想起来了——这里确实曾经是个比武的练习场，大概启用了总共二十年左右。像资历更老的一代人，比如他们老哥仨小时候，神捕营更穷，境况更差，需要大比武的时候会拉到山里去，或者借用别家的地方；新的小孩子，就直接去风雨校场和小校场了。对这一片陈设最熟悉的，反而应该是跟苏旷差不多大的一群人。

"现在呢？这井又通了？"

"如今好像是通了。卢千里从这儿钻出去之后，一直没有回音，这个井口窄，我们大人肩膀宽、进不去，也不知道有没有毒药、机关，又不能让孩子下去。我们在外面找了一圈出口，没有找到，试着点了一把烟，拿扇子扇进去，也没看见烟出来。又试着往里赶了一只兔子，兔子没动静，想着兔子胆小，又赶了一只小狗，这回听见了，好像是在墙外边街道的青石板下面呜呜地叫。这正准备开挖呢，您就过来了。"

万蜀戎皱着眉，心想，这是个很精巧的布局，一个行为触发另一个行为，但也几乎都在意料之外、情理之中。一个不知道什么时候挖通了的甬道，安全起见用烟试探，真是再正常不过了。可到底是什么样的人，才能神不知鬼不觉地在神捕营附近挖出一条通道呢？这条通道本来有什么目的呢？挖掘的声音如何掩饰？挖掘的人如何藏身？那些流沙和淤泥，他又运到哪儿去了呢？他想了想，命令道："既然烧过了，那就干脆再点一把火，烟大一些。你们看不见出口，可能是因为通道离得远。我们出去找。"

烟第二次从井口灌进去，小狗叫得更凶了。万蜀戎走出子弟营，外面是神捕营的北街，北街的北边是那些家眷、遗孀们居住的所在。这里，他们每个人都很熟悉。靠近石街另一边有一条沿街的阴沟，平时倒污水的，用石板盖着。万蜀戎走到街对面，指了指脚下的青石板："挖开。"

果然，没多久，一股青烟就冒了出来。阴沟是东西走向的，往西走到尽头，是一口窨井，里面有新挖的泥土。平时，每天夜晚，这里都会来一辆运粪的骡车，把家家户户搁在门口的马桶倒干净。这也很好地解释了挖出来的泥土去哪里——放在粪桶里，泥土在下面，污物在上面，没人会仔仔细细翻开检查。运粪的都是附近的农户，也是熟悉的人家了。

"运粪的那几家，叫人立即去查。"

"是。"

万蜀戎慢慢地踱步，凝神思索——阴沟很窄，少年人非要挤在里面也可以，但来去并不自由，而且这条街上人来人往，小铺子特别多，出口不会在这儿。最为快刀斩乱麻的方法，还是找个小孩子，或者瘦弱一点的少年爬一遍。万蜀戎直接做了决定："去找福宝来，这个活，交给他最好。"

风雪原兴冲冲地来了，说真的，这几个月，他练功练得不算很愉快，三杰都很忙碌，把他交给神捕营的普通管带师傅，而这对他不啻是一种羞辱，他比神捕营任何一个管带师傅都厉害得多，而那些人每天都让他练习一些傻不拉叽的扎马步、举石锁，让他和一些他根本不太看得上的同龄人一起训练。他委婉地抗议过，但没人听他的，只是有人跟他说，你师兄在的时候，一样要听话。好不容易，万蜀戎叫他来做点"正经事"，不过，他没想到，正经事就是戴着护盔，爬过一个可能要通过阴沟的地下道。他嘟哝着嘴，还是窝窝囊囊地爬了。

万蜀戎继续四下观望。讲起来，真是灯下黑。多少年以来，他第一次用捕快破案的目光看自己家周围的地方。不过，细细看起来，在这条北街上，神不知鬼不觉地打通一条地道，说难固然很难，说容易其实也很容易。北边的房舍、店铺实在太密集了，屋顶挤着屋顶，从街头到街尾，全是各种各样的小摊子。可盘查又不很紧，因为几乎全是自己人。这一带颇有些年头，最早的时候全是遗孀和残废的老捕快。那正是铁敖的黄金时代，光辉战绩背后是一家一家的泣血、一封一封的讣告，许多石破天惊的大案子，万里迢迢，除恶务尽，将匪首枭首带回来……这些都是需要代价的。可正是那时候，人手不足，做不到以十围一，动不动就是拿命硬填；抚恤的银子又并不高，不足以让女人们独自养大孩子，而且即使银子够，她们也害怕——如果离开这里，遇到匪徒们的报复呢？如果回家乡，孤儿寡母受人欺负呢？所以，那些遗孀们，还有那些不肯离开的残疾捕快们，慢慢在这里集结成群，互相像家人一样，串门走动，彼此照料，年轻的给年老的养老送终，很多人平时卖卖小点心，早上摆个豆腐脑摊子，做的都是自己人生意，治安又有保证。当时铁敖默许了，这对双方都有利，这些人神捕营亏欠他们的，他们做点小买卖，自己有了生计，神捕营里的年轻人多，难免晚上嘴馋，也不方便跑太远。可到了后来，这里人越来越多了。人多毕竟眼杂，虽说都是"自己人"，但毕竟"家眷"不是神捕营的捕快，很难做到严明军纪，这在某种意义上也是隐患，难保哪天出点事。可也没有谁忍心提出，要疏导、驱散这些人。

这是"想当年"的代价。既然常常念叨着过去的光辉岁月，代价就得接着。

一块石板底下，风雪原忽然大叫起来，狗也跟着汪汪叫："狗！狗！怎么会有狗？我最怕狗了！怎么都不跟我说一声！"

万蜀戎看向温怀仁，温怀仁手比画一下——一尺半长的小狗而已。

"福宝，你克服一下……前面什么状况？"

"地道往下了，有个坑，小狗在里面……我想让它先起来，它不干，净叫唤，吓死人了！"

"别那么多废话，往前！"

人和狗都安静了许多。出口找到了，兔子趴在院子里，新出土的小狗摇晃着身上的灰，风雪原也跟它俩站一块儿，掸着头上身上的灰。

这出口让所有人目瞪口呆，居然就在步瞠武家、卢鹤的纺车后面。如今看来，那里曾经有个地洞，卢鹤反口之后，来人盘查过，地道应该是临时填上了。但毕竟只是伪饰而已，很容易就能再挖开，原先甘甜的水井里，倒的全是填地道的土。

万蜀戎是追踪的名家，他很快就在墙头上也发现了同样的一点泥土，顺着踪迹，一路拐到街头，那里有新的车辙和骡马粪。果然有马车等在这里，卢千里一爬出来，就被人直接接走了。这个追踪并不难,但要尽快。很快,街上的车辙就会越来越多,压过新的这一条。

万蜀戎问文陵江:"这一带都彻查过吗?"

文陵江点头:"前一段彻查过两遍了,为了弄清楚卢鹤的状况,挨家挨户都盘问了,录了口供。"

"叫人再查一遍。不要查人了,找一找有没有地道,加派人手,搜地三尺,也要把这附近状况给我摸清楚!"

"是。"

神捕营办事,还是雷厉风行的。去盘问骡车的也回来了。有人去了那几户农户家,回道:"问了,直接就招了,是有人给了他们银子,让他们每天直接赶骡车进来。他们坐在驭手座上露个脸,其他的就不用他们管了。"

"骡车是哪家的,查出来了吗?"

"骡马行留了文凭,是京城最大的十三行,但我们还找到了这个。"去盘查的人拿着一块脱落了的蹄铁,还有一截断了的辔头皮具,"是扔在角落的,上面印记擦掉了,但蹄铁有烙花,是国色天香楼的。"

"好!十三行的骡马通行在我们这里都有报备……陵江,你还是带一队人,去查一遍。文书里面必定有假造,拿他们的文书副本回来。"

"是。"

"传令!"万蜀戎吩咐道,"备马,点万里戎机旗两队人,跟我走!"

风雪原跃跃欲试,他的眼睛里,除了光,还是光。他举了几个月的石锁,迫不及待地想正经跟个谁交个手。

万蜀戎一挥手:"多带一匹马,拿把剑来!"

文陵江本来已经准备起身去十三行了,听到这个命令,犹豫了片刻,提醒:"万老大,你只带两队,会不会人手不足?"

"不要紧。上官乾还在宫中赴那个什么诗会,你叫人偷偷进宫,跟国公爷说一声,就说我有要案要办,怕上官乾掣肘,叫他老人家说什么也得给我摁住上官乾,直到宴罢。"人马很快集结了,万蜀戎匆匆上了马,"再有,回头你跟雪拥、伯庵说一声,叫他们回来了务必等我。"

万蜀戎率众追踪。他今天必须追,如果卢千里追不到,卢鹤的这条线就彻底断了,那他们之后就会变得非常麻烦。其实,今天一路追过来,这条线还是很清楚的，即使就这么顺藤摸瓜，也能找出许多隐藏的"他们的人"。

但万蜀戎还是想不通，不管对方是谁，不管他们想做什么，费尽千辛万苦，打通一条可以钻进子弟营的通道，这并不是容易的事情。如今，他们宁可暴露这条线，也要卢鹤自杀，到底是为什么？卢鹤的缄口不言里到底隐藏着什么样的秘密？这背后，到底有什么阴谋？而这一切只要找到带卢千里走的人，就能水落石出了。

万蜀戎率众，黑袍、快马、短刀，依然是万里戎机旗下的虎狼之师。他有令牌在身，可以城中纵马，一路快马飞尘，到了西门。西门正有两队商旅百姓鱼贯出行，万蜀戎见队列还长，回头吩咐一声："展旗。"

身后，一名年轻捕快单手控马，伸出右臂，一面小小的万里戎机旗展在右手臂上，嘴里长啸一声。

西门守卫听见人啸和马蹄，一转头见马队渐近，忙指挥着两列出行人变成一列，为神捕营让出道来。万蜀戎一马当先，离得近了："诸位辛苦，刚才可见一架骡车出城？"

守卫抱拳："见过万大人！是有一辆，才出去不久，是一匹青口大骡子，用的是十三行标号，就往官道上去了。"

万蜀戎也抱拳，说了声"谢了"，他稍微松口气，骡子比马慢得多，这会很容易追。他正要顿马而去，城楼上匆匆下来一位年轻守将也拱手道："万大人。"

"许少将军。"万蜀戎挥手，示意属下先行。

"万大人不敢当，叫我鹰农就好，甲胄在身，不便行礼。"许鹰农拱了拱手。

"哎，少将军哪里话，倒是我公务在身，不便下马了。"万蜀戎控着缰绳，问，"这一番四方名将班师面圣，令兄虎农将军，该是也回来了？"

"回万大人，我大哥昨天就启程了。"

"哦，这么急？"

"大哥追随古帅，从剑南调往西北戍边，说那边屯田之事有些是非，唯恐去得迟了，生出哗变。再者说，此去边关千里迢迢，早一日到，早一日心安。这朝中事，面圣也面了，兵部的公文也领了，虎符也调了，四海内几位名将都会了一会，剩下的无非宴饮欢愉。古帅说，为将者无非劳劳鞍马，边疆未定，不敢解甲，四海未平，不可藏刀，就请命提前开拔了。"

"好一个'边疆未定，不敢解甲，四海未平，不可藏刀'！贤昆仲真乃国之股肱！"万蜀戎不由得一赞，"只是，古帅是我朝中第一世家名将，他在京师，宵小之辈还不敢轻举妄动,他开拔戍边……"

"万大人放心!去职之人,哪有兴风作浪的胆量?戍守国门事大,等那边定旗定帐之后,古帅虽不可轻动,我大哥还是要回京缴檄复命的,到时候再登门拜会三杰。"

"好!我公务在身,事不宜迟,许少将军,后会有期!"万蜀戎一抱拳,打马飞奔而去。

他坐下马也是千里良驹,一路飞奔,不久追上属下。再没走多远,就见路上停着一辆骡子车,骑手不见了,车厢大门也打开着。那骡子嘴上也有新鲜白沫,显然刚停不久。再看地上,有一道新鲜的马车辙印,向官道而去;可就在不远处,另有一条狭窄山道,通向官道右侧的山峰。

"你们往前追!"万蜀戎想了想,马车印虽然向前,但前面就是大道朝天,一辆马车,无论如何跑不过一队快马,只是歧路亡羊,也不得不分兵去追,他吩咐一队人,"其余人跟我上山,遇事令箭呼应。"

那些人齐齐应一声,向前去了。风雪原跟在他身边,四处看看,说道:"万老大,这地方我来过,好像是……王素的园林。"

"什么叫王素的园林?早就收归国库了。"

一群人上了山,到了园子门口。一个属下先下马,到了大门口摸了摸封条:"万老大,封条被烧酒泡过,还是湿的,有人刚进去过。"

"你们几个留在外面,带着弓箭上墙,其他人跟我进来。"

这里万蜀戎也来查过一趟,依稀有点印象。园林里,枯草伏地,残枝委顿,八角石亭边,寒水涨满白池。石亭上,白帷重新挂起来了,在风中飘扬。圆桌上,摆着一尾琴,一樽酒。看起来,琴是名琴,酒是好酒。王素坐在石凳上,端端正正地束发,金冠上横着一柄碧玉簪,穿着白缎子对襟长袍,配一条暗银纹的腰带。奇怪,整个京城都很少有人见他像今天这样好好地穿衣装扮。

铮!他按着琴徽,右手轻挥,拨的是个尺音。很显然,这是个信号。万蜀戎不太明白,他到底有什么胆量做这样的举动,轻轻挥手,墙头上多出来两排弓,箭在弦上。

但是,万蜀戎脸色终于变了——弓是他的弓,箭也是他的箭,可是,人不是他的人了。

他不是一个随随便便变脸色的人,可他也没有弄明白,外面到底是什么样的人物，可以在神不知鬼不觉的情况下把他的人全部干掉？即使上官乾从宫中溜出来了，但单凭一个上官乾是做不到的。而且他也不懂，王素这么做究竟怎么收场？难不成敢在京城西北二里半的地方，诛杀他们四十号人？

"王素！"风雪原第一个大声叫起来，"你怎么还敢在京城？"

"福宝小友，好久不见哪！"王素哈哈大笑，端起酒杯来抿了一口，"这可真是分外之喜，本来是瓮中捉鳖，没想到不仅捉到了鳖，还捉到了小螃蟹。"

万蜀戎呵呵一笑："口出狂言，你好大的胆子。"

"万大人，"王素拱手，"草民王素，久仰神捕营三杰。王某不才，这半个月来，勤学苦练，粗粗学会了一首曲子，叫作《国殇》，特地为万大人送行。"

万蜀戎看着他："你不仅胆子大，口气也不小。"

"不敢当。"王素笑吟吟的，手指拨下了第二个音，是个羽音。万蜀戎很快就知道，王素是何来的胆量，何来的口气。

羽音一起，墙外有金铃一动，所有人一起抬头。只见，一只翼展近丈，眼如血、喙如钩的魔鸟，振翅低飞，掠过庭院上空。它飞得不高，似乎是生怕山下人瞧见，也是为了让万蜀戎看明白，它的爪子上吊着一个绑着双手垂着头的少年。那是卢千里，不知道是死是活。

事已至此，万蜀戎索性点了点头。他好像忽然间明白了这个他一路想不通的阴谋——他们牺牲了卢鹤，带走了卢千里，暴露了地道，甚至也废掉了苦心经营的几个暗线，所为的不是另一个惊天动地的阴谋，他们要的，是他的命。

万蜀戎是一代名捕，但实在很难把自己想成一个目标，他做这一行三十多年，很多人想他死，但都是为了公仇，他没有私利，没有私仇，也没有私敌。他挥手，一道双红烟令箭向天空飞去。

但是，铮！又是一声弦动，墙头一个人、一柄弓、一支箭，箭发快如青虹紫电，急飞冲天，直接射下那个还没抛高的令箭。

那是个很可怕的高手。他脸上罩着层黑布，见万蜀戎看向他，索性就摘了黑布——果然是上官乾。

万蜀戎倒吸一口冷气，手指在大腿上轻轻敲着。这一次，他们真的是有备而来。

"万大人，别来无恙，"上官乾从墙头跳下来，"我是个最公平的人，我要你的命，也给你机会。小朋友，你上回不是很想教训我吗？来，你们两个一起上，能杀了我，算你们本事。不过要记住，你的人只要动，我们外面的鸟儿也会动，到时候什么后果、怎么收场，大家心里都要有点数。"

万蜀戎和风雪原对视一眼——他可真狂。但说实在的，这也是他们唯一的机会。如果只是要命而已，他们这几个人，完全不够精卫鸟一顿啃的。

"也好！"万蜀戎干净利索答应下来，轻声向风雪原，"福宝，你这几个月在练配合对不对？我们有用武之地了，这样我跟他缠斗，关键时刻，你就用那天对卢千里用出来的那一剑。我们有机会！"

"好。"风雪原点点头。

他手心有一点汗，在裤管上擦了擦。他天天嚷嚷着要正经动手，但想不到的是，会"正经"到面对这样的生死大敌。

人群让开了很大一圈。上官乾挥了挥手，不知道为什么，他如影随形的亲随不在了，两个蒙面人颤颤地抬上了一柄方天画戟。那方天画戟看着都重，上官乾伸手一折，咔嗒一声，画戟一分为二，他留了前半截短戟做兵刃，一伸手后半截脱手掷出，向下直没入泥地中。神捕营众捕快看得心头一凛，这内力，真是浑厚霸道，偏又漫不经心。

万蜀戎正色，稍微扯开领口，松了松腰带，又从袖子里抽出兵刃。他的兵器是一柄铁尺，长二尺，宽三指，介乎短刀和短棍之间。他示意风雪原先观敌瞭阵，向前滑了半步，铁尺斜点出。

万蜀戎步法中规中矩，丝毫不失法度，是八步赶蝉的枝头独唱。风雪原跟在他身后，默默叫了声好，万蜀戎这一点，分寸拿捏真是老辣——上官乾拿的是长兵刃的上半截，这和普通短兵刃是有区别的，头极重，脚极轻，腕间尺关正是最虚弱的一点。

"万大人好准头！"上官乾居然也开口一赞，短戟虚格，也滑上前半步，避开尺锋。

他这样的人，步法居然也是中规中矩的八步赶蝉，金蝉脱壳。二人一错身，万蜀戎拂袖向他胸口拍去，这一拍柔中带刚，已经是他看家本事——游龙绵掌。万蜀戎平日里尺度森严、刚正不阿，但这一套游龙绵掌，是他少年开蒙的掌法，内蕴的是道家气劲，他游身碎步施展开，内劲绵长，在吐与不吐、露与不露之间，手里都是寸劲。而那一道铁尺，宛如云中白龙，筋骨崚嶒，黏得那一方大开大阖，方天画戟始终没有施展开。上官乾也真是了得，方天画戟横如斧，竖如杵，方圆之间，心法不动如山。两人都在游身，这就好似一道出水白龙，围着青山，啸叫云天。

不过，众人也都能看出来，万蜀戎这一掌一拂，刚柔并济，守得严密，消耗也大，毕竟武学之道，以刚克柔比以柔克刚容易得多了，他五十开外的人了，哪有这个精气神，能活活耗死上官乾？无非是在给风雪原找机会而已。

上官乾嘿嘿一笑，心知肚明，到万蜀戎再斜身错步的时候，他不再闪了，右手方天画戟横开仙人指路，挡住万蜀戎去路，左手三指屈二指立，从肘下一爪抓向万蜀戎小臂。这一爪旁逸斜出，如拈花佛前跃出一只猛虎，是少林七十二绝技之中最俊逸好看的猛虎青莲手。

再没有比这更合适的机会了。风雪原的眼光，片刻不离上官乾，见他双手一错，有了空门，抬手挺剑，向他胸口直刺过去。

风雪原的剑，一向都很快。他被许多人称为"天才"，就是因为他几乎一上手就是往一流高手去的。如果说缠斗的两个人是青山猛虎、寒水白龙，那他就是一只孤飞的凤凰。

但是上官乾好像一直在等着他这一剑。上官乾是个高大如巨猿一样的家伙，也有巨猿一样的灵敏，他蓄力已久，直接跳起来，拧腰弹身，直接错开了风雪原的剑锋，手上的方天画戟向剑锋直接迎了过去。

说实在的，风雪原在眼界这块太吃亏了。他以前是个愣头杀手，就知道剑和刀，不久之前才认识齐了十八般兵器，知道这些兵器的名字都是怎么写的就完事了，根本没想过还要一一过手。方天画戟一挥过来，他整个人先蒙了一下。这玩意儿长得太奇怪了，它有双耳、双刃、双井，拿着把剑，都不知道往哪儿戳才对。他就那么一错神，方天画戟正中小方格，正好套在剑尖上，上官乾手一挥，他的剑飞了。风雪原大惊，眉梢一动。

上官乾安慰他："小朋友没关系，我说了，我是个最公平的人，既然要你们的命，就一定给足你们机会。"

他脚尖一挑，下半截戟杆带着泥土凌空飞起，冲向风雪原手中。他手可没停，双手持戟，哈的一声大吼，凌空直下，力劈华山。

这是正儿八经、硬碰硬的一招。风雪原更蒙了，那下半截戟杆一到手，他手一沉，差点弄掉了。那玩意儿纯钢的，小孩手臂粗细，比石锁还重，远远超乎他的意料。

可他也没机会熟悉新兵刃。上官乾戟刃破风声已经到了，风雪原硬着头皮，双手抓着戟杆，举过头顶，正面硬接这一招。于是风雪原有生之年，永远都不会忘记什么叫作一力降十会。

他只听耳边哐当一声巨响,手腕如断了一样痛,手臂如折了一样酸,胸口震荡,眼前发黑,嗓子口发甜。他根本架不住这一下,虎口迸裂,人跟着一屁股坐在地上。画戟余威,泰山压顶继续向下。

万蜀戎到了,错身挡在他前面。毕竟那股大力被风雪原挡了一大半,剩下的小半,用铁尺还能卸掉。只是无法再游身自保,正面交手,凶险加倍。万蜀戎一掌拍向上官乾胸口,上官乾哈哈一声笑也一掌推出,掌心隐隐风雷声动,是绝迹武林已久的小雷音破。

双掌一交,洪水猛兽,踏地而来。万蜀戎又想使巧卸劲,上官乾哪里容他再逃,随手扔下画戟,右手又是一记猛虎青莲手。万蜀戎脸色顿时雪白——小雷音破内力极为阳刚纯猛,本来就绝不是他能接得住的,一路血脉尽绝,直捣黄龙三关,偏这猛虎青莲手足可开碑裂石,眨眼之间,他五指就要齐齐断裂。

风雪原知道万蜀戎接不住,他四肢像断了一样疼,但毕竟没断,还是尽力拾起画戟,不管不顾地向上官乾背后砍去。

上官乾压根不放开万蜀戎,拖着万蜀戎,矮身原地单腿蹲下,一腿向后横扫。风雪原今天蒙了第三次,他第一回知道,有人可以把这种"小孩子才练"的基本功,练到如此扎实、随心所欲的地步。扫堂腿实在是太简单了,别说武学高手了,路上随便拉一个人,只要不太笨、平衡不太差,也能比画个八九不离十。可这么单腿蹲下,横扫发力,就是练家子的三伏三九之功。而上官乾手上内劲还拖着个高明的对手,以一打二游刃有余。他这一身绝学,真是硬打横练出来的。

风雪原手已经到了,脚还没跟上。上官乾存心留他的双腿,没有发全力,横扫在他膝弯上。风雪原一头扑在地上,手上画戟跌出老远,双腿痛得也不知是不是断了,抱着膝盖,滚在地上,闷哼一声。他眼前一片黑,但脑子里一片雪亮——师兄在轮椅上的时候,一遍一遍教他龙蛇双走,跟他说,手眼身法步,步法是根基,就你这个步伐,就算手上再快五倍,我也能……后面是什么,他想不起来了。这太疼了,别说站起来了,蜷缩在地上腿根本没法伸直,这一扫直接扫在腿肚子的筋上,两条腿一起抽筋,跟被哪吒三太子抽了筋的龙似的,唯一能做的,就是咬着牙不让自己哭出声来。

上官乾的手还抓着万蜀戎的手。他刚才以一敌二,万蜀戎依然无法脱身。而无法脱身之后,就是判决了。

"万老大，这就抱歉了。"上官乾彬彬有礼，微微一笑，左手小雷音破内力直吐，仗势欺人，右手直接抓下。万蜀戎只听自己手骨咯啦一阵响，五指一起被折断，剧痛钻心，惨叫一声。可上官乾丝毫不停手，抓着他的手掌继续往前推，骨头又是咯啦一响，腕骨也跟着拧折了。

万蜀戎部下哪里看得下这个，一起吼了一声"并肩上"。上官乾笑得更愉快："这是诸位失信，有言在先，可怪不得我。"

他话音未落，王素手里一拨琴弦，墙外又是一声铃动，东南西北四角四只精卫鸟一起飞起，甚至不用爪喙，只是铁翅啪啪啪啪四下乱拍了数百下。它们的羽毛比铁还硬，力道像天上掉下来的铁闸，兵刃全是失效的，这一轮拍下来，在场的捕快没一个站得住的，全都倒在地上。

"万老大，"上官乾看着万蜀戎的眼睛，微微地笑，"抱歉啊，你还得忍着点。"

他左手如法炮制，又是咯啦一阵响，万蜀戎的双腕十指，全都折断了。

上官乾转到他身后，双手握着他双肩，推他去看地下这群属下们，像个老朋友一样轻声问候："对了，你猜，我带来的这群人，都是谁啊？"

万蜀戎咬紧牙关，并不作声。墙头那群人跳进来了，万蜀戎看着他们，都是大赦里蒙混过关那群十恶不赦的匪徒。这群人恨他入骨，生吃了他们，恐怕也愿意的。

"绑起来带走，堵住嘴，别出声。"上官乾又吩咐一声，"万老大，至于你，堂堂三杰，不可受缚，还是自己走的好。不过，我对你实在太忌惮了……"

他一边说着，手上温温柔柔用了五分力道，咯啦一声，万蜀戎双肩的骨头也碎了。

风雪原忍不住破口大骂："你这个畜生……"

"是吗？"上官乾走过来，轻轻把他拎起来，举过头顶，"我让你知道……"

此时，王素咳嗽一声。

"哦，哎呀，罪过罪过，差点忘了，这个小朋友是有主的了，轻易动不得。"上官乾一边说着，一边挥手把风雪原扔了出去。

那一记手很重，风雪原砰地砸在水潭里，只觉得眼前发绿，满嘴灌水，脑浆跟豆腐一样，晃晃悠悠，浑身骨头拍在水面，快要碎了。他很快被人捞出来，按在地上反绑着双手。但比起神捕营的那些人，他只能被叫作缠住双手，连痛都不太痛。

王素终于有了用武之地，轻轻弹起那首《国殇》，边弹边高歌：

> 天时坠兮威灵怒，严杀尽兮弃原野。
> 出不入兮往不反，平原忽兮路超远。
> 带长剑兮挟秦弓，首身离兮心不惩。
> 诚既勇兮又以武，终刚强兮不可凌。
> 身既死兮神以灵，魂魄毅兮为鬼雄。

"素侯，别唱了，你这兴致一来，真是要我性命！"上官乾老友打趣一样，"快走，天要黑了，我们得尽快把事情解决掉。看看还能不能再赚一个。"

在官道上追凶的人，很快就要发现那只是调虎离山。一小队人马不足为惧，可一旦引来神捕营的大部队，就很麻烦了。

果不其然，没多久，山下某处有了一阵蓝烟。

上官乾和王素带着一帮人把一群俘虏押到最近的一座峭壁上。

那是一座荒山，一面是百丈绝壁。山上有一片黑松林，最高峰处恰好也是十九棵松。一根根长绳做成一个个绳套挂在树枝上，那是准备好了的行刑之地。这一队人共有三十六个，松树不够用，有的树挂两三个人，有的树挂四五个。万蜀戎是老大，他有自己的树梢。

每个人都被押过去，套起脖颈。绳套很粗，不会一下子吊死。只有风雪原被扔在一边，他们甚至给他找了件袍子，垫着满是碎石子的地。

万蜀戎被推到正中的松树下，把脖子挂上绳套，然后收紧。那些匪徒哈哈地笑着，甚至帮他把花白的胡子理了出来。他双肩碎了，双臂无力地垂在身边。他回头看着他的部下们——

这儿都是他的人，忠心耿耿，对他，对国家，对律法。这些人中，最年轻的二十三岁，最年长的三十八岁，最年长的那个跟了他二十年，从一个和福宝一样大的小伙子，到一个让匪徒闻风丧胆的名捕。

他们的绳套都套好了，有的脚尖踩着一块圆溜溜的小石头，有的只是一根很细的树枝。好像有人故意使坏，踢了一脚，啪，那根树枝断了，绳套直接收紧在脖子上，那个被绑的小伙子开始挣扎——他的脚尖离地面很近，随便一点什么，就可以托起他的命。但没有人呼叫，也没有人说话，所有人都在咬住牙关。小伙子的脸庞变成了紫色，舌头慢慢伸出来，眼珠子暴出，裤子湿了一片，风里似乎有颈骨拉扯碎裂的咯啦声。他扭了很多下，像条鱼竿上的鱼，但终于一切停止了。

上官乾走到万蜀戎身边，在他耳边低声说："从我登门拜访，给了你们三个月的时间。三个月啊，万老大，你们什么都没有改变，那就是不想赢，不想赢的人就不配活着。"

万蜀戎不说话。沉默，已经是他们最后的尊严。

夕阳里，山岚弥漫。有个人激动起来，向着远处，伸手一指："等等！她来了！"

上官乾拉上了面罩，那是个连眼睛都蒙起来的面罩。来的是个连骨头缝都能记住的人。远天，一个振翅的白影飞了过来，她来得很快，甚至看起来不比精卫鸟慢多少。

万蜀戎一个"走"字还没有吼出来，上官乾手指在他喉咙上绕了一下，一柄小刀，割断了他的声带。

文陵江白衣当空，临风飘举，电母双翼在背后展着，伸手，三支十万火急令箭一起打向天空。天上一片红，据说，有晚霞的天空，那里面是流不尽的英雄血。

她看着她的同伴们，眼里全是泪。她更在看着她的万叔叔——喉咙那个可怕的伤口，像个婴儿的嘴唇被绳套拉扯开，有大股的殷红的血往下涌，流在胸膛上。

"走……"万蜀戎徒劳地开口。

是，应该走。可怎么离开呢，可怎么离得开？

上官乾招招手，文陵江没有靠近。上官乾笑了笑，亲手拽着绳索，慢慢地把万蜀戎的身体吊起来。万蜀戎的身体在空中不受控制地扭动着，喉咙的伤口被撕开了，露出更多的血肉。双臂无力地垂下，看起来像个坏了的布偶。

上官乾又招招手，长绳稍微放松一些。文陵江眨了眨眼睛，点了点头，她靠近了，轻轻举起雷公斩——这个姑娘疯了，试图单枪匹马报仇。

绳索彻底放松了，万蜀戎落在地上，喘着粗气，绳套染得通红。他在嘀嘀地咆哮着。这是他一手带出来的孩子！这个关头，不该这样！

文陵江离得很近了、更近了……快要靠近悬崖边了。上官乾轻轻撸了下袖子，手臂上九头蛟血红。他微微笑着，眼睛发亮。他不怕报仇，只怕这个小美人飞走。她只要双脚落地，就可以了。

文陵江还在犹豫，上官乾又一次扯起了绳套。文陵江纵身，手持雷公斩，直奔他而来。

"来得好！"上官乾大喜过望，扔开绳套，正要迎过去，文陵江双翼的力道没有用尽，半空一个滑翔，又离开了。

他们一度靠得很近了，只有六七尺，伸手就能够抓到的距离。上官乾激灵了一下，他看到了文陵江赖以成名的一双眼，秋水一样，黑宝石沉在清泉里，那双眼睛一直盯着他手臂，离开的时候微微眯了一下，好像什么东西被锁定了。她看见什么了，她一定是看到什么别人没有看出来的东西！

这姑娘诓我！上官乾开始后悔刚才那下撸袖子。上官乾莫名有些紧张，回头看万蜀戎。万蜀戎在看文陵江。文陵江极其轻微地向他点了点头。

上官乾脸色有些变化，他伸手拿了一套弓箭，向文陵江瞄准。

砰！雷公斩发出雪亮白光。

唰！那一道快箭射出。

许多人捂着眼睛蹲了下去。

上官乾闭眼，用内力震开粉末。

半空中，文陵江凌空振翅转身。她盯着那支箭，也避开了那支箭。她飞得轻灵曼妙，是这个世界上最擅长飞翔的人，没有之一。

不能留活口了！上官乾挥挥手，王素也跟着挥挥手。角落里，一个黑袍下，一只纤细手腕举起，红线上的小金铃叮当作响。崖壁上，四只精卫鸟一起振翅，追了上去。

风雪原不敢置信，看那个小小身躯。他刚才忍着没有流泪，但此时此刻，泪满眼。他轻轻呼吸，强行逼自己转头，继续看文陵江——她再擅长飞翔，也不是鸟的对手。那四只鸟，像是四只巨雕，在围猎一只白鸽。

砰！雷公斩闪了第二次白光。四只鸟居然都向外退。

但就在此时，那一阵金铃声又响起。四只鸟被强行催动着，迎着白光，合围过去。文陵江无路可退，她伸手，收翅，向下急坠。

她是个很聪明的姑娘，她已经足够远了，山风松涛浩荡，听不见金铃的响声。

四只精卫鸟合围的刹那，她抬手，面孔向上。背后的半截羽翼可以替她稍微挡一挡。

砰，半空最后一道白光。她径直摔了下去，不知去向。那是很重的一摔，在这样的悬崖上，不会有很高的生存的机会。

上官乾目送这一切，人没死透，他不放心。

"走吧！"王素催促道。

上官乾心有不甘，但十万火急的令箭既然已经发出，神捕营的大部队很快就要来了。

王素从怀里取出一枚银针慢慢地扎在风雪原脖子上，之后，把一丸药塞进他嘴里。风雪原的眼皮沉重下去，药力在涌动，这一切，像极了守默谷的那一次，他身体里有冰在凝结，有火在燃烧。他竭力挣扎着张开一点点眼皮，看着那个蒙着面纱的小小人儿走到他面前——他认出来了！这一生一世，无论经历什么，他也忘不了那双眼睛。那是第一次见面时，大雪之上小鹿一样单纯的眼睛，星辰一样美丽的眸子。小小人儿蹲下来，伸手擦掉了他眼角的一滴泪。

"好啦，星儿，他是你的！快走！"王素这样说，比起上一次，这一回他好像有了一点恭敬和恐惧。

之后，所有的绳索都被拉动了，所有的石头都被踢开了。三十七个人，在空中挣扎着变成了三十七具尸体，吊在半空，被山风吹着，偶尔打一个转。

神捕营的大队人马终于到了。第一个人登上山峰的时候，被那满树的尸体震撼许久。后面人在问他的话，他答不上来，慢慢跪下去，抱着头，无声无息地痛哭。

接着是第二个，第三个……所有人。

兰雪拥是夹在人群之中上来的。他几乎不像个领袖，也不像是神捕营的首领。所有神捕营的属下都是第一次看见兰二先生如此茫然失措，他好像完全不知道如何对付一根绳索，笨手笨脚地把万蜀戎的尸体解下来，抱在怀里，惊恐地去按他喉咙上的裂口，那个裂口快把他的头吊断了。

兰雪拥如今是天下第一名捕了，他见过的尸体比大多数人见过的活人都要多，但这一次，他居然像个第一次见到死亡的小孩子一样，哆嗦地摇晃着怀里的人，失魂落魄地喊他的名字："蜀戎……睁眼哪，看我……"

无声无息的啜泣立即就变成了失声大哭。他们需要发泄，也需要兰二先生清醒过来。

兰雪拥很快就醒过来了，他抱着万蜀戎，坐了很久。

很快，下属们在绝壁的松树缝隙里发现了昏迷不醒的文陵江，她乌黑的长发和洁白的衣襟里全是血。她被尽快送回去医治。尸体也全部清点出来了。

"找到是什么人干的了吗？"

"找到了。"五里外的碎石河滩上，发现了四十个盗匪的尸体，他们被灭口了。如果需要，也可以当作替罪羊。

兰雪拥问："找到王素了吗？"

"没有。"有人回答，但他们在山腹找到了巨大的山洞，里面有许多空箱子，还有碎的、整的银块。可见，有大量的银子被搬走了。但是，这么多的银两，不可能无声无息运出京畿要地，只要跟着查，一定有端倪。

"二先生，回吧……"有人劝，试着从他怀里把尸体拿开，"您得回去，跟刘伯说这事，也得回去给大家主持后面的路……"

兰雪拥终于点了点头，松开了万蜀戎。

带着一车车尸体回家的路上，他们遇到了从宫里罢宴出来的上官乾和关从周，他们并坐一车，酒意微醺，言笑晏晏，好像还在讨论今天的诗题。老爷子遵照了万蜀戎的嘱咐，尽力把上官乾拖到了最后。

兰雪拥根本没有打招呼，他不明白这是怎么了，如果上官乾在这里，屠夫是谁？功夫骗不了人，京城里不会还有别人，能这么杀了万蜀戎。

万蜀戎的小楼里，一盏孤灯亮了整夜。他们说好了晚上聚聚，他们有很多话要说。

万蜀戎的尸体摆在床上，兰雪拥靠窗站着，刘伯庵默然坐着。他们都不肯说话，甚至不肯彼此眼神交汇。

他们三个在刚进子弟营的时候就住一屋了，那时候，万蜀戎还是个圆脸的有点怯懦的小男孩；刘伯庵的背还没有驼，手还没有抽搐，不知道此后余生将结缘卷宗；而兰雪拥还是个画师的俊俏儿子，还没有小姑娘对他暗送秋波。一眨眼四十年，他们一同变成了中年人，又一起胡子花白，成了快要老去的英雄。

这是怎么回事呢？他们都记得，早上蜀戎没吃饱。可晚上接蜀戎回来之后，他就变成了……床上那个可怖的东西。

他们就这么待了整整一夜，就这么硬生生地沉默着。好像真正的痛苦就是这样，无法停止，甚至无法逃避，完全地笼罩着人，等着它一分一分把人凌迟掉，或者熬过去。

他们大概这么等了四个时辰，据说，第二个时辰的时候，楚随波到了楼下，就在大厅里。

终于，天蒙蒙亮了。

刘伯庵的手又在抽搐了，抬起来放下，抬起来又放下。他的手是他情绪的唯一出口，他的手在抽搐，说明他的心在动。

兰雪拥转过脸，他的头发一夜之间白了很多。

他们互相看了一眼，互相点了点头——该过去了，这一役损失惨重，外面人心惶惶，他们必须领着神捕营向前走。

兰雪拥拉起一面旧床单，盖住了万蜀戎的脸。

"你怎么想？"兰雪拥问。

刘伯庵拿起桌上一张纸、一支笔，甩手推给他，自己在另一张纸上写了几个字。

兰雪拥点点头，走过来，也写了几个字。

他们都写得很潦草，像枯骨一样，四个大字满纸是墨：除恶务尽。他们都知道对方在想什么，要做什么。他们本来就是这样的人，他们三个本来就都是这样的人！

"好！我们走！"兰雪拥伸手，挽了一把刘伯庵的胳膊搀他起来，"我们有好几件事，一样一样办。走，先去找他。"

刘伯庵点头，站起来跟着兰雪拥走，他从知道噩耗到此时此刻，还一个字都没有说。他们下楼之后，才想起来楚随波已经等候很久。说实在的，敢在这个时候，来找他们的人不多。

楚随波穿着一袭劳役的灰衣，端端正正坐在角落里，像个路边的木桩。他看起来好像刚刚才坐下，又好像已经坐了半辈子。他原先有一张白玉一样的娃娃脸，失去了很多的时候，变得憔悴了许多，但失去一切之后，似乎也还好。这三个月来，他是唯一一个比卢鹤受到更多审问的人。但他的嘴也和卢鹤的嘴一样严，几乎什么都没撬出来。

"二位，请留步。"楚随波远远地很客气地躬了躬身子。

他有备而来。这种有备而来，让兰雪拥和刘伯庵同时有了一种不舒服，好像这个人在苦苦等待这么一个机会，证明自己是对的。

于是，他们俩都没有和楚随波说话，径直向大门走。

471

楚随波跟着他们走，楼梯口到小楼的大门口只有几步而已，他还能说几句话，主要是得益于刘伯庵腿脚本来就慢，又坐了大半夜，近乎僵硬了。

"二位，请留步。今天这个局面，二位和万老大恐怕都难辞其咎。"

刘伯庵站了一站，兰雪拥慢慢转过脸，脸上有铁青可怕的神色。如果他想抽眼前这个人，似乎没有人觉得不应该。

楚随波硬着头皮，自顾自地继续说："铁总捕头祭礼的时候，上官乾已经登门挑衅了，他那样的一个人，亮出牌面，敢跟你们放对。那个时候，你们就该不惜一切代价，先摁住他，而不是找证据，上本参他。"

兰雪拥盯着他，眼睛冷而重。这话比刚才那话还冒犯人。

楚随波在上官乾手里的时候，可不比万蜀戎英雄。可楚随波还在侃侃而谈："他比谁都知道你们是神捕营，既然敢出手，一定做好准备，不留证据。他身段灵活，不择手段，上可庙堂，下可沟壑，你们拘泥至此，就只能任人宰割。他敢向万老大下手，就也敢向你们下手，你们不害怕吗？你们俩谁是下一个？"

兰雪拥眼睛微微眯起来，悲伤最好的去处是转为愤怒，他真的快要动手了。

"你们冲我发火，一点用处都没有，如果有用，神捕营冲我生气的人多了去了，也不见得这个地方蒸蒸日上。恕我直言，这件事情之所以搞成这个样子，是因为你们糊里糊涂、不清不楚，一切都对关从周言听计从。可这件事，从头开始出错的就是关从周。试问，关从周执掌神捕营的时候，到底接到什么烂摊子了？是抚恤遗孀吗？是选拔新人吗？是具体的案子吗？这些跟他一个国公爷能有什么关系？那个时候，他唯一的作用就是稳定军心，而作为神捕营的领袖，真正的任务就是摘下三颗人头——上官乾一颗人头、银沙教教母一颗人头、苏旷一颗人头。二位，就说这三颗人头，你们怎么排？上官乾排第一位，对不对？苏旷在最后，对不对？这次序是不能乱的。为什么？因为我们都是活人哪，上官乾实实在在是个威胁，你不要他的脑袋，他就要你的脑袋。苏旷能威胁你们什么呢？可对国公爷来说呢？什么是对他来说最重要的事？对他来说，是刺驾，或者挑明了说吧，是神捕营不能有一个和刺驾相关的叛徒。这件事，关系到铁侯爷到底是个什么东西、神捕营的存亡、你我的命、他的世代公卿配享太庙，还有一些天知地知你知我知、比天道轮回还要重要的秩序。如此一来可就好了，他不管三七二十一，先把红名捕文发出去，先摘苏旷的脑袋再说别的话。而且更重要的是，只要没拿到苏旷的人头，他永远不会往死里办上官乾，因为他不知道，上官乾到底知道苏旷多少，会不会把刺驾的底牌抽出来明着打,他必须公事公办,一事一参。这,才是你们赢不了上官乾的真正原因。"

兰雪拥站住了,这一回,他没有急于出去。

"兰二先生、刘伯,如今万老大已经不在了,我求你们。如果这件事情你们不方便露面,让我去做,给我一面令牌,给我几个人,我偷偷去趟沽义山庄。神捕营必须跟苏旷恢复联系,我们得互通消息,联手先把上官乾和教母的人头摘下来。至于这第三颗人头,跑不了的,我有本事让他自己拱手把脑袋交出来,但还是那句话,次序不可乱,要到最后再说。"

兰、刘二人对望一眼。

"如果你们怕我跑,据我所知,我儿子已经到京城了,你们可以扣住他,做个人质。我只有这么一个儿子,我不会不管他。如果你们还是不放心,也可以用江湖手段,找一味毒药,你们把解药留在手里,我不介意。但无论如何,让我去一趟。这件事,我能做成。"

兰雪拥一直没有开口,听到这里,才终于发问:"楚随波,你说了那么多,我就问你一句话,你跟我说实话,你图什么?我看你也不是一个贪求大富大贵的人。"

楚随波微微笑起来,他低下头,嘴角露出一个小小的酒窝,他慢慢抬头,直视兰雪拥的眼睛:"二先生,就算我求大富大贵,又怎么了?"

"好,倒也痛快。"

"那二位的意思是……?"

兰、刘二人又对望一眼。刘伯庵点了头说:"我们这次出去,本来是要去找一个叫孟吴越的,他在卷宗阁二楼偏室里,禁足不得外出,你去跟他聊聊吧。"

"谁?什么?"

"孟吴越。丁桀托他带了话,想跟我们合作。在此之前,我们悬而未决。蜀戎的意思,是与法度不合,直接拒掉。"

楚随波呼了一声:"丁桀啊……"

"丁桀重返丐帮,也重掌侠义道了。"

楚随波哦了一声:"那倒是恭喜了。"

"你去聊聊吧,江湖上的事,变化似乎也很多,你先听一听动向,再想想方案,有个八九不离十了,再来找我们。"

楚随波还是默默站着。兰雪拥拉开门,二人肩并肩出去了。

外面，春光又已大亮。屋内，文陵江躺在床上，包扎头颅的白布依然在渗血，连枕头上也是血污一片。身旁，神捕营的名医快要到齐了。屋外一张小凳子上，二毛抓着个纸轴卷，有些焦虑地坐着，听每一个若有若无的消息。她还不知道哥哥的情况怎么和家人交代，等尘埃落定再说吧！

兰、刘二人进去了。此时，文陵江的嘴唇在颤抖，眼皮在动，好像极力想要说出什么来，但始终没有说出任何一个字来。

兰雪拥上前问道："陵江什么情况？"

一个医士说："二先生，她状况很不好，这里的颅骨撞碎了一小块，脑子里有瘀血。我们在商量，如果用一种冒险的办法，或许可以试试……就是打开这一小块颅骨把瘀血清出来。说不定……有万一转醒的机会。"

"你们有几成把握？"

"典籍记载上，有过一次类似的先例……可二先生，说实话，我没有把握，她这种情况，本来还活着就是万幸，不管怎么救治，随时随地都可能会死。"

"那既然不试可能会死，为什么不试呢？"

"是这样……还有另一种办法，直接金针刺穴，让她回光返照，说出最后一句重要的话。那样的话，我有五成到七成的把握。但是，回光返照之后，文姑娘就再也不会醒过来，最大的可能，是就这么去了。"

兰、刘二人在犹豫，文陵江或许看到了什么很重要的东西。

名医们催促："您二位做决定吧，不管哪种决定，都需要尽快。"

他们又对望一眼，兰雪拥上前一步轻轻握住文陵江的手，在她耳边柔声安慰着："陵江，你要坚持住，你要醒过来，你要亲口把你看到的一切告诉我们，也要亲手给蜀戎报仇，你还要升你的旗子。你是个英雄，一定做得到，我们都在等你。"

文陵江嘴唇翕动着，艰难地吐着气。她或许听见了，或许没有。

兰雪拥吐口气，站直腰命令："陵江交给你们了，全力以赴，尽快动手。"

几个人一起回答："是，二先生！"

兰、刘二人出来了。屋外的二毛忙站起来，抬起眼，满是渴望。

兰雪拥尽量安慰她："所有人都在尽力救她，我们都在等她。"

二毛赶紧点点头。

"这是什么？"兰雪拥看见二毛手里有幅纸卷已经捏出手印了，问道。

二毛眼眶红红的，显然已经哭过很多遍，小声说："说起这个很不好意思，这是文姐姐给我画的画像，她让我……不做功课就再也不要来见她了。"

"哦，你已经做了？"

兰雪拥接过来看，这一幅画像除了未曾点睛之外，即使在兰雪拥这种画界高手看来，也是佳妙的小肖了。画像边题着画主的名字，用力有点过度：王羽。兰雪拥一愣，但立刻明白了："你的名字？什么意思啊？"

小姑娘低了低头："师父教过我认字，他老人家告诉我，认得字，字就有力量了……我叫二毛，羽就是两根毛的象形。我想，一根羽毛会落在地上，两根羽毛，或许就可以飞了。"

她还是很害羞，这真的是个很平凡的名字。但她尽量勇敢地站直身体，抬起眼睛——这是她第一次直视别人的目光，不再等待一个认可，或是畏惧一个批评。这一次，她光明正大，向这个很大的世界介绍新的自己……